新編元稹集 十五

國家『十二五』重點圖書出版規劃項目

[唐] 元稹 原著

吴偉斌 輯佚 編年 箋注

陝西新華出版傳媒集團

三秦出版社

新編元稹集第十五册目録

大和元年丁未(827)四十九歲（七十五首）

大和二年戊申(828)五十歲（一百五十首）

大和三年己酉(829)五十一歲(六十一首)

長慶四年甲辰（824） 四十六歲（續）

◎ 餘杭周從事以十章見寄詞調清婉難於遍酬聊和詩首篇以答來貺⁽一⁾①

擾擾紛紛旦暮間，經營閑事不曾閑②。多緣老病推辭酒，少有功夫久羡山③。清夜笙歌喧四郭，黃昏鐘漏下重關④。何由得似周從事，醉入人家醒始還⑤？

録自《元氏長慶集》卷二二

［校記］

（一）餘杭周從事以十章見寄詞調清婉難於遍酬聊和詩首篇以答來貺：本詩存世各本，包括楊本、叢刊本、《全詩》、《浙江通志》在內，未見異文。

［箋注］

① 餘杭：杭州屬縣，常常以其代指杭州。《元和郡縣志·杭州》："《禹貢》：揚州之域，春秋時爲吳越二國之境，其地本名錢塘，《史記》云：秦始皇東遊至錢塘，臨浙江是也，漢屬會稽。《吳志》注云：'西部都尉理所，陳禎明中置錢塘郡，隋平陳，廢郡爲州。'……管縣八：錢塘、餘杭、臨安、富陽、於潛、鹽官、新城、唐山……餘杭縣（東南至州七十里）：本吳地，《吳興記》云：'秦始皇三十七年將上會稽，塗出此地，因立爲縣，捨舟航於此，仍以爲名。'"劉長卿《奉餞郎中四兄罷餘杭太

守承恩加侍御史充行軍司馬赴汝南行營》："星使三江上，天波萬里通。權分金節重，恩借鐵冠雄。"顧況《酬房杭州》："郡樓何其曠？亭亭廣而深。故人牧餘杭，留我披胸衿。" 周從事：即周元範，時任杭州白居易刺史任之判官。白居易《歲假内命酒贈周判官蕭協律》："共知欲老流年急，且喜新正假日頻。聞健此時相勸醉，偷閑何處共尋春？"白居易《重酬周判官》："秋愛冷吟春愛醉，詩家眷屬酒家仙？若教早被浮名繫，可得閑遊三十年？" 章：詩歌的首或樂曲的段落。《左傳·襄公二十八年》："賦詩斷章，余取所求焉，惡識宗？"杜預注："譬如賦詩者，取其一章而已。"《左傳·文公十三年》："子家賦《載馳》之四章，文子賦《采薇》之四章。" 詞調：文詞和音調。皎然《詩式·辨體有一十九字》："詞調悽切曰怨。"《舊唐書·喬知之傳》："時又有汝州人劉希夷，善爲從軍閨情之詩，詞調哀苦，爲時所重。"詩和詞的格調。何薳《春渚紀聞·雞人唱曉夢聯詩》："忽聞岩嶤間有連聲長歌，了不成詞調。" 清婉：清新美好。劉義慶《世說新語·賞譽》："許掾嘗詣簡文，爾夜風恬月朗，乃共作曲室中語。襟懷之詠，偏是許之所長，辭寄清婉，有逾平日。"《北史·温子昇傳》："長乃博覽百家，文章清婉。"酬：詩文贈答。李頎《同張員外諲酬答之作》："洛中高士日沈冥，手自灌園方帶經。王湛床頭見周易，長康傳裏看好丹青。"韋應物《答劉西曹》："淺劣見推許，恐爲識者尤。空慚文璧贈，日夕不能酬。" 和：以詩歌酬答，依照別人詩詞的題材和體裁作詩詞，亦有與自己詩詞應和者，《列子·周穆王》："西王母爲王謠，王和之，其辭哀焉！"張湛注："和，答也。"韋應物《和晉陵陸丞早春遊望》："獨有宦遊人，偏驚物候新。雲霞出海曙，梅柳渡江春。" 貺：對友人來信或贈詩的敬稱。陸雲《答車茂安書》："前書未報，重得來貺。"劉禹錫《送僧方及南謁柳員外序》："予爲連州，居無何而方及至，出袚中詩一篇以貺予，其詞甚富。"

②擾擾：紛亂貌，煩亂貌。《列子·周穆王》："今頓識既往，數十年來存亡、得失、哀樂、好惡，擾擾萬緒起矣！"武元衡《南徐別業早春

有懷》："生涯擾擾竟何成？自愛深居隱姓名。"　紛紛：煩忙，忙亂。《孟子·滕文公》："何爲紛紛然與百工交易？"王安石《尹村道中》："自憐許國終無用，何事紛紛客此身？"　旦暮：朝夕，謂整日。《國語·齊語》："旦暮從事，施於四方。"韓愈《唐故檢校尚書左僕射右龍武軍統軍劉公墓誌銘》："即其日與使者俱西，大熱，旦暮馳不息，疾大發。"　經營：籌畫營造。《書·召誥》："卜宅，厥既得卜，則經營。"揚雄《法言·五百》："經營然後知幹楨之克立也。"李軌注："言經營宮室，立城郭，然後知幹楨之能有所立也。"　閑事：閑雜的事務，跟自己沒有關係的事。鮑溶《相和歌辭·苦哉遠征人》："虛名乃閑事，生見父母鄉。"蘇軾《戲周正孺二絕》一："勸君鸞駱猶閑事，腸斷閨中楊柳枝。"

③ 緣：因爲。杜甫《客至》："花徑不曾緣客掃，蓬門今始爲君開。"蘇軾《題西林壁》："不識廬山真面目，只緣身在此山中。"　老病：年老多病，曾經患過而未根治的病。《後漢書·應劭傳》："故膠西相董仲舒老病致仕，朝廷每有政議，數遣廷尉張湯親至陋巷，問其得失。"杜甫《旅夜書懷》："名豈文章著！官應老病休。"　推辭：猶託辭。《拾遺記·晉時事》："至如姚馥……及其俳諧詭譎，推辭指誠，因物而刺，言之者無罪，抑亦東方曼倩之儔歟！"拒絕，辭謝。白居易《送敏中歸幽寧幕》："前路加餐須努力，今宵盡醉莫推辭！"　功夫：謂作事所費的精力和時間。元稹《琵琶歌》："逢人便請送杯盞，著盡功夫人不知。"秦韜玉《燕子》："曾與佳人並頭語，幾回拋却繡功夫。"　羨：因喜愛而希望得到，羨慕。《文選·張衡〈思玄賦〉》："羨上都之赫戲兮，何迷故而不忘。"呂向注："羨，慕也。"蘇軾《前赤壁賦》："哀吾生之須臾，羨長江之無窮。"

④ 清夜：清静的夜晚。司馬相如《長門賦》："懸明月以自照兮，徂清夜於洞房。"李端《宿瓜州寄柳中庸》："懷人同不寐，清夜起論文。"　笙歌：合笙之歌，亦謂吹笙唱歌。王維《奉和聖製十五夜然燈繼以酬客應制》："上路笙歌滿，春城漏刻長。"張子野《南歌子》："相逢休惜醉顏酡，賴有西園明月照笙歌。"　喧：嘈雜吵鬧。陶潛《飲酒二

十首》五:"結廬在人境,而無車馬喧。"庾信《同州還》:"上林催獵響,河橋爭渡喧。"   四郭:城郭的四周。《後漢書·五行志》:"承樂世董逃,遊四郭董逃。"戴叔倫《題友人山居》:"四郭青山處處同,客懷無計答秋風。"   黃昏:日已落而天色尚未黑的時候。《楚辭·離騷》:"曰黃昏以爲期兮,羌中道而改路。"李商隱《樂游原》:"夕陽無限好,只是近黃昏。"   鐘漏:鐘和刻漏,古代用以報時、計時,亦借指時辰、時間。張九齡《和許給事中直夜簡諸公》:"未央鐘漏晚,仙宇靄沈沈。"錢起《夜雨寄寇校書》:"秋館烟雨合,重城鐘漏深。"指報時的鐘聲。魏承班《漁歌子》:"夢魂驚,鐘漏歇。窗外曉鶯殘月。"   重關:層層的宮殿門或屋門。王充《論衡·雷虛》:"王者居重關之內,則天之神宜在隱匿之中。王者居宮室之內,則天亦有太微、紫宮、軒轅、文昌之坐。"李嘉祐《送陸士倫宰義興》:"知君日清净,無事掩重關。"

⑤ 何由:怎能。謝靈運《石門新營所住四面高山迴溪石瀨修竹茂林》:"美人遊不還,佳期何由敦?"《宋書·沈慶之傳》:"治國譬如治家,耕當問奴,織當訪婢。陛下今欲伐國,而與白面書生輩謀之,事何由成?"   得似:怎似,何如。齊己《寄湘幕王重書記》:"可能有事關心後,得似無人識面時?"陳亮《水調歌頭·送章德茂大卿使虜》:"自笑堂堂漢使,得似洋洋河水,依舊只流東?"   醉:飲酒過量,神志不清。劉伶《酒德頌》:"無思無慮,其樂陶陶。兀然而醉,豁爾而醒。"韓愈《感春四首》四:"數杯澆腸雖暫醉,皎皎萬慮醒還新。"   人家:他人之家。徐晶《送友人尉蜀中》:"故友漢中尉,請爲西蜀吟。人家多種橘,風土愛彈琴。"沈佺期《入少密溪》:"雲峰苔壁繞溪斜,江路香風夾岸花。樹密不言通鳥道,雞鳴始覺有人家。"

[編年]

《年譜》編年本詩於長慶四年,理由是:"'餘杭周從事'是杭州刺史白居易的從事。元稹與周唱和,當在白杭州任內。"《編年箋注》編年:"元稹《餘杭周從事以十章見寄詞調清婉難於遍酬聊和詩首篇以答來貺》……作于長慶四年(八二四),時在浙東觀察使任。見下《譜》。"《年譜新編》編年本詩於長慶四年,理由是:"'周從事'爲周元範,時爲杭州刺史白居易之幕僚,其原唱已佚。"

　　我們以爲,本詩應該作於長慶四年。元稹長慶三年八月奉接詔命,轉任浙東觀察使,"十月半"經由杭州,白居易《除官赴闕留贈微之》:"去年十月半,君來過浙東。今年五月盡,我發向關中。"而白居易卸任杭州刺史,應該在長慶四年的"五月盡"。周元範作爲白居易的從事,在白居易即將任滿離開杭州另任他職之時,想投奔元稹麾下正在情理之中,何況白居易與元稹是關係密切感情真摯的朋友。事實上,周元範後來也確實成了元稹的從事,元稹有《酬周從事望海亭見寄》可證:"年老無流輩,行稀足薜蘿。熱時憐水近,高處見山多。衣袖長堪舞,喉嚨轉解歌。不辭狂復醉,人世有風波。""周從事以十章見寄"元稹之事,即可能發生在白居易五月離開杭州之前,而元稹酬和周從事的本詩也應該在白居易離開杭州之前,亦即長慶四年五月。《年譜》、《編年箋注》、《年譜新編》籠統説"長慶四年",無緣無故包含了長慶四年"五月盡"之後的時間,顯然是不合適的。

◎ 酬樂天吟張員外詩見寄因思上京每與 樂天於居敬兄升平里詠張新詩(一)①

　　樂天書内重封到,居敬堂前共讀時②。四友一爲泉路客,三人兩詠浙江詩③。別無遠近皆難見,老減心情自各知④。杯酒與它年少隔,不相酬贈欲何之⑤?

録自《元氏長慶集》卷二二

〔校記〕

（一）酬樂天吟張員外詩見寄因思上京每與樂天於居敬兄升平里詠張新詩：本詩存世各本，包括楊本、叢刊本、《全詩》諸本，未見異文。

〔箋注〕

① 酬樂天吟張員外詩見寄因思上京每與樂天於居敬兄升平里詠張新詩：白居易原唱爲《張十八員外以新詩二十五首見寄郡樓月下吟翫通夕因題卷後封寄微之》，詩云：“秦城南省清秋夜，江郡東樓明月時。去我三千六百里，得君二十五篇詩。陽春曲調高難和，淡水交情老始知。坐到天明吟未足，重封轉寄與微之。”張籍和詩爲《酬杭州白使君兼寄浙東元大夫》，詩云：“相印暫辭臨遠鎮，掖垣出守復同時。一行已作三年別，兩處空傳七字詩。越地江山應共見，秦天風月不相知。人間聚散真難料，莫嘆平生信所之！”元稹的酬詩與張籍的和詩一樣，都與白居易原唱一一次韵，請讀者注意。　張員外：即元稹白居易的朋友張籍。《新唐書·張籍傳》：“張籍者，字文昌，和州烏江人。第進士，爲太常寺太祝。久次，遷秘書郎。愈薦爲國子博士，歷水部員外郎、主客郎中當時有名士皆與游、而愈賢重之。籍性狷直，嘗責愈喜博簺及爲駁雜之説，論議好勝人，其排釋老不能著書若孟軻、揚雄以垂世者。愈最後答書曰：‘……’籍爲詩，長於樂府，多警句，仕終國子司業。”《舊唐書·張籍傳》：“張籍者……以詩名當代，公卿裴度、令狐楚，才名如白居易、元稹，皆與之遊，而韓愈尤重之。”韓愈《同水部張員外籍曲江春遊寄白二十二舍人》：“漠漠輕陰晚自開，青天白日映樓臺。曲江水滿花千樹，有底忙時不肯來？”白居易《江樓晚眺景物鮮奇吟翫成篇寄水部張員外》：“風翻白浪花千片，雁點青天字一行。好著丹青圖畫取，題詩寄與水曹郎。”　居敬兄：即元稹白居

易的另一個朋友元宗簡,字居敬,元稹《見人詠韓舍人新律詩因有戲贈》:"七字排居敬,千詞敵樂天(侍御八兄,能爲七言絕句。贊善白君,好作百韵律詩)。"白居易《故京兆元少尹文集序》:"居敬姓元名簡,河南人。自舉進士,歷御史府、尚書郎,訖京兆亞尹。二十年著格詩一百八十五、律詩五百九、賦述銘記書碣贊序七十五,總七百六十九章,合三十卷。" 升平里:亦即昇平里,是其長安住宅所在的坊名。楊巨源《和元員外題昇平里新齋》:"自知休沐諸幽勝,遂肯高齋枕廣衢。舊地已開新玉圃,春山仍展綠雲圖。"曹鄴《登岳陽樓有懷寄座主相公》:"南登岳陽樓,北眺長安道。不見昇平里,千山樹如草。" 上京:古代對國都的通稱,這裏指長安。《文選・班固〈幽通賦〉》:"皇十紀而鴻漸兮,有羽儀於上京。"李善注:"有羽翼于京師也。"岑參《送許子擢第歸江寧拜親因寄王大昌齡》:"君家臨秦淮,傍對石頭城。十年自勤學,一鼓遊上京。"

②　重封:第二次封緘。王建《贈謫者》:"何罪過長沙?年年北望家。重封嶺頭信,一樹海邊花。"皇甫曙《立春日呈宮傅侍郎》:"出問池冰猶塞岸,歸尋園柳未生芽。摩娑酒瓮重封閉,待入新年共賞花。"張籍的京都來信以及詩作是同時寄給白居易與元稹的,張籍的書信從長安而來,自然先到杭州,白居易開看之後,將張籍的詩作連同自己的和篇重新封緘,一併寄給元稹,故言"重封"。 居敬堂:即元宗簡的書房。堂:古代書齋的名稱,舊時亦用於一些人家的名號。任昉《靜思堂秋竹賦》:"靜思堂,連洞房,臨曲沼,夾修篁。"白居易《奉和裴令公新成午橋莊綠野堂即事》:"舊徑開桃李,新池鑿鳳皇。只添丞相閣,不改午橋莊。"又如紀昀名其書齋爲閱微草堂,俞樾名其書齋爲春在堂。 共讀:一起朗誦共同欣賞。杜荀鶴《貽里中同志》:"鄉里爲儒者,惟君見我心。詩書常共讀,雨雪亦相尋。"齊己《寄體休》:"金陵往歲同窺井,峴首前秋共讀碑。兩處山河見興廢,相思更切卧雲期。"

③　四友:指元稹、白居易、張籍、元宗簡。其中元宗簡已經於長慶

二年病故,成爲人世間的匆匆過客,黄泉路上的永久旅客。而元稹、白居易、張籍三人兩次詠頌關於浙江的詩篇,詩人感慨係之,流露於詩篇之中。　泉路:泉下,地下,指陰間。張説《馮府君神道碑》:"朱輻象服,寵及泉路,榮其親兮。"李之儀《代范忠宣公遺表》:"今則膏肓已逼,氣息僅存,泉路非遥,聖時永隔。"　浙江:水名,即錢塘江。《莊子》作浙河,《山海經》《史記》《越絶書》《吴越春秋》作浙江,《漢書·地理志》《水經》作漸江水。古人所謂浙、漸,實指一水。杭州與越州的分界綫就是浙江,故言。孫逖《夜宿浙江》:"扁舟夜入江潭泊,露白風高氣蕭索。富春渚上潮未還,天姥岑邊月初落。"劉長卿《送金昌宗歸錢塘》:"新家浙江上,獨泛落潮歸。秋水照華髮,凉風生褐衣。"

④ 别:離别。《楚辭·離騷》:"余既不難夫離别兮,傷靈修之數化。"王逸注:"近曰離,遠曰别。"杜甫《石壕吏》:"天明登前途,獨與老翁别。"　遠近:遠方和近處。《易·繫辭》:"其受命也如響,無有遠近幽深,遂知來物。"《後漢書·劉虞傳》:"虞雖爲上公,天性節約,敝衣繩履,食無兼肉,遠近豪俊夙僭奢者,莫不改操而歸心焉!"　難見:難以見面。盧象《峽中作》:"雲從三峽起,天向數峰開。靈境信難見,輕舟那可回!"李嘉祐《送客遊荆州》:"帆影連三峽,猿聲在四鄰。青門一分首,難見杜陵人。"　老:老年,晚年。《論語·述而》:"其爲人也,發憤忘食,樂以忘憂,不知老之將至云爾。"劉寶楠正義:"計夫子時年六十三四歲,故稱老矣!"杜甫《題柏大兄弟山居屋壁二首》一:"江漢終吾老,雲林得爾曹。"元稹時年四十六歲,還不到稱老的年齡,身老心先老,可見元稹哀傷的内心世界。　心情:興致,情趣。元稹《酬樂天嘆窮愁》:"老去心情隨日减,遠來書信隔年聞。"陸游《春晚書懷》二:"老向軒裳增力量,病於風月减心情。"　自各:即各自,各人自己。《史記·孟嘗君列傳》:"孟嘗君客無所擇,皆善遇之。人人各自以爲孟嘗君親己。"隱巒《牧童》:"看看白日向西斜,各自騎牛又歸去。"

⑤ 杯酒:這裏指喝酒應酬。崔顥《贈輕車》:"平生少相遇,未得

展懷抱。今日杯酒間，見君交情好。"李白《流夜郎贈辛判官》:"昔在
長安醉花柳,五侯七貴同杯酒。氣岸遙凌豪士前,風流肯落他人後?"
酬贈:詩詞唱和。韋應物《冬夜宿司空曙野居因寄酬贈》:"南北與山
鄰,蓬庵庇一身。繁霜疑有雪,荒草似無人。"元稹《酬樂天武關南見
微之題山石榴花詩》:"比因酬贈爲花時,不爲君行不復知。"

[編年]

　　《年譜》長慶三年"詩編年"條下編入元稹的《酬樂天吟張員外詩
見寄因思上京每與樂天于居敬兄升平里詠張新詩》,理由是:"居易原
唱爲《張十八員外以新詩二十五首見寄郡樓月下吟玩通夕因題卷後
封寄微之》,張籍和詩爲《酬杭州白使君兼寄浙東元大夫》。"《編年箋
注》編年本詩:"《酬樂天吟張員外詩見寄因思上京每與樂天于居敬兄
升平里詠張新詩》……俱爲長慶三年(八二三)作品。"理由是:"見下
《譜》。"《年譜新編》亦編年長慶三年,僅僅引録白居易原唱與張籍和
詩,没有説明理由。

　　我們以爲《年譜》、《編年箋注》、《年譜新編》的編年意見值得商
榷。白居易原唱詩云:"秦城南省清秋夜,江郡東樓明月時。"白詩所
點出的具體時間"清秋夜",是張籍賦詩寄給白居易的時間。但張籍
二十五首詩歌寄到杭州恐怕已是這年的十月之後,或許已是第二年
的年初,因爲長慶三年"十月半"路過杭州並與白居易相聚的元稹並
没有看到,否則白居易就不必"封寄微之"了。但張籍的和詩寫成之
時,肯定已是長慶四年,詩曰:"相印暫離臨遠鎮,披垣出守復同時。
一行已作三年別,兩處空傳七字詩。"第一句指元稹長慶二年六月罷
相出守同州,又於長慶三年十月中旬經由杭州來到浙東觀察使任。
第二句指白居易也於長慶二年七月自中書舍人出守杭州刺史,幾乎
與元稹出貶同時。張籍長慶二年自國子博士除拜水部員外郎,正在
京城。從長慶二年六月張籍與元稹分別、長慶二年七月張籍與白居

易"分别",下推"三年"當爲長慶四年,正是第三句所云"一行已作三年别"之時。長慶四年元稹在浙東,五月之前白居易還没有回京任職太子左庶子,也在杭州。張籍的和詩,即寫成於長慶四年五月之前。元稹詩歌的詩題是《酬樂天吟張員外詩見寄因思上京每與樂天于居敬兄升平里詠張新詩》,僅僅是回酬白居易的,並不是一併酬和張籍的,因爲張籍並没有直接將自己的二十五首詩歌寄給元稹。而張籍的酬詩詩題是《酬杭州白使君兼寄浙東元大夫》,也不是一併酬和白居易元稹兩人的,因爲張籍也還没有來得及看到元稹酬和白居易的詩篇,因而祇是"兼寄"。我們以爲元稹的和作也應作於長慶四年五月之前,白居易封寄元稹之時,也是他酬和張籍詩歌之日;張籍回酬白居易兼寄元稹之時,大致也是元稹回酬白居易兼寄張籍之日。

■ 酬樂天除官赴闕留贈^{(一)①}

據白居易《除官赴闕留贈微之》

[校記]

(一)酬樂天除官赴闕留贈:元稹本佚失詩所據白居易《除官赴闕留贈微之》,見《白氏長慶集》、《白香山詩集》、《全詩》,未見異文。

[箋注]

① 酬樂天除官赴闕留贈:白居易《除官赴闕留贈微之》:"去年十月半,君來過浙東。今年五月盡,我發向關中。兩鄉默默心相别,一水盈盈路不通。從此津人應省事,寂寥無復遞詩筒。"現存元稹詩文未見回酬之篇,應該是屬於佚失,據補。 除官:授官。黄滔《寓題》:"紛紛墨敕除官日,處處紅旗打賊時。竿底得璜猶未用,夢中吞鳥擬何爲?"沈

括《夢溪筆談·故事》：“内外制，凡草制除官，自給諫待制以上，皆有潤筆物。”又作“除拜”，除舊職，拜新官。《後漢書·楊秉傳》：“及行至南陽，左右並通奸利，詔書多所除拜。”姚合《送張郎中副使赴澤潞》：“曉陌事戎裝，風流粉署郎。機籌通變化，除拜出尋常。”　赴闕：入朝，陛見皇帝。《晉書·魯芝傳》：“老幼赴闕獻書，乞留芝，魏明帝許焉！”沈括《夢溪筆談·樂律》：“有旨令召此人赴闕。”　留贈：留詩贈人。高適《薊門不遇王之焕郭密之因以留贈》：“適遠登薊丘，兹晨獨搔屑。賢交不可見，吾願終難説。”韓翃《訪王起居不遇留贈》：“雙龍闕下拜恩初，天子令君注起居。載筆已齊周右史，論詩更事謝中書。”

[編年]

　　未見《元稹集》採録，也未見《年譜》、《編年箋注》、《年譜新編》採録與編年。

　　朱金城先生《白居易集箋校》編年白居易詩《除官赴闕留贈微之》於長慶四年。白居易離開杭州歸京在長慶四年五月末，白居易詩當作於長慶四年五月末，元稹回酬應該在本年夏五月末，地點在越州，元稹時任浙東觀察使、越州刺史。

■ 酬樂天別周軍事^{(一)①}

據白居易《別周軍事》

[校記]

　　（一）酬樂天別周軍事：元稹本佚失詩所據白居易《別周軍事》，見《白氏長慶集》、《萬首唐人絶句》、《白香山詩集》、《全詩》，未見異文。

[箋注]

① 酬樂天別周軍事：白居易《別周軍事》："主人頭白官仍冷，去後憐君是底人？試謁會稽元相去，不妨相見却殷勤。"白居易將自己的僚屬"周軍事"推薦給元稹，元稹不會置之不理，應該有回酬之篇，但今存元稹詩文未見回酬，應該是屬於佚失，據補。　周軍事：白居易在杭州刺史任的僚屬，是否就是後來在浙東幕府元稹手下的幕僚周元範，未敢確定，待考。　軍事：李唐時州郡分判軍事的僚屬。孟郊《至孝義渡寄鄭軍事唐二十五》："咫尺不得見，心中空嗟嗟。官街泥水深，下脚道路斜。"杜牧《代吳興妓春初寄薛軍事》："霧冷侵紅粉，春陰撲翠鈿。自悲臨曉鏡，誰與惜流年？"

[編年]

未見《元稹集》採録，也未見《年譜》、《編年箋注》、《年譜新編》採録與編年。

朱金城先生《白居易集箋校》編年白居易詩於長慶四年。白居易離開杭州歸京在長慶四年五月末，白居易詩應該賦成於長慶四年五月白居易即將離開杭州之時，元稹已經佚失的回酬詩夜應該在本年五月，地點在越州，元稹時任浙東觀察使，兼任越州刺史。

◎ 代杭人作使君一朝去二首(一)①

使君一朝去，遺愛在人口(二)②。惠化境內春，才名天下首③。爲問龔黃輩，兼能作詩否④？

使君一朝去，斷腸如刲藥⑤。無復見冰壺，唯應鏤金石⑥。自此一州人(三)，生男盡名白⑦。

録自《元氏長慶集》卷八

[校記]

（一）代杭人作使君一朝去二首：原本作“代杭民作使君一朝去二首”，楊本、叢刊本同，《全詩》、《浙江通志》作“代杭人作使君一朝去二首”，據唐人避諱的規定，據改。

（二）遺愛在人口：原本作“遺愛在民口”，楊本、叢刊本同，《全詩》、《浙江通志》作“遺愛在人口”，據唐人避諱的規定，據改。

（三）自此一州人：原本作“自此一州民”，楊本、叢刊本同，《全詩》、《浙江通志》作“自此一州人”，據唐人避諱的規定，據改。

[箋注]

① 代：代替。《書·皋陶謨》：“兢兢業業，一日二日萬幾，無曠庶官，天工人其代之。”孔傳：“言人代天理官，不可以天官私非其才。”孔穎達疏：“居天之官，代天爲治。”《史記·張釋之馮唐列傳》：“釋之從行，登虎圈。上問上林尉諸禽獸簿，十餘問，尉左右視，盡不能對。虎圈嗇夫從帝代尉對上所問禽獸簿甚悉。”在古代，包括唐代，以他人的口吻賦詩述意極爲常見，如元稹的《代曲江老人百韵》、《代郡齋神答樂天》，白居易的《代鄰叟言懷》、《代州民問》、《感元九悼亡詩因爲代答三首》、《代春贈》等，就是其中的一些例子。　使君：漢時稱刺史爲使君。《玉臺新詠·日出東南隅行》：“使君從南來，五馬立踟躕。”後來也尊稱州郡長官爲使君。《三國志·劉璋傳》：“〔張松〕還，疵毀曹公，勸璋自絶，因説璋曰：‘劉豫州，使君之肺腑，可與交通。’”張籍《蘇州江岸留別樂天》：“莫忘使君吟詠處，汝墳湖北武丘西。”　一朝：一時，一旦。《淮南子·道應訓》：“使者謁之，襄子方將食而有憂色，左右曰：‘一朝而兩城下，此人之所喜也；今君有憂色，何也？’”《魏書·劉靈助傳》：“靈助本寒微，一朝至此，自謂方術堪能動衆。”　去：離開。《書·胤征》：“伊尹去亳適夏。”韓愈《剝啄行》：“剝剝啄啄，有客

至門。我不出應,客去而嗔。"

② 遺愛:謂遺留仁愛於百姓。《國語·晉語》:"死必遺愛,死民之思,不亦可乎?"王維《故右豹韜衛長史賜丹州刺史任君神道碑》:"一門而鳧舄,皆爲政以德,遺愛在人。"指留於後世而被人追懷的德行、恩惠、貢獻等。《後漢書·邳彤傳》:"天子以張翕有遺愛,乃拜其子湍爲太守。"陶潛《影答形》:"立善有遺愛,胡可不自竭?" 人口:謂民衆的議論。岑參《梁園歌送河南王説判官》:"萬事翻覆如浮雲,昔人空在今人口。單父古來稱宓生,衹今爲政有吾兄。"白居易《三年爲刺史二首》:"三年爲刺史,無政在人口。唯向城郡中,題詩十餘首。"

③ 惠化:舊謂地方官爲人所稱道的政績和教化。《三國志·盧毓傳》:"遷安平、廣平太守,所在有惠化。"李白《贈徐安宜》:"清風動百里,惠化聞京師。" 才名:才華與名望。《三國志·賈詡傳》:"是時,文帝爲五官將,而臨菑侯植才名方盛,各有黨與,有奪宗之議。"陸游《讀李杜詩》:"才名塞天地,身世老風塵。"指兼有才華與名望。《北齊書·文襄紀》:"至於才名之士,咸被薦擢。"

④ "爲問龔黄輩"兩句:指漢代的循吏龔遂與黄霸,他們寬政治民,深受百姓擁護。兩句意謂白居易不僅寬政愛民,而且文才遠勝龔遂與黄霸。與"惠化境内春,才名天下首"呼應。《前漢書·龔遂傳》:"龔遂,字少卿,山陽南平陽人也……上以爲勃海太守,時遂年七十餘,召見形貌短小,宣帝望見不副所聞,心内輕焉!謂遂曰:'勃海廢亂,朕甚憂之,君欲何以息其盗賊,以稱朕意?'遂對曰:'海瀕遐遠,不霑聖化,其民困於饑寒而吏不恤,故使陛下赤子盗弄陛下之兵於潢池中耳!今欲使臣勝之邪?將安之也?'上聞遂對,甚説。答曰:'選用賢良,固欲安之也。'遂曰:'臣聞治亂民,猶治亂繩,不可急也,唯緩之然後可治。臣願丞相、御史且無拘臣以文法,得一切便宜從事!'上許焉……郡聞新太守至,發兵以迎,遂皆遣還……遂單車獨行至,府郡中翕然,盗賊亦皆罷。勃海又多劫略相隨,聞遂教令,即時解散,棄其

兵弩而持鉤鉏,盜賊於是悉平,民安土樂業。遂乃開倉廩假貧民,選
用良吏尉安牧養焉!遂見齊俗奢侈好末技,不田作,乃躬率以儉約,
勸民務農桑……民有帶持刀劍者,使賣劍買牛,賣刀買犢……郡中皆
有畜積,民皆富實,訟止息。"《前漢書・黄霸傳》:"黄霸,字次公,淮陽
陽夏人也……宣帝下詔……霸爲潁川太守……時上垂意於治,數下
恩澤詔書,吏不奉宣。太守霸爲選擇良吏,分部宣佈詔令,令民咸知
上意。"數年之間,政績爲天下第一。《前漢書・循吏傳》:"是故漢世
良吏,於是爲盛,稱中興焉!若……王成、黄霸、朱邑、龔遂、鄭弘、召
信臣等,所居民富,所去見思,生有榮號,死見奉祀,此廩廩庶幾德讓
君子之遺風矣!"張説《奉和聖製賜諸州刺史應制以題坐右》:"寄情群
飛鶴,千里一揚音。共蹈華胥夢,龔黄安足尋!"高適《同李太守北池
泛舟宴高平鄭太守》:"每揖龔黄事,還陪李郭舟。雲從四岳起,水向
百城流。"　作詩:賦詩。李白《戲贈杜甫》:"飯顆山頭逢杜甫,頂戴笠
子日卓午。借問別來太瘦生,總爲從前作詩苦。"竇蒙《題弟暨述書賦
後》:"吾弟當平昔,才名荷寵光。作詩通小雅,獻賦掩長楊。"

　⑤斷腸:形容極度思念或悲痛。劉義慶《世説新語・黜免》:"桓
公入蜀,至三峽中,部伍中有得猿子者,其母緣岸哀號,行百餘里不
去,遂跳上船,至便即絶,破視其腹中,腸皆寸寸斷。公聞之,怒,令黜
其人。"李白《清平調三首》二:"一枝紅艷露凝香,雲雨巫山枉斷腸。"
剉:折傷,挫折。《吕氏春秋・必己》:"大則衰,廉則剉。"高誘注:"剉,
缺傷。"《淮南子・詮言訓》:"行未固於無非而急求名者,必剉也。"鍘
切,斬剁。趙曄《吴越春秋・勾踐入臣外傳》:"夫斫剉養馬。"　蘗:黄
柏,落葉喬木,樹皮味苦,可入藥,古代亦用作染料。鮑照《擬行路難
十八首》九:"剉蘗染黄絲,黄絲歷亂不可治。"皮日休《七愛詩・元魯
山》:"一室冰蘗苦,四遠聲光飛。"

　⑥無復:不再,不會再次。《晉書・王導傳》:"桓彝見朝廷微
弱……憂懼不樂。往見導,極談世事,還,謂顗曰:'向見管夷吾無復

憂矣!'"韓愈《落葉送陳羽》:"落葉不更息,斷蓬無復歸。"指不再有,沒有。葛洪《抱朴子·對俗》:"不死之事已定,無復奄忽之慮。"蕭繹《金樓子·雜記》:"少來搜集書史,頗得諸遺書,無復首尾,或失名,凡百餘卷。" 冰壺:盛冰的玉壺,常用以比喻品德清白廉潔,語本《文選·鮑照〈白頭吟〉》:"直如朱絲繩,清如玉壺冰。"李周翰注:"玉壺冰,取其絜净也。"姚崇《冰壺誡序》:"冰壺者,清潔之至也。君子對之,示不忘清也……内懷冰清,外涵玉潤,此君子冰壺之德也。"李白《贈范金卿二首》:"范宰不買名,弦歌對前檻。爲邦默自化,日覺冰壺清。" 鏤:雕刻。鮑照《擬行路難十八首》二:"洛陽名工鑄爲金博山,千斲復萬鏤,上刻秦女携手仙。"韓愈《潮州刺史謝上表》:"紀泰山之封,鏤白玉之牒。" 金石:指古代鐫刻文字、頌功紀事的鐘鼎碑碣之屬。《墨子·兼愛》:"以其所書於竹帛,鏤於金石,琢於槃盂,傳遺後世子孫者知之。"孫詒讓間詁:"《吕氏春秋·求人》篇云:'功績銘乎金石,著於槃盂。'高注云:'金,鐘鼎也;石,豐碑也。'"韓愈《平淮西碑》:"既還奏,群臣請紀聖功,被之金石。"

⑦ "自此一州人"兩句:意謂百姓愛戴白居易,念念不忘,將來生下兒子,以"白"命名,以作紀念。白居易《唐故武昌軍節度處置等使正議大夫檢校户部尚書鄂州刺史兼御史大夫賜紫金魚袋尚書右僕射河南元公墓誌銘并序》也有類如的記載:"(稹)名動三川,三川人慕之,其後多以公姓字名其子。"唐代另一位廉明使君陽城,也曾享受此等待遇,白居易《新樂府·道州民》:"民到于今受其賜,欲説使君先下泪。仍恐兒孫忘使君,生男多以陽爲字。"

[編年]

《年譜》編年本詩於長慶四年,没有列舉理由。《編年箋注》編年:"此詩作于長慶四年(八二四),元稹時在浙東觀察使任。本年五月,白居易離杭州刺史任,除太子左庶子,分司東都。詳卜《譜》。"《年譜新編》編年長慶四年,没有列舉理由。

　《年譜新編》僅僅編年長慶四年,没有説明是長慶四年的何時,也没有列舉編年的理由,很不應該。《年譜》、《編年箋注》雖然有"本年五月,白居易離杭州刺史任,除太子左庶子,分司東都"的譜文,但没有將本詩與此事聯繫起來,也没有明確是"五月"的什麽時候。我們以爲,元稹《白氏長慶集序》曰:"長慶四年,樂天自杭州刺史以右庶子詔還,予時刺會稽……"白居易《除官赴闕留贈微之》詩:"去年十月半,君來過浙東。今年五月盡,我發向關中。"白居易離開杭州在"五月盡",此詩當作於白居易即將離開杭州之時,亦即長慶四年五月末。

◎ 代杭人答樂天^{(一)①}

　翠幕籠斜日,朱衣儼別筵②。管絃凄欲罷,城郭望依然③。路溢新城市,農開舊廢田④。春坊幸無事,何惜借三年⑤!

録自《元氏長慶集》卷一五

[校記]

　(一) 代杭人答樂天:原本作"代杭民答樂天",楊本、叢刊本、《全詩》、《浙江通志》同,據唐人應該因"李世民"而避諱的規定,本詩擬應該作"代杭人答樂天",逕改。

[箋注]

　① 代杭人答樂天:白居易原唱爲《别州民》,詩云:"耆老遮歸路,壺漿滿别筵。甘棠無一樹,那得泪潸然? 税重多貧户,農饑足旱田。唯留一湖水,與汝救凶年(今春增築錢塘湖堤貯水,以防天旱,故

云）。"白居易詩題"別州民"，沒有因李世民而避諱，故曰"州民"。元稹所酬本詩，針對白居易原唱的謙遜，通篇讚譽白居易在杭州寬政愛民、注重農業發展的善舉。其中詩題稱"杭人"而不稱"杭民"，或者是元稹長慶四年十二月結集時爲了避已經謝世的唐穆宗之諱而改。 答：報禮，答謝，報答，引申爲詩文酬答。李適《答宋十一崖口五渡見贈》："聞君訪遠山，躋險造幽絕。眇然青雲境，觀奇彌年月。"蘇頲《昆明池晏坐答王兵部珣三韵見示》："畫舸疾如飛，遙遙泛夕暉。石鯨吹浪隱，玉女步塵歸。"

② 翠幕：翠色的帷幕。潘岳《藉田賦》："青壇蔚其嶽立兮，翠幕黕以雲布。"白居易《鍾陵餞送》："翠幕紅筵高在雲，歌鐘一曲萬家聞。路人指點滕王閣，看送忠州白使君。" 斜日：傍晚時西斜的太陽。蕭繹《納涼》："斜日晚駸駸，池塘生半陰。"王安石《杏花》："獨有杏花如喚客，倚墻斜日數枝紅。" 朱衣：唐、宋四品與五品官員所著的緋服。韋應物《張彭州前與緱氏馮少府各惠寄一篇多故未答張已云没因追哀叙事兼遠簡馮生》："君昔掌文翰，西垣復石渠。朱衣乘白馬，輝光照里閭。"杜牧《新轉南曹出守吳興書此篇以自見志》："捧詔汀洲去，全家羽翼飛。喜拋新錦帳，榮借舊朱衣。" 別筵：餞別的筵席。孟浩然《和盧明府送鄭十三還京兼寄之什》："昔時風景登臨地，今日衣冠送別筵。"錢起《送田倉曹歸覲》："別筵寒日晚，歸路碧雲生。"

③ 管弦：管樂器與絃樂器，亦泛指樂器。顧況《上元夜憶長安》："處處逢珠翠，家家聽管絃。雲車龍闕下，火樹鳳樓前。"王建《上田僕射》："一方新地隔河烟，曾接諸生聽管弦。却憶去年寒食會，看花猶在水堂前。" 城郭：泛指城市。《史記·萬石張叔列傳》："城郭倉庫空虛，民多流亡。"蘇軾《雷州八首》六："殺牛撾鼓祭，城郭爲傾動。" 依然：依舊。《大戴禮記·盛德》："故今之人稱五帝三王者，依然若猶存者，其法誠德，其德誠厚。"曹唐《劉阮再到天台不復見仙子》："桃花流水依然在，不見當時勸酒人。"

④ 溢：滿，充塞。《荀子·王制》：“筐篋已富，府庫已實，而百姓貧，夫是之謂上溢而下漏。”劉楨《公宴詩》：“芙蓉散其華，菡萏溢金塘。”　城市：人口集中、工商業發達、居民以非農業人口爲主的地區，通常是周圍地區的政治、經濟、文化中心。《韓非子·愛臣》：“是故大臣之祿雖大，不得藉威城市。”蘇軾《許州西湖》：“但恐城市歡，不知田野愴。”　廢田：荒廢的農田。吕温《闕申使請留將赴衡州題其廳事》：“爲理賴同力，陟明非所任。廢田方墾草，新柘未成陰。”曹松《贈雷鄉張明府》：“廢田教種穀，生路遣尋薪。若起柴桑興，無先漉酒中。”

⑤ 春坊：太子宮所屬官署名，唐置太子詹事府以統衆務，左右二春坊以領諸局。白居易從杭州刺史回京，新職是太子左庶子，故言。而中唐東都之職官，除個別機構外，基本上是並没有多少事情可做的閑職，故有“春坊幸無事，何惜借三年”之戲言。儲光羲《洛中貽朝校書衡朝即日本人也》：“萬國朝天中，東隅道最長。吾生美無度，高駕仕春坊。”白居易《酬皇甫庶子見寄》：“春坊瀟灑優閑地，秋鬢蒼浪老大時。獨占二疏應未可，龍樓見擬覓分司。”　無事：無所事事。《孟子·滕文公》：“士無事而食，不可也。”《史記·張儀列傳》：“陳軫曰：‘公何好飲？’犀首曰：‘無事也。’”韓愈《秋懷詩十一首》三：“學堂日無事，驅馬適所願。”　三年：三年時間，唐時刺史的任期，一般爲三年。杜甫《將赴荆南寄别李劍州》：“使君高義驅今古，寥落三年坐劍州。但見文翁能化俗，焉知李廣未封侯！”白居易《留題郡齋》：“吟山歌水嘲風月，便是三年官滿時。”

［編年］

《年譜》編年本詩於長慶四年，没有列舉理由。《編年箋注》編年：“元稹此詩作于長慶四年（八二四），作者時在浙東觀察使任。白居易是年五月爲太子左庶子、分司東都。見下《譜》。”《年譜新編》編年長慶四年，理由是：“白居易原唱爲《别州民》，次韵酬和。”

我們以爲《年譜》、《編年箋注》、《年譜新編》的編年不够具體,理由也不充分。根據元稹《白氏長慶序》所云以及白居易《除官赴闕留贈微之》詩所述,本詩當作於白居易即將離開杭州之時,亦即長慶四年五月末。

◎ 代郡齋神答樂天^{(一)①}

虚白堂神傳好語,二年長伴獨吟時^②。夜憐星月多離燭,日涴波濤一下帷^③。爲報何人償酒債,引看墻上使君詩^④!

録自《元氏長慶集》卷二二

[校記]

(一)代郡齋神答樂天:本詩存世各本,包括楊本、叢刊本、《全詩》諸本,未見異文。

[箋注]

① 代郡齋神答樂天:白居易原唱爲《留題郡齋》,詩曰:"吟山歌水嘲風月,便是三年官滿時。春爲醉眠多閉閣,秋因晴望暫褰帷。更無一事移風俗,唯化州民解詠詩。"元稹詩與白居易原唱次韵酬和,白居易詩可與本詩並讀。 郡齋:郡守起居之處。白居易《秋日懷杓直》:"今日郡齋中,秋光誰共度?"李商隱《華州周大夫宴席》:"郡齋何用酒如泉?飲德先時已醉眠。"

② 虚白:語本《莊子·人間世》:"虚室生白,吉祥止止。"謂心中純净無欲。《北史·徐則傳》:"先生履德養空,宗玄齊物,深曉義理,頗味法門。悦性冲玄,恬神虚白,飡松餌術,栖息烟霞。"杜甫《歸》:"虚白高

人靜，喧卑俗累牽。"又作"虛室生白"，謂人能清虛無欲，則道心自生。《莊子·人間世》："瞻彼闋者，虛室生白，吉祥止止。"司馬彪注："室比喻心，心能空虛，則純白獨生也。"《淮南子·俶真訓》："由此觀之，用也必假之於弗用也。是故虛室生白，吉祥止也。"高誘注："虛，心也；室，身也；白，道也。能虛其心以生於道，道性無欲，吉祥來止舍也。"　好語：讚揚、稱頌的話。《史記·南越列傳》："且先王昔言，事天子期無失禮，要之不可以說好語入見。入見則不得復歸，亡國之勢也。"李賀《沙路曲》："沙路歸來聞好語，旱火不光天下雨。"王琦匯解："好語，謂民間稱頌之語。"　二年：二年時間，白居易長慶二年七月出任杭州刺史，至長慶四年五月離任，時間涉歷長慶二年、三年、四年，但實際時間衹有兩年不到，這是就郡齋神而言。白居易原唱說"三年"，是三個年頭；元稹酬詩云"二年"，數字的改動流露了元稹對白居易匆匆離開的依依惜別之情。而如果以下面"長伴"連讀，"二年"云云也是實情。岑參《寄宇文判官》："二年領公事，兩度過陽關。相憶不可見，別來頭已斑。"杜甫《贈李白》："二年客東都，所歷厭機巧。野人對羶腥，蔬食常不飽。"　獨吟：獨自吟詠。劉長卿《酬張夏》："翫雪勞相訪，看山正獨吟。"白居易《秋雨中贈元九》："莫怪獨吟秋思苦，比君校近二毛年。"

③　星月：星星與月亮。李嶠《餞駱四二首》一："星月懸秋漢，風霜入曙鐘。明日臨溝水，青山幾萬重？"祖詠《中峰居喜見苗發》："暗澗泉聲小，荒岡樹影閑。高窗不可望，星月滿空山。"　波濤：江河湖海中的大波浪。《淮南子·人間訓》："及至乎下洞庭，鶩石城，經丹徒，起波濤，舟杭一日不能濟也。"張喬《望巫山》："愁連遠水波濤夜，夢斷空山雨雹時。"　滉：波動，搖盪。萬齊融《三日綠潭篇》："春潭滉漾接隋宮，宮闕連延潭水東。蘋苔嫩色涵波綠，桃李新花照底紅。"裴迪《輞川集二十首·臨湖亭》："當軒彌滉漾，孤月正裴回。谷口猿聲發，風傳入戶來。"

④　酒債：原指因賒飲所負的債。孔融《失題》："歸家酒債多，門

客粲幾行？高談滿四座，一日傾千觴。"杜甫《曲江二首》二："酒債尋常行處有，人生七十古來稀。"這裏指白居易因匆忙離開杭州而沒有來得及邀請酒友前來飲酒的人情債。　使君：尊稱州郡長宮。杜審言《戲贈趙使君美人》："紅粉青娥映楚雲，桃花馬上石榴裙。羅敷獨向東方去，謾學他家作使君。"張循之《送泉州李使君之任》："傍海皆荒服，分符重漢臣。雲山百越路，市井十洲人。"這裏指白居易。

[編年]

《年譜》編年本詩於長慶四年，沒有列舉理由。《編年箋注》編年："元稹此詩……作于長慶四年（八二四），時在浙東觀察使任。見卜《譜》。"《年譜新編》編年長慶四年，理由是："白居易原唱爲《留題郡齋》，次韵酬和。"

我們以爲《年譜》、《編年箋注》、《年譜新編》編年不够具體，理由也不充分。根據元稹《白氏長慶序》所云以及白居易《除官赴闕留贈微之》詩所述，本詩當作於白居易即將離開杭州之時，亦即長慶四年五月末。

◎ 酬樂天重寄別⁽一⁾①

　　却報君侯聽苦辭，老頭拋我欲何之②？武牢關外雖分手，不似如今衰白時③。

録自《元氏長慶集》卷二二

[校記]

（一）酬樂天重寄別：本詩存世各本，包括楊本、叢刊本、《全詩》諸本，未見異文。

［箋注］

① 酬樂天重寄別：白居易原唱爲《重寄別微之》,詩云：“憑仗江波寄一辭,不須惆悵報微之。猶勝往歲峽中別,灩澦堆邊招手時。”元稹酬詩與白居易原唱次韵酬和,白居易詩可與本詩並讀。

② 君侯：秦漢時稱列侯而爲丞相者。趙翼《陔餘叢考·君侯》：“衛宏《漢官舊儀》：列侯爲丞相相國者號君侯。”又曰：“丞相之刺史及侍御史皆稱卿,不得言君。蓋其時丞相稱君,而以列侯爲之,故兼稱君侯也。按丞相稱君,本沿戰國之制：田文相齊封孟嘗君,蘇秦相趙封武安君是也。至如謝萬謂王述曰‘人言君侯痴,君侯信自痴’,李白《與韓荆州書》亦曰君侯,此則非列侯爲相者。蓋自漢以來,君侯爲貴重之稱,故口語相沿,凡稱達官貴人皆爲君侯耳!”《戰國策·秦策》：“少庶子甘羅曰：‘君侯何不快甚也?’”此君侯指呂不韋,不韋封文信侯,爲秦相。漢以後用爲對達官貴人的敬稱。曹丕《與鍾大理書》：“近日南陽宗惠叔,稱君侯昔有美玦,聞之驚喜。”李白《與韓荆州書》：“所以龍盤鳳逸之士,皆欲收名定價於君侯。”　苦辭：忠言,逆耳之言,懇求之言。《後漢書·公沙穆傳》：“因苦辭諫敞,敞涕泣爲謝,多從其所規。”蘇軾《葉嘉傳》：“上飲踰度,嘉輒苦諫,上不悦曰：‘卿司朕喉舌,而以苦辭逆我,余豈堪哉!’”　老頭：猶白頭,謂容顏已老。竇常《酬舍弟牟秋日洛陽官舍寄懷十韵》：“老頭親帝里,歸處失吾廬。”白居易《贈夢得》：“一願世清平,二願身强健。三願臨老頭,數與君相見。”　抛：丟棄,撇開。《後漢書·安成孝侯賜傳》：“賜與顯子信賣田宅,同抛財産,結客報吏,皆亡命逃伏,遭赦歸。”元稹《琵琶歌》：“管兒不作供奉兒,抛在東都雙鬢絲。”　之：往,至。《詩·鄘風·載馳》：“百爾所思,不如我所之。”《漢書·高后紀》：“足下不急之國守藩,乃爲上將將兵留此,爲諸大臣所疑。”顏師古注：“之,往也。”韓愈《上考功崔虞部書》：“其行道爲學既已大成,而又之死不倦。”

③ 武牢關外雖分手：元稹白居易吏部乙科及第在貞元十九年的

春天，兩人相識。白居易在同年秋冬之季遊許昌，看望去年剛剛任職許昌縣令的叔叔白季軫，有白居易《許昌縣令新廳壁記》可證："去年春，叔父自徐州士曹掾選署厥邑令……時貞元十九年冬十月一日記。"而元稹大姐當時在夏陽縣，病故於貞元二十年十二月初五，有元稹《夏陽縣令陸翰妻河南元氏墓誌銘》爲證："嗚呼！享年三十有一，歿世於夏陽縣之私第，是唐之貞元二十年十二月之初五日也。冬十月十有四日，葬於河南洛陽之清風郡平樂里之北邙原。"結合本詩所言元稹白居易曾經在武牢關外分手的史實，根據元稹白居易此後沒有再在武牢關外分手的經歷，可以斷定元稹白居易在貞元十九年曾經結伴同行，自長安東行經由洛陽，至許昌境内的武牢關外分手。白居易到許昌縣的主要目的，是探望在那裏任職縣令的叔父白季軫。元稹北上夏陽縣，看望當時健在人世的大姐，也許元稹還懷揣著尋覓年輕時結識的風塵女子"蕭娘"的念頭。請注意，元稹白居易一直結伴到許昌縣，到了不能不分手的時刻才分手，可見兩人友誼之深刻。這大約是元稹白居易相識之後的第一次分手，故元稹印象深刻，二十年後記憶還如此清晰。白居易有《和微之任校書郎日過三鄉》詩也從另一個側面證實元稹白居易的武牢關之行，詩云："三鄉過日君年幾？今日君年五十餘。不獨年催身亦變，校書郎變作尚書。"其中的"三鄉"，即三鄉驛，在洛陽附近，離開女几山、連昌宮不遠，唐玄宗李隆基曾經登臨。羊士諤《過三鄉望女几山早歲有卜築之志》："女几山頭春雪消，路旁仙杏發柔條。心期欲去知何日？惆悵同車上野橋。"劉禹錫《三鄉驛樓伏覩玄宗望女几山詩小臣斐然有感》："開元天子萬事足，唯惜當時光景促。三鄉陌上望仙山，歸作霓裳羽衣曲。"邵雍《故連昌宮》："洛水來西南，昌水來西北。二水合流處，宫墙有遺壁。行人徒想像，往事皆陳迹。空餘女几山，正對三鄉驛。"若耶溪女子《題三鄉詩》："昔逐良人西入關，良人身没妾空還。謝娘衛女不相待，爲雨爲雲歸此山。"韋冰《和若邪女子題三鄉驛》："來時歡笑去時哀，家國迢迢向越臺。待寫百年幽思盡,故宮流水莫相催!"《歷代詩話‧霓裳羽衣曲》:"《太真外傳》曰:《霓裳羽衣曲》者,是玄宗登三鄉驛望女几山所作也。"白居易所指"三鄉驛",大約就是元稹白居易這一次武牢關之行。關於元稹白居易的第一次分手,《年譜》、《編年箋注》、《年譜新編》都沒有涉及;有關白居易行蹤的諸多學術著作,比如《白居易集箋校》,也沒有涉及元稹白居易的這一次武牢關外的分手,幸請讀者留意。　　武牢關:地名,在許昌縣西北。《舊唐書‧武宗紀》:"(會昌五年)十月乙亥,中書奏:'池水縣武牢關是太宗擒王世充、竇建德之地,關城東峰有二聖塑容,在一堂之內。伏以山河如舊,城壘猶存,威靈皆盛於軒臺,風雲疑還於豐沛。誠宜百代嚴奉,萬邦式瞻。西漢故事,祖宗嘗行幸處,皆令邦國立廟。今緣定覺寺例合毀拆,望取寺中大殿材木,於東峰以造一殿,四面置宮墻,伏望名爲昭武廟,以昭聖祖武功之盛。委懷孟節度使,差判官一人勾當。緣聖像年代已久,望令李石於東都揀好畫手,就增嚴飾。初興功日,望令東都差分司官一員薦告。'從之。"劉禹錫《答樂天見憶》:"唯餘憶君夢,飛過武牢關。"張祜《宿武牢關》:"行人候曉久裴徊,不待雞鳴未得開。堪羨寒溪自無事,潺潺一夜向關來。"　　分手:別離。江淹《別賦》:"造分手而銜涕,感寂寞而傷神。"杜甫《逢唐興劉主簿弟》:"分手開元末,連年絕尺書。"　　不似如今衰白時:元稹與白居易在武牢關外分手之年,元稹二十五歲,白居易三十二歲;而當白居易離開杭州、元稹賦詠本詩的時候,元稹四十六歲,白居易五十三歲,分別與當初的自己相比,兩人都可以說"衰白"了。　　如今:現在。《史記‧項羽本紀》:"樊噲曰:'大行不顧細謹,大禮不辭小讓。如今人方爲刀俎,我爲魚肉,何辭爲?'"杜甫《泛江》:"故國流清渭,如今花正多。"　　衰白:謂人老體衰鬢髮疏落花白,語本嵇康《養生論》:"至於措身失理,亡之於微,積微成損,積損成衰,從衰得白,從白得老,從老得終,悶若無端。"杜甫《收京三首》二:"生意甘衰白,天涯正寂寥。"

[編年]

《年譜》編年本詩於長慶四年，沒有列舉理由。《編年箋注》編年："作于長慶四年(八二四)，時在浙東觀察使任。見下《譜》。"《年譜新編》編年長慶四年，理由是："白居易原唱爲《重寄別微之》，次韵酬和。"

我們以爲《年譜》、《編年箋注》、《年譜新編》編年不够具體，理由也不充分。根據元稹《白氏長慶集序》所云以及白居易《除官赴闕留贈微之》詩所述，本詩當作於白居易即將離開杭州之時，亦即長慶四年五月末。

◎ 和樂天重題別東樓[①]

山容水態使君知，樓上從容萬狀移[②]。日映文章霞細麗，風驅鱗甲浪參差[(一)③]。鼓催潮户凌晨擊，笛賽婆官徹夜吹[④]。喚客潛揮遠紅袖，賣壚高挂小青旗[⑤]。剩鋪床席春眠處，高捲簾帷月上時[(二)⑥]。光景無因將得去，爲郎抄在和郎詩[⑦]。

録自《元氏長慶集》卷二二

[校記]

（一）風驅鱗甲浪參差：楊本、叢刊本、《全詩》同，《浙江通志》、《海塘録》作"風吹鱗甲浪參差"，語義相類，不改。

（二）高捲簾帷月上時：楊本、叢刊本同，《浙江通志》、《全詩》作"乍捲簾帷月上時"、"乍捲簾幃月上時"，語義不同，不改。

[箋注]

① 和樂天重題別東樓：白居易原唱是《重題別東樓》，詩云："東樓勝事我偏知，氣象多隨昏旦移。湖卷衣裳白重迭，山張屏障綠參差。海仙樓塔晴方出，江女笙簫夜始吹。春雨星攢尋蟹火，秋風霞颭

弄濤旗(餘杭風俗:每寒食,雨後夜涼,家家持燭尋蟹,動盈萬人。每歲八月,迎濤弄水者,悉舉旗幟焉)。宴宜雲鬢新梳後,曲愛霓裳未拍時。太守三年嘲不盡,郡齋空作百篇詩。"元稹本詩,次韵酬和白居易原唱。　東樓:白居易任職杭州刺史時在治所內所居之樓。翟均廉《海塘錄·望海樓》:"《杭州圖經》:東樓一名望海樓,在舊治中和堂北。《太平寰宇記》:樓高十八丈,唐武德七年置。"白居易《初領郡政衙退登東樓作》:"水心如鏡面,千里無纖毫。直下江最闊,近東樓更高。"白居易《張十八員外以新詩二十五首見寄郡樓月下吟翫通夕因題卷後封寄微之》:"秦城南省清秋夜,江郡東樓明月時。去我三千六百里,得君二十五篇詩。"

② 山容:山的姿容。于鵠《題柏臺山僧》:"上方唯一室,禪定對山容。行道臨孤壁,持齋聽遠鐘。"陸暢《遊城東王駙馬亭》:"城外無塵水間松,秋天木落見山容。共尋蕭史江亭去,一望終南紫閣峰。"　水態:猶言水上景色。蘇頲《興慶池侍宴應制》:"山光積翠遙疑逼,水態含青近若空。"杜牧《齊安郡晚秋》:"雲容水態還堪賞,嘯志歌懷亦自如。"從容:悠閑舒緩,不慌不忙。《莊子·秋水》:"儵魚出遊從容,是魚之樂也。"司馬相如《長門賦》:"下蘭臺而周覽兮,步從容於深宮。"　萬狀:多種形態,形形色色。劉長卿《奉使新安自桐廬縣經嚴陵釣臺宿七里灘下寄使院諸公》:"回轉百里間,青山千萬狀。連崖去不斷,對嶺遙相向。"白居易《草堂記》:"陰晴顯晦,昏旦含吐,千變萬狀,不可殫紀。"

③ 文章:錯雜的色彩或花紋。《墨子·非樂》:"是故子墨子之所以非樂者,非以大鍾鳴鼓琴瑟竽笙之聲以爲不樂也;非以刻鏤華文章之色以爲不美也。"《後漢書·張衡傳》:"文章煥以粲爛兮,美紛紜以從風。"　細麗:精緻明麗。陸龜蒙《薔薇》:"濃似猩猩初染素,輕如燕燕欲凌空。可憐細麗難勝日,照得深紅作淺紅。"徐鉉《北苑侍宴雜詠詩·菊》:"細麗披金彩,氤氳散遠馨。泛杯頻奉賜,緣鮮制頹齡。"鱗甲:比喻水浪如鱗甲狀之物。劉禹錫《晚泊牛渚》:"蘆葦晚風起,秋

江鱗甲生。殘霞忽變色,遊雁有餘聲。"白居易《秋日與張賓客舒著作同遊龍門醉中狂歌凡二百三十八字》:"秋天高高秋光清,秋風裊裊秋蟲鳴。嵩峰餘霞錦綺卷,伊水細浪鱗甲生。"　參差:不齊貌。《詩·周南·關雎》:"參差荇菜,左右流之。"孟郊《旅行》:"野梅參差發,旅榜逍遙歸。"紛紜繁雜。左延年《秦女休行》:"平生衣參差,當今無領襦。"杜牧《阿房宮賦》:"瓦縫參差,多於周身之帛縷。"

　　④ 潮户:海上船户,因朝夕與潮水周旋,故稱。元稹《去杭州》:"潮户迎潮擊潮鼓,潮平潮退有潮痕。"白居易《和春深二十首》一六:"何處春深好?春深潮户家。"　凌晨:迫近天亮的時光,清晨,清早。王褒《入朝守門開》:"鳳池通複道,嚴駕早凌晨。"杜甫《自京赴奉先縣詠懷五百字》:"凌晨過驪山,御榻在嵽嵲。"　婆官:指傳説中的風神孟婆。李肇《唐國史補》卷下:"暴風之候有抛車雲,舟人必祭婆官而事僧伽。"又稱孟婆,蔣捷《解佩令·春》:"春雨如絲,繡出花枝紅裊。怎禁他孟婆合皁。"　徹夜:通宵,整夜。《初學記》卷一五引薛道衡《和許給事善心戲場轉韻》:"竟夕魚負燈,徹夜龍銜燭。"元稹《獨夜傷懷贈呈張侍御》:"寡鶴連天叫,寒雛徹夜驚。"

　　⑤ 紅袖:女子的紅色衣袖。王儉《白紵辭五曲》二:"情發金石媚笙簧,羅袿徐轉紅袖揚。"杜牧《書情》:"摘蓮紅袖濕,窺淥翠蛾頻。"指美女。元稹《遭風二十韵》:"喚上驛亭還酩酊,兩行紅袖拂尊罍。"賣壚:亦作"賣鑪",《史記·司馬相如列傳》:"〔相如〕買一酒舍酤酒,而令文君當鑪。"後即以"賣鑪"指賣酒。辛延年《羽林郎》:"胡姬年十五,春日獨當壚。"韋應物《酒肆行》:"繁絲急管一時合,他壚鄰肆何寂然。"　青旗:指酒旗。元稹《西涼伎》:"吾聞昔日西涼州,人烟撲地桑柘稠。蒲萄酒熟恣行樂,紅艷青旗朱粉樓。"張孝祥《拾翠羽》:"想千歲,楚人遺俗。青旗沽酒,各家炊熟。"

　　⑥ 床席:指坐或卧用具。袁康《越絶書·陳成恒傳》:"孤身不安床席,口不甘厚味,目不視好色,耳不聽鐘鼓者,已三年矣!"元稹《秋

堂夕》："書卷滿床席,蟯蛸懸復升。"特指坐榻。《南史·王微傳》："終
日端坐,床席皆生塵埃,唯當坐處獨净。"　春眠:春睡,亦指春日困倦
而生的睡意。王維《扶南曲歌詞五首》一:"翠羽流蘇帳,春眠曙不
開。"孟浩然《春曉》:"春眠不覺曉,處處聞啼鳥。"　簾帷:猶簾幕。孫
逖《同邢判官尋龍湍觀歸湖中》:"絲管荷風入,簾帷竹氣清。莫愁歸
路遠,水月夜虛明。"孟浩然《春怨》:"佳人能畫眉,粧罷出簾帷。照水
空自愛,折花將遺誰?"

　　⑦ 光景:光陰,時光。沈約《休沐寄懷》:"來往既云倦,光景爲誰
留?"李白《相逢行》:"光景不待人,須臾成髮絲。"　無因:無故,無端。
鄒陽《獄中上書自明》:"臣聞明月之珠,夜光之璧,以暗投人於道路,
衆莫不按劍相眄者,何則? 無因而至前也。"王昌齡《送韋十二兵曹》:
"對坐論歲暮,茲悲豈無因?"猶無須。元稹《酬友封話舊叙懷十二
韵》:"人欺翻省事,官冷易藏威。但擬馴鷗鳥,無因用弩機。"羅虬《比
紅兒詩》三一:"輕小休誇似燕身,生來占斷紫宮春。漢皇若遇紅兒
貌,掌上無因著別人。"　郎:對他人之子的敬稱。《玉臺新詠·古詩
〈爲焦仲卿妻作〉》:"還家十餘日,縣令遣媒來。云有第三郎,窈窕世
無雙。"王讜《唐語林·補遺》:"〔李景讓〕除劍南節度使,未幾,請致
仕,客有勸之曰:'僕射廉潔,縱薄於富貴,豈不爲諸郎謀耶?'"

［編年］

　　《年譜》編年本詩於長慶四年,沒有列舉理由。《編年箋注》編年本
詩:"作于長慶四年(八二四),時在浙東觀察使任。見卞《譜》。"《年譜新
編》編年長慶四年,理由是:"白居易原唱爲《重題別東樓》,次韵酬和。"

　　我們以爲《年譜》、《編年箋注》、《年譜新編》編年不够具體,理由也
不充分。白居易原唱詩題曰"重題別東樓",又稱"別",此詩當是白居易
離開杭州時所作,元稹的和作應該更在其後,白居易《除官赴闕留贈微
之》:"去年十月半,君來過浙東。今年五月盡,我發向闕中。"知白居易

離開杭州在長慶四年"五月盡"之時,本詩與元稹《代杭民作使君一朝去二首》應該作於同時,時間是"五月盡"之時,亦即長慶四年五月盡。

■ 三州倡和集之佚失詩兩首^{(一)①}

據《新唐書·藝文志》等

[校記]

(一)三州倡和集之佚失詩兩首:元稹本佚失詩所據《新唐書·藝文志》,又見《唐音癸籤·集録》、《山西通志》,基本未見異文。

[箋注]

① 三州倡和集之佚失詩兩首:元稹本佚失詩所據《新唐書·藝文志》:"《三州倡和集》一卷,元稹、白居易、崔玄亮。"《唐音癸籤·集録》:"《三州倡和集》:元稹、白居易、崔元亮,一卷。"《山西通志·經籍·子類》:"《三州倡和集》一卷,白居易、元稹、崔元亮。" 三州:這裏指越州、杭州和湖州,長慶二年七月至長慶四年五月,白居易出任杭州刺史,長慶三年八月至大和三年九月,元稹出任浙東觀察使、越州刺史,長慶三年十一月至寶曆元年,崔玄亮出任湖州刺史。元稹、白居易、崔玄亮是吏部乙科同年,三人共同在"三州""倡和"的時間,應該起自長慶三年十一月二十二日崔玄亮履任湖州刺史之時,終於長慶四年五月末白居易離開杭州之時。但今存元稹詩篇涉及崔玄亮的唱和詩篇一首不見,祇有拙稿補入的一首,我們以爲肯定有元稹與崔玄亮唱和的詩篇佚失在外,否則如何稱《三州倡和集》? 今以《白氏長慶集》七十五卷,有詩文三千八百四十首計,平均每卷有五十一首上下。如果僅僅以詩篇計算,每卷的篇數將會更多。《三州倡和集》

既然有"一卷"，詩篇當在五十篇之上。以三人唱和，每人大致應該有十七首或十八首上下。今點檢元稹起自長慶三年十一月二十二日至長慶四年五月末或與白居易和崔玄亮唱和的詩篇僅十六首，尚有兩首詩篇佚失在外，今據補。另外，《三州倡和集》應該有"序"説明情況，今《白氏長慶集》與元稹詩文均中未見，崔玄亮詩文大量佚失，"序"究竟是三人中何人之手筆，因爲無從查考，祇能暫缺待考。"三州倡和集"與《宋史·藝文志》提及的《杭越寄和詩集》有所不同："元稹、白居易、李諒《杭越寄和詩集》一卷。"元稹長慶三年八月至大和三年九月在浙東觀察使、越州刺史任，白居易長慶二年七月至長慶四年五月末在杭州刺史任，李諒在蘇州刺史任，據《唐刺史考》考定，在長慶二年至寶曆元年間。元稹、白居易、李諒三人分別在越州、杭州、蘇州唱和，應該起自長慶三年八月元稹履任越州，終於白居易長慶四年五月末離開杭州。點檢元稹這一時期的詩篇，包括散佚與佚失詩篇在內，共有三十五篇，除元稹之外，還有白居易、李諒的諸多詩篇，三人詩篇相加，篇目數應該在七十首以上，與"一卷"的情況大致相符，故不再補入元稹佚失詩篇之列。　　倡和：一人首唱，他人相和，互相應答。語出《詩·鄭風·蘀兮》："叔兮伯兮，倡予和女。"《禮記·樂記》："倡和清濁。"孔穎達疏："先發聲者爲倡，後應聲者爲和。"也指以詩詞相酬答。陸龜蒙《襲美留振文宴龜蒙抱病不赴猥示倡和因次韻酬謝》："毫健幾多飛藻客，羽寒寥落映花鶯。幽人獨自西窗晚，閑憑香檯反照明。"葛立方《韻語陽秋》："〔陳後主〕與倖臣各製歌詞，極於輕蕩，男女倡和，其音甚哀。"

[編年]

　　未見《元稹集》採録，也未見《年譜》、《編年箋注》、《年譜新編》採録與編年。

　　我們以爲，既然稱"三州倡和"，應該是元稹在越州、白居易在杭州、崔玄亮在湖州時期,亦即我們在"箋注"中揭示的長慶三年十一月二十二日崔玄亮履任湖州至長慶四年五月末白居易離任杭州刺史期間,三人的唱和詩即撰作於這一時期,今補入元稹的兩首唱和詩也應該賦成於這一時期,地點在越州,元稹時任浙東觀察使、越州刺史。

● 詠廿四氣詩·立春正月節^{(一)①}

春冬移律吕,天地換星霜^②。冰泮游魚躍,和風待柳芳^③。早梅迎雨水,殘雪怯朝陽^④。萬物含新意,同歡聖日長^⑤。

錄自《全唐詩補編·全唐詩續拾》卷二五

[校記]

（一）詠廿四氣詩:《全唐詩補編·全唐詩續拾》卷二五《詠廿四氣詩》組詩後按語:"此組詩存兩個鈔本:伯二六二四卷較完整……斯三八八〇卷卷首已缺雨水、春分、穀雨、小滿、夏至(此首僅存末八字)等五首……今以伯二六二四卷爲底本,以斯三八八〇卷參校。"根據本書的統一體例,凡屬組詩,均將組詩總標題冠於每首詩篇標題之前,以與其他獨立成篇的詩歌相區別,與此類似的情況還有《和李校書新題樂府十二首》、《使東川》、《貽蜀五首》、《樂府·和劉猛古題樂府十首》、《樂府·和李餘古題樂府九首》等組詩,一併在此説明。詠廿四氣詩:據《全唐詩補編·全唐詩續拾》卷二五,本詩見斯三八八〇卷及伯二六二四卷,不見異文。

[箋注]

① 詠廿四氣詩:《全唐詩補編·全唐詩續拾》卷二五《詠廿四氣詩》組詩後按語:"伯二六二四卷……卷首題:'盧相公廿四氣詩。'……斯三

八八〇卷……卷末題：‘甲辰年夏月上旬寫記。元相公撰，李慶君書。’……至其作者，二書有異。元相公可確定爲元稹，盧相公不詳爲誰。究爲誰作，今已難甄辨。亦有可能元、盧二人皆爲依託之名。今姑從一説録附元稹之末。”關於“亦有可能元、盧二人皆爲依託之名”之説，我們以爲不太可能。首先“依託”必定有依託的原因，如唐代傳奇《周秦行紀》之依託，實出於牛李黨爭之政治需要，是是非非，莫衷一是。而本組詩祇是賦詠“廿四節氣”之詩，無干政治，張三可賦，李四能頌，何必隱姓埋名而託名他人？ 而且，既指證爲“依託”，應該有證據，不能僅僅以“亦有可能元、盧二人皆爲依託之名”一句隨便定論。而“相公”一詞在李唐及李唐之前是人們對宰相的敬稱。《文選・王粲〈從軍詩〉》：“相公征關右，赫怒震天威。”李善注：“曹操爲丞相，故曰相公也。”韓愈《皇帝即位賀宰相啓》：“相公翼亮聖明，大慶資始。”吳曾《能改齋漫録・事始》：“丞相稱相公，自魏已然矣！”吳偉業《詠拙政園山茶花》：“近年此地歸相公，相公勞苦承明宫。”吳翌鳳箋注：“按《日知録》：‘前代拜相者必封公，故稱之曰相公。’”後世也有以“相公”泛稱官吏的，但那已經是宋代以後。宋人王暐《道山清話》：“陳瑩中云：‘嶺南之人見逐容，不問官高卑皆呼爲相公，想是見相公常來也。’”《警世通言・許小乙得諧百媚美女　白娘子永鎮雷峰塔》：“正值韓大尹陞廳，押過許宣當廳跪下，喝聲：‘打！’許宣道：‘告相公不必用刑，不知許宣有何罪？’”舊時婦女對丈夫的敬稱，但那也在唐代之後。元代無名氏《舉案齊眉》第四折：“梁鴻云：‘夫人請穿上者。’正旦云：‘相公，我不敢穿。’”《二刻拍案驚奇・同窗友認假作真　女秀才移花接木》：“這人姓魏，好一表人物，就是我相公同年。”舊時對讀書人的敬稱，後多指秀才，但同樣也在唐代之後。《二刻拍案驚奇・許察院感夢擒僧　王氏子因風獲盜》：“店家道：‘原來是一位相公，一發不難了。’”清人王應奎《柳南隨筆》卷二：“古稱秀才曰措大，謂能措大事也，而天下之能措大事者惟相，故又呼秀才爲相公。”舊時對男子的敬稱,查閱文獻,均在唐代之後。清代孔尚任《桃花扇·聽稗》:"他是江湖名士,稱他柳相公才是。"而查李唐宰相中,盧姓計有盧承慶、盧懷慎、盧從愿、盧邁、盧光啓、盧携、盧杞等人,元姓祇有元稹與元載兩人,而元載是李唐歷史上臭名昭著的奸相,大曆十二年被賜"自盡",其被賜"自盡"之前,一直在宰相之位,誅殺之後,後人不會也不應以"相公"稱之。今以"甲辰年"、"相公"等情況考之,其他人均難以一一相符,唯元稹情況大致相符:一、元稹曾經拜職宰相,雖然時間不長,但當時之人其後均以宰相稱之:如劉禹錫《浙東元相公書嘆梅雨鬱蒸之候因寄七言》:"稽山自與岐山別,何事連年鷩鷩飛? 百辟商量舊相入,九天祇候老臣歸。"張籍《酬杭州白使君兼寄浙東元大夫》:"相印暫辭臨遠鎮,掖垣出守復同時。一行已作三年別,兩處空傳七字詩。"白居易《元相公挽詞三首》:"銘旌官重威儀盛,騎吹聲繁鹵簿長。後魏帝孫唐宰相,六年七月葬咸陽。"二、元稹原有詩文集一百卷,後來散佚散失散失近半,宋人劉麟父子重新整理,成六十卷。保存在劉麟父子整理的《元氏長慶集》中的,從我們今天編年整理的情況來看,以浙東、武昌任存詩最少,也就是說這一時期散佚散失可能最多,估計本組詩即是其中散佚散失的極小部份。宋人洪适《元氏長慶集原跋》:"今之所編,頗又律呂乖次,惜矣! 舊規之不能存也。"三、長慶四年的干支爲"甲辰",與斯三八八〇卷末的"甲辰年"相合。其時元稹剛剛罷職宰相之位,擔任浙東觀察使兼越州刺史的職務,但人們習慣上仍然以"相公"稱之,劉禹錫、白居易、張籍的詩篇就是最好的證明。四、《年譜新編》在《全唐詩補編·全唐詩續拾》卷二五《詠廿四氣詩》組詩按語後面附言:"背面又有'大順元年十一月廿七日張記'一行,字迹雖與正面不同,但可據此斷定正面李慶君題記中'甲辰年'之大致時間。大順元年前之第一甲辰年爲唐僖宗中和四年,再前一甲辰年爲長慶四年。"如果《年譜新編》提供的"大順元年十一月廿七日張記"不誤,值得引以爲據:長慶四年是離開"大順元年"較近的

“甲辰年”。五、元稹一貫關心百姓的農業生產，白居易《唐故武昌軍節度處置等使正議大夫檢校户部尚書鄂州刺史兼御史大夫賜紫金魚袋尚書右僕射河南元公墓誌銘并序》：“出爲同州刺史，始至，急吏緩民，省事節用，歲收羨財千萬，以補亡户逋租，其餘因弊制事、贍上利下者甚多。二年，改御史大夫、浙東觀察使，將去同，同之耆幼鰥獨泣戀如別慈父母，遮道不可通。詔使導呵揮鞭，有見血者，路闃而後得行。先是，明州歲進海物，其淡蚶非禮之味，尤速壞，課其程，日馳數百里。公至越，未下車，趨奏罷，自越抵京師，郵夫獲息肩者萬計，道路歌舞之。明年，辨沃瘠，察貧富，均勞逸，以定稅籍，越人便之，無流庸，無逋賦。又明年，命吏課七郡人，各築陂塘，春貯水雨，夏溉旱苗，農人賴之，無餓殍。在越八載，政成課高，上知之，就加禮部尚書，降璽書慰諭之，示旌寵。又以尚書左丞徵還，旋改户部尚書、鄂岳節度使。在鄂三載，其政如越。太和五年七月二十二日遇暴疾，一日薨于位，春秋五十三。上聞之，軫悼不視朝，贈尚書右僕射加賻贈焉！”而“甲辰年”，亦即長慶四年前後，正是元稹在越州“均勞逸”，“定稅籍”，“築陂塘”，“春貯水雨，夏溉旱苗”之時，與本組詩情況基本相合。六、本組詩描繪的“二十四節氣”的種種物候，諸如“暖屋生蠶蟻”、“簇蠶呈繭樣”、“方伯問蠶絲”、“相逢問蠶麥”，應該是越州以及附近區域才有的景象；詩中提及的“苽”，是南方的物種：《周禮·天官·膳夫》：“凡王之饋，食用六穀。”鄭玄注：“六穀：稌、黍、稷、粱、麥、苽。苽，雕胡也。”賈公彦疏：“南方見有苽米，一名雕胡。”張潮《江南行》：“茨菰葉爛別西灣，蓮子花開猶未還。妾夢不離江水上，人傳郎在鳳凰山。”王維《送友人南歸》：“郧國稻苗秀，楚人菰米肥。懸知倚門望，遥識老萊衣。”唐人詩篇中的“苽”，也産在“江南”、“楚人”之地；“郧國”是古代南方小國，在今湖北省安陸市，或説在湖北省郧縣，春秋時爲楚所滅。《左傳·桓公十一年》：“郧人軍於蒲騷。”楊伯峻注：“據《括地志》及《元和郡縣志》則當在今安陸縣。”羅隱《安陸贈徐礀》：“還把餘杯重相勸,不堪秋色背郳城。"又説"郳"是古邑名,春秋吳地,在今江蘇省如皋縣東。《春秋·哀公十二年》:"公會衛侯、宋皇瑗於郳。"杜預注:"郳,發陽也,廣陵海陵縣東南有發繇口。"楊伯峻注:"據杜注,郳當在今江蘇如皋縣東。"七、再如北國"千里冰封,萬里雪飄"的隆冬景象,在本組詩中不見描繪,而"積陰成大雪,看處亂菲菲"云云,則更像是南方,亦即越州地區的冬天景象。"菰蒲長墨池"之句,所指的"菰蒲"是南方才有的物種,而"墨池"是洗筆硯的池子,著名書法家王羲之有"墨池"傳説著稱後世,而"墨池"就在越州。《太平寰宇記·會稽縣》:"墨池:王右軍洗硯池并舊宅,在蕺山下,去縣二里餘。"據此,我們暫時將本組詩歸名元積,等待智者或後人的進一步破解。　廿四氣:即"二十四節氣",亦稱"二十四節"、"二十四氣",我國古代曆法,根據太陽在黃道上的位置,將一年劃分爲二十四節氣,其名稱爲:立春、雨水、驚蟄、春分、清明、穀雨、立夏、小滿、芒種、夏至、小暑、大暑、立秋、處暑、白露、秋分、寒露、霜降、立冬、小雪、大雪、冬至、小寒、大寒,每段開始的一日爲節名。二十四節氣表明氣候變化和農事季節,在農業生產上有重要的意義,是我國夏曆的特點。《史記·太史公自序》:"夫陰陽四時、八位、十二度、二十四節各有教令。"趙翼《陔餘叢考·二十四節氣名》:"二十四節氣名,其全見於《淮南子·天文》篇及《漢書·曆志》。三代以上,《堯典》但有二分二至,其餘多不經見,惟《汲塚周書·時訓解》始有二十四節名,其序云:'周公辨二十四氣之應,以順天時,作《時訓解》。'則其名蓋定於周公。"　立春:二十四節氣之一,在陽曆二月三日、四日或五日。《禮記·月令》:"〔孟春之月〕立春之日,天子親帥三公、九卿、諸侯、大夫,以迎春於東郊。還反,賞公、卿、諸侯、大夫於朝。"《史記·天官書》:"立春日,四時之始也。"司馬貞索隱:"謂立春日是去年四時之終卒,今年之始也。"　正月節:即立春。張慮《月令解》卷一:"立春爲正月節,迎春於東郊者,人君後天而奉天時,當其氣至,則出郊以迎,所以導之也。"劉歆《三統曆》曰:"立春爲正月節,雨水爲正月中氣,雨水者,言雪散爲雨水也。"

　　② 春:春季,春天,我國習慣指農曆正月至三月,爲一年四季中第一個季節。《書·泰誓》:"惟十有三年,春,大會于孟津。"《文心雕龍·物色》:"是以獻歲發春,悅豫之情暢。" 冬:一年四季的最後一季,農曆十月至十二月。任昉《述異記》卷上:"邯鄲有故宮基存焉!中有趙王之果園,梅李至冬而花,春得而食。"陸游《初入西州境述懷》:"茂樹冬不凋,寒花晚猶拆。" 律呂:古代校正樂律的器具,用竹管或金屬管製成,共十二管,管徑相等,以管的長短來確定音的不同高度。從低音管算起,成奇數的六個管叫做"律";成偶數的六個管叫做"呂",合稱"律呂",後亦用以指樂律或音律。《國語·周語》:"律呂不易,無奸物也。"翁洮《和方干題李頻莊》:"猶憑律呂傳心曲,豈慮星霜到鬢根!" 天地:天和地,本詩指自然界。《荀子·天論》:"星隊木鳴,國人皆恐……是天地之變、陰陽之化,物之罕至者也。"柳宗元《封建論》:"天地果無初乎? 吾不得而知之也。" 星霜:星辰一年一周轉,霜每年遇寒而降,因以星霜指年歲。白居易《歲晚旅望》:"朝來暮去星霜換,陰慘陽舒氣序牽。"梅堯臣《雷逸老以效石鼓文見遺因呈祭酒吳公》:"聚完辨舛經星霜,四百六十飛鳳皇。"

　　③ 冰泮:冰凍融解。左思《蜀都賦》:"晨凫旦至,候雁銜蘆。木落南翔,冰泮北徂。"孟浩然《自潯陽泛舟經明海作》:"遙憐上林雁,冰泮已回翔。"冰融的時期,指農曆仲春二月,語出《詩·邶風·匏有苦葉》:"士如歸妻,迨冰未泮。"《荀子·大略》:"霜降逆女,冰泮殺止。" 游魚:游動的魚。王逸《機婦賦》:"高樓雙峙,下臨清池。游魚銜餌,瀺灂其陂。"沈佺期《入少密溪》:"游魚瞥瞥雙釣童,伐木丁丁一樵叟。" 和風:溫和的風,多指春風。阮籍《詠懷詩三首》一:"和風容與,明日映天。"杜甫《上巳日徐司錄林園宴集》:"薄衣臨積水,吹面受和風。" 柳芳:柳花。歐陽修《送公期得假歸絳》:"風吹積雪銷太行,水暖河橋楊柳芳。少年初仕即京國,故里幾歸成鬢霜?"沈遼《次韻元

章見寄》：“西渚菰蒲老，南國梅柳芳。當時有佳意，十載尚餘香。”

④ 早梅：最先開放的梅花。張説《正朝摘梅》：“蜀地寒猶暖，正朝發早梅。偏驚萬里客，已復一年來。”孟浩然《早梅》：“園中有早梅，年例犯寒開。少婦曾攀折，將歸插鏡臺。” 雨水：雨。《漢書·王莽傳》：“乃庚子雨水灑道，辛丑清靚無塵。”齊己《野步》：“田園經雨水，鄉國憶桑耕。”本句的“雨水”，也可以把它看作二十四節氣之一的雨水，一語而雙關。 殘雪：尚未化盡的雪。杜審言《大酺》：“梅花落處疑殘雪，柳葉開時任好風。”于良史《冬日野望寄李贊府》：“風兼殘雪起，河帶斷冰流。” 朝陽：山的東面。《詩·大雅·卷阿》：“梧桐生矣！於彼朝陽。”毛傳：“山東曰朝陽。”《釋名·釋山》：“山東曰朝陽，山西曰夕陽，隨日所照而名之也。”初升的太陽。溫庭筠《邊笳曲》：“嘶馬渡寒磧，朝陽照霜堡。”

⑤ 萬物：統指宇宙間的一切事物。《史記·吕不韋列傳》：“吕不韋乃使其客人人著所聞，集論……二十餘萬言。以爲備天地萬物古今之事，號曰《吕氏春秋》。”杜甫《哀江頭》：“憶昔霓旌下南苑，苑中萬物生顏色。” 新意：新的意義、見解、想法。杜預《春秋經傳集解序》：“然亦有史不書，即以爲義者，此蓋《春秋》新意。”趙與時《賓退録》卷八：“洪文敏著《夷堅志》，積三十二編，凡三十一序，各出新意，不相複重，昔人所無也。” 同歡：共同歡樂，亦指共相歡樂之人。李頎《聖善閣送裴迪入京》：“清吟可愈疾，携手暫同歡。”朱灣《詠柏板》：“既能親掌握，願得接同歡。” 聖日：猶聖時。張喬《北山書事》：“聖日雄藩静，秋風老將閑。”楊系《小苑春望宮池柳色》：“皇風吹欲斷，聖日映逾明。願駐高枝上，還同出谷鶯。”

[編年]

　　未見《年譜》提及和編年本組詩。《編年箋注》據《全唐詩補編·全唐詩續拾》卷二五引録本組詩，未作一字一句的“箋注”與説明，更沒有編年本組詩,直接將本組詩以及《全唐詩補編・全唐詩續拾》卷二五的按語置於《編年箋注・未編年詩》之末,沒有表明《詠廿四氣詩》的著作權歸屬,沒有說明歸屬或不能歸屬的理由,那意思是讓讀者自行解決。《年譜新編》在長慶四年"詩編年"之後,附錄詩題《詠廿四氣詩》,并全文照錄《全唐詩補編・全唐詩續拾》卷二五本組詩之後的按語,并沒有發表自己的見解,那意思同樣是讓讀者自行解決。

我們根據《全唐詩補編・全唐詩續拾》卷二五的按語,首先在"箋注"中對本組詩作者的歸屬作了初步的認定,亦即認定本組詩的著作權應該歸於元稹。又根據按語中"斯三八八○卷……卷末題'甲辰年夏月上旬寫記,元相公撰,李慶君書'"的提示進行編年。而所謂"夏月"就是夏天。《晉書・車胤傳》:"胤恭勤不倦,博學多通。家貧不常得油,夏月則練囊盛數十螢火以照書,以夜繼日焉!"孟元老《東京夢華錄・朱雀門外街巷》:"又西曰清風樓酒店,都人夏月多乘涼於此。"據此,我們編年本組詩於長慶四年的"夏月",亦即長慶四年的夏天,我們以爲本組詩也許是元稹在白居易"五月盡"離開杭州之後所作,亦即長慶四年六月"上旬",當時元稹在浙東觀察使任,地點在越州。元稹大約是暫時失去了白居易這樣詩歌酬唱的朋友,萬般無奈之中感到寂寞,於是以"二十四節氣"爲題,譜寫了這一組詩篇,以抒發詩人關心民生、關心百姓的思想情感。

● 詠廿四氣詩・雨水正月中(一)①

雨水洗春容,平田已見龍②。祭魚盈浦嶼,歸雁□山峰(二)③。雲色輕還重,風光淡又濃④。向春入二月,花色影重重⑤。

錄自《全唐詩補編・全唐詩續拾》卷二五

[校記]

（一）雨水正月中：本詩斯三八八〇卷已經散失，今僅據伯二六二四卷過録。

（二）歸雁□山峰：第三字原闕，《全唐詩補編・全唐詩續拾》卷二五作空闕處理，筆者疑是"歸雁過山峰"，僅供讀者參考。

[箋注]

① 雨水：二十四節氣之一，一年之中的第二個節氣，在陽曆二月十九日前後。《逸周書・時訓》："雨水之日獺祭魚。"《禮記・月令》："〔仲春之月〕始雨水，桃始華。"鄭玄注："漢始以雨水爲二月節。"　正月中：正月之中。閻若璩《尚書古文疏證》卷六上："又按：古以驚蟄爲正月中，雨水爲二月節，《三統曆》猶然。後漢劉洪《乾象曆》方改，易其次雨水前驚蟄後，故康成曰：'漢始亦以驚蟄爲正月中。'則康成時不然，可知周書時訓解立春之日，東風解凍；雨水之日，獺祭魚；驚蟄之日，桃始華。分明是傳寫人以後之節次上改古曆，讀者并以此疑，時訓非古過矣！"

② 雨水：雨。王建《縣丞廳卽事》："雨水洗荒竹，溪沙填廢渠。"齊己《野步》："城裏無閑處，却尋城外行。田園經雨水，鄉國憶桑耕。"　春容：猶春色，春天的景色。齊己《南歸舟中二首》一："春容含衆岫，雨氣泛平蕪。"陳師道《黄梅》："黄裏含真意，春容帶薄寒。"　平田：平整的田野。孟浩然《行出東山望漢川》："異縣非吾土，連山盡綠篁。平田出郭少，盤阪入雲長。"李嘉祐《自蘇臺至望亭驛人家盡空春物增思悵然有作因寄從弟紓》："野棠自發空臨水，江燕初歸不見人。遠岫依依如送客，平田渺渺獨傷春。"　龍：傳説中的一種神異動物，身長，形如蛇，有鱗爪，能興雲降雨，爲水族之長。《易・乾》："雲從龍，風從虎，聖人作而萬物覩。"張籍《雲童行》："雲童童，白龍之尾垂江中。"

③ "祭魚盈浦嶼"兩句：《禮記注疏・月令》："漢始亦以驚蟄爲正

月中,此時魚肥美,獺將食之,先以祭也。雁自南方來,將北反其居。"
祭魚:猶獺祭。《禮記・王制》:"獺取鯉于水裔,四方陳之,進而弗食,
世謂之祭魚。"孟浩然《早發漁浦潭》:"飲水畏驚猿,祭魚時見獺。"
浦嶼:水中小島。元稹《酬樂天早春閑遊西湖》:"浦嶼崎嶇到,林園次
第巡。"李群玉《桑落洲》:"浦嶼漁人火,兼葭鳧雁聲。"　歸雁:大雁春
天北飛,秋天南飛,候時去來,故稱"歸雁"。蘇武《報李陵書》:"豈可
因歸雁以運糧,託景風以餉軍哉?"王維《使至塞上》:"征蓬出漢塞,歸
雁入胡天。"　山:地面上由土石構成的隆起部分。《荀子・勸學》:
"積土成山,風雨興焉!"《文心雕龍・神思》:"登山則情滿於山,觀海
則意溢於海。"　峰:山頂。《說文・山部》:"峰,山耑也。"李白《蜀道
難》:"連峰去天不盈尺,枯松倒挂倚絕壁。"指高而陡的山。蘇軾《題
西林壁》:"橫看成嶺側成峰,遠近高低各不同。"

④ 雲色:雲層的顏色。王維《愚公谷三首》二:"不隨雲色暗,只待
日光明。緣底名愚谷,都由愚所成。"儲光羲《奉真觀》:"真門迥向北,馳
道直向西。爲與天光近,雲色成虹霓。"　輕還重:即"輕重",深淺。陳
子昂《觀荆玉篇》:"丹青非異色,輕重有殊倫。勿信玉工言,徒悲荆國
人。"張子容《自樂城赴永嘉枉路泛白湖寄松陽李少府》:"西行礙淺石,
北轉入溪橋。樹色烟輕重,湖光風動搖。"　風光:風景,景色。張渭《湖
上對酒行》:"風光若此人不醉,參差辜負東園花。"蘇軾《追和子由去歲
試舉人洛下所寄・暴雨初晴樓上晚景之一》:"秋後風光雨後山,滿城流
水碧潺潺。"　淡又濃:即"濃淡",疏淡與濃密。杜甫《大曆三年春白帝
城放船出瞿塘峽久居夔府將適江陵漂泊有詩凡四十韻》:"杳冥藤上下,
濃澹樹榮枯。神女峰娟妙,昭君宅有無。"楊凌《小苑春望宮池柳色》:
"春至條偏弱,寒餘葉未成。和烟變濃淡,轉日異陰晴。"

⑤ 向春:朝東的地方。宋之問《剪綵》:"駐想持金錯,居然作管
灰。綺羅纖手製,桃李向春開。"吳少微《古意》:"洛陽芳樹向春開,洛
陽女兒平旦來。流車走馬紛相催,折芳瑤華向曲臺。"北斗指向東方

爲春,故以春指代東方。《尚書大傳》卷一:"春,出也,故謂東方春也。"《公羊傳·隱公元年》:"歲之始也。"何休注:"昏,斗指東方曰春。" 花色:花的色澤,花紋和顏色。唐求《贈楚公》:"長説滿庭花色好,一枝紅是一枝空。"蘇舜欽《答和叔春日舟行》:"春入水光成嫩碧,日匀花色變鮮紅。" 重重:猶層層。《西京雜記》卷六:"洲上粘樹一株,六十餘圍,望之重重如蓋。"張説《同趙侍御望歸舟》:"山庭迥迥面長川,江樹重重極遠烟。"

[編年]

《年譜》、《編年箋注》没有對本詩編年,《年譜新編》編年本詩於長慶四年,但没有説明具體時間與編年理由。

我們對本詩的編年意見及理由同《立春正月節》所示,亦即編年於長慶四年六月上旬。

● 詠廿四氣詩·驚蟄二月節①

陽氣初驚蟄,韶光大地周(一)②。桃花開蜀錦,鷹老化春鳩(二)③。時候爭催迫,萌芽護矩修(三)④。人間務生事,耕種滿田疇⑤。

錄自《全唐詩補編·全唐詩續拾》卷二五

[校記]

(一)韶光大地周:本詩斯三八八〇卷、伯二六二四卷均存,《全唐詩補編·全唐詩續拾》校勘:"一作'韶光天地周'。"語義不同,不改。

(二)鷹老化春鳩:本詩斯三八八〇卷、伯二六二四卷均存,《全唐詩補編·全唐詩續拾》校勘:"一作'鷹老化爲鳩'。"語義不同,不改。

（三）萌芽護矩修：本詩斯三八八〇卷、伯二六二四卷均存，原作“萌芽□矩修”，闕字處爲難以辨認之字，《全唐詩補編‧全唐詩續拾》校勘：“一作‘萌芽護矩修’。”據改。

［箋注］

① 驚蟄：二十四節氣之一，一年之中的第三個節氣，在陽曆三月五日，六日或七日，此時氣溫上升，土地解凍，春雷始鳴，蟄伏過冬的動物驚起活動，故名。韋應物《田家》：“微雨衆卉新，一雷驚蟄始。”蘇轍《游景仁東園》：“新春甫驚蟄，草木猶未知。”　節：節令，節日，古以立春、立夏、立秋、立冬及春分、秋分、夏至、冬至爲八節，後分一年爲二十四節。《史記‧太史公自序》：“夫陰陽四時、八位、十二度、二十四節各有教令。”許棠《曲江三月三日》：“如何當此節，獨自作愁人？”

② 陽氣：暖氣，生長之氣。《管子‧形勢解》：“春者，陽氣始上，故萬物生。”《淮南子‧天文訓》：“陽氣勝則散而爲雨露，陰氣勝則凝而爲霜雪。”　驚蟄：指經過冬眠而被春雷驚醒的蟲豸。《文選‧左思〈魏都賦〉》：“抑若春霆發響，而驚蟄飛競；潛龍浮景，而幽泉高鏡。”李善注引《呂氏春秋》：“聞春始雷，則蟄蟲動矣！”　韶光：美好的時光，常指春光。蕭綱《與慧琰法師書》：“五翳消空，韶光表節。”王勃《梓州郪縣兜率寺浮圖碑》：“每至韶光照野，爽籟晴遙。”　大地：廣大地面，普天之下。溫子昇《寒陵山寺碑序》：“雖復高天銷於猛炭，大地淪於積水，固以傳之不朽，終亦記此無忘。”王維《夏日過青龍寺謁操禪師》：“山河天眼裏，世界法身中。莫怪銷炎熱，能生大地風。”　周：遍，遍及。《易‧繫辭》：“知周乎萬物而道濟天下，故不過。”段文昌《享太廟樂章》：“澤周八荒，兵定四極。”

③ 桃花：亦作“桃華”，桃樹所開的花。《文心雕龍‧物色》：“灼灼狀桃花之鮮，依依盡楊柳之貌。”張志和《漁父》一：“西塞山前白鷺飛，桃花流水鱖魚肥。”　蜀錦：原指蜀地生產的彩錦，後亦爲織法似

蜀地的各地所產之錦的通稱,多用染色熟絲織成,色彩鮮艷,質地堅韌。杜甫《白絲行》:“繰絲須長不須白,越羅蜀錦金粟尺。”晏殊《山亭柳·贈歌者》:“偶學念奴聲調,有時高遏行雲。蜀錦纏頭無數,不負辛勤。” 鷹:鳥類的一科,一般指鷹屬的鳥類,上嘴呈鉤形,頸短,腳部有長毛,足趾有長而銳利的爪,性凶猛,捕食小獸及其他鳥類。李時珍《本草綱目·鷹》:“鷹出遼海者上,北地及東北胡者次之。北人多取雛養之,南人八九月以媒取之,乃鳥之疏暴者。”沈佺期《獄中聞駕幸長安二首》二:“無事今朝來下獄,誰期十月是橫河?君看鷹隼俱堪擊,爲報蜘蛛收網羅。”白居易《放鷹》:“鷹翅疾如風,鷹爪利如錐。”老:衰老,凋謝。《詩·衛風·氓》:“及爾偕老,老使我怨。”孔穎達疏:“老者以華落色衰爲老,未必大老也。”《古詩十九首·冉冉孤生竹》:“思君令人老,軒車來何遲!”死的婉辭。子蘭《城上吟》:“古塚密於草,新墳侵官道。城外無閑地,城中人又老。” 鳩:鳥名,古爲鳩鴿類,種類不一,如雎鳩、祝鳩、斑鳩等,亦有非鳩鴿類而以鳩名的如鳲鳩(布穀),今爲鳩鴿科部分鳥類的通稱,常指山斑鳩及珠頸斑鳩兩種。《詩·衛風·氓》:“於嗟鳩矣,無食桑葚。”毛傳:“鳩,鶻鳩也。”《呂氏春秋·仲春紀》:“蒼庚鳴,鷹化爲鳩。”高誘注:“鳩,蓋布穀鳥也。”

④ 時候:季節,節候。《公羊傳·莊公二十二年》:“冬,公如齊納幣。”何休注:“凡婚禮皆用雁,取其知時候。”趙璘《因話錄·宮》:“九月衣衫,二月衣袍,與時候不相稱。” 催迫:催促逼迫。陶潛《雜詩十二首》七:“日月不肯遲,四時相催迫。”白居易《冀城北原作》:“昔人墓田中,今化爲里閭。廢興相催迫,日月互居諸。” 萌芽:亦作“萌牙”,草木初生的芽。《禮記·月令》:“〔仲春之月〕是月也,安萌牙,養幼少,存諸孤。”劉恂《嶺表錄異》卷中:“〔波斯棗〕如小塊紫礦,恂亦收而種之,久無萌芽,疑是蒸熟也。” 矩:刻畫以留標誌。《周禮·輪人》:“凡斬轂之道,必矩其陰陽。”鄭玄注:“矩,謂刻識之也。”賈公彥疏:“此欲斬轂之時,先就樹刻之,記識其向日爲陽、背日爲陰之處。”指畫爲標誌的度。

《淮南子·本經訓》:"天地之大,可以矩表識也。"高誘注:"矩,度也。"

　⑤　人間:人類社會。《韓非子·解老》:"聾則不能知雷霆之害,狂則不能免人間法令之禍。"《後漢書·卓茂傳》:"凡人之生,群居雜處,故有經紀禮義以相交接。汝獨不欲修之,寧能高飛遠走,不在人間邪?"蘇軾《魚蠻子》:"人間行路難,踏地出賦租。"塵世,世俗社會。《史記·留侯世家》:"願棄人間事,欲從赤松子遊耳!"趙令時《侯鯖錄》卷五:"麗質仙娥生月殿。謫向人間。未免凡情亂。"　生事:猶生計。常璩《華陽國志·蜀志》:"山原肥沃,有澤漁之利……土地易爲生事。"白居易《觀稼》:"停杯問生事,夫種妻兒穫。"　耕種:耕耘種植。陶潛《癸卯歲始春懷古田舍二首》二:"耕種有時息,行者無問津。"孟浩然《山中逢道士雲公》:"春餘草木繁,耕種滿田園。酌酒聊自勸,農夫安與言?"　田疇:泛指田地。《禮記·月令》:"〔季夏之月〕可以糞田疇,可以美土疆。"孫希旦集解引吳澄曰:"田疇,謂耕熟而其田有疆界者。"賈誼《新書·銅布》:"銅布於下,採銅者棄其田疇,家鑄者損其農事,穀不爲則鄰於饑。"

[編年]

　《年譜》、《編年箋注》沒有對本詩編年,《年譜新編》編年本詩於長慶四年,但沒有説明具體時間與編年理由。

　我們對本詩的編年意見及理由同《立春正月節》所示,亦即編年於長慶四年六月上旬。

● 詠廿四氣詩·春分二月中 (一)①

　二氣莫交争! 春分兩處行②。雨來看電影,雲過聽雷聲③。山色連天碧,林花向日明④。梁間玄鳥語,欲似解人情⑤。

録自《全唐詩補編·全唐詩續拾》卷二五

[校記]

（一）春分二月中：本詩斯三八八〇卷已經散失，今僅據伯二六二四卷過録。

[箋注]

① 春分：二十四節氣之一，一年之中的第四個節氣，每年在陽曆三月二十日或二十一日，此日太陽直射赤道，南北半球晝夜長短平分，故稱。《逸周書·周月》："春三月中氣：驚蟄，春分，清明。"董仲舒《春秋繁露·陰陽出入》："至於仲春之月，陽在正東，陰在正西，謂之春分。春分者，陰陽相半也，故晝夜均而寒暑平。"蘇軾《癸丑春分後雪》："雪入春分省見稀，半開桃杏不勝威。"　中：居於其中。《孟子·盡心》："中天下而立。"《漢書·鄭吉傳》："吉於是中西域而立莫府。"

② 二氣：指陰、陽二氣。《易·咸》："柔上而剛下，二氣感應以相與。"曾慥《高齋漫録》："天地尊位，二氣合而萬物生；日月並明，四時叙而百度正。"　交爭：互相爭戰。《史記·張儀列傳》："凡天下强國，非秦而楚，非楚而秦，兩國交爭，其勢不兩立。"猶紛争。《資治通鑑·宋武帝永初三年》："姚興死，諸子交爭，故裕乘釁伐之。"

③ 電影：閃電，閃電之光。李邕《楚州淮陰縣婆羅樹碑》："雖電影施鞭，夸父杖策，罔可喻其神速，曷云狀其歘快哉！"樓鑰《浣溪沙·雙檜堂》："電影雷聲催急雨，十分涼。"　雷聲：自然界陰電與陽電交相在一起時發出的巨大聲響。孟浩然《東陂遇雨率爾貽謝南池》："田家春事起，丁壯就東陂。殷殷雷聲作，森森雨足垂。"岑參《因假歸白閣西草堂》："雷聲傍太白，雨在八九峰。東望白閣雲，半入紫閣松。"

④ 山色：山的景色。岑參《宿岐州北郭嚴給事別業》：“郭外山色溟，主人林館秋。”歐陽修《朝中措・平山堂》：“平山欄檻倚晴空，山色有無中。”　連天：滿天。《後漢書・光武帝紀》：“旗幟蔽野，埃塵連天。”韓愈《李花二首》二：“誰將平地萬堆雪，翦刻作此連天花？”與天際相連。李白《夢遊天姥吟留別》：“天姥連天向天橫，勢拔五嶽掩赤城。”胡權《濟川用舟楫》：“渺渺水連天，歸程想幾千！”　碧：青綠色。柳宗元《溪居》：“來往不逢人，長歌楚天碧。”韋莊《菩薩蠻》：“春水碧於天，畫船聽雨眠。”　林花：樹林間的花花草草。儲光羲《官莊池觀競渡》：“船爭先後渡，岸激去來波。水葉藏魚鳥，林花間綺羅。”孟浩然《春中喜王九相尋》：“二月湖水清，家家春鳥鳴。林花掃更落，徑草踏還生。”　向日：朝著太陽，面對太陽。《史記・龜策列傳》：“於是元王向日而謝，再拜而受。”司馬光《客中初夏》：“更無柳絮因風起，惟有葵花向日傾。”　明：明艷，鮮艷。李白《憶舊遊寄譙郡元參軍》：“一溪初入千花明，萬壑度盡松風聲。”顧敻《遐方怨》：“嫩紅雙臉似花明，兩條眉黛遠山橫。”

⑤ 梁：建築物的橫梁。《淮南子・主術訓》：“故賢主之用人也，猶巧工之制木也，大者以爲舟航、柱梁，小者以爲楫、楔。”耿湋《贈海明上人》：“月上安禪久，苔生出院稀。梁間有馴鴿，不去復何依？”　玄鳥：燕子。李時珍《本草綱目・燕》：“燕子，篆文象形。乙者，其鳴自呼也。玄，其色也。”《楚辭・九章・思美人》：“高辛之靈盛兮，遭玄鳥而致詒。”李頻《古意》：“玄鳥空巢語，飛花入戶香。”　欲似：好像。張鷟《遊仙窟》：“須臾之間，有一婢名琴心，亦有姿首，到下官處，時復偷眼看，十娘欲似不快。”《敦煌變文集・秋胡變文》：“乃畫翠眉，便拂芙蓉，身著嫁時衣裳，羅扇遮面，欲似初嫁之時。”　解：明白，理解。《莊子・天地》：“大惑者，終身不解。”成玄英疏：“解，悟也。”《三國志・賈詡傳》：“〔曹操〕又問詡計策，詡曰：‘離之而已。’太祖曰：‘解。’”　人情：人的感情。《禮記・禮運》：“何謂人情？喜、怒、哀、懼、愛、惡、欲，七者弗學而能。”《史記・太史公自序》：“人情之所感，遠俗則懷。”

[編年]

《年譜》、《編年箋注》没有對本詩編年,《年譜新編》編年本詩於長慶四年,但没有説明具體時間與編年理由。

我們對本詩的編年意見及理由同《立春正月節》所示,亦即編年於長慶四年六月上旬。

● 詠廿四氣詩·清明三月節①

清明來向晚,山渌正光華②。楊柳先飛絮,梧桐續放花③。駕聲知化鼠,虹影指天涯④。已識風雲意,寧愁穀雨賒(一)⑤。

録自《全唐詩補編·全唐詩續拾》卷二五

[校記]

（一）寧愁穀雨賒:本詩斯三八八〇卷、伯二六二四卷均存,伯二六二四卷作“寧愁雨穀賒”,《全唐詩補編·全唐詩續拾》校勘:“一作‘寧愁穀雨賒’。”斯三八八〇卷語義合理,據改。

[箋注]

① 清明:節氣名,一年之中的第五個節氣,陽曆四月四日、五日或六日,時當農曆三月,故言“三月節”。我國有清明節踏青、掃墓的習俗。《逸周書·周月》:“春三月中氣,驚蟄,春分,清明。”朱右曾校釋引孔穎達曰:“清明,謂物生清浄明潔。”謝靈運《入東道路詩》:“屬值清明節,榮華歷和韶。”薛逢《君不見》:“清明縱便天使來,一把紙錢風樹杪。”

② 向晚:傍晚。李頎《送魏萬之京》:“關城曙色催寒近,御苑砧聲向晚多。”張元幹《蘭陵王》:“綺霞散,空碧留晴向晚。” 渌:清澈。張衡《東京賦》:“於東則洪池清籞,渌水澹澹。”柳宗元《田家三首》三:

"蓼花被堤岸,陂水寒更淥。"　光華:光輝照耀,閃耀。《尚書大傳》卷一:"日月光華,且復旦兮。"《顏氏家訓・省事》:"拜守宰者,印組光華,車騎輝赫。"

③ 楊柳:泛指柳樹。李時珍《本草綱目・柳》:"楊枝硬而揚起,故謂之楊;柳枝弱而垂流,故謂之柳:蓋一類二種也……又《爾雅》云:'楊,蒲柳也。旄,澤柳也。檉,河柳也。'觀此,則楊可稱柳,柳亦可稱楊,故今南人猶併稱楊柳。"《詩・小雅・鹿鳴》:"昔我往矣! 楊柳依依。"溫庭筠《題柳》:"楊柳千條拂面絲,綠烟金穗不勝收。"　飛絮:飄飛的柳絮。庾信《楊柳歌》:"獨憶飛絮鵝毛下,非復青絲馬尾垂。"辛棄疾《摸魚兒》:"算只有殷勤,畫檐蛛網! 盡日惹飛絮。"　梧桐:木名,落葉喬木,古代以爲是鳳凰栖止之木。《詩・大雅・卷阿》:"鳳凰鳴矣! 于彼高岡。梧桐生矣! 於彼朝陽。"孔穎達疏:"梧桐可以爲琴瑟。"《莊子・秋水》:"夫鵷鶵發於南海,而飛於北海,非梧桐不止。"放花:開花。李端《早春夜集耿拾遺宅》:"如何遘客會,忽在侍臣家? 新草猶停雪,寒梅未放花。"柳宗元《酬賈鵬山人郡內新栽松寓興見贈二首》一:"芳朽自爲別,無心乃玄功。夭夭日放花,榮耀將安窮?"

④ 鴽:鵪鶉之類的小鳥。《儀禮・公食大夫禮》:"上大夫,庶羞二十,加於下大夫以雉兔鶉鴽。"賈公彥疏:"然則鴽、鶉,一物也。"黃庭堅《奉和王世弼寄上七兄先生用其韵》:"獵山窮鶉鴽,罩海極蝦蜆。"　鼠:哺乳動物的一科,種類很多,一般的身體小,尾巴長,門齒很發達,無齒根,終生繼續生長,常借齧物以磨短,沒有犬齒,毛褐色或黑色,繁殖力很強,通稱老鼠,有的地區叫耗子。《詩・召南・行露》:"誰謂鼠無牙,何以穿我墉?"韓愈《元和聖德詩》:"天錫皇帝,多麥與黍。無召水旱,耗於雀鼠。"　虹:大氣中一種光的現象,天空中的小水珠經日光照射發生折射和反射作用而形成的圓弧形彩帶,呈現紅、橙、黃、綠、藍、靛、紫七種顏色。這種圓弧常出現兩個:紅色在外,紫色在內,顏色鮮紅的稱"虹",也稱正(雄)虹;紅色在內,紫色在

外,顏色較淡的稱"霓",也稱副(雌)虹。李嶠《萍》:"二月虹初見,三春蟻正浮。青蘋含吹轉,紫蒂帶波流。"董思恭《詠虹》:"春暮萍生早,日落雨飛餘。橫彩分長漢,倒色媚清渠。" 天涯:猶天邊,指極遠的地方。語出《古詩十九首·行行重行行》:"相去萬餘里,各在天一涯。"徐陵《與王僧辯書》:"維桑與梓,翻若天涯。"

⑤ 風雲:風和雲。《史記·老子韓非列傳》:"至於龍,吾不能知其乘風雲而上天。"王勃《上巳浮江宴序》:"林壑清其顧盼,風雲蕩其懷抱。" 寧:豈,難道。《左傳·成公二年》:"夫齊,甥舅之國也,而大師之後也,寧不亦淫從其欲以怒叔父,抑豈不可諫誨?"《顏氏家訓·歸心》:"釋一曰,夫遙大之物,寧可度量?" 賒:遲緩,緩慢。王僧孺《鼓瑟曲有所思》:"光陰復何極? 望促反成賒。"元稹《遣春十首》五:"梅芳勿自早,菊秀勿自賒。"

[編年]

《年譜》、《編年箋注》沒有對本詩編年,《年譜新編》編年本詩於長慶四年,但沒有說明具體時間與編年理由。

我們對本詩的編年意見及理由同《立春正月節》所示,亦即編年於長慶四年六月上旬。

● 詠廿四氣詩·穀雨三月中 (一)①

穀雨春光曉,山川黛色青②。葉間鳴戴勝,澤水長浮萍③。暖屋生蠶蟻,喧風引麥葶④。鳴鳩徒拂羽,信矣不堪聽⑤。

錄自《全唐詩補編·全唐詩續拾》卷二五

[校記]

（一）穀雨三月中：本詩斯三八八〇卷已經散失，今僅據伯二六二四卷過録。

[箋注]

① 穀雨：二十四節氣之一，一年之中的第六個節氣，在四月十九、二十或二十一日。穀雨前後，我國大部分地區降雨量比前增加，有利作物生長。王貞白《白牡丹》："穀雨洗纖素，裁爲白牡丹。異香開玉合，輕粉泥銀盤。"歐陽修《洛陽牡丹記》："洛花，以穀雨爲開候。"

② 春光：春天的風光、景致。吳孜《春閨怨》："春光太無意，窺窗來見參。"楊萬里《題廣濟圩》三："詩卷且留燈下看，轎中只好看春光。" 曉：明亮，特指天亮。《說文・日部》："曉，明也，從日，堯聲。"段玉裁注："俗云天曉是也。"《莊子・天地》："冥冥之中，獨見曉焉！"劉義慶《世説新語・文學》："真長延之上坐，清言彌日，因留宿至曉。"山川：山嶽、江河。駱賓王《秋日山行簡梁大官》："乘馬陟層阜，回首睇山川。攢峰銜宿霧，疊巘架寒烟。"沈佺期《興慶池侍宴應制》："漢家城闕疑天上，秦地山川似鏡中。" 黛色：青黑色。鮑照《登大雷岸與妹書》："從嶺而上，氣盡金光，半山以下，純爲黛色。"王維《崔濮陽兄季重前山興》："千里橫黛色，數峰出雲間。"

③ 戴勝：亦作"戴鳻"、"戴任"、"戴絍"，鳥名，狀似雀，頭有冠，五色如方勝，故稱。王建《戴勝詞》詩有形象描繪，勝如詞典的解釋："戴勝誰與爾爲名？木中作窠墻上鳴。聲聲催我急種穀。家人向田不歸宿，紫冠綵綵褐羽斑。唧得蜻蜓飛過屋。可憐白鷺滿綠池，不如戴勝知天時。"岑參《春遇南使貽趙知音》："北風吹烟物，戴勝鳴中園。枯楊長新條，芳草滋舊根。"賈島《題戴勝》："星點花冠道士衣，紫陽宮女化身飛。能傳上界春消息，若到蓬山莫放歸。" 澤：水聚匯處。

《書·禹貢》:"九川滌源,九澤既陂。"《禮記·月令》:"〔仲冬之月〕山林藪澤,有能取蔬食田獵禽獸者,野虞教導之。"孔穎達疏:"有水之處謂之澤。"陸游《楚宮行》:"忽聞命駕遊七澤,萬騎動地如雷霆。" 浮萍:浮生在水面上的一種草本植物,葉扁平,呈橢圓形或倒卵形,表面綠色,背面紫紅色,葉下生鬚根,花白色。何晏《言志》:"豈若集五湖!順流唼浮萍。"劉伶《酒德頌》:"俯觀萬物擾擾,焉如江漢之載浮萍!"

④ 暖屋:溫室。岑參《玉門關蓋將軍歌》:"五千甲兵膽力粗,軍中無事但歡娛。暖屋繡簾紅地爐,織成壁衣花氍毹。"馮鼎位《子夜四時歌》四:"暖屋紅地爐,四角辟邪香。纖手不知冷,剪綵鬥新妝。"蠶蟻:剛孵化的幼蠶,體小如蟻,故稱,也稱蟻蠶。梅堯臣《依韵和許待制偶書》:"深屋燕巢將欲補,密房蠶蟻尚憂寒。"徐照《春日曲》:"中婦掃蠶蟻,挈籃桑葉間。" 喧風:義近"春風"。李彭《曇珠曇規二禪者歸湖外乞詩二首》一:"淑氣紛花藥,喧風樂鳥烏。山僧來訪別,稚子竟傳呼。"董嗣杲《天池寺夜與主僧覺翁圓上共坐談浯溪山水之勝信筆因贈長句》:"崢嶸寺門窩風低,塔鈴喧風際天吹。方丈軒檻供毗尼,老僧喜氣揚鬚眉。" 麥葶:麥子的幼苗。 葶:花葶,由植物的地下部分抽出的無葉花莖。張祜《自君之出矣》:"自君之出矣!萬物看成古。千尋葶藶枝,爭奈長長苦!"徐光啓《農政全書》卷五三:"茭筍……葉似蔗荻,又似茅葉而長、闊、厚。葉間擷葶,開花如葦。"

⑤ 鳴鳩:即斑鳩。《吕氏春秋·季春》:"鳴鳩拂其羽,戴任降于桑。"高誘注:"鳴鳩,班鳩也。"阮籍《詠懷八十二首》四八:"鳴鳩嬉庭樹,焦明遊浮雲。" 拂羽:揮動翅膀。李白《送崔度還吳度故人禮部員外國輔之子》:"舉手捧爾足,疾心若火焚。拂羽淚滿面,送之吳江濆。"李端《野寺病居喜盧綸見訪》:"青青麥壟白雲陰,古寺無人新草深。乳燕拾泥依古井,鳴鳩拂羽歷花林。" 不堪:忍受不了。《孟子·離婁》:"顏子當亂世,居於陋巷,一簞食,一瓢飲,人不堪其憂,顏子不改其樂。"干寶《搜神記》卷二〇:"自言其遠祖,不知幾何世也,坐

事繫獄,而非其罪,不堪拷掠,自誣服之。"

[編年]

《年譜》、《編年箋注》沒有對本詩編年,《年譜新編》編年本詩於長慶四年,但沒有說明具體時間與編年理由。

我們對本詩的編年意見及理由同《立春正月節》所示,亦即編年於長慶四年六月上旬。

● 詠廿四氣詩·立夏四月節①

欲知春與夏,仲呂啓朱明⁽⁻⁾②。蚯蚓誰教出?王苽自合生③。簇蠶呈繭樣⁽⁻⁾,林鳥哺雛聲④。漸覺雲峰好,徐徐帶雨行⑤。

録自《全唐詩補編·全唐詩續拾》卷二五

[校記]

(一)仲呂啓朱明:本詩斯三八八〇卷、伯二六二四卷均存,兩本均作"仲侶啓朱明",《全唐詩補編·全唐詩續拾》卷二五徑改"仲呂啓朱明",是。"仲侶啓朱明"語義難通,而"仲呂"是農曆四月的代稱,班固《白虎通·五行》:"四月謂之仲呂。"

(二)簇蠶呈繭樣:本詩斯三八八〇卷、伯二六二四卷均存,伯二六二四卷作"簾蠶呈繭樣",《全唐詩補編·全唐詩續拾》卷二五:"一本作'簇'。""簾"是以竹、布等製成的遮蔽門窗的用具,《漢書·孝成趙皇后傳》:"嚴持篋書,置飾室簾南去。"謝朓《和王主簿怨情》:"花叢亂數蝶,風簾入雙燕。"張耒《夏日》:"落落疏簾邀月影,嘈嘈虛枕納溪聲。"據筆者所知,舊時江浙農村以"簾"架空平鋪,上面矗立由稻草製成的一個又一個似小山一樣的"簇",將"四眠"之後的蠶寶寶擱置"簇"中,俗稱"上山","簇"就是蠶寶寶吐絲作繭的場所。據此,筆者今改"簾"爲"簇"。

［箋注］

① 立夏:二十四節氣之一,一年之中的第七個節氣,在陽曆五月五日、六日或七日。《逸周書·時訓》:"立夏之日,螻蟈鳴;又五日,蚯蚓出;又五日,王瓜生。"《禮記·月令》:"〔孟夏之月〕立夏之日,天子親帥三公、九卿、諸侯、大夫,以迎夏於南郊。還反,行賞,封諸侯,慶賜遂行,無不欣説。"

② 仲呂:古有"孟夏之月,律中仲呂"之説,故以"仲呂"代稱四月。《吕氏春秋·季夏》:"仲呂之月,無聚大衆,巡勸農事。"高誘注:"仲呂,四月。"《淮南子·天文訓》:"加十五日指乙,則清明風至,音比仲呂。"高誘注:"仲呂,四月也。陽在外,陰在中,所以呂中於陽助成功也,故曰仲呂。" 朱明:夏季。《尸子》卷上:"春爲青陽,夏爲朱明,秋爲白藏,冬爲玄英。"劉禹錫《代謝端午賜物表》:"朱明仲呂,端午佳辰。"指立夏節。蕭統《錦帶書十二月啓·中吕四月》:"節届朱明,晷鍾丹陸。"《敦煌曲子詞·菩薩蠻》:"朱明時節櫻桃熟,卷簾嫩筍初成竹。"

③ 蚯蚓:環節動物,體形圓長而柔軟,經常穿穴泥中,能改良土壤,有益農事。《禮記·月令》:"〔孟夏之月〕螻蟈鳴,蚯蚓出。"俞琰《席上腐談》卷上:"崔豹《古今注》云:'蚯蚓一名曲蟮,善長吟於地下,江東人謂之歌女。'謬矣! 按《月令》:'螻蟈鳴,蚯蚓出。'蓋與螻蟈同處,鳴者螻蟈,非蚯蚓也。吴人呼螻蟈爲螻蛄,故諺云:'螻蟈叫得腸斷,曲蟮乃得歌名。'" 苽:植物名,生池沼中,今名茭白,可食。《禮記·内則》:"蝸醢而苽食雉羹。"鄭玄注:"苽,雕胡也,字又作菰。"《淮南子·原道訓》:"雪霜滚瀁,浸潭苽蔣。"高誘注:"苽者,蔣實也,其米曰雕胡。"同"瓜",《南齊書·韓靈敏傳》:"家貧無以營凶,兄弟共種苽半畝,朝採苽子,暮

已復生,以此遂辦葬事。"苽米即菰米,古六穀之一。《周禮·天官·膳夫》:"凡王之饋,食用六穀。"鄭玄注:"六穀:稌、黍、稷、粱、麥、苽。苽,雕胡也。"賈公彥疏:"南方見有苽米,一名雕胡。"

④ 簇蠶:謂讓蠶寶寶上簇作繭。吳曾《能改齋漫録》:"宣和間,新喻傅侯初爲蘄春蔡氏婿,登第之歲,婦家簇蠶不繭,緣屋吐絲,自然成段,長丈餘,廣數尺,厚薄若一,如布邊幅然。鄉人以爲祥,賦詩盈軸,有一聯云:'園客有絲難比瓮,鮫人無杼自成綃。'號爲絶出。"《農桑輯要·簇蠶》:"《務本新書》:簇蠶地宜高平,内宜通風,勻布柴草,布蠶宜稀,密則熱,熱則繭難成,絲亦難繅。東北位並食六畜處、樹下、阬上、糞惡流水之地,不得簇。"　繭:完全變態昆蟲蛹期的囊狀保護物,通常由絲腺分泌的絲織成,多爲黃色或白色,如家蠶和柞蠶的繭。《禮記·月令》:"〔季春之月〕蠶事既登,分繭稱絲,效功以共郊廟之服。"洪邁《容齋續筆·蜘蛛結網》:"蠶之作繭,蜘蛛之結網,蜂之累房,燕之營巢,蟻之築垤,螟蛉之祝子之類是已。"　林鳥:生活在樹林中的鳥類。張九齡《送韋城李少府》:"送客南昌尉,離亭西候春。野花看欲盡,林鳥聽猶新。"沈佺期《臨高臺》:"遠望河流緩,周看原野綠。向夕林鳥還,憂來飛景促。"　哺:泛指禽獸餵養幼仔。《漢書·東方朔傳》:"夫口無毛者,狗竇也;聲謷謷者,鳥哺鷇也。"楊師道《應詔詠巢烏》:"仰德還能哺,依仁遂可窺。驚鳴雕輦側,王吉自相知。"雛:小鷄,泛指幼禽或幼獸。《禮記·内則》:"魴鱮烝,雛燒。"孔穎達疏:"雛是鳥之小者。"白居易《晚燕》:"百鳥乳雛畢,秋燕獨蹉跎。"

⑤ 雲峰:高聳入雲的山峰。謝靈運《酬從弟惠連》:"寢瘵謝人徒,滅迹入雲峰。"毛滂《河滿子·夏曲》:"急雨初收珠點,雲峰巉絶天半。"狀如山峰的雲。李世民《餞中書侍郎來濟》:"雲峰衣結千重葉,雪岫花開幾樹妝?"杜甫《對雨書懷走邀許主簿》:"東嶽雲峰起,溶溶滿太虛。"本詩應該是後者。　徐徐:遲緩,緩慢。《易·困》:"來徐徐,困於金車。"高亨注:"徐徐,遲緩也。"李珣《女冠子》:"對花情脈

脈,望月步徐徐。劉阮今何處? 絶來書。" 帶雨行:携帶雨勢而前
行。錢起《送鄭巨及第後歸覲》:"多才白華子,初擅桂枝名。嘉慶送
歸客,新秋帶雨行。"文天祥《病中作》八:"風高鴻雁起,晴久鵓鳩鳴。
野樹辭秋落,溪雲帶雨行。"

[編年]

《年譜》、《編年箋注》没有對本詩編年,《年譜新編》編年本詩於長
慶四年,但没有説明具體時間與編年理由。

我們對本詩的編年意見及理由同《立春正月節》所示,亦即編年
於長慶四年六月上旬。

● 詠廿四氣詩 · 小滿四月中^{(一)①}

小滿氣全時,如何靡草衰^②? 田家私黍稷,方伯問蠶
絲^③。杏麥修鐮釤,蚍蕻豎棘籬^④。向來看苦菜,獨秀也
何爲^⑤?

録自《全唐詩補編 · 全唐詩續拾》卷二五

[校記]

(一)小滿四月中:本詩斯三八八〇卷已經散失,今僅據伯二六
二四卷過録。

[箋注]

① 小滿:二十四節氣之一,一年之中的第八個節氣,在陽曆五月
二十日、二十一日或二十二日。《漢書 · 律曆志》:"中井初,小滿。"馬
永卿《懶真子》卷二:"小滿,四月中,謂麥之氣至此方小滿而未熟也。"

② 氣:節氣,氣候。《素問·六節藏象論》:"五日謂之候,三候謂之氣,六氣謂之時。"韓愈《南海神廟碑》:"常以立夏氣至,命廣州刺史行事祠下。"　靡草:草名。《禮記·月令》:"〔孟夏之月〕靡草死,麥秋至。"鄭玄注:"舊說云靡草,薺、亭歷之屬。"孔穎達疏:"以其枝葉靡細,故云靡草。"獨孤及《山中春思》:"靡草知節換,含葩向新陽。不嫌三徑深,爲我生池塘。"

③ 田家:農家。楊惲《報孫會宗書》:"田家作苦,歲時伏臘,烹羊炮羔,斗酒自勞。"孟浩然《過故人莊》:"故人具雞黍,邀我至田家。"農夫。范雲《贈張徐州謖》:"田家樵採去,薄暮方來歸。"李白《贈從弟洌》:"日出布穀鳴,田家擁鋤犁。"　私:偏愛,寵愛。《儀禮·燕禮》:"對曰:'寡君,君之私也。'"鄭玄注:"私謂獨有恩厚也。"《戰國策·齊策》:"吾妻之美我者,私我也。"　黍稷:黍和稷,爲古代主要農作物,亦泛指五穀。《書·君陳》:"黍稷非馨,明德惟馨。"葛洪《抱朴子·明本》:"珍黍稷之收,而不覺秀之者豐壤也。"　方伯:殷周時代一方諸侯之長,後泛稱地方長官,漢以來之刺史,唐之採訪使、觀察使,明清之布政使均稱"方伯"。《禮記·王制》:"天子百里之內以共官,千里之內以爲御,千里之外設方伯。"《史記·周本紀》:"周室衰微,諸侯强並弱,齊、楚、秦、晉始大,政由方伯。"裴駰集解引鄭司農曰:"長諸侯爲方伯。"　蠶絲:蠶吐的絲。陳叔寶《梅花落二首》二:"雁聲不見書,蠶絲欲斷絃。"柳宗元《田家三首》二:"蠶絲盡輸稅,機杼空倚壁。"

④ 杏:木名,落葉喬木,葉寬卵形,花粉紅色或白色,核果,圓形,成熟時黃紅色,味酸甜。《管子·地員》:"五沃之土……宜彼群木,桐柞枙櫙,及彼白梓,其梅其杏。"張九齡《出爲豫章郡途次廬山東巖下》:"攀崖猶昔境,種杏非舊林。"　麥:一年生或二年生草本植物,子實用來磨成麵粉,也可以用來製糖或釀酒,是我國重要的糧食作物,有小麥、大麥、黑麥、燕麥等多種。《詩·豳風·七月》:"九月築場圃,十月納禾稼,黍稷重穋,禾麻菽麥。"宋應星《天工開物·麥》:"凡麥有

數種。小麥曰來，麥之長也；大麥曰牟，曰穬；雜麥曰雀，曰蕎。皆以播種同時，花形相似，粉食同功，而得麥名也。" 鐮：鐮刀。劉向《説苑·敬慎》："〔丘吾子〕擁鐮帶索而哭。"賈思勰《齊民要術·水稻》："稻苗長七八寸，陳草復起，以鐮侵水芟之。" 釤：一種長柄的大鐮刀，也叫釤刀。韓愈《鳳翔隴州節度使李公墓誌銘》："益市耕牛，鑄鏄釤鉏劚，以給農之不能自具者。"廖瑩中校注："釤，大鐮也。" 鉏：一種農具，猶如木工所用的鉋子。暫無其他書證。 茳：同"菰"，植物名，生池沼中，今名茭白，可食。張潮《江南行》："茨菰葉爛別西灣，蓮子花開猶未還。妾夢不離江水上，人傳郎在鳳凰山。"王維《送友人南歸》："鄖國稻苗秀，楚人菰米肥。懸知倚門望，遙識老萊衣。" 棘籬：用荆棘作成的籬笆。盧綸《酬李端長安寓民偶詠見寄》："壞檐藤障密，衰菜棘籬深。"蘇軾《浣溪沙》："旋抹紅妝看使君。三三五五棘籬門，相挨踏破蒨羅裙。"

⑤ 向來：從來，一向。蘇頲《春晚紫微省直寄内》："直省清華接建章，向來無事日猶長。花間燕子栖鳲鵲，竹下鶵雛繞鳳皇。"唐彦謙《玉蕊》："向來塵不雜，此夜月仍光。" 苦菜：亦稱"苦蕒"，越年生菊科植物，春夏間開花，莖空，葉呈鋸形，有白汁，莖葉嫩時均可食，略帶苦味，故名。《禮記·月令》："〔孟夏之月〕王瓜生，苦菜秀。"李時珍《本草綱目·苦菜》："苦菜，即苦蕒也，家栽者呼爲苦苣，實一物也。"獨秀：獨自茂盛，超群出衆。《宋史·胡安國傳》："胡康侯如大冬嚴雪，百草萎死，而松柏挺然獨秀者也。"《北齊書·昭帝紀》："〔高演〕身長八尺，腰帶十圍，儀望風表，迥然獨秀。" 何爲：爲什麼，何故。《國語·魯語》："今王死，其名未改，其衆未敗，何爲還？"《顔氏家訓·歸心》："江河百谷，從何處生？東流到海，何爲不溢？"幹什麼，做什麼，用於詢問。《後漢書·齊武王縯傳》："〔劉稷〕聞更始立，怒曰：'本起兵圖大事者，伯升兄弟也，今更始何爲者邪？'"韓愈《汴泗交流贈張僕射》："新秋朝涼未見日，公早結束來何爲？"

［編年］

　　《年譜》、《編年箋注》沒有對本詩編年,《年譜新編》編年本詩於長慶四年,但沒有説明具體時間與編年理由。

　　我們對本詩的編年意見及理由同《立春正月節》所示,亦即編年於長慶四年六月上旬。

● 詠廿四氣詩・芒種五月節^{(一)①}

　　芒種看今日,螳螂應節生②。形影高下影,鷓鳥往來聲③。淥沼蓮花放,炎風暑雨情④。相逢問蠶麥,幸得稱人情⑤。

録自《全唐詩補編・全唐詩續拾》卷二五

［校記］

　　(一)芒種五月節:本詩斯三八八〇卷、伯二六二四卷均存,據《全唐詩補編・全唐詩續拾》卷二五,不見異文。

［箋注］

　　① 芒種:二十四節氣之一,一年之中的第九個節氣,一般都在每年西曆六月六日前後。《逸周書・時訓》:"芒種之日,螳螂生。"《嬾真子》:"所謂芒種五月節者,謂麥至是而始可收,稻過是而不可種。"

　　② 今日:本日,今天。《孟子・公孫丑》:"今日病矣! 予助苗長矣。"韓愈《送張道士序》:"今日有書至。"　螳蜋:亦作"螳蠰"、"螳螂",昆蟲名,全身綠色或土黄色,頭呈三角形,觸角呈絲狀,胸部細長,翅兩對,前脚呈鐮刀狀,卵塊灰黄色,稱螵蛸,産桑樹上名桑螵蛸。《初學記》卷三〇引顔之推《聽鳴蟬》:"螳蜋翳下偏難見,翡翠竿頭絶易驚。"元稹《有酒十章》五:"螳蜋雖怒誰爾懼? 鷓旦雖啼誰爾憐?"　應節:適應節

令。《後漢書·郎顗傳》:"王者崇寬大,順春令,則靁應節,不則發動於冬,當震反潛。"曹丕《讓禪令》:"風雨應節,禎祥觸類而見。"

③ 彤:赤色。《書·顧命》:"太保、太史、太宗皆麻冕彤裳。"孔穎達疏:"彤,赤也。"鮑照《芙蓉賦》:"測淲池之光潔,爍彤輝之明媚。" 高下:上和下,高和低。《老子》:"長短相形,高下相傾。"《國語·楚語》:"地有高下,天有晦明。" 鴳:鴳雀,鶉的一種。李時珍《本草綱目·鷃》:"鷃,候鳥也,常晨鳴如鷄,趨民收麥,行者以爲候。"《國語·晉語》:"平公射鴳,不死,使豎襄搏之,失。"韋昭注:"鴳,扈,小鳥。"葉適《寄李寄章參政》:"鷃飛雖地控,龍卧常天升。" 往來:亦作"往徠",來去,往返。《易·咸》:"憧憧往來,朋從爾思。"李鏡池通義引王肅曰:"〔憧憧〕,往來不絶貌。"温庭筠《經李徵君故居》:"惆悵羸驂往來慣,每經門巷亦長嘶。"

④ 渌:清澈。虞世南《侍宴歸雁堂》:"歌堂面渌水,舞館接金塘。竹開霜後翠,梅動雪前香。"柳宗元《田家三首》三:"蓼花被堤岸,陂水寒更渌。" 沼:水池。《詩·小雅·正月》:"魚在於沼,亦匪克樂。"司馬相如《上林賦》:"日出東沼,入乎西陂。" 蓮花:亦作"蓮華",即荷花。江淹《蓮華賦》:"余有蓮花一池,愛之如金。"孟浩然《題大禹寺義公禪房》:"看取蓮花净,應知不染心。" 炎風:熱風。蕭統《錦帶書十二月啓·蕤賓五月》:"炎風以扇户,暑氣於是盈樓。"韓愈《縣齋有懷》:"毒霧恒熏晝,炎風每燒夏。" 暑雨:夏季的雨。趙冬曦《灉湖作》:"三湖返入兩山間,畜作灉湖灣復灣。暑雨奔流潭正滿,微霜及潦水初還。"耿湋《夏日寄東溪隱者》:"處處山依舊,年年事不同。閑田孤壘外,暑雨片雲中。"

⑤ 相逢:彼此遇見,會見。張衡《西京賦》:"跳丸劍之揮霍,走索上而相逢。"韓愈《答張徹》:"及去事戎轡,相逢宴軍伶。" 蠶麥:指蠶與麥的收成。韓愈《御史臺上論天旱人饑狀》:"伏乞特敕京兆府,應今年税錢及草粟等,在百姓腹内徵未得者,並且停徵,容至來年蠶麥,

庶得少有存立。"范成大《田家留客行》："好人入門百事宜,今年不憂
蠶麥遲!"　幸得:幸而,幸虧。《史記・衛將軍驃騎列傳》："臣幸得待
罪行間,賴陛下神靈,軍大捷,皆諸校尉力戰之功也。"有幸能夠。歐
陽修《梅聖俞詩集序》："若使其幸得用於朝廷,作爲雅頌,以歌詠大宋
之功德,薦之清廟,而追《商》《周》《魯頌》之作者,豈不偉歟!"　稱:
相當,符合。《孟子・公孫丑》："古者棺槨無度,中古棺七寸,槨稱
之。"汪遵《郢中》："莫言白雪少人聽,高調都難稱俗情。"　人情:人
心,衆人的情緒與願望。《後漢書・皇甫規傳》："而灾異猶見,人情未
安者,殆賢遇進退,威刑所加,有非其理也。"《北齊書・盧文偉傳》:
"善於撫接,好行小惠,是以所在頗得人情。"

[編年]

　　《年譜》《編年箋注》没有對本詩編年,《年譜新編》編年本詩於長
慶四年,但没有説明具體時間與編年理由。

　　我們對本詩的編年意見及理由同《立春正月節》所示,亦即編年
於長慶四年六月上旬。

● 詠廿四氣詩・夏至五月中⁽一⁾①

　　處處聞蟬響,須知五月中②。龍潛淥水坑,火助太陽宫③。
過雨頻飛電,行雲屢帶虹④。蕤賓移去後,二氣各西東⑤。

　　　　　　　　　　　　　　　録自《全唐詩補編・全唐詩續拾》卷二五

[校記]

　　（一）夏至五月中:本詩斯三八八〇卷已經散失,僅存"移去後二
氣各西東"八字,今據伯二六二四卷過録。

[箋注]

① 夏至：二十四節氣之一，一年之中的第十個節氣，在陽曆六月二十一日或二十二日。這天北半球晝最長，夜最短；南半球則相反。至，指陽氣至極，陰氣始至和日行北至。《周禮·春官·馮相氏》：“冬夏致日。”鄭玄注：“夏至，日在東井，景尺五寸。”《逸周書·時訓》：“夏至之日，鹿角解；又五日，蜩始鳴。”權德輿《夏至日作》：“璿樞無停運，四序相錯行。寄言赫曦景，今日一陰生。”白居易《和夢得夏至憶蘇州呈盧賓客》：“憶在蘇州日，常諳夏至筵。稷香筒竹嫩，炙脆子鵝鮮。”

② 處處：各處，每個方面。《漢書·原涉傳》：“自哀平間，郡國處處有豪桀，然莫足數。”蘇軾《殘臘獨出二首》一：“處處野梅開，家家臘酒香。” 蟬：昆蟲名，夏秋間由幼蟲蛻化而成，吸樹汁爲生，雄的腹部有發聲器，能連續發聲，俗稱蜘蟟、知了。沈佺期《遊少林寺》：“紺園澄夕霽，碧殿下秋陰。歸路烟霞晚，山蟬處處吟。”崔國輔《杭州北郭戴氏荷池送侯愉》：“喬木故園意，鳴蟬窮巷悲。扁舟竟何待？中路每遲遲。” 須知：必須知道，應該知道。杜甫《鸂鶒》：“故使籠寬織，須知動損毛。”白居易《讀禪經》：“須知諸相皆非相，若住無餘却有餘。言下忘言一時了，夢中說夢兩重虛。”

③ 潛：隱藏，隱蔽。《詩·小雅·鶴鳴》：“魚潛在淵，或在於渚。”《文選·揚雄〈劇秦美新〉》：“甘露嘉醴，景曜浸潭之瑞潛。”李善注：“潛，藏也。” 淥水：清澈的水。《南史·庾杲之傳》：“庾景行泛淥水，依芙蓉，何其麗也！”蘇軾《送孔郎中赴陝郊》：“東風吹開錦繡谷，淥水翻動蒲萄酒。” 坑：地上窪陷處。《玉篇·土部》“坑”字下引《莊子》：“在谷滿谷，在坑滿坑。”劉義慶《世說新語·惑疑》：“劉璵兄弟少時爲王愷所憎，嘗召二人宿，欲默除之，令作坑，坑畢，垂加害矣！” 太陽：旺盛的陽氣。董仲舒《春秋繁露·陰陽終始》：“故至春少陽，東出就木，與之俱生；至夏太陽，南出就火，與之俱暖。”嵇康《答難養生論》：“咀嚼《英華》，呼吸太陽。”

④ 過雨：陣雨。劉長卿《尋南溪常山道人隱居》：“白雲依靜渚，春草閉閑門。過雨看松色，隨山到水源。”韋應物《西郊期滌武不至書示》：“山高鳴過雨，澗樹落殘花。非關春不待，當由期自賒。”　過：經過。《論語・憲問》：“子擊磬於衛，有荷蕢而過孔氏門者。”杜甫《送蔡希魯都尉》：“身輕一鳥過，槍急萬人呼。”　飛電：閃電。潘岳《螢火賦》：“熲若飛電之宵逝，彗似移星之雲流。”劉長卿《宿侯尊師草堂》：“一從換仙骨，萬里乘飛電。”　行雲：流動的雲。曹植《王仲宣誄》：“哀風興感，行雲徘徊，遊魚失浪，歸鳥忘栖。”盧照鄰《長安古意》：“片片行雲著蟬鬢，纖纖初月上鴉黃。”　虹：天空中的小水珠經日光照射發生折射和反射作用而形成的圓弧形彩帶，呈現紅、橙、黃、綠、藍、靛、紫七種顏色，紅色在外，紫色在內，顏色鮮紅的稱“虹”，也稱正(雄)虹；紅色在內，紫色在外，顏色較淡的稱“霓”，也稱副(雌)虹。崔曙《山下晚晴》：“寥寥遠天净，溪路何空濛？斜光照疏雨，秋氣生白虹。”孟浩然《和張明府登鹿門作》：“草得風光動，虹因雨氣成。”

⑤ 蕤賓：古人律曆相配，十二律與十二月相適應，謂之律應，蕤賓位於午，在五月，故代指農曆五月。《國語・周語》：“四曰蕤賓。”韋昭注：“五月，蕤賓。”陶潛《和胡西曹示顧賊曹》：“蕤賓五月中，清朝起南颸。不駛亦不遲，飄飄吹我衣。”　二氣：二節氣。《宋書・律曆志》：“冲之曰：‘《四分志》，立冬中影長一丈，立春中影九尺六寸。尋冬至去南極，日晷最長，二氣去至，日數既同，則中影應等，而前長後短，頓差四寸，此曆景冬至後天之驗也。’”李白《改九子山爲九華山聯句》：“妙有分二氣，靈山開九華。”方干《早發洞庭》：“長天接廣澤，二氣共含秋。舉目無平地，何心戀直鉤？”　西東：西方和東方。焦贛《易林・隨之兌》：“兩心不同，或欲西東。明論終始，莫適所從。”蘇軾《虔州八境圖》：“山水照人迷向背，只尋古塔認西東。”

[編年]

《年譜》、《編年箋注》沒有對本詩編年,《年譜新編》編年本詩於長慶四年,但沒有說明具體時間與編年理由。

我們對本詩的編年意見及理由同《立春正月節》所示,亦即編年於長慶四年六月上旬。

● 詠廿四氣詩·小暑六月節(一)①

倏忽温風至,因循小暑來②。竹喧先覺雨,山暗已聞雷③。戶牖深青靄,階庭長綠苔④。鷹鸇新習學,蟋蟀莫相催⑤。

録自《全唐詩補編·全唐詩續拾》卷二五

[校記]

(一)小暑六月節:本詩斯三八八〇卷、伯二六二四卷均存,據《全唐詩補編·全唐詩續拾》卷二五過録,未見異文。

[箋注]

① 小暑:二十四節氣之一,一年之中的第十一個節氣,在陽曆七月六日、七日或八日。《逸周書·時訓》:"小暑之日,温風至。"《漢書·律曆志》:"鶉火,初柳九度,小暑。"張説《端午三殿侍晏》:"小暑夏弦應,微陰商管初。"

② 倏忽:頃刻,指極短的時間。《戰國策·楚策》:"〔黃雀〕晝遊乎茂樹,夕調乎酸醎,倏忽之間,墜於公子之手。"《淮南子·修務訓》:"且夫精神滑淖纖微,倏忽變化,與物推移。"形容時間迅速流逝。杜甫《百憂集行》:"即今倏忽已五十,坐卧只多少行立。"葉適《贈祈雨妙闍黎》:"雨慳水澀從季秋,倏忽春半河斷流。" 温風:熱風。《禮記·

月令》："〔季夏之月〕溫風始至,蟋蟀居壁,鷹乃學習,腐草爲螢。"王粲《大暑賦》："熹潤土之溽暑,扇溫風而至興。"《後漢書·張衡傳》："溫風翕其增熱兮,怒鬱邑其難聊。"李賢注："溫風,炎風也。"　因循:順應自然。《文子·自然》："王道者處無爲之事,行不言之教,清靜而不動,一度而不搖,因循任下,責成而不勞。"《史記·太史公自序》："道家無爲,又曰無不爲,其實易行,其辭難知。其術以虛無爲本,以因循爲用。"張守節正義："任自然也。"

③ 竹喧:竹林因風而動,聲音喧鬧。王維《山居秋暝》"明月松間照,清泉石上流。竹喧歸浣女,蓮動下漁舟。"岑參《和刑部成員外秋夜寓直寄臺省知己》："竹喧交砌葉,柳嚲拂窗條。"　先覺:事先認識覺察。《文選·沈約〈宋書·謝靈運傳論〉》："張、蔡、曹、王曾無先覺,潘、陸、顏、謝去之彌遠。"呂延濟注："言此數人曾不先覺天成之妙而去之遠也。"《舊唐書·韓思復傳》："善思此時遂能先覺,因詣相府有所發明,進論聖躬必登宸極。"　山暗:陰雲密佈,山色暗淡。趙冬曦《和尹懋秋夜遊灉湖二首》一:"山暗雲猶辨,潭幽月稍來。清溪無數曲,未盡莫先迴。"戴叔倫《戲留顧十一明府》："江明雨初歇,山暗雲猶濕。未可動歸橈,前程風浪急。"　聞雷:聽到雷聲。李嶠《奉和春日遊苑喜雨應制》:"仙蹕九成臺,香筵萬壽杯。一旬初降雨,二月早聞雷。"張說《春雨早雷》："東北春風至,飄飄帶雨來……河魚未上凍,江蟄已聞雷。"

④ 户牖:門窗。《淮南子·氾論訓》："夫户牖者,風氣之所從往來。"《後漢書·王充傳》："户牖墻壁各置刀筆,著《論衡》八十五篇,二十餘萬言。"　靄:晦暝貌。王昌齡《鄭縣宿陶太公館中贈馮六元二》:"飛雨祠上來,靄然關中暮。"劉長卿《晚次湖口有懷》:"靄然空水合,目極平江暮。"　階庭:臺階前的庭院。劉義慶《世說新語·語言》:"譬如芝蘭玉樹,欲使其生於階庭耳!"陳鵠《耆舊續聞》卷一〇:"三槐正位,人瞻袞繡之榮;雙桂聯芳,天發階庭之秀。"　苔:植物名,屬隱花植物類,根、莖、葉區別不明顯,有青、綠、紫等色,多生於陰濕地方,

延貼地面,故亦叫地衣。《文選·沈約〈冬節後至丞相第詣世子車中作〉》:"賓階綠錢滿,客位紫苔生。"李善注引崔豹《古今注》:"空室無人行則生苔蘚,或青或紫,一名綠錢。"毛文錫《浣溪沙》:"春水輕波浸綠苔,枇杷洲上紫檀開。"

⑤ 鷹鸇:鷹與鸇。語出《左傳·文公十八年》:"見無禮於其君者,誅之,如鷹鸇之逐鳥雀也。"杜甫《秋日夔府詠懷奉寄鄭監李賓客一百韵》:"乘威滅蜂蠆,戮力效鷹鸇。"元稹《有鳥二十章》九:"有鳥有鳥名爲鶚,深藏孔穴難動搖。鷹鸇繞樹探不得,隨珠彈盡聲轉嬌。"蟋蟀:亦作"蟋蟀",昆蟲名,黑褐色,觸角很長,後腿粗大,善於跳躍,雄的善鳴,好鬥,也叫促織。《詩·豳風·七月》:"十月蟋蟀入我床下。"《逸周書·時訓》:"蟋蟀居辟。"朱右曾校釋:"蟋蟀生土中,有翼而未能飛,但居壁上。辟、壁同。"

[編年]

《年譜》、《編年箋注》沒有對本詩編年,《年譜新編》編年本詩於長慶四年,但沒有説明具體時間與編年理由。

我們對本詩的編年意見及理由同《立春正月節》所示,亦即編年於長慶四年六月上旬。

● 詠廿四氣詩·大暑六月中 (一)①

大暑三秋近,林鍾九夏移(二)②。桂輪開子夜,螢火照空時③。瓜果邀儒客,菰蒲長墨池④。絳紗渾卷上,經史待風吹⑤。

錄自《全唐詩補編·全唐詩續拾》卷二五

［校記］

（一）大暑六月中：本詩斯三八八〇卷、伯二六二四卷均存，據《全唐詩補編·全唐詩續拾》卷二五過録，未見異文。

（二）林鍾九夏移：斯三八八〇卷、伯二六二四卷均作“林鐘九夏移”，《全唐詩補編·全唐詩續拾》卷二五未作改正，筆者以爲應該是“林鍾九夏移”之誤，徑改。

［箋注］

① 大暑：二十四節氣之一，一年之中的第十二個節氣，在農曆六月中，陽曆七月二十三日或二十四日，一般爲我國氣候最熱的時候。《逸周書·周月》：“夏三月中氣：小滿，夏至，大暑。”杜甫《毒熱寄簡崔評事十六弟》：“大暑運金氣，荆揚不知秋。林下有塌翼，水中無行舟。”

② 三秋：指秋季，七月稱孟秋，八月稱仲秋，九月稱季秋，合稱三秋。《文選·王融〈永明十一年策秀才文〉》：“四境無虞，三秋式稔。”李善注：“秋有三月，故曰三秋。”柳永《望海潮》：“重湖疊巘清佳，有三秋桂子，十里荷花。”　林鍾：指農曆六月。《吕氏春秋·音律》：“林鍾之月，草木盛滿，陰將始刑。”高誘注：“林鍾，六月。”班固《白虎通·五行》：“六月謂之林鍾何？ 林者，衆也，萬物成熟，種類衆多。”　九夏：夏季，夏天。陶潛《榮木詩序》：“日月推遷，已復九夏。”李世民《賦得夏首啓節》：“北闕三春晚，南榮九夏初。”

③ 桂輪：指月。李涉《秋夜題夷陵水館》：“凝碧初高海氣秋，桂輪斜落到江樓。”張先《燕歸梁》：“去歲中秋玩桂輪，河漢净無雲。”子夜：夜半子時，半夜。宋之問《傷曹娘二首》二：“前溪妙舞今應盡，子夜新歌遂不傳。無復綺羅嬌白日，直將珠玉閉黄泉。”吕温《奉和張舍人閣中直夜》：“凉生子夜後，月照禁垣深。”　螢火：螢火蟲。崔豹《古今注·魚蟲》：“螢火，一名耀夜，一名夜光，一名宵燭，一名景天，一名熠

耀,一名燐,一名良鳥,腐草爲之,食蚊蚋。"杜甫《見螢火》:"巫山秋夜螢火飛,疏簾巧入坐人衣。"　照空:映照天空。李賀《秦王飲酒》:"秦王騎虎遊八極,劍光照空天自碧。羲和敲日玻璃聲,劫灰飛盡古今平。"劉猛《月生》:"匣中苔背銅,光短不照空。不惜補明月,慚無此良工。"

④　瓜果:瓜與果,亦泛指果品。葛洪《抱朴子·對俗》:"瓜果結實於須臾,龍魚瀲灩於盤盂。"杜甫《牽牛織女》:"蛛絲小人態,曲綴瓜果中。"　儒客:儒士。韓翃《家兄自山南罷歸獻詩叙事》:"絳紗儒客帳,丹訣羽人篇。"張蠙《贈水軍都將》:"平生爲有安邦術,便別秋曹最上階。戰艦却容儒客卧,公廳惟伴野僧齋。"　菰蒲:菰和蒲。謝靈運《從斤竹澗越嶺溪行》:"蘋萍泛沈深,菰蒲冒清淺。"張元幹《念奴嬌》:"荷芰波生,菰蒲風動,驚起魚龍戲。"　墨池:洗筆硯的池子,著名書法家張芝、王羲之等均有"墨池"傳說著稱後世,會稽山陰即傳説有王羲之的墨池。裴説《懷素臺歌》:"永州東郭有奇怪,筆家墨池遺迹在。"劉言史《右軍墨池》:"永嘉人事盡歸空,逸少遺居蔓草中。至今池水涵餘墨,猶共諸泉色不同。"

⑤　絳紗:猶絳帳,對師門、講席之敬稱。劉禹錫《送趙中丞自司金外郎轉官參山南令狐僕射幕府》:"相府開油幕,門生逐絳紗。"蘇軾《仙游潭·馬融石室》:"未應將軍聘,初從季直遊。絳紗生不識,蒼石尚能留。"　經史:泛指古籍文獻。劉長卿《贈別於群投筆赴安西》:"風流一才子,經史仍滿腹。心鏡萬象生,文鋒衆人服。"張繼《贈章八元》:"相見談經史,江樓坐夜闌。風聲吹户響,燈影照人寒。"

[編年]

《年譜》、《編年箋注》没有對本詩編年,《年譜新編》編年本詩於長慶四年,但没有説明具體時間與編年理由。

我們對本詩的編年意見及理由同《立春正月節》所示,亦即編年於長慶四年六月上旬。

● 詠廿四氣詩·立秋七月節^{(一)①}

不期朱夏盡,凉吹暗迎秋②。天漢成橋鵲,星娥會玉樓③。寒聲喧耳外,白露滴林頭④。一葉驚心緒,如何得不愁⑤?

錄自《全唐詩補編·全唐詩續拾》卷二五

[校記]

（一）立秋七月節：本詩斯三八八〇卷、伯二六二四卷均存,據《全唐詩補編·全唐詩續拾》卷二五過錄,未見異文。

[箋注]

① 立秋:二十四節氣之一,一年之中的第十三個節氣,在陽曆八月七日、八日或九日,農曆七月初。《逸周書·時訓》:"立秋之日,凉風至;又五日,白露降;又五日,寒蟬鳴。"杜甫《立秋後題》:"日月不相饒,節序昨夜隔。玄蟬無停號,秋燕已如客。"

② 不期:未經約定。《公羊傳·隱公四年》:"遇者何? 不期也。"《後漢書·郭伋傳》:"後宏、吳等黨與聞伋威信,遠自江南,或從幽冀,不期俱降。" 朱夏:夏季。曹植《槐賦》:"在季春以初茂,踐朱夏而乃繁。"《舊五代史·梁末帝紀》:"況青春告謝,朱夏已臨。" 凉吹:凉風。錢起《早下江寧》:"暮天微雨散,凉吹片帆輕。"蘇舜欽《暑中閑詠》:"北軒凉吹開疏竹,卧看青天行白雲。" 迎秋:古代祭禮之一,古人以秋和五方之西、五色之白相配應,故于立秋日,天子率百官出西郊祭白帝,迎接秋季到來。《禮記·月令》:"〔孟秋之月〕立秋之日,天子親帥三公、九卿、諸侯、大夫,以迎秋於西郊。"鄭玄注:"迎秋者,祭

白帝白招拒於西郊之兆也。"《後漢書‧祭祀志》:"立秋之日,迎秋於西郊,祭白帝蓐收,車旗服飾皆白。"

③ 天漢:天河。《詩‧小雅‧大東》:"維天有漢,監亦有光。"毛傳:"漢,天河也。"張籍《秋夜長》:"秋天如水夜未央,天漢東西月色光。" 橋鵲:即"鵲橋",民間傳說天上的織女七夕渡銀河與牛郎相會,喜鵲來搭成橋,稱鵲橋。李白《擬古十二首》一:"黄姑與織女,相去不盈尺。銀河無鵲橋,非時將安適?"韓鄂《歲華紀麗‧七夕》:"七夕鵲橋已成,織女將渡。"原注引《風俗通》:"織女七夕當渡河,使鵲爲橋。" 星娥:神話傳說中的織女。李商隱《聖女祠》:"星娥一去後,月姊更來無?"朱鶴齡注:"星娥謂織女。"柳永《二郎神》:"應是星娥嗟久阻,敘舊約、飆輪欲駕。" 玉樓:傳說中天帝或仙人的居所。《十洲記‧昆侖》:"天墉城,面方千里,城上安金臺五所、玉樓十二所。"張耒《歲暮福昌懷古》:"天上玉樓終恍惚,人間遺事已埃塵。"

④ 寒聲:寒冬的聲響,如風聲、雨聲、鳥鳴聲等。朱鄹《扶桑賦》:"巨影倒空而漠漠,寒聲吹夜以颭颭。"楊萬里《霰》:"寒聲帶雨山難白,冷氣侵人火失紅。" 喧:嘈雜吵鬧。陶潛《飲酒二十首》五:"結廬在人境,而無車馬喧。"王安石《金山寺》:"夜風一何喧,大舶夾雙櫓。" 白露:秋天的露水。《詩‧秦風‧蒹葭》:"蒹葭蒼蒼,白露爲霜。"江淹《清思》:"白露滋金瑟,清風蕩玉琴。" 林頭:林木之稍。彭汝礪《送周朝議赴郢》:"蓮花可愛肌如雪,鷗鳥何爲鬢亦絲? 一葉林頭秋到處,片雲溪上雨來時。"華岳《惜秋二首》二:"詩到林頭落葉時,眼前秋事已無幾。何當領取秋容去,收拾詩囊帶得歸!"

⑤ 一葉:一片葉子。《列子‧說符》:"宋人有爲其君以玉爲楮葉者,三年而成……列子聞之曰:'使天地之生物,三年而成一葉,則物之有葉者寡矣!'"李白《贈別舍人弟臺卿之江南》:"梧桐落金井,一葉飛銀床。"即俗語所謂的"一葉知秋"。 心緒:心思,心情。孫萬壽《遠戍江南寄京邑親友》:"心緒亂如麻,空懷疇昔時。"歐陽修《與孫威

敏公書》:"昨日范公宅得書,以埋銘見託。哀苦中無心緒作文字,然范公之德之才,豈易稱述!"　如何:怎麼,爲什麼。韓愈《宿龍宮灘》:"如何連曉語,一半是思鄉?"歐陽修《荷葉》:"如何江上思,偏動越人悲?"　愁:憂慮,憂愁。《左傳·襄公二十九年》:"哀而不愁,樂而不荒。"張協《七命八首》一:"愁洽百年,苦溢千歲。"

[編年]

《年譜》、《編年箋注》沒有對本詩編年,《年譜新編》編年本詩於長慶四年,但沒有説明具體時間與編年理由。

我們對本詩的編年意見及理由同《立春正月節》所示,亦即編年於長慶四年六月上旬。

● 詠廿四氣詩·處暑七月中(一)①

向來鷹祭鳥,漸覺白藏深②。葉下空驚吹,天高不見心③。氣收禾黍熟,風靜草蟲吟④。緩酌樽中酒,容調膝上琴⑤。

錄自《全唐詩補編·全唐詩續拾》卷二五

[校記]

(一) 處暑七月中:本詩斯三八八〇卷、伯二六二四卷均存,據《全唐詩補編·全唐詩續拾》卷二五過録,未見異文。

[箋注]

① 處暑:二十四節氣之一,一年之中的第十四個節氣,在陽曆八月二十三日左右。《逸周書·周月》:"秋三月中氣:處暑,秋分,霜降。"朱右曾校釋引孔穎達曰:"處暑,暑將退伏而潛處。"陸龜蒙《襲美

題郊居十首次韵》八:"强起披衣坐,徐行處暑天。"

② 向來:從來,一向。唐彦謙《玉蕊》:"玉蕊兩高樹,相輝松桂旁。向來塵不雜,此夜月仍光。"張籍《逢故人》:"山東二十餘年别,分日相逢在上都。説盡向來無限事,相看糜捋白髭鬚。" 祭鳥:鷹殺鳥而陳之若祭。《逸周書·時訓》:"處暑之日,鷹乃祭鳥。"朱右曾校釋:"殺鳥而不即食,如祭然。"《禮記·月令》:"〔孟秋之月〕涼風至,白露降,寒蟬鳴,鷹乃祭鳥。"鄭玄注:"鷹祭鳥者,將食之示有先也。既祭之後不必盡食。"孔穎達疏:"謂鷹欲食鳥之時,先殺鳥而不食,與人之祭食相似。猶若供祀先神,不敢即食,故云示有先也。" 白藏:指秋天,秋於五色爲白,序屬歸藏,故稱。蕭統《玄圃講》:"白藏氣已暮,玄英序方及。"魏徵《五郊樂章·白帝商音》:"白藏應節,天高氣清。歲功既阜,庶類收成。"

③ 葉下:樹下。孟浩然《渡揚子江》:"海盡邊陰静,江寒朔吹生。更聞楓葉下,淅瀝度秋聲。"李白《秋思》"天秋木葉下,月冷莎鷄悲。坐愁群芳歇,白露凋華滋。" 空驚:白白驚嘆。劉長卿《重過宣峰寺山房寄靈一上人》:"寒光生極浦,暮雪映滄洲。何事揚帆去?空驚海上鷗。"盧綸《至德中途中書事却寄李僴》:"亂離無處不傷情,況復看碑對古城!路遠寒山人獨去,月臨秋水雁空驚。" 天高:天空高渺。魏徵《白帝商音》:"白藏應節,天高氣清。歲功既阜,庶類收成。"沈佺期《七夕》:"秋近雁行稀,天高鵲夜飛。妝成應懶織,今夕渡河歸。"

④ 禾黍:禾與黍,泛指黍稷稻麥等糧食作物。《史記·宋微子世家》:"麥秀漸漸兮,禾黍油油。"《後漢書·承宮傳》:"後與妻子之蒙陰山,肆力耕種,禾黍將孰,人有認之者,宫不與計,推之而去,由是顯名。" 草蟲:泛指草木間的昆蟲。曹丕《雜詩二首》一:"草蟲鳴何悲?孤雁獨南翔。"鮑照《采桑》:"乳燕逐草蟲,巢蜂拾花蕚。"

⑤ 酌:斟酒。《儀禮·有司徹》:"尸升坐,取爵酌。"鄭玄注:"酌者,將酢主人。"李頻《長安感懷》:"空將灞陵酒,酌送向東人。" 樽:

盛酒器。陳子昂《春夜別友人二首》一:"銀燭吐青烟,金樽對綺筵。離堂思琴瑟,別路遶山川。"李白《前有樽酒行二首》一:"春風東來忽相過,金樽淥酒生微波。"　琴:樂器名,指古琴,傳爲神農創制,琴身爲狹長形,木質音箱,面板外側有十三徽,底板穿"龍池"、"鳳沼"二孔,供出音之用。上古作五弦,至周增爲七弦,古人把琴當作雅樂。《詩·小雅·鹿鳴》:"我有嘉賓,鼓瑟鼓琴。"王維《竹里館》:"獨坐幽篁裏,彈琴復長嘯。"

[編年]

《年譜》、《編年箋注》沒有對本詩編年,《年譜新編》編年本詩於長慶四年,但沒有說明具體時間與編年理由。

我們對本詩的編年意見及理由同《立春正月節》所示,亦即編年於長慶四年六月上旬。

● 詠廿四氣詩·白露八月節①

露霑蔬草白,天氣轉青高②。葉下和秋吹,驚看兩鬢毛(一)③。養羞因野鳥,爲客訝蓬蒿(二)④。火急收田種,晨昏莫辭勞⑤。

録自《全唐詩補編·全唐詩續拾》卷二五

[校記]

(一)驚看兩鬢毛:本詩斯三八八〇卷、伯二六二四卷均存,《全唐詩補編·全唐詩續拾》卷二五校勘:"一作'驚看兩鬢毫'。"語義相類,不改。

(二)爲客訝蓬蒿:斯三八八〇卷、伯二六二四卷作"爲客□蓬蒿”,《全唐詩補編·全唐詩續拾》卷二五校勘作“爲客訝蓬蒿”,僅備一説。

〔箋注〕

① 白露:二十四節氣之一,一年之中的第十五個節氣,每年在陽曆九月八日前後。《逸周書·時訓》:“白露之日鴻雁來。”《禮記·月令》:“〔孟春之月〕東風解凍。”孔穎達疏:“謂之白露者,陰氣漸重,露濃色白。”

② 蔬:蔬菜。《逸周書·大匡》:“無播蔬,無食種。”孔晁注:“可食之菜曰蔬。”潘岳《閑居賦》:“灌園粥蔬,以供朝夕之膳。”　草:草本植物的總稱。王充《論衡·量知》:“地性生草,山性生木。”韓愈《重雲李觀疾贈之》:“窮冬百草死,幽桂乃芬芳。”　天氣:氣候。曹丕《燕歌行》:“秋風蕭瑟天氣涼,草木搖落露爲霜。”張先《八寶裝》:“正不寒不暖,和風細雨,困人天氣。”　青高:潔浄高爽。　青:義近“青天”,指天,其色藍,故稱。《莊子·田子方》:“夫至人者,上窺青天,下潛黄泉,揮斥八極,神氣不變。”李白《送楊山人歸嵩山》:“爾去掇仙草,菖蒲花紫茸。歲晚或相訪,青天騎白龍。”　高:從下向上距離大,與“矮”相對而言;離地面遠,與“低”相對而言。孟浩然《越中逢天台太乙子》:“上逼青天高,俯臨滄海大。鷄鳴見日出,常覯仙人筛。”韋應物《簡恒璨》:“室虚多涼氣,天高屬秋時。空庭夜風雨,草木曉離披。”

③ 驚看:驚奇地注視。牟融《春日山亭》:“醉來重整華陽巾,搔首驚看白髮新。莫道愁多因病酒,只緣命薄不辭貧。”薛濤《賊平後上高相公》:“驚看天地白荒荒,瞥見青山舊夕陽。始信大威能照映,由來日月借生光。”　鬢毛:鬢髮。賀知章《回鄉偶書二首》一:“少小離家老大回,鄉音無改鬢毛衰。”劉過《水調歌頭》:“人生行樂,何自催得鬢毛斑!”

④ 野鳥:泛指自然界的鳥類,區別於人工撫養的鳥類。張説《湼湖山寺》:“空山寂歷道心生,虚谷迢遥野鳥聲。禪室從來塵外賞,香

臺豈是世中情?"韋應物《任洛陽丞請告一首》:"遊魚自成族,野鳥亦有群。" 蓬蒿:蓬草和蒿草,亦泛指草叢、草莽。《禮記・月令》:"〔孟春之月〕藜莠蓬蒿並興。"《莊子・逍遙遊》:"〔斥鴳〕翱翔蓬蒿之間。"

⑤ 火急:形容極其緊急。《北齊書・幼主紀》:"〔帝〕特愛非時之物,取求火急,皆須朝徵夕辦。"蘇軾《臘日遊孤山訪二僧》:"作詩火急追亡逋,清景一失後難摹。" 田種:指莊稼。韓愈《御史臺上論天旱人饑狀》:"田種所收,十不存一。"元稹《春分投簡陽明洞天作》:"舟船通海嶠,田種繞城隅。櫛比千艘合,袈裟萬頃鋪。" 晨昏:早晚,旦暮。《列子・周穆王》:"其下趣役者,侵晨昏而弗息。"王建《宋氏五女》:"晨昏在親傍,閑則讀書詩。自得聖人心,不因儒者知。" 辭勞:因怕辛勞而推却。葛洪《抱朴子・臣節》:"出不辭勞,入不數功。"杜甫《王十五司馬弟出郭相訪遺營草堂貲》:"他鄉唯表弟,還往莫辭勞!"

[編年]

《年譜》、《編年箋注》沒有對本詩編年,《年譜新編》編年本詩於長慶四年,但沒有說明具體時間與編年理由。

我們對本詩的編年意見及理由同《立春正月節》所示,亦即編年於長慶四年六月上旬。

● 詠廿四氣詩・秋分八月中①

琴彈南呂調,風色已高清②。雲散飄飄影（一）,雷收震怒聲③。乾坤能靜肅,寒暑合均平（二）④。忽見新來雁,人心敢不驚⑤?

錄自《全唐詩補編・全唐詩續拾》卷二五

[校記]

（一）雲散飄飄影：斯三八八〇卷、伯二六二四卷作“雲□飄飄影”，《全唐詩補編·全唐詩續拾》卷二五校勘作“雲散飄飄影”，僅備一說。

（二）寒暑合均平：本詩斯三八八〇卷、伯二六二四卷均存，《全唐詩補編·全唐詩續拾》卷二五作“寒暑喜均平”，校勘：“一作‘寒暑合均平’。”筆者以爲語義不同，應該從後者，徑改。

[箋注]

① 秋分：二十四節氣之一，一年之中的第十六個節氣，每年在陽曆九月二十三日或二十四日，這天南北半球晝夜等長。董仲舒《春秋繁露·陰陽出入》：“至於中秋之月，陽在正西，陰在正東，謂之秋分。秋分者，陰陽相半也，故晝夜均而寒暑平。”趙蕃《老人星》：“大史占南極，秋分見壽星。增輝延寶曆，發曜起祥經。”

② 南呂：古代樂律調名，十二律之一，屬陰律。《周禮·春官·大司樂》：“乃奏姑洗，歌南呂，舞大磬，以祀四望。”《呂氏春秋·音律》：“太簇生南呂。”陰曆八月的異名，古人以十二律配十二月，南呂配在八月，故以之代八月。《呂氏春秋·音律》：“南呂之月，蟄蟲入穴，趣農收聚。”高誘注：“南呂，八月也。”本詩是後者。　風色：風勢，風向。韓偓《江行》：“舟人偶語憂風色，行客無聊罷晝眠。”蘇軾《與秦少遊書》：“約此二十五六間可登舟，並海岸行一日至石排，相風色過渡，一日至遞角場。”泛指天氣。盧照鄰《至陳倉曉晴望京邑》：“今朝風色好，延眺極天莊。”　高清：秋高氣爽貌。劉眘虛《登廬山峰頂寺》：“孤峰臨萬象，秋氣何高清！天際南郡出，林端西江明。”孟郊《列仙文》：“大霞霏晨暉，元氣無常形。玄鸞飛霄外，八景乘高清。”

③ 飄飄：飛揚貌。張衡《西京賦》：“度曲未終，雲起雪飛。初若飄飄，後遂霏霏。”馮延己《春光好》：“飄飄輕絮滿南園，墻下草芊眠。”

震怒：盛怒，大怒，舊常用于君主之怒，本詩借喻雷聲之大猶如君主暴怒。《後漢書·黨錮傳序》："於是天子震怒，班下郡國，逮捕黨人，佈告天下。"秦觀《朋黨》："東漢鉤黨之獄，海內塗炭二十餘年……人主不復察其邪正，惟知震怒而已。"

④ 乾坤：稱天地。《易·說卦》："乾爲天……坤爲地。"班固《典引》："經緯乾坤，出入三光。"　靜肅：寧靜肅穆。《素問·診要經終論》："刺針必肅。"王冰注："肅謂靜肅。"范梈《寄上甘肅吳右丞三首》三："塞上孤鷹白雪毛，塞門風物靜蕭騷。黃河西去從天下，泰華東來拔地高。"　寒暑：冷和熱，寒氣和暑氣。《左傳·襄公十七年》："吾儕小人皆有闔廬以避燥濕寒暑。"《荀子·榮辱》："骨體膚理辨寒暑疾養。"　均平：平衡，均勻。《後漢書·虞詡傳》："臺郎顯職，仕之通階。今或一郡七八，或一州無人。宜令均平，以厭天下之望。"呂巖《七言》二九："水火均平方是藥，陰陽差互不成丹。"

⑤ 忽見：突然看見。王績《九月九日贈崔使君善爲》："野人迷節候，端坐隔塵埃。忽見黃花吐，方知素節回。"張文琮《昭君怨》："戎途飛萬里，迴首望三秦。忽見天山雪，還疑上苑春。"　新來：新近前來，初到。《左傳·襄公四年》："魏絳曰：'諸侯新服，陳新來和，將觀於我。'"近來。李清照《鳳凰臺上憶吹簫》："新來瘦，非干病酒，不是悲秋。"　雁：候鳥名，形狀略似鵝，頸和翼較長，足和尾較短，羽毛淡紫褐色，善於游泳和飛行，每年春分後飛往北方，秋分後飛回南方。《詩·小雅·鴻雁》："鴻雁於飛，肅肅其羽。"毛傳："大曰鴻，小曰雁。"韓愈《量移袁州酬張韶州》："北望詎令隨塞雁，南遷纔免葬江魚。"人心：人的心地。《孟子·滕文公》："我亦欲正人心，息邪說，距詖行，放淫辭，以承三聖者。"梅堯臣《送懷倅李太傅》："朝騎快馬暮可到，風物人心皆故鄉。"　驚：驚慌，恐懼。《莊子·達生》："譬之若載鼷以車馬，樂鴳以鐘鼓也，彼又惡能無驚乎哉？"成玄英疏："何能無驚懼者也。"江淹《恨賦》："僕本恨人，心驚不已。直念古者，伏恨而死。"

[編年]

《年譜》、《編年箋注》沒有對本詩編年,《年譜新編》編年本詩於長慶四年,但沒有說明具體時間與編年理由。

我們對本詩的編年意見及理由同《立春正月節》所示,亦即編年於長慶四年六月上旬。

● 詠廿四氣詩·寒露九月節 (一)①

寒露驚秋晚,朝看菊漸黃②。千家風掃葉,萬里雁隨陽③。化蛤悲群鳥,收田畏早霜④。因知松柏志,冬夏色蒼蒼⑤。

錄自《全唐詩補編·全唐詩續拾》卷二五

[校記]

(一) 寒露九月節:本詩斯三八八〇卷、伯二六二四卷均存,據《全唐詩補編·全唐詩續拾》卷二五過錄,未見異文。

[箋注]

① 寒露:二十四節氣之一,一年之中的第十七個節氣,在陽曆十月八日或九日。《國語·周語》:“夫辰角見而雨畢。”韋昭注:“見者,朝見東方建戌之初,寒露節也。”韓翃《魯中送魯使君歸鄭州》:“城中金絡騎,出餞沈東陽。九月寒露白,六關秋草黃。”

② 寒露:嚴寒和露水,寒涼的露水。《後漢書·東平憲王蒼傳》:“帝以蒼冒涉寒露,遣謁者賜貂裘,及太官食物珍果,使大鴻臚竇固持節郊迎。”白居易《池上》:“嫋嫋涼風動,淒淒寒露零。” 秋晚:深秋。杜甫《湖中送敬十使君適廣陵》:“秋晚嶽增翠,風高湖湧波。”韋應物《贈王侍御》:“上陽秋晚蕭蕭雨,洛水寒來夜夜聲。” 菊:多年生草本植物,葉子

有柄,卵形,邊緣有缺刻或鋸齒,秋季開花。王筠《摘園菊贈謝僕射舉》:"菊花偏可憙,碧葉媚金英。"孟浩然《過故人莊》:"待到重陽日,還來就菊花。"　黃:色變黃,枯萎。《詩・小雅・何草不黃》:"何草不黃? 何日不行?"朱熹集傳:"草衰則黃。"《莊子・在宥》:"草木不待黃而落。"

③ 千家:意謂天下的所有人家,猶同千家萬戶。劉長卿《同諸公登樓》"秋草行將暮,登樓客思驚。千家同霽色,一雁報寒聲。"岑參《登千福寺楚金禪師法華院多寶塔》:"千家獻黃金,萬匠磨琉璃。既空泰山木,亦罄天府貨。"　風掃葉:秋風捲起滿地的落葉。劉禹錫《秋晚病中樂天以詩見問力疾奉酬》:"一室背燈臥,中宵掃葉聲。蘭芳經雨敗,鶴病得秋輕。"曹鄴《題山居》:"掃葉煎茶摘葉書,心閑無夢夜窗虛。只應光武恩波晚,豈是嚴君戀釣魚!"　萬里:極言距離之遠,範圍之廣。盧照鄰《還京贈別》:"風月清江夜,山水白雲朝。萬里同爲客,三秋契不凋。"韋承慶《折楊柳》:"萬里邊城地,三春楊柳節。葉似鏡中眉,花如關外雪。"　隨陽:跟著太陽運行,指候鳥依季節而定行止。《書・禹貢》:"陽鳥攸居。"孔傳:"隨陽之鳥,鴻雁之屬,冬月所居於此澤。"孔穎達疏:"日之行也,夏至漸南,冬至漸北,鴻雁之屬,九月而南,正月而北。"李白《感興八首》三:"征鴻務隨陽,又不爲我棲。"

④ 化:變化,改變。《國語・晉語》:"雀入於海爲蛤,雉入於淮爲蜃。黿鼉魚鱉,莫不能化,唯人不能。"韓愈《請遷玄宗廟議》:"高祖神堯皇帝,創業經始,化隋爲唐,義同周之文王。"指化生之物。《禮記・樂記》:"鼓之以雷霆,奮之以風雨,動之以四時,暖之以日月,而百化興焉!"　蛤:一種有介殼的軟體動物,生活在淺海底,肉可食。《呂氏春秋・精通》:"月也者,群陰之本也。月望則蚌、蛤實,群陰盈。"《資治通鑑・唐憲宗元和十二年》:"孔戣爲華州刺史,明州歲貢蚶、蛤,淡菜,水陸遞夫勞費,戣奏疏罷之。"胡三省注:"《月令》云:'雀入大水化爲蛤。'《説文》云:'百歲燕所化。'又云:'老服翼所化。'皆非也。蚶、蛤皆生於海瀕潮汐往來鳥鹵之地。"　群鳥:各種各樣的鳥類。崔融

《哭蔣詹事儔》："江上有長離,從容盛羽儀。一鳴百獸舞,一舉群鳥隨。"劉長卿《送友人南遊》："去程何用計?勝事且相關。旅逸同群鳥,悠悠往復還。" 收田:收割農田的作物。元稹《酬樂天東南行詩一百韻》："防戍兄兼弟,收田婦與姑。"賈島《酬張籍王建》："鼠拋貧屋收田日,雁度寒江擬雪天。" 早霜:霜期之前或霜期之初所降的霜。焦贛《易林·需之咸》："早霜晚雪,傷害禾麥。"李嘉祐《送盧員外往饒州》："早霜蘆葉變,寒雨石榴新。莫怪諳風土,三年作逐臣。"早晨的霜。錢起《早渡伊川見舊鄰作》："鶡鶏鳴早霜,秋水寒旅涉。漁人昔鄰舍,相見具舟楫。"許渾《天街曉望》："明星低未央,蓮闕迥蒼蒼。疊鼓催殘月,疏鐘迎早霜。"

⑤ 松柏:松樹和柏樹,兩樹皆長青不凋,爲志操堅貞的象徵。《禮記·禮器》："其在人也,如竹箭之有筠也,如松柏之有心也。"《荀子·大略》："歲不寒無以知松柏。" 蒼蒼:深青色。《莊子·逍遙遊》："天之蒼蒼,其正色邪!"蘇軾《留題仙都觀》："山前江水流浩浩,山上蒼蒼松柏老。"

[編年]

《年譜》、《編年箋注》沒有對本詩編年,《年譜新編》編年本詩於長慶四年,但沒有說明具體時間與編年理由。

我們對本詩的編年意見及理由同《立春正月節》所示,亦即編年於長慶四年六月上旬。

● 詠廿四氣詩·霜降九月中①

風卷清雲盡(一),空天萬里霜②。野豺先祭月,仙菊遇重陽③。秋色悲疏木,鴻鳴憶故鄉④。誰知一樽酒,能使百秋亡⑤？

録自《全唐詩補編·全唐詩續拾》卷二五

[校記]

（一）風卷清雲盡：伯二六二四卷作“風卷晴霜盡”，《全唐詩補編·全唐詩續拾》卷二五採用伯二六二四卷之説，并校勘：“一作‘風卷清雲盡’。”筆者以爲，伯二六二四卷此句與下句“空天萬里霜”不合，擬據斯三八八〇卷改爲“風卷清雲盡”。

[箋注]

① 霜降：二十四節氣之一，一年之中的第十八個節氣，在陽曆十月二十三日或二十四日，這時中國黄河流域一般出現初霜，大部分地區多忙於播種三麥（小麥、大麥、元麥）等作物。《逸周書·周月》：“秋三月中氣：處暑、秋分、霜降。”《國語·周語》：“火見而清風戒寒。”韋昭注：“謂霜降之後，清風先至，所以戒人爲寒備也。”

② 清雲：青雲，清，同“青”。揚雄《甘泉賦》：“吸清雲之流瑕兮，飲若木之露英。”王粲《公宴》：“涼風撤蒸暑，清雲却炎暉。”　空天：遼闊的天宇。孫逖《山行遇雨》：“驟雨晝氤氲，空天望不分。暗山惟覺電，窮海但生雲。”李白《秋夜與劉碭山泛宴喜亭池》：“月色望不盡，空天交相宜。令人欲泛海，只待長風吹。”　霜：在氣溫降到攝氏零度以下時，靠近地面空氣中所含的水汽凝結成的白色冰晶。《詩·秦風·蒹葭》：“蒹葭蒼蒼，白露爲霜。”李白《秋下荆門》：“霜落荆門江樹空，布帆無恙挂秋風。”

③ 犲：獸名，李時珍《本草綱目·犲》：“犲，處處山中有之，狼屬也，俗名犲狗，其形似狗而頗白，前矮後高而長尾，其體細瘦而健猛，其毛黄褐色而擎鬣，其牙似錐而噬物，群行虎亦畏之，又喜食羊。”徐

珂《清稗類鈔·豺》："豺,亦作犲,與狼同類異種,狀如犬而身瘦,毛黃褐色,口吻深裂,尾長下垂,其身有臭氣,哭聲能聞於遠,性之殘暴與狼同。"《逸周書·時訓》："霜降之日,豺乃祭獸。"朱右曾校釋："豺似狗,高前廣後,黃色,群行,其牙如錐,殺獸而陳之若祭。"高適《同群公出獵海上》："豺狼竄榛莽,麋鹿罷艱虞。高鳥下驚弓,困獸鬥匹夫。"杜甫《發劉郎浦》："挂帆早發劉郎浦,疾風颯颯昏亭午。舟中無日不沙塵,岸上空村盡豺虎。"在詩詞中,常常被比喻爲兇殘之敵人。王昌齡《詠史》："荷畚至洛陽,杖策遊北門。天下盡兵甲,豺狼滿中原。"李白《古風》一八:"俯視洛陽川,茫茫走胡兵。流血塗野草,豺狼盡冠纓。"本詩應該是前者。　祭月:古代重要祭禮之一,天子於每年秋分設壇祭祀月神。《管子·輕重己》："秋至而禾熟,天子祀於大惢,西出其國百三十八里而壇,服白而絻白,搢玉總,帶錫監,吹損篪之風,鑿動金石之音,朝諸侯卿大夫列士,循於百姓,號曰祭月。"《禮記·祭法》："王宮,祭日也;夜明,祭月也。"鄭玄注:"夜明,月壇也。"孔穎達疏:"夜明者,祭月壇名也。"《史記·封禪書》："祭日以牛,祭月以羊彘特。"　菊:菊花。《楚辭·九章·惜誦》："播江離與滋菊兮,願春日以爲糗芳。"陶潛《歸去來兮辭》："三徑就荒,松菊猶存。"　重陽:節日名,古以九爲陽數之極,九月九日故稱"重九"或"重陽",魏晉後,習俗於此日登高遊宴。庾肩吾《九日侍宴樂游苑應令詩》："獻壽重陽節,迴鑾上苑中。"杜甫《九日五首》一:"重陽獨酌杯中酒,抱病起登江上臺。"

④ 秋色:秋日的景色、氣象。庾信《周驃騎大將軍開府儀同三司冠軍伯柴烈李夫人墓誌銘》："秋色悽愴,松聲斷絶,百年幾何?歸於此別。"李賀《雁門太守行》："角聲滿天秋色裏,塞上燕支凝夜紫。"與秋時相應的顏色,指白色。《太平御覽》卷二四引《禮記·月令》："立秋之日……天子居總章左個,乘白駱。"注:"乘白駱,從秋色也。"　疏木:葉子疏落的樹木,樹木疏落的樹林。李頎《宴陳十六樓(樓枕金谷)》："四鄰見疏木,萬井度寒砧。石上題詩處,千年留至今。"馬戴

《田氏南樓對月》："咽咽陰蟲叫，蕭蕭寒雁來。影搖疏木落，魄轉曙鐘開。"　鴻：大雁。《易·漸》："鴻漸于干。"李鼎祚集解引虞翻曰："鴻，大雁也。"杜牧《偶題二首》二："信已憑鴻去，歸唯與燕期。"　鳴：鳥獸昆蟲叫。《易·中孚》："鶴鳴在陰，其子和之。"韓愈《秋懷詩十一首》二："寒蟬暫寂寞，蟋蟀鳴自恣。"　故鄉：家鄉，出生或長期居住過的地方。《史記·高祖本紀》："大風起兮雲飛揚，威加海內兮歸故鄉。"李白《靜夜思》："舉頭望明月，低頭思故鄉。"這裏詩人身在浙東，以大雁為比，看著背鄉南飛的大雁，藉以抒發自己思念北國故鄉的感受。

　⑤　百秋：猶百年，喻時間長。賈島《懷鄭從志》："故人別二年，我意如百秋。音信兩杳杳，誰云昔綢繆？"崔銑《贈劉子德符序》："與敵逶迤，雖日御百秋，亡難焉！著拘其奇，局量其工，雖終其身而求為秋，不可得已！"　亡：丟失，喪失。《莊子·駢拇》："臧與穀二人相與牧羊，而俱亡其羊。"《史記·司馬穰苴列傳》："〔穰苴〕於是追擊之，遂取所亡封內故境而引兵歸。"

［編年］

　《年譜》、《編年箋注》沒有對本詩編年，《年譜新編》編年本詩於長慶四年，但沒有說明具體時間與編年理由。

　我們對本詩的編年意見及理由同《立春正月節》所示，亦即編年於長慶四年六月上旬。

● 詠廿四氣詩·立冬十月節①

　霜降向人寒，輕冰渌水漫②。蟾將纖影出⁽一⁾，雁帶幾行殘③？田種收藏了，衣裘製造看④。野雞投水日，化蜃不將難⑤。

　　　　　　　錄自《全唐詩補編·全唐詩續拾》卷二五

[校記]

（一）蟾將纖影出：本詩斯三八八〇卷、伯二六二四卷均存，《全唐詩補編・全唐詩續拾》校勘："一作'蟾將輕影出'。"語義不同，不改。

[箋注]

① 立冬：二十四節氣之一，一年之中的第十九個節氣，在陽曆十一月七日或八日，農曆十月初。習慣以爲冬之始。《逸周書・時訓》："立冬之日，水始冰；又五日，地始凍；又五日，雉入大水爲蜃。"《禮記・月令》："〔孟冬之月〕立冬之日，天子親帥三公、九卿、諸侯、大夫，以迎冬於北郊。"

② 輕冰：薄冰。蕭統《錦帶書十二月啓・太簇正月》："飄飄餘雪，入簫管以成歌；皎潔輕冰，對蟾光而寫鏡。"杜甫《龍門鎮》："細泉兼輕冰，沮洳棧道濕。" 渌水：水清澈貌。張諤《百子池》："舊聞百子漢家池，漢家渌水今逶迤。宮女厭鏡笑窺池，身前影後不相見，無數容華空自知。"劉長卿《送道標上人歸南嶽》："白雲留不住，渌水去無心。衡嶽千峰亂，禪房何處尋？" 漫：平緩貌。沈約《早發定山》："歸海流漫漫，出浦水濺濺。"王安石《寄韓持國》："渌遶宮城漫漫流，鵝黃小蝶弄春柔。"

③ 蟾：傳説月中有蟾蜍，因借指月亮、月光。李白《雨後望月》："四郊陰靄散，開户半蟾生。"韋莊《三堂東湖作》："蟾投夜魄當湖落，嶽倒秋蓮入浪生。" 纖影：瘦影。穆修《燈》："纖影乍欹還復立，冷花時結不成圓。銷魂猶憶江樓夜，曾對離觴賦短篇。"陳與義《梅》："愛歌纖影上窗紗，無限輕香夜遶家。一陣東風濕殘雪，强將嬌泪學梨花。" 殘：殘缺，缺損。《漢書・劉歆傳》："孝成皇帝閔學殘文缺，稍離其真，乃陳發秘臧，校理舊文。"剩餘，殘存。杜甫《洗兵馬》："祇殘

鄴城不日得,獨任朔方無限功。”

④ 收藏:收聚蓄藏,收集保存。《禮記・月令》:“〔仲冬之月〕是月也,農有不收藏積聚者,馬牛畜獸有放佚者,取之不詰。”蘇軾《和錢安道寄惠建茶》:“收藏愛惜待佳客,不敢包裹鑽權倖。” 衣裘:夏衣冬裘。《周禮・天官・宮伯》:“以時頒其衣裘。”鄭玄注:“衣裘,若今賦冬夏衣。”賈公彥疏:“夏時班衣,冬時班裘。”《吕氏春秋・重己》:“其爲輿馬衣裘也,足以逸身暖骸而已矣!”專指皮裘或泛指衣服。《西京雜記》卷二:“司馬相如初與卓文君還成都,居貧愁懑,以所著鷫鷯裘就市人陽昌貰酒,與文君爲歡。既而文君抱頸泣曰:‘我平生富足,今乃以衣裘貰酒。’”《宋書・戚同文傳》:“冬月,多解衣裘與寒者。” 製造:製作,將原材料加工成器物衣物。蕭綱《大法頌》:“垂拱南面,克己嚴廊,權輿教義,製造衣裳。”吳曾《能改齋漫録・記事》:“徽宗崇寧四年,歲次乙酉,製造九鼎。”

⑤ 野鷄:雉的別名。《史記・封禪書》:“野鷄夜雊。”裴駰集解引如淳曰:“野鷄,雉也。”陸游《雜題二首》二:“黍醅新壓野鷄肥,茆店酣歌送落暉。” 投水:跳進或丟進水裏。裴夷直《觀淬龍泉劍》:“歐冶將成器,風胡幸見逢。發硎思剚玉,投水化爲龍。”裴澈《吊孟昌圖》:“一章何罪死何名? 投水惟君與屈平。從此蜀江烟月夜,杜鵑應作兩般聲。” 蜃:大蛤,李時珍《本草綱目・車螯》:“蜃與蛟蜃之蜃,同名異物。《周禮》:鱉人掌互物,春獻鱉蜃,秋獻龜魚,則蜃似爲大蛤之通稱。”《左傳・昭公二十年》:“海之鹽蜃,祈望守之。”杜預注:“蜃,大蛤也。”《莊子・人間世》:“夫愛馬者,以筐盛矢,以蜄盛溺。”陸德明釋文:“蜄,蛤類。”

[編年]

　　《年譜》、《編年箋注》没有對本詩編年,《年譜新編》編年本詩於長慶四年,但没有説明具體時間與編年理由。

我們對本詩的編年意見及理由同《立春正月節》所示，亦即編年於長慶四年六月上旬。

● 詠廿四氣詩·小雪十月中①

莫怪虹無影，如今小雪時②。陰陽依上下，寒暑喜分離③。滿月光天漢，長風響樹枝④。橫琴對淥醥，猶自斂愁眉(一)⑤。

錄自《全唐詩補編·全唐詩續拾》卷二五

[校記]

（一）猶自斂愁眉：本詩斯三八八〇卷、伯二六二四卷均存，《全唐詩補編·全唐詩續拾》校勘："一作'獨自斂愁眉'。"語義不同，不改。

[箋注]

① 小雪：二十四節氣之一，一年之中的第二十個節氣，相當於陽曆十一月二十二日或二十三日。董仲舒《春秋繁露·陰陽出入》："小雪而物咸成，大寒而物畢藏。"戴叔倫《小雪》："花雪隨風不厭看，更多還肯失林巒。愁人正在書窗下，一片飛來一片寒。"張登《小雪日戲題絕句》："甲子徒推小雪天，刺梧猶綠槿花然。融和長養無時歇，却是炎洲雨露偏。"

② 莫怪：不要責怪。顧況《尋僧二首》二："彌天釋子本高情，往往山中獨自行。莫怪狂人遊楚國，蓮花只在淤泥生。"戎昱《駱家亭子納凉》："生衣宜水竹，小酒入詩篇。莫怪侵星坐，神清不欲眠。" 莫：副詞，表示否定，不，不能。《荀子·解蔽》："桀死於鬲山，紂縣於赤

斾,身不知先,人又莫之諫,此蔽塞之禍也。"《史記・陳丞相世家》:
"高帝既出,其計秘,世莫得聞。"　無影:沒有蹤影。鮑溶《弄玉詞二
首》一:"素女結念飛天行,白玉參差鳳皇聲。天仙借女雙翅猛,五燈
繞身生,入烟去無影。"裴夷直《夜意》:"蕭疏盡地林無影,浩蕩連天月
有波。獨立空亭人睡後,洛橋風便水聲多。"　如今:現在。《史記・
項羽本紀》:"樊噲曰:'大行不顧細謹,大禮不辭小讓。如今人方爲刀
俎,我爲魚肉,何辭爲?'"杜甫《泛江》:"故國流清渭,如今花正多。"

　③　陰陽:古代指宇宙間貫通物質和人事的兩大對立面,指天地間
化生萬物的二氣。《易・繫辭》:"陰陽不測之謂神。"《新唐書・魚朝恩
傳》:"陰陽不和,五穀踊貴。"　上下:高處和低處,上面和下面。《孟
子・告子》:"孟子曰:'水信無分於東西,無分於上下乎?'"范仲淹《岳陽
樓記》:"至若春和景明,波瀾不驚,上下天光,一碧萬頃。"　寒暑:寒冬
暑夏。《易・繫辭》:"寒往則暑來,暑往則寒來,寒暑相推而歲成焉!"陸
機《赴洛詩二首》二:"歲月一何易,寒暑忽已革。"　分離:別離。東方朔
《七諫・哀命》:"何君臣之相失兮,上沉湘而分離。"分開。《戰國策・秦
策》:"刳腹折頤,首身分離。"姚宏注:"分離,折、斷。"

　④　滿月:農曆每月十五夜的月亮。《初學記》卷一引何偃《月
賦》:"遠日如鑑,滿月如璧。"張諤《滿月》:"今夜明珠色,當隨滿月
開。"　天漢:天河。曹丕《雜體詩》:"天漢迴西流,三五正縱橫。"徐彦
伯《上巳日祓禊渭濱應制》:"晴風麗日滿芳洲,柳色春筵祓錦流。皆
言侍蹕橫汾宴,暫似乘槎天漢遊。"　長風:遠風。《文選・左思〈吳都
賦〉》:"習御長風,狎玩靈胥。"劉逵注:"長風,遠風也。"杜甫《龍門
閣》:"長風駕高浪,浩浩自太古。"暴風,大風。玄應《一切經音義》卷
一引《兼明苑》:"風暴疾而起者謂之長風。"　樹枝:樹木的枝條。《管
子・輕重丁》:"請以令沐途旁之樹枝,使無尺寸之陰。"姚合《遊春十
二首》二:"樹枝風掉軟,菜甲土浮輕。"

　⑤　橫琴:謂撫琴,彈琴。羊士諤《書樓懷古》:"遠目窮巴漢,閑情

閱古今。忘言意不極,日暮但橫琴。"伍喬《寄史處士》:"石樓待月橫琴久,漁浦經風下釣遲。" 渌醽:美酒,渌,同"醁"。雍裕之《大言》:"四溟杯渌醽,五嶽䰀青螺。"王禹偁《還揚州許書記家集》:"子孫淪沒誰及君? 閑倚紅蓮傾渌醽。" 猶自:尚,尚自。許渾《塞下曲》:"朝來有鄉信,猶自寄征衣。"王沂孫《齊天樂·蟬》:"短夢深宮,向人猶自訴憔悴。" 斂:收縮。庾信《傷往二首》一:"見月長垂泪,花開定斂眉。"王績《在京思故園見鄉人問》:"斂眉俱握手,破涕共銜杯。" 愁眉:發愁時皺著的眉頭。白居易《晚春沽酒》:"不如貧賤日,隨分開愁眉。"蘇軾《送牛尾狸與徐使君》:"風捲飛花自入帷,一樽遙想破愁眉。"

[編年]

《年譜》、《編年箋注》沒有對本詩編年,《年譜新編》編年本詩於長慶四年,但沒有説明具體時間與編年理由。

我們對本詩的編年意見及理由同《立春正月節》所示,亦即編年於長慶四年六月上旬。

● 詠廿四氣詩·大雪十一月節^{(一)①}

積陰成大雪,看處亂霏霏②。玉管鳴寒夜,披書曉絳帷③。黃鐘隨氣改,鶡鳥不鳴時④。何限蒼生類,依依惜暮暉⑤。

録自《全唐詩補編·全唐詩續拾》卷二五

[校記]

(一)大雪十一月節:本詩斯三八八〇卷、伯二六二四卷均存,據《全唐詩補編·全唐詩續拾》卷二五過録,未見異文。

[箋注]

① 大雪:二十四節氣之一,一年之中的第二十一個節氣,在陽曆十二月六日、七日或八日。《漢書·律曆志》:"星紀,初斗十二度,大雪。"崔靈恩《三禮義宗》:"十一月,大雪爲節者,形於小雪爲大雪。時雪轉甚,故以大雪名節。"

② 積陰:謂陰氣聚集。《文子·上仁》:"積陰不生,積陽不化;陰陽交接,乃能成和。"《淮南子·天文訓》:"積陽之熱氣生火,火氣之精者爲日;積陰之寒氣爲水,水氣之精者爲月。"　大雪:指降雪量大的雪。《左傳·隱公九年》:"平地尺爲大雪。"盧綸《和張僕射塞下曲》三:"欲將輕騎逐,大雪滿弓刀。"　霏霏:雨雪盛貌。《詩·小雅·采薇》:"今我來思,雨雪霏霏。"《楚辭·王逸〈九思·怨上〉》:"雷霆兮硠磕,電霰兮霏霏。"原注:"霏霏,集貌。"

③ 玉管:亦作"玉琯",玉製的古樂器,用以定律。《漢書·律曆志》:"竹曰管。"顏師古注引孟康曰:"《禮樂器記》:'管,漆竹,長一尺,六孔。'……古以玉作,不但竹也。"《舊唐書·音樂志》:"律周玉琯,星迴金度。"　寒夜:寒冷的夜晚。蕭衍《織婦》:"調梭輟寒夜,鳴機罷秋日。"劉禹錫《酬樂天小亭寒夜有懷》:"寒夜陰雲起,疏林宿鳥驚。"　披書:開卷,讀書。徐陵《廣州刺史歐陽頠德政碑》:"得性於橘州之間,披書於杏壇之上。"王績《策杖尋隱寺》:"置酒燒枯葉,披書坐落花。"　絳帷:紅色帷幕。劉向《九嘆·遠遊》:"張絳帷以襜襜兮,風邑邑而蔽之。"舒元輿《贈李翱》:"湘江舞罷忽成悲,便脫蠻靴出絳帷。"義同"絳帳",《後漢書·馬融傳》:"融才高博洽,爲世通儒,教養諸生,常有千數……居宇器服,多存侈飾。常坐高堂,施絳紗帳,前授生徒,後列女樂,弟子以次相傳,鮮有入其室者。"後因以"絳帳"爲師門、講席之敬稱。李商隱《過故崔兗海宅與崔明秀才話舊》:"絳帳恩如昨,烏衣事莫尋。"

④ 黃鐘:亦作"黃鍾",樂律十二律中的第一律。《禮記·月令》:"〔季夏之月〕其日戊巳,其帝黃帝,其神後土,其蟲倮,其音宮,律中黃

鍾之宮。"孔穎達疏:"黃鍾宮最長,爲聲調之始,十二宮之主。"《呂氏春秋·適音》:"黃鐘之宮,音之本也,清濁之衷也。"陳奇猷校釋:"黃鐘即今所謂標準音,故是音之本。但黃鐘是所有樂律之標準……黃鐘既是標準音,則自黃鐘始,愈上音愈高,愈下音愈低,故黃鐘是清濁之衷。" 氣:節氣,氣候。《素問·六節藏象論》:"五日謂之候,三候謂之氣,六氣謂之時。"韓愈《南海神廟碑》:"常以立夏氣至,命廣州刺史行事祠下。" 鶪:亦作"鵙",鵙雀,鶪的一種,李時珍《本草綱目·鶪》:"鶪,候鳥也。常晨鳴如鷄,趨民收麥,行者以爲候。"《國語·晉語》:"平公射鴳,不死,使豎襄搏之,失。"韋昭注:"鴳,鳭,小鳥。"葉適《寄李寄章參政》:"鶪飛雖地控,龍卧常天升。"

⑤ 何限:無限,無邊。杜甫《和裴迪登新津寺寄王侍郎》:"何限倚山木,吟詩秋葉黃。蟬聲集古寺,鳥影度寒塘。"韓愈《郴口又贈二首》二:"沿涯宛轉到深處,何限青天無片雲。" 蒼生:指百姓。《文選·史岑〈出師頌〉》:"蒼生更始,朔風變律。"劉良注:"蒼生,百姓也。"杜甫《行次昭陵》:"往者灾猶降,蒼生喘未蘇。" 依依:依戀不舍的樣子。《玉臺新詠·古詩〈爲焦仲卿妻作〉》:"舉手長勞勞,二情同依依。"劉商《胡笳十八拍》:"泪痕滿面對殘陽,終日依依向南北。" 暮暉:落日的餘輝。儲光羲《臨江亭》:"城頭落暮暉,城外擣秋衣。"李商隱《桂林路中》:"地暖無秋色,江晴有暮暉。"

[編年]

《年譜》、《編年箋注》没有對本詩編年,《年譜新編》編年本詩於長慶四年,但没有説明具體時間與編年理由。

我們對本詩的編年意見及理由同《立春正月節》所示,亦即編年於長慶四年六月上旬。

● 詠廿四氣詩・冬至十一月中①

　　二氣俱生處,周家正立年②。歲星瞻北極,景日照南天⁽一⁾③。拜慶朝金殿,歡娛列綺筵④。萬邦歌有道,誰敢動征邊⑤?

錄自《全唐詩補編・全唐詩續拾》卷二五

[校記]

　　(一)景日照南天:本詩斯三八八〇卷、伯二六二四卷均存,《全唐詩補編・全唐詩續拾》作"舜日照南天",校勘:"一作'景日照南天'。"語義不同,據改。

[箋注]

　　① 冬至:二十四節氣之一,一年之中的第二十二個節氣,在陽曆十二月二十二日前後,這一天太陽經過冬至點,北半球白天最短,夜間最長。《逸周書・時訓》:"冬至之日蚯蚓結,又五日麋角解,又五日水泉動。"《呂氏春秋・有始》:"冬至日行遠道,周行四極,命曰玄明。"

　　② "二氣俱生處"兩句:意謂陰陽二氣生成之時,正是周家王朝建立之年。《舊唐書・曆志》:"太古聖人,體二氣之權輿,賾三才之物象,乃創紀以窮其數,畫卦以通其變,而紀有大衍之法,卦有推策之文,繇是曆法生焉! 殷人用九疇、五紀之書,《周禮》載馮相、保章之職,所以辨三辰之躔次,察九野之吉凶。"《新唐書・曆志》:"曆法尚矣! 自堯命羲、和,曆象日月星辰,以閏月定四時成歲,其事略見于《書》。而夏、商、周以三統改正朔,爲曆固已不同,而其法不傳。"

　　③ 歲星:即木星,古人認識到木星約十二年運行一周天,其軌道與黃道相近,因將周天分爲十二分,稱十二次。木星每年行經一次,

即以其所在星次來紀年,故稱歲星。《史記·天官書》:"察日月之行,以揆歲星順逆。"《舊唐書·憲宗紀》:"壬申夜,月掩歲星。" 北極:北方邊遠之處。《莊子·大宗師》:"顓頊得之,以處玄宮;禺強得之,立乎北極。"《楚辭·大招》:"天白顥顥,寒凝凝只。魂乎無往,盈北極只。"指最北端。《淮南子·墜形訓》:"〔禹〕使豎亥步自北極至於南極;二億三萬三千五百里七十五步。" 景日:光明耀眼的太陽。和凝《宮詞百首》六五:"天街香滿瑞雲生,紅繳凝空景日明。先遣五坊排獵騎,爲民除害出神京。"吳泳《荊世顯降授中官正周奕降授春官正制》:"具官某等,以圭測景日,官職也。" 景:亮光,日光。《文選·班固〈東都賦〉》:"嶽修貢兮川效珍,吐金景兮歊浮雲。"高步瀛義疏引李賢曰:"景,光也。"范仲淹《岳陽樓記》:"至若春和景明,波瀾不驚。"南天:南方的天空。《晉書·天文志》:"夏至極起,而天運近北,故斗去人遠,日去人近,南天氣至,故蒸熱也。"李白《陪族叔刑部侍郎曄及中書賈舍人至遊洞庭五首》一:"洞庭西望楚江分,水盡南天不見雲。"

④ 拜慶:亦作"拜家慶",久別歸家省親。梅堯臣《送舍弟正臣赴都》:"何當還里門,拜慶期秋杪。"葛立方《韵語陽秋》卷一〇:"唐人與親別而復歸,謂之拜家慶。" 金殿:指宮殿。謝朓《奉和隨王殿下十六首》一三:"端儀穆金殿,敷教藻瓊筵。"劉禪之《奉和別越王》:"周屏辭金殿,梁驂整玉珂。管聲依折柳,琴韵動流波。" 歡娛:歡樂。班固《東都賦》:"於是聖上親覽萬方之歡娛,久沐浴乎膏澤。"高適《別韋參軍》:"歡娛未盡分散去,使我惆悵驚心神。" 綺筵:華麗豐盛的筵席。陳子昂《春夜別友人二首》一:"銀燭吐青烟,金樽對綺筵。"李清照《慶清朝慢》:"綺筵散日,誰人可繼芳塵?"

⑤ 萬邦:所有諸侯封國,後引申爲天下。曹植《上責躬應詔詩表》:"君臨萬邦,萬邦既化。"白居易《賀雨》:"遂下罪己詔,殷勤告萬邦。" 有道:謂政治清明。《論語·衛靈公》:"邦有道,則仕;邦無道,則可卷而懷之。"班固《白虎通·號》:"天下有道,人皆樂也。"指政治

清明之世。蘇軾《次韵王定國謝韓子華過飲》:"莫亂三上章,有道貧賤恥。"　征邊:征討周邊國家。李白《搗衣篇》:"摘盡庭蘭不見君,紅巾拭泪生氤氳。明年若更征邊塞,願作陽臺一段雲。"陸游《江北莊取米到作飯香甚有感》:"我豈農家志飽暖,閉户惟思事耕織? 征邊詔下倘可期,盾鼻猶堪試殘墨。"

[編年]

　　《年譜》、《編年箋注》沒有對本詩編年,《年譜新編》編年本詩於長慶四年,但沒有説明具體時間與編年理由。

　　我們對本詩的編年意見及理由同《立春正月節》所示,亦即編年於長慶四年六月上旬。

● 詠廿四氣詩·小寒十二月節 (一)①

　　小寒連大吕,歡鵲壘新巢②。拾食尋河曲,銜紫繞樹梢③。霜鷹近北首,雉雊隱叢茅④。莫怪嚴凝切,春冬正月交⑤。

録自《全唐詩補編·全唐詩續拾》卷二五

[校記]

　　(一) 小寒十二月節:本詩斯三八八〇卷、伯二六二四卷均存,據《全唐詩補編·全唐詩續拾》卷二五過録,不見異文。

[箋注]

　　① 小寒:二十四節氣之一,一年之中的第二十三個節氣,在陽曆一月五日、六日或七日之間。《漢書·律曆志》:"玄枵,初婺女八度,小寒。"《禮記·月令》:"〔季冬之月〕雁北鄉,鵲始巢,雉雊鷄乳。"鄭玄注:"雁

北郷以下,皆記時候也。雊雉鳴也,《詩》云:'雉之朝雊,尚求其雌。'"

②　大吕:古代樂律名,古樂分十二律,陰陽各六,六陰皆稱吕,其四爲大吕。《周禮·春官·大司樂》:"乃奏黄鐘,歌大吕,舞雲門,以祀天神。"《楚辭·招魂》:"吴歈蔡謳,奏大吕些。"王逸注:"大吕,六律名也。"本詩指夏曆十二月的别稱。《國語·周語》:"元間大吕,助宣物也。"韋昭注:"十二月,大吕。"　歡鵲壘新巢:喜鵲在小寒來臨之時築新巢。《逸周書·時訓》:"小寒之日雁北向,又五日鵲始巢。"　鵲:鳥名,頭背黑褐色,背有青紫色光澤,肩、頸、腹等白色,尾巴長,鳴聲喳喳,通稱喜鵲,性最惡濕,又稱乾鵲。《淮南子·原道訓》:"故夫鳥之啞啞,鵲之喳喳,豈嘗爲寒暑燥濕變其聲哉!"王炎《晚憩田家》:"家書未到鵲先喜,春事無多鶯又啼。"

③　拾食:覓食。《太平御覽·醜丈夫》:"《桓譚新論》曰:余嘗與郎令喜出見一老翁糞上拾食,頭面垢醜不可忍視,喜曰:'安知此非神仙?'余曰:'道必形體如此? 無以道爲!'"《丹鉛總録·信天翁》:"信天翁,鳥名,滇中有之。其鳥食魚而不能捕,俟魚鷹所得偶墜者,拾之。"本詩指喜鵲等鳥類覓食。　河曲:河流迂曲的地方。《列子·黄帝》:"因復指河曲之淫隈曰:'彼中有寶珠,泳可得也。'"李隆基《潼關口號》:"河曲回千里,關門限二京。"　紫:藍和紅合成的顏色。《論語·陽貨》:"惡紫之奪朱也。"何晏集解:"朱,正色;紫,間色之好者。"本詩指生長在樹梢的各色果子,喜鵲等鳥類覓以飽腹。　樹梢:樹的頂端。謝靈運《泉山詩》:"石室穿林陬,飛泉發樹梢。"雍陶《秋居病中》:"幽居悄悄何人到? 落日清凉滿樹梢。"

④　霜鷹:冬天的鷹類。李新《送高執中赴文州楔林》:"兩眼追霜鷹,鐵石懸肺腑。何爲向北風? 送子泪如雨。"劉才邵《贈王至道》:"王郎荆楚秀,俊氣傾四坐。屹如飽霜鷹,遠意不受挫。"　北首:猶北向。《史記·淮陰侯列傳》:"方今爲將軍計,莫如……北首燕路,而後遣辯士奉咫尺之書,暴其所長於燕,燕必不敢不聽從。"張守節正義:"首,音狩,

向也。"韓愈《南山詩》："或靡然東注，或偃然北首。"岳珂《籲天辨誣通敘》："三軍北首死敵之志益銳，中原來蘇望霓之心益切。"　雉雊：雉鳴叫。王維《渭川田家》："雉雊麥苗秀，蠶眠桑葉稀。"朱慶餘《送元處士遊天台》："空山雉雊禾苗短，野館風來竹氣清。"　叢茅：茅草叢生之處。李存《題上官氏南樓記後》："上官氏聚族而居餘千數百年，四顧皆岡阜衍迆，或叢茅荒葦，獨南爲平田。"吳與弼《遊廣壽寺後園》："雲蘿穿屈曲，苔徑入幽深。翠積叢茅暗，青交雜樹陰。"

　⑤嚴凝：猶嚴寒。《禮記·鄉飲酒義》："天地嚴凝之氣，始於西南，而盛於西北，此天地之尊嚴氣也，此天地之義氣也。"陸游《大雪》："大雪江南見未曾，今年方始是嚴凝。"　切：激烈。韓愈《爲裴相公讓官表》："旋以論事過切，爲宰臣所非。"曾鞏《故朝散大夫孫公行狀》："朋黨之議起，大臣多被逐，公之爭論尤切，亦不自以爲疑也。"　交：交換。元稹《白氏長慶集序》："至於繕寫模勒、衒賣於市井，或持之以交酒茗者，處處皆是。"指前後交替之際或上下左右連接之處。《左傳·僖公五年》："其九月、十月之交乎？"

［編年］

　《年譜》、《編年箋注》沒有對本詩編年，《年譜新編》編年本詩於長慶四年，但沒有說明具體時間與編年理由。

　我們對本詩的編年意見及理由同《立春正月節》所示，亦即編年於長慶四年六月上旬。

● 詠廿四氣詩·大寒十二月中 (一)①

　臘酒自盈樽，金爐獸炭溫②。大寒宜近火，無事莫開門③。冬與春交替，星周月詎存④？明朝換新律，梅柳待陽春⑤。

録自《全唐詩補編·全唐詩續拾》卷二五

[校記]

（一）大寒十二月中：本詩斯三八八〇卷、伯二六二四卷均存，據《全唐詩補編·全唐詩續拾》卷二五過録，不見異文。

[箋注]

① 大寒：二十四節氣之一，一年之中的第二十四個節氣，陽曆一月二十日或二十一日，一般是我國氣候最冷的時候。《逸周書·周月》：“冬三月中氣：小雪、冬至、大寒。”董仲舒《春秋繁露·陰陽出入》：“小雪而物咸成，大寒而物畢藏。”

② 臘酒：臘月釀製的酒。岑參《送張獻心充副使歸河西雜句》：“玉瓶素蟻臘酒香，金鞍白馬紫遊韁。”王讜《唐語林·補遺》：“奔走權門，所不忍視，臘酒一壺，能共醉否？” 盈：滿，充滿。《詩·周南·卷耳》：“采采卷耳，不盈頃筐。”杜甫《自京赴奉先縣詠懷五百字》：“多士盈朝廷，仁者宜戰慄。” 金爐：金屬鑄的香爐。桓寬《鹽鐵論·貧富》：“歐冶能因國君之銅鐵以爲金鑪大鍾，而不能自爲壺鼎盤杅，無其用也。”馬非百注：“金爐，疑即金香爐。《西京雜記》：‘趙飛燕爲皇后，其女弟遺以五層金博香爐。’”爲香爐之美稱。劉禹錫《秋螢引》：“紛綸暉映平明滅，金鑪星噴鐙花發。”王安石《夜直》：“金爐香盡漏聲殘，翦翦輕風陣陣寒。” 獸炭：做成獸形的炭，亦泛指炭或炭火。《晉書·羊琇傳》：“琇性豪侈，費用無復齊限，而屑炭和作獸形以溫酒，洛下豪貴咸競效之。”張南史《雪》：“千門萬戶皆靜，獸炭皮裘自熱。”

③ 大寒：酷寒，極冷。《呂氏春秋·盡數》：“大寒、大熱、大燥、大濕、大風、大霖、大霧，七者動精則生害矣！”《新五代史·吳巒傳》：“巒

善撫士卒,會天大寒,裂其帷幄以衣士卒,士卒皆愛之。" 近火:靠近火,烤火。陸機《君子行》:"近火固宜熱,履冰豈惡寒!"曹松《送僧入蜀過夏》:"五月峨眉須近火,木皮嶺上袛如冬。" 無事:無端,沒有緣故。庾信《楊柳歌》:"定是懷王作計俣,無事翻覆用張儀。"范成大《江安道中》:"威名功業吾何有? 無事飄飄犯百蠻。" 開門:敞開門戶。王褒《九懷·尊嘉》:"河伯兮開門,迎余兮歡欣。"《北齊書·神武帝紀》:"魏普泰元年二月,神武自軍次信都,高乾、封隆之開門以待,遂據冀州。"

④ 交替:接替。谷神子《博異志·敬元穎》:"昨爲太一使者交替,天下龍神盡須集駕。"蘇軾《奏巡鋪鄭永崇舉覺不當乞差曉事使臣交替》:"欲望聖慈速賜指揮,或且勾回石君召、鄭永崇兩人,卻差曉事使臣交替,所貴不致非理生事。" 星周:星辰視運動歷一周天爲一星周,即一年。《郊廟歌辭·蕭和》:"律回玉琯,星周金度。次極陽鳥,紀窮陰兔。"張元幹《水調歌頭·癸酉虎丘中秋》:"倦遊回首,向來雲臥兩星周。" 詎:副詞,表示反詰,相當於"豈"、"難道"。《莊子·齊物論》:"雖然,嘗試言之,庸詎知吾所謂知之非不知邪? 庸詎知吾所謂不知之非知邪?"陶潛《讀山海經十三首》一〇:"徒設在昔心,良辰詎可待?"

⑤ 明朝:以後,將來。鮑照《擬行路難十八首》五:"君不見城上日,今暝沒盡去,明朝復更出。"齊己《感時》:"無窮今日明朝事,有限生來死去人。" 新律:新的律管,新與節候相應的律管。獨孤鉉《日南長至》:"玉曆頒新律,凝陰發一陽。輪輝猶惜短,圭影此偏長。"白居易《酬盧秘書二十韵》:"舊恩收墜履,新律動寒灰。" 梅柳:梅與柳,梅花開放,柳枝吐芽,均是春天降臨的資訊,故常以並稱。陶潛《蠟日》:"梅柳夾門植,一條有佳花。"杜審言《和晉陵丞早春遊望》:"雲霞出海曙,梅柳度江春。" 陽春:春天,溫暖的春天。《管子·地數》:"君伐菹薪,煮沸水爲鹽,正而積之三萬鍾,至陽春,請籍於時。"唐代酒肆布衣《醉吟》:"陽春時節天氣和,萬物芳盛人如何?"

[編年]

《年譜》、《編年箋注》没有對本詩編年,《年譜新編》編年本詩於長慶四年,但没有説明具體時間與編年理由,

我們對本詩的編年意見及理由同《立春正月節》所示,亦即編年於長慶四年六月上旬。

■ 酬樂天河陰夜泊見憶^{(一)①}

據白居易《河陰夜泊憶微之》

[校記]

(一)酬樂天河陰夜泊見憶:元稹本佚失詩所據白居易《河陰夜泊憶微之》,見《白氏長慶集》、《萬首唐人絶句》、《白香山詩集》、《全詩》、《全唐詩録》,未見異文。

[箋注]

① 酬樂天河陰夜泊見憶:白居易《河陰夜泊憶微之》:"憶君我正泊行舟,望我君應上郡樓。萬里月明同此夜,黄河東面海西頭。"現存元稹詩文未見酬篇,據補。　河陰:黄河南岸之地。《國語·晉語》:"與鼓子田於河陰,使夙沙釐相之。"韋昭注:"河陰,晉河南之田。"《文選·陸機〈贈馮文羆〉》:"發軫清洛汭,驅馬大河陰。"李善注引《穀梁傳》:"水南曰陰。"白居易從杭州回西京,經大運河乘船北上,來到黄河南岸,然後轉入黄河西上,黄河南,亦即"河陰"是白居易必定經由之處。　泊:停船靠岸。《三國志·陸凱傳》:"武昌土地,實危險而堉确,非王都安國養民之處,船泊則沈漂,陵居則峻危。"杜甫《絶句四首》三:"兩箇黄鸝鳴翠柳,一行白鷺上青天。窗含西嶺千秋雪,門泊

東吳萬里船。"　見:用在動詞前面表示被動,相當於被,受到。嚴武《巴嶺答杜二見憶》:"卧向巴山落月時,兩鄉千里夢相思。可但步兵偏愛酒,也知光禄最能詩。"戴叔倫《答孫常州見憶》:"畫鷁春風裏,迢遥去若飛。那能寄相憶,不並子猷歸。"　憶:思念,想念。《關尹子·六匕》:"心憶者猶忘饑,心忿者猶忘寒。"韓愈《次鄧州界》:"潮陽南去倍長沙,戀闕那堪更憶家。心訝愁來惟貯火,眼知別後自添花。"

[編年]

　　未見《元稹集》採録,也未見《年譜》、《編年箋注》、《年譜新編》採録與編年。

　　白居易離開杭州歸京在長慶四年五月末,秋天到達洛陽,白居易詩當作於長慶四年六月末、七月初,元稹回酬應該在本年秋七月,地點在越州,元稹時任浙東觀察使、越州刺史。

◎ 酬鄭從事四年九月宴望海亭次用舊韵⁽一⁾①

　　海亭樹木何籠葱!寒光透坼秋玲瓏②。湖山四面爭氣色,曠望不與人間同③。一拳塿伏東武小(龜山別名)⁽二⁾,兩山鬥構秦望雄(兩峰爲秦望、望秦二山)⁽三⁾④。嵌空古墓失文種(墓在州城西山上,《圖經》:'湖水到山,迎棺柩入海。'今所存,古穴耳)⁽四⁾,突兀怪石疑防風⁽五⁾⑤。舟船駢比有宗侶,水雲瀚洗無始終⑥。雪花布遍稻隴白,日脚插入秋波紅⑦。興餘望劇酒四坐,歌聲舞艷烟霞中⑧。酒酣從事歌送我,歌云此樂難再逢⑨。良時年少猶健美,使君况是頭白翁⑩。我聞此曲深嘆息,唧唧不異秋草蟲⑪。憶年十五學構厦,有意蓋覆天下窮⑫。安知四十虛富貴,朱紫束縛心志空⑬。粧梳妓女上樓榭,止欲歡樂微茫躬⑭。雖無趣尚慕賢聖（六）,幸有心目知西東（七）⑮。欲將滑甘柔藏府,已被鬱噎衝喉嚨⑯。君今勸我酒太醉,醉語不復能沖融⑰。勸君莫學虛富貴,不是賢人難變通（一本'富貴不是賢人通'）（八）⑱。

録自《元氏長慶集》二六

［校記］

（一）酬鄭從事四年九月宴望海亭次用舊韵:楊本、叢刊本、《全詩》、《浙江通志》、《海塘録》同,《會稽掇英總集》作"望海亭",語義相類,不改。

（二）一拳塿伏東武小（龜山別名）:楊本、叢刊本、《會稽掇英總集》、《全詩》同,《浙江通志》、《海塘録》無注文。

（三）兩山鬥構秦望雄（兩峰爲秦望、望秦二山）:楊本、叢刊本、《全詩》同,《浙江通志》、《海塘録》無注文,《會稽掇英總集》作"兩峰闢立秦望雄",語義相近,不改。

（四）嵌空古墓失文種（墓在州城西山上,《圖經》:'湖水到山,迎棺柩入海。'今所存,古穴耳）:楊本、叢刊本、《會稽掇英總集》、《全詩》同,《浙江通志》、《海塘録》無注文。

（五）突兀怪石疑防風:《全詩》、《浙江通志》、《海塘録》同,楊本、叢刊本、《會稽掇英總集》作"骨兀怪石疑防風",語義不同,不改。

（六）雖無趣尚慕賢聖:楊本、叢刊本、《會稽掇英總集》、《浙江通志》、《海塘録》、《全詩》同,宋蜀本作"雖無趣向慕賢聖",語義相類,不改。

（七）幸有心目知西東:宋蜀本、叢刊本、《會稽掇英總集》、《浙江通志》、《海塘録》、《全詩》同,楊本作"幸有心自知西東",語義難通,不改。

　　（八）不是賢人難變通(一本'富貴不是賢人通')：楊本、叢刊本、《會稽掇英總集》、《全詩》同，《浙江通志》、《海塘録》無注文。

[箋注]

　　① 酬鄭從事四年九月宴望海亭次用舊韵：鄭從事原唱已經散失，非常可惜。元稹的酬和爲次韵之作，這是元稹中期與晚期與朋友唱和的慣例，很少例外。　　鄭從事：即鄭魴，當時爲元稹浙東任的僚屬，有《禹穴碑銘》存世。《六藝之一録·禹穴碑》："鄭魴撰序，元稹銘，韓梓材行書。寶曆二年九月(《金石録》)。"孟郊《贈鄭夫子魴》："天地入胸臆，籲嗟生風雷。文章得其微，物象由我裁。宋玉逞大句，李白飛狂才。苟非聖賢心，孰與造化該？勉矣鄭夫子，驪珠今始胎。"望海亭：施宿《會稽志·望海亭》："《沈立越州圖序》云：刺史之居蓬萊閣、望海亭、東齋、西園，皆燕樂之最者。《舊經》：飛翼樓在州西三里，高一十五丈，范蠡所築，以壓强吴也，今望海亭即其遺址。飛翼一作龍翼。《輿地志》云：種山有大夫種墓，後潮水穴山，失其尸，今山西缺處是也。故元微之《望海亭》詩云：'嵌空古墓失文種。'"李紳《望海亭(在卧龍山頂上，越中最高處)》："烏盈兔缺天涯迴，鶴背松梢拂檻低。湖鏡坐隅看匝滿，海濤生處辨雲齊。夕嵐明滅江帆小，烟樹蒼茫客思迷。蕭索感心俱是夢，九天應共草萋萋。"　　次用：依次用所和詩中的韵作詩，也稱次韵、步韵。世傳次韵始於元稹、白居易，稱"元和體"。元稹《酬樂天餘思不盡加爲六韵之作》："次韵千言曾報答(樂天曾寄予千字律詩數首，予皆次用本韵酬和，後來遂以成風耳)，直詞三道共經綸。"章孝標《次韵和光禄錢卿二首》一："大隱嚴城内，閑門向水開。扇風知暑退，樹影覺秋來。"　　舊韵：原先用過的韵，亦即鄭從事原唱詩篇中的韵脚。鄭谷《前寄左省張起居一百言尋蒙唱酬見譽過實却用舊韵重答》："減瘦經多難，憂傷集晚年。吟高風過樹，坐久夜涼天。"韋莊《同舊韵》："大火收殘暑，

清光漸惹襟。謝莊千里思，張翰五湖心。"

②海亭：海邊之亭，望海之亭。王昌齡《別陶副使歸南海》："南越歸人夢海樓，廣陵新月海亭秋。寶刀留贈長相憶，當取戈船萬戶侯。"孟浩然《秋登張明府海亭》："海亭秋日望，委曲見江山。染翰聊題壁，傾壺一解顏。"這裏指越州的望海亭。　樹木：木本植物的統稱。《禮記·月令》："〔季夏之月〕樹木方盛，乃命虞人，入山行木，毋有斬伐。"曹操《苦寒行》："樹木何蕭瑟！北風聲正悲。"　籠蔥：青翠蔥綠。元積《生春二十首》一："何處生春早？春生雲色中。籠蔥閑著水，晻淡欲隨風。"亦即"蔥籠"，劉禹錫《闕下待傳點呈諸同舍》："山色蔥籠丹檻外，霞光泛灩翠松梢。多慚再入金門籍，不敢爲文學解嘲。"高蟾《偶作二首》二："霞衣重疊紅蟬暖，雲髻蔥籠紫鳳寒。天上少年分散後，一條烟水若爲看？"寒光：指清冷的月光。《樂府詩集·木蘭詩》："朔氣傳金柝，寒光照鐵衣。"柳永《大石調·傾杯》："小院新晴天氣，輕烟乍斂，皓月當軒練净。對千里寒光，念幽期阻、當殘景。"　玲瓏：明徹貌。《文選·揚雄〈甘泉賦〉》："前殿崔巍兮，和氏玲瓏。"李善注引晉灼曰："玲瓏，明見皃也。"鮑照《中興歌十首》四："白日照前窗，玲瓏綺羅中。"

③湖山：湖水與山巒。杜牧《江樓晚望》："湖山翠欲結蒙籠，汗漫誰遊夕照中。"曾鞏《歸老橋記》："雖欲遺章綬之榮，從湖山之樂，余知未能遂其好也。"　四面：東、南、西、北四個方位。宋之問《答田徵君》："家臨清溪水，溪水繞盤石。綠蘿四面垂，裊裊百餘尺。"指四周圍。王維《臨湖亭》："輕舸迎上客，悠悠湖上來。當軒對尊酒，四面芙蓉開。"　氣色：景色，景象。《六韜·兵徵》："凡攻城圍邑，城之氣色如死灰，城可屠。"謝惠連《西陵遇風獻康樂》："蕭條洲渚際，氣色少諧和。"　曠望：極目眺望，遠望。《文選·謝朓〈郡內高齋閑坐答吕法曹〉》："結構何迢遰！曠望極高深。"李善注引《廣雅》："曠，遠也。"吕延濟注："言遠盡見高深也。"李白《送魏萬還王屋》："岩巒四荒外，曠望群川會。"　人間：塵世，世俗社會。《史記·留侯世家》："願棄人間

事,欲從赤松子遊耳!"陶潛《庚子歲五月中從都還阻風于規林二首》二:"靜念園林好,人間良可辭。"

　　④"一拳塸伏東武小"兩句:《元稹集·附錄》將兩句作爲元稹佚句,不確,有誤。　　一拳:一個拳頭,多用以指體積小而形如拳頭的物件,語出《禮記·中庸》:"今夫山,一卷石之多。"卷,通"拳"。白居易《太湖石記》:"三山五岳,百洞千壑。覼縷簇縮,盡在其中。百仞一拳,千里一瞬,坐而得之。"　　塸:可以定居的地方。《玉篇·土部》引《書·禹貢》:"四塸既宅。"浙江、福建等沿海一帶稱山間平地。魏了翁《八月七日被命上會稽沿途所歷拙於省記爲韵語以記之舟中馬上隨得隨書不復敘次二十首》一一:"新婦尖連趙家塸,懟龍山望上皇村。若言此兆爲前定,人事是非都不論。"　　東武:詩篇原注:"龜山別名。"元稹《醉題東武》:"病痛梅天發,親情海岸疏。因循未歸得,不是憶鱸魚。"白居易《和新樓北園偶集從孫公度周巡官韓秀才盧秀才范處士小飲鄭侍御判官周劉二從事皆先歸》:"明日宴東武,後日遊若耶。豈獨相公樂,謳歌千萬家!"　　兩山:兩座山峰,這裏指越州的秦望、望秦二山,詩篇原注:"兩峰爲秦望、望秦二山。"秦望山,相傳秦始皇東巡時曾登上此山以望南海,故名。慧皎《高僧傳·曇翼》:"〔曇翼〕履訪山水,至秦望西北,見五岫駢峰,有耆闍之狀。"酈道元《水經注·漸江水》:"又有秦望山,在州城正南,爲衆峰之傑,陟境便見。《史記》云:秦始皇登之以望南海。"李白《送友人尋越中山水》:"東海橫秦望,西陵遠越臺。"王琦注:"施宿《會稽志》:'秦望山在會稽縣東南四十里,舊《經》云衆嶺最高者。'"辛棄疾《漢宮春·會稽蓬萊閣懷古》:"秦望山頭,看亂雲急雨,倒立江湖。"

　　⑤嵌空:凹陷。陸龜蒙《奉和襲美太湖詩·太湖石》:"所奇者嵌崆,所尚者蔥倩。旁穿參洞穴,内窮均環釧。"范成大《吳船錄》卷下:"沿江石壁下,忽嵌空爲大石屋,即石鑿爲像。"　　古墓:古代的墳墓。盧照鄰《石鏡寺》:"古墓芙蓉塔,神銘松柏烟。鷥沉仙鏡底,花没梵輪

前。"王維《過始皇墓》:"古墓成蒼嶺,幽宮象紫臺。星辰七曜隔,河漢九泉開。" 文種:春秋末期越國大夫,曾獻計勾踐,求和於吳王夫差,使越國免於滅亡。勾踐入吳爲質三年,文種代爲主政,君臣刻苦圖強,最終越國滅亡吳國,勾踐得以復國爲君。後來勾踐聽信讒言,命文種自殺。《晉書‧劉牢之傳》:"鄙語有之:'高鳥盡,良弓藏;狡兔彈,獵犬烹。'故文種誅於勾踐,韓白戮於秦漢。"李德裕《退身論》:"文種有藏弓之恨,李斯有稅駕之嘆,張華顧優遊而不獲,傅亮贊識微而不免,此四子者,皆神敏知幾,聰明志古,圖國致伯動必成功而自謀其身猶有所恨,況常人哉!" 突兀:亦作"突杌",高聳貌。《文選‧木華〈海賦〉》:"魚則橫海之鯨,突杌孤遊。"李善注:"突杌,高貌。"盧照鄰《南陽公集序》:"逶迤綽約,如玉女之千嬌;突兀崢嶸,似靈龜之孤樸。"特出,奇特。施肩吾《壯士行》:"有時誤入千人叢,自覺一身橫突兀。"司馬光《瘦盆》:"瘦盆生以醜自鬻,突兀當軒聳群目。" 怪石:奇形怪狀之石。柳宗元《始得西山宴遊記》:"日與其徒上高山,入深林,窮迴溪,幽泉怪石,無遠不到。"方干《題故人廢宅二首》一:"閑花舊識猶含笑,怪石無情更不言。" 防風:古代傳説中部落酋長名。《國語‧魯語》:"丘聞之,昔禹致群神於會稽之山,防風氏後至,禹殺而戮之,其骨節專車。"韋昭注:"防風,汪芒氏之君名也。"張衡《思玄賦》:"嘉群神之執玉兮,疾防風之食言。"胡曾《塗山》:"大禹塗山御座開,諸侯玉帛走如雷。防風謾有專車骨,何事兹辰最後來?"

⑥ 駢比:亦作"駢坒",排列相接貌。《文選‧左思〈吳都賦〉》:"士女佇眙,工賈駢坒。"張銑注:"駢坒,闐駢相次貌。坒,次也。"酈道元《水經注‧滱水》:"池之四周,居民駢比。"劉禹錫《吊馬文》:"一蹊千趾,駢比齟齬。" 宗侶:猶宗伴。元稹《送王十一南行》:"遠戍宗侶泊,暮烟洲渚昏。"范成大《大暑舟行含山道中雨驟至霆奔龍挂可駭》:"駢頭立婦子,列舍望宗伴。"周汝昌注:"宗伴,猶如説家人,族人。"水雲:水和雲,多指水雲相接之景。戎昱《湘南曲》:"虞帝南遊不復

還,翠蛾幽怨水雲間。"楊漢公《明月樓》:"吳興城闕水雲中,畫舫青簾
處處通。"　溔淶:水彌漫,雲浩茫貌。　溔:雲氣騰湧貌,青烟彌漫
貌。《漢書・揚雄傳》:"鬱蕭條其幽藹兮,溔泛沛以豐隆。"《文選・郭
璞〈江賦〉》:"氣溔渤以霧杳,時鬱律其如烟。"李善注:"溔渤,霧出
貌。"大水沸湧貌。蘇軾《菜羹賦》:"水耗初而釜治,火增壯而力均。
溔嘈雜而廉清,信净美而甘分。"　淶:水深廣貌。《詩・小雅・瞻彼
洛矣》:"瞻彼洛矣!維水淶淶。"毛傳:"淶淶,深廣貌。"范仲淹《桐廬
郡嚴先生祠堂記》:"雲山蒼蒼,江水淶淶。"　始終:自始至終,一直。
《後漢書・明德馬皇后》:"故寵敬日隆,始終無衰。"李肇《唐國史補》
卷上:"顏魯公之在蔡州,再從侄峴、家僮銀鹿始終隨之。"

　　⑦ 雪花:亦作"雪華",空中飄下的雪,形狀像花,故名。《太平御
覽》卷十二引《韓詩外傳》曰:"凡草木花多五出,雪花獨六出,雪花曰
霙。"許渾《正元》:"宮殿雪華齊紫閣,關河春色到青門。"　布遍:即
"遍佈",分佈到所有的地方,散佈到各個地方。《敦煌變文集・降魔
變文》:"平地遍佈黃金,樹枝銀錢皆滿。"許棠《講德陳情上淮南李僕
射八首》三:"未領春闈望早清,況聯戎閫控強兵。風威遍布江山静,
教化高同日月明。"　隴:通"壠",畦,田塊。《漢書・食貨志》:"苗生
葉以上,稍耨隴草,因隤其土以附苗根。"杜甫《晚登瀼上堂》:"雉堞粉
如雲,山田麥無隴。"通"壟",溝塍。韓愈《詠雪贈張籍》:"度前鋪瓦
隴,奔發積墻限。"錢仲聯集釋引魏懷忠曰:"瓦隴,瓦溝。"　日脚:太
陽穿過雲隙射下來的光綫。岑參《送李司諫歸京》:"雨過風頭黑,雲
開日脚黄。"范成大《眼兒媚・萍鄉道中乍晴卧輿中困甚小憩柳塘》:
"酣酣日脚紫烟浮,妍暖試輕裘。"　秋波:秋天的水波。李白《魯郡東
石門送杜二甫》:"秋波落泗水,海色明徂徠。"温庭筠《蘇武廟》:"茂陵
不見封侯印,空向秋波哭逝川。"

　　⑧ 四坐:亦作"四座",指四周座位上的人。曹操《善哉行》:"弦歌
感人腸,四坐皆歡悦。"陸機《吳趨行》:"楚妃且勿嘆,齊娥且勿謳。四坐

並清聽,聽我歌吳趨。"四周座位。陶潛《詠荊軻》:"飲餞易水上,四座列
群英。"白居易《遊悟真寺》:"六楹排玉鏡,四座敷金鈿。" 歌聲:歌唱之
聲。《漢書·元帝紀贊》:"元帝多材藝,善史書,鼓琴瑟,吹洞簫,自度
曲,被歌聲,分刌節度,窮極幼眇。"王昌齡《少年行》:"高閣歌聲遠,重門
柳色深。" 烟霞:烟霧,雲霞。謝朓《擬宋玉〈風賦〉》:"烟霞潤色,荃蕙
結芳。"玄奘《大唐西域記·伊爛拏鉢伐多國》:"含吐烟霞,蔽虧日月;古
今仙聖,繼踵栖神。"泛指山水、山林。蕭統《錦帶書十二月啓·夾鍾二
月》:"敬想足下,優游泉石,放曠烟霞。"楊炯《原州百泉縣令李君神道
碑》:"不掃一室,自懷包括之心;獨守大玄,且忘名利之境。于時魏特
進、房僕射、杜相州等,並以江海相期,烟霞相許。"

⑨ 酒酣:謂酒喝得盡興,暢快。《史記·高祖本紀》:"酒酣,高祖
擊築,自爲歌詩。"裴駰集解引應劭曰:"不醒不醉曰酣。"左思《詠史詩
八首》六:"荊軻飲燕市,酒酣氣益振。" 從事:官名,漢以後三公及州
郡長官皆自辟僚屬,多以從事爲稱。《漢書·丙吉傳》:"坐法失官,歸
爲州從事。"李頎《送馬錄事赴永陽》:"子爲郡從事,主印清淮邊。談
笑一州裏,從容群吏先。"這裏指鄭從事鄭鈵。 歌:詩歌。杜甫《江
上值水如海勢聊短述》:"爲人性僻躭佳句,語不驚人死不休。老去詩
篇渾漫興,春來花鳥莫深愁。"齊己《夏日作》:"竹衆凉欺水,苔繁綠勝
莎。無慚孤聖代,賦詠有詩歌。"這裏指本詩的原唱。

⑩ 良時:美好的時光,吉時。陳子昂《群公集畢氏林亭》:"子牟
戀魏闕,漁父愛滄江。良時信同此,歲晚迹難雙。"劉長卿《潁川留別
司倉李萬》:"落日征驂隨去塵,含情揮手背城闉。已恨良時空此別,
不堪秋草更愁人。" 年少:年輕。《戰國策·趙策》:"寡人年少,蒞國
之日淺,未嘗得聞社稷之長計。"韓愈《論淮西事宜狀》:"恐其年少,未
能理事。"猶少年。《三國志·先主傳》:"好交結豪傑,年少爭附之。"
王讜《唐語林·政事》:"其後補署,悉用年少。" 健羨:非常仰慕,非
常羨慕。封演《封氏聞見記·壁記》:"朝廷百事諸廳,皆有壁記……

原其作意,蓋欲著前政履歷,而發將來健羨焉!"范資《玉堂閑話‧選仙場》:"觀者靡不涕泗健羨,望洞門而作禮。"　　使君:尊稱州郡長官。劉長卿《酬滁州李十六使君見贈》:"滿鏡悲華髮,空山寄此身。白雲家自有,黃卷業長貧。"孟浩然《唐城館中早發寄楊使君》:"犯霜驅曉駕,數里見唐城。旅館歸心逼,荒村客思盈。"這裏是鄭從事鄭魴對元稹的尊稱。　　頭白翁:即"白頭翁",白髮老人。王昌齡《題灞池二首》二:"借問白頭翁,垂綸幾年也?"《資治通鑑‧漢武帝征和三年》:"會高寢郎田千秋上急變,訟太子冤曰'……臣嘗夢一白頭翁教臣言'。"陳師道《寄張大夫》:"只應青眼老,尚記白頭翁。"元稹三十一歲即生有白髮,至此已經四十六歲,十五年間元稹經歷了太多的是是非非,自然應該是白髮滿頭的了。

⑪ "我聞此曲深嘆息"兩句:詩人此下回答鄭魴的發問,可以看出元稹此時思想相當消極。詩中流露了元稹對朋輩遭受貶謫的不滿與憤懣,自己不能施展平生抱負的苦痛與傷感以及無法壓抑自己鬥志無法掩蓋自己秉性的哀楚與鬱悶。本詩可與《酬復言長慶四年元日郡齋感懷見寄》參讀,也進一步證明元稹當時是絕不能作出如《寄浙西李大夫四首》這樣熱切盼望回京復職的詩篇的,《年譜》、《編年箋注》、《年譜新編》編年《寄浙西李大夫四首》於長慶四年顯然是錯誤的。　　曲:樂曲,歌譜。《國語‧周語》:"使公卿至於列士獻詩,瞽獻曲,史獻書。"韋昭注:"曲,樂曲也。"《宋史‧樂志》:"自後因舊曲創新聲,轉加流麗。"這裏代指詩篇,亦即鄭從事鄭魴贈送元稹的原唱。　　嘆息:嘆氣。諸葛亮《前出師表》:"先帝在時,每與臣論此事,未嘗不嘆息痛恨於桓靈也。"溫庭筠《郭處士擊甌歌》:"我亦爲君長嘆息,緘情遠寄愁無色。"　　唧唧:嘆息,亦指嘆息聲。《樂府詩集‧木蘭詩》:"唧唧復唧唧,木蘭當戶織。不聞機杼聲,唯聞女嘆息。"白居易《琵琶行》:"我聞琵琶已嘆息,又聞此語重唧唧。"　　秋草蟲:即秋蟲,秋天的蟲類。王建《秋夜》:"夜久葉露滴,秋蟲入戶飛。臥多骨髓冷,起覆舊綿衣。"權德輿《感寓》:"殘雨倦欹枕,

病中時序分。秋蟲與秋葉,一夜隔窗聞。"

⑫ "憶年十五學構廈"兩句:對於元稹的回憶詩句,《年譜》認爲"是自我吹噓的話"。我們以爲據本詩描述,當時元稹的思想狀態是"安知四十虛富貴,朱紫束縛心志空"、"欲將滑甘柔藏府,已被鬱噎冲喉嚨"。在這樣極度消極的思想狀態下,已是浙東觀察使、朱紫官服而位高權重的元稹,確實沒有必要在一個品位較低、又是自己下屬的"鄭從事"面前"自我吹噓"自己年輕時微不足道的初仕履歷。元稹"九歲解賦詩",十五歲登明經科,雖不是難度更大的進士及第,但年僅十五就登科及第,說明元稹還是個文才橫溢的少年才子。按照唐代的制度,登第後元稹有了揭褐入仕的資格,但要正式踏上仕途,他還必須經歷"揭褐入仕"這一步必不可少的過程。除本詩兩句之外,白居易《唐河南元府君夫人鄭氏墓誌銘》也提供這方面的佐證:"稹與稹方齠齔……四五年間二子皆以通經入仕。"從"齠齔"經歷"四五年"而"入仕",指的就是元稹十五歲揭褐入仕這件事情。元稹大約是通過其姐夫、夏陽縣令陸翰的關係,在夏陽縣附近的西河縣謀到一份差事,並在那兒結識了早負詩名的楊巨源,元稹《贈別楊員外巨源》詩云:"憶昔西河縣下時,青衫憔悴宦名卑。揄揚陶令緣求酒,結托蕭娘只在詩。"第二句所云正符合"揭褐入仕"的情景。 構廈:亦作"構夏",營造大廈,這裏比喻治理國事或建立大業。杜甫《自京赴奉先縣詠懷五百字》:"生逢堯舜君,不忍便永訣。當今廊廟具,構廈豈云缺?"元稹《上令狐相公詩啓》:"輒寫古體歌詩一百首,百韻至兩韻律詩一百首,合爲五卷,奉啓跪陳,或希構廈之餘,一賜觀覽。" 有意:有意圖,有願望。《戰國策·燕策》:"願得將軍之首以獻秦,秦王必喜而善見臣,臣左手把其袖,而右手揕抗其胸,然則將軍之仇報而燕國見陵之恥除矣!豈有意乎?"《後漢書·孔融傳》:"太傅馬日磾奉使山東,及至淮南,數有意於袁術。"有志向。《南史·蕭鈞傳》:"高帝執其手曰:'伯叔父猶父,勿怨。所以令汝出繼,以汝有意,堪奉蒸嘗耳!'"

蘇軾《禮以養人爲本論》:"三代之衰,至於今且數千歲,豪傑有意之主,博學多識之臣,不可以勝數矣!"　蓋覆:覆蓋,遮蓋。白居易《玩新庭樹因詠所懷》:"靄靄四月初,新樹葉成陰。動搖風景麗,蓋覆庭院深。"元稹《冬白紵》:"西施自舞王自管,雪紵翻翻鶴翎散。促節牽繁舞腰懶,舞腰懶,王罷飲,蓋覆西施鳳花錦。"

⑬ 安知:哪裏料到。元稹《冬夜懷李侍御王太祝段丞》:"晝夜欣所適,安知歲雲除? 行行二三友,君懷復何如?"白居易《題詩屏風絶句序》:"前輩作事多出偶然,則安知此屏不爲好事者所傳,異日作九江一故事爾! 因題絶句,聊以奬之。"　四十:四十歲左右,四十年左右。崔日知《冬日述懷奉呈韋祭酒張左丞蘭臺名賢》:"弱齡好經籍,披卷即怡然。覃精四十載,馳騁數千言。"李頎《別梁鍠》:"雖云四十無禄位,曾與大軍掌書記。抗辭請刃誅部曲,作色論兵犯二帥。"元稹四十一歲時結束十年貶謫生涯,調回虢州,接著回京任職,平步青雲,曾經拜職翰林承旨學士,位登宰相之位,可謂位極人臣,富貴已極,亦即所謂的"安知四十虛富貴,朱紫束縛心志空"。可惜好景不長,不久隨即被貶出京,直到詩人謝世。　虛:副詞,徒然,不起作用。《後漢書·段熲傳》:"案奐爲漢吏,身當武職,駐軍二年,不能平寇,虛欲修文戢戈,招降獷敵,誕辭空説,僭而無徵。"沈約《爲武帝與謝朏敕》:"不降其身,不屈其志,使璧帛虛往,蒲輪空歸。"　富貴:富裕而顯貴,猶言有財有勢。《論語·顔淵》:"商聞之矣:死生有命,富貴在天。"韓愈《省試顔子不貳過論》:"不以富貴妨其道,不以隱約易其心。"　朱紫:古代高級官員的服色或服飾,謂紅色、紫色官服。白居易《偶吟》:"久寄形於朱紫内,漸抽身入蕙荷中。"孫光憲《北夢瑣言》卷七:"唯大賢忽爲人縶維,官至朱紫。"　束縛:捆紮,限制。白居易《紫藤》:"下如蛇屈盤,上若繩縈紆。可憐中間樹,束縛成枯株。"白居易《到郡周歲方來入寺半日復去俯視朱綬仰睇白雲有愧於心遂留絶句》:"雲水埋藏恩德寺,簪裾束縛使君身。暫來不宿歸州去,應被山呼作俗人。"

心志:意志,志氣。《墨子·非命》:"是故昔者三代之暴王,不繆其耳目之淫,不慎其心志之辟。"蘇轍《辭召試中書舍人第二狀》:"憂患以來,筆硯都廢,今雖勉强,心志已衰。"

⑭ 粧梳:梳妝打扮,梳妝打扮的款式。王昌齡《殿前曲二首》一:"貴人妝梳殿前催,香風吹入殿後來。仗引笙歌大宛馬,白蓮花發照池臺。"白居易《時世粧》:"元和粧梳君記取,髻堆面赭非華風。" 妓女:女歌舞藝人。《晉書·武帝紀》:"出後宮才人、妓女以下二百七十人歸於家。"陳鴻《長恨歌傳》:"後宮才人、樂府妓女,使天子無顧盼意。" 樓榭:高臺之上的房屋,亦泛指樓房。陳子昂《春日登金華觀》:"山川亂雲日,樓榭入烟霄。鶴舞千年樹,虹飛百尺橋。"元稹《黃明府詩序》:"元和四年三月,予奉使東川。十六日至褒城東數里,遙望驛亭,前有大池,樓榭甚盛。逡巡,有黃明府見迎。" 歡樂:快樂。顧況《棄婦詞》:"家家盡歡樂,賤妾空自憐。"吳曾《能改齋漫録·事始》:"唐太宗亦以降誕日,謂長孫無忌曰:'今日是朕生日,世俗皆爲歡樂,在朕翻成感傷。'" 微茫:隱秘暗昧,隱約模糊。葛洪《抱朴子·袪惑》:"此妄語乃爾,而人猶有不覺其虛者,况其微茫欺詭,頗因事類之象似者而加益之,非至明者,倉卒安能辨哉!"韋莊《江城子》:"角聲嗚咽,星斗漸微茫。" 躬:身,身體。《易·蒙》:"六三,勿用取女,見金夫,不有躬。"朱熹本義:"女之有金夫而不能有其身之象也。"《史記·司馬相如列傳》:"心煩於慮而身親其勞,躬胝無胈,膚不生毛。"司馬貞索隱引張揖曰:"躬,體也。"

⑮ 趣尚:志趣和好尚。蔡邕《陳實碑》:"是以邦之子弟,邇方後生,莫不同情瞻仰,由其模範,從其趣尚。"元稹《制誥(有序)》:"追而序之,蓋所以表明天子之復古,而張後來者之趣尚耳!" 慕:思慕,嚮往。《孟子·萬章》:"人少則慕父母。"趙岐注:"慕,思慕也。"柳宗元《亡妻弘農楊氏志》:"後每及是日,必遑遑涕慕。" 賢聖:道德才智極高的人。《戰國策·趙策》:"故去就之變,知者不能一;遠近之服,賢

聖不能同。”楊炯《遂州長江縣先聖孔子廟堂碑》：“周京赫赫，成康之
至教蔑聞；魯國巖巖，賢聖之餘風可墜。”　心目：心和眼，泛指記憶，
眼前。《國語·晉語》：“上下左右，以相心目。”曹丕《又與吳質書》：
“追思昔遊，猶在心目，”想法和看法，内心。《禮記·中庸》“故至誠如
神”朱熹集注：“然惟誠之至極，而無一毫私偽留於心目之間者，乃能
有以察其幾焉！”　西東：西方和東方，意謂心中固有的方向與是非。
焦贛《易林·隨之兑》：“兩心不同，或欲西東。明論終始，莫適所從。”
蘇軾《虔州八境圖》：“山水照人迷向背，只尋古塔認西東。”

　　⑯滑甘：古時用以給菜肴調味的佐料。《周禮·天官·食醫》：“調
以滑甘。”孫詒讓正義：“謂以米粉和菜為滑也。”代指甘美的食物。劉禹
錫《述病》：“洎疾之殺也，雖飲食是念，無滑甘之思，日致復初，亦不自知
也。”　藏府：原指府庫。《漢書·梁孝王劉武傳》：“〔孝王〕及死，藏府餘
黄金尚四十萬餘斤。”這裏是中醫學名詞，人體內臟器官的總稱。藏，通
“臟”。《素問·金匱真言論》：“言人身之藏府中陰陽，則藏者為陰，府者
為陽。”　鬱噎：阻塞，鬱積。元稹《唐故使持節萬州諸軍事萬州刺史賜
緋魚袋劉君墓誌銘》：“氣成鬱噎，必為風雲。有志不泄，死當能神。”
喉嚨：咽喉。元稹《酬周從事望海亭見寄》：“衣袖長堪舞，喉嚨轉解歌。
不辭狂復醉，人世有風波。”徐積《贈張敏叔》：“白毛吟處徹骨清，喉嚨往
往生寒冰。可能乘興到南郭，戴家為子燒破琴。”

　　⑰醉語：醉後的胡言。盧綸《無題》：“高歌猶愛思歸引，醉語惟
誇漉酒巾。”李賀《牡丹種曲》：“美人醉語園中烟，晚華已散蝶又闌。
梁王老去羅衣在，拂袖風吹蜀國弦。”　冲融：冲和，恬適。杜甫《寄司
馬山人十二韻》：“望雲悲轗軻，畢景羨冲融。”楊倫箋注：“言以年暮，
故羨山人顏色冲和。孟郊《酬友人見寄新文》：“覽君郢曲文，詞彩何
冲融！謳吟不能已，頓覺形神空。”

　　⑱賢人：有才德的人。《易·繫辭》：“有親則可久，有功則可大。
可久則賢人之德，可大則賢人之業。”杜甫《述古三首》一：“古時君臣

合,可以物理推。賢人識定分,進退固其宜。" 變通:指不拘常規,因地、因時制宜。桓寬《鹽鐵論·遵道》:"故有改制之名,無變通之實。"劉長卿《贈別於群投筆赴安西》:"朅來投筆硯,長揖謝親族。且欲圖變通,安能守拘束!"

[編年]

《年譜》編年本詩於長慶四年,没有説明詩人賦詠於當年何時,僅僅説明:"《輿地紀勝·兩浙東路·紹興府·景物》下云:'望海亭:在卧龍山絶頂。'"《編年箋注》編年:"元稹此詩作于長慶四年(八二四)時在浙東觀察使任。見下《譜》。"《年譜新編》亦編年長慶四年:"'鄭從事'爲鄭魴。鄭魴原唱佚,次韵酬和。"

我們以爲《年譜》、《編年箋注》、《年譜新編》編年不够具體,理由也不充分。詩題曰"四年九月",而"望海亭"又在浙東紹興府,此詩應該作於元稹觀察浙東任内,而任内的"四年九月",祇有長慶四年九月。

▲ 風光少時新^{(一)①}

風光少時新^②。

録自《記纂淵海》卷七四

[校記]

(一) 風光少時新:元稹本散佚之句,僅見於宋代潘自牧《記纂淵海》卷七四《感嘆》,無其他版本可供參校。

[箋注]

① 風光少時新:潘自牧《記纂淵海》卷七四《感嘆》連續録有如下

唐人詩句：“世事不同心事，新人何似故人（劉禹錫）”、“所嘆別此年，永無長慶曆”、“凄涼百年事，應與一年同”、“風光少時新（同上）”、“一夜思量十年事，幾人強健幾人無（同上）”、“二百年来城裏宅，一家知換幾多人”、“西施顏色今何在？但看春風百草頭”、“不知山下東流水，何事長須日夜流（元微之）”，按照排列順序，前面九句，應該歸屬劉禹錫；後面六句，應該歸屬元稹。但《記纂淵海》在這裏的記載有點混亂，其中“世事不同心事，新人何似故人。”確實是劉禹錫詩句，其《答樂天臨都驛見贈》：“北固山邊波浪，東都城裏風塵。世事不同心事，新人何似故人？”但“所嘆別此年，永無長慶曆”却是元稹的詩句，其《長慶曆》：“年曆復年曆，卷盡悲且惜。曆日何足悲？但悲年運易。年年豈無嘆，此嘆何唧唧？所嘆別此年，永無長慶曆。”又“凄涼百年事，應與一年同”也是元稹《歲日》中的詩句：“一日今年始，一年前事空。凄涼百年事，應與一年同。”又“一夜思量十年事，幾人強健幾人無”也是元稹《西歸絕句十二首》之一〇中的詩句：“寒窗風雪擁深爐，彼此相傷指白鬚。一夜思量十年事，幾人強健幾人無（宿寶十二藍田宅）？”“二百年来城裏宅，一家知換幾多人”又是元稹《和樂天高相宅》中的詩句：“莫愁已去無窮事，漫苦如今有限身。二百年來城裏宅，一家知換幾多人？”“西施顏色今何在？但看春風百草頭”又是元稹《春詞》中的詩句：“山翠湖光似欲流，蜂聲鳥思却堪愁。西施顏色今何在？但看春風百草頭。”“不知山下東流水，何事長須日夜流”又是元稹《西歸絕句十二首》之八中的詩句：“一世營營死是休，生前無事定無由。不知山下東流水，何事長須日夜流？”今存劉禹錫詩文不見有“風光少時新”之句，而“風光少時新”之句又緊隨元稹詩句“所嘆別此年，永無長慶曆”、“凄涼百年事，應與一年同”之後，而在元稹詩句“一夜思量十年事，幾人強健幾人無”、“二百年来城裏宅，一家知換幾多人”、“西施顏色今何在？但看春風百草頭”、“不知山下東流水，何事長須日夜流”之前，據此，“風光少時新”之“（同上）”應該是同“所嘆別此年,永無長慶曆"、"淒涼百年事,應與一年同"之上,亦即應該是元稹散佚的詩句,今據補錄,編排於此。

② 風光:光采,體面。元稹《遣春三首》二:"柳眼開渾盡,梅心動已闌。風光好時少,杯酒病中難。"白居易《春老》:"欲隨年少強遊春,自覺風光不屬身。歌舞屏風花障上,幾時曾畫白頭人?" 少時:年輕時,年幼時。《史記·管晏列傳》:"管仲夷吾者,潁上人也,少時常與鮑叔牙遊。"《孔子家語·致思》:"吾少時好學。" 新:新潔,新鮮,清新。《禮記·郊特牲》:"明水涗齊,貴新也。"孔穎達疏:"貴其新潔之義也。"王維《送元二使安西》:"渭城朝雨裛輕塵,客舍青青柳色新。"

[編年]

《元稹集》沒有收錄,《年譜》、《編年箋注》、《年譜新編》既沒有採錄,也沒有編年。

"風光少時新"云云,流露的是羨慕少年的情感,應該是元稹晚年的詩篇,亦即元稹浙東任或武昌軍任的詩歌。而本佚句雖然祇有一句,但流露出來的却是消極悲觀的情緒,與元稹《酬鄭從事四年九月宴望海亭次用舊韵》:"憶年十五學構廈,有意蓋覆天下窮。安知四十虛富貴,朱紫束縛心志空。"流露的消極悲觀極為一致,兩者應該賦作於同時,亦即長慶四年九月之時,地點在浙東,元稹時任浙東觀察使、越州刺史之職。

● 題法華山天衣寺(一)①

馬踏紅塵古塞平,出門誰不為功名②?到頭爭似棲禪客,林下無言過一生③。

錄自《會稽掇英總集》卷八

[校記]

（一）題法華山天衣寺：本詩僅見於《會稽掇英總集》卷八《律詩》欄下，無其他文獻可以核對校勘。

[箋注]

① 題法華山天衣寺：據《會稽掇英總集·天衣寺》，此應該是元稹一首律詩的殘篇，故祇有四句，與應該八句的"律詩"不符。　　法華山天衣寺：法華山與天衣寺均在會稽。《會稽掇英總集·天衣寺》："法華山在會稽南四十里，晉義熙十三年，僧曇翼栖此誦《法華經》，頗有靈感，乃置寺，因以爲名。梁天鑒中，昭明太子送金縷袈裟、紅銀瓶、琉璃鉢各一副。至會昌，寺廢。大中復興，改寺額曰天衣。山有十峰雙澗，嶕崒澄澈，頗快登覽，古今多有紀詠云。"《會稽續志·山陰縣》："天衣寺在縣西南三十里，寺有唐人徐季海、元微之、白樂天、李公垂諸作者詩文碑刻。"李紳《題法華寺五言二十韵》："花界無生地，慈宮有相天。化娥騰寶象，留影閟金仙（寺內因普賢見身於持經僧前，因此置寺）。殿踴全身塔，池開半月泉。十峰排碧落，雙澗合清漣（寺前後有十峰迴繞，雙澗合流之）。藥草經行遍，香燈次第燃。戒珠高臘護，心印祖僧傳（此寺僧律嚴肅，持經皆承師教）。瓶識先羅漢，衣存舊福田（寺有約法師水瓶、梁朝宮人所刺袈裟）。幻身觀火宅，昏眼照青蓮。住學超真境，依遊渡法船。化城殊百億，靈迹冠三千。蕭壁將沈影，梁薪尚綴烟（寺前昭明太子畫真，又梁時薪公影尚在）。色塵知有數，劫盡豈無年？龍噴疑通海，鯨吞想漏川（寺內有梁朝銅龍吐泉、銅鯨飲水，以注諸院）。磬疏聞啟梵，鍾息見安禪。指諭三車覺，開迷五蘊纏。教通方便入，心達是非詮。貝葉千花藏，檀林萬寶篇。座嚴師子迅，幢飾網珠懸。極樂知無礙，分身應有緣。還將意功德，留偈法王前。"吳融《題越州法華寺》："寺在五峰陰，穿緣一徑尋。

雲藏古殿暗，石護小房深。宿鳥連僧定，寒猿應客吟。上方應見海，月出試登臨。"白居易也有同名詩《題法華山天衣寺》："山爲蓮宮作畫屏，樓臺迤邐插青冥。雲生座底鋪金地，風起松梢韵寶鈴。龍噴水聲連擊磬，猿啼月色閑持經。時人不信非凡境，試入玄關一夜聽。"考白居易一生，并沒有到過會稽的可信記載，過錄在此僅供讀者參考。其他唐代詩人也有不少詩篇賦詠越州的法華寺，如宋之問《遊法華寺》："薄游京都日，遥羡稽山名。分刺江海郡，竭來徵素情。松露洗心眷，象筵敷念誠。薄雲界青嶂，皎日鶱朱甍。苔潤深不測，竹房閑且清。感真六象見，垂兆二鳥鳴。古今信靈迹，中州莫與京。林巘永栖業，豈伊佐一生？浮悟雖已久，事試去来成。觀念幸相續，庶幾最後明。"皇甫冉《奉和獨孤中丞遊法華寺》："謝君臨郡府，越國舊山川。訪道三千界，當仁五百年。巖空騶駅響，樹密旆旌連。閣影凌空壁，松聲助亂泉。開門得初地，伏檻接諸天。向背春光滿，樓臺古制全。群峰爭彩翠，百谷會風烟。香象隨僧久，祥鳥報客先。清心乘暇日，稽首慕良緣。法證無生偈，詩成大雅篇。蒼生望已久，迴駕獨依然。"嚴維《宿法華寺》："一夕雨沈沈，哀猿萬木陰。天龍来護法，長老密看心。魚梵空山静，紗燈古殿深。無生久已學，白髮浪相侵。"方干《書法華寺上方禪壁》："砌下松巔有鶴栖，孤猿亦在鶴邊啼。卧聞雷雨歸巖早，坐見星辰去地低。一徑穿緣應就郭，千花掩映似無溪。是非生死多憂惱，此日蒙師爲破迷，"方干《題法華寺絶頂禪家壁》："蒼翠岩嶢逼窅冥，下方雷雨上方晴。飛流便向砌邊挂，片月影從窗外行。馴鹿不知誰結侶？野禽都是自呼名。只應禪者無來去，坐看千山白髮生。"讀者如有興趣，可以一讀。今存《元氏長慶集》不見《題法華山天衣寺》，但《會稽掇英總集》卷八存錄，今據此補入元稹詩篇之列。

② 紅塵：車馬揚起的飛塵。班固《西都賦》："紅塵四合，烟雲相連。"杜牧《過華清宮三首》一："一騎紅塵妃子笑，無人知是荔枝來。"塞：險要之處，多指邊界上可以據險固守的要地。《左傳·文公十三

年》：“春，晉侯使詹嘉處瑕，以守桃林之塞。”陸機《辯亡論》：“東負滄海，西阻險塞。”指邊界。《荀子·強國》：“今秦……其在趙者剡然有苓而據松柏之塞。”楊倞注：“趙樹松柏，與秦爲界。”構築要塞。《書·秦誓序》“秦穆公伐鄭，晉襄公帥師敗諸崤”孔傳：“崤，晉要塞也。”孔穎達疏：“築城守道謂之塞。”蘇軾《富鄭公神道碑》：“南朝違約塞雁門，增塘水，治城隍，籍民兵，此何意也？”　出門：離開家鄉遠行。元稹《出門行》：“出門不數年，同歸亦同遂。”白居易《秦中吟·傷友》：“陋巷孤寒士，出門苦栖栖。”　功名：功業和名聲。《莊子·山木》：“削迹捐勢，不爲功名。”成玄英疏：“削除聖迹，損棄權勢，豈存情於功績，以留意於名譽！”岳飛《滿江紅》：“三十功名塵與土，八千里路雲和月。”

③ 到頭：最後，直到最後。張碧《農夫》：“到頭禾黍屬他人，不知何處拋妻子！”賈島《不欺》：“掘井須到流，結交須到頭。”　爭似：怎似。劉禹錫《楊柳枝》：“城中桃李須臾盡，爭似垂楊無限時！”柳永《慢卷紬》：“又爭似從前，淡淡相看，免恁牽繫？”　栖禪：猶坐禪。《魏書·釋老志》：“昔如來闡教，多依山林，今此僧徒，戀著城邑。豈湫隘是經行所宜，浮諠必栖禪之宅，當由利引其心，莫能自止。”黃滔《壺公山》：“井通鰌吐脈，僧隔虎栖禪。”　林下：指山林田野退隱之處。慧皎《高僧傳·竺僧朗》：“朗常蔬食布衣，志耽人外……與隱士張忠爲林下之契，每共遊處。”靈徹《東林寺酬韋丹刺史》：“相逢盡道休官好，林下何曾見一人？”　無言：默無一言。駱賓王《早秋出塞寄東臺詳正學士》：“數奇何以託？桃李自無言。”王維《羽林騎閨人》：“行人過欲盡，狂夫終不至。左右寂無言，相看共垂泪。”　一生：一輩子。葛洪《抱朴子·道意》：“余親見所識者數人，了不奉神明，一生不祈祭，身享遐年，名位巍巍，子孫蕃昌且富貴也。”《晉書·阮孚傳》：“孚性好屐……或有詣阮，正見自蠟屐，因自嘆曰：‘未知一生當著幾量屐！’”

[編年]

《年譜》編年本詩於"癸卯至己酉在越州所作其他詩"欄内,下列《會稽掇英總集》所録本詩,又引《會稽續志》:"天衣寺在縣西南三十里,寺有唐人徐季海、元微之、白樂天、李公垂諸作者詩文碑刻。"作爲編年本詩的理由。《編年箋注》編年:"元稹此詩作于任浙東觀察使期間。見下《譜》。"《年譜新編》編年本詩於"癸卯至己酉在越州所作其他詩"欄内,但又認爲"二詩俱可疑",懷疑理由有三:一、"天衣寺"是元白之後"大中"年間才有的寺名。二、"元白詩均不見于正集"。三、"不見白居易南遊會稽"。

《年譜新編》"二詩俱可疑"的意見,我們並不完全接受:一、寺名"天衣寺"可能是《會稽掇英總集》編者後來所改,因爲原來的寺名是"法華寺",此點《會稽掇英總集》已有説明:"晉義熙十三年,僧曇翼栖此誦《法華經》,頗有靈感,乃置寺,因以爲名。"但編輯《會稽掇英總集》之時,寺名已經改爲"天衣寺",編者就隨意改《題法華寺》爲《題法華山天衣寺》,這種情況在地方誌編纂時並不僅見,不足爲據。二、關於"元白詩均不見于正集",白居易詩文集保留基本完整,雖然研究白居易數十年的朱金城先生仍然採信《題法華山天衣寺》爲白居易所作,但確實值得懷疑。而元稹詩文集散佚散失近半,尤其是浙東任、武昌任散佚散失更多,本詩完全有可能是屬於元稹散佚的作品之一。三、"不見白居易南遊會稽",這是事實,我們還可以補充一點理由:白居易《想東遊五十韻序》:"太和三年春,予病免官後,憶遊浙右數郡,兼思到越一訪微之,故兩浙之間一物以上,想皆在目,吟且成篇,不能自休,盈五百字,亦猶孫興公想天台山而賦之也。"但五百字詩文中,竟然並無一字涉及自己曾經到過法華山天衣寺,如果白居易以前遊覽過法華山天衣寺,不會不再次提及。但是,斷定白居易詩篇是他人之詩依託白居易之名,不等於元稹本詩也是依託。法華山天衣寺"在會稽南四十里","至會昌,寺廢",是當地的佛教聖地,一貫信佛的元積在浙東“七年”,不會不遊覽近在咫尺的法華山,因此我們斷定本詩是元積浙東任內的散佚之篇。

那麼,元積本詩又應該賦成於何時?法華山就在會稽之南,可以說近在咫尺,從情理上推測,元積拜訪法華山這一當地的佛教聖地,應該在到任之初,亦即長慶三年至四年之間較爲可能。而長慶三年元積到越州任已經是“十月”之後,以長慶四年前往法華山最爲可能。元積在江陵的後期,亦即在元和八年“遊三寺”,而不是在剛剛到達江陵的初期。兩者有前後之區別,應該是事出有因:在江陵,元積祗是一名聽命於上司的小吏,沒有嚴綏的授意,元積無法離開江陵府治;而在浙東,元積是當地的主官,像拜訪境內佛寺這樣的事情,完全可以由他自己說了算,不必看別人的臉色行事,何況法華山就在附近自己管轄的越州境內,不像“三寺”那樣遠離江陵府治。具體時間應該在秋天較爲合適,具體地點應該在天衣寺,元積時任浙東觀察使、越州刺史。

■ 題法華山天衣寺(一)①

據《會稽掇英總集·天衣寺》

[校記]

(一)題法華山天衣寺:元積本佚失詩所據文獻僅見於《會稽掇英總集》卷八《律詩》攔下,無其他文獻可以核對校勘。

[箋注]

① 題法華山天衣寺:《會稽掇英總集·天衣寺》:“法華山,在會稽南四十里,晉義熙十三年僧曇翼栖此,誦《法華經》,頗有靈感(普賢

見），乃置寺，因以爲名。梁天鑒中，昭明太子送金縷袈裟、紅銀瓶、琉璃鉢各一副。至會昌，寺廢。大中復興，改寺額曰天衣山。有十峰、雙澗，崸崒澄澈，頗快登覽，古今多有紀詠云。"下面列欄目："律詩"，而律詩是詩體名，近體詩的一種，起源於南北朝，成熟於唐初。格律要求嚴格，分五言、七言兩種，簡稱五律、七律，以八句爲定格。每句有一定的平仄格式；雙句押韵，以押平聲爲常，首句可押可不押。中間四句除特殊情況外必須對偶。亦偶有六律。其句數在八句以上者稱排律。《新唐書‧杜甫傳贊》："唐興，詩人承陳隋風流，浮靡相矜。至宋之問、沈佺期等，研揣聲音，浮切不差，而號'律詩'，競相襲沿。"洪適《元氏長慶集原跋》："聲勢沿順，屬對穩切者爲律詩，以七言、五言爲兩體。"在"律詩"的欄目下，收録白居易《題法華山天衣寺》、元稹《題法華山天衣寺》、李邕《遊法華寺》諸人十篇詩歌，除李紳《題法華寺》是排律、皎然《宿法華寺》是絶句外，其餘七人均是律詩，故疑元稹《題法華山天衣寺》也應該是一首律詩，《會稽掇英總集》僅存散佚之篇四句，另外應該還有四句佚失，今據此補。　法華山天衣寺：法華山與天衣寺均在會稽。陸亘《遊天衣寺》："處世空旦夕，探幽放情志。長歌向閑雲，引客遊古寺。"高璹《天衣寺》："萬壑千巖非浪聞，十峰雙澗不須論。袈裟旋化空王服，宮觀曾招帝子魂。"

［編年］

《元稹集》没有收録，《年譜》、《編年箋注》、《年譜新編》既没有採録，也没有編年。

元稹本佚失詩應該與元稹散佚詩《題法華山天衣寺》賦作於同時，亦即長慶四年的秋天，具體地點應該就在會稽的天衣寺，元稹時任浙東觀察使、越州刺史。

● 遊雲門^{(一)①}

遙泉滴滴度更遲，秋夜霜天入竹扉②。明月自隨山影去，清風長送白雲歸③。

録自《會稽掇英總集》卷六

[校記]

（一）遊雲門：本詩僅見於《會稽掇英總集》卷六，無其他文獻可以核對校勘。

[箋注]

① 遊雲門：本詩不見於《元氏長慶集》，但見於《會稽掇英總集》卷六，故據此補入，編排於此。 雲門：即雲門寺，在越州鑑湖之南，若耶溪旁。《會稽掇英總集·雲門寺（若耶溪附）》："若耶溪在會稽東南，北流入鑑湖，歐冶子鑄劍之所也。《戰國策》曰：'涸若耶以取銅是也。'徐浩嘗云：'曾子不居勝母之閭，吾豈遊若耶之溪？'因改爲五雲溪，遊雲門寺者必經是溪，故附於此。"關於雲門寺，前人題詠甚多，如徐凝《酬相公再遊雲門寺》："遠羨五雲路，逶迤千騎回。遺簪唯一去，貴賞不重來。"如姚合《遊雲門》："千重山崦裏，樓閣影參差。未暇尋僧院，先看置寺碑。竹深行漸暗，石穩坐多時。古塔龍蛇善，虛廊鳥雀痴。雲開上界近，泉落下方遲。爲愛青桐葉，因題滿樹詩。"又如崔子向《遊雲門》："長松落落勝天台，佛殿經窗半嶺開。郭裏鐘聲山裏去，上方流水下方來。"除此而外，白居易也有《宿雲門寺》："昨夜有風雨，雲奔天地合。龍吟古石樓，虎嘯生巖閣。幽意未盡懷，更行三五帀。"朱金城先生《白居易集箋校》認爲白詩"爲白居易曾遊會稽之證"，但白居易一生是否到過會

7723

稽,我們以爲值得懷疑,僅録以備考。除此而外,唐人賦詠雲門寺的詩篇還有不少,如宋之問《宿雲門寺》:"雲門若邪裏,泛鷁路縈通。黉緣緑篠岸,遂得青蓮宫。天香衆壑滿,夜梵前山空。漾漾潭際月,颸颸杉上風。兹焉多嘉遯,數子今莫同。鳳歸慨處士,鹿化聞仙公。樵路鄭州北,舉井阿巖東。永夜豈云寐? 曙華忽葱蘢。谷鳥囀尚澀,源桃驚未紅。再來期春暮,當造林端窮。庶幾蹤謝客,開山投剡中。"又嚴維《奉和獨孤中丞遊雲門寺》:"絶壑開花界,耶溪極上源。光輝三獨坐,登陟五雲門。深木鳴驪馭,晴山曜武賁。亂泉觀坐卧,疏磬發朝昏。蒼翠新秋色,莓苔積雨痕。上方看度鳥,後夜聽吟猿。異迹焚香對,新詩酌茗論。歸來還撫俗,諸老莫攀轅!"張籍《寄靈一上人初歸雲門寺》:"寒山白雲裏,法侶自招携。竹徑通城下,松門隔水西。方同沃州去,不作武陵迷。髩髩遥看處,秋風是會稽。"

②遥泉:遠處的泉水。王維《投道一師蘭若宿》:"晝涉松路盡,暮投蘭若邊。洞房隱深竹,清夜聞遥泉。"朱宿《宿慧山寺》:"機閑任晝昏,慮澹知生滅。微吹遞遥泉,疏松對殘月。" 泉:泉水。潘岳《射雉賦》:"天泱泱以垂雲,泉涓涓而吐溜。"王維《戲題盤石》:"可憐盤石臨泉水,復有垂楊拂酒杯。若道春風不解意,何因吹送落花來?" 滴滴:象聲詞。令狐楚《賦山》:"古巖泉滴滴,幽谷鳥關關。"段成式《醉中吟》:"只愛槽床滴滴聲,長愁聲絶又醒醒。" 秋夜:秋天的夜晚。袁朗《秋夜獨坐》:"危弦斷客心,虚彈落驚禽。新秋百慮净,獨夜九愁深。"王績《秋夜喜遇王處士》:"北場芸藿罷,東皋刈黍歸。相逢秋月滿,更值夜螢飛。" 霜天:深秋天氣。庾信《和裴儀同秋日》:"霜天林木燥,秋氣風雲高。"李商隱《九日》:"曾共山翁把酒時,霜天白菊繞階墀。" 竹扉:用竹子編造的門。薛用弱《集異記·崔商》:"不三四里,忽有人居,石橋竹扉,板屋茅舍,延流詰曲,景象殊迥。"王庭珪《題郭秀才釣亭》:"他年欲訪沙頭路,會自携竿扣竹扉。"

③ 明月:光明的月亮。宋玉《神女賦》:"其少進也,皎若明月舒

其光。"張若虛《春江花月夜》:"春江潮水連海平,海上明月共潮生。"
自隨:自己跟隨,主動跟隨。戎昱《贈韋况徵君》:"身欲逃名名自隨,鳳
銜丹詔降茅茨。苦節難違天子命,貞心唯有老松知。"蘇轍《贈德仲》:
"故人分散隔生死,孑然惟以影自隨。" 山影:山的倒影,遠山的輪廓。
酈道元《水經注·漸江水》:"澤蘭山頭有深潭,山影臨水,水色青綠。"岑
參《春尋河陽陶處士別業》:"藥椀搖山影,魚竿帶水痕。" 清風:清微的
風,清涼的風。《詩·大雅·烝民》:"吉甫作誦,穆如清風。"毛傳:"清微
之風,化養萬物者也。"杜甫《四松》:"清風爲我起,灑面若微霜。" 白
雲:白色的雲。《莊子·天地》:"乘彼白雲,至於帝鄉。"蘇頲《汾上驚
秋》:"北風吹白雲,萬里渡河汾。"喻歸隱。陶弘景《詔問山中何所有賦
詩以答》:"山中何所有? 嶺上多白雲。只可自怡悦,不堪持寄君。"錢起
《藍田溪與漁者宿》:"一論白雲心,千里滄州趣。"

[編年]

　　《年譜》編年本詩於"癸卯至己酉在越州所作其他詩"欄内,僅録
引本詩全文以及要求參閲趙嘏《浙東陪元相公遊雲門》之外,没有説
明理由。《編年箋注》編年:"元稹此詩作于任浙東觀察使期間。見下
《譜》。"《年譜新編》編年本詩於"癸卯至己酉在越州所作其他詩"欄
内,没有説明編年本詩的理由。

　　我們以爲,與編年《題法華山天衣寺》的理由一樣,雲門寺就在會
稽附近,可以説近在咫尺,從情理上推測,一貫信佛的元稹拜訪雲門
寺這一當地的佛教聖地,應該在到任之後不久,亦即長慶三年至四年
之間較爲可能。而長慶三年元稹到越州任已經是"十月"之後,"公
務"甚多,故以長慶四年前往雲門寺最爲可能。具體時間應該在秋天
較爲合適,具體地點應該在雲門寺,元稹時任浙東觀察使、越州刺史。

■ 遊雲門^{(一)①}

據《會稽掇英總集·雲門寺律詩》

[校記]

（一）遊雲門：元稹本佚失詩所據文獻僅見於《會稽掇英總集》卷六元稹《遊雲門》殘篇，無其他文獻可以核對校勘。

[箋注]

① 遊雲門：《會稽掇英總集·雲門寺》："晉義熙三年，王子昭嘗居是山，有五色雲晝見庭戶，表奏安帝，乃建寺，曰'雲門'，至會昌寺廢。大中復興，今朝改額曰雍熙、顯聖、淳化三寺。"元稹存有《遊雲門》殘篇四句，而既稱"律詩"，應該符合律詩的規格，以八句爲定格，如楊炯《盈川集》卷二所載"五言律詩"《從軍行》即是完整的八句："烽火照西京，心中自不平。牙璋辭鳳闕，鐵騎遶龍城。雪暗凋旗畫，風多雜鼓聲。寧爲百夫長，勝作一書生。"再如常建"五言律詩"之《題破山寺後禪院》："清晨入古寺，初日照高林。竹徑通幽處，禪房花木深。山光悅鳥性，潭影空人心。萬籟此都寂，但餘鐘磬音。"也是八句。趙嘏《浙東陪元相公遊雲門寺》："松下山前一徑通，燭迎千騎滿山紅。溪雲乍斂幽巖雨，曉氣初高大旆風。小檻宴花容客醉，上方看竹與僧同。歸來吹盡嚴城角，路轉橫塘亂水東。"又趙嘏《遊雲門》："五雲溪影裏，萬慮淡涼天。紅葉斜階日，清風滿寺蟬。幾多長道路，一餉暫留連。惜別疏鍾去，看山坐水邊。"就是酬和元稹遊雲門寺的詩作，每首都是八句，符合律詩的一般規格，故疑元稹《遊雲門》也應該是一首律詩，今據此補佚失的四句。當然，唐人也有將四句之詩也稱爲"律

詩"、"小律詩"的，如韓愈《題楚昭王廟》："丘園滿目衣冠盡，城闕連雲草樹荒。猶有國人懷舊德，一間茅屋祭昭王。"明明是四句，但宋代魏仲舉所編《五百家注昌黎文集》却稱爲"律詩"，而宋人洪邁所編《萬首唐人絶句》又將其作爲"絶句"入選。又如白居易《江上吟元八絶句》："大江深處月明時，一夜吟君小律詩。應有水仙潛出聽，飜將唱作步虛詞。"明明是四句，明明自稱爲"絶句"，却目以"小律詩"。但那不是常格，而是例外，因律詩在唐代還没有嚴格的規定所致。除此而外，唐人賦詠雲門寺的詩篇還有不少，如宋之問《遊雲門寺》："維舟探静域，作禮事尊經。投迹一蕭散，爲心自杳杳。龕依大禹穴，樓倚少微星。沓嶂圍蘭若，回溪抱竹庭。覺花塗砌白，甘露洗山青。雁塔騫金地，虹橋轉翠屏。人天宵現景，神鬼晝潜形。理勝常虚寂，緣空自感靈。入禪從鴿遶，説法有龍聽。劫累終期滅，塵躬且未寧。摇摇不安寐，待月詠巖局。"孟浩然《雲門寺西六七里聞符公蘭若最幽與薛八同往》："謂予獨迷方，逢子亦在野。結交指松柏，問法尋蘭若。小溪劣容舟，怪石屢驚馬。所居最幽絶，所住皆静者。雲簇興座隅，天空落階下。上人亦何聞？塵念都已捨。四禪合真如，一切是虚假。願承甘露潤，喜得惠風灑。依止託山門，誰能效丘也？"朱放《送著公歸越》："誰能愁此别？到越會相逢。長憶雲門寺，門前千萬峰。石床埋積雪，山路倒枯松。莫學白衣士，無人知去蹤。"嚴維《同韓員外宿雲門寺》："小嶺路難近，仙郎此夕過。潭空觀月定，澗静見雲多。竹翠烟深鎖，松聲雨點和。萬緣俱不有，對境自垂蘿。"採録以供讀者參考，便於更好理解元稹的作品。

[編年]

《元稹集》没有收録，《年譜》、《編年箋注》、《年譜新編》既没有採録，也没有編年。

我們以爲，元稹本佚失詩的四句應該與元稹散佚在《元氏長慶集》

之外的《遊雲門》另外四句作於同時,具體時間應該在長慶四年秋天較爲合適,具體地點應該在雲門寺,元稹時任浙東觀察使、越州刺史。

▲ 從茲罷馳騖^{(一)①}

從茲罷馳騖,遮莫寸陰斜^②。

據胡仔《漁隱叢話後集》、吳景旭《歷代詩話》

[校記]

(一)從茲罷馳騖:元稹的兩句佚句,據宋人胡仔《漁隱叢話後集》,又見清人吳景旭《歷代詩話》,均不見異文。

[箋注]

① 從茲罷馳騖:宋人胡仔《漁隱叢話後集》:"《藝苑雌黃》云:遮莫,俚語,猶言儘教也。自唐以來有之,故當時有'遮莫你古時五帝,何如我今日三郎'之説。然詞人亦稍有用之者,杜詩云:'久拼野鶴同雙鬢,遮莫鄰雞唱五更。'李太白詩:'遮莫枝根長百丈,不如當代多還往。''遮莫親姻連帝城,不如當身自簪纓。'元微之詩:'從茲罷馳騖,遮莫寸陰斜。'東坡詩:'芒鞋竹杖布行纏,遮莫千山更萬山。'洪駒父詩:'圍棋争道未得去,遮莫城頭日西沉。'皆用此語。"吳景旭《歷代詩話》:"遮莫,唐人俚語也。當時有'遮莫爾古時五帝,何如我今日三郎'之説。李太白詩:'遮莫墓枝長百丈,不如當代幾人還?''遮莫親姻連帝城,不如當身自簪纓。'元微之詩:'從茲罷馳騖,遮莫寸陰斜。'羅鄴詩:'南山遮莫倚樓臺。'"《元氏長慶集》未見兩句,今據此補入。從茲:猶從此。張九齡《林亭詠》:"苔益山文古,池添竹氣清。從茲果蕭散,無事亦無營。"杜甫《爲農》:"圓荷浮小葉,細麥落輕花。卜宅從

兹老,爲農去國賒。"　罷:停止。《史記・穰侯列傳》:"穰侯曰:'善。'
乃罷梁圍。"李夢符《答常學士》:"罷修儒業罷修真,養拙藏愚春復春。
到老不疏林裏鹿,平生難見日邊人。"　馳鶩:指在某個領域縱橫自
如,並有所建樹。《史記・司馬相如列傳》:"故馳鶩乎相容並包,而勤
思乎参天貳地。"劉知幾《史通・探賾》:"按史之於書也,有其事則記,
無其事則闕,馬遷之馳鶩今古,上下數千載,《春秋》已往,得其遺事
者,蓋唯首陽之二子而已。"

②遮莫:儘管,任憑。干寶《搜神記》卷一八:"狐曰:'我天生才
智,反以爲妖,以犬試我,遮莫千試萬慮,其能爲患乎?'"蘇軾《次韻答
寶覺》:"芒鞵竹杖布行纏,遮莫千山更萬山。"　寸陰:短暫的光陰,語
出《淮南子・原道訓》:"聖人不貴尺之璧,而重寸之陰,時難得而易失
也。"向秀《思舊賦》:"託運遇於領會兮,寄餘命於寸陰。"陳亮《上光宗
皇帝鑒成箴》:"當效禹王,寸陰是惜;當效文王,日昃不食。"　斜:向
偏離正中或正前方的方向移動,指光陰慢慢掠過。賈誼《鵩鳥賦》:
"單閼之歲兮,四月孟夏,庚子日斜兮,鵩集予舍。"杜甫《杜位宅守
歲》:"四十明朝過,飛騰暮景斜。"

[編年]

　　未見《元稹集》採録,也不見《年譜》、《編年箋注》、《年譜新編》採
録與編年。

　　我們以爲,元稹兩句流露了消極仕途的思想,意謂儘管日子一天
天過去,年紀也一年年變老,但自己已經没有年輕時的"馳鶩"仕途的
雄心壯志。這與元稹在《酬鄭從事四年九月宴望海亭次用舊韻》流露
的思想十分相似:"憶年十五學構厦,有意蓋覆天下窮。安知四十虛
富貴,朱紫束縛心志空。粧梳妓女上樓榭,止欲歡樂微茫躬。雖無趣
尚慕賢聖,幸有心目知西東。欲將滑甘柔藏府,已被鬱喧衝喉嚨。君
今勸我酒太醉,醉語不復能沖融。勸君莫學虛富貴,不是賢人難變

通。"我們以爲兩詩應該是同一時期的作品,亦即長慶四年九月前後的作品,元稹當時被貶謫到越州擔任浙東觀察使。長慶四年正月,元稹的知遇之君唐穆宗病故,唐敬宗登位,李逢吉等人編造謊言,排斥異己,把持朝政。元稹認爲自己已經没有可能再返朝廷,實現自己的政治理想,故有"從兹罷馳騖,遮莫寸陰斜"之消極思想流露。

◎ 郡務稍簡因得整比舊詩并連綴焚削封章繁委篋笥僅逾百軸偶成自嘆因寄樂天^{(一)①}

近來章奏小年詩,一種成空盡可悲②。書得眼昏朱似碧,用來心破髮如絲③。催身易老緣多事,報主深恩在幾時④? 天遣兩家無嗣子,欲將文集與它誰^{(二)⑤}?

録自《元氏長慶集》卷二二

[校記]

(一)郡務稍簡因得整比舊詩并連綴焚削封章繁委篋笥僅逾百軸偶成自嘆因寄樂天:楊本、叢刊本、《全詩》同,白居易和詩題作"郡務稍簡因得整集舊詩并連綴剛削封章諫草繁委籍笥僅踰百軸偶成自嘆兼寄樂天",録以備考。

(二)天遣兩家無嗣子,欲將文集與它誰:楊本、叢刊本、《全詩》同,但白居易酬和之篇引述本詩這兩句,却云:"天遣兩家無嗣子,欲將文字付誰人?"録以備考,不改。

[箋注]

① 郡務稍簡因得整比舊詩并連綴焚削封章繁委篋笥僅逾百軸

偶成自嘆因寄樂天：白居易和詩是《酬微之（微之題云郡務稍簡因得整集舊詩並連綴刪削封章諫草繁委箱笥僅踰百軸偶成自嘆兼寄樂天）》，詩云："滿篋填箱唱和詩，少年爲戲老成悲。聲聲麗曲敲寒玉，句句妍辭綴色絲。吟翫獨當明月夜，傷嗟同是白頭時。由來才命相磨折，天遣無兒欲怨誰（微之句云：'天遣兩家無嗣子，欲將文字付誰人？'故以此答之）?"令人不解的是：元稹本詩應該是非常重要而又一般讀者沒有注釋難以讀懂的詩篇，《編年箋注》却在其後並無一字一句加以注釋，不知原因何在？是著者覺得不必註釋讀者就能明白，還是著者自己對本詩也不甚了了？局外人難知其詳，祇有《編年箋注》著者才能清楚。　　郡：古代地方行政區劃名，周制縣大郡小，戰國時逐漸變爲郡大於縣，秦滅六國，正式建立郡縣制，以郡統縣。漢因之，隋唐及其後後，州郡互稱，至明而郡廢。常建《潭州留別》："賢達不相識，偶然交已深。宿帆謁郡佐，悵別依禪林。"劉長卿《對酒寄嚴維》："郡簡容垂釣，家貧學弄梭。門前七里瀨，早晚子陵過。"　　務：職責，官務。《易・繫辭》："夫易，聖人之所以極深而研幾也。唯深也，故能通天下之志；唯幾也，故能成天下之務。"韓愈《送許郢州序》："是非忠乎君而樂乎善，以國家之務爲己任者乎？"　　簡：簡省，簡易，簡單。《文心雕龍・物色》："物色雖繁，而析辭尚簡。"韓愈《送張道士序》："其言簡且要，陛下幸聽之。"　　整比：整理排比。《舊唐書・經籍志》："開元三年，左散騎常侍褚無量、馬懷素侍宴，言及經籍。玄宗曰：'內庫皆是太宗、高宗先代舊書，常令宮人主掌，所有殘缺，未遑補緝，篇卷錯亂，難於檢閱，卿試爲朕整比之。'"《新唐書・百官志》："司衣、典衣、掌衣，各二人，掌宮內御服、首飾整比，以時進奉。"　　舊詩：本文指自己過去的舊作。錢起《暇日覽舊詩因以題咏》："逍遙心地得關關，偶被功名涴我閑。有壽亦將歸象外，無詩兼不戀人間。"元稹《初寒夜寄廬子蒙》："倚壁思閑事，回燈檢舊詩。聞君亦同病，終夜遠相悲。"連綴：綴輯，著述。《後漢書・應劭傳》："初，父奉爲司隸時，並下諸官府郡國,各上前人像贊,劭乃連綴其名,録爲《狀人紀》。"馮贄《雲仙雜記·詩成裁窗紙》:"段九章詩成無紙,就窗裁故紙,連綴用之。" 焚削:猶銷毀修改。《東觀漢記·樊重傳》:"〔樊重〕臨終,其素所假貸人間數百萬,遣令焚削文契,債家聞者皆慚,爭往償之。"朱熹《默成文集原序》:"又以公自焚削而不復存平生之言,頗可見者,獨有賦詠筆札之餘數十百篇而已。" 封章:言機密事之章奏皆用皂囊重封以進,故名封章,亦稱封事。揚雄《趙充國頌》:"營平守節,屢奏封章。"白居易《和夢遊春詩一百韻》:"密勿奏封章,清明操簡牘。" 篋笥:藏物的竹器。班婕妤《怨歌行》:"常恐秋節至,涼風奪炎熱。棄捐篋笥中,恩情中道絶。"杜甫《留別公安太易沙門》:"數問舟航留製作,長開篋笥擬心神。" 百軸:一百卷。田錫《覽太素新編》:"蜀國香箋似彩霞,裝成近集入京華。千篇詩好精靈哭,百軸文雄俠少誇。"宋祁《復州廣教禪院御書閣碑》:"咸平初,通追來孝,執競先烈,紬禁中茂陵之聚,備天下名山之藏,乃以太宗皇帝御製御書,凡百軸,下賜焉!" 軸:字畫下端便於懸挂或卷起的圓杆,亦指裝成卷軸形的書、畫。任昉《齊竟陵文宣王行狀》:"所造箴銘,積成卷軸。"王讜《唐語林·企羨》:"〔文宗〕會幸三殿東亭,見橫廊架巨軸,上指謂畫工程修己曰:'此《開元東封圖》也。'"常常與"卷"連用,意同"卷"。元積《叙詩寄樂天書》:"適值河東李明府景儉在江陵時,僻好僕詩章,謂爲能解,欲得盡取觀覽,僕因撰成卷軸。"《舊唐書·賀知章傳》:"知章晚年尤加縱誕,無復規檢,自號'四明狂客',又稱'秘書外監',遨遊里巷,醉後屬詞,動成卷軸。文不加點,咸有可觀。" 偶成:偶然寫成,多用於詩詞題中。錢起《偶成》:"門静吏人息,心閑圖圄空。繁星入疏樹,驚鵲倦秋風。"白居易《分司洛中多暇数与諸客宴游醉後狂吟偶成十韻因招夢得賓客兼呈思黯奇章公》:"性與時相遠,身將世兩忘。寄名朝士籍,寓興少年場。" 嘆:嘆息,嘆氣。《詩·王風·中谷有蓷》:"有女仳離,嘅其嘆矣!"讚嘆,讚美。孔融《論盛孝章書》:"孝章要爲有天下大名,九牧之人,所共稱嘆。"王安石《寄郎侍郎》:"兩朝人物嘆賢豪,凛凛清風晚見襃。"

②　近來:指過去不久到現在的一段時間。元稹《貽蜀五首·盧評事子蒙》:"爲我殷勤盧子蒙,近來無復昔時同。懶成積疹推難動,禪盡狂心鍊到空。"白居易《憶元九》:"渺渺江陵道,相思遠不知。近來文卷裏,半是憶君詩。"　章奏:臣僚呈報皇帝的文書。王充《論衡·效力》:"章奏百上,筆有餘力。"戴埴《鼠璞·封章》:"俗謂章奏爲囊封,本於漢。凡章奏皆啓封,至言密事,不敢宣泄,則用皂囊重封以進。"　小年:少年,幼年。寇泚《度塗山》:"小年弄文墨,不識戎旅難。一朝事鞞鼓,策馬度塗山。"權德輿《桃源篇》:"小年嘗讀桃源記,忽覩良工施繪事。巖徑初欣繚繞通,溪風轉覺芬芳異。"　一種成空盡可悲:此句意謂小年在詩文中抒發的豪情壯志,都毫無例外地成了無法實現的空想,留下的衹有悲哀而已。　一種:一樣,同樣。元稹《酬樂天得微之詩知通州事因成四首》四:"定覺身將因一種,未知生共死何如?"李清照《一剪梅》:"花自飄零水自流,一種相思,兩處閑愁。"

③　"書得眼昏朱似碧"兩句:意謂編輯校對白居易與自己的詩文,用時過多,頭昏腦脹,眼花繚亂,眼前一片模糊。因爲用心過度,心力焦摧,白頭髮也比過去多了不少。從中可見詩人對自己對朋友詩文認認真真的態度以及刻苦求真的精神。　眼昏:即"眼花",眼目昏花,看東西模糊不清。杜甫《飲中八仙歌》:"知章騎馬似乘船,眼花落井水底眠。"張籍《詠懷》:"老去多悲事,非唯見二毛。眼昏書字大,耳重覺聲高。"　朱似碧:大紅色與青綠色,本來極容易分辨清楚,但由於過度的用眼,眼睛發花,因此難於辨清。　朱:大紅色,比絳色(深紅色)淺,比赤色深,古代視爲五色中紅的正色。《禮記·月令》:"〔孟夏之月〕乘朱路,駕赤駵,載赤旂,衣朱衣。"孔穎達疏:"色淺曰赤,色深曰朱。"韓愈《衢州徐偃王廟碑》:"得朱弓赤矢之瑞。"　碧:青綠色。柳宗元《溪居》:"來往不逢人,長歌楚天碧。"韋庄《菩萨蛮》:"春水碧于天,畫船聽雨眠。"

④ "催身易老緣多事"兩句：四十六年來，詩人經受了過多的政治打擊與生活磨難，身體摧垮了，頭髮變白了；但詩人念念不忘的還是何時報答唐穆宗對自己的賞識與提拔。封建社會臣子一般都有這種愚忠精神，不過元稹表現得比別人更加突出而已，請參見拙稿《元稹考論·元稹與唐穆宗》。　老：疲憊，困乏。《國語·晉語》："且楚師老矣！必敗，何故退？"韋昭注："老，罷也。圍宋久，其師罷病。"陸游《老學庵筆記》卷九："今據大江之險，以老彼師，則有可勝之理。"衰老，凋謝。《詩·衛風·氓》："及爾偕老，老使我怨。"孔穎達疏："老者以華落色衰為老，未必大老也。"《古詩十九首·冉冉孤生竹》："思君令人老，軒車來何遲！"　多事：多事故，多事變。《漢書·平帝紀》："分界郡國所屬，罷置改易，天下多事，吏不能紀。"韓愈《與馮宿論文書》："近李翺從僕學文，頗有所得。然其人家貧多事，未能卒其事。"報主：報答皇上。李白《贈宣城宇文太守兼呈崔侍御》："懷恩欲報主，投佩向北燕。"杜甫《季夏送鄉弟韶陪黃門從叔朝謁》："捨舟策馬論兵地，拖玉腰金報主身。"　深恩：大恩。王勃《秋日別王長史》："別路餘千里，深恩重百年。"劉商《觀獵三首》三："松月東軒許獨遊，深恩未報復淹留。梁園日暮從公獵，每過青山不舉頭。"　幾時：什麼時候。杜甫《天末懷李白》："鴻雁幾時到？江湖秋水多。"蘇軾《儋州二首》二："荔枝幾時熟？花頭今已繁。"

⑤ "天遣兩家無嗣子"兩句：元稹長慶元年其唯一的兒子夭折，至長慶三年。衹有女兒保子與女兒小迎在世，不見有兒子面世。白居易也沒有兒子，直到大和三年，兩人才各自有了自己的兒子，喜不自禁，白居易《予與微之老而無子發於言嘆著在詩篇今年冬各有一子戲作二什一以相賀一以自嘲》即記錄了這種情景，其一："常憂到老都無子，何況新生又是兒！陰德自然宜有慶（于公陰德，其後蕃昌），皇天可得道無知（皇天無知，伯道無兒）！一園水竹今為主（微之履信新居多水竹也），百卷文章更付誰（微之文集凡一百卷）？莫慮鵷雛無浴

處，即應重入鳳凰池。"其二："五十八翁方有後，静思堪喜亦堪嗟。一珠甚小還慚蚌，九子雖多不羨鴉。秋月晚生丹桂實，春風新長紫蘭芽。持杯祝願無他語，慎勿頑愚似汝爺。"白居易《和微之道保生三日》亦云："相看鬢似絲，始作弄璋詩。且有承家望，誰論得力時！莫興三日嘆，猶勝七年遲。我未能忘喜，君應不合悲。嘉名稱道保，乞姓號崔兒。但恐持相並，蒹葭瓊樹枝。"　嗣子：舊時稱嫡長子，也指舊時無子者以近支兄弟或他人之子爲後嗣，亦稱"嗣子"。苗發《送孫德諭罷官往黔州》："伯道暮年無嗣子，欲將家事托門生。"薛存誠《奉和御製段太尉碑》："葬儀從儉禮，刊石荷堯君……詔深榮嗣子，海變記孤墳。"　文集：一人或數人作品彙集編成的書。《文心雕龍·隱秀》："凡文集勝篇，不盈十一；篇章秀句，裁可百二。"劉知幾《史通·載文》："而世之作者，恒不之察，聚彼虚説，編而次之，創自起居，成於國史，連章疏録，一字無廢，非復史書，更成文集。"《元稹集·附録》將"天遣兩家無嗣子，欲將文集與它誰"作爲元稹的佚句，不確，有誤。

[編年]

　　《年譜》編年本詩於長慶三年，没有説明具體時間也没有説明理由。《編年箋注》編年本詩："《郡務稍簡因得整比舊詩並連綴焚削封章繁委篋笥僅逾百軸偶成自嘆因寄樂天》……爲長慶三年（八二三）作品。是年八月，元稹爲越州刺史、浙東觀察使，十月抵越州。見下《譜》。"《年譜新編》亦編年於長慶三年，有譜文"歲末，編輯自己文集，作《叙奏》"説明。遺憾的是將元稹在同州編輯文集與在越州編輯文集混爲一談。

　　我們以爲，本詩作於長慶四年年末，這一年十一月、十二月，元稹到越州已經一年有餘，各種事務已經理出頭緒，因而轉向關注自己與白居易的文集編輯問題，處理白居易當年五月離開杭州時留下的詩文；元稹《白氏長慶集序》文曰："長慶四年，樂天自杭州刺史以右庶子詔還，予時刺會稽，因得盡徵其文，手自排纘，成五十卷，凡二千一百

九十一首。前輩多以前集、中集爲名，予以爲陛下明年當改元，長慶
訖於是，因號曰《白氏長慶集》……長慶四年冬十二月十日微之序。"
《年譜》、《編年箋注》、《年譜新編》編年本詩爲長慶三年作，元稹爲何
把長慶四年的事情提到長慶三年來說？難道元稹有未卜先知的特異
功能不成？元稹有一首詩題特別長，爲便於讀者閱讀，特地破例將詩
題加上標點：《爲樂天自勘詩集，因思頃年城南醉歸馬上遞唱艷曲十
餘里不絕，長慶初俱以制誥侍宿南郊齋宫，夜後偶吟數十篇，兩掖諸
公泊翰林學士三十餘人驚起就聽，逮至卒吏莫不衆觀，直至侍從行禮
之時不復聚寐，予與樂天吟哦竟也不絕，因書于樂天卷後。越中冬夜
風雨不覺將曉，諸門互啓關鎖，即事成篇》，詩云："春野醉吟十里程，
齋宫潛詠萬人驚。今宵不寐到明讀，風雨曉聞開鎖聲。"元稹自己的
兩條資料，就是他長慶四年編輯自己與白居易文集的最直接也最有
力的證據，相信讀者不難辨別。

我們以爲，《年譜》、《編年箋注》、《年譜新編》以爲元稹編輯自己
的詩文集在長慶三年的說法是錯誤的。首先，元稹在同州剛剛整理
編輯過自己文稿，元稹《表奏》文中就有"始元和十五年八月得見上，
至是未二歲"之句，從"元和十五年八月"下推"未二歲"，正是長慶二
年六七月間，當時元稹剛剛貶任同州刺史。從長慶二年六七月間至
長慶三年冬天，時間僅僅過去了一年多，在長慶三年在越州僅有的兩
個多月裏，元稹沒有可能沒有必要整理自己剛剛整理過的詩文集。
其次，尤其當時元稹"郡務"繁忙，長慶四年五月元稹接手白居易的文
稿之後，都沒有及時處理，一直拖到長慶四年的冬天"郡務稍簡"之
時，才得以完成朋友託付的整理文集的囑咐。第三，元稹沒有工夫整
理朋友託付的詩文集，卻能够在繁忙的"郡務"中整理自己的詩文集？
元稹如果如此做，對得起自己的好朋友白居易嗎？我們以爲本詩作
於長慶四年十一月與十二月十日之間，元稹《白氏長慶集序》就是證
據，地點當然是會稽。

◎ 白氏長慶集序^{(一)①}

《白氏長慶集》者，太原人白居易之所作^(二)。居易，字樂天②。樂天始言^(三)：試指"之"、"無"二字，能不誤_(具樂天與予書)^(四)。始既言，讀書勤敏，與他兒異。五六歲識聲韻，十五志詩賦，二十七舉進士③。貞元末，進士尚馳競，不尚文，就中六籍尤擯落。禮部侍郎高郢始用經藝爲進退，樂天一舉擢上第④。明年，拔萃甲科，由是《性習相近遠》、《求玄珠》、《斬白蛇》等賦及百道判^(五)，新進士競相傳於京師矣⑤！會憲宗皇帝冊召天下士，樂天對詔稱旨，又登甲科⑥。未幾，入翰林^(六)，掌制誥，比比上書言得失。因爲《賀雨》、《秦中吟》等數十章，指言天下事，時人比之《風》、《騷》焉⑦！

予始與樂天同校秘書之名^(七)，多以詩章相贈答。會予譴掾江陵，樂天猶在翰林，寄予百韵律詩及雜體前後數十章^{(八)⑧}。是後各佐江通，復相酬寄⑨。巴蜀江楚間泊長安中少年，遞相仿效，競作新詞，自謂爲"元和詩"。而樂天《秦中吟》、《賀雨》諷諭等篇^(九)，時人罕能知者⑩。然而二十年間，禁省、觀寺、郵候墻壁之上無不書，王公、妾婦、牛童、馬走之口無不道，至於繕寫模勒，衒賣於市井，或持之以交酒茗者，處處皆是_{(揚、越間多作書模勒樂天及予雜詩^(一〇)，賣於市肆之中也)}⑪。其甚者，有至於盜竊名姓^(一一)，苟求自售，雜亂間厠，無可奈何！予於平水市中^(一二)_(鏡湖傍草市名)，見村校諸童競習詩^(一三)，召而問之，皆對曰："先生教我樂天、微之詩。"固亦不知予之爲微之也。又云鷄林賈人求市頗切^(一四)，自云本國宰相每以百金換一篇^(一五)，其甚僞者，宰相輒能辯別之^(一六)。自篇章以來，未有如是流傳之廣者⑫。

長慶四年，樂天自杭州刺史以右庶子詔還。予時刺會稽^(一七)，因得盡徵其文，手自排纘，成五十卷，凡二千一百九十一首^(一八)⑬。前輩多以前集、中集爲名，予以爲陛下明年當改元^(一九)，長慶訖於是，因號曰《白氏長慶集》⑭。

大凡人之文各有所長，樂天之長可以爲多矣！夫以諷諭之詩長於激^(二〇)，閑適之詩長於遣^(二一)，感傷之詩長於切，五字律詩百言而上長於贍，五字七字百言而下長於情，賦贊箴戒之類長於當，碑記叙事制誥長於實，啓表奏狀長於直，書檄詞策剖判長於盡。總而言之，不亦多乎哉⑮！至於樂天之官族景行^(二二)，與予之交分淺深，非叙文之要也，故不書。長慶四年冬十二月十日微之序^(二三)⑯。

録自《元氏長慶集》卷五一

［校記］

（一）白氏長慶集序：宋蜀本、楊本、叢刊本、《英華》、《白香山詩集》、《文章辨體彙選》、《全文》同，《唐文粹》目録作《唐刑部尚書致仕白居易文集序》，文題又作"白氏長慶集序"，互不一致。《古今事文類聚》節引本文，亦題作"白氏長慶集序"。

（二）太原人白居易之所作：宋蜀本、楊本、叢刊本、《白香山詩集》、《文章辨體彙選》、《唐文粹》、《全文》同，《英華》作"太原人白居易之所作也"，並在其下注云："《白集》、《元集》、《文粹》並無'也'字。"

（三）樂天始言：楊本、叢刊本、《白香山詩集》、《唐文粹》、《文章辨體彙選》、《全文》同，《英華》作"始年二歲未始言"，語義不同，不改。

（四）具樂天與予書：宋蜀本、叢刊本、《唐文粹》、《全文》同，楊本誤作"具樂天與于書"，《白香山詩集》、《英華》作"事具樂天與予書"，《元稹集》"校記"誤將"事"字上讀歸入正文。《文章辨體彙選》無此注文。

（五）《斬白蛇》等賦及百道判：楊本、叢刊本、《英華》、《白香山詩集》、《文章辨體彙選》以及《舊唐書‧白居易傳》節引元稹序同，《唐文粹》、《全文》作"《斬白蛇劍》等賦及百道判"，語義相類，不改。

（六）入翰林：楊本、叢刊本、《唐文粹》、《文章辨體彙選》、《全文》同，《白香山詩集》、《英華》以及《舊唐書‧白居易傳》節引元稹序同作"選入翰林"，語義相類，不改。

（七）予始與樂天同校秘書之名：楊本、叢刊本同，盧校宋本作"予始與樂天同秘書之名"，可備一說。《全文》作"予始與樂天同校秘書"，《文章辨體彙選》作"予始與樂天同校秘書之召"，《白香山詩集》、《唐文粹》作"予始與樂天同校秘書前後"，"前後"兩字應該下讀，《英華》作"予始與樂天同校秘書前後"，並在其後注云："諸本作'之名'，非。"唐代的校書郎是及第之後才能拜職，非"召"而得。

（八）寄予百韵律詩及雜體前後數十章：楊本、叢刊本、《文章辨體彙選》、《全文》同，《白香山詩集》作"寄予百韵律體及雜體前後數十軸"，《英華》作"寄與百韵律體及雜體前後數十軸"，《唐文粹》作"寄予百韵律詩及雜體前後數十首"，《舊唐書‧白居易傳》節引元稹序作"寄予百韵律體及雜體前後數十詩"，語義相類，各備一說。

（九）而樂天《秦中吟》、《賀雨》諷諭等篇：楊本、叢刊本、《白香山詩集》、《文章辨體彙選》同，《唐文粹》、《英華》、《全文》以及《舊唐書‧白居易傳》節引元稹序作"而樂天《秦中吟》、《賀雨》諷諭、閑適等篇"，語義相類，各備一說。（楊越間多作書模勒樂天及予雜詩賣於市肆之中也）

（一〇）揚、越間多作書模勒樂天及予雜詩：原本作"楊、越間多作書模勒樂天及予雜詩"，叢刊本、《白香山詩集》同，"楊"是"揚"之刊誤，據《唐文粹》改。《文章辨體彙選》、《全文》無此注文。《英華》作

"杭越間多作碑,模勒樂天及予雜詩……'杭',《白集》、《文粹》並作'揚'。"從元積白居易當時拜職在杭州、越州來看,作"杭越間"更爲合理。但揚州是李唐的經濟中心,稱"揚越間"也不無道理。各備一説,留作他人日後明斷。"多作書模勒",宋蜀本、盧校認爲是"多作書模寫"之誤,僅備一説。

（一）有至於盜竊名姓:楊本、叢刊本、《唐文粹》、《文章辨體彙選》、《全文》、《舊唐書·白居易傳》節引元積序同,《白香山詩集》、《英華》作"至於盜竊名姓",各備一説。

（二）予於平水市中:楊本、叢刊本、《文章辨體彙選》同,《唐文粹》、《全文》、《白香山詩集》、《舊唐書·白居易傳》節引元積序作"予嘗於平水市中",《英華》作"予常於平水市中",各備一説。

（三）見村校諸童競習詩:楊本、叢刊本、《文章辨體彙選》同,宋蜀本作"見村校諸童競相習詩",《白香山詩集》、《英華》、《全文》、《舊唐書·白居易傳》節引元積序作"見村校諸童競習歌詠",《唐文粹》作"見村校諸童競習歌詩",各備一説。

（四）又云鷄林賈人求市頗切:楊本、叢刊本、《白香山詩集》、《文章辨體彙選》同,《唐文粹》、《英華》、《全文》、《舊唐書·白居易傳》節引元積序作"又鷄林賈人求市頗切",兩説均通,各備一説。

（五）自云本國宰相每以百金換一篇:楊本、叢刊本、《白香山詩集》、《唐文粹》、《英華》、《文章辨體彙選》同,《全文》、《舊唐書·白居易傳》節引元積序作"自云本國宰相每以一金換一篇",各備一説。

（六）宰相輒能辯別之:楊本、叢刊本同,《白香山詩集》、《英華》、《唐文粹》、《文章辨體彙選》、《全文》、《舊唐書·白居易傳》節引元積序作"宰相輒能辨別之","辯"與"辨"兩字相通,不必改。

（七）予時刺會稽:楊本、叢刊本、《白香山詩集》、《舊唐書·白居易傳》節引元積序同,《唐文粹》作"予時刺部會稽",《英華》、《全文》作"予時刺郡會稽",各備一説。《文章辨體彙選》作"子時刺會稽",語義不通,刊刻之誤,不足爲據。

(一八)凡二千一百九十一首:楊本、叢刊本、《白香山詩集》、《英華》、《唐文粹》、《文章辨體彙選》同,《舊唐書·白居易傳》節引元稹《白氏長慶集序》、《全文》作"凡二千二百五十一首",《四庫全書·白氏長慶集提要》云:"惟長慶四年元稹作《白氏長慶集序》,稱盡徵其文,手自排纂,成五十卷、二千九百九十一首。"各備一說。

(一九)予以爲陛下明年當改元:原本作"予以爲陛下明年秋當改元",楊本、叢刊本、《文章辨體彙選》同,改元一般都在正月元旦或稍後進行,李唐歷史上秋天改元的僅僅祇有唐順宗,但那是迫不得已之事,並非常規。而唐敬宗改元寶曆也在長慶四年的次年,具體時間在正月初七,《舊唐書·敬宗紀》:"寶曆元年春正月乙巳朔,辛亥,親祀昊天上帝於南郊,禮畢,御丹鳳樓,大赦,改元寶曆元年。"由此知"秋"是衍字,據《白香山詩集》、《英華》作"予以爲皇帝明年當改元"刪改。《全文》作"予以爲國家改元,長慶訖於是,因號曰《白氏長慶集》",《唐文粹》作"予以爲國家改元,長慶於是,因號曰《白氏長慶集》",表述不清,不從。疑"長慶於是"爲"長慶訖於是"之誤。

(二〇)夫以諷諭之詩長於激:楊本、叢刊本、《白香山詩集》、《英華》、《唐文粹》、《文章辨體彙選》、《歷代名賢確論》同,《舊唐書·白居易傳》節引元稹《白氏長慶集序》、《全文》作"夫諷諭之詩長於激",宋蜀本、張校宋本作"是以諷諭之詩長於激",不改,各備一說。

(二一)閑適之詩長於遣:宋蜀本、錢校、叢刊本、《白香山詩集》、《唐文粹》、《英華》、《文章辨體彙選》、《歷代名賢確論》、《舊唐書·白居易傳》節引元稹《白氏長慶集序》、《詩人玉屑》、《群書考索》、《記纂淵海》、《類說》同,楊本作"閑適之詩長於遺",刊刻之誤,不從不改。

(二二)至於樂天之官族景行:楊本、叢刊本、《白香山詩集》、《英華》、《文章辨體彙選》同,《唐文粹》、《全文》作"至於樂天之官秩景行","官族"與"官秩"本來都可以說通,但元稹本文已經詳細涉及白居易的"官秩",所没有涉及的祇是"官族",故不從不改。

（二三）長慶四年冬十二月十日微之序：楊本、叢刊本、《白香山詩集》《唐文粹》《文章辨體彙選》《全文》同，《英華》作"長慶四年冬十二月四日（白集作十）微之叙"，《白氏長慶集》五帙，都五十卷，通後集七十卷，三千七百餘首"，各備一説。

［箋注］

① 白氏長慶集序：白居易《白氏長慶集後序》："前三年元微之爲予編次文集而叙之，凡五帙，每帙十卷，訖長慶二年冬，號《白氏長慶集》。邇來復有格詩、律詩、碑誌、序記、表贊，以類相附，合爲卷軸，又從五十一以降，卷而第之。是時大和二年秋，予春秋五十有七，目昏頭白，衰也久矣！拙音狂句，亦已多矣！由兹而後，宜其絶筆。若餘習未盡，時時一詠，亦不自知也。因附《前集》報微之，故復序於卷首云爾。"可供讀者閱讀本文時參考。從"大和二年秋"前推"三年"，應該是長慶四年，與本文文末所署日期"長慶四年冬十二月十日"正相符合。

② 太原：原指地勢較高的寬闊平地，後用爲地名即今天之太原。《書·禹貢》："既修太原，至於岳陽。"孔傳："高平曰太原，今以爲郡名。"孔穎達疏："太原，原之大者……孔乙太原地高，故言高平，其地高而廣也。"司馬相如《上林賦》："布濩閎澤，延曼太原。"《舊唐書·白居易傳》："白居易，字樂天，太原人……季庚生居易，初建立功於高齊，賜田於韓城，子孫家焉！遂移籍同州，至温徙於下邽，今爲下邽人焉！" 字：人的表字，在本名外所取的與本名意義相關的另一名字。《顔氏家訓·風操》："古者名以正體，字以表德。"《史記·孔子世家》："孔子生鯉，字伯魚。"袁宏《三國名臣序贊》："諸葛亮字孔明。"

③ 試指"之"、"無"二字，能不誤："之"、"無"因筆劃的少與多，比較容易分辨，但六七個月的嬰兒能夠分辨，而且始終不差，可見白居易的天分很高，故白居易自己津津樂道，元稹也特地在爲白居易所作

的序文中加以引用。　具樂天與予書：即白居易在江州司馬任內作於元和十年十二月的《與元九書》，其中有言："僕始生六七月時，乳母抱弄於書屏下，有指'無'字'之'字示僕者。僕雖口未能言，心已默識。後有問此二字者，雖百十其試，而指之不差，則僕宿習之緣已在文字中矣！"　勤敏：勤勉機敏。《北齊書·顏之推傳》："處事勤敏，號爲稱職。"白居易《庾承宣可尚書右丞制》："況承宣端諒勤敏，周知典故，必能爲我紐有條之綱，柅妄動之輪。"　聲韵：指詩文的韵律。《文心雕龍·章句》："然兩韵輒易，則聲韵微躁；百句不遷，則脣吻告勞。"朱弁《曲洧舊聞》卷五："章楶質夫作《水龍吟》，詠楊花，其命意用事，清麗可喜，東坡和之，若豪放不入律呂，徐而視之，聲韵諧婉。"指文詞聲律和文字音韵學上的聲、韵、調等。《南齊書·陸厥傳》："汝南周顒，善識聲韵。"封演《封氏聞見記·聲韵》："時王融、劉繪、范雲之徒，皆稱才子，慕而扇之，由是遠近文學轉相祖述，而聲韵之道大行。"　詩賦：詩和賦。王褒《四子講德論》："何必歌詠詩賦，可以揚君哉！愚竊惑焉！"《陳書·陰鏗傳》："幼聰慧，五歲能誦詩賦，日千言。"　進士：科舉時代稱殿試考取的人。陳子昂《周故內供奉學士懷州河內縣尉陳君碩人墓誌銘并序》："君少好學，能屬文，上元元年州貢進士，對策高第，釋褐授將仕郎。"姚合《寄舊山隱者》："名在進士場，筆毫爭等倫。"

　　④ 貞元：唐德宗在位時的年號，起公元七八五年，止公元八〇五年，共計二十一個年頭。元稹《貞元曆》："象魏纔頒曆，龍鑣已御天。猶看後元曆，新署永貞年。"白居易《秦中吟十首序》："貞元、元和之際，予在長安，聞見之間有足悲者，因直歌其事，命爲《秦中吟》。"　馳競：奔競，追逐名利。葛洪《抱朴子·交際》："又欲勉之以學問，諫之以馳競，止其拷蒲，節其沈湎，此又常人所不能悦也。"蕭統《陶淵明集序》："嘗謂有能觀淵明之文者，馳競之情遣，鄙吝之意祛，貪夫可以廉，懦夫可以立。"　尚文：崇尚文治。戴邈《上表請立學校》："夫治世尚文，遭亂尚武。文武遞用，長久之道。"通行以書面文字來表達意

思。劉知幾《史通·言語》：“逮漢魏以降，周隋而往，世皆尚文，時無專對。運籌畫策，自具於章表；獻可替否，總歸於筆札。”　六籍：即六經。《文選·班固〈東都賦〉》：“蓋六籍所不能談，前聖靡得言焉！”李善注：“六籍，六經也。”陶潛《飲酒二十首》二〇：“如何絕世下，六籍無一親？”六經是六部儒家經典。《莊子·天運》：“孔子謂老聃曰：‘丘治《詩》、《書》、《禮》、《樂》、《易》、《春秋》六經，自以為久矣！孰知其故矣！’”《漢書·武帝紀贊》：“孝武初立，卓然罷黜百家，表章六經。”顏師古注：“六經，謂《易》、《詩》、《書》、《春秋》、《禮》、《樂》也。”漢以來無《樂經》，今文家以為“樂”本無經，皆包含於《詩》、《禮》之中；古文家以為《樂》毀於秦始皇焚書。　擯落：排斥棄絕，落選。謝靈運《曇隆法師誄序》：“慨然有擯落榮華，兼濟物我之志。”《隋書·蕭吉傳》：“吉性孤峭……又與楊素不協，由是擯落於世，鬱鬱不得志。”　禮部侍郎：禮部尚書的副手，貢舉是其職責之一。《舊唐書·職官志》：“禮部尚書一員，侍郎一員。尚書、侍郎之職，掌天下禮儀、祭享、貢舉之政令。其屬有四：一曰禮部，二曰祠部，三曰膳部，四曰主客……凡舉試之制，每歲仲冬率與計偕。其科有六：一曰秀才，二曰明經，三曰進士，四曰明法，五曰書，六曰算。凡此六科，求人之本，必取精究理實，而昇為第。”獨孤及《唐故秘書監贈禮部尚書姚公墓誌銘并序》：“俄又授公中書舍人、禮部侍郎、光禄卿、左散騎常侍，加銀青光禄大夫，復知制誥。”施肩吾《上禮部侍郎陳情》：“九重城裏無親識，八百人中獨姓施。弱羽飛時攢箭險，寒驢行處薄冰危。”　高郢：白居易貞元十六年進士試的主試官。《舊唐書·高郢傳》：“高郢，字公楚，其先渤海蓨人。九歲通《春秋》，能屬文……拜禮部侍郎，時應進士舉者多務朋遊，馳逐聲名。每歲冬州府薦送後，唯追奉讌集，罕肆其業。郢性剛正，尤嫉其風。既領職，拒絕請託，雖同列通熟，無敢言者。志在經藝，專考程試。凡掌貢部三歲，進幽獨，抑浮華，朋濫之風翕然一變。”《舊唐書·白居易傳》：“貞元十四（六）年，始以進士就試，禮部侍郎高

郢擢昇甲科。”　經藝：儒家經書的統稱，古稱六經爲“六藝”。王充
《論衡·藝增》：“經藝萬世不易，猶或出溢，增過其實。”《漢書·郊祀
志》：“八人不案經藝，考古制，而以爲不宜，無法之議，難以定吉凶。”
猶經學。《史記·儒林列傳序》：“故漢興，然後諸儒始得修其經藝，講
習大射鄉飲之禮。”韓愈《國子監論新注學官牒》：“委國子祭酒選擇有
經藝堪訓導生徒者，以充學官。”程大昌《演繁露續集·講讀官坐立》：
“賜坐蓋出優禮，祖宗或賜講臣坐者，以其敷暢經藝也。”　進退：録取
與黜退。岑參《初至西虢官舍南池呈左右省及南宮諸故人》：“早年迷進
退，晚節悟行藏。他日能相訪，嵩南舊草堂。”白居易《常樂里閑居偶題
十六韵兼寄劉十五公輿王十一起吕二炅吕四頴崔十八玄亮元九積劉三
十二敦質張十五仲元時爲校書郎》：“工拙性不同，進退迹遂殊。幸逢太
平代，天子好文儒。”　擢：舉拔，提升。《戰國策·燕策》：“先王過舉，擢
之乎賓客之中，而立之乎群臣之上。”《史記·韓信盧綰列傳》：“陛下擢
僕起閭巷，南面稱孤，此僕之幸也。”　上第：及第。李復言《續幽怪録·
張庾》：“明年春，〔庾〕進士上第焉！”劉攽《次韵晁單州詩六首》六：“愛子
桂枝新上第，弄孫蘭苗始書名。”考試成績中的第一等。《後漢書·獻帝
紀》：“九月甲午，試儒生四十餘人，上第賜位郎中，次太子舍人，下第者
罷之。”《新唐書·選舉志》：“每問經十條，對策三道，皆通，爲上第，吏部
官之；經義通八，策通二，爲中第，與出身；下第，罷歸。”

　　⑤ 明年，拔萃甲科：這是指貞元十九年元稹白居易登吏部乙科，
登第者共八人，其中博學宏詞科兩人，拔萃科六人，包括白居易與元
稹在内。《舊唐書·白居易傳》：“吏部判入等，授秘書省校書郎。”元
稹《酬哥舒大少府寄同年科第》：“前年科第偏年少，未解知羞最愛狂。
九陌爭馳好鞍馬，八人同着綠衣裳（同年科第：宏詞吕二炅，王十一
起；拔萃白二十二居易，平判李十一復禮，吕四頻，哥舒大煩，崔十八
玄亮逮不肖，八人皆奉榮養）。自言行樂朝朝是，豈料浮生漸漸忙。
賴得官閑且疏散，到君花下憶諸郎。”宏辭、拔萃、平判是同一科目，是

唐代考選科目之一。《新唐書·選舉志》：“凡試判登科謂之‘入等’；甚拙者謂之‘藍縷’；選未滿而試文三篇，謂之宏辭；試判三條，謂之拔萃：中者即授官。”韓愈《中大夫陝府左司馬李公墓誌銘》：“其後比以書判拔萃，選爲萬年尉。”《宋史·選舉志》：“景德後……惟吏部設宏詞、拔萃、平判等科如舊制。”他們這一年的知貢舉是禮部侍郎權德輿，判文的題目是《毀方瓦合判》，其中元積的判文已前見，白居易的判文《得太學博士教胄子毀方瓦合司業以非訓導之本不許》則曰：“教惟馴致，道在曲成。將遜志以樂群，在毀方而和衆。況化人由學，成性因師。雖和光以同塵，德終不雜；苟圓鑿以方枘，物豈相容？道且尚於無隅，義莫先於不翄。司業以訓導貴別，或慮雷同；學官以容衆由寬，何傷瓦合！教之未墜，蓋宣尼之言然；文且有徵，則戴氏之典在。將勸學者，所宜趮之。”兩相比較，得益得趣。　《性習相近遠》、《求玄珠》、《斬白蛇》：即白居易的《省試性習相遠近賦（以君子之所慎焉爲韵，依次用限三百五十字已上成，中書侍郎高郢下試，貞元十六年二月十四日及第第四人）》：“噫！下自人，上達君，德以慎立，而性由習分。習則生常，將俾夫善惡區別；慎之在始，必辯乎是非糾紛。原夫性相近者，豈不以有教無類，其歸於一揆？習相遠者，豈不以殊途異致，乃差於千里。昏明波注，導爲愚智之源；邪正岐分，開成理亂之軌。安得不稽其本，謀其始，觀所恒，察所以？考成敗而取捨，審臧否而行止。俾流遁者返迷塗於騷人，積習者遵要道於君子。且夫德莫德於老氏，乃曰道是從矣；聖莫聖於宣尼，亦曰非生知之。則知德在修身，將見素而抱樸；聖由志學，必切問而近思。在乎積藝業於黍累，慎言行於毫厘。故得其門，志彌篤兮性彌近矣；由其徑，習愈精兮道愈遠而。其旨可顯，其義可舉。勿謂習之近，徇迹而相背重阻；勿謂性之遠，反真而相去幾許？亦猶一源派別，隨混澄而或濁或清；一氣脈分，任吹煦而爲寒爲暑。是以君子稽古於時習之初，辯惑於成性之所。然則性者中之和，習者外之徇。中和思於馴致，外徇戒於妄進。非所習而習則性傷，得所習而習則性順。故聖與狂由乎念與罔念，福與禍在乎愼與不愼。愼之義，莫匪乎率道爲本，見善而遷。觀誠僞於既往，審進退於未然。故得之則至性大同，若水濟水也；失之則衆心不等，猶面隔面焉。誠哉！性習之説，吾將以爲教先。"《求玄珠賦(以玄非智求珠以眞得爲韵)》："至乎哉！玄珠之爲物也，淵淵縣縣，不知其然。存乎視聽之表，生乎天地之先。其中有象，與道相全。求之者刳其心，俾損之又損；得之者反其性，乃玄之又玄。玄無音，聽之則希；珠無體，搏之則微。故以音而求之者妄，以體而得之者非。倏爾去焉！將育冥而齊往；忽乎来矣！與罔象而同歸。是以聖人之求玄珠也，損明聖，薄仁義，索之惟艱，失之孔易，莫不以心忘心，以智去智。其難得也，劇乎剖巨蚌之胎；其難求也，甚乎待驪龍之睡。夫惟不曒不昧，至明至幽，必致之於馴致，豈求之於躁求？性失則遺，若合浦之徙去；心虛潛至，同夜光之暗投。斯乃動爲道樞，静爲心符，至光不耀，至眞不渝。察之無形，謂其有而非有；應之有信，謂其無而非無。故立喻比夫至寶，強名謂之玄珠。名不徒爾，喻必有以。以不凝滯爲圓，以無瑕疵爲美。蓋外明者不若内明之理，純白者不若虛白之旨。藏於身不藏於川，在乎心不在乎水。然則頤其神，保其眞，雖無脛求之必臻；役其識，徇其惑，雖没齒求之不得。則知珠者無形之形，玄者無色之色。亦何必遊赤水之上，造昆丘之側？苟悟漆園之言，可臻玄珠之極。"《漢高皇帝親斬白蛇賦(以題爲韵依次用)》："高皇帝將欲戡時難，撥禍亂，乃耀聖武，奮英斷。提神劍於手中，斬靈蛇於澤畔。何精誠之潛發，信天地之幽賛。卒能滅強楚，降暴秦，創王業於炎漢。於時瓜割區宇，蜂起英豪，以堅甲利兵相視，以壯圖銳氣相高。皆欲定四海之洶洶，救萬姓之嗷嗷。帝既心闚咸陽，氣王芒碭。率卒晨往，縱徒夜亡。有大蛇兮出山穴，亘路傍，凝白虹之精彩，被素龍之文章，鱗甲晶以雪色，睛眸赩其電光。聳其身，形蜿蜿而莫犯；舉其首，勢矯矯而靡亢。勇夫聞之而挫鋭，壯士覿之而摧剛。於是行者告于高皇,帝乃奮布衣挺干將,攘臂直進,瞋目高驤。一呼而猛氣咆哮,再叱而雄姿抑揚。觀其將斬未斬之際,蛇方欲縱毒螫,肆猛噬,我則審其計,度其勢,口謀雷霆,手操鋒銳,凛龍顏而色作,振虎威而聲屬。苟天之靈,启神之契,舉刃一揮,溘然而斃。不知我者謂我斬白蛇,知我者謂我斬白帝。於是灑雨血,摧霜鱗,塗野草,濺路塵。嗟乎!神化將窮不能保其命,首尾雖在不能衛其身。盛矣哉!聖人之草昧經綸,應乎天?順乎人?制勍敵,必示以乃武乃文;静灾禍,不可以弗躬弗親。若夫龍泉黯黯,秋水湛湛,苟非斯劍,蛇不可斬。天威煌煌,神武洸洸,苟非我主,蛇不可當。是知人在威,不在衆,我王也,萬夫之防;器在利,不在大,斯劍也,三尺之長。于以詟萬物,于以威八方。曆數既終,聞素靈之夜哭;嗜欲將至,知赤帝之道昌。繇是氣吞豪傑,威振幽遐。素車降而三秦歸德,朱旗建而六合爲家。彼戮鯨鯢與截犀兕,未若我提青劍而斬白蛇。"均見於見《白氏長慶集》卷三八。其中《性習相近遠》是白居易貞元十六年進士考試的試題。 百道:猶百股,極言其多。沈佺期《奉和春初幸太平公主南莊應制》:"雲間樹色千花滿,竹裏泉聲百道飛。"常建《塞下》:"鐵馬胡裘出漢營,分麾百道救龍城。左賢未遁旃竿折,過在將軍不在兵。" 判:指審理獄訟的判決書,這是唐代吏部考試中考試科目之一,亦即事先熟悉官員審理獄訟的程式。而吏部的考試,是唐代統治者選拔官吏的重要途徑。馬端臨《文獻通考·選舉考》:"按唐取人之法,禮部則試以文學,故曰策,曰大義,曰詩賦。吏部則試以政事,故曰身,曰言,曰書,曰判。然吏部所試四者之中,則判爲尤切。蓋臨政治民,此爲第一義。必通曉事情,諳練法律,明辨是非,發摘隱伏,皆可以此覘之。"又據《新唐書·選舉志》考證,唐代選拔官吏的吏部考試的考試科目是"身"、"言"、"書"、"判"四項:"凡擇人之法有四:一曰身,體貌豐偉;二曰言,言辭辯正;三曰書,楷法遒美;四曰判,文理優長。四事皆可取,則先德行,德均以才,才均以勞。得者爲留,不得者爲放。"馬端臨《文獻通考·選舉考》又曰:"初吏部選才，將親其人，覆其吏事。始取州縣案牘疑議，試其斷割而觀其能否，此所以爲判也。後日月浸久，選人猥多，案牘淺近不足爲難，乃采經籍古義，假設甲乙，令其判斷。既而來者益衆，而通經正籍又不足以爲問，乃徵僻書曲學隱伏之義問之，唯懼人之能知也（張鷟有《龍筋鳳髓判》，白樂天集有《甲乙判》，元微之集亦有判百餘篇）。"所謂的白居易的"百道判"，亦即白居易的"甲乙判"是也。

⑥ 會憲宗皇帝册召天下士，樂天對詔稱旨，又登甲科。《舊唐書·白居易傳》："元和元年四月，憲宗策試制舉人，應才識兼茂明於體用科，策入第四等，授盩厔縣尉、集賢校理。"這次及第十八人，白居易與元稹均在其中，元稹名列第一。《唐大詔令集·放制舉人敕》文云："才識兼茂明於體用科人第三次等：元稹、韋惇；第四等：獨孤郁、白居易、曹京伯、韋慶復；第四次等：崔韶、羅讓、元修、薛存慶、韋珩；第五上等：蕭俛、李蟠、沈傳師、柴宿。達於吏理可使從政科第五上等：陳岵、（蕭睦）等。咸以待問之美，觀光而來。詢以三道之要，復於九變之選，得失之間粲然可觀。宜膺德茂之典，式葉言揚之舉。其第三次等人委中書門下優與處分。第四等、（第四次等）、第五上等中書門下即與處分。"據《舊唐書·元稹傳》記載："二十八應制舉才識兼茂明於體用科，登第者十八人，稹爲第一。"而上列名單祇有十六人，其中漏列的有"崔琯"，元稹江陵時期元和五年詩《紀懷贈李六户曹崔二十功曹五十韻》中提及："甲科崔並鶩，柱史李齊昇。"其中的"崔二十功曹"就是"崔琯"，而不是元稹元和五年在《元和五年予官不了罰俸西歸三月六日至陝府與吳十一兄端公崔二十二院長思愴曩游因投五十韵》被稱爲"崔二十二院長"的"崔韶"：兩人的排行不同，崔韶排行"二十二"，崔琯排行"二十"；官職不同，崔韶官職是"院長"，崔琯官職是"功曹"；兩人履職的地點不同，崔韶在"陝府"，崔琯在"江陵"。另外《舊唐書·崔琯傳》："（崔）頲有子八人，皆至達官，時人比漢之荀氏，號曰'八龍'。長曰琯，貞元十八年進士擢第，又制策登科，釋褐諸侯府。"所謂"制策登科"，應該就是元和元年的"才

識兼茂明於體用科"。徐松《登科記考》元和元年制科及第名單中正有
"崔珝",並指出《册府元龜》作"崔韶"、《唐會要》作"崔縉""皆誤"。據
《唐大詔令集·放制舉人敕》以及《册府元龜》中均有"崔韶"在列,而"崔
珝"亦有《舊唐書·崔珝傳》爲證,點閱《唐大詔令集·放制舉人敕》的名
單,人數僅僅是十六人,與《舊唐書·元稹傳》所云"二十八應制舉才識
兼茂明於體用科,登第者十八人,稹爲第一"的人數不相符合,同時也與
元稹所云"甲科崔並鶩"不合,因此我們以爲"崔珝"正是《唐大詔令集·
放制舉人敕》誤漏的"十八人"之一,崔韶、崔珝都應該是元稹的制科同
年。兩詩都賦成於元和五年,一在"三月六日",一在"夏秋",相隔的時
間僅僅數月。而元和五年的三月六日,元稹與吳士矩、崔韶相會於陝
州,時間僅僅過去了數月,崔韶又如何能够突然離開陝州,出現在千里
之外的江陵,又與李景儉、元稹成爲同僚? 而"釋褐諸侯府"云云正是指
崔珝來到江陵府任職功曹參軍之職。　天下士:才德非凡之士。《史
記·魯仲連鄒陽列傳》:"始以先生爲庸人,吾乃今日知先生爲天下之士
也。"高適《詠史》:"不知天下士,猶作布衣看。"　對詔:猶對策。陸贄
《奉天請數對群臣兼許令論事狀》:"周昌進諫其君,病吃不能對詔,乃
曰:'臣口雖不能言,心知其不可。'"《新唐書·員半千傳》:"客晉州,州
舉童子,房玄齡異之,對詔高第,已能講《易》、《老子》。"　稱旨:符合上
意。《漢書·孔光傳》:"奉使稱旨,由是知名。"《陳書·趙知禮傳》:"知
禮爲文贍速,每占授軍書,下筆便就,率皆稱旨。"　甲科:古代考試科目
名。漢時課士分甲乙丙三科。《漢書·儒林傳序》:"平帝時王莽秉
政……歲課甲科四十人爲郎中,乙科二十人爲太子舍人,丙科四十人補
文學掌故云。"泛指科舉考試。高適《送桂陽孝廉》:"桂陽少年西入秦,
數經甲科猶白身。"

　　⑦ "未幾入翰林"六句:《舊唐書·白居易傳》:"居易文辭富艷,尤
精於詩筆。自讎校至結綬幾旬,所著歌詩數十百篇,皆意存諷賦,箴時
之病,補政之缺,而士君子多之,而往往流聞禁中。章武皇帝納諫思理,

渴聞讜言，二年十一月召入翰林爲學士，三年五月拜左拾遺。居易自以
逢好文之主，非次拔擢，欲以生平所貯仰酬恩造。拜命之日，獻疏言事
曰……居易與河南元稹相善，同年登制舉，交情隆厚。稹自監察御史謫
爲江陵府士曹掾，翰林學士李絳、崔群上前面論稹無罪，居易累疏切諫
曰……疏入不報。又淄青節度使李師道進絹爲魏徵子孫贖宅，居易諫
曰：‘徵是陛下先朝宰相，太宗嘗賜殿材成其正室，尤與諸家第宅不同。
子孫典貼，其錢不多，自可官中爲之收贖，而令師道掠美，事實非宜。’憲
宗深然之。上又欲加河東王鍔平章事，居易諫曰：‘宰相是陛下輔臣，非
賢良不可當此位。鍔誅剝民財以市恩澤，不可使四方之人謂陛下得王
鍔進奉而與之宰相，深無益於聖朝。’乃止。王承宗拒命。上令神策中
尉吐突承璀爲招討使，諫官上章者十七八，居易面論，辭情切至。既而
又請罷河北用兵，凡數千百言，皆人之難言者，上多聽納。唯諫承璀事
切，上頗不悅，謂李絳曰：‘白居易小子，是朕拔擢致名位，而無禮於朕，
朕實難奈。’絳對曰：‘居易所以不避死亡之誅，事無巨細必言者，蓋酬陛
下特力拔擢耳！非輕言也！陛下欲開諫諍之路，不宜阻居易言！’上曰：
‘卿言是也！’繇是多見聽納。五年當改官，上謂崔群曰：‘居易官卑俸
薄，拘於資地不能超等，其官可聽自便奏來！’居易奏曰：‘臣聞姜公輔爲
內職，求爲京府判司，爲奉親也。臣有老母，家貧養薄，乞如公輔例。’於
是除京兆府戶曹參軍。六年四月，丁母陳夫人之喪，退居下邽。九年冬
入朝，授太子左贊善大夫。”　　未幾：不久。《詩·齊風·甫田》：“未幾見
兮，突而弁兮！”朱熹集傳：“未幾，未多時也。”《後漢書·馬廖傳》：“前下
制度未幾，後稍不行。雖或吏不奉法，良由慢起京師。”　　翰林：又稱“翰
林院”，官署名，唐初置，本爲各種文藝技術內廷供奉之處，宋代猶以翰
林院勾當官總領天文、書藝、圖畫、醫官四局，以至御厨茶酒亦有翰林之
稱。至於翰林學士供職之所，在唐爲學士院，至宋始稱翰林學士院。楊
巨源《張郎中段員外初直翰林報寄長句》：“丹鳳詞頭供二妙，金鑾殿角
直三清。方瞻北極臨星月，猶向南班滯姓名。”柳宗元《奉酬楊侍郎丈因

送八叔拾遺戲贈詔追南来諸賓二首》一："貞一来時送彩箋,一行歸雁慰驚弦。翰林寂寞誰爲主?鳴鳳應須早上天。" 掌:掌管。《周禮·天官·冢宰》:"乃立天官冢宰,使帥其屬而掌邦治。"杜甫《八哀詩·贈左僕射鄭國公嚴公武》:"四登會府地,三掌華陽兵。" 制誥:皇帝的詔令。元稹《制誥(有序)》:"制誥本於《書》,《書》之誥命、訓誓,皆一時之約束也。"劉禹錫《酬樂天醉後狂吟十韻》:"制誥留臺閣,歌詞入管弦。處身於木雁,任世變桑田。"所謂"掌制誥",亦就是"知制誥",以皇帝的名義撰寫各種文告、任免令。 比比:頻頻,屢屢。《詩·大雅·桑柔》:"於乎有哀,國步斯頻。"鄭玄箋:"頻,猶比也。哀哉,國家之政,行此禍害比比然。"《漢書·哀帝紀》:"郡國比比地動。"顏師古注:"比比,猶言頻頻也。"引申爲連續,接連。皇甫枚《三水小牘·却要》:"延禧於廳角中屏息以待,廳門斜閉,見其三弟比比而至,各趨一隅。" 上書:向君主進呈書面意見。《戰國策·齊策》:"〔齊威王〕乃下令:'群臣吏民,能面刺寡人之過者,受上賞;上書諫寡人者,受中賞;能謗議於市朝,聞寡人之耳者,受下賞。'"韓愈《贈唐衢》:"胡不上書自薦達,坐令四海如虞唐?" 得失:得與失,猶成敗。《詩大序》:"國史明乎得失之迹,傷人倫之廢,哀刑政之苛,吟詠情性,以風其上。"得與失,指利弊。韓愈《禘祫議》:"如以爲猶或可疑,乞召臣對,面陳得失,庶有發明。"得與失,指是非曲直,正確與錯誤。劉知幾《史通·稱謂》:"晉世臣子黨附君親,嫉彼亂華,比諸群盜,此皆苟徇私忿,忘夫至公。自非坦懷愛憎,無以定其得失。"偏指失,過失。劉義慶《世說新語·德行》:"王子敬病篤,道家上章,應首過,問子敬:'由來有何異同得失?'子敬云:'不覺有餘事,唯憶與郗家離婚。'"徐震堮校箋:"異同得失乃偶辭偏義之例,異同與得失各爲一詞,此處專著後者;而得失一詞中,又專取一失字。"《賀雨》《秦中吟》:白居易的詩篇名,前者爲一篇詩歌之名,《賀雨》詩云:"皇帝嗣寶曆,元和三年冬。自冬及春暮,不雨旱爞爞。上心念下民,懼歲成災凶。遂下罪己詔,殷勤制萬邦。帝曰予一人,繼天承祖宗。憂勤不遑寧,夙夜心忡忡仲。元年誅劉闢,一舉靖巴邛。二年戮李錡,不戰安江東。顧惟眇眇德,遽有巍巍功。或者天降沴,無乃儆予躬。上思答天戒,下思致時邕。莫如率其身,慈和與儉恭。乃命罷進獻,乃命賑饑窮。宥死降五刑,責己寬三農。宮女出宣徽,廄馬減飛龍。庶政靡不舉,皆出自宸衷。奔騰道路人,傴僂田野翁。歡呼相告報,感泣涕沾胸。順人人心悅,先天天意從。詔下纔七日,和氣生沖融。凝爲油油雲,散作習習風。晝夜三日雨,淒淒復濛濛。萬心春熙熙,百穀青芃芃。人變愁爲喜,歲易儉爲豐。乃知王者心,憂樂與衆同。皇天與后土,所感無不通。冠珮何鏘鏘,將相及王公。蹈舞呼萬歲,列賀明庭中。小臣誠愚陋,職忝金鑾宮。稽首再三拜,一言獻天聰。君以明爲聖,臣以直爲忠。敢賀有其始,亦願有其終。"後者是一組詩歌之名,包括有《議婚》、《重賦》、《傷宅》、《傷友》、《不致仕》、《立碑》、《輕肥》、《五弦》、《歌舞》、《買花》十篇,其中"一叢深色花,十戶中人賦"、"豈知閿鄉獄,中有凍死囚"、"是歲江南旱,衢州人食人"、"進入瓊林庫,歲久化爲塵"都是傳流當時與後世的名句,可與《詩經》、"楚辭"相媲美,也誠如《舊唐書·白居易傳》所云"皆意存諷賦,箴時之病,補政之缺"。

⑧ 予始與樂天同校秘書之名:元積貞元九年(793)明經及第,時年十五;白居易貞元十六年(800)在中書侍郎高郢主試下進士登第,時年二十九,但此時白居易與元積並沒有相識。朱金城先生《白居易集箋校·白居易年譜簡編》:"貞元十八年壬午(八○二):元積二十四歲。元、白訂交約始於是年,或是年以前。"朱金城先生《白居易年譜》同,均誤。貞元十九年春(803),元積、白居易在吏部乙科考試中同時及第,同拜校書郎之職,元積白居易才開始相識。   秘書:即秘書省的校書郎之職,元積白居易當時任職校書郎,爲正九品的職級,職級極低。《舊唐書·職官志》:"秘書省:秘書監一員,少監二員,丞一員。秘書監之職掌邦國經籍圖書之事,有二局,一曰著作,二曰太史,皆率其屬而修其職。少監爲之貳,丞掌判省事。秘書郎四員,校書郎八人,正字四人,主事一

人，令史四人，書令史八人，楷書手八十人，亭長六人，掌固八人。秘書郎掌甲、乙、丙、丁四部之圖籍，謂之四庫。經庫類十，史庫類十三，子庫類十四，集庫類三。"張籍《題楊秘書新居》："愛閑不向爭名地，宅在街西最静坊。卷裏詩過一千首，白頭新受秘書郎。"元稹《和樂天贈楊秘書》："舊與楊郎在帝城，搜天斡地覓詩情。曾因並句甘稱小，不爲論年便喚兄。" 多以詩章相贈答：元稹白居易相識之後，開始了"死生契闊者三十載"的友誼和"歌詩唱和者九百章"的唱酬，"三十載"的交往與"九百章"的唱和主要包括：其中在元稹貶謫江陵之前，有長安與盩厔之間的詩歌唱和，有元和三四年間的新樂府詩歌的唱和，有元稹東川之行詩歌的唱和，有元稹在洛陽白居易在長安的唱和；元稹貶謫江陵之後，有元稹在江陵白居易在長安與渭村間的唱和，有元稹在通州、興元與白居易在長安、江州的間唱和，有元稹在虢州白居易在忠州間的唱和，有元稹在長安白居易在忠州間的唱和，有元稹、白居易均在長安的唱和，有元稹在同州白居易在杭州間的唱和，有元稹路過杭州與白居易的唱和，有元稹在越州白居易在杭州、洛陽、蘇州、長安、洛陽時的唱和，有元稹在武昌白居易在洛陽的唱和等等；其中元稹越州任後期、武昌任與白居易的唱和，發生在本文之後，敬請讀者一一關注。尤其是元稹在長安，白居易先在忠州後來在長安間的唱和，亦即白居易與"元郎中"事關的《畫木蓮花圖寄元郎中》、《答元郎中楊員外喜烏見寄四十四字成》、《吟元郎中白鬚詩兼飲雪水茶因題壁上》以及與元稹相關的酬和詩篇《■酬樂天畫木蓮花圖見寄》、《■喜烏見寄白樂天》、《■酬白員外題壁詩》等等詩篇，是筆者首次提出的創見，填補了元稹在長安，白居易先在忠州後來在長安間的唱和空白，希望引起讀者的特别注意。 詩章：詩篇。《晉書·徐邈傳》："帝宴集酣樂之後，好爲手詔詩章以賜侍臣。"韓愈《送諸葛覺往隨州讀書》："鄴侯家多書，插架三萬軸……勉爲新詩章，月寄三四幅。" 贈答：謂以詩文互相贈送酬答。孟浩然《同張明府碧溪贈答》："别業聞新製，同聲和者多。還看碧溪答，不羨緑珠歌。"徐鉉《奉和子龍大監與舍弟贈答之什》："石渠東觀兩優賢，明主知臣豈偶然！鴛鷺分行皆接武，金蘭同好共忘年。"　會予譴掾江陵，樂天猶在翰林，寄予百韻律詩及雜體前後數十章：元稹貶謫江陵之後，他們之間的唱酬更爲頻繁，除了元稹特別提示的白居易《代書詩一百韻寄微之》、《夢遊春詩一百韻》之外，還有白居易對元稹貶赴江陵途中的十七首詩歌的回酬，還有《贈吳丹》、《初除戶曹喜而言志》等詩篇的寄呈，還有白居易對元稹《放言五首》的酬和等等。　譴：舊時官吏被貶降或謫戍。韋嗣立《奉和張岳州王潭州別詩序》："予昔忝省閣，與岳州張使君說、潭州王都督熊同官聯事，後承朝譴，各自東西。"戎昱《送辰州鄭使君》："誰人不譴謫？君去獨堪傷！長子家無弟，慈親老在堂。"　掾：官府中佐助官吏的通稱。《史記·項羽本紀》："項梁嘗有櫟陽逮，乃請蘄獄掾曹咎書抵櫟陽獄掾司馬欣，以故事得已。"劉長卿《送陶十赴杭州攝掾》："莫嘆江城一掾卑，滄州未是阻心期。"　律詩：詩體名，近體詩的一種，起源於南北朝，成熟於唐初。格律要求嚴格，分五言、七言兩種，簡稱五律、七律。以八句爲定格，每句有一定的平仄格式，雙句押韻，以押平聲爲常，首句可押可不押。中間四句除特殊情況外必須對偶。亦偶有六律，其句數在八句以上者稱排律。《新唐書·杜甫傳贊》："唐興，詩人承陳隋風流，浮靡相矜。至宋之問、沈佺期等，研揣聲音，浮切不差，而號'律詩'，競相襲沿。"洪适《元氏長慶集原跋》："聲勢沿順，屬對穩切者爲律詩，以七言、五言爲兩體。"　雜體：指詩、文字、書法等的各種變體。《法書要錄》卷三引李嗣真《書品後》："右軍若草行雜體，如清風出袖，明月入懷。"嚴羽《滄浪詩話·詩體》："風、雅、頌既亡，一變而爲《離騷》，再變而爲西漢五言，三變而爲歌行雜體，四變而爲沈宋律詩。"

⑨　是後各佐江通，復相酬寄：《舊唐書·元稹傳》："俄而白居易亦貶江州司馬，稹量移通州司馬，雖通江懸邈，而二人來往贈答，凡所爲詩，自有三十、五十韻乃至百韻者。江南人士傳道諷誦，流聞闕下，里巷相傳，爲之紙貴。觀其流離放逐之意，靡不悽惋。"《舊唐書·白

居易傳》亦云："時元稹在通州，篇詠贈答往來，不以數千里爲遠。"但《舊唐書·元稹白居易傳》所云元稹與白居易的通江唱和，既有基本真實反映歷史之處，亦有過分誇張不符原貌的地方，至少是以偏概全；至於"江南人士，傳道諷詠"數句所云，應該不是元稹和白居易音訊不通時的寫真，而是元稹白居易唱和詩篇流傳開來以後情景的描繪。後世不少學者又誤解了史書作者的原意，不適當地誇大了這段話的錯誤，如《年譜》云："在通州四年，與白居易唱和之詩，'里巷相傳，爲之紙貴'。"《年譜》所引的根據即是本文開頭引述《舊唐書·元稹傳》和《白居易傳》中的兩段話；並根據白居易首倡詩歌的寫作年月，將元稹通州任內與白居易酬和的詩歌一一對應編年。其實，元稹在通州司馬任總共四年，其中有二十個月失去聯繫，中斷唱和；在元稹酬和白居易的數十首詩歌中，其中有三十二首詩歌是元稹當著另一個朋友李景信面在"不三兩日"內一次性酬和的。對於這樣以主觀誤解代替歷史真相的結論，至今仍然是信從者不少，引用者有人。讓已故事主地下受屈不滿，使廣大讀者無端受到誤導。二十多年來，我們先後在《蘇州大學學報》一九八八年第二期（並見人民大學書報資料中心《中國古代近代文學研究》一九八八年第七期）發表《元稹白居易通江唱和真相述略》和《南昌大學學報》二〇〇二年第二期《元稹白居易通江唱和真相縱述》以及拙稿《元稹考論·元稹白居易通江唱和真相考略》發表不同的意見，指出《年譜》的嚴重錯誤，希望引起讀者的高度重視，得出應該得出的準確結論。　是後：此後，從此。《史記·魏公子列傳》："是後魏王畏公子之賢能，不敢任公子以國政。"《北史·昭哀皇后姚氏》："〔夫人〕未升尊位，然帝寵禮如后。是後猶欲正位，后謙不當。"曾鞏《本朝政要策·屯田》："是後開易水、疏雞距、修鮑河之利，邊屯以次立矣！"　佐：輔助，幫助。《詩·小雅·六月》："王於出征，以佐天子。"杜甫《送從弟亞赴河西判官》："帝曰大布衣，藉卿佐元帥。"元稹當時貶任通州司馬，白居易其後出貶江州司

馬,均屬於州刺史的屬官,故言"佐"。其實,在唐時,州司馬祇是閑置
的官職,並無實權也無實職,白居易《江州司馬廳記》説出了這種無奈
與苦惱:"州民康,非司馬功;郡政壞,非司馬罪。無言責,無事憂。
噫!爲國謀則尸素之尤蠹者,爲身謀則禄仕之優穩者。"　酬寄:猶寄
贈。劉禹錫《令狐相公自太原累示新詩因以酬寄》:"飛蓬卷盡寒雲
寒,戰馬閑嘶漢地寬。萬里胡天無警急,一籠烽火報平安。"白居易
《酬寄牛相公同宿話舊勸酒見贈》:"每來政事堂中宿,共憶華陽觀裏
時。日暮獨歸愁米盡,泥深同出借驢騎。"

⑩ 巴蜀:秦漢設巴蜀二郡,皆在今四川省,後用爲四川的別稱。
《戰國策·秦策》:"大王之國,西有巴蜀、漢中之利,北有胡貉、代馬之
用。"《後漢書·光武帝紀》:"公孫述稱王巴蜀,李憲自立爲淮南王。"
江楚:這裏泛指長江中下游原屬楚國的地區。孟郊《宿空侸院寄澹
公》:"磬音多風飈,聲韵聞江楚。官街不相隔,詩思空愁予。"徐鉉《李
公德政碑銘》:"於時胡君以姻睦之行,慈惠之澤,閭里稱舉,郡國升
聞,詔書褒美,特加旌表,揭以雙闕,躅其追胥,江楚之間,以爲盛事。"
長安:古都城名,當時爲李唐的京城。元稹《杏園》:"浩浩長安車馬
塵,狂風吹送每年春。門前本是虛空界,何事栽花誤世人?"白居易
《哭孔戡》:"洛陽誰不死?戡死聞長安。我是知戡者,聞之涕泫然。"
遞相:猶互相。杜甫《戲爲六絶句》六:"未及前賢更勿疑,遞相祖述復先
誰? 別裁僞體親風雅,轉益多師是汝師。"劉禹錫《踏歌詞四首》三:"新
詞宛轉遞相傳,振袖傾鬟風露前。月落烏啼雲雨散,遊童陌上拾花鈿。"
仿效:依樣效法,模仿。王符《潛夫論·浮侈》:"邊遠下士,亦競相仿
效。"元稹《上令狐相公詩啓》:"江湖間多新進小生,不知天下文有宗主,
妄相仿效。"　新詞:新作的詩詞。劉禹錫《踏歌詞四首》一:"唱盡新詞
歡不見,紅霞映樹鷓鴣鳴。"辛棄疾《丑奴兒》:"少年不識愁滋味,愛上層
樓;愛上層樓,爲賦新詞强説愁。"　元和詩:關於"元和詩",元稹自己有
很好的説明,其《上令狐相公詩啓》曰:"某始自御史府謫官,於今十餘年

矣！閑誕無事，遂用力於詩章，日益月滋，有詩向千餘首。其閑感物寓意可備矇瞽之諷達者有之，詞直氣粗，罪尤是懼，固不敢陳露於人。唯杯酒光景閑，屢爲小碎篇章，以自吟暢。然以爲律體卑痺，格力不揚，苟無姿態，則陷流俗。常欲得思深語近，韵律調新，屬對無差，而風情自遠然，而病未能也。江湖閑多有新進小生，不知天下文有宗主，妄相仿效，而又從而失之，遂至於支離褊淺之詞，皆自謂爲‘元和詩體’。某又與同門生白居易友善，居易雅能爲詩，就中愛驅駕文字，窮極聲韵，或爲千言，或爲五百言律詩，以相投寄。小生自審不能有以過之，往往戲排舊韵，別創新詞，名爲次韵相酬，蓋欲以難相挑耳！江湖閑爲詩者，復相仿效，力或不足，則至於顛倒語言，重複首尾，韵同意等，不異前篇，亦自謂爲‘元和詩體’，而司文者考變雅之由，往往歸咎於稹。”顧陶《唐詩類選後序》：“若元相國稹、白尚書居易，擅名一時，天下稱爲元白，學者翕然，號元和詩。”讀者可仔細體味元稹詩篇與白居易詩篇，領略“元和詩體”的真正含義和別具一格的特點。

⑪　二十年間：元稹與白居易相識於貞元十九年（803）吏部乙科及第之後，至本文撰寫的長慶四年（824），前後二十二年，“二十年間”是舉其成數。呂溫《讀小弟詩有感因口號以示之》：“憶吾未冠賞年華，二十年間在咄嗟。今來羨汝看花歲，似汝追思昨日花。”白居易《感舊序》：“故李侍郎杓直，長慶元年春薨；元相公微之，太和六年秋薨；崔侍郎晦叔，太和七年夏薨；劉尚書夢得，會昌二年秋薨。四君子，予之執友也。二十年間，凋零共盡，唯予衰病，至今獨存，因詠悲懷，題爲感舊。”其中“太和六年”應該是“太和五年”之誤。白居易詩云：“晦叔墳荒草已陳，夢得墓濕土猶新。微之捐館將一紀，杓直歸丘二十春。”　禁省：禁中，省中，指皇宮。《文選·潘岳〈西征賦〉》：“禁省鞠爲茂草，金狄遷於灞川。”李善注引如淳《漢書注》：“本名禁中，《漢儀注》：‘孝元皇后父名禁，避之，故曰省。’”皇甫曾《和謝舍人雪夜寓直》：“禁省夜沈沈，春風雪滿林。”　觀寺：寺觀。皇甫湜《韓文公神

道碑》:"除尚書都官郎中,分司判祠部中,官號功德使,司京城觀寺。"
白居易《醉吟先生傳》:"洛城内外六七十里間,凡觀寺、邸墅有泉石花
竹者靡不遊,人家有美酒、鳴琴者靡不過,有圖書歌舞者靡不觀。"
郵候:亦作"郵堠",傳舍,館驛。宋祁《宋景文公筆記•雜說》:"若使
吾心爲郵候,憂樂喜怒至而不久舍,毋令少宿則善矣!"文瑩《玉壺清
話》卷八:"孔承恭上言:舉令文'賤避貴'之類四條,乞置木牌,立於郵
堠,以爲民告訴,行之。"　王公:天子與諸侯。《周禮•考工記序》:
"坐而論道,謂之王公。"鄭玄注:"天子,諸侯。"《國語•周語》:"王公
立飫,則有房烝。"韋昭注:"王,王子;公,諸侯也。"被封爲王爵和公爵
者,亦泛指達官貴人。韓愈《荆潭唱和詩序》:"至若王公貴人,氣滿志
得,非性能而好之,則不暇以爲。"　妾婦:小妻,側室。《左傳•襄公
十二年》:"夫婦所生若而人,妾婦之子若而人?"泛指婦女。《孟子•
滕文公》:"以順爲正者,妾婦之道也。"文天祥《虎頭山》:"妾婦生何
益?男兒死未休。"　牛童:牧童。劉兼《登樓寓望》:"背琴鶴客歸松
徑,横笛牛童卧蓼灘。獨倚郡樓無限意,夕陽西去水東還。"貫休《湖
頭別墅三首》三:"鄰叟教修廢,牛童與納租。寄言來往客,不用問榮
枯!"　馬走:馬夫,馬卒。宋祁《胡府君墓誌銘(案胡府君名銑)》:"予
爲兒時,從先公牛馬走。"黄庶《上知諫王刑部書》:"某十年間,五六往
還,至是牛童、馬走,道之如昨日。"　繕寫:謄寫,編録。劉向《戰國策
序》:"其事繼《春秋》以後,訖楚漢之起,二百四十五年間之事皆定,以
殺青,書可繕寫。"李白《與韓荆州書》:"然後退掃閑軒,繕寫呈上。"王
琦注引《韵會》:"編録文字謂之繕寫。"　模勒:仿照原樣雕刻,亦指雕
刻之文。歐陽修《唐鄭澣陰符經序》:"右《陰符經序》,鄭澣撰,柳公權
書。唐世碑碣,顔、柳二家書最多,而筆法往往不同,雖其意趣或出於
臨時,而模勒鑴刻亦有工拙。"曹士冕《法帖譜系•淳化法帖》:"淳化
三年壬辰歲十一月六日,奉聖旨模勒上石。"元稹本文揭示了一個重
要信息,亦即刊版在"長慶中"已經開始,這是中國印刷出版史上的重

大事件,應該引起重視。《四庫全書總目提要・〈讀書雜記〉》:"明胡震亨撰,震亨有《海鹽縣圖經》,已著録。是編乃其讀書筆記。如引元稹《白集序》證刊版始唐長慶中,引顏師古匡謬正俗證柏梁詩傳寫之謬,引劉孝標世說註證《蜀都賦》有改本,引杜牧詩證木蘭爲黃陂人,引孟元老《東京夢華録》證爆仗字,引朱子陸游詩證豆腐緣起,引曾慥《類説》證李賀容州槎語,引王象之《碑目》證顧況《仙遊記》,皆語有根據。他如辨孔子防墓,辨周稱京師,亦俱明確。以及元'鄉試録'條、格贊寧譯經論道藏源流諸條,亦足以資考據。"但請讀者注意:"模勒"僅僅是雕版印刷,並非活字排版,兩者有所區別,應該有一個循序漸進的過程,"活字排版"應該是後來的事情。 衒賣:叫賣,出賣。劉向《列女傳・鄒孟軻母》:"乃去舍市傍,其嬉戲,爲賈人衒賣之事。孟母又曰:'此非吾所以居處子也。'"《後漢書・龐參傳》:"今復募發百姓,調取穀帛,衒賣什物,以應吏求。" 市井:古代城邑中集中買賣貨物的場所,其得名之由,有數説:一、《管子・小匡》:"處商必就市井。"尹知章注:"立市必四方,若造井之制,故曰市井。"二、《公羊傳・宣公十五年》:"什一行而頌聲作矣!"何休注:"因井田以爲市,故俗語曰市井。"三、《漢書・貨殖傳序》:"商相與語財利於市井。"顏師古注:"凡言市井者,市,交易之處;井,共汲之所,故總而言之也。"四、《詩・陳風・東門之枌序》孔穎達疏引應劭《風俗通》:"俗説:市井,謂至市者當於井上洗濯其物香潔,及自嚴飾,乃到市也。"五、《史記・平準書》:"山川園池市井租税之入,自天子以至於封君湯沐邑,皆各爲私奉養焉!"張守節正義:"古人未有市,若朝聚井汲水,便將貨物於井邊貨賣,故言市井也。" 酒:飲料名,用糧食、水果等含澱粉或糖的物質發酵製成的含乙醇的飲料。孫奕《示兒編・人物異名》:"酒曰歡伯、麴生、般若湯、青州從事。"李時珍《本草綱目・酒》〔釋名〕引《飲膳標題》:"酒之清者曰釀,濁者曰盎,厚曰醇,薄曰醨,重釀曰酎,宿曰醴,美曰醑,未榨曰醅,紅曰醍,綠曰醽,白曰醝。"儲光羲《新豐主人》:"新豐主人新酒熟，舊客還歸舊堂宿。滿酌香含北砌花，盈尊色泛南軒竹。”王昌齡《別劉諝》：“天地寒更雨，蒼茫楚城陰。一尊廣陵酒，十載衡陽心。”　茗：茶芽。《爾雅·釋木》：“檟，苦荼。”郭璞注：“今呼早采者爲荼，晚取者爲茗。”陸羽《茶經·源》：“茶者南方之嘉木也……其名一曰茶，二曰檟，三曰蔎，四曰茗，五曰荈。”泛指茶。裴度《涼風亭睡覺》：“飽食緩行新睡覺，一甌新茗侍兒煎。脫巾斜倚繩床坐，風送水聲來耳邊。”皎然《山居示靈澈上人》：“晴明路出山初暖，行踏春蕪看茗歸。”

　　⑫ 盜竊：這裏應該解作盜用。葉適《上光宗皇帝札子》：“唐自天寶之後，大亂相乘，盜竊名字、跨據藩鎮者接踵，加以世有内患，日就衰削。”謝三賓《檀園集序》：“長蘅累世簪纓，科名廿載，文章書畫絢爛海内。其徒盜竊名姓及摸勒衒售者，猶足以奉父母活妻子。而長蘅身沒之日，園亭、水石、圖書、彝鼎之外，篋無一金，廩無金粟。”　雜亂：多而亂，無秩序，無條理。《楚辭·遠遊》：“騎膠葛以雜亂兮，斑漫衍而方行。”杜甫《遭田父泥飲美嚴中丞》：“語多雖雜亂，説尹終在口。”　間：間雜，夾雜。曹植《美女篇》：“明珠交玉體，珊瑚閒木難。”羅隱《桃花》：“暖觸衣襟漠漠香，間梅遮柳不勝芳。”　厠：雜置，參與。《史記·樂毅列傳》：“先王過舉，厠之賓客之中，立之群臣之上。”《文選·潘岳〈秋興賦〉》：“攝官承乏，猥厠朝列。”李善注引《蒼頡篇》：“厠，次也，雜也。”錯雜。《漢書·禮樂志》：“被華文，厠霧縠，曳阿錫，佩珠玉。”　草市：鄉村集市，相對城市的商店而言。李嘉祐《登楚州城望驛路十餘里山村竹林相次交映》：“草市多樵客，漁家足水禽。”蘇軾《乞罷宿州修城狀》：“〔居民〕散在城外，謂之草市者甚衆。”　村校：鄉村的學校。劉克莊《村校書》：“短衣穿結半飄空，所住茅簷僅蔽風。久誦經書皆默記，試挑史傳亦旁通。”仇遠《九日客中》：“釜欲生魚門羅雀，未能早賦歸田園。白酒黃鷄差自樂，户曹司馬村校書。”　鷄林：原指佛寺。王勃《晚秋游武擔山寺序》：“鷄林俊賞，蕭蕭鷲嶺之居。”蔣清翊注引《佛爾雅》：“鷄頭摩寺，謂之鷄園……昔有野火燒林，林中有雉，入水漬羽，以救其焚。”這裏

指古國名，即新羅。東漢永平八年(65)，新羅王夜聞金城西始林間有鷄聲，遂更名鷄林。楊巖《送日東僧遊天台》："回首鷄林道，唯應夢想通。"也指新羅附近的國家和地區。齊己《送僧歸日本》："却憶鷄林本師寺，欲歸還待海風吹。"有時亦指鷄林賈，古代對新羅商人的稱呼，語本《新唐書·白居易傳》："居易於文章精切……鷄林行賈售其國相，率篇易一金。"後亦用爲文章精美、爲人購求之典。　賈人：商人。《國語·越語》："臣聞之，賈人夏則資皮，冬則資絺，旱則資舟，水則資車，以待乏也。"韋昭注："賈人，買賤賣貴者。"《史記·平準書》："天下已平，高祖乃令賈人不得衣絲乘車，重租稅以困辱之。"　篇章：篇和章，泛指文字著作。王充《論衡·別通》："儒生不博覽，猶爲閉闇，況庸人無篇章之業，不知是非，其爲閉闇甚矣！"葛洪《抱朴子·辭義》："何必尋木千里，乃構大廈？鬼神之言，乃著篇章乎！"特指詩篇。賈島《寄韓潮州愈》："此心曾與木蘭舟，直到天南潮水頭。隔嶺篇章來華岳，出關書信過瀧流。"《令狐相公俯贈篇章斐然仰謝》："鄂渚臨流別，梁園衝雪来。旅愁隨凍釋，歡意待花開。"　流傳：傳下來，傳播開。《墨子·非命》："聲聞不廢，流傳至今。"羅大經《鶴林玉露》卷三："當時吳濞、鄧通，皆得自鑄錢，獨多流傳，至今不絶。"

⑬ 長慶四年，樂天自杭州刺史以右庶子詔還：《舊唐書·白居易傳》："(長慶二年)七月，除杭州刺史……(長慶四年五月)秩滿，除太子左庶子，分司東都。"《舊唐書·職官志》："太子右春坊：右庶子二人，中舍人二人，舍人四人，録事一人，主事二人。舍人掌行令書令旨及表啓之事，太子通表，如諸臣之禮。諸臣及宮臣上皇太子，大事以箋，小事以啓，其封題皆曰'上'，右春坊通事舍人開封以進。其事可施行者皆下於坊，舍人開，庶子參詳之，然後進，不可者則否。"如果按照《舊唐書·白居易傳》的説法是"左庶子"，其實無事可做是一樣的，《舊唐書·職官志》："太子左春坊：左庶子二人，中允二人。左庶子掌侍從贊相，駁正啓奏，中允爲之貳。"請讀者注意，就是這樣一個太子

東宮的閑職，還不是在西京長安履行職責，而是"分司東都"，實際祇是一個挂一個空名祇拿俸禄没有事情可做的角色而已。賈至《元宗幸普安郡制》："太子亨宜充天下兵馬元帥……以御史中丞裴冕兼左庶子，隴西郡司馬劉秩試守右庶子。"權德輿《盧公神道碑銘》："公……除右庶子，又以御史中丞爲宣州刺史、宣歙池觀察使，入爲刑部侍郎，轉運鹽鐵使、户部侍郎判度支，又以御史大夫爲梓州刺史、劍南東川節度使。"　排纘：編排。黃㽦《山谷年譜原序》："至於見聞單淺，排纘無叙，此則孤陋不學之罪，又奚敢辭？"朱彝尊《重刊白香山詩集序》："詩家好名，未有過於唐白傅者。既屬其友元微之排纘《長慶集》矣！而又自編《後集》，爲之《序》，復爲之《記》，既以集本付其從子外孫矣！而又分貯之東林、南禪、聖善、香山諸寺。"

　　⑭ 前輩：稱年輩長、資歷深的人。孔融《論盛孝章書》："今之少年，喜謗前輩。"杜甫《贈秘書監江夏李公邕》："古人不可見，前輩復誰繼？"　明年當改元：原作"明年秋當改元"，彭叔夏《文苑英華辨證》有辯正："元稹《白氏長慶集叙》：'長慶四年，樂天……手自排纘，成五十卷。予以爲皇帝明年當改元，長慶訖於是，集作：'明年秋當改元。'按長慶四年穆宗崩，敬宗即位，明年改元，即正月也。按制詔内'寶曆赦書'，長慶五年正月七日改寶曆元年，安得謂之秋乎？此類當以《文苑》爲正。"　改元：君主改用新年號紀年，年號以一爲元，故稱"改元"。改元之制始於戰國秦惠王，歷代相承，體制各異：有新君即位於次年改用新年號，如漢武帝於即位次年改元建元；有一帝在位屢次更換年號，如漢宣帝曾改元本始、地節、元康、神爵、五鳳、甘露、黃龍諸名；有一年之中改元多次，如漢中平六年獻帝即位改元光熹，張讓、段珪誅後改元昭寧，董卓又改元永漢；有新君即位後立即改元，如三國蜀後主繼位未逾月即改元建興，有新君即位後多年才改元；如五代後梁末帝公元九一三年即位，至公元九一五年始改元；有實行一帝一元制，中途皆不改元，如明、清兩朝的各代皇帝。李益《大禮畢皇帝御丹

鳳門改元建中大赦》：“大明瞳瞳天地分，六龍負日升天門。鳳凰飛來銜帝籙，言我萬代金皇孫。”武元衡《奉酬淮南中書相公見寄序》：“皇帝改元之二年，余與趙公同制入輔，並爲黃門侍郎。夏五月，連拜弘文崇文大學士。冬十月，詔授檢校吏部尚書兼門下侍郎。”

⑮ 激：這裏作急疾、猛烈解。《史記·遊俠列傳序》：“比如順風而呼，聲非加疾，其勢激也。”郭璞《江賦》：“沖巫峽以迅激，躋江津而起漲。” 遣：這裏作排除，抒發解。《晉書·王浚傳》：“吾始懼鄧艾之事，畏禍及，不得無言，亦不能遣諸胸中，是吾褊也。”蘇洵《上歐陽內翰第一書》：“陸贄之文，遣言措意，切近的當，有執事之實。” 切：懇切率直。韓愈《與孟尚書書》：“孟子雖賢聖，不得位，空言無施，雖切何補？”蘇軾《明君可爲忠言賦》：“論者雖切，聞者多惑。” 贍：指文章內容富麗或作者知識廣博、感情豐富。《後漢書·班固傳論》：“遷文直而事核，固文贍而事詳。”葉適《邵子文墓誌銘》：“訊其業，則文典而贍，尤善以理折衆說，故多得譽于朋友。” 情：這裏作情趣、興致解。元稹《任醉》：“本怕酒醒渾不飲，因君相勸覺情來。”段成式《題谷隱蘭若三首》二：“鳥啄靈雛戀落暉，村情山趣頓忘機。” 當：這裏作適宜、適當解。《禮記·樂記》：“古者天地順而四時當，民有德而五穀昌。”孔穎達疏：“當，謂不失其所。”吳兢《貞觀政要·公平》：“夫淫泆盜竊，百姓之所惡也。我從而刑罰之，雖過乎當，百姓不以我爲暴者，公也。” 實：這裏作誠實、真實、不虛假解。《韓非子·安危》：“安危在是非，不在於强弱。存亡在虛實，不在於衆寡。”韓愈《與祠部陸員外書》：“其爲人，淳重方實，可以任事。” 直：這裏作公正、正直解。《新唐書·李夷簡傳》：“夷簡致位顯處，以直自閑，未嘗苟辭氣悅人。”《論語·爲政》：“舉直錯諸枉，則民服；舉枉錯諸直，則民不服。” 盡：這裏作全部、整個解。《戰國策·秦策》：“然而甲兵頓，士民病……伯王之名不成，此無異故，謀臣皆不盡其忠也。”韓愈《元和聖德詩》：“盡逐群奸，靡有遺侶。”

⑯ 官族：謂以先世有功之官名爲族姓，如司馬氏、司空氏、司徒

氏之類。《左傳·隱公八年》:"官有世功,則有官族,邑亦如之。"杜預
注:"謂取其舊官舊邑之稱以爲族,皆禀之時君。"官宦世家。《晉書·
索靖傳》:"索靖字幼安,敦煌人也。累世官族,父湛,北地太守。"元稹
《夏陽縣令陸翰妻河南元氏墓誌銘》:"我外祖睦陽鄭公,諱濟,官族甲
天下。"　景行:高尚的德行。《詩·小雅·車牽》:"高山仰止,景行行
止。"鄭玄箋:"古人有高德者則慕仰之,有明行者則而行之。"蔡邕《郭有
道碑文》:"於是樹碑表墓,昭銘景行。"曹丕《與鍾大理書》:"高山景行,
私所慕仰。"　交分:交情。韋應物《寄別李儋》:"宿昔同文翰,交分共綢
繆。忽枉別離札,涕泪一交流。"白居易《哭劉尚書夢得二首》一:"四海
齊名白與劉,百年交分兩綢繆。同貧同病退閑日,一死一生臨老頭。"
微之序:這種作文自稱字的風氣,由來已久。《日知錄·自稱字》:"《漢
書》注:'張晏曰:匡衡少時字鼎。世所傳衡《與貢禹書》,上言衡敬報,下
言匡鼎白。'《南史》:'陶宏景自號華陽,隱居人間,書札即以隱居代名。'
此自稱字之始也……唐張謂《長沙風土碑銘》:'有唐八葉,元聖六載,正
言待理湘東';張洗《濟瀆廟祭器幣物銘》:'濯纓不才,謬領兹邑';元稹
作《白氏長慶集序》自書曰'微之序',乃是作文自稱其字。自稱其字不
始于漢人,家父、吉甫、寺人,孟子之詩已先之矣!"

[編年]

　　《年譜》編年本文於長慶四年,有譜文"十二月,元稹排纘白居易
長慶二年以前詩爲《白氏長慶集》五十卷,並撰序"説明,但"白居
易……詩"云云有誤,應該是"白居易……詩文"比較合適。《編年箋
注》編年:"作者自署年月爲長慶四年(八二四)冬十二月十日。"《年譜
新編》編年本文於長慶四年,並有譜文"十二月,排纘白居易長慶二年
以前之作爲《白氏長慶集》五十卷,並作序以記之"説明。

　　有元稹自己的《白氏長慶集序》後的年月日佐證,加上白居易《白
氏長慶集後序》作爲輔證,本文作於長慶四年十二月十日應該没有任

何問題。但《年譜》、《年譜新編》的譜文敘述似乎不够明確,似乎應該改爲"十二月十日之前,元稹排續白居易長慶二年以前詩賦、文章、策問、奏議、制誥等作品爲《白氏長慶集》五十卷,十二月十日撰序以記其事"較爲合適。因爲元稹編輯白居易的作品集,不一定能够在十二月十日之前的十天之内完成,有可能在更早的時候已經開始,因爲白居易是在長慶四年五月離開杭州時就已經將自己的作品交給元稹,時間已過去了整整七個月,元稹不可能以前不聞不問,直到十二月才開始動手編輯朋友的作品。但有一點是可以肯定的,那就是本文一定寫成於長慶四年的十二月十日。

◎ 爲樂天自勘詩集因思頃年城南醉歸馬上遞唱艷曲十餘里不絶長慶初俱以制誥侍宿南郊齋宮夜後偶吟數十篇兩掖諸公洎翰林學士三十餘人驚起就聽逮至卒吏莫不衆觀群公直至侍從行禮之時不復聚寐予與樂天吟哦竟亦不絶因書於樂天卷後越中冬夜風雨不覺將曉諸門互啓關鎖即事成篇(一)①

春野醉吟十里程,齋宮潛詠萬人驚②。今宵不寐到明讀,風雨曉聞開鎖聲③。

錄自《元氏長慶集》卷二二

[校記]

（一）爲樂天自勘詩集因思頃年城南醉歸馬上遞唱艷曲十餘里不絕長慶初俱以制誥侍宿南郊齋宮夜後偶吟數十篇兩掖諸公洎翰林學士三十餘人驚起就聽逮至卒吏莫不衆觀群公直至侍從行禮之時不復聚寐予與樂天吟哦竟亦不絕因書於樂天卷後越中冬夜風雨不覺將曉諸門互啓關鎖卽事成篇：楊本、叢刊本、《全詩》、《全唐詩録》同，《萬首唐人絕句》作"爲樂天自勘詩集"，體例不同，不改。

[箋注]

①　勘：校訂，核對。白居易《題詩屏風絕句》："相憶采君詩作障，自書自勘不辭勞。"蘇舜欽《送韓三子華還家》："勘書春雨静，煮藥夜火續。"　頃年：往年。《魏書·廣陵王羽傳》："朕頃年以其人識見可取，故簡司獄官，小優劣不足爲差。"《續資治通鑑·宋真宗大中祥符八年》："時李永錫亦在舉中，旦等言：'永錫即頃年妄陳封事被黜者。'"這裏指元和十年。　城南：這裏指長安城南。沈佺期《古意呈補闕喬知之》："九月寒砧催木葉，十年征戍憶遼陽。白狼河北音書斷，丹鳳城南秋夜長。"權德輿《酬趙尚書城南看花日晚先歸見寄》："杜城韋曲遍尋春，處處繁花滿目新。日暮歸鞍不相待，與君同是醉鄉人。"　遞唱：詩歌酬唱活動之一，當場你唱我和，猶如後來民間的對歌。白居易《與元九書》："如今年春遊城南時，與足下馬上相戲，因各誦新艷小律，不雜他篇，自皇子陂歸昭國里，迭吟遞唱，不絕聲者二十里餘。"《太平御覽·酒》："又曰：李景伯景龍中爲諫議大夫，中宗嘗與宰臣貴戚內宴，酒酣，遞唱迴波，樂甚，喧雜失禮。"　艷：形容文辭華美。范甯《穀梁傳序》："左氏艷而富，其失也巫。"楊士勛疏："艷者，文辭可美之稱也。"《文心雕龍·通變》："商周麗而雅，楚漢侈而艷。"制誥：指承命草擬詔令。白居易《初除主客郎中知制誥與王十一李七

元九三舍人中書同宿話舊感懷》："閑宵静話喜還悲，聚散窮通不自知。已分雲泥行異路，忽驚雞鶴宿同枝。"李頻《賀同年翰林從叔舍人知制誥》："仙禁何人躡近踪？孔門先選得真龍。別居雲路拋三省，專掌天書在九重。" 侍宿：伴寢。《漢書·地理志》："賓客相過，以婦侍宿。嫁取之夕，男女無別，反以爲榮。"李哲《吳郡孝子張常洧廬墓記》："句容張常洧，哀親之不返，將己以爲殉。鄉間懼法，孝子違心。長號天高，侍宿墳側。"本詩是指親近的大臣在皇帝出巡時侍候在皇帝寢宫附近，隨時聽候召喚。 掖：宫殿正門兩旁之門。韓愈《和席八十二韵》："絳闕銀河曙，東風右掖春。"王伯大音釋引孫汝聽曰："正門之兩旁曰掖。"指宫旁的屋舍。《宣和遺事前集》："又東入便門，至宣和殿，只三楹，右、右掖亦三楹。" 侍從：隨侍帝王或尊長左右。《漢書·史丹傳》："自元帝爲太子時，丹以父高任爲中庶子，侍從十餘年。"元稹《進馬狀》："右臣竊聞道路相傳，車駕欲暫游幸温湯，未知虛實者。臣職居守土，侍從無因。" 行禮：按一定的儀式或姿勢致敬。《禮記·曲禮》："君子行禮，不求變俗。"《史記·劉敬叔孫通列傳》："叔孫通曰：'上可試觀'，上既觀，使行禮，曰：'吾能爲此。'"孟元老《東京夢華録·駕詣郊壇行禮》："三更駕詣郊壇行禮，有三重壝墙。"這裏指元稹白居易隨同唐穆宗到南郊"圓丘""祀昊天上帝"，事在長慶元年正月二日晚至三日早晨之間，《舊唐書·穆宗紀》："長慶元年正月己亥朔，上親薦獻太清宫、太廟。是日法駕赴南郊，日抱珥，宰臣賀於前。辛丑，祀昊天上帝於圓丘，即日還宫。" 吟哦：寫作詩詞，推敲詩句。李郢《偶作》："一杯正發吟哦興，兩盞還生去住愁。"張綱《傷春》："苦索吟哦成底急，且休拘束任吾真。"也指有節奏地誦讀。《宋史·何基傳》："讀詩之法，須掃蕩胸次净盡，然後吟哦上下，諷詠從容，使人感發，方爲有功。" "爲樂天自勘詩集"：即長慶四年五月白居易委託元稹編輯的白居易詩文集，長慶四年十二月十日之前元稹動手編集，至十二月十日大功告成之事。 "因思頃年城南醉歸，馬

上遞唱艷曲,十餘里不絕":所指是元和十年元稹與白居易歡遊城南,
互相遞唱各自原有的詩篇以競賽,所謂"遞唱",就是你唱一首,我唱
一首,有自己的,也可能有別人的。白居易的詩篇保存較爲完整,今
存白居易詩篇不見有"城南遞唱"的詩篇,説明白居易所遞唱的自己
的詩篇,不是新創,而是舊作,元稹的情況,大致與白居易相類,所以
我們不能據此而認爲元稹白居易有諸多佚失的詩篇,并據此而加以
輯補佚失的詩篇。　"長慶初,俱以制誥侍宿南郊齋宮,夜後偶吟數
十篇。兩掖諸公洎翰林學士三十餘人驚起就聽,逮至卒吏,莫不衆
觀。群公直至侍從行禮之時,不復聚寐。予與樂天,吟哦竟亦不絕":
所指是長慶元年正月初二夜晚在"祀昊天上帝於圓丘"之前夕元稹白
居易在"南郊齋宮"的賽詩活動,白居易的詩篇保存完整,而今存白居
易詩篇不見有"南郊齋宮"的"遞唱"詩篇,説明白居易所遞唱的自己
的詩篇,不是新創,而是舊作,元稹的情況,大致與白居易相類,所以
我們不能據此而認爲元稹白居易有"數十篇"佚失的詩篇,并據此而
加以輯補。　侍宿:值班在皇帝休息之處,隨時聽候皇帝代筆制誥的
召喚等。李士瞻《題跋吳溥泉所藏哈瑪爾丞相書贈尚友二大字》:"廉
貞丞相未當國之先,嘗侍宿衛,最號親近,然已與士大夫相往來,日親
翰墨。"　南郊:都邑南面的地區。《書·甘誓》:"啓與有扈戰於甘之
野。"孔穎達疏引馬融云:"甘,有扈南郊地名。"李庾《西都賦》:"隋苑
廣袤,置籠南山,占地萬頃,不爲人間,齊門失耕,禽遊獸閑,代謝物
移,繚垣不完。此南郊之事也。"古代天子在京都南面的郊外築圜丘
以祭天的地方。《禮記·月令》:"〔孟夏之月〕立夏之日,天子親帥三
公、九卿、大夫,以迎夏於南郊。"《穀梁傳·僖公三十一年》:"免牲者
爲之緇衣熏裳,有司玄端奉送,至於南郊。"　吟:吟詠,誦讀。《藝文
類聚》卷五五引　束晳《讀書賦》:"原憲潛吟而忘賤,顏回精勤以輕
貧。"韓愈《進學解》:"先生口不絕吟於六藝之文,手不停披於百家之
編。"指抒寫。劉勰《文心雕龍·明詩》:"感物吟志,莫非自然。"　掖:

宮殿正門兩旁之門。韓愈《和席八十二韻》：“絳闕銀河曙，東風右掖春。”王伯大音釋引孫汝聽曰：“正門之兩旁曰掖。”指宮旁的屋舍。《宣和遺事》前集：“又東入便門，至宣和殿，只三楹，右、右掖亦三楹。”泛指旁邊，兩旁。王安石《被召作》：“榮祿嗟何及，明恩愧未酬。欲尋西掖路，更上北山頭。”王世貞《鳳洲雜編》卷五：“永樂中兵制，五軍營：中軍、左掖、右掖、左哨、右哨。” 洎：通“暨”，和，與。《書·無逸》：“其在高宗，時舊勞於外，爰洎小人。”洎，一本作“暨”。《續資治通鑒·元成宗大德三年》：“浙江鹽官州海塘崩，都省遣禮部郎中遊中順洎本省官相視。” 逮至：及至，等到。張衡《東京賦》：“逮至顯宗，六合殷昌。”元稹《唐故工部員外郎杜君墓系銘序》：“逮至漢武，賦《柏梁》而七言之體具。” 侍從：隨侍帝王或尊長左右。《漢書·史丹傳》：“自元帝為太子時，丹以父高任為中庶子，侍從十餘年。”元稹《進馬狀》：“右臣竊聞道路相傳，車駕欲暫遊幸溫湯，未知虛實者。臣職居守土，侍從無因。” 行禮：按一定的儀式或姿勢致敬。《史記·劉敬叔孫通列傳》：“叔孫通曰：‘上可試觀’，上既觀，使行禮，曰：‘吾能為此。’”孟元老《東京夢華錄·駕詣郊壇行禮》：“三更駕詣郊壇行禮，有三重壝墻。” 吟哦：寫作詩詞，推敲詩句。李郛《偶作》：“一杯正發吟哦興，兩盞還生去住愁。何似全家上船去，酒旗多處即淹留。”張綱《傷春》：“老來心事不禁春，風物相撩入眼新。苦索吟哦成底急，且休拘束任吾真。”有節奏地誦讀。白居易《和寄問劉白（時夢得與樂天方舟西上）》：“吟哦不能散，自午將及酉。遂留夢得眠，匡床宿東牖。”《宋史·何基傳》：“讀詩之法，須掃蕩胸次淨盡，然後吟哦上下，諷詠從容，使人感發，方為有功。”絕：停止。《禮記·雜記》：“當祖，大夫至，雖當踴，絕踴而拜之。”孔穎達疏：“絕踴而拜之者，主人則絕止踴而拜此大夫也。”蘇軾《任安節遠來夜坐三首》二：“畏人默坐成痴鈍，問舊驚呼半死生。夢斷酒醒山雨絕，笑看飢鼠上燈檠。” “因書於樂天卷後”：所書在“樂天卷”者，即元稹當時代白居易編輯的《白氏長慶集》，所書者，卽元稹本詩。　　"越中冬夜，風雨不覺，將曉，諸門互啓關鎖，卽事成篇"：卽長慶四年十二月十日夜晚之實景真感的描寫。

②"春野醉吟十里程"句：亦卽詩題所示"頃年城南醉歸馬上遞唱艷曲十餘里不絕"，此事發生在元和十年的春天，元稹自唐州平叛前綫被召回京，與白居易、楊巨源、李紳等人相會，共遊城南，吟詩酬唱，二十餘里不絕於口。白居易《與元九書》："如今年春遊城南時，與足下馬上相戲，因各誦新艷小律，不雜他篇。自皇子陂歸昭國裏，迭吟遞唱不絕聲者二十里餘。樊、李在旁，無所措口。知我者以爲詩仙，不知我者以爲詩魔。何則？勞心靈，役聲氣，連朝接夕，不自知其苦，非魔而何？偶同人，當美景，或花時宴罷，或月夜酒酣，一詠一吟，不知老之將至，雖驂鸞鶴遊蓬瀛者之適，無以加於此焉！又非仙而何？微之，微之！此吾所以與足下外形骸，脫蹤迹，傲軒鼎，輕人寰者，又以此也！當此之時，足下興有餘力，且與僕悉索還往中詩，取其尤長者如張十八古樂府、李二十新歌行、盧楊二秘書律詩、竇七元八絕句，博搜精掇，編而次之，號《元白往還詩集》。眾君子得擬議於此者，莫不踴躍欣喜，以爲盛事。"可與本詩詩題"頃年城南……十餘里不絕"並讀。　　春野：春天的原野。張説《奉和聖製送金城公主適西蕃應制》："春野開離讌，雲天起別詞。"陸游《春晴自雲門歸三山》："乍行春野眼增明，漸減春衣體倍輕。"　　十里：極言路途之遠，非確數，據白居易《與元九書》，應該是"二十里餘"，據本詩詩題，應該是"十餘里"。宋之問《過蠻洞》："越嶺千重合，蠻溪十里斜。竹迷樵子徑，萍匝釣人家。"王維《隴西行》："十里一走馬，五里一揚鞭。都護軍書至，匈奴圍酒泉。"　　齋宮潛詠萬人驚：亦卽詩題"長慶初俱以制誥侍宿南郊齋宮夜後偶吟數十篇兩掖諸公泊翰林學士三十餘人驚起就聽迨至卒吏莫不衆觀群公直至侍從行禮之時不復聚寐予與樂天吟哦竟亦不絕因書於樂天卷後"，此事發生在長慶元年正月二日晚上，那天夜晚輪到元稹與白居易值班，在漫漫的長夜裏兩位詩朋文友互相以詩歌

唱和，驚動了當時跟隨唐穆宗前來南郊齋宮行祭天大禮的衆多官吏，一直熱熱鬧鬧直到天亮。《舊唐書·穆宗紀》：“長慶元年正月己亥朔，上親薦獻太清宮、太廟，是日法駕赴南郊。日抱珥，宰臣賀於前。辛醜，祀昊天上帝於圓丘，即日還宮。”請與本詩詩題“長慶初……因書於樂天卷後”參讀。　齋宮：供齋戒用的宮室、屋舍。《國語·周語》：“王即齋宮，百官御事，各即其齋三日。”韋昭注：“所齋之宮也。”《史記·褚少孫論》：“爲治齋宮河上，張緹絳帷，女居其中。”　萬人：極言人多，非定指一萬人。王昌齡《雜興》：“誠知匹夫勇，何取萬人傑？無道吞諸侯，坐見九州裂。”李白《幽州胡馬客歌》：“幽州胡馬客，綠眼虎皮冠。笑拂兩隻箭，萬人不可干。”

③“今宵不寐到明讀”兩句：這是長慶四年十二月元稹爲白居易整理詩文集《白氏長慶集》，參見元稹《白氏長慶集序》：“長慶四年，樂天自杭州刺史以右庶子詔還。予時刺會稽，因得盡徵其文，手自排纘，成五十卷，凡二千一百九十一首。前輩多以‘前集’、‘中集’爲名，予以爲陛下明年當改元，長慶訖於是，因號曰《白氏長慶集》……長慶四年冬十二月十日微之序。”同時也請參見本詩詩題“越中冬夜風雨，不覺將曉，諸門互啓關鎖，即事成篇”。　今宵：今夜。徐陵《走筆戲書應令》：“今宵花燭淚，非是夜迎人。”雍陶《宿嘉陵驛》：“今宵難作刀州夢，月色江聲共一樓。”　寐：睡，入睡。《詩·衛風·氓》：“三歲爲婦，靡室勞矣！夙興夜寐，靡有朝矣！”鄭玄箋：“常早起夜臥，非一朝然。”蔣防《霍小玉傳》：“其夕，生澣衣沐浴，修飾容儀，喜躍交並，通夕不寐。”　風雨：風和雨。劉眘虛《越中問海客》：“風雨滄洲暮，一帆今始歸。自雲發南海，萬里速如飛。”耿湋《雨中留別》：“東西無定客，風雨未休時。憫默此中別，飄零何處期？”　開鎖：打開鎖頭，這裏指打開皇宮或行宮的門鎖，皇宮與行宮的啓閉有時，並有專人負責。杜甫《狂歌行贈四兄》：“長安秋雨十日泥，我曹轉馬聽晨雞。公卿朱門未開鎖，我曹已到肩相齊。”張祜《正月十五夜燈》：“千門開鎖萬燈明，正

月中旬動帝京。三百內人連袖舞，一時天上著詞聲。”

[編年]

《年譜》編年本詩於“長慶四年十二月作”，僅在譜文中引述元稹《白氏長慶集序》。《編年箋注》編年：“此詩作于長慶四年（八二四）十二月，元稹時在浙東觀察使任。見卜《譜》。”《年譜新編》編年：“據元稹《白氏長慶集序》，此詩長慶四年十二月作。”

我們的編年意見與《年譜》、《編年箋注》、《年譜新編》有所不同，根據元稹《白氏長慶集序》“長慶四年冬十二月十日微之序”的記載，此詩應當作於《白氏長慶集》編輯完成之時，亦即長慶四年十二月十日夜晚。

◎ 酬樂天餘思不盡加爲六韵之作①

律呂同聲我爾身(一)，文章君是一伶倫②。眾推賈誼爲才子，帝喜相如作侍臣(樂天先有《秦中吟》及《百節判》，皆爲書肆市賈題其卷云“白才子文章”。又樂天知制誥，詞云‘覽其詞賦，喜與相如並處一時’)③。次韵千言曾報答(樂天曾寄予千字律詩數首，予皆次用本韵酬和，後來遂以成風耳)，直詞三道共經綸(樂天與予同應制科，並求前輩切直詞策，以盡經邦之術，其事已具之字詩註中爾)(二)④。元詩駁雜真難辨(後輩好偽作予詩，傳流諸處。自到會稽，已有人寫《宮詞》百篇及雜詩兩卷，皆云是予所撰，及手勘驗，無一篇是者)，白樸流傳用轉新(樂天於翰林中書取書詔批答詞等撰爲程式，禁中號曰“白樸”。每有新入學士求訪，寶重過於“六典”也)⑤。蔡女圖書雖在口(蔡琰口誦家書四百餘篇)，于公門户豈生塵(樂天常贈予詩云：‘其心如肺石，動必達窮民。東川八十家，冤憤一言申。’因感無兒之嘆，故予自有此句)⑥？商瞿未老猶希冀，莫把籛金便付人⑦！

録自《元氏長慶集》卷二二

7773

[校記]

（一）律吕同聲我爾身：楊本、叢刊本、《全詩》同，《全詩》注作"律吕同聲我愛身"，語義不佳，不改。

（二）樂天與予同應制科，並求前輩切直詞策，以盡經邦之術，其事已具之字詩註中爾：原本無此注，據楊本、《全詩》補入。叢刊本作"樂天與予同應制科，並求前輩功直詞策，以盡經邦之術，其事已具之字詩謹中爾"，刊刻之誤，不取。

[箋注]

① 酬樂天餘思不盡加爲六韵之作：白居易原唱是《餘思不盡加爲六韵重寄微之》，詩曰："海内聲華並在身，篋中文字絶無倫（美微之也）。遙知獨對封章草，忽憶同爲獻納臣。走筆往來盈卷軸（予與微之前後寄和詩數百篇，近代無如此多有也），除官遞互掌絲綸（予除中書舍人，微之撰制詞；微之除翰林學士，予撰制詞）。制從長慶辭高古（微之長慶初知制誥，文格高古，始變俗體，繼者效之也），詩到元和體變新（衆稱元白爲千字律詩或號元和格）。各有文姬才稚齒（蔡邕無兒，有女琰，字文姬），俱無通子繼餘塵（陶潜小兒名通子）。琴書何必求王粲？與女猶勝與外人。"白居易對元稹出自内心的讚揚，後人也有不同的想法，如楊萬里《讀白元長慶二集詩》："讀過元詩與白詩，一生少傅重微之。再三不曉渠何意？半是交情半是私。"楊萬里的意見，筆者並不認可，以元稹白居易"死生契闊者三十載，歌詩唱和者九百章"的交情，白居易對元稹的瞭解，應該遠遠超過楊萬里，楊萬里衹是浮光掠影讀讀白居易的讚語，又翻翻元稹的詩文，那顯然是不够的。　餘思：事後留下來的思念。《鬼谷子·本經陰符》："綴去者，謂綴己之繫言，使有餘思也。"張籍《野居》："貧賤易爲適，荒郊亦安居。端坐無餘思，彌樂古人書。"　不盡：未完，無盡。張九齡《題畫山水障》："心累猶不盡，果爲物外牽。偶因耳目

好,復假丹青妍。"崔顥《舟行入剡》:"鳴榔下東陽,回舟入剡鄉。青山行不盡,綠水去何長?"　韵:指詩賦中的韵脚或押韵的字。《文心雕龍·聲律》:"異音相從謂之和,同聲相應謂之韵。"范文瀾注:"同聲相應謂之韵,指句末所用之韵。"指一聯詩句。王勃《秋日登洪府滕王閣餞別序》:"一言均賦,四韵俱成。"

　　② 律呂:古代校正樂律的器具,用竹管或金屬管製成,共十二管,管徑相等,以管的長短來確定音的不同高度。從低音管算起,成奇數的六個管叫做"律",成偶數的六個管叫做"呂",合稱"律呂",後亦用以指樂律或音律。趙彦昭《苑中人日遇雪應制》:"始見青雲干律呂,俄逢瑞雪應陽春。今日迥看上林樹,梅花柳絮一時新。"李華《雜詩六首》一:"黃鍾叩元音,律呂更循環。邪氣悖正聲,鄭衛生其間。"同聲:聲音相同,比喻志趣相同或志趣相同者。賈誼《新書·胎教》:"故同聲則處異而相應,意合則未見而相親。"李白《贈僧崖公》:"江濆遇同聲,道崖乃僧英。"又作"同聲相應",指樂聲相和。《易·乾》:"同聲相應,同氣相求。"孔穎達疏:"同聲相應者,若彈宮而宮應,彈角而角動是也。"嵇康《答釋難宅無吉凶攝生論》:"夫同聲相應,同氣相求,自然之分也。音不和,則比絃不動;聲同,則雖遠相應。"比喻同類事物互相感應。吳兢《樂府古題要解·合歡詩》:"婦人言虎嘯風起,龍躍雲浮,磁石引針,陽燧致火,皆以同聲相應,同氣相求。"秦觀《十二經相合義說》:"同聲相應,同氣相求,所謂同類而相感者也。"比喻志趣相同者互相呼應。《三國志·王粲等傳論》:"昔文帝、陳王以公子之尊,博好文采,同聲相應,才士並出。"　我爾:我與你。元稹《遣病十首》七:"燕巢官舍内,我爾俱爲客。歲晚我獨留,秋深爾安適?"元稹《酬樂天赴江州路上見寄三首》三:"人亦有相愛,我爾殊衆人。朝朝寧不食,日日願見君。"即元稹與白居易。　文章:禮樂制度。《禮記·大傳》:"考文章,改正朔。"鄭玄注:"文章,禮法也。"孫希旦集解:"文章,謂禮樂制度。"《論語·泰伯》:"巍巍乎其有成功也,焕乎其有

文章。”朱熹集注:“文章,禮樂法度也。”韓愈《讀禮儀》:“於是孔子曰‘吾從周’,謂其文章之盛也。” 伶倫:傳説爲黄帝時的樂官,古以爲樂律的創始者。《吕氏春秋·古樂》:“昔黄帝令伶倫作爲律。”唐代無名氏《聽琴》:“六律鏗鏘間宫徵,伶倫寫入梧桐尾。”

③ 賈誼:漢代歷史人物。《史記·屈原賈生列傳》:“賈生名誼,雒陽人也。年十八,以能誦詩屬書聞於郡中。”西漢著名的政論家、文學家,漢文帝召爲博士,不久遷爲太中大夫,好議國家大事,爲大臣周勃等排擠,出爲長沙王梁懷王太傅。有《吊屈原賦》以自諭,作《服鳥賦》以自傷,《陳政事疏》、《過秦論》是其著名今古的名篇。桓寬《鹽鐵論·箴石》:“賈生有言曰:‘懇言則辭淺而不入,深言則逆耳而失指。’”杜甫《久客》:“去國哀王粲,傷時哭賈生。” 才子:古稱德才兼備的人。潘岳《西征賦》:“終童山東之英妙,賈生洛陽之才子。”朱慶餘《送寶秀才》:“江南才子日紛紛,少有篇章得似君。” 相如:漢代文學家司馬相如,《史記·司馬相如傳》:“司馬相如者,蜀郡成都人也,字長卿。少時好讀書……相如既學,慕藺相如之爲人,更名相如。”《文選·陳琳〈爲曹洪與魏文帝書〉》:“閑自入益部,仰司馬、揚、王遺風。”李善注:“司馬相如、揚雄、王褒也。”盧照鄰《相如琴臺》:“聞有雍容地,千年無四鄰……雲疑作賦客,月似聽琴人。”王安石《次韵約之謝惠詩》:“元龍但高眠,司馬勿親滌。” 侍臣:侍奉帝王的廷臣。李商隱《漢宫詞》:“侍臣最有相如渴,不賜金莖露一杯。”曾鞏《上歐陽舍人書》:“朝夕出入左右,侍臣之任也。” 書肆:猶書店。揚雄《法言·吾子》:“好書而不要諸仲尼,書肆也。”李軌注:“賣書市肆,不能釋義。”汪榮寶義疏:“賣書之市,雜然竝陳,更無去取。博覽而不知折中於聖人,則群書殽列,無異商賈之爲也。”劉肅《大唐新語·勸勵》:“兄林鬻書爲事,文遠每閲書肆,不避寒暑,遂通五經。” 市賈:市肆中的商人。《左傳·昭公十三年》:“同惡相求,如市賈焉!”《新唐書·王縉傳》:“性貪冒,縱親戚尼姉招納財賄,猥屑相稽,若市賈然。” 制誥:

皇帝的詔令。元稹《制誥（有序）》：“制誥本於《書》，《書》之誥命、訓誓，皆一時之約束也。”劉禹錫《酬樂天醉後狂吟十韻》：“制誥留臺閣，歌詞入管弦。處身於木雁，任世變桑田。”

　　④ 次韻千言曾報答：元稹原注：“樂天曾寄予千字律詩數首，予皆次用本韻酬和，後來遂以成風耳！”這些千字律詩，據我們考證，應該就是元和五年白居易的《代書詩一百韻寄微之》與元和五年元稹的《酬翰林白學士代書一百韻》，元和十年白居易《東南行一百韻寄通州元九侍御灃州李十一舍人果州崔二十二使君開州韋大員外庾三十二補闕杜十四拾遺李二十助教員外竇七校書》與元和十三年四月元稹的《酬樂天東南行一百韻》。　　次韻：依次用原唱詩中的韻作酬和詩，世傳次韻始於元稹。其實在元稹之前，唐代詩人戴叔倫就有《寄禪師寺華上人次韻三首》，不過戴叔倫並非酬和他人，而是在自己的三首詩篇中依次用韻。同時代詩人王建也有《昭應李郎中見貽佳作次韻奉酬》，應該是真正意義上的次韻詩篇，不過與元稹孰先孰後，有待考證。但有一點是肯定的，王建祇是偶爾爲之，而元稹却堅持始終，同時帶動了他周圍的許多詩人，如白居易等人。還應該說明的是，至晚唐，皮日休、陸龜蒙的次韻詩篇也不少，值得讀者注意。明代焦竑《焦氏筆乘·次韻非始唐人》：“楊衒之《洛陽伽藍記》載王肅入魏，捨江南故妻謝氏，而娶元魏帝女，故其妻贈之詩曰：‘本爲薄上蠶，今爲機上絲。得路遂騰去，頗憶纏綿時。’繼室代答，亦用‘絲’、‘時’兩韻，是次韻非始元白也。”焦氏所言也許是事實，但王肅後妻所和，僅僅是偶爾之作，此後她自己或者別人，都沒有成批作品的出現，更沒有形成風氣，也請讀者注意。　　千言：一千字。鄭谷《燕》：“閑几硯中窺水淺，落花徑裏得泥香。千言萬語無人會，又逐流鶯過短墻。”呂巖《七言》一：“色非色際誰窮處？空不空中自得根。此道非從它外得，千言萬語謾評論！”如元稹酬和白居易的《酬翰林白學士代書一百韻》、《酬樂天東南行詩一百韻》，都是次韻酬和之篇，它們又都是五言，兩句一韻，共百韻，全詩正是千言。　　直詞三道共經綸：元稹在

此句下注云："樂天與予同應制科，並求前輩切直詞策，以盡經邦之術，其事已具之字詩註中爾。"所謂"其事已具之字詩註中爾"，是指元稹在《酬翰林白學士代書一百韵》有句："略削荒凉苑，搜求激直詞。那能作牛後，更擬助洪基。"並在其後注曰："舊説：制策皆以惡訏取容爲美。予與樂天指病危言，不顧成敗，意在決求高等。初就業時，今裴相公戒予：'慎勿以策苑爲美！'予深佩其言，然而怪其多大擬取，有可取，遂切求潛覽，功及累月，無所獲。先是穆員、盧景亮同年應制，俱以詞直見黜，予求獲其策，皆手自寫之，置在筐篋。樂天、損之輩常詛予篋中有不第之祥，而又晒予決求高第之僭也。"　直詞：亦作"直辭"，正直的言詞。《晏子春秋·雜》："臣聞下無直辭，上有隱惡。民多諱言，君有驕行。"杜甫《行次昭陵》："直詞寧戮辱，賢路不崎嶇。"　三道：三道試題。韓翃《別氾水縣陳尉》："萬年枝影轉斜光，三道先成君激昂。谷永直言身不顧，郅詼高第名轉香。"《新唐書·選舉志》："答時務策三道。"　經綸：整理絲縷，理出絲緒和編絲成繩，統稱經綸，引申爲籌畫治理國家大事。《易·屯》："雲雷屯，君子以經綸。"孔穎達疏："經謂經緯，綸謂綱綸，言君子法此屯象有爲之時，以經綸天下，約束於物。"劉知幾《史通·暗惑》："魏武經綸霸業，南面受朝。"亦指治理國家的抱負和才能。

⑤ 元詩駁雜真難辨：除本詩詩人自加的注釋之外，元稹《白氏長慶集序》也有類似的文字，請參閱："予始與樂天同校秘書之名，多以律詩相贈答。會予遣掾江陵，樂天猶在翰林，寄予百韵律詩及雜體前後數十章。是後各佐江通，復相酬寄。巴蜀楚江間泊長安中少年遞相仿效，競作新詞，自謂爲'元和詩'……二十年間禁省、觀寺、郵候墻壁之上無不書，王公、妾婦、牛童、馬走之口無不道，至於繕寫模勒，衒賣於市井，或持之以交酒茗者，處處皆是。揚越間多作書模勒樂天及予雜詩，賣於市肆之中也。其甚者有至於盜竊姓名，苟求自售，雜亂間厠，無可奈何！予于平水市中（鏡湖旁草市名）見村校諸童競相習詩，召而問之，皆對曰：'先生教我樂天、微之詩。'固不知予之爲微之

也。又鷄林賈人求市頗切，自云：‘本國宰相每百金換一篇，其甚僞者宰相輒能辨别之。’自篇章已來，未有如是流傳之廣者。”　駁雜：亦作“駮雜”，混雜不純。《太平御覽》卷四〇三引桓譚《新論》：“三皇以道治，五帝以德化。王道純粹，其德如彼；霸道駁雜，其功如此。”沈作喆《寓簡》卷二：“《禮記》駁雜，《月令》尤甚。”　辨：辨别，區分。《易·同人》：“君子以族類辨物。”孔穎達疏：“辨物，謂分辨事物，各同其黨，使自相同，不相雜也。”《左傳·成公十八年》：“周子有兄而無慧，不能辨菽麥。”白樸流傳用轉新：詩人在此句下原注：“樂天於翰林中書取書詔批答詞等撰爲程式，禁中號曰‘白樸’。每有新入學士求訪，寶重過於‘六典’也。”　流傳：傳下來，傳播開。《墨子·非命》：“聲聞不廢，流傳至今。”羅大經《鶴林玉露》卷三：“當時吳濞、鄧通，皆得自鑄錢，獨多流傳，至今不絕。其輕重適中，與今錢略相似。”　新：更新，使之新。《書·胤征》：“舊染污俗，咸與惟新。”孔傳：“皆與更新。”范仲淹《刻唐祖先生墓誌於賀監祠堂序》：“嘆其真堂卑陋以甚，乃命工度材而新之。”　六典：《唐六典》的省稱。韓愈《請復國子監生徒狀》：“國子監應三舘學士等，準《六典》。”廖瑩中注：“《唐六典》，三十卷，開元十年起居舍人陸堅被詔撰，玄宗手寫六條曰：理典、教典、禮典、政典、刑典、事典。至二十六年書成。”姚華《論文後編》：“典之稱名，原始《尚書·堯典》一篇，後乏繼者，雖古有《五典》，唐有《六典》，然《五典》書不傳，《六典》雖傳，要都爲總部，不屬專篇，名或相因，體不相襲。”

　　⑥ 蔡女圖書雖在口：詩人在此句下原注：“蔡琰口誦家書四百餘篇。”　蔡女：指東漢才女蔡文姬。《明一統志·蔡琰》：“陳留人，邕之女。博學，妙音律。初適衛仲道，爲胡騎所獲，曹操以金璧贖還。再嫁屯田都尉董祀，祀犯法當刑，琰詣操請罪，文辭清辯，祀獲免。操因問：‘汝家多書，能識之不？’琰曰：‘亡父賜書四千餘卷，今所誦憶裁四百餘篇。’自著有《胡笳十八拍》及《悲憤詩》。”上官儀《詠畫障》：“芳晨麗日桃花浦，珠簾翠帳鳳凰樓。蔡女菱歌移錦纜，燕姬春望上瓊鈎。”

陈子昂《居延海樹聞鶯同作》:"明妃失漢寵,蔡女没胡塵。坐聞應落淚,況憶故園春。" 于公門户豈生塵:《漢書·于定國傳》:"于定國,字曼倩,東海郯人也。其父于公爲縣獄史,郡決曹,決獄平,羅文法者于公所決皆不恨,郡中爲之生立祠,號曰'于公祠'……父死後,定國亦爲獄史……于定國爲廷尉,民自以不冤……始定國父于公其閭門壞,父老方共治之。于公謂曰:'少高大門閭,令容駟馬高蓋車。我治獄多陰德,未嘗有所冤,子孫必有興者!'至定國爲丞相,永爲御史大夫,封侯傳世云。"結合白居易詩句下所注,與于公類比,意謂上代爲百姓做善事,其後代必然子孫繁衍,興旺發達。這既是鼓勵白居易,同時也是自勵之言。

⑦ 商瞿未老猶希冀:《孔子家語》卷九:"梁鱣,齊人,字叔魚,少孔子三十九歲。年三十未有子,欲出其妻。商瞿謂曰:'子未也!昔吾年三十八無子,吾母爲吾更取室。夫子使吾之齊,母欲請留吾。夫子曰:'無憂也!瞿過四十當有五丈夫。'今果然!吾恐子自晚生耳!未必妻之過。'從之,二年而有子。"元積《聽妻彈別鶴操》:"別鶴聲聲怨夜弦,聞君此奏欲潸然。商瞿五十知無子,更付琴書與仲宣。"白居易《阿崔》:"謝病卧東都,羸然一老夫。孤單同伯道,遲暮過商瞿。" 希冀:希圖,希望得到。《三國志·臧洪傳》:"諸袁事漢,四世五公,可謂受恩。今王室衰弱,無扶翼之意,欲因際會,希冀非望,多殺忠良以立奸威。"李綱《論和戰札子》:"中國爲和所誤者多矣!十餘年來持和議之説,一切苟且,希冀萬一者,何其紛紛也。" 莫把籯金便付人:這裏用典讚揚詩禮傳家的優良傳統。《漢書·韋賢傳》:"韋賢,字長孺,魯國鄒人也。"以《詩》《禮》傳家,"四子:長子方山爲高寢令,早終。次子弘至東海太守。次子舜留魯守墳墓。少子玄成復以明經,歷位至丞相。故鄒魯諺曰:'遺子黄金滿籯,不如一經。'" 籯金:亦作"籝金",一籯之金,古人常用籯存放貴重金銀財寶,故亦用以喻指財富。語出《後漢書·西域傳論》:"先馴則賞嬴金而賜龜綬,後服則繫頭顙而釁北闕。"《宋書·臧燾徐廣

傅隆傳論》:"漢世登士,閭黨爲先,崇本務學,不尚浮詭,然後可以俯拾青組,顧篾篇金。"駱賓王《夏日游德州贈高四》:"談玄明毀璧,拾紫陋篇金。"因《漢書·韋賢傳》有"遺子黄金滿篇,不如一經"之言,後以"篇金"指儒經。黄滔《司直陳公墓誌銘》:"詞人疊疊,若陳厚慶陳泛……俱以夢筆之詞、篇金之學,半生隨計,没齒銜冤。"

[編年]

《年譜》編年本詩於長慶三年,没有説明具體時間也没有説明理由。《編年箋注》編年本詩:"爲長慶三年(八二三)作品。是年八月,元稹爲越州刺史、浙東觀察使,十月抵越州。見下《譜》。"《年譜新編》亦編年長慶三年,除指出白居易的原唱以及元白兩詩次韵酬和外,指出:"白居易接到元稹《郡務稍簡》一詩而作《酬微之》(滿篋塡箱唱和詩),'餘思未盡',又作詩以寄元稹,元稹復酬和之。"

我們以爲本詩作於白居易酬和元稹《郡務稍簡因得整比舊詩並連綴焚削封章繁委篋笥僅逾百軸偶成自嘆因寄樂天》的詩篇《酬微之》以及《餘思不盡加爲六韵重寄微之》之後,亦即長慶四年十二月十日之後,具體時間應該在長慶四年十二月中旬,地點在會稽,理由參照《郡務稍簡因得整比舊詩並連綴焚削封章繁委篋笥僅逾百軸偶成自嘆因寄樂天》編年所舉例證。

■ 元氏長慶集序 [一][①]

據元稹《白氏長慶集序》等

[校記]

(一) 元氏長慶集序:元稹本佚失文所據元稹《白氏長慶集序》

等,除見《元氏長慶集》外,又見《白氏長慶集》、《白香山詩集》、《英華》、《唐文粹》、《文章辨體彙選》等,未見異文。

[箋注]

① 元氏長慶集序:補充元稹本佚失文所據理由有二:一、元稹有《白氏長慶集序》,爲白居易之《白氏長慶集》而作;元稹同時爲自己詩文結集《元氏長慶集》,豈能反而無序説明有關情況? 二、元稹一生,先後八次結集,一般都有序言:如元和十一年元稹在興元養病期間,向自己的座主、山南西道節度使權德輿進獻詩文時有《上興元權尚書啓》;元和十五年,元稹奉命向令狐楚相國進獻詩篇,有《上令狐相公詩啓》;長慶元年二月十六日前後,元稹又奉唐穆宗之命,向唐穆宗進獻"雜詩十卷",也有《進詩狀》説明緣由;同年十月,元稹因受到裴度的三次彈劾,被迫離開翰林承旨學士任,改任工部侍郎,元稹將試知制誥、知制誥、翰林承旨學士任內代唐穆宗撰寫的制誥文章結集爲制誥文專集,有《制誥(有序)》述説結集的目的;長慶二年,元稹因受所謂"謀刺裴度"的誣陷,出貶同州,將唐憲宗、唐穆宗任內的諸多表奏結集,也有《表奏(有序)》闡明結集的動因。據此,我們以爲元稹在《元氏長慶集》之時,應該有"序"説明結集的理由,如自己的詩文集爲何要以"長慶集"命名等。但今存元稹詩文不見,而"序"常常在詩文集的最前面,最容易佚失,故今補入元稹佚失文之列。 元氏長慶集:元稹有《元氏長慶集》傳世,但始終不見其《元氏長慶集》之序文傳流後代,不知是元稹根本沒有撰寫自己詩文集的序言,還是在流傳過程中已經佚失,祇有劉麟《元氏長慶集原序》傳世,但那顯然不是元稹的原序。今借留存的篇幅,將元稹編集的《元氏長慶集》的諸多情況作一次初步的彙報:明人王世貞在《弇州四部稿·朱在明詩選序》中説過:"而唐之篇什最富者,獨少陵、香山氏,其次則李供奉、元武昌而已。"王世貞的話,把元稹詩文與杜甫、白居易、李白的詩文相提並論,

從而揭示了元稹詩文在唐代諸多文人詩文中的重要地位,值得我們重視。根據多種文獻記載,元稹在世之日,曾經將自己的詩文進行過多次的整理,具體來說,有如下八次:第一次,元和七年,元稹應即將離開江陵的朋友李景儉之要求,將自己當時的八百餘首詩歌分爲十體,編爲二十卷。這應該是元稹生平中第一次結集自己的詩歌,但這次整理祇包含詩歌,没有包括如元和元年撰作的《才識兼茂明於體用策》《論教本書》等文篇在內。第二次,元和十年,元稹曾數次委託摯友白居易日後爲自己的詩文編輯成集。但白居易並没有完成摯友的囑託,倒是元稹在長慶四年十二月十日代白居易整理了《白氏長慶集》,並有《白氏長慶集》詳細紹介白居易的詩文集。第三次,元和十一年,元稹在興元治病,適逢元稹貞元十九年吏部乙科的座主權德輿前來山南西道擔任節度使之職,元稹特地向權德輿進獻自己的詩文。這次進獻的作品,既有詩歌,也有文篇,但並非是全部詩文,祇是憑藉記憶進獻,是有選擇的結集。第四次,元和十五年初,元稹應時相令狐楚之要求,向令狐楚進獻。這次獻呈的作品,同樣祇是選擇性質,但祇有詩歌二百首,並不是全部,也不包括文章在內。第五次,長慶元年,元稹應唐穆宗之命,自編雜詩十卷,向唐穆宗進獻。但也祇有"雜詩",並無文篇。第六次,長慶元年十月,元稹因裴度的彈劾而被唐穆宗無奈拋棄,離開中書舍人、翰林承旨學士任,詩人又特地將自己在試知制誥任內、知制誥任內、中書舍人、翰林承旨學士任內撰作的制誥文章整理結集。元稹這次整理的是制誥專文集,不包括詩歌,也不包括其他文章。第七次,長慶二年八月前,元稹被誣罷免相位,出貶同州之後,又將元和年間以及長慶二年八月之前的狀奏整理成集,計有二百七十有七奏。元稹這次整理的祇是文章,不包含詩歌,時段起自唐憲宗登位元稹拜職左拾遺的元和元年,故狀奏始自《論教本書》。純粹是除制誥文體之外的其他公用文章;其中應該不包含如《叙詩寄樂天書》《有唐武威段夫人墓誌銘》這樣的私人性質文章在內。第八次，長慶四年，元稹在浙東觀察使任，曾將自己與白居易的詩文編輯成集，爲追念已經謝世的唐穆宗，故特地借用唐穆宗在位時的年號"長慶"，命名曰《元氏長慶集》與《白氏長慶集》。這次是元稹綜合性質的結集，亦即既包括詩歌、文賦，也包括文篇、制誥，所有作品都在元稹選擇的範圍之内，應該是階段性質的作品結集，其重要性不言而喻。關於元稹前後八次整理自己詩文的提法，此前從不見人提出；尤其是第六次與第七次，常常爲諸多研究者所忽略。元稹第八次整理的《元氏長慶集》原爲一百卷，白居易《唐故武昌軍節度處置等使正議大夫檢校户部尚書鄂州刺史兼御史大夫賜紫金魚袋尚書右僕射河南元公墓誌銘并序》："公著文一百卷，題爲《元氏長慶集》。"《新唐書·藝文志》、《文獻通考·經籍考》也有類如的記載。《元氏長慶集》至宋代，亡佚過半。宋宣和年間之甲辰（1124），《元氏長慶集》經劉麟父子整理刊行，成六十卷，共刊行詩文九七八點五篇，詩與文分編，以卷次爲序，我們姑且稱爲"劉本"。客觀地説，"劉本"在《元氏長慶集》流傳中具有重大貢獻。元稹八次整理自己的詩文，前面七次整理的集子都已經散失，祗有長慶四年整理的《元氏長慶集》得以傳流後世。歷經三百年的歲月，戰火之後，散亂嚴重，散佚散失甚多，元稹整理的《元氏長慶集》已非舊觀。幸虧劉麟父子及時整理刊行，才得以保留部份元稹作品傳世，它就是六十卷本《元氏長慶集》，亦就是"劉本"。流傳後世的"劉本"爲元稹《元氏長慶集》之僅存碩果，"劉本"在《元氏長慶集》流傳中的搶救作用、承前啓後的作用，不言而喻。"劉本"而後，有南宋乾道四年（1168）洪適在紹興據劉麟父子本亦即"劉本"覆刻的《元氏長慶集》，被稱爲"浙本"。所謂的"浙本"，目前僅存卷四十至四十二，藏於日本静嘉堂文庫。另有南宋浙刻本卷四十三（有闕）、卷四十四、四十五、四十六、四十八（有闕），現藏於日本東大圖書館。除此而外，還有宋代《新刊元微之文集》六十卷，被稱爲"蜀本"，仍然是依據劉麟父子的"劉本"本而翻刻，現在殘存二十四卷半,次序與洪適之"浙本"也不盡相同。這三種本子,雖然都已經殘闕,但均因"劉本"而得以流傳,"劉本"之貢獻由此可見一斑。根據"劉本"而刊刻,目前流行的《元氏長慶集》本子尚有四種。其中之一是明代弘治元年(1488)楊循吉據宋本,亦即"劉本"傳抄的"楊本"。據近人傅增湘《藏園群書題記‧校宋蜀本元微之文集十卷跋》介紹,這個抄本的底本當是盧文弨所見的"浙本"。所謂的"浙本",就是上文介紹的洪適所編,編成於"乾道四年,歲在戊子",離開劉麟父子整理《元氏長慶集》三十四年。楊循吉《元氏長慶集原跋》有言:"弘治元年,從葑門陸進士士修借至,命筆生徐宗器摸録原本。未畢,士修赴都來別,索之甚促,所餘十卷幾於不成。幸竟留之,遂此深願。九月二十五日,始克裝就。藏於雁蕩村舍之卧讀齋中,永爲珍玩。且近又借得《白氏集》,亦方在録。可謂聯珠並秀,合璧同輝。楊循吉君謙父。"爲我們提供了"楊本"流傳的可靠資訊,亦即自"劉本"而"浙本"而"楊本"。到了明代正德(1506—1521)年間,也就是距元積親手結集《元氏長慶集》約七百年之後,錫山華堅蘭雪堂仍然依據劉麟父子的"劉本",採用銅活字印製刊行,通稱"蘭雪堂本",現存一卷至二十七卷與三十二卷至三十九卷兩部份殘卷,現藏於北京圖書館。這是根據劉麟父子刊集《元氏長慶集》而留傳後人的本子,是"劉本"流傳後世的又一種本子,同樣值得重視。現在傳世的通行本之一,是明代嘉靖壬子(1552)東吳董氏據劉麟父子本亦即"劉本"翻雕於茭門別墅的"董氏本"。一九一九年商務印書館影印四部叢刊本的《元氏長慶集》時,所據影印的即是"董氏本"。故商務印書館影印的四部叢刊本《元氏長慶集》,也應該是劉麟父子留傳後人《元氏長慶集》的第三種本子,同樣值得珍視。萬曆三十二年(1604),離開長慶四年(824)元積結集《元氏長慶集》已經有七百八十年之久,松江馬元調魚樂軒據董氏本翻雕本覆刊,又經過多方搜索,補遺六卷,附録一卷,世稱"馬本"。"馬本"與《白氏長慶集》合刻。馬元調本所覆刊的六十卷次序、標目與"董氏本"基本一樣。這是劉麟父子留傳後人《元氏長慶集》的第四種本子，無疑應該珍視。而"馬本"經多方搜索所得的補遺六卷，雖然也雜有他人的少量詩文，但瑕不掩瑜，無疑比以前各本有較大的進步，應該給予充分的肯定。故清代乾隆年間刊行《四庫全書》之時，"馬本"即被作爲《元氏長慶集》的最佳刊本選入《四庫全書》。無論是"蘭雪堂本"、"董氏本"(或稱"叢刊本")，還是"楊本"、"馬本"，其最早的源頭都是"劉本"，"劉本"對元稹《元氏長慶集》的傳流，"劉本"對元稹研究的貢獻，"劉本"對中國文學的貢獻，通過這七種本子而發揮作用，影響是不言而喻的。《元氏長慶集》能夠保存一半，劉麟父子功不可沒，他們父子兩人將頻臨散亂散佚散失的元稹詩文給予整理，對元稹對後人的貢獻是有目共睹的。誠如劉麟《元氏長慶集原序》所言："《新唐書·藝文志》載其當時君臣所撰著文集、篇目甚多，《太宗集》四十卷，至武後《垂拱集》一百卷，今皆弗傳。其餘名公巨人之文，所傳蓋十一二爾！如《梁苑文類》、《會昌一品》、《鳳池稿草》、《笠澤叢書》、《經緯》、《穴餘》、《遺榮》、《霧居》見於集錄所稱道者，毋慮數百家，今之所見者，僅十數家而已。以是知唐人之文，亡逸者多矣！"如果沒有劉麟父子的整理刊行，後世與今日的人們，很難說還能看到元稹的詩文集，至多也祇是零零星星的詩或文篇目而已。根據我們的考證，從現在留存的文獻來看，元稹《元氏長慶集》長慶四年結集之後，元稹並沒有進行第九次詩文整理的記載。原因無他，因爲元稹離開浙東任之後，匆匆進京，任職不滿一月，又匆匆離京前往武昌軍任職節度使，時間不到兩年，實際祇有十八個月，又因暴病突然謝世。一切均在詩人的意料之外，元稹沒有料到自己竟然會這樣匆匆離世，突然的暴病，沒有留給詩人整理自己文稿的時間。正因爲如此，所以從現存《元氏長慶集》的詩文來看，元稹長慶四年之後，亦即浙東任後期以及尚書左丞任、武昌軍任散佚散失在外的詩文有三三六篇之多，占到七年全部詩文篇目的百分之九四點九二。而留存在今天所見

《元氏長慶集》中的、作於長慶四年之後的作品僅僅一十八篇。這一十八篇作品，因劉麟父子的及時輯佚而得以爲後人分享：具體篇目分別是：《寄浙西李大夫四首》、《感逝》、《妻滿月日相唁》、《聽妻彈別鶴操》、《鄂州寓館嚴澗宅》、《贈崔元儒》、《競舟》、《酬周從事望海亭見寄》、《賽神（楚俗不事事）》、《書異》、《茅舍》、《送王十一郎遊剡中》、《鹿角鎮》、《洞庭湖》、《遭風二十韵》。如《聽妻彈別鶴操》有"商瞿五十知無子"之句，應該賦成於元稹五十歲之時，亦即大和二年浙東任内；又如《鄂州寓館嚴澗宅》、《贈崔元儒》兩篇，肯定賦成於大和四年的武昌任内：它們爲什麼會出現在《元氏長慶集》之内？我們以爲，這不應該是出自元稹之手的編集，而就是劉麟父子整理元稹詩文的功勞，將他們父子可以見到的元稹散佚在外的詩文順手收録在《元氏長慶集》之内。輯佚元稹親手編集《元氏長慶集》之外的元稹詩文，應該是劉麟父子的又一個貢獻，而這一十八首詩歌，應該是劉麟父子輯佚元稹詩文的一個例證而已。毋庸諱言，劉麟父子的輯佚整理工作還存在著諸多的錯誤，這是劉麟父子面對散亂《元氏長慶集》的現狀不經認真考證隨手編集造成的。如元稹自注在《清都夜境》下的題注："自此至《秋夕》七首，並年十六至十八時詩。"現在編録在"劉本"《元氏長慶集》卷五的《清都夜境》、《春晚寄楊十二兼呈趙八》、《與楊十二李三早入永壽寺看牡丹》、《春餘遣興》、《憶靈之》、《別李三》、《秋夕遠懷》七首詩篇，雖然首數也是"七首"，但並不是元稹當時題注所云的"七首"，其中的《憶靈之》有"芰發君已衰，冠歲予非小"之句，不應該在"自此至《秋夕》七首，並年十六至十八時詩"的"七首"之内，而應該作於元稹"冠歲"之年，亦即元稹二十歲時的貞元十四年（798）。這種情況也説明，劉麟父子根據散亂的《元氏長慶集》重行整理時，常常有不得已而强行拼拼湊湊的情況，本組詩就是其中的一個例子而已。類似的情況絕非僅此一例，又如白居易的《重到城七絕句》，共有七首絕句，今天完完整整保留在《白氏長慶集》卷十五之中，它們依次是：

《見元九》、《高相宅》、《張十八》、《劉家花》、《裴五》、《仇家酒》、《恒寂師》,但今天存留在《元氏長慶集》中的元稹和篇卻祇有四首:《和樂天高相宅》、《和樂天仇家酒》、《和樂天贈雲寂僧》三首編集在《元氏長慶集》卷一九中,而《和樂天劉家花》卻編集在《元氏長慶集》卷八中。元稹元和十年在長安酬和白居易《重到城七絕句》之時,定然是一次性酬和,肯定是七首詩篇一起酬和。它們既然是同時酬和,本來就應該編輯在同一卷次之中,現在卻分編在不同的兩卷之中,而且七篇祇編錄四篇,不見元稹對白居易其他三首《見元九》、《張十八》、《裴五》的回酬詩篇。這足以説明:宋代劉麟父子重新編集《元氏長慶集》之時,其中的《見元九》等三篇已經散佚,而《和樂天高相宅》、《和樂天仇家酒》、《和樂天贈雲寂僧》和《和樂天劉家花》已經散亂,已經分屬於不同的卷次,劉麟父子失察,並沒有能夠把它們編集在同一卷次之中,更沒有在當時的文獻中搜尋元稹已經散佚的另外三篇詩歌。需要特別説明一下,白居易原唱《重到城七絕句·恒寂師》:"舊遊分散人零落,如此傷心事幾條?會逐禪師坐禪去,一時滅盡定中消。"元稹和篇詩題稱"雲寂僧",詩文稱"雲師",而白居易原唱詩題爲"恒寂師",《萬首唐人絕句》、《全唐詩》亦稱"恒寂師",白居易另有《苦熱題恒寂師禪室》:"人人避暑走如狂,獨有禪師不出房。可是禪房無熱到?但能心靜即身涼。"客觀地説,劉麟父子很難恢復《元氏長慶集》原有的次序,而祇能東拼西湊成現在我們看到的六十卷本,有的大致保留了原來的次序,有的祇能勉勉强强"拉郎配"了。如劉麟父子根據《擬醉》詩題下的題注:"與盧子蒙飲於竇晦之,醉後賦詩共十九首,子蒙叙爲別卷。自此至《狂醉》,皆是夕所賦。"把詩題凡帶"醉"字的詩篇都拼湊在一起,結果也祇拼湊了十二首,沒有達到十九首之數。而經過我們的考證與編年,劉麟父子拼湊的這十二篇詩歌,並不是屬於同時同地所作,有的如《擬醉》、《懼醉》、《勸醉》、《任醉》,作於元和四年九月間的洛陽,《病醉》作於元和四年秋冬間的洛陽,而《同醉》、《先醉》、《獨醉》、《宿醉》、《羨醉》作於元和五年一二月間的洛陽,《憶醉》作於元和五年二月末元稹告別洛陽返回長安之時,《狂醉》作於元和五年四月元稹出貶江陵途中之襄陽"峴亭",不僅時間不同,地點有異,而且參加飲酒的人員也並不相同,出現了不該出現的錯誤。其實,《擬醉》題注:"與盧子蒙飲於竇晦之,醉後賦詩共十九首,子蒙叙爲別卷,自此至《狂醉》,皆是夕所賦。"題注中所謂的"十九首",也並非是元稹一個人所作,詩篇的作者還應該包括盧子蒙、竇晦之在内,劉麟父子在理解詩題題注上存在一定的偏差,因此强行拼湊的結果,自然祇能産生新的錯誤了。"劉本"的輯佚工作,同時也存在著搜尋不廣的缺憾。"劉本"的缺憾首先表現在對《才調集》的忽視上。《才調集》爲"蜀監察御史韋穀"所編,成書於唐五代之後蜀,早於劉麟父子整理《元氏長慶集》一百六十年年以上,共收集元稹詩篇五十七首。《才調集》在當時流行,一直到今天,但"劉本"對元稹這五十七首詩篇視而不見,一篇也没有輯佚,不能説不是一個很大的缺憾。劉本的缺憾其次表現在"馬本"補遺的六卷上面。"馬本"收集前人疏漏而没有收集的諸多元稹詩文,其中詩篇二十一篇(其中十六首采自《才調集》):《酬張秘書因寄馬贈詩》、《春遊》、《夢遊春詞三十六韵》、《古艷詩二首》、《古決絶詞三首》、《離思詩五首》、《雜憶詩五首》、《鶯鶯詩》、《春曉》、《贈雙文》,啓三篇:《賀裴相公破淮西啓》、《上興元權尚書啓》、《上令狐相公詩啓》,以及判文十二篇、制誥文二十六篇、傳奇《鶯鶯傳》一篇,前後合計輯佚六十三篇。這六十三篇詩文,距離元稹編集《元氏長慶集》之後三百年年的劉麟父子應該收集到而没有收集到,而離開元稹《元氏長慶集》結集七百八十年的馬元調反而收集到了。這充分説明,劉麟父子輯佚工作所下的工夫並不多,没有深入細緻加以搜尋,至少没有如馬元調那樣細緻深入。《全唐詩》成書於清代中期乾隆年間,更在"劉本"編輯元稹詩文的六百多年之後,《全唐詩》在《才調集》以及"馬本"所補詩歌的基礎上又收集諸多元稹詩篇,其中卷四二三就收集近二十首,但在"劉本"之中不見收入,不能不説也是一個不小的缺憾。但"劉本"以上揭示的遺漏僅僅是"冰山之一角"而已,劉麟父子雖然距離長慶四年元稹整理《元氏長慶集》的時間最近,但遺漏在《元氏長慶集》之外的元稹詩文還有整座"冰山"没有被劉麟父子所發現。根據筆者《新編元稹集》的整理與考證,《元氏長慶集》今存作品九七八點五篇,散佚在《元氏長慶集》之外的完整作品二四一點五篇,散佚在《元氏長慶集》之外的非完整作品,亦即殘篇斷句計五十三篇,筆者根據元稹自己或他人的可靠資料而推知元稹已經佚失的詩文一二九三篇。四者合計,共計詩文二五六八篇。需要説明一下:其中《册文武孝德皇帝敕文》,前半篇保留在今存的《元氏長慶集》之内,後半篇則根據《唐大詔令集》、《册府元龜》、《全唐文》補入,共計五一二個字,以《唐大詔令集》爲底本,以《册府元龜》、《全唐文》爲參校本。這樣,半篇算作《元氏長慶集》之内,半篇則算在《元氏長慶集》之外的散佚作品。而《夢遊春七十韻》前半部份録自《元氏長慶集》集外文章,原題作《夢遊春詞三十六韵》,後面的三十四韵,據《全唐詩》補足,並參照《才調集》校録,但它全部來自《元氏長慶集》之外,故祇能算作散佚在《元氏長慶集》之外的作品。散佚之篇與斷句殘章,加上考證出來的佚失詩文,計有一五八七點五篇,已經超過《元氏長慶集》的今存篇目。《元氏長慶集》的今存篇目占全稿的百分之三八點一三,前人與我們一起輯佚的篇目占全稿的百分之六一點八七。而就客觀條件而論,劉麟父子距離元稹時代比我們近,距離元稹所編集的《元氏長慶集》的時間也比我們近,如果劉麟父子細心搜尋,收穫一定比我們更多,今天一些散失的元稹篇目,也許劉麟父子時代還完整存在。而一千多年以後,輯佚篇目過半的情況充分説明,劉麟父子的輯佚工作是相當有限的。應該説,劉麟父子的整理,限於當時的客觀條件,祇是在散亂的現狀下做些盡心盡力的簡單整理,應該屬於搶救性質的整理,並没有在恢復《元氏長慶集》原貌上盡善盡美。除了上文已經列舉者外，"劉本"在輯佚上的缺憾還遠遠不止這些，讓我們隨手舉幾個例子吧！如元稹有《毀方瓦合判》，這是元稹貞元十九年參加吏部乙科考試時的必答判文，《登科記》是科舉時代及第士人的名録，唐代有"登科記"，宋代以後名"登科録"，亦稱"題名録"。詳載鄉、會試中式人數、姓名、籍貫、年歲以及考官以下官職姓名，並三場試題目。張籍《贈賈島》："姓名未上登科記，身屈惟應内史知。"元稹的《毀方瓦合判》又見於《英華》，《英華》始於"太平興國七年九月"，亦即公元九八二年，"雍熙三年十二月書成"，亦即公元九八六年，早於劉麟父子刊行《元氏長慶集》一百三十多年，但劉麟父子没有輯佚。又如元稹有《山枇杷花二首》，見於阮閱《詩話總龜》所引《唐賢抒情》，其一云："深紅山木艷彤雲，路遠無由摘寄君。恰如牡丹如許大，淺深看取石榴裙。"其二云："向前已説深紅木，更有輕紅説向君。深葉淺花何所似？薄妝愁坐碧羅裙。"劉麟父子與阮閱爲同時之人，均活動於北宋與南宋之交，《詩話總龜》成書於"宣和癸夘"，亦即公元八二三年，"劉本"《元氏長慶集》刊行於"宣和甲辰"，亦即公元八二四年，阮閱看到的"唐賢抒情"的資料，劉麟父子本來也應該看到，但"劉本"就没有輯佚元稹的《山枇杷花二首》。再如《上令狐相公詩啓》，見於《舊唐書・元稹傳》和《英華》等書，《舊唐書》由唐五代之後晉劉昫所撰，後晉自然早於北宋的宣和，劉麟父子本來也應該看到，但仍然没有輯佚在"劉本"之中。在我們多年的輯佚中，發現散在《元氏長慶集》之外的完整作品與非完整作品不少。但這衹要認真翻閱古代文獻，就常常會有意想不到的收穫。而對元稹已經完全散失的詩文，尋找它們常常要花費更多的工夫，需要翻閱更多的古代文獻，需要更多證據的支持。如拙稿輯佚的大和五年元稹《酬樂天感傷崔兒夭折》一詩，就是這樣的例子。對元稹的詩文，古人曾有"十存其六"的概算。以現在見到的《元氏長慶集》共有九七八點五篇作爲計算基數，元稹全部詩文應該在一六三一篇上下。以前人與我們現在並不可能考索殆盡的輯佚，已經達到二五六八篇之多，超出了一六三一篇之數,多出一五八九點五篇,這又是如何解釋?我們以爲,唐代元稹實際具備的詩文,至宋代已經散亂,宋人並沒有看到《元氏長慶集》的全本,因此也不可能經過精確的計算而得出合適的比例。面對散佚的《元氏長慶集》,他們祇能從《元氏長慶集》原有一百卷,現存六十卷的粗略情況推算而得"十存其六"的比例,這是一個並不靠得住的説法。何況,《元氏長慶集》每卷詩文篇數並不一致,就詩歌而言,有的祇有五篇或六篇,如卷一〇、卷一二,有的多至六十五篇或四十篇,如卷一五、卷一七;就文章來講,有的祇有一篇或二篇,如卷二八、卷二九,有的則多至二十九篇或二十八篇,如卷四九、卷四八。宋人依據原有一百卷,現存六十卷而得出"十存其六"的説法,祇能作爲我們今天推算元稹原有詩文篇目的大致參考,但無論如何不能作爲推算元稹詩文篇目的唯一根據。從現在我們輯佚所得,元稹詩文已經有二五六六篇之多,而"劉本"之《元氏長慶集》祇有九七八點五篇,準確的説法應該是"十存其四",而不是"十存其六"。我們還有一個不成熟的想法:長慶四年十二月元稹爲自己,同時也爲白居易編輯《元氏長慶集》與《白氏長慶集》時,《白氏長慶集》五十卷,有詩文二一九一首,平均每卷有四十首上下。白居易《唐故武昌軍節度處置等使正議大夫檢校户部尚書鄂州刺史兼御史大夫賜紫金魚袋尚書右僕射河南元公墓誌銘并序》則説元稹有詩文"一百卷",兩部《長慶集》都由元稹同時編集而成,每卷的規模應該大體一致,"一百卷"的元稹詩文,至少應該超過二千首,接近三千篇吧?《白氏長慶集》最後成書七十五卷,含詩文三八四〇首。白居易年長元稹七歲,又後元稹十五年謝世,生命週期是元稹的一點四倍;元稹詩文創作開始於貞元九年(793),終於大和五年(831),創作週期三十九年,白居易詩文創作開始於貞元十年(794)終於會昌六年(846),創作週期五十三年,是元稹的一點三六倍,據此推得元稹詩文應該在二八〇〇首左右。當然,詩文創作是精神勞動,有別於物質生産,兩者不能機械地類比,這裏僅僅是理論推理而已。真正應該依據的應該相信的,是我們在每篇元稹散佚或佚失詩文的"箋注"中提供的可靠依據。當然,我們並非神仙,祗是生活在今天的凡人,且離開元稹時代已千年有餘,對個別散佚或散失之篇的推算可能有誤,也肯定還有不少篇目沒有被發現,幸請讀者專家不時指正,隨時補充。

［編年］

　　未見《元稹集》收錄,也未見《年譜》、《編年箋注》、《年譜新編》收錄與編年。

　　有元稹自己的《白氏長慶集序》後的年月日佐證,加上白居易《白氏長慶集後序》作爲輔證,我們以爲本佚失之文應該與《白居易集序》撰成於同時,亦即長慶四年十二月之時,地點在越州,元稹時任浙東觀察使。

◎ 題長慶四年曆日尾①

　　殘曆半張餘十四,灰心雪鬢兩悽然②。定知新歲御樓後,從此不名長慶年⁽一⁾③。

錄自《元氏長慶集》卷二二

［校記］

　　(一) 從此不名長慶年:楊本、叢刊本、《全詩》同,《萬首唐人絕句》作"從此不知長慶年",語義不同,不改。

［箋注］

　　① 題長慶四年曆日尾:元稹在這首詩歌感嘆的自然不僅僅是流逝時光帶來的滿頭白髮,而是悲嘆唐穆宗辭世唐敬宗即位後自己及

朋輩遭到接二連三的打擊,感傷自己失去洗雪冤情重返京城的機會。這是詩人"灰心"的由來,也是其"雪鬢"的真正原因。　題:書寫,題署。劉義慶《世說新語·方正》:"太極殿始成,王子敬時爲謝公長史,謝送版,使王題之。王有不平色,語信云:'可擲箸門外。'"杜甫《弊廬遣興奉寄嚴公》:"把酒宜深酌,題詩好細論。"　曆日:曆書,日曆。《梁書·傅昭傳》:"十一,隨外祖於朱雀航賣曆日。"李益《書院無曆日以詩代書問路侍御六月大小》:"野性迷堯曆,松窗有道經。故人爲柱史,爲我數階蓂。"　尾:終了,末了。《戰國策·秦策》:"王若能爲此尾,則三王不足四,五伯不足六。"吳師道注:"尾,終也。"《新唐書·黎幹傳》:"京師苦樵薪乏,幹度開漕渠,興南山谷口,尾入於苑,以便運載。"

　② 灰心:謂悟道之心,不爲外界所動,枯寂如死灰,語本《莊子·齊物論》:"形固可使如槁木,而心固可使如死灰乎?"阮籍《詠懷八十二首》七〇:"灰心寄枯宅,曷顧人間姿!"齊己《閉門》:"外事休關念,灰心獨閉門。"又作喪失信心,意志消沉解。裴度《中書即事》:"灰心緣忍事,霜鬢爲論兵。"蘇軾《與楊元素八首》一:"某病後百事灰心,無復世舉。"詩人這時的心態,兩者兼而有之。　雪鬢:義同"鬢雪",亦作"髯雪",形容鬢发斑白如雪。白居易《別行簡》:"漠漠病眼花,星星愁鬢雪。"李昴英《賀新郎》:"老行要尋松竹伴,雅愛山翁鬢雪。"　悽然:淒涼悲傷貌。《莊子·漁父》:"客悽然變容曰:'甚矣! 子之難悟也。'"高適《除夜作》:"旅館寒燈獨不眠,客心何事轉悽然? 故鄉今夜思千里,霜鬢明朝又一年!"

　③ 新歲:猶新年。董仲舒《春秋繁露·郊義》:"郊因於新歲之初。"韋莊《歲除對王秀才作》:"豈知新歲酒,猶作異鄉身。"　御:指皇帝臨幸至某處。《漢書·王商傳》:"天子親御前殿,召公卿議。"韓愈《論佛骨表》:"今聞陛下令群僧迎佛骨於鳳翔,御樓以觀,舁入大内。"樓:這裏指京城長安的丹鳳樓,改元而大赦天下的盛大典禮常常在那

裏進行。楊巨源《元日含元殿下立仗丹鳳樓門下宣赦相公稱賀二首》
一：“天垂台耀掃欃槍，壽獻香山祝聖明。丹鳳樓前歌九奏，金雞竿下
鼓千聲。”元稹《永貞二年正月二日上御丹鳳樓赦天下予與李公垂庾
順之閑行曲江不及盛觀》：“春來饒夢慵朝起，不看千官擁御樓。却著
閑行是忙事，數人同傍曲江頭。”　從此不名長慶年：長慶四年十二月
十六日前後，元稹認爲信任自己的穆宗皇帝已經故世近一年，安葬儀
式也已經進行。敬宗在穆宗故世後登位，按照慣例，第二年正月肯定
要改元。《舊唐書·穆宗紀》：“（長慶）四年正月辛亥朔，上御殿受朝
如常儀。上餌金石之藥，處士張皋上疏切諫，上悦，召之，求皋不
獲……辛未，上大漸，詔皇太子監國。壬申，上崩於寢殿，時年三十。
羣臣上謚曰睿聖文惠孝皇帝，廟號穆宗，十一月庚申葬於光陵。”《舊
唐書·敬宗紀》：“寶曆元年春正月乙巳朔，辛亥，親祀昊天上帝於南
郊，禮畢，御丹鳳樓，大赦，改元寶曆元年。”元稹賦詠本詩二十三天之
後，年號已經改成寶曆。　　從此：從此時或此地起。《史記·高祖本
紀》：“公等皆去，吾亦從此逝矣！”干寶《搜神記》卷一六：“恩愛從此
別，斷腸傷肝脾。”李益《寫情》：“從此無心愛良夜，任他明月下西樓。”
不名：不直呼其名，表示優禮或尊重之意。《後漢書·梁冀傳》：“冀
入朝不趨，劍履上殿，謁贊不名。”《隋書·恭帝紀》：“〔義寧〕二年春
正月丁未，詔唐王劍履上殿，入朝不趨，贊拜不名。”《資治通鑑·唐
高祖武德元年》載此事，胡三省注：“凡朝會贊拜，則曰某官某；不
名，亦殊禮也。”這裏的含義有别於此，意謂因爲唐穆宗的謝世，“長
慶”年號淡出人們的記憶，漸漸被人們遺忘，字裏行間，透露出詩人
濃烈的哀怨。

[編年]

　　《年譜》編年本詩於長慶四年，沒有列舉理由。《編年箋注》編年：
“此詩作于長慶四年（八二四）十二月。見下《譜》。”《年譜新編》亦編

年長慶四年,没有列舉理由。

我們以爲,本詩可以進一步編年,本詩云:"殘曆半張餘十四。"已經明確無誤地告訴我們,此詩作於長慶四年十二月十六日。

◎ 長慶曆(一)①

年曆復年曆,卷盡悲且惜②。曆日何足悲!但悲年運易③。年年豈無嘆,此嘆何唧唧④? 所嘆别此年,永無長慶曆⑤。

録自《元氏長慶集》卷八

[校記]

(一) 長慶曆:本詩存世各本,包括楊本、叢刊本、《全詩》諸本,未見異文。

[箋注]

① 長慶曆:元稹與唐穆宗(李恒)雖爲同一時代之人:元稹生於公元七七九年,卒於公元八三一年;李恒生於公元七九五年,卒於公元八二四年;李恒元和十五年閏正月初三登位,至長慶四年正月二十二日病故,長慶的年號前後一共延續四年。但李恒貴爲天子,元稹僅僅是一個普通的臣子。本來他們無緣相識相交,祇因爲偶然的機遇,使元稹因穆宗而寵倖。史籍誤傳元稹因宦官而升職,並因此長期貶誹元稹;此後的研究著作沿襲舊説,並忽略了元稹又因宦官打擊、穆宗偏袒而含冤的史實,歪曲了元稹的歷史本來面貌。然而元稹對穆宗的認識極爲模糊,一直把自己明冤辯曲的希望寄託在唐穆宗身上。在唐穆宗將元稹調離"俯近闕廷"的同州,命其爲"遠處藩鎮"之浙東

觀察使的時候，元稹還有《初除浙東妻有阻色因以四韻曉之》詩勸慰他的妻子。長慶四年穆宗謝世，元稹感傷至極，一再寫詩追悼穆宗對自己的"恩遇"，本詩僅僅是其中的一篇而已。爲紀念唐穆宗對自己的恩遇，元稹還將自己和友人白居易的詩文集一併命名爲《元氏長慶集》和《白氏長慶集》，並在序文中回憶往事，追念唐穆宗的知遇之恩，元稹《白氏長慶集序》文云："前輩多以前集、中集爲名，予以爲陛下明年當改元，長慶迄於是，因號曰《白氏長慶集》。"從中可見元稹對穆宗的赤誠之心感激之意。總之，元稹因自己的才幹，更主要的是因爲當時錯綜複雜的政治環境和人際關係，使唐穆宗識元稹於下僚之伍，拔元稹置之宰相之位。正因爲是唐穆宗的極力提拔，元稹因此而對唐穆宗感恩戴德。元稹爲報答唐穆宗識拔之恩，竭盡全力援救重圍中的牛元翼，卻被別有用心的李逢吉勾結宦官所誣告，最終被唐穆宗拋棄。但元稹仍然對唐穆宗抱有幻想，至死不悟。敬請參閱拙稿《元稹考論·元稹與唐穆宗——兼論"元稹与宦官"》，小標題如下，僅供參考：一、穆宗賞識元稹拔爲近臣；二、穆宗遷就裴度貶斥元稹；三、穆宗庇護李逢吉捨棄元稹。潘自牧《記纂淵海·感嘆》連續錄有唐人詩句："世事不同心事，新人何似故人（劉禹錫）"、"所嘆別此年，永無長慶曆"、"淒涼百年事，應與一年同"、"風光少時新（同上）"、"一夜思量十年事，幾人強健幾人無（同上）"，按照這樣的排列順序，這九句，似乎都應該歸屬劉禹錫；但《記纂淵海》在這裏的記載出現了差錯，如其中的"世事不同心事，新人何似故人"，確實是劉禹錫詩句，其《答樂天臨都驛見贈》："北固山邊波浪，東都城裏風塵。世事不同心事，新人何似故人？"但"所嘆別此年，永無長慶曆"卻是元稹的詩句，它不僅見於《元氏長慶集》各本，同時也見於《全詩》卷四〇三元稹名下，應該予以辨正。

　　② 年曆：記載年月日的曆本。《南史·陶弘景傳》："帝使造年曆，至己巳歲而加朱點，實太清三年也。"《通典·職官》："後漢太史令

掌天時星曆，凡歲將終，奏新年曆。" 悲惜：哀痛惋惜。干寶《搜神記》卷三："趙固所乘馬忽死，甚悲惜之。"林光朝《祭劉正字復之文》："千金之璧，一或墜地，悠悠陌上，孰不悲惜？況所謂志念綢繆之人哉！"

③ 曆日：曆書，日曆。白居易《十二月二十三日作兼呈晦叔》："案頭曆日雖未盡，向後唯殘六七行。床下酒瓶雖不滿，猶應醉得兩三場。"姚合《寄舊山隱者》："別君須臾間，曆日兩度新。念彼白日長，復值人事並。" 何足：猶言哪里值得。《史記·秦本紀》："〔百里傒〕謝曰：'臣亡國之臣，何足問！'"干寶《搜神記》卷一六："穎心愴然，即寤，語諸左右，曰：'夢爲虛耳！亦何足怪？'" 年運：謂不停地運行的歲月。顏延之《秋胡》："超遙行人遠，宛轉年運徂。"韋應物《送宣州周錄事》："從茲一分手，緬邈吳與秦。但覿年運馳，安知後會因？" 易：改變，更改。《書·盤庚中》："今予告汝不易。"孔穎達疏："鄭玄云：我所以告汝者不變易。"班固《答賓戲》："風移俗易，乖迕而不可通者，非君子之法也。"

④ 年年：每年。《宋書·禮志》："成帝時，中宮亦年年拜陵，議者以爲非禮。"崔顥《相逢行》："春生百子殿，花發五城樓。出入千門裏，年年樂未休。" 唧唧：嘆息，亦指嘆息聲。《樂府詩集·木蘭詩》："唧唧復唧唧，木蘭當戶織。不聞機杼聲，唯聞女嘆息。"白居易《琵琶行》："我聞琵琶已嘆息，又聞此語重唧唧。"

⑤ "所嘆別此年"兩句：意謂我真正嘆息的是告別即將過去的這一年之後，就再也不會有以"長慶"命名的歲月了，唐穆宗的時代徹底結束了，我希望藉助唐穆宗爲自己明冤辯屈的日子也永遠不會再來了。 所：助詞，表示結構，與動詞相結合組成名詞性片語。《漢書·王嘉傳》："千人所指，無病而死。"白居易《與元九書》："時之所重，僕之所輕。"錢謙益評論本詩云："自悲攀龍不及，永無再入中堂之望也。不説盡，故有味。"

[編年]

　　《年譜》編年本詩於長慶四年，沒有具體日期也沒有説明理由。《編年箋注》編年：“此詩作于長慶四年(八二四)。見卞《譜》。”《年譜新編》亦編年本詩於長慶四年，沒有具體日期也沒有説明理由。

　　本詩曰：“年曆復年曆，卷盡悲且惜。”又云：“所嘆別此年，永無長慶曆！”既然年曆已經“卷盡”，既然已經準備“告別”長慶四年，説明長慶年號已經到了最後的時刻。所以我們以爲，本詩應該作於長慶四年十二月的最後一天，亦即長慶四年十二月三十日。

寶曆元年乙巳(825) 四十七歲

■ 十七與君別^{(一)①}

據白居易《和微之十七與君別及朧月花枝之詠》

[校記]

（一）十七與君別：元稹本佚失詩所據白居易《和微之十七與君別及朧月花枝之詠》，見《白氏長慶集》、《白香山詩集》、《萬首唐人絶句》、《全詩》，未見異文。

[箋注]

① 十七與君別：白居易《和微之十七與君別及朧月花枝之詠》："別時十七今頭白，惱亂君心三十年。垂老休吟花月句，恐君更結後身緣。"這是白居易打趣元稹與管兒早戀的詩篇。在唐代的社會風氣下，少年才子發生早戀是毫不奇怪的。但根據這篇白居易的酬篇，在現存元稹詩文集中未見元稹的原唱，今據補。 十七：即十七歲。佚失之詩題，是元稹以自己的口吻説自己十七歲時與自己初戀情人管兒分別。白居易《聞哭者》："今朝北里哭，哭聲又何切？云是母哭兒，兒年十七八。"李紳《鶯鶯歌》："伯勞飛遲燕飛疾，垂楊綻金花笑日。綠窗嬌女字鶯鶯，金雀婭鬟年十七。" 君：對對方的尊稱，猶言您。祖詠《歸汝墳山莊留別盧象》："對酒雞黍熟，閉門風雪時。非君一延首，誰慰遥相思？"李頎《贈蘇明府》："蘇君年幾許？狀貌如玉童。采藥傍梁宋，共言隨日翁。"這裏指管兒。 別：分別，離別。《楚辭·離

騷》:"余既不難夫離别兮,傷靈修之數化。"王逸注:"近曰離,遠曰别。"杜甫《石壕吏》:"天明登前途,獨與老翁别。"

[編年]

《元稹集》未收録,《編年箋注》、《年譜新編》均未收録與編年,《年譜》收録,詩題作"十七與君别"。

關於元稹早年的戀情,我們曾在《"張生即元稹自寓説"質疑》、《再論張生非元稹自寓》、《三論"張生非元稹自寓"》、《元稹的早戀及其艷詩》以及《關於元稹婚外的戀愛生涯》作過詳細的論述。拙作曾引述白居易《和微之十七與君别及朧月花枝之詠》詩作爲重要的證據,詩中所述,提供了清晰不過的元稹早戀資訊。也許有人以爲"十七"歲是女子亦即崔鶯鶯的年歲,因爲《鶯鶯傳》中張生與崔鶯鶯分别之時崔鶯鶯正是"十七"歲。但崔鶯鶯十七歲與張生分别時張生(即自寓説者認爲的元稹)二十四歲,加"三十年"計之,應該五十四歲了。而歷史人物元稹五十三歲就已病故,這樣的話白居易又能與誰唱和呢? 所以白居易所説的"十七"歲,我們以爲應該就是元稹的年齡。白居易當時並没有與元稹相識,與管兒也不可能見過面,以後也没有再見面的文字記載,所以"今頭白"云云應指的是元稹四十七歲時候的現狀,這也切合元稹三十一歲即已生有白髮的實際情況。根據元稹白居易酬唱詩歌的慣例,元稹原唱詩歌的詩題應該是《十七與君别》,這詩題應理解爲"我十七歲時與您分别"較爲合適。如果是女子"十七"歲,那麽詩題應是《君十七與余别》。從白居易和作"别時十七"與"三十年"推斷,唱和詩應該發生在元稹四十七歲浙東任與白居易在洛陽以太子左庶子分司東都期間,唱和時間應該在寶曆元年三月四日之前白居易離開洛陽之前。白居易身處洛陽,使遠在浙東的元稹情不自禁想起自己"十七歲"時在洛陽與管兒的初戀情景,元稹原唱應該賦成於寶曆元年初春,地點在浙東。白居易當時在洛陽,沒有放過調侃老朋友的機會,以"垂老休吟花月句,恐君更結後身緣"來打趣。元稹的原唱雖然已經散失,但從白居易和詩我們仍然可以推斷出元稹十七歲前有過一段"惱亂"他"三十年"思緒的刻骨銘心的戀情。那麼元稹十七歲時結識的女子又是哪一位呢? 元稹《仁風李著作園醉後寄李十》:"朧明春月照花枝,花下鶯聲是管兒。却笑西京李員外,五更騎馬趁朝時。"詩的第一句白居易已隱括入他自己和作詩題《和微之十七與君別及朧月花枝之詠》的"朧月花枝之詠"之中,第二句中提到的管兒我們以爲可能即是白詩中提到的元稹十七歲時相戀的女子。此説有無其他旁證? 元稹《琵琶歌》即詳細描寫了詩人與管兒後來相逢的過程,管兒爲元稹他們演奏她的精湛技藝,詩人讚不絶口:"李家兄弟皆愛酒,我是酒徒爲密友。著作曾邀連夜宿,中碾春溪華新緑。平明船載管兒行,盡日聽彈無限曲。曲名無限知者鮮,霓裳羽衣偏宛轉。凉州大遍最豪嘈,六么散序多籠拈……我聞此曲深賞奇,賞著奇處驚管兒。管兒爲我雙泪垂,自彈此曲長自悲。泪垂捍撥朱弦濕,冰泉嗚咽流鶯澀。"可見元稹與管兒由技藝的賞識到情感的溝通,關係自然非同一般。元稹《琵琶歌》接著又説:"自兹聽後六七年,管兒在洛我朝天。"所謂"管兒在洛"是指管兒仍舊留在洛陽演奏她的精湛技藝,其中自然包括滯留在李著作家裏作私人藝伎在内,一直沒有能够得到好好施展技藝的機遇。所謂"我朝天"即是指元稹貞元十八九年(802—803)間的吏部考試和其後在長安供職校書郎事。以"自兹聽後六七年"逆推之,元稹與管兒這次相遇應在貞元十一年與十二年(795—796)之間,當時元稹正是十七八歲。《年譜》編年元稹佚失之詩於大和三年,將虛構人物崔鶯鶯參雜進來,誤導了自己,也誤導了讀者,不可取。

▲ 和浙西李大夫晚下北固山喜松 徑成陰悵然懷古偶題臨江亭^{(一)①}

自公領南徐，三換營門柳^②。

見盧憲《嘉定鎮江志・唐潤州刺史》，
據傅璇琮先生《李德裕年譜》轉録

[校記]

（一）和浙西李大夫晚下北固山喜松徑成陰悵然懷古偶題臨江亭：《元稹集》稱自傅璇琮先生《李德裕年譜》轉録，題作"和德裕晚下北固山喜松徑成陰悵然懷古偶題臨江亭"，《全唐詩續補》也稱自傅璇琮先生《李德裕年譜》轉録，"詩題亦從傅説"，作"和浙西李大夫晚下北固山喜松徑成陰悵然懷古偶題臨江亭"，各備一説，録以備考。據元稹與李德裕之間的唱和慣例，根據劉禹錫和篇題作"和浙西李大夫晚下北固山喜松徑成陰悵然懷古偶題臨江亭并浙東元相公所和"，以作"浙西李大夫"爲是。兩句僅僅《李德裕年譜》、《元稹集》、《全唐詩續補》輯録，《編年箋注》遺漏兩句的録入，屬於疏漏。

[箋注]

① 和：以詩歌酬答，依照別人詩詞的題材和體裁作詩詞，亦有與自己詩詞應和者，如唐代王初有《書秋》："千里南雲度塞鴻，秋容無迹淡平空。人間玉嶺清霄月，天上銀河白晝風。潘賦登山魂易斷，楚歌遺佩怨何窮！往來未若奇張翰，欲繪霜鯨碧海東。"其《自和書秋》："隴首斜飛避弋鴻，頹雲蕭索見層空。漢宫夜結雙莖露，閶闔涼生六幕風。湘女怨絃愁不禁，鄂君香被夢難窮。江邊兩槳連歌渡，驚散遊

魚蓮葉東。"内容相同，韵脚一一對應，是爲"和"。《列子·周穆王》："西王母爲王謡，王和之，其辭哀焉！"張湛注："和，答也。"韓愈《送楊少尹序》："吾聞楊侯之去，丞相有愛而惜之者，白以爲其都少尹，不絶其禄，又爲歌詩以勸之，京師之長於詩者，亦屬而和之。" 浙西：即浙江西道節度使。《舊唐書·地理志》："浙江西道節度使：治潤州，管潤、蘇、常、杭、湖等州，或爲觀察使。"當時李德裕爲觀察使。劉長卿《奉餞鄭中丞罷浙西節度還京》："天上移將星，元戎罷龍節。三軍含怨慕，横吹聲斷絶。"劉禹錫《和浙西李大夫晚下北固山喜徑松成陰悵然懷古偶題臨江亭并浙東元相公所和依本韵》："一辭温室樹，幾見武昌柳柳。苟謝年何少，韋平望已久。" 李大夫：即李德裕，時任浙西觀察使，"李大夫"是朝廷恩賜李德裕的"御史大夫"，是榮衍，非實職。《舊唐書·穆宗紀》："（長慶二年）九月戊子朔……御史中丞李德裕爲潤州刺史，兼御史大夫、浙江西道都團練觀察處置等使，以代竇易直；以易直爲吏部侍郎。"劉禹錫《和浙西李大夫霜夜對月聽小童吹觱篥歌依本韵》："海門雙青暮烟歇，萬頃金波湧明月。侯家小兒能觱篥，對此清光天性發。"劉禹錫《浙西李大夫述夢四十韵并浙東元相公酬和斐然繼聲》："位是才能取，時因際會遭。羽儀呈鸑鷟，鈇刃試豪曹。" 北固山：《元和郡縣志·潤州》："北固山：在縣北一里，下臨長江，其勢險固，因以爲名。蔡謨、謝安作鎮，并於山上作府庫，儲軍實。宋高祖云：'作鎮作固，誠有其緒。然北望海口，實爲壯觀。以理而推，固宜爲顧。'江今闊一十八里，春秋朔望有奔濤，魏文帝東征孫氏，臨江歎曰：'固天所以限南北也。'"王灣《次北固山下》："客路青山外，行舟緑水前。潮平兩岸闊，風正一帆懸。"張子容《九日陪潤州邵使君登北固山》："五馬向西椒，重陽坐麗譙。徐州帶緑水，楚國在青霄。" 喜：快樂，高興。《詩·鄭風·風雨》："既見君子，云胡不喜？"杜甫《聞官軍收河南河北》："却看妻子愁何在？漫捲詩書喜欲狂。" 松徑：松間小路。元結《登白雲亭》："出門見南山，喜逐松徑行。"蘇轍《遊鍾山》："石梯南下俯城闉,松徑東蟠轉山谷。"　陰:不見陽光的地方。
《周禮‧輪人》："陽也者,積理而堅;陰也者,疏理而柔。"賈公彥疏:
"背日爲陰。"幽暗,昏暗。《楚辭‧九歌‧大司命》："壹陰兮壹陽,衆
莫知兮余所爲。"王逸注："陰,晦也。陽,明也。"王安石《易泛論》："貪
暴而止乎高者,隼也;貪竊而動乎陰者,鼠也。"　悵然:失意不樂貌。
宋玉《神女賦序》："罔兮不樂,悵然失志。"《史記‧日者列傳》："宋忠、
賈誼忽而自失,芒乎無色,悵然噤口不能言。"　懷古:思念古代的人
和事。張衡《東京賦》："望先帝之舊墟,慨長思而懷古。"李白《經下邳
圯橋懷張子房》："我來圯橋上,懷古欽英風。"　偶題:偶然而題。杜
甫《偶題》："文章千古事,得失寸心知。作者皆殊列,名聲豈浪垂!"王
鋌《登越王樓見喬公詩偶題》："雲架重樓出郡城,虹梁雅韵仲宣情。
越王空置千年迹,丞相兼揚萬古名。"　臨江亭:亭名,在鎮江。《墨莊
漫錄》卷四："鎮江府甘露寺在北固山上,江山之勝,烟雲顯晦,萃於目
前。舊有多景樓,尤爲登覽之最。蓋取李贊皇《題臨江亭》詩,有'多
景懸窗牖'之句,以是命名,樓即臨江故基也。裴煜守潤日,有詩云:
'登臨每憶衛公詩,多景惟於此處宜。海岸千艘浮若芥,邦人萬室佈
如棋。江山氣象回環見,宇宙端倪指點知。禪老莫辭勤候迓,使君官
滿有歸期。'自經兵火,樓今廢。近雖稍復營繕,而樓基半已侵削,殊
可惜也!"儲光羲《臨江亭五詠》一:"晉家南作帝,京鎮北爲關。江水
中分地,城樓下帶山。"潘閬《瓜州臨江亭留題》:"誰構危亭已半空?
野人時得恣疏慵。閑觀揚子江心浪,静聽金山寺裏鐘。"元稹與李德
裕的親密關係一直持續到元稹謝世之後,劉禹錫《西州李尚書知愚與
元武昌有舊遠示二篇吟之泫然因以繼和二首(來詩云:元公令陳從事
求蜀琴,將以爲寄,而武昌之訃聞,因陳生會葬)》就是其中的明證,其
一:"如何贈琴日,已是絶絃時? 無復雙金報,空餘挂劍悲。"其二"寶
匣從此閑,朱絃誰復調? 秖應隨玉樹,同向土中銷。"另一個明證就是
元稹謝世之後,李德裕仍然有詩篇懷念昔日的好友,李德裕《憶金門

舊遊奉寄江西沈大夫》：“東望滄溟路幾重？無因白首更相逢。已悲泉下雙琪樹（韋中令、元武昌皆已淪没），又借天邊一臥龍（杜西川謫官南海）。人事升沉纔十載，官遊漂泊過千峰。思君遂寄西山藥（大夫嘗鎮鍾陵，兼好金丹之術），歲暮相期向赤松。”

②　自：介詞，由，從。《孟子·公孫丑》：“自天子達於庶人，非直爲觀美也，然後盡於人心。”王維《雜詩三首》二：“君自故鄉來，應知故鄉事。”　公：對平輩的敬稱。王維《酬諸公見過》：“嗟予未喪，哀此孤生。屏居藍田，薄地躬耕。”高適《酬秘書弟兼寄幕下諸公》：“亞相膺時傑，群才遇良工。翩翩幕下來，拜賜甘泉宮。”　領：統率，管領。《漢書·魏相傳》：“宣帝始親萬機，屬精爲治，練群臣，核名實，而相總領衆職，甚稱上意。”《後漢書·耿弇傳》：“光武見弇等，説，曰：‘當與漁陽、上谷士大夫共此大功。’乃皆以爲偏將軍，使還領其兵。”　南徐：古代州名，東晉僑置徐州於京口城，南朝宋改稱南徐，即今江蘇省鎮江市。歷齊、梁、陳，至隋開皇年間廢。《宋書·州郡志》：“武帝永初二年，加徐州曰南徐，而淮北但曰徐。文帝元嘉八年，更以江北爲南兖州，江南爲南徐州，治京口。”王昌齡《客廣陵》：“樓頭廣陵近，九月在南徐。秋色明海縣，寒烟生里閭。”劉長卿《京口懷洛陽舊居兼寄廣陵二三知己》：“川闊悲無梁，藹然滄波夕。天涯一飛鳥，日暮南徐客。”　三换營門柳：據《舊唐書·穆宗紀》，李德裕長慶二年九月領任浙江西道觀察使，至寶曆元年春天，共歷經三個春天，柳樹的新芽已經三次更換，故言。劉禹錫《和浙西李大夫晚下北固山喜徑松成陰悵然懷古偶題臨江亭并浙東元相公所和依本韵》：“一辭温室樹，幾見武昌柳。苟謝年何少？韋平望已久。種松夾石道，紆組臨沙阜。目覽帝王州，心存服肱守。葉動驚綵翰，波澄見頰首。晉宋齊梁都，千山萬江口。烟散隋宮出，濤來海門吼。風俗太伯餘，衣冠永嘉後。江長天作限，山固壞無朽。自古稱佳麗，非賢誰奄有？八元邦族盛，萬石門風厚。天柱揭東溟，文星照北斗。高亭一騁望，舉酒共爲壽。因賦

詠懷詩,遠寄同心友。禁中晨夜直,江左東西偶。將手握兵符,儒腰盤貴綬。頒條風有自,立事言無苟。農野聞讓耕,軍人不使酒。用材當構廈,知道寧窺牖？誰謂青雲高？鵬飛終背負。”即是劉禹錫酬和李德裕之詩篇。根據劉禹錫詩篇首聯“一辭溫室樹,幾見武昌柳”可以考定,元稹“自公領南徐,三換營門柳”之散句,應該是元稹酬和李德裕詩篇《和浙西李大夫晚下北固山喜徑松成陰悵然懷古偶題臨江亭》之首聯,其餘十八聯已經佚失。傅璇琮先生《李德裕年譜》對此考證甚詳,可以採信。　營門:軍營之門。郎士元《塞下曲》:“白草山頭日初沒,黃沙戍下悲歌發。蕭條夜靜邊風吹,獨倚營門望秋月。”李賀《送秦光祿北征》:“灞水樓船渡,營門細柳開。將軍馳白馬,豪彥騁雄材。”　柳:這裏既是詠營門前之柳,又借喻“細柳營”,以李德裕比漢代的周亞夫。據《史記·絳侯世家》:漢文帝時,周亞夫爲將軍,屯軍細柳。帝自勞軍,至細柳營,因無軍令而不得入。於是使使者持節詔將軍,亞夫傳令開壁門。既入,帝按轡徐行。至營,亞夫以軍禮見,成禮而去。帝曰:“此真將軍矣！曩者霸上,棘門軍,若兒戲耳！”後遂稱軍營紀律嚴明者爲細柳營。細柳之地,在今陝西省咸陽市西南。李嘉祐《送馬將軍奏事畢歸滑州使幕》:“棠梨宮裏瞻龍袞,細柳營前著豹裘。想到滑臺桑葉落,黃河東注荻花秋。”劉商《行營送人》:“鞞鼓喧喧對古城,獨尋歸鳥馬蹄輕。回來看覓鶯飛處,即是將軍細柳營。”

[編年]

　　未見《年譜》採錄與編年,《編年箋注》沒有採錄“自公領南徐,三換營門柳”兩句,自然也談不上編年兩句。《年譜新編》編年兩句所在詩篇於寶曆元年春天“此後不久作”。

　　關於兩句所在詩篇的編年,傅璇琮先生《李德裕年譜》(齊魯書社一九八四年十月版)已經據《嘉定鎮江志》卷一四《唐刺史》門“李德裕”條考定:“寶曆元年,上《丹扆六箴》……是年,德裕有遊北固山詩,元稹和之，云‘自公領南徐，三換營門柳’。其下注云：‘以《李衛公年譜》參定。’《嘉定鎮江志》編纂者爲南宋人盧憲，書中載李德裕事，有數處引《李衛公年譜》，此譜未知何人所作，當出於宋人之手。這時德裕與元稹詩存者較後世爲多，故能資以援引。此所謂游北固山詩，即《晚下北固山……》篇，可知即作於寶曆元年。”考證有據，應該信從。今天我們看到的《年譜新編》有關文字，竟然與《李德裕年譜》完全相同，甚至連刪節、標點也都一模一樣！《年譜新編》出版於二十年之後，毫無疑問應該看到《李德裕年譜》的考定，照理應該加以説明才是。

我們以爲，《舊唐書·穆宗紀》：“（長慶二年）九月戊子朔……御史中丞李德裕爲潤州刺史，兼御史大夫、浙江西道都團練觀察處置等使。”既然稱“三換”，應該是越過長慶三年春天、長慶四年春天和寶曆元年的春天，已經到了寶曆元年的春天以後。因爲柳樹換裝毫無疑問應該在春天，而從强調突出“三換營門柳”來看，元稹兩句寫作的時間應該是寶曆元年的暮春時節，地點在浙東，元稹時任浙東觀察使、越州刺史。而《年譜新編》寶曆元年春天“此後不久作”的説法多多少少有點模糊。

■ 酬夢得和浙西李大夫偶題臨江亭兼寄元浙東(一)①

據劉禹錫《和浙西李大夫晚下北固山喜徑松成陰悵然懷古偶題臨江亭并浙東元相公所和依本韵》

[校記]

（一）酬夢得和浙西李大夫偶題臨江亭兼寄元浙東：元稹本佚失詩所據劉禹錫《和浙西李大夫晚下北固山喜徑松成陰悵然懷古偶題臨江亭并浙東元相公所和依本韵》，見《劉賓客文集》、《古詩鏡·唐詩鏡》、《全詩》，未見異文。

［箋注］

　　① 酬夢得和浙西李大夫偶題臨江亭兼寄元浙東：劉禹錫《和浙西李大夫晚下北固山喜徑松成陰悵然懷古偶題臨江亭并浙東元相公所和依本韵》一詩，已經在元稹《和浙西李大夫晚下北固山喜徑松成陰悵然懷古偶題臨江亭》中引録，此不重複。李德裕先有《晚下北固山喜徑松成陰悵然懷古偶題臨江亭》之作，元稹酬和《和浙西李大夫晚下北固山喜徑松成陰悵然懷古偶題臨江亭》之篇，劉禹錫繼和《和浙西李大夫晚下北固山喜徑松成陰悵然懷古偶題臨江亭并浙東元相公所和依本韵》一詩，既寄呈李德裕，又呈寄元稹，元稹接到劉禹錫之詩，豈有不理不睬的道理？ 自然應該酬和劉禹錫了，但現存元稹詩文集未見，據補。　　浙西李大夫：即李德裕，時任浙西觀察使，出任浙西觀察使之前，曾在朝擔任御史中丞之職。劉禹錫《浙西李大夫述夢四十韵并浙東元相公酬和斐然繼聲》：“吳越分雙鎮，東西接萬艘。今朝比潘陸，江海更滔滔。”元稹《寄浙西李大夫四首》四：“由來鵬化便圖南，浙右雖雄我未甘。早渡西江好歸去，莫抛舟楫滯春潭。”

［編年］

　　《元稹集》未收録，《年譜》、《編年箋注》、《年譜新編》既未收録，也未編年。

　　據《舊唐書·穆宗紀》、《舊唐書·文宗紀》，李德裕長慶二年九月癸卯出任浙西觀察使，元稹長慶三年十月半之後才履任浙東觀察使之職。李德裕與元稹大和元年九月十八日“就加檢校禮部尚書”，而詩題稱“李大夫”而不稱“李尚書”，劉禹錫酬和詩應該賦成於長慶三年十月半之後、大和元年九月十八日之前，元稹已經佚失的酬和劉禹錫之詩應該在劉禹錫酬和李德裕、元稹詩篇之後，但具體時間仍然應該在李德裕與元稹自己"就加檢校禮部尚書"之前，亦即長慶三年十月半之後、大和元年九月十八日之前；又根據元稹《和浙西李大夫晚下北固山喜徑松成陰悵然懷古偶題臨江亭》之"自公領南徐，三換營門柳"來看，元稹和劉禹錫之詩，亦應該作於寶曆元年之春天後不久，地點在越州，元稹時任浙東觀察使、越州刺史。

● 劉阮妻二首^{(一)①}

　　仙洞千年一度開，等閑偷入又偷迴②。桃花飛盡東風起^(二)，何處消沉去不來③？

　　芙蓉脂肉綠雲鬟，罨畫樓臺青黛山④。千樹桃花萬年藥，不知何事憶人間⑤？

錄自《才調集》卷五

[校記]

　　（一）劉阮妻二首：《全詩》同，《南濠詩話》、《全詩》注作"劉阮山"，語義不順，不改。

　　（二）桃花飛盡東風起：原本作"桃花飛盡秋風起"，《全詩》作"桃花飛盡東風起"，語義更佳，據改。

[箋注]

　　① 劉阮妻二首：今存諸多《元氏長慶集》未見，但《才調集》卷五、《全詩》收錄，今據補。　　劉阮：東漢劉晨和阮肇的並稱，相傳永平年間，劉、阮至天台山采藥迷路，遇二仙女，蹉跎半年始歸。時已入晉，子孫已過七代，後復入天台山尋訪，舊蹤渺然，後用爲遊仙或男女幽

會的典故。呂巖《七言》一〇四：“曾隨劉阮醉桃源，未省人間欠酒錢。”顧夐《甘州子》：“曾如劉阮訪仙蹤，深洞客，此時逢。”　劉阮妻：這裏指劉晨和阮肇遭遇的兩位仙女，本組詩的主角。張祜《憶遊天台寄道流》：“憶昨天台到赤城，幾朝仙籍耳中生……今來儘是人間夢，劉阮茫茫何處行？”許渾《早發天台中巖寺度關嶺次天姥岑》：“丹壑樹多風浩浩，碧溪苔淺水潺潺。可知劉阮逢人處，行盡深山又是山。”

②　仙洞：仙人的洞府。閬選《浣溪沙》：“劉阮信非仙洞客，嫦娥終是月中人。”宋代無名氏《賀新郎·慶生日子納婦》：“想蓬萊、仙洞又獻，長生真籙。”　千年：極言時間久遠。沈約《齊故安陸昭王碑文》：“蓋百代之儀表，千年之領袖。”盧照鄰《中和樂章·歌登封》：“山稱萬歲，河慶千年。”　一度：猶一次。棲白《寄南山景禪師》：“一度林前見遠公，靜聞真語世情空。”譚用之《贈索處士》：“一度相思一惆悵，水寒烟澹落花前。”　等閑：無端，平白。劉禹錫《竹枝詞》：“長恨人心不如水，等閑平地起波瀾。”歐陽修《南歌子》：“等閑妨了繡功夫，笑問雙鴛鴦字怎生書？”輕易，隨便。白居易《新昌新居》：“等閑栽樹木，隨分占風烟。”朱熹《春日》：“等閑識得東風面，萬紫千紅總是春。”　偷：暗地裏。《莊子·漁父》：“不擇善否，兩容頰適，偷拔其所欲，謂之險。”王先謙集解引宣穎注：“偷拔，謂潛引人心中之欲。”史達祖《綺羅香·詠春雨》：“做冷欺花，將烟困柳，千里偷催春暮。”

③　桃花：亦作“桃華”，桃樹所開的花。張説《奉酬韋祭酒自湯還都經龍門北溪莊見貽之作》：“桃花迂路轉，楊柳間門深。泛舟伊水漲，繫馬香樹陰。”王維《輞川別業》：“不到東山向一年，歸來才及種春田。雨中草色綠堪染，水上桃花紅欲然。”形容女子容貌。陳子良《新成安樂宮》：“春色照蘭宮，秦女坐窗中。柳葉來眉上，桃花落臉紅。”溫庭筠《照影曲》：“桃花百媚如欲語，曾爲無雙今兩身。”　東風：指春風。《禮記·月令》：“〔孟春之月〕東風解凍，蟄蟲始振，魚上冰。”李白《春日獨酌二首》一：“東風扇淑氣，水木榮春暉。”　何處：哪里，什麼

地方。《漢書·司馬遷傳》："且勇者不必死節，怯夫慕義，何處不勉焉!"王昌齡《梁苑》："萬乘旌旗何處在？平臺賓客有誰憐？" 消沉：沉湎，消逝。孟簡《惜分陰》："業廣因功苦，拳拳志士心。九流難酌挹，四海易消沉。"万俟詠《春草碧》："天涯地角，意不盡、消沉萬古。曾是送別長亭下，細綠暗烟雨。"

④ 芙蓉：荷花的別名。《楚辭·離騷》："製芰荷以爲衣兮，集芙蓉以爲裳。"洪興祖補注："《本草》云：其葉名荷，其華未發爲菡萏，已發爲芙蓉。"王維《臨湖亭》："當軒對樽酒，四面芙蓉開。"這裏形容女子，亦即劉、阮兩位的妻子的容貌如盛開的荷花一樣艷麗。 脂肉：借指仙女的容貌。宋之問《傷曹娘二首》一："獨憐脂粉氣，猶著舞衣中。"白居易《戲題木蘭花》："怪得獨饒脂粉態，木蘭曾作女郎來。"雲鬟：高聳的環形髮髻。李白《久別離》："至此腸斷彼心絶，雲鬟綠鬢罷梳結。"借指年輕貌美的女子。晁補之《綠頭鴨·韓師朴相公會上觀佳妓輕盈彈琵琶》："算從來、司空慣，斷腸初對雲鬟。" 罨畫：色彩鮮明的繪畫，多用以形容自然景物或建築物等的艷麗多姿。秦韜玉《送友人罷舉除南陵令》："花明驛路胭脂暖，山入江亭罨畫開。"葉適《送惠縣丞歸陽義》："二嶺描成翠骨堆，一川罨畫繡徘徊。" 樓臺：高大建築物的泛稱。《左傳·哀公八年》："邾子又無道，吳子使大宰子餘討之，囚諸樓臺。"杜甫《院中晚晴懷西郭茅舍》："復有樓臺銜暮景，不勞鐘鼓報新晴。" 青黛：青黑色的顏料。李時珍《本草綱目·青黛》〔集解〕引馬志曰："青黛從波斯國來，今以太原並廬陵、南康等處染澱甕上沫紫碧色者用之，與青黛同功。"古代女子常用以畫眉。李白《對酒》："蒲萄酒，金叵羅，吳姬十五細馬馱。青黛畫眉紅錦靴，道字不正嬌唱歌。"岑參《入蒲關先寄秦中故人》："秦山數點似青黛，渭上一條如白練。京師故人不可見，寄將兩眼看飛燕。"

⑤ 千樹桃花萬年藥：形容天上仙境桃紅柳綠，鶯歌燕舞。個個都好像吃了長生不老之藥，享受著萬年不盡的歡樂。 千樹：極言花

樹之多。獨孤及《同岑郎中屯田韋員外花樹歌》:"東風動地只花發,
渭城桃李千樹雪。芳菲可愛不可留,武陵歸客心欲絶。"劉禹錫《元和
十年自朗州召至京戲贈看花諸君子》:"紫陌紅塵拂面來,無人不道看
花回。玄都觀裏桃千樹,盡是劉郎去後栽。"　挑花:這裏代指仙界開
放的各種鮮花。張説《翻著葛巾呈趙尹》:"忽聞有嘉客,驪步出閑門。
桃花春徑滿,誤識武陵源。"王昌齡《古意》:"桃花四面發,桃葉一枝
開。欲暮黄鸝囀,傷心玉鏡臺。"　萬年:祝禱之詞,猶萬歲,長壽。
《詩·大雅·江漢》:"虎拜稽首,天子萬年。"鄭玄箋:"拜稽首者,受王
命策書也。臣受恩無可以報謝者,稱言使君壽考而已。"《漢書·王褒
傳》:"雍容垂拱,永永萬年。"極言年代之久遠。《鶡冠子·王鈇》:"主
無異意,民心不徙,與天合則萬年一范。"韓愈《元和聖德詩》:"天錫皇
帝,爲天下主……億載萬年,敢有違者?"　藥:指仙丹。《史記·秦始
皇本紀》:"因使韓終、侯公、石生求仙人不死之藥。"李商隱《常娥》:
"常娥應悔偷靈藥,碧海青天夜夜心。"　何事:爲何,何故。左思《招
隱詩二首》一:"何事待嘯歌?灌木自悲吟。"劉過《水調歌頭》:"湖上
新亭好,何事不曾來?"　人間:塵世,世俗社會。陶潛《庚子歲五月中
從都還阻風于規林二首》二:"静念園林好,人間良可辭。"趙令時《侯
鯖録》卷五:"麗質仙娥生月殿。謫向人間,未免凡情亂。"

[編年]

　　《年譜》編年本詩於元和五年,没有説明理由,但有"附録"其後:
"殷元勛云:'《劉阮妻》是借以説雙文。'王《考》云:'《劉阮妻》七絶二
首中之"等閑偷入又偷回",點明其所行之事。'"毫無根據將"劉阮妻"
的降臨人間的行爲誤作崔鶯鶯夜闖張生書齋的行徑,但又没有將本
詩編年於張生與崔鶯鶯戀愛的貞元年間,思維之混亂,恐怕連著者本
人也難以説清。《編年箋注》編年:"《劉阮妻二首》……作于元和五年
(八一○),元稹時在江陵士曹任。見下《譜》。"《年譜新編》編年本詩

於"癸卯至己酉在越州所作其他詩"欄內:"疑越州作。"没有列舉理由,也没有指明時序應該是春天。

我們以爲本詩作於元稹履任浙東觀察使期間,因爲相傳東漢劉晨和阮肇入天台山采藥遇仙的故事就發生在浙東地區,元稹身臨其境,見景抒情在所必然。也許元稹前兩年冤屈罷相的不滿情緒,也許毛仙翁長慶三年年末的"惠然"來訪,也許唐敬宗登位之後的無所作爲以及李逢吉弄權誤國的種種舉動,一再激發了元稹問道求仙的欲望,舒其情而賦其詩,本組詩即應該作於其時。而本組詩"桃花飛盡東風起"、"千樹桃花萬年藥"的詩句,雖然是對仙界的描述,但未嘗不是眼前實景的描摹。據此,本詩應該作於長慶四年或寶曆元年的春天三月桃花飛舞之時,今暫時編排本組詩於寶曆元年的春天三月,地點在浙東。

■ 酬徐凝春陪看花宴會二首^{(一)①}

據徐凝《春陪相公看花宴會二首》

[校記]

(一)酬徐凝春陪看花宴會二首:元稹本佚失詩所據徐凝《春陪相公看花宴會二首》,見《萬首唐人絶句》、《全詩》、《全唐詩録》,未見異文。

[箋注]

① 酬徐凝春陪看花宴會二首:徐凝《春陪相公看花宴會二首》,其一:"丞相邀歡事事同,玉簫金管咽東風。百分春酒莫辭醉!明日的無今日紅。"其二:"木蘭花謝可憐條,遠道音書轉寂寥。春去一年

春又盡,幾回空上望江橋?"現存元稹詩文,未見元稹之酬篇,故據此補。　　徐凝:睦州(今浙江建德)人,元稹、白居易的朋友。方干曾從之學詩,終身不遇,以布衣終。白居易《憑李睦州訪徐凝山人》:"郡守輕詩客,鄉人薄釣翁。解憐徐處士,唯有李郎中。"蘇軾《世傳徐凝瀑布詩云一條界破青山色至爲塵陋又僞作樂天詩稱美此句有賽不得之語樂天雖涉淺易然豈至是哉乃戲作一絶》:"帝遣銀河一派垂,古來惟有謫仙詞。飛流濺沫知多少? 不與徐凝洗惡詩。"　　看花:觀賞花朵。劉禹錫《元和十一年自郎州召至京戲贈看花諸君子》:"紫陌紅塵拂面來,無人不道看花回。"錢易《南部新書》:"施肩吾與趙嘏同年不睦,嘏舊失一目,以假珠代其精。故施嘲之曰:'二十九人同及第,五十七隻眼看花。'"　　宴會:會聚宴飲。《東觀漢記·趙憙傳》:"上延集内戚宴會,諸夫人各前言爲趙憙所濟活,上甚嘉之。"劉義慶《世説新語·簡傲》:"〔謝公〕從容謂萬曰:'汝爲元帥,宜數唤諸將宴會,以説衆心。'萬從之。"

［編年］

　　未見《元稹集》採録,也未見《年譜》、《編年箋注》、《年譜新編》採録與編年。

　　徐凝詩有"百分春酒莫辭醉"、"春去一年春又盡"之句,應該是三月三十日或稍前的詩。"春去一年春又盡"之句又表明,元稹在浙東,已經"春去一年",第二個"春"天又來到了,時間應該到了寶曆元年。元稹長慶三年十月半來到越州任職浙東觀察使、越州刺史,大和元年九月"檢校禮部尚書",徐凝詩稱"相公"而不稱"尚書",以"春去一年春又盡"計之,長慶三年、長慶四年都應該排除在外,應該是寶曆元年三月三十日或稍前的詩,地點在越州,元稹時任浙東觀察使、越州刺史。

■ 酬樂天晚春見寄^{(一)①}

據白居易《晚春寄微之并崔湖州》

[校記]

（一）酬樂天晚春見寄：元稹本佚失詩所據白居易《晚春寄微之并崔湖州》，見《白氏長慶集》、《白香山詩集》、《萬首唐人絕句》、《全詩》，未見異文。

[箋注]

① 酬樂天晚春見寄：白居易《晚春寄微之并崔湖州》：“洛陽陌上少交親，履道城邊欲暮春。崔在吳興元在越，出門騎馬覓何人？”現存元稹詩文集不見元稹酬和白居易之篇，據補。　晚春：春季的最後一個月，亦即農曆三月。王維《晚春嚴少尹與諸公見過》：“松菊荒三逕，圖書共五車。烹葵邀上客，看竹到貧家。”劉長卿《晚春歸山居題窗前竹》：“溪上殘春黃鳥稀，辛夷花盡杏花飛。始憐幽竹山窗下，不改清陰待我歸。”　見：用在動詞前面表示被動，相當於被、受到。清江《酬姚補闕南仲雲溪館中戲題隨書見寄》：“寺溪臨使府，風景借仁祠。補袞周官貴，能名漢主慈。”無可《酬厲侍御秋中思歸樹石所居見寄》“三峰居接近，數里躡雲行。深去通仙境，思歸厭宦名。”　寄：贈送。徐鉉《和徐舍人九月十一日見寄》：“衡門寂寂逢迎少，不見仙郎向五旬。莫問龍山前日事，菊花開却爲閑人！”靈一《酬皇甫冉西陵見寄》：“西陵潮信滿，島嶼没中流。越客依風水，相思南渡頭。”

[編年]

　　未見《元積集》採録，也未見《年譜》、《編年箋注》、《年譜新編》採録與編年。

　　白居易長慶四年五月從杭州刺史離任，以太子左庶子分司東都。詩稱"晚春"，當不應該是長慶四年之"晚春"，而是寶曆元年之"晚春"。而白居易詩中提及的"洛陽陌上"，已經指明地點在洛陽，而"履道"，即履道里，是洛陽的里巷之名，是白居易所居處。《舊唐書•白居易傳》："〔居易〕於履道里得故散騎常侍楊憑宅，竹木池館，有林泉之致。"亦省作"履道"。白居易《晚歸府》："晚從履道來歸府，街路雖長尹不嫌。"據此，白居易在洛陽，元積佚失之詩《酬樂天晚春見寄》應該賦成於寶曆元年晚春三月，時白居易在洛陽以太子左庶子分司東都，崔玄亮在湖州刺史任上，元積時任浙東觀察使、越州刺史，賦詩地點在越州。

■ 霓裳羽衣歌^{(一)①}

據白居易《霓裳羽衣歌(和微之)》

[校記]

　　(一) 霓裳羽衣歌：元積本佚失之詩所據白居易《霓裳羽衣歌(和微之)》，見《元氏長慶集》、《白香山詩集》、《石倉歷代詩選》、《唐宋詩醇》、《全詩》、《全唐詩録》，未見異文。

[箋注]

　　① 霓裳羽衣歌：白居易《霓裳羽衣歌(和微之)》證明元積應該有一首《霓裳羽衣歌》的原唱，現存元積詩文集未見元積原唱，據補。過録白居易的酬和之篇，以便約略瞭解元積原唱的內容："我昔元和侍憲皇，曾

陪内宴宴昭陽。千歌百舞不可數，就中最愛霓裳舞。舞時寒食春風天，玉鉤欄下香案前。案前舞者顏如玉，不着人家俗衣服。虹裳霞帔步搖冠，鈿瓔纍纍珮珊珊。娉婷似不任羅綺，顧聽樂懸行復止。磬簫筝笛遞相攪，擊擫彈吹聲邐迤。散序六奏未動衣，陽臺宿雲慵不飛。中序擘騞初入拍，秋竹竿裂春冰拆。飄然轉旋迴雪輕，嫣然縱送游龍驚。小垂手後柳無力，斜曳裾時雲欲生。烟蛾斂略不勝態，風袖低昂如有情。上元點鬟招萼綠，王母揮袂別飛瓊。繁音急節十二遍，跳珠撼玉何鏗錚！翔鸞舞了却收翅，唳鶴曲終長引聲。當時乍見驚心目，凝視諦聽殊未足。一落人間八九年，耳冷不曾聞此曲。溢城但聽山魈語，巴峽唯聞杜鵑哭。移領錢塘第二年，始有心情問絲竹。玲瓏箜篌謝好箏，陳寵觱栗沈平笙。清弦脆管纖纖手，教得霓裳一曲成。虛白亭前湖水畔，前後祗應三度按。便除庶子抛却來，聞道如今各星散。今年五月至蘇州，朝鐘暮角催白頭。貪看案牘常侵夜，不聽笙歌直到秋。秋來無事多閑悶，忽憶霓裳無處問。聞君部内多樂徒，問有霓裳舞者無？答云七縣十萬戶，無人知有霓裳舞。唯寄長歌與我來，題作霓裳羽衣譜。四幅花箋碧間紅，霓裳實錄在其中。千姿萬狀分明見，恰與昭陽舞者同。眼前髣髴覩形質，昔日一朝想如一。疑從魂夢呼召來，似著丹青圖寫出。我愛霓裳君合知，發於歌詠形於詩。君不見我歌云，驚破霓裳羽衣曲。又不見我詩云，曲愛霓裳未拍時。由來能事皆有主，楊氏創聲君造譜。君言此舞難得人，須是傾城可憐女。吳妖小玉飛作烟，越豔西施化爲土。嬌花巧笑久寂寥，娃館苧蘿空處所。如君所言誠有是，君試從容聽我語：若求國色始翻傳，但恐人間廢此舞。妍媸優劣寧相遠，大都只在人擡舉。李娟張態君莫嫌，亦擬隨宜且教取。"《韵語陽秋》卷一五："霓裳羽衣舞始於開元，盛於天寶，今寂不傳矣！白樂天作歌答元微之云：'蘇州七縣十萬戶，無人知有霓裳舞。唯寄長歌與我來，題作霓裳羽衣譜。想其千姿萬狀、綴兆音聲，具載於長歌，按歌而譜，可傳也。今元集不載此，惜哉！賴有白詩，可見一二爾！" 霓裳羽衣：即《霓裳羽衣曲》。元積《法曲》：

"明皇度曲多新態，宛轉侵淫易沉著。赤白桃李取花名，霓裳羽衣號天落。"鄭嵎《津陽門詩》："宸聰聽覽未終曲，卻到人間迷是非。"自注："葉法善引上入月宮，時秋已深，上苦淒冷，不能久留，歸，於天半尚聞仙樂。及上歸，且記憶其半，遂於笛中寫之。會西涼都督楊敬述進《婆羅門曲》，與其聲調相符，遂以月中所聞爲之散序，用敬述所進曲作其腔，而名《霓裳羽衣》法曲。"劉禹錫《三鄉驛樓伏睹玄宗女几山》："三鄉陌上望仙山，歸作霓裳羽衣曲。"白居易《長恨歌》："漁陽鼙鼓動地來，驚破霓裳羽衣曲。"

［編年］

　　《元稹集》未收錄，《編年箋注》、《年譜新編》均未收錄與編年，《年譜》收錄，詩題作"霓裳羽衣舞歌"，編年於寶曆元年。

　　《白居易集箋校》編年白居易《霓裳羽衣歌（和微之）》於寶曆元年。我們以爲，白居易《霓裳羽衣歌（和微之）》詩與元稹佚失之詩，是白居易與元稹蘇越唱和詩，而白居易寶曆元年五月五日才到達蘇州刺史任，故白居易主動詢問元稹關於"霓裳羽衣舞"情景應該在寶曆元年五月五日之後，元稹賦成《霓裳羽衣歌》更在其後，亦即五六月間，然後才有白居易的《霓裳羽衣歌（和微之）》。據此，《年譜》編年元稹《霓裳羽衣歌》於寶曆元年不僅籠統，而且有誤，請讀者注意辨別。

■ 贈別郭虛舟鍊師五十韻⁽⁻⁾①

據白居易《同微之贈別郭虛舟鍊師五十韻》

［校記］

　　（一）贈別郭虛舟鍊師五十韻：元稹本佚失之詩所據白居易《同

微之贈別郭虛舟鍊師五十韵》，見《元氏長慶集》、《白香山詩集》、《全詩》，未見異文。

[箋注]

① 贈別郭虛舟鍊師五十韵：白居易《同微之贈別郭虛舟鍊師五十韵》："我爲江司馬，君爲荆判司。俱當愁悴日，始識虛舟師。師年三十餘，白皙好容儀。專心在鉛汞，餘力工琴棋。靜彈弦數聲，間飲酒一卮。因指塵土下，蜉蝣良可悲。不聞姑射上，千歲冰雪肌。不見遼城外，古今塚纍纍。嗟我天地間，有術人莫知。得可逃死籍，不唯走三尸。授我參同契，其辭妙且微。六一悶扃鐍，子午守雄雌。我讀隨日悟，心中了無疑。黄芽與紫車，謂其坐致之。自負因自嘆，人生號男兒。若不珮金印，即合鬢玉芝。高謝人間世，深結山中期。泥壇方合矩，鑄鼎圓中規。鑪橐一以動，瑞氣紅輝輝。齊心獨嘆拜，中夜偷一窺。二物正訢合，厥狀何怪奇！綢繆夫婦體，狎獵魚龍姿。簡寂館鐘後，紫霄峰曉時。心塵未浄潔，火候遂參差。萬壽覬刀圭，千功失毫釐。先生彈指起，姹女隨烟飛。始知緣會間，陰騭不可移。藥竈今夕罷，詔書明日追。追我復追君，次第承恩私。官雖小大殊，同立白玉墀。我直紫微閣，手進賞罰詞。君侍玉皇座，口含生殺機。直躬易媒蘖，浮俗多瑕疵。轉徙今安在？越嶠吴江湄。一提支郡印，一建連帥旗。何言四百里，不見如天涯。秋風旦夕來，白日西南馳。雪霜各滿鬢，朱紫徒爲衣。師從廬山洞，訪舊來於斯。尋君又覓我，風馭紛逶迤。帔裾曳黄絹，鬙髮垂青絲。逢人但斂手，問道亦頷頤。孤雲難久留，十日告將歸。款曲話平昔，殷勤勉衰羸。後會杳何許？前心日磷緇。俗家無異物，何以充別資？素箋一百句，題附元家詩。朱頂鶴一隻，與師雲間騎。雲間鶴背上，故情若相思。時時摘一句，唱作步虛辭。"現存元稹詩文集未見元稹原唱，據補。　贈別：送別時以物品或詩文言詞等相贈。元稹《贈別楊員外巨源》："朱紫衣裳浮世重，

蒼黄歲序長年悲。白頭後會知何日？一盞煩君不用辭!"馬戴《下第寄友人》:"聖主尊黄屋,何人薦白衣？年來御溝柳,贈別雨霏霏。"郭虛舟:即郭道士,亦即郭和尚,元稹白居易的朋友,先後結識於江陵與江州。白居易《郭虛舟相訪》:"朝暖就南軒,暮寒歸後屋。晚酒一兩杯,夜棋三數局。"元稹《和樂天尋郭道士不遇(昔常爲僧,於荆州相別)》:"昔年我見杯中渡,今日人言鶴上逢。兩虎定隨千歲鹿,雙林添作幾株松？" 鍊師:原指德高思精的道士,後作一般道士的敬稱。顔真卿《茅山玄靖先生广陵李君碑銘》:"與天台司馬鍊師子微爲方外交。"王維《贈東嶽焦鍊師》:"先生千歲餘,五嶽遍曾居。遥識齊侯鼎,新過王母廬。"

[編年]

　　《元稹集》未收録,《編年箋注》未收録與編年,《年譜》、《年譜新編》收録,詩題均作"贈別郭虛舟鍊師五十韵"。《白居易集箋校》編年白居易《同微之贈別郭虛舟鍊師五十韵》於寶曆元年,《年譜》、《年譜新編》亦編年元稹《贈別郭虛舟鍊師五十韵》於寶曆元年。

　　我們以爲,白居易《同微之贈別郭虛舟鍊師五十韵》有句"轉徙今安在？越嶠吴江湄。一提支郡印,一建連帥旗。何言四百里,不見如天涯？"白居易詩與元稹佚失之詩,應該是白居易與元稹蘇越唱和詩。而白居易寶曆元年五月五日才到達蘇州刺史任,故元稹白居易關於《同微之贈別郭虛舟鍊師五十韵》、《贈別郭虛舟鍊師五十韵》應該在寶曆元年五月五日之後的詩篇。白居易詩又有"秋風旦夕來,白日西南馳。雪霜各滿鬢,朱紫徒爲衣。師從廬山洞,訪舊來於斯。尋君又覓我,風馭紛逶迤"之句,應該是寶曆元年秋天的詩篇。據此,《年譜》、《年譜新編》編年元稹《贈別郭虛舟鍊師五十韵》於"寶曆元年"不僅籠統,而且有誤,請讀者注意辨別。

■ 酬樂天秋寄微之十二韵 ^{(一)①}

據白居易《秋寄微之十二韵》

［校記］

（一）酬樂天秋寄微之十二韵：元稹本佚失詩所據白居易《秋寄微之十二韵》，分別見《白氏長慶集》、《白香山詩集》、《會稽掇英總集》、《全詩》、《全唐詩録》，未見異文。

［箋注］

① 酬樂天秋寄微之十二韵：白居易《秋寄微之十二韵》："娃館松江北，稽城浙水東。屈君爲長吏，伴我作衰翁。旌旆知非遠，烟雲望不通。忙多對酒榼，興少閲詩筒（比在杭州兩浙唱和詩贈答於筒中遞往來）。淡白秋來日，疏凉雨後風。餘霞數片綺，新月一張弓。影滿衰桐樹，香凋晚蕙叢。飢啼春穀鳥，寒怨絡絲蟲。覽鏡頭雖白，聽歌耳未聾。老愁從此遣，醉笑與誰同？清旦方堆案，黄昏始退公。可憐朝暮景，銷在兩衙中。"翻檢《元氏長慶集》以及元稹其他散佚詩篇，未見元稹回酬詩篇。據此，我們可以斷定元稹回酬白居易《秋寄微之十二韵》的酬和之篇已經佚失，因此補輯。　秋：秋季。《诗·卫风·氓》："將子無怒，秋以爲期。"韓愈《酬馬侍郎寄酒》："秋到無詩酒，其如月色何？"　韵：指詩賦中的韵脚或押韵的字。《文心雕龍·聲律》："異音相從謂之和，同聲相應謂之韵。"范文瀾注："同聲相應謂之韵，指句末所用之韵。"王建《昭應李郎中見貽佳作次韵奉酬》："窗户風凉四面開，陶公愛晚上高臺。中庭不熱青山入，野水初晴白鳥來。"

[編年]

　　未見《元稹集》採録,也未見《年譜》、《編年箋注》、《年譜新編》採録與編年。

　　朱金城先生《白居易集箋校》編年白居易《秋寄微之十二韵》於寶曆元年。據詩題,元稹佚失之詩《酬樂天秋寄微之十二韵》應該賦成於寶曆元年秋季,地點在越州,元稹時任浙東觀察使、越州刺史。

● 修龜山魚池示衆僧^{(一)①}

　　勸爾諸僧好護持^(二),不須垂釣引青絲^②。雲山莫厭看經坐,便是浮生得道時^③。

録自《全詩》卷四二三

[校記]

　　(一)修龜山魚池示衆僧:《會稽掇英總集》作"龜山寺魚池",後面有題注云:"此池微之所修,戒其僧以護生之意。及公垂至,見其詩而笑之。未幾,寺之僧果有罟於池中者,公垂因形於詩云。"録以備考。

　　(二)勸爾諸僧好護持:《雲溪友議》、《會稽掇英總集》作"勸汝諸僧好護持",語義相類,各備一説,不改。

[箋注]

　　① 修龜山魚池示衆僧:《雲溪友議》在元稹詩後記述李紳行蹤,僅録以備考,云:"先是元相公廉察江東之日,修龜山寺魚池以爲放生之所。戒其僧曰:'勸汝諸僧好護持,不須垂釣引青絲。雲山莫厭看經坐,便是浮生得道時。'李公到鎮,遊于野寺,覩元公之詩而笑曰:'僧有漁罟之事,必投於鏡湖! 後有犯者,堅而不恕焉!'復爲二絶而

7823

示之云：'剃髮多緣是代耕，好聞人死惡人生。祇園説法無高下，爾輩何勞尚世情！''汲水添池活白蓮，十千鬐鬣盡生天。凡庸不識慈悲意，自葬江魚入九泉。'忽有老僧詣謁，願以因果喻之。丞相問：'阿師從何處來？'答云：'貧道從來處來。'遂決二十，曰：'任從去處去！'至如浮薄賓客莫敢候門，三教所來，俱有區別。海内服其才俊，終于相者也。"今存諸多《元氏長慶集》未見元稹此詩，但《會稽掇英總集》收録，《雲溪友議》有紀録，據此補録，編排在此。　修：整修，修理。《書·禹貢》："既修太原，至于岳陽。"元稹《褒城驛》："嚴秦修此驛，兼漲驛前池。已種千竿竹，又栽千樹梨。"　龜山：據《會稽掇英總集》作"龜山寺魚池"，此"龜山"即"龜山寺"，在越州府城附近的龜山之下。李紳《龜山寺魚池》一："汲水添池活白蓮，十年鬐鬣盡生天。凡庸不識慈悲意，自葬江魚入九泉。"張蠙《龜山寺晚望》："四面湖光絶路岐，鸕鷀飛起暮鐘時。漁舟不用懸帆席，歸去乘風插柳枝。"　魚池：養魚的池塘。《齊民要術·養魚》引《養魚經》："夫治生之法有五，水畜第一。水畜，所謂魚池也。"寒山《詩三百三首》五："風吹曝麥地，水溢沃魚池。常念鷦鷯鳥，安身在一枝。"本詩是指佛寺里的養魚池，供信徒放生魚類之用。　示：告訴，告知。《楚辭·九章·懷沙》："懷瑾握瑜兮，窮不知所示。"王逸注："示，語也。"《戰國策·秦策》："醫扁鵲見秦武王，武王示之病。"高诱注："示，語也。"　僧：僧伽的省稱，一般指出家修行的男性佛教徒，通稱和尚。《魏書·釋老志》："僧譯爲和命衆，桑門爲息心，比丘爲行乞。"韓愈《送文暢師北遊》："昔在四門館，晨有僧來謁。"本詩另本有題注云："此池微之所修……""此池微之所修，戒其僧以護生之意"是揭示本詩題旨，而"及公垂至"云云，是元稹大和三年離任，大和七年李公垂紳繼陸亘之後履任越州，李紳所作詩篇是《龜山寺魚池》，已見上引。　罘：用網捕捉。傅玄《羽籥舞歌》："罔罘禽獸，群黎以安。"王維《送宇文太守赴宣城》："寥落雲外山，迢遞舟中賞……時賽敬亭神，復解罟師網。"

　　② 護持：保護維持，保衛扶持。寶庠《于闐鐘歌送靈徹上人歸越（鐘在越靈嘉寺，從天竺飛來）》：“海中有國傾神功，烹金化成九乳鐘。精氣激射聲冲瀜，護持海底諸魚龍。”白居易《香山寺新修經藏堂記》：“爾時，道場主、佛弟子香山居士樂天，欲使浮圖之徒、游者歸依，居者護持，故刻石以記之。”　垂釣：垂竿釣魚。嚴忌《哀時命》：“下垂釣於溪谷兮，上要求於仙者。”孟浩然《臨洞庭》：“坐觀垂釣者，徒有羨魚情。”　青絲：青色的絲綫或繩纜。《樂府詩集·陌上桑》：“青絲爲籠係，桂枝爲籠鈎。”温庭筠《晚歸曲》：“青絲繫船向江木，蘭芽出土吴江曲。”這裏指釣魚竿的青色絲线。

　　③ 雲山：遠離塵世的地方，隱者或出家人的居處。江淹《蕭被侍中敦勸表》：“臣不能遵烟洲而謝歧伯，迎雲山而揖許由。”胡之驥注：“阮嗣宗《勸晉王箋》曰：‘臨滄洲而謝支伯，登箕山而揖許由。’”張九齡《與生公尋幽居處》：“同方久厭俗，相與事遐討。及此雲山去，窅然巖徑好。”　厭：嫌棄，憎惡，厭煩。《論語·憲問》：“夫子時然後言，人不厭其言；樂然後笑，人不厭其笑；義然後取，人不厭其取。”《北史·周紀》：“天厭我魏邦，垂變以告，惟爾罔弗知。”　看經：拜讀佛家經典。白居易《病中看經贈諸道侶》：“右眼昏花左足風，金篦石水用無功。不如回念三乘樂，便得浮生百病空。”姚合《病僧》：“三年病不出，苔蘚滿藤鞋。倚壁看經坐，聞鐘吃藥齋。”　浮生：語本《莊子·刻意》：“其生若浮，其死若休。”以人生在世，虛浮不定，因稱人生爲“浮生”。鮑照《答客》：“浮生急馳電，物道險絃絲。”元稹《酬哥舒大少府寄同年科第》：“自言行樂朝朝是，豈料浮生漸漸忙。”　得道：佛教謂修行戒、定、慧三學而發斷惑證理之智爲得道，然後可以成佛。《法華經·方便品》：“我今所得道，亦應説三乘。”《南史·謝靈運傳》：“得道應須慧業，丈人生天當在靈運前，成佛必在靈運後。”崔峒《送真上人還蘭若》：“得道雲林久，年深暫一歸。”道教謂存神煉氣有五時七候，第一候宿疾並銷，六情沈寂，名爲得道，由此可成仙或長生。葛洪《抱

朴子·金丹》：“上士得道，昇爲天官；中士得道，栖集昆崙；下士得道，長生世間。”蘇軾《東坡志林·東坡昇仙》：“今謫海南，又有傳吾得道，乘小舟入海不復返者。”

[編年]

《年譜》與《年譜新編》均編年本詩於“癸卯至己酉在越州所作其他詩”欄內，都没有説明理由。《編年箋注》編年：“元稹此詩作于大和三年（八二九），時在越州刺史、浙東觀察使任，見下《譜》。”但“癸卯至己酉”與“大和三年”並不等同，《編年箋注》明顯誤讀《年譜》的本意，而且元稹大和三年九月二十一日奉詔回京，所謂的“大和三年”其實祇有九個月又二十一天，不是完整的一年，照理也應該説明。

我們以爲，本詩應該與趙嘏《九日陪越州元相燕龜山寺》作於同時，而趙嘏詩云：“佳晨何處泛花遊？丞相筵開水上頭。雙影旆摇山雨霽，一聲歌動寺雲秋。”詩篇描繪的是九月九日之秋景，而元稹長慶三年“十月半”才到達越州履任浙東，因此長慶三年應該排除。而大和三年“秋”“九日”元稹雖然還在越州，但離任在即，似乎也不會有“修池”并“戒其僧以護生之意”的事情發生，故我們以爲本詩應該作於長慶四年至大和二年五年中的某個“九月九日”。龜山寺魚池的荒廢絶非一朝一夕之事，元稹履任浙東之時，魚池應該已經荒廢，而不應該是元稹任內荒廢。因此元稹修復魚池之舉，應該發生在元稹履任之初，今暫時編排本詩於寶曆元年的九月九日，地點就在越州會稽之龜山寺。

■ 酬樂天泛太湖書事^{(一)①}

據白居易《泛太湖書事寄微之》

[校記]

（一）**酬樂天泛太湖書事**：元稹本佚失詩所據白居易《泛太湖書事寄微之》，分別見《白氏長慶集》、《白香山詩集》、《英華》、《會稽掇英總集》、《古詩鏡·唐詩鏡》、《佩文齋詠物詩選》、《唐宋詩醇》、《全詩》、《全唐詩録》，未見異文。

[箋注]

① **酬樂天泛太湖書事**：白居易《泛太湖書事寄微之》：“烟渚雲帆處處通，飄然舟似入虛空。玉杯淺酌巡初匝，金管徐吹曲未終。黄夾纈林寒有葉，碧琉璃水净無風。避旗飛鷺翩翻白，驚鼓跳魚撥剌紅。潤雪壓多松偃蹇，巖泉滴久石玲瓏。書爲故事留湖上（所見勝景，多記在湖中石上），吟作新詩寄浙東。軍府威容從道盛，江山氣色定知同。報君一事君應羨，五宿澄波皓月中。”現存元稹詩文未見元稹酬篇，據補。 **泛**：謂乘船浮行。劉商《泛舒城南溪賦得沙鶴歌奉餞張侍御赴河南元博士赴揚州拜覲僕射》：“終日間閻逐群雞，喜逢野鶴臨清溪。緑苔春水水中影，夜月平沙沙上栖。”朱灣《宴楊駙馬山亭》：“中朝駙馬何平叔，南國詞人陸士龍。落日泛舟同醉處，回潭百丈映千峰。” **太湖**：湖名，古稱震澤、具區，又稱五湖、笠澤。地跨江蘇、浙江兩省。它承受大運河和苕溪來水，主要由黄浦江泄入長江。洪水期湖面二千多平方公里，舊時稱三萬六千頃，爲我國第三大淡水湖。湖中島嶼有四十八個，以洞庭東山、洞庭西山、馬迹山、黿頭渚爲最

著。烟波浩渺,景色多姿,自古稱勝景。王昌齡《太湖秋夕》"水宿烟雨寒,洞庭霜落微。月明移舟去,夜静魂夢歸。"白居易《宿湖中》:"幸無案牘何妨醉,縱有笙歌不廢吟。十隻畫船何處宿? 洞庭山腳太湖心。" 書事:猶紀事。耿湋《冬夜尋李永因書事贈之》:"近覺多衰鬢,深知獨故人。天垂五夜月,霜覆九衢塵。"竇群《黔中書事》:"萬事非京國,千山擁麗譙。佩刀看日曬,賜馬傍江調。"

[編年]

未見《元稹集》採録,也未見《年譜》、《編年箋注》、《年譜新編》採録與編年。

朱金城先生《白居易集箋校》編年白居易《泛太湖書事寄微之》於寶曆元年。我們據白居易詩中"黃夾纈林寒有葉"、"澗雪壓多松偃蹇"之句,應該是寶曆元年冬天的詩。據此,元稹酬和白居易的《酬樂天泛太湖書事》應該賦成於寶曆元年的冬天,地點在越州,元稹時任浙東觀察使、越州刺史。

■ 歲暮酬樂天見寄三首(一)①

據白居易《歲暮寄微之三首》

[校記]

(一)歲暮酬樂天見寄三首:元稹本佚失詩三首所據白居易《歲暮寄微之三首》,分見《白氏長慶集》、《白香山詩集》、《全詩》,未見異文。

[箋注]

① 歲暮酬樂天見寄三首:白居易《歲暮寄微之三首》,其一:"微

之別久能無嘆？知退書稀豈免愁？甲子百年過半後，光陰一歲欲終頭。池冰曉合膠船底，樓雪晴銷露瓦溝。自覺歡情隨日減，蘇州心不及杭州。"其二："榮進雖頻退亦頻，與君才命不調匀。若不九重中掌事，即須千里外拋身。紫垣南北廳曾對，滄海東西郡又鄰。唯欠結廬嵩洛下，一時歸去作閑人。"其三："白頭歲暮苦相思，除却悲吟無可爲。枕上從妨一夜睡，燈前讀盡十年詩（讀前後唱和詩）。龍鍾校正騎驢日，顦顇通江司馬時（通州江州）。若並如今是全活，紆朱拖紫且開眉。"翻檢《元氏長慶集》以及元稹其他散佚詩篇，未見元稹回酬詩篇。據此，我們可以斷定元稹回酬白居易《歲暮寄微之三首》的酬和之篇三首已經佚失，故補。　　歲暮：歲末，一年將終時。顏延之《秋胡詩》："歲暮臨空房，涼風起坐隅。寢興日已寒，白露生庭蕪。"杜甫《自京赴奉先縣詠懷五百字》："沈飲聊自遣，放歌破愁絕。歲暮百草零，疾風高岡裂。"　　見：用在動詞前面表示被動，相當於被，受到。杜甫《殿中楊監見示張旭草書圖》："斯人已云亡，草聖秘難得。及茲煩見示，滿目一悽惻。"王安石《答王該秘校書》二："唯其所聞，數以見告，幸甚！"　　寄：贈送。徐鉉《奉和宮傳相公懷舊見寄四十韵》："謝傅功成德望全，鸞臺初下正蕭然。搏風乍息三千里，感舊重懷四十年。"包穎《和徐鼎臣見寄》："平生中表最情親，浮世那堪聚散頻？謝朓却吟歸省閣，劉楨猶自臥漳濱。"

[編年]

　　未見《元稹集》採錄，也未見《年譜》、《編年箋注》、《年譜新編》採錄與編年。

　　朱金城先生《白居易集箋校》，編年白居易《歲暮寄微之三首》於寶曆元年。我們據白居易詩詩題"歲暮"以及詩文中"光陰一歲欲終頭"、"白頭歲暮苦相思"之句，白居易詩篇賦成於寶曆元年歲暮，元稹的酬篇也應該賦成於寶曆元年的歲暮，稍後於白居易詩篇賦成之時，元稹時任浙東觀察使、越州刺史。因爲“歲暮”相對來説還是比較寬泛的時間概念，不同於“除夕”祗能限定在十二月三十日。

■ 酬李大夫於伊川卜山居兼寄微之使求青田胎化鶴^{(一)①}

據李德裕《近於伊川卜山居將命者畫圖而至欣然有感聊賦此詩兼寄上浙東元相公大夫使求青田胎化鶴(乙巳歲作)》

[校記]

（一）酬李大夫於伊川卜山居兼寄微之使求青田胎化鶴：元稹本佚失之詩所據李德裕《近於伊川卜山居將命者畫圖而至欣然有感聊賦此詩兼寄上浙東元相公大夫使求青田胎化鶴(乙巳歲作)》，見《會昌一品集》、《石倉歷代詩選》、《全詩》，基本不見異文。

[箋注]

① 酬李大夫於伊川卜山居兼寄微之使求青田胎化鶴：李德裕《近於伊川卜山居將命者畫圖而至欣然有感聊賦此詩兼寄上浙東元相公大夫使求青田胎化鶴(乙巳歲作)》：“弱歲弄詞翰，遂叨明主恩。懷章過越邸，建旆守吳門。西垤陰難駐，東臬意尚存。慚逾六百石，愧負五千言。寄世知嬰繳，辭榮類觸藩。欲追綿上隱，況近子平村。邑有桐鄉愛，山餘黍谷喧。既非逃相地，乃是故侯園。野竹多微迳，巖泉豈一源？映池方樹密，傍澗古藤繁。玒杖堪扶老，黃牛已服轅。只應將唳鶴，幽谷共翩翻。”現存元稹詩文集不見酬篇，據補。　李大夫：即李德裕，時任浙西觀察使，帶著“御史大夫”的榮銜。《舊唐書·穆宗紀》：“(長慶二年)九月戊子朔……癸卯……李德裕爲潤州刺史，

兼御史大夫、浙江西道都團練觀察處置等使。"元稹《寄浙西李大夫四
首》一:"柳眼梅心漸欲春,白頭西望憶何人? 金陵太守曾相伴,共蹋
銀臺一路塵。"劉禹錫《和浙西李大夫伊川卜居》:"早入八元數,嘗承
三接恩。飛鳴天上路,鎮壓海西門。"　伊川:古地名,指伊水所流經
的伊河流域。《左傳·僖公二十二年》:"辛有適伊川,見被髮而祭於
野者。"杜預注:"伊川,周地。伊,水也。"楊伯峻注:"伊川,伊河所經
之地,當今河南省嵩縣及伊川縣境。"李白《秋夜宿龍門香山寺奉寄王
方城十七丈國瑩上人從弟幼成令問》:"桂枝坐蕭瑟,棣華不復同。流
恨寄伊水,盈盈焉可窮?"李德裕《伊川晚眺》:"桑葉初黃梨葉紅,伊川
落日盡無風。漢儲何假終南客? 用里先生在谷中。"　卜:選擇。《呂
氏春秋·舉難》:"卜相曰(季)成(翟)璜孰可? 此功之所以不及五伯
也。"高誘注:"卜,擇也。"葉適《中奉大夫林公墓志銘》:"今士大夫去
就,常以臺諫官賢否爲卜。"　山居:山中的居所。徐仁友《古意贈孫
翃》:"南望緱氏嶺,山居共澗陰。東西十數里,緬邈方寸心。"王維《李
處士山居》:"背嶺花未開,入雲樹深淺。清晝猶自眠,山鳥時一囀。"
青田鶴:相傳青田產鶴,故名。《初學記》鄭緝之《永嘉郡記》:"有沭沐
溪,去青田九里。此中有一雙白鶴,年年生子,長大便去,只惟餘父母
一雙在耳! 精白可愛,多云神仙所養。"陸龜蒙《送浙東德師侍御罷府
西歸》:"詩懷白閣僧吟苦,俸買青田鶴價偏。"　胎化:即"胎生",受精
卵在母體内發育,通過胎盤自母體獲得營養,到一定階段脱離母體,
叫做胎生。人和大多數哺乳動物,都是胎生。《禮記·樂記》:"胎生
者不殰,而卵生者不殈。"《莊子·知北遊》:"而萬物以形相生,九竅者
胎生,八竅者卵生。"按,佛教分衆生爲胎生、卵生、濕生、化生四類,稱
四生。

[編年]

　　未見《元稹集》採録,也未見《年譜》、《編年箋注》、《年譜新編》採

録與編年。

李德裕詩題注"乙巳歲作",乙巳歲是寶曆元年,李德裕詩應該賦作於寶曆元年,元稹已經佚失的酬和之篇亦應該賦作於寶曆元年,地點在越州,元稹時任浙東觀察使、越州刺史。

■ 酬樂天自詠^{(一)①}

據白居易《自詠》

[校記]

(一)酬樂天自詠:元稹本佚失詩所據白居易《自詠》,見《白氏長慶集》、《白香山詩集》、《全詩》,未見異文。

[箋注]

① 酬樂天自詠:白居易《自詠》:"形容瘦薄詩情苦,豈是人間有相人!只合一生眠白屋,何因三度擁朱輪? 金章未佩雖非貴,銀榼常攜亦不貧。唯是無兒頭早白,被天磨折恰平均。"劉禹錫《蘇州白舍人寄新詩有嘆早白無兒之句因以贈之》:"莫嗟華髮與無兒,却是人間久遠期。雪裏高山頭白早,海中仙果子生遲。于公必有高門慶,謝守何煩曉鏡悲? 幸免如新分非淺,祝君長咏夢熊詩。"可供參考。現存元稹詩文集不見元稹酬篇,據補,據白居易《自詠》補録一篇,編排於此。自詠:用歌詩抒發自身情感。盧仝《自詠三首》三:"物外無知己,人間一癖王。生涯身是夢,耽樂酒爲鄉。"白居易《自詠》:"夜鏡隱白髮,朝酒發紅顏。可憐假年少,自笑須臾間。"

[編年]

　　未見《元稹集》採錄,也未見《年譜》、《編年箋注》、《年譜新編》採錄與編年。

　　朱金城先生《白居易集箋校》編年白居易《自詠》詩於寶曆元年,故本佚失詩賦成也應該在寶曆元年,地點在越州,元稹時任浙東觀察使、越州刺史。

■ 酬樂天自詠詩篇因寄微之^{(一)①}

據白居易《吟前篇因寄微之》

[校記]

　　(一)酬樂天自詠因寄微之:元稹本佚失詩所據白居易《吟前篇因寄微之》,見《白氏長慶集》、《白香山詩集》、《全詩》,未見異文。

[箋注]

　　① 酬樂天自詠因寄微之:白居易《吟前篇因寄微之》:“君顔貴茂不清羸,君句雄華不苦悲。何事遣君還似我,髭鬚早白亦無兒?”劉禹錫《蘇州白舍人寄新詩有嘆早白無兒之句因以贈之》:“莫嗟華髮與無兒,却是人間久遠期。雪裹高山頭白早,海中仙果子生遲。于公必有高門慶,謝守何煩曉鏡悲? 幸免如新分非淺,祝君長咏夢熊詩。”可供參考。現存元稹詩文集不見元稹酬篇,據白居易《吟前篇因寄微之》補錄。　　自詠:用歌詩抒發自身情感。盧仝《自詠三首》三:“物外無知己,人間一癖王。生涯身是夢,耽樂酒爲鄉。”白居易《自詠》:“夜鏡隱白髮,朝酒發紅顔。可憐假年少,自笑須臾間。”

[編年]

　　未見《元稹集》採録，也未見《年譜》、《編年箋注》、《年譜新編》採録與編年。

　　朱金城先生《白居易集箋校》編年白居易《吟前篇因寄微之》詩於寶曆元年，故本佚失詩賦成也應該在寶曆元年，地點在越州，元稹時任浙東觀察使、越州刺史。

寶曆二年丙午（826） 四十八歲

■ 奉和浙西李大夫霜夜對月聽小童吹觱篥歌(一)①

據元稹《奉和浙西大夫李德裕述夢四十韵大夫本題言贈於夢中詩賦以寄一二僚友故今所和者亦止述翰苑舊遊而已次本韵》

[校記]

（一）奉和浙西李大夫霜夜對月聽小童吹觱篥歌：元稹本佚失之詩所據元稹《奉和浙西大夫李德裕述夢四十韵大夫本題言贈於夢中詩賦以寄一二僚友故今所和者亦止述翰苑舊遊而已次本韵》，見《李衞公別集》附稿、《全詩》，關鍵文字不見異文。

[箋注]

① 奉和浙西李大夫霜夜對月聽小童吹觱篥歌：元稹《奉和浙西大夫李德裕述夢四十韵大夫本題言贈於夢中詩賦以寄一二僚友故今所和者亦止述翰苑舊遊而已次本韵》："近酬新樂録，仍寄續離騒（近蒙大夫寄《觱篥歌》，酬和才畢，此篇續至）。"據此，元稹應該有一首詩歌酬和李德裕，今據補。白居易《小童薛陽陶吹觱栗歌和浙西李大夫作》："剪削乾蘆插寒竹，九孔漏聲五音足。近來吹者誰得名？關璀老死李袞生。袞今又老誰其嗣？薛氏樂童年十二。指點之下師授聲，含嚼之間天與氣。潤州城高霜月明，吟霜思月欲發聲。山頭江底何

悄悄？猿聲不喘魚龍聽。翕然聲作疑管裂，訖然聲盡疑刀截。有時婉軟無筋骨，有時頓挫生稜節。急聲圓轉促不斷，欒欒轔轔似珠貫。緩聲展引長有條，有條直直如筆描。下聲乍墜石沈重，高聲忽舉雲飄蕭。明旦公堂陳宴席，主人命樂娛賓客。碎絲細竹徒紛紛，宮調一聲雄出群。眾音覼縷不落道，有如部伍隨將軍。嗟爾陽陶方稚齒，下手發聲已如此。若教頭白吹不休，但恐聲名壓關李。"又劉禹錫也有《和浙西李大夫霜夜對月聽小童吹觱篥歌依本韻》酬和："海門雙青暮烟歇，萬頃金波湧明月。侯家小兒能觱篥，對此清光天性發。長江凝練樹無風，瀏慄一聲霄漢中。涵胡畫角怨邊草，蕭瑟清蟬吟野叢。沖融頓挫心使指，雄吼如風轉如水。思婦多情珠淚垂，仙禽欲舞雙翅起。郡人寂聽衣滿霜，江城月斜樓影長。纔驚指下繁韵息，已見樹杪明星光。謝公高齋吟激楚，戀闕心同在羇旅。一奏荊人白雪歌，如聞雒客扶風鄔。吳門水驛接山陰，文字殷勤寄意深。欲識陽陶能絕處，少年榮貴道傷心。"李頎《聽安萬善吹觱篥歌》："南山截竹為觱篥，此樂本自龜茲出。流傳漢地曲轉奇，涼州胡人為我吹。傍鄰聞者多嘆息，遠客思鄉皆淚垂。世人解聽不解賞，長飆風中自來往。枯桑老柏寒颼飀，九雛鳴鳳亂啾啾。龍吟虎嘯一時發，萬籟百泉相與秋。忽然更作漁陽摻，黃雲蕭條白日暗。變調如聞楊柳春，上林繁花照眼新。歲夜高堂列明燭，美酒一杯聲一曲。"羅隱亦有《薛陽陶觱篥歌》："平泉上相東征日，曾為陽陶歌觱篥。烏江太守會稽侯，相次三篇皆俊逸。喬山殯葬衣冠後，金印蒼黃南去疾。龍樓冷落夏口寒，從此風流為廢物。人間至藝難得主，懷抱差池恨星律。邗溝僕射戎政閑，試渡瓜洲吐伊鬱。西風九月草樹秋，萬喧沉寂登高樓。老篁揭指徵羽吼，煬帝起坐淮王愁。高飆咽滅出滯氣，下感知己時橫流。穿空激遠不可遏，髣髴似向伊水頭。伊水林泉今已矣！因取遺編認前事。武宗皇帝御宇時，四海怡然知所自。掃除桀黠似提箒，制壓權豪若穿鼻。九鼎調和各有門，謝安空儉真兒戲。功高近代竟誰知？藝小似君猶不棄。

勿惜暗嗚更一吹，與君共下難逢泪。"由羅隱詩句"平泉上相東征日，
曾爲陽陶歌觱篥。烏江太守會稽侯，相次三篇皆俊逸"可見，元稹之
詩，唐末尚存。《元稹集・附録》引用羅隱之詩後加按語："平泉爲李
德裕，曾作此歌，烏江太守白居易，會稽侯元稹皆有和詩，本集未見，
已佚。"其中的"烏江太守白居易"是誤讀，白居易先後出任杭州、蘇
州、同州刺史，未見其出任"烏江太守"亦即和州刺史。烏江是水名，
在今安徽省和縣東北，附近原有烏江亭，相傳爲項羽兵敗自刎處。
《史記・項羽本紀》："於是項王乃欲東渡烏江。"徐夤《恨》："烏江項籍
忍歸去，雁塞李陵長繫留。"這裏的"烏江太守"是指寶曆年間曾任職
和州刺史的劉禹錫，劉禹錫也有《和浙西李大夫霜夜對月聽小童吹觱
篥歌依本韵》之詩，已見上引，而羅隱《薛陽陶觱篥歌》所言，不包括白
居易"觱篥歌"在内，《元稹集・附録》所斷言的白居易詩篇"已佚"是
錯誤的，白居易明明有《小童薛陽陶吹觱栗歌和浙西李大夫作》存世。
我們也從來不見有人將"蘇州刺史"稱爲"烏江太守"的，《元稹集・附
録》的誤讀原因也許正在於此。《桂苑叢談・賞心亭》："咸通中，丞相
姑臧公拜端揆日，自大梁移鎮淮海……一旦聞浙右小校薛陽陶監押
度支運米入城，公喜其姓同曩日朱崖左右者，遂令詢之，果是其人矣！
公愈喜，似獲古物，乃命衙庭小將代押，留止別館。一日，公召陶同
遊，問及往日蘆管之事。陶因獻朱崖、陸豐、元、白所撰歌一曲，公亦
喜之，即于兹亭奏之。其管絶微，每於一觱篥管中，常容三管也。聲
如天際自然而來，情思寬閑，公大佳賞之，亦贈其詩，不記終篇，其發
端云：'虚心纖質雁銜餘，鳳吹龍吟定不如。'於是賜賚甚豐，出其二
子，皆授牢盆倅職。初公搆池亭畢，未有名，因名賞心。"這裏所言"陶
因獻朱崖、陸豐、元、白所撰歌一曲"云云，即應該包括白居易詩篇在
内。　奉和：謂做詩詞與別人相唱和。儲光羲《奉和中書徐侍郎中書
省玩白雲寄潁陽趙大》："青闕朝初退，白雲遙在天。非關取雷雨，故
欲伴神仙。"劉長卿《奉和趙給事使君留贈李婺州舍人兼謝舍人別駕

之什》:"便道訪情親,東方千騎塵。禁深分直夜,地遠獨行春。" 浙西:即浙江西道節度使。《舊唐書·地理志》:"浙江西道節度使:治潤州,管潤、蘇、常、杭、湖等州,或爲觀察使。"劉禹錫《重送浙西李相公頃廉問江南已經七載後歷滑臺劍南兩鎮遂入相今復領舊地新加旌旄》:"江北萬人看玉節,江南千騎引金鐃。鳳從池上遊滄海,鶴到遼東識舊巢。"元稹《酬李浙西先因從事見寄之作》:"浙郡懸旌遠,長安諭日遥。因君蕊珠贈,還一夢烟霄。" 李大夫:即李德裕,時任浙西觀察使。"大夫"是御史大夫的簡稱,是李唐朝廷賜給李德裕的榮銜,不是含有實際意義的職事官。劉禹錫《和浙西李大夫晚下北固山喜徑松成陰悵然懷古偶題臨江亭并浙東元相公所和依本韵》:"一辭温室樹,幾見武昌柳。苟謝年何少? 韋平望已久。"元稹《寄浙西李大夫四首》一:"柳眼梅心漸欲春,白頭西望憶何人? 金陵太守曾相伴,共蹋銀臺一路塵。" 霜夜:結霜的夜晚,寒夜。顏延之《宋文皇帝元皇后哀策文》:"霜夜流唱,曉月升魄。"蘇軾《軾在潁州與趙德麟同治西湖未成改揚州三月十六日湖成德麟有詩見懷次其韵》:"明年詩客來吊古,伴我霜夜號秋蟲。" 對月:向著月亮。張正見《有所思》:"看花憶塞草,對月想邊秋。"李白《將進酒》:"人生得意須盡歡,莫使金樽空對月。" 小童:幼童,小孩。《莊子·徐無鬼》:"黄帝曰:'異哉小童!'亦作"小僮",年幼的男僕。杜甫《與李十二白同尋范十隱居》:"入門高興發,侍立小童清。"范成大《戲書四絕》三:"小童三唤先生起,日滿東窗暖似春。" 觱篥:古簧管樂器名,以竹爲管,管口插有蘆製哨子,有九孔,又稱"笳管"、"頭管"。本出西域龜兹,後傳入内地,爲隋唐燕樂及唐宋教坊樂的重要樂器。劉商《胡笳十八拍》七:"龜兹觱篥愁中聽,碎葉琵琶夜深怨。"《資治通鑑·唐憲宗元和元年》:"師道時知密州事,好畫及觱篥。"胡三省注:"胡人吹葭管,謂之觱篥。《樂府雜録》:觱篥,葭管也,卷蘆爲頭,截竹爲管,出於胡地。制法角音,九孔漏聲,五音。唐編入鹵簿,名爲笳管;用之雅樂,以爲雅管;六竅之制,則爲鳳管。旋宮轉器,以應律者也。杜佑曰:觱篥,一名悲篥,出於胡中,其聲悲。東夷有以卷桃皮爲之者,亦出南蠻。又《樂府雜錄》曰:觱篥,本龜兹樂。”

[編年]

《元稹集》未收録,《編年箋注》未收録與編年,《年譜》、《年譜新編》收録,詩題均作“奉和浙西李大夫霜夜對月聽小童吹觱篥歌”,編年於寶曆元年,編年意見似可商榷。

《白居易集箋校》編年白居易《小童薛陽陶吹觱栗歌和浙西李大夫作》爲寶曆元年在蘇州作,元稹之佚失詩應該與白居易詩作於同時或稍後。傅璇琮先生《李德裕年譜》經過詳細嚴密的考證,認定李德裕的《述夢詩四十韻》應該作於寶曆元年的“歲杪”,可以也應該采信。元稹《奉和浙西大夫李德裕述夢四十韻大夫本題言贈於夢中詩賦以寄一二僚友故今所和者亦止述翰苑舊遊而已次本韻》:“近蒙大夫寄《觱篥歌》,酬和才畢,此篇續至。”元稹《述夢四十韻》賦成於寶曆二年初春,元稹《述夢四十韻》與本佚失詩爲先後同時之作,亦即賦成於寶曆二年初春之時。

● 奉和浙西大夫述夢四十韻大夫本題言贈於夢中賦詩以寄一二僚友故今所和者亦止述翰苑舊游而已次本韻(第十七句缺一字)⁽一⁾①

聞有池塘什,還因夢寐遭②。攀禾工類蔡,詠豆敏過曹③。莊蝶玄言秘,羅禽藻思高(本篇稱六句皆夢中作,三聯亦多徵故事也)④。戈矛排筆陣,貔虎讓文韜⑤。綵續鸞鳳頸,權奇驥騄

7839

髦⑥。神樞千里應，華袞一言褒⑦。李廣留飛箭，王祥得佩刀⑧。傳乘司隸馬，繼染翰林毫⑨。辨穎洵超脱（二），詞鋒豈足鏖⑩！金剛錐透玉，鑌鐵劍吹毛（自“戈矛”而下，皆述大夫刀筆贍盛，文藻秀麗，翰苑謨猷，綸誥褒貶，功多名將，人許三公，世總臺綱，充學士等矣）⑪。顧我曾陪附，思君正鬱陶⑫。近酬新樂録，仍寄續離騷（近蒙大夫寄《癭篘歌》，酬和才畢，此篇續至）⑬。阿閣偏隨鳳（大夫與稹偏多同直），方壺共跨鰲⑭。借騎銀杏葉（學士初入，例借飛龍馬），横賜錦垂萄（解已具本篇）⑮。冰井分珍果，金瓶貯御醪⑯。獨辭珠有戒，廉取玉非叨⑰。麥紙侵紅點（書、詔皆用麥紋紙）（三），蘭燈燄碧高（麻制例皆通宵勘寫）⑱。代予言不易，承聖旨偏勞（稹與大夫相代爲翰林承旨）⑲。繞月同栖鵲，驚風比夜獒⑳。吏傳開鎖契（學士院密通銀臺，每旦常開門使勘契開鎖，聲甚煩多），神撼引鈴條（院有懸鈴，以備夜直。警急文書出入，皆引之以代傳呼。每用命，鈴輒有聲如人引，聲耗緩急具如之，曾莫之差）（四）㉑。渥澤深難報，危心過自操㉒。犯顏誠懇懇，騰口懼忉忉㉓。佩寵雖絅綬，安貧尚葛袍㉔。賓親多謝絶，延薦必英豪（自“阿閣”而下，皆言稹同在翰林日，居處深秘與頻繁奉職勤勞畏慎周密等事也）㉕。分阻杯盤會，閑隨寺觀遨（學士無過從聚會之例，大夫與稹時時期於寺觀閑行而已矣）㉖。祇園一林杏（慈恩），仙洞萬株桃（玄都）㉗。瀚海滄波減，昆明劫火熬㉘。未陪登鶴駕，已計墮烏號㉙。痛泪過江浪（五），冤聲出海濤㉚。尚看恩詔濕（六），已夢壽宮牢（本篇言此兩句是夢中作，故言夢字）㉛。再造承天寶，新持濟巨篙㉜。猶憐弊簪履，重委舊旌旄（“瀚海”以下，皆言舉感先恩捧荷新澤等事）（七）㉝。北望心彌苦，西回首屢搔㉞。九霄難就日，兩浙僅容舠㉟。暮竹寒窗影，衰楊古郡濠㊱。魚鰕集橘市，鶴鸛起亭皋（越州宅窗户間盡見城郭）㊲。朽刃休衝斗（自謂），良弓枉在弢

(竊論)㊳。早彎摧虎兕,便鑄墾蓬蒿㊴。漁艇宜孤棹,樓船稱萬
艘㊵。量材分用處,終不學滔滔㊶。

録自《全詩》卷四二三

[校記]

(一)奉和浙西大夫述夢四十韵大夫本題言贈於夢中賦詩以寄
一二僚友故今所和者亦止述翰苑舊游而已次本韵:本詩馬本《元氏長
慶集》不載,今過録《全詩》作爲底本。《全詩》作"奉和浙西大夫李德裕
述夢四十韵大夫本題言贈於夢中詩賦以寄一二僚友故今所和者亦止述
翰苑舊游而已次本韵",《李衛公別集》所附元稹酬和之篇題作:"奉和浙
西大夫述夢四十韵大夫本題言贈于夢中賦詩以寄一二僚友故今所和者
亦止述翰苑舊遊而已次本韵"(簡稱"李附稿"),其中最大的不同是詩題
中無"李德裕"三字,似是,據改。元稹另有《和浙西李大夫四首》酬和李
德裕,可以作爲例證。本詩詩注中凡提及"李德裕"處,亦均稱"大夫",
更是直接的證據。"賦詩"作"詩賦",似屬乙倒之誤,據改。

(二)辨穎泂超脱:《全詩》作"辨穎□超脱",據"李附稿"改。

(三)麥紙侵紅點(書、詔皆用麥紋紙):"李附稿"作"綾紙侵紅點
(書、詔皆用綾搏紙)",語義不同,不改。

(四)神撼引鈴條(院有懸鈴,以備夜直。警急文書出入,皆引之
以代傳呼。每用命,鈴輒有聲如人引,聲耗緩急具如之,曾莫之差):
"李附稿"作"神撼引鈴條(院中有急命,即鈴索自搖,習以爲常)",表
述不同,不改。其中"每用命",《全詩》作"每用□",據"李附稿"補。

(五)痛泪過江浪:"李附稿"作"痛泪過江渚",語義不同,不改。

(六)尚看恩詔濕:"李附稿"作"尚餘恩詔濕",語義不同,不改。

(七)"澥海"以下,皆言舉感先恩捧荷新澤等事:《全詩》、"李附
稿"均作"'渤海'以下,皆言舉感先恩捧荷新澤等事",但詩句作"澥海

滄波減",兩不相符,徑改。

[箋注]

①　奉和浙西大夫述夢四十韵：本詩不見於諸多《元氏長慶集》，但"李附稿"與《全詩》採録，故今過録並編排在此。　奉和浙西大夫述夢四十韵：本詩雖然賦成於寶曆二年元稹出任浙東觀察使期間，但元稹本詩以及李德裕原唱、劉禹錫和篇所涉及的内容，是元稹、李德裕兩人在李唐核心統治集團的諸多情況，是李唐朝廷高層内部的種種規章制度，值得重視，彌足珍貴。李德裕原唱《述夢詩四十韵》序云："去年七月，溽暑之後，驟降其夕，五鼓未盡，涼風凄然，始覺枕簟微冷，俄而假寐斯熟。忽夢賦詩，懷禁披舊遊，凡四十餘韵。初覺尚憶其半，經時悉以遺忘。今屬歲杪無事，羈懷多感，因綴其所遺爲《述夢詩》以寄一二僚友。"詩云："賦命誠非薄，良時幸已遭。君當堯舜日，官接鳳凰曹。目睇烟霄闊，心驚羽翼高（此六句夢中作）。椅梧連鶴禁，墻垠接龍韜（内署北連春宫，西接羽林軍）。我后憐詞客（先朝曾宣諭卿等是我門客），吾僚並雋髦。著書同陸賈，待詔比王褒。重價連懸璧，英詞淬寶刀。泉流初落澗（文賦稱泉流于吻齒），露滴更濡毫。赤豹欣來獻，彤弓喜暫櫜（時西戎乞盟，幽鎮二帥束身赴闕，海内無事累月，詩稱赤豹黄熊，蓋蠻貊之貢物）。非烟含瑞氣，馴雉潔霜毛。静室便幽獨，虚樓散鬱陶（學士各有一室，西垣有小樓，時宴語于此）。花光晨艷艷，松韵晚騷騷。畫壁看飛鶴，仙圖見巨鰲（内署垣壁北畫松鶴。先是西壁畫海中曲龍山，憲宗曾欲臨幸，中使懼而塗焉）。倚檐陰藥樹，落格蔓蒲桃（此八句悉是内署中物，惟嘗遊者依然可想也）。荷静蓬池鱠，冰寒郢水醪（每學士初上賜食，皆是蓬萊池魚鱠。夏至後頒賜冰及燒香酒，以酒味稍濃，每和水而飲，禁中有郢酒坊也）。荔枝來自遠，盧橘賜仍叨（先朝初臨御，南方曾獻荔枝，亦蒙頒賜，自後以道遠罷獻也）。麝氣隨蘭澤，霜華入杏膏。恩光唯覺重，携

挈未爲勞(此八句述以恩賜，每有賜與，常携挈而歸)。夕閱梨園騎，宵聞禁仗戣(每梨園獵回，或抵暮夜，院門常見歸騎)。扇回交彩翟，雕起颭銀條。響待袁絲攬，書期蜀客操。盡規常謇謇，退食尚忉忉(此八句述内庭所覩)。龜顧垂金鈿，鸞飛曳錦袍(曾蒙賜錦袍曳者，蓋取詩人不曳不婁之意也)。御溝楊柳弱，天廐驌驦豪(學士皆蒙借飛龍馬)。屢換青春直，閑隨上苑遨(普濟寺與芙蓉苑相連，常所游眺，芙蓉亦謂之南苑也)。烟低行殿竹，風拆繞墻桃(此八句述沐瀚日遊戲)。聚散俄成昔，悲秋益自熬。每懷仙駕遠，更望茂陵號。地接三茅嶺，川迎伍子濤(代稱海濤是伍子噴氣所作)。花迷瓜步暗，石固蒜山牢(此兩句又是夢中所作)。蘭野凝香管，梅洲動翠篙。泉魚驚綵妓，溪鳥避干旄。感舊心猶絕，思歸首更搔。無聊然蜜炬，誰復勸金舠(余自到此，絕無夜宴，酒器中大者呼爲觚，賓僚顧形迹，未曾以此相勸)？嵐氣朝生棟，城陰夜入濠。望烟歸海嶠，送雁渡江皋。宛馬嘶寒櫪，吳鈎在錦弢。未能追狡兔，空覺長黃蒿。水國逾千里，風帆過萬艘。閱川終古恨，惟見暮滔滔。"對李德裕的詩，劉禹錫也有唱和，《浙西大夫述夢四十韻并浙東相公繼有酬和斐然繼聲本韻次用》："位是才能取，時因際會遭。羽儀呈鷟鷟，鈌劍試豪曹。洛下推年少，山東許地高。門承金鼎鉉，家有玉璜韜(呂汲嗣侯)。海浪浮鵬翅，天風引驥髦。便知蓬閣秘，不識魯衣褒。興發春塘草，魂交益部刀。形閑猶抱膝，燭盡遽揮毫。昔士當初筮，逢時詠載纛。懷鉛辦虫蠹，染素學鵝毛。車騎方休汝，歸來欲效陶(大夫罷太原從事歸京師)。南臺資謇諤，内署選風騷。羽化如乘鯉，樓居舊冠鰲。美香焚濕麝，名果賜乾萄。議敕蠅栖筆，邀歡蟻泛醪。代言無所戲，謝表自稱叨。蘭焰凝芳澤，芝泥瑩玉膏。對頻聲價出，直久夢魂勞。草詔令歸馬，批章答獻葵(幽薊歸闕，西戎乞盟，並見前注)。銀花懸院牖，翠羽映簾條。諷諫欣然納，奇觚率爾操。禁中時諤諤，天下免切切。左顧龜成印，雙飛鵠織袍。謝賓緣地密，潔已是心豪。五日思歸沐，三春美衆遨。茶爐依綠筍,棋局就紅桃。溟海桑潛變,陰陽灰暗熬。仙成脱屣去,臣憶奉弓號。建節辭烏柏,宣風看鷺濤。土山京口峻,鉄瓮郡城牢(舊説潤州城如鉄瓮,見韓滉《南城紀》)。曲島花千樹,官池水一篙。鶯來和絲管,雁起拂旌旄。宛轉傾羅扇,回旋墮玉搔。罰籌長竪纛,觥盞樣如舠。山是千重障,江爲四面濠。卧龍曾得雨(浙東),孤鶴上鳴皋(浙西)。劍用雄閫匣(二公),弓閑蟄受弢(自謂)。鳳姿嘗在竹(二公),鶪語不離蒿(自謂)。吴越分雙鎮,東西接萬艘。今朝比潘陸,江海更滔滔。"從李德裕與劉禹錫的詩篇中,我們可以看到兩人對元稹的評價甚高,稱其爲"卧龍"、"陸賈"、"王褒",贊其"鳳姿"、"隽髦",肯定其"位是才能取,時因際會遭",值得我們深思與重視。　奉和:謂做詩詞與别人相唱和。岑參《奉和杜相公初發京城作》:"按節辭黄閣,登壇戀赤墀。銜恩期報主,授律遠行師。"杜甫《奉和賈至舍人早朝大明宫》:"五夜漏聲催曉箭,九重春色醉仙桃。旌旗日暖龍蛇動,宫殿風微燕雀高。"　浙西:即浙江西道觀察使府,駐節潤州。《舊唐書·地理志》:"潤州:隋江都郡之延陵縣,武德三年杜伏威歸國,置潤州……天寶元年改爲丹陽郡,乾元元年復爲潤州,永泰後常爲浙江西道觀察使理所。舊領縣五,户二萬五千三百六十一,口十二萬七千一百四。天寶領縣六,户十萬二千三十三,口六十六萬二千七百六。在京師東南二千八百二十一里,至東都一千七百九十七里。"《元和郡縣志·潤州》:"今爲浙西觀察使理所,管潤州、常州、蘇州、杭州、湖州、睦州……(潤州)管縣六:丹徒、丹陽、金壇、延陵、上元、句容。"劉長卿《奉餞鄭中丞罷浙西節度還京》:"天上移將星,元戎罷龍節。三軍含怨慕,横吹聲斷絶。"劉禹錫《和浙西李大夫晚下北固山喜徑松成陰悵然懷古偶題臨江亭并浙東元相公所和依本韵》:"一辭温室樹,幾見武昌柳?苟謝年何少?韋平望已久。"　大夫:這裏指李德裕出任浙江西道觀察使時帶有的榮銜御史大夫,《舊唐書·穆宗紀》:(長慶二年九月癸卯)"御史中丞李德裕爲潤州刺史,兼御史大夫、浙江西道都團練觀察處置等使。"因爲大夫的職級高於刺史和都團練觀察使，故人們常常依照慣例，以最高職級稱之。蘇頲《餞趙尚書攝御史大夫赴朔方軍》："勁虜欲南窺，揚兵護朔陲。趙堯寧易印，鄧禹即分麾。"岑參《奉送李太保兼御史大夫充渭北節度使》："詔出未央宮，登壇近總戎。上公周太保，副相漢司空。"　述夢：以講述夢境的形式，記叙史實，抒發情感。皎然《述夢》："夢中歸見西陵雪，渺渺茫茫行路絶。覺來還到剡東峰，鄉心繚繞愁夜鐘。"范仲淹《述夢詩序》："景祐戊寅歲，某自鄱陽移領丹徒郡，暇日遊甘露寺，謁唐相李衛公真堂……其間有浙西《述夢詩四十韵》，時元微之在浙東，劉夢得在歷陽，竝屬和焉！愛其雄富，藏之褚中二十年矣！愿刻石以期不泯。"　僚友：同官的人。《禮記·曲禮》："夫爲人子者，三賜不及車馬，故州閭鄉黨稱其孝也，兄弟親戚稱其慈也，僚友稱其弟也，執友稱其仁也，交遊稱其信也。"鄭玄注："僚友，官同者。執友，志同者。"劉邵《人物志·利害》："其功足以激濁揚清，師範僚友。"這裏指元稹，長慶年間，元稹與李德裕同在翰林院，受到唐穆宗的信任與重用，並先後擔任翰林承旨學士的要職，又同時受到政敵的排擠打擊，先後出貶外地州郡任職。　翰苑：翰林院的別稱。白居易《酬盧秘書二十韵》："謬歷文場選，慚非翰苑才。雲霄高暫致，毛羽弱先摧。"元稹《酬盧秘書》："新識蓬山傑，深交翰苑材。連投珠作貫，獨和玉成堆。"舊遊：昔日交遊的友人。劉長卿《聽笛歌留別鄭協律》："舊遊憐我長沙謫，載酒沙頭送遷客。天涯望月自霑衣，江上何人復吹笛？"蘇轍《送柳子玉》："舊遊日零落，新輩誰與伍？"

　　② 聞有池塘什："池塘什"之典出《南史·謝惠連傳》："惠連年十歲，能屬文，族兄靈運加賞之，云：'每有篇章對，惠連輒得佳語。'嘗於永嘉西堂思詩，竟日不就，忽夢見惠連，即得'池塘生春草'，大以爲工。嘗云：'此語有神功，非吾語也！'"而"池塘生春草，園柳變鳴禽"成爲謝靈運流傳當時及至今的名篇名句。這裏有三層意思：一是讚美李德裕的《述夢四十韵》猶如謝靈運的《登池上樓》一樣，將成爲流

傳後世的名篇，二是兩者都因夢而得，三是元稹與李德裕的情誼，也
如謝靈運、謝惠連兄弟一樣真誠深厚。此後文人墨客在詩詞常常巧
妙加以引用，如楊師道《春朝閑步》：“休沐乘閑豫，清晨步北林。池塘
藉芳草，蘭芷襲幽衿霧。”李白《贈從弟南平太守之遥二首》一：“愛君
山嶽心不移，隨君雲霧迷所爲。夢得池塘生春草，使我長價登樓詩。”
夢寐：謂睡夢。《後漢書·郎顗傳》：“此誠臣顗區區之念，夙夜夢寐，
盡心所計。”何遜《七召·神仙》：“清歌雅舞，暫同於夢寐。”

　　③ 攀禾工類蔡：所徵故事未詳，疑是讚揚李德裕的才幹與蔡琰
不相上下，《後漢書·董祀妻傳》：“陳留董祀妻者，同郡蔡邕之女也，
名琰，字文姬。博學有才辯，又妙於音律。適河東衛仲道，夫亡無子，
歸寧于家。興平中，天下喪亂，文姬爲胡騎所獲，没於南匈奴左賢王，
在胡中十二年，生二子。曹操素與邕善，痛其無嗣，乃遣使者以金璧
贖之，而重嫁於祀。祀爲屯田都尉，犯法當死，文姬詣曹操請之。時
公卿名士及遠方使驛坐者滿堂，操謂賓客曰：‘蔡伯喈女在外，今爲諸
君見之！’及文姬進，蓬首徒行，叩頭請罪，音辭清辯，旨甚酸哀，衆皆
爲改容。操曰：‘誠實相矜，然文狀已去，奈何？’文姬曰：‘明公廐馬萬
匹，虎士成林，何惜疾足一騎而不濟垂死之命乎？’操感其言，乃追原
祀罪。時且寒，賜以頭巾履襪。操因問曰：‘聞夫人家先多墳籍，猶能憶
識之不？’文姬曰：‘昔亡父賜書四千許卷，流離塗炭，罔有存者，今所誦
憶裁四百餘篇耳！’操曰：‘今當使十吏，就夫人寫之！’文姬曰：‘妾聞男
女之別，禮不親授，乞給紙筆，真草唯命！’於是繕書送之，文無遺誤。後
感傷亂離，追懷悲憤，作詩二章，其辭曰：‘……’”文姬除《悲憤詩》外，另
著有《胡笳十八拍》，是中國古代著名的才女。劉長卿《鄂渚聽杜別駕彈
胡琴》：“文姬留此曲，千載一知音。不解胡人語，空留楚客心。”舒元輿
《贈李翺》：“湘江舞罷忽成悲，便脱蠻靴出絳帷。誰是蔡邕琴酒客？魏
公懷舊嫁文姬。”　詠豆敏過曹：這裏借曹植的“七步成詩”的故事，讚美
李德裕才思的敏捷與《述夢四十韵》文辭的優美；《三國志補注》卷三：

"世說曰……文帝嘗令東阿王七步作詩，不成者行大法。應聲便爲詩曰：'煮豆持作羹，漉菽以爲汁。萁在釜下然，豆在釜中泣；本是同根生，相煎何太急？'帝深有慚色。"李嶠《詩》："天子三章傳，陳王七步才。緇衣久擅美，祖德信悠哉！"岑參《送張直公歸南鄭拜省》："夫子思何速？世人皆嘆奇。萬言不加點，七步猶嫌遲。"

④ 莊蝶玄言秘：亦即"莊周夢"，典出《莊子·齊物論》："昔者莊周夢爲蝴蝶，栩栩然蝴蝶也。自喻適志與，不知周也。俄然覺，則蘧蘧然周也。不知周之夢爲蝴蝶與，蝴蝶之夢爲周與？周與蝴蝶，則必有分矣！此之謂物化。"莊子認爲：生與死、禍與福、物與影、夢與覺等等，都是自然變化的現象，聖人任其自然，隨之變化。李白《古風》九"莊周夢胡蝶，胡蝶爲莊周。一體更變易，萬事良悠悠。"柳宗元《朗州竇常員外寄劉二十八詩見促715騎走筆酬贈》："投荒垂一紀，新詔下荆扉。疑比莊周夢，情如蘇武歸。"　玄言：指魏晉間崇尚老莊玄理的言論或言談。《晉書·簡文帝紀》："〔簡文帝〕及長，清虛寡欲，尤善玄言。"楊炯《從甥梁錡墓誌銘》："陽元既没，瞻舊宅而無成；康伯不存，對玄言而誰與？"　秘：神秘，稀有，珍奇而不常見。張衡《西京賦》："秘舞更奏，妙材騁伎。"薛綜注："秘，言希見爲奇也。"杜甫《殿中楊監見示張旭草書圖》："斯人已云亡，草聖秘難得。"這裏指莊周的言論使一般的平常人感到神秘莫測，難以理解。　羅禽藻思高：這裏引用的是"羅含吞鳥"的故事，後世常常與"江淹夢筆"並稱，事見《晉書·羅含傳》："羅含字君章，桂陽耒陽人也。曾祖彦，臨海太守。父綏，滎陽太守。含幼孤，爲叔母朱氏所養。少有志尚，嘗晝卧，夢一鳥，文彩異常，飛入口中，因起驚説之。朱氏曰：'鳥有文彩，汝後必有文章！'自此後藻思日新。"此事除見於《晉書》外，《通志》、《湖廣通志》、《藝文類聚》、《蒙求集註》、《淵鑑類函》均有引録。《編年箋注》也引録這一故事，但顯然誤解元稹將"羅含吞鳥"的典故緊縮爲"羅禽藻思高"之確切用意，其中的"羅"指"羅含"，"禽"指羅含夢中所吞之"鳥"，而"藻思

高”是指羅含此後“藻思日新”之事。《編年箋注》爲了强解詩意,竟然膽大到不惜篡改古代文獻的地步:“羅禽:《晉書·文苑傳·羅禽傳》:禽少時晝卧,忽夢一鳥,文色異常,飛來入口。禽因驚起,心胸間如吞物,意甚怪之。叔母謂曰:‘鳥有文章,汝後必有文章。此吉祥也。’禽於是才藻日新。”但“羅含”成了“羅禽”,“鳥”也成了“烏”,與諸本不同,不知所本。命名自己的名字爲“禽”,古今難見;“通體黑色”的“烏”能有“文彩”,也屬千古奇聞。《編年箋注》其實是冤屈了《晉書》的作者唐太宗李世民,《晉書·文苑傳·羅含傳》中的主人公是“羅含”不是“羅禽”,是“鳥”不是“烏”,與《編年箋注》所引並不相同。其實《編年箋注》所引的這段文字,不是出於《晉書》,而是見於《藝文類聚》卷九〇,又見《淵鑒類函》卷四一八,不過《藝文類聚》中是“羅含”,也不是“羅禽”,是“鳥”,也不是“烏”。　　藻思:做文章的才思。陸機《文賦》:“或藻思綺合,清麗千眠。”錢起《和萬年成少府寓直》:“赤縣新秋夜,文人藻思催。”

　　⑤ 戈矛:戈和矛,亦泛指兵器。《詩·秦風·無衣》:“王於興師,修我戈矛,與子同仇。”《後漢書·孔融傳》:“建安元年,爲袁譚所攻,自春至夏,戰士所餘裁數百人,流矢雨集,戈矛内接。融隱几讀書,談笑自若。”　　筆陣:比喻寫作文章,謂詩文謀篇佈局擘畫如軍陣。蕭統《正月啓》:“談叢發流水之源,筆陣引崩雲之勢。”蔡絛《鐵圍山叢談》卷二:“以是學士大夫,自非性天明洽,筆陣豪異,則不能爲之也。”　　貔虎:亦作“豼虎”,貔和虎,亦泛指猛獸。阮籍《搏赤猿帖》:“僕不想欲爾夢搏赤猿,其力甚於貔虎。”也比喻勇猛的將士。岑參《陪狄員外早秋登府西樓因呈院中諸公》:“階下豼虎士,幕中鴛鷺行。”　　文韜:文化方面的謀略。李彌遜《折彦質知福州》:“武略文韜,夙擁元戎之節;朱轓皂蓋,屢專方伯之權。”史堯弼《六韜與詩書異》:“今兵家者流,有六韜之書,文武太公答問之辭也。有文韜,有武韜,有龍韜,有虎韜,有豹韜,有犬韜。”

⑥ 綵繢：即采繢，指彩色的修飾。李德裕《謝恩賜進異域歸忠傳兩卷序中改奉勑撰》："草木乘雨露之澤，皆被鮮輝；烟霞照日月之光，盡成綵繢。"杜牧《自貽》："飾心無彩繢，剗骨是風塵。自嫌如定素，刀尺不由身。"　鸞凰：亦作"鸞皇"，鸞與鳳，皆瑞鳥名，常用以比喻賢士淑女。《楚辭・離騷》："鸞皇爲余先戒兮，雷師告余以未具。"王逸注："鸞皇，俊鳥也。皇，雌鳳也，以喻仁智之士。"韓愈《苦寒》："鸞皇苟不存，爾固不在占。"　權奇：奇譎非凡，多形容良馬善行。《漢書・禮樂志》："太一況，天馬下，霑赤汗，沫流赭。志俶儻，精權奇。"王先謙補注："權奇者，奇譎非常之意。"《文選・顏延之〈赭白馬賦〉》："雄志倜儻，精權奇兮。"張銑注："權奇，善行貌。"高適《畫馬篇》："馬行不動勢若來，權奇蹴踏無塵埃。"也形容人智謀出衆。劉卲《人物志・材能》："夫人材不同，能各有異……有權奇之能，有威猛之能。"　驥騄：指良馬。王充《論衡・案書》："故馬效千里，不必驥騄；人期賢知，不必孔墨。"曹丕《典論・論文》："咸以自騁驥騄於千里，仰齊足而並馳。"

⑦ 神樞："神樞鬼藏"的略語，謂神奇奧妙的兵書。元稹《授牛元翼深冀州節度使制》："檢校右散騎常侍深州刺史牛元翼，挺生河朔之間，迥鍾海嶽之秀。幼爲兒戲，營壘已成；長學神樞，風雲暗曉。"強至《賀郭樞密改留後啓》："襲汾陽之祖烈，傳坦上之兵符，旋入贊於神樞，亟出臨於帥路。"　華袞：古代王公貴族的多采的禮服，常用以表示極高的榮寵。范甯《春秋穀梁傳序》："一字之褒，寵踰華袞之贈。"王禹偁《五哀詩・故尚書兵部侍郎琅琊王公祐》："毀譽兩無私，華袞間蕭斧。"

⑧ 李廣留飛箭：典見《史記・李將軍列傳》："李將軍廣者，隴西成紀人也……廣出獵，見草中石，以爲虎而射之，中石没鏃，視之，石也。因復更射之，終不能復入石矣！"所謂"留飛箭"，即指留在"草中石"中的箭。王維《老將行》："一身轉戰三千里，一劍曾當百萬師……衛青不敗由天幸，李廣無功緣數奇。"李嘉祐《送馬將軍奏事畢歸滑州

使幕》："吳門別後蹈滄州，帝里相逢俱白頭。自嘆馬卿常帶病，還嗟李廣未封侯。" 飛箭：疾飛的箭。《晉書·嵇紹傳》："飛箭雨集，紹遂被害於帝側。"王維《老將行》："昔時飛箭無全目，今日垂楊生左肘。"王祥得佩刀：《晉書·王覽傳》："呂虔有佩刀，工相之，以爲必登三公可服此刀。虔謂祥曰：'苟非其人，刀或爲害。卿有公輔之量，故以相與！'祥固辭，強之乃受。祥臨薨以刀授覽，曰：'汝後必興，足稱此刀！'覽後奕世多賢才，興於江左矣！"盧象《追凉歷下古城西北隅此地有清泉喬木》："謝朓出華省，王祥貽佩刀。前賢真可慕，衰病意空勞。"許渾《李定言自殿院銜命歸闕拜員外郎遷右史因寄》："閶闔欲開宮漏盡，冕旒初坐御香高。吳中舊侶君先貴，曾憶王祥與佩刀。"

⑨ 傳乘：驛站的車馬。張九齡《謝赴祥除狀》："伏望察臣罔極，俯遂哀懇，假以傳乘，暫赴來月，道路往復，不出數旬，孝理之恩，冀知死所。"劉敭《送王兗州》："蛟龍莫作池中物，老驥幾爲轅下駒。腰底印章馳傳乘，道傍冠蓋棄關繻。" 司隸：官名。《周禮》：秋官之屬，漢武帝置司隸校尉，領兵一千二百人，捕巫蠱，督察大奸猾。後罷其兵，改察三輔、三河、弘農七郡。哀帝時稱司隸，東漢復舊稱，仍察七郡。魏晉以後曾經沿用。李華《詠史十一首》七："天生忠與義，本以佐雍熙。何意李司隸，而當昏亂時？"郭良《題李將軍山亭》："鳳轄將軍位，龍門司隸家。衣冠爲隱逸，山水作繁華。" 翰林：這裏指"翰林學士"，官名，唐玄宗開元初以張九齡、張説、陸堅等掌四方表疏批答、應和文章，號"翰林供奉"，與集賢院學士分司起草詔書及應承皇帝的各種文字。德宗以後，翰林學士成爲皇帝的親近顧問兼秘書官，常值宿內廷，承命撰擬有關任免將相和冊後立太子等事的文告，有"內相"之稱。唐代後期，往往即以翰林學士升任宰相，元稹與李德裕即是從翰林學士升任宰相的兩個例子。王建《和蔣學士新授章服》："瑞草唯承天上露，紅鸞不受世間。塵翰林同賀文章出，驚動茫茫下界人。"楊巨源《張郎中段員外初直翰林報寄長句》："方瞻北極臨星月，猶向南班

滯姓名。啓沃朝朝深禁裏,香爐烟外是公卿。"

⑩ 辨:辨別,區分。《左傳・成公十八年》:"周子有兄而無慧,不能辨菽麥。"韓愈《長安交遊者贈孟郊》:"何以辨榮悴,且欲分賢愚。" 穎:物之尖端。左思《吳都賦》:"鉤爪鋸牙,自成鋒穎。"毛筆頭上尖鋭的鋒毫。葛洪《抱朴子・重言》:"於是奉老氏多敗之戒,思金人三緘之義,括鋒穎而如訥,韜修翰於彤管。" 洵:誠然,實在。《詩・鄭風・有女同車》:"彼美孟姜,洵美且都。"鄭玄箋:"洵,信也。"韓愈《復志賦》:"非夫子之洵美兮,吾何爲乎浚之都?" 超脱:高超脱俗。吕巖《敲爻歌》:"點枯骨,立成形,通道天梯似掌平。九祖先靈得超脱,誰羨繁華貴與榮?"劉長莊《湖南江西道中》:"從今詩律應超脱,新吸瀟湘入肺腸。" 詞鋒:犀利的文筆或口才。徐陵《與楊僕射書》:"足下素挺詞鋒,兼長理窟,匡丞相解頤之説,樂令君清耳之談,向所諮疑,誰能曉喻?"王建《寄上韓愈侍郎》:"重登大學領儒流,學浪詞鋒壓九州。不以雄名疏野賤,唯將直氣折王侯。" 囊:收藏。《詩・小雅・彤弓》:"彤弓弨兮,受言囊之。"朱熹集傳:"囊,韜。"《舊唐書・李翺傳》:"今聖朝以弓矢既囊,禮樂爲大,故下百僚,可得詳議。"

⑪ 金剛:即金剛石,因其極堅利,佛家視爲希世之寶。《大藏法數》卷四一:"梵語跋折羅,華言金剛。此寶出於金中,色如紫英,百鍊不銷,至堅至利,可以切玉,世所稀有,故名爲寶。"《太平御覽》卷八一三引郭□《玄中記》:"金剛出天竺大秦國,一名削玉刀,削玉如鐵刀削木,大者長尺許,小者如稻米。" 錐:錐子。《管子・海王》:"行服連軺輂者,必有一斤一鋸一錐一鑿,若其事立。"白居易《四不如酒》:"刀不能剪心愁,錐不能解腸結。" 鑌鐵:泛指精鐵。《周書・波斯》:"又出白象、師子、大鳥卵……鑌鐵。"曹昭《格古要論・鑌鐵》:"鑌鐵,出西番。面上有旋螺花者,有芝麻雪花者。凡刀劍器打磨光净,用金絲礬礬之,其花則見。價值過於銀,古語雲,識鐵强如識金。假造者是黑花。" 吹毛:形容刀劍鋒利,吹毛可斷。李頎《崔五六圖屏風各賦

一物得烏孫佩刀》："烏孫腰間佩兩刀,刃可吹毛錦爲帶。"杜甫《喜聞官軍已臨賊境二十韵》："鋒先衣染血,騎突劍吹毛。" **刀筆**:古代書寫工具,古時書寫於竹簡,有誤則用刀削去重寫。《史記·酷吏列傳》："臨江王欲得刀筆爲書謝上,而都禁吏弗與。"《後漢書·劉盆子傳》："酒未行,其中一人出刀筆書謁欲賀,其餘不知書者起請之。"李賢注:"古者記事書於簡册,謬誤者以刀削而除之,故曰刀筆。"借指文章。《文心雕龍·論説》："夫説貴撫會,弛張相隨,不專緩頰,亦在刀筆。"羅隱《蝶》："漢王刀筆精,寫爾逼天生。" **文藻**:指文章,文字。《北齊書·馬元熙傳》："少傳父業,兼事文藻。"陸法言《切韵序》："今返初服,私訓諸弟子,凡有文藻,即須明聲韵。" **謨猷**:謀略。《周書·寇洛李弼於謹傳論》："帷幄盡其謨猷,方面宣其庸績,擬巨川之舟艫,爲大廈之棟梁。"蘇舜欽《杜公求退第四表》："臣實以量狹而位已過,器重而力不任,謨猷若斯,陛下所盡悉。" **綸誥**:皇帝的詔令文告。沈約《齊故安陸昭王碑文》："始以文學遊梁,俄而入掌綸誥。"韓愈《論淮西事宜狀》："臣謬承恩寵,獲掌綸誥。" **名將**:著名的將領。《史記·白起王翦列傳》："王離,秦之名將也。"韓愈《烏氏廟碑銘》："及武德已來,始以武功爲名將家。" **三公**:古代中央三種最高官銜的合稱。周以太師、太傅、太保爲三公,西漢以丞相(大司徒)、太尉(大司馬)、御史大夫(大司空)爲三公,東漢以太尉、司徒、司空爲三公,唐宋沿東漢之制,以太尉、司徒、司空爲三公,但已非實職。徐彦伯《送特進李嶠入都祔廟》："特進三公下,台臣百揆先。孝圖開寢石,祠主卜牲筵。"張説《古泉驛》："昔聞陳仲子,守義辭三公。身賃妻織屨,樂亦在其中。" **臺綱**:指朝廷的綱紀。苑咸《送大理正攝御史判凉州別駕》："天子念西疆,咨君去不遑。垂銀棘庭印,持斧柏臺綱。"《宋史·孝宗紀》："詔六察官糾察庶務,臺綱益振。"

⑫ **陪附**:義近"陪輔",説明和輔正。《文選·楊惲〈報孫會宗書〉》："又不能與群僚並力,陪輔朝廷之遺忘。"吕向注:"陪,助;輔,正

也。"蘇轍《代陳述古舍人謝兩府啓》："銓綜群吏，不知中外之殊；鎮撫多方，常先陪輔之重。"元積與李德裕曾同在翰林院供職，先後爲翰林承旨學士，故言，但"陪附"云云，應該是詩人的謙語。　　鬱陶：憂思積聚貌。《書·五子之歌》："鬱陶乎予心，顏厚有忸怩。"孔傳："鬱陶，言哀思也。"陸德明釋文："鬱陶，憂思也。"《楚辭·九辯》："豈不鬱陶而思君兮，君之門以九重。"王逸注："憒念蓄積盈胸臆也。"

⑬　樂録：記載音樂的册籍。孟郊《清東曲》："青巾編上郎，上下看不足。南陽宮首詞，編入新樂録。"梅堯臣《擊甌賦》："是謂絲不如竹，竹不如肉，以其近自然之氣，况此曾何參於樂録之目乎？"　　離騷：文體之一種。盧象《追涼歷下古城西北隅此地有清泉喬木》："貞悔不自卜，遊隨共爾曹。未能齊得喪，時復誦離騷。"魏慶之《詩人玉屑·詩體》："風雅頌既亡，一變而爲離騷，再變而爲西漢五言，三變而爲歌行雜體，四變而爲沈宋律詩。"曲名。耶律楚材《夜坐彈離騷》："一曲離騷一椀茶，箇中真味更何加？"游國恩《楚辭概論·楚辭的名稱》："〔《離騷》〕這個名詞的解釋，也不是楚言，也不是離憂，也不是遭憂和別愁，更不是明擾，乃是楚國當時一種曲名。按《大招》云：'楚《勞商》只。'王逸曰：'曲名也。'按'勞商'與'離騷'爲雙聲字，古音'勞'在'宵'部，'商'在'陽'部，'離'在'歌'部，'騷'在'幽'部。'宵''歌'、'陽''幽'，並以旁紐通轉，故'勞'即'離'，'商'即'騷'，然則'勞商'與'離騷'，原來是一物而異其名罷了。'離騷'之爲楚曲，猶後世'齊驅''吳趨'之類。王逸不知'勞商'即'離騷'之轉音，故以爲另一曲名，正如他不知《大招》的'鮮卑'與《招魂》的'犀比'是一件東西一樣。"以上游國恩先生之説，録以備考。　　觱篥：古簧管樂器名，以竹爲管，管口插有蘆製哨子，有九孔，又稱"篳管"、"頭管"。本出西域龜兹，後傳入内地，爲隋唐燕樂及唐宋教坊樂的重要樂器。劉商《胡笳十八拍》第七拍："龜兹觱篥愁中聽，碎葉琵琶夜深怨。"《資治通鑑·唐憲宗元和元年》："師道時知密州事，好畫及觱篥。"胡三省注："胡人吹茇管，謂

之觱篥。《樂府雜録》:觱篥,葭管也,卷蘆爲頭,截竹爲管,出於胡地。制法角音,九孔漏聲,五音。唐編入鹵簿,名爲笳管;用之雅樂,以爲雅管;六竅之制,則爲鳳管。旋宮轉器,以應律者也。杜佑曰:觱篥,一名悲篥,出於胡中,其聲悲。東夷有以卷桃皮爲之者,亦出南蠻。又《樂府雜録》曰:觱篥,本龜兹樂。"李德裕《觱篥歌》和元稹酬篇《和李大夫〈觱篥歌〉》(擬題)今已散失,僅劉禹錫有《和浙西李大夫霜夜對月聽小童吹觱篥歌依本韵》存世,請參閱:"海門雙青暮烟歇,萬頃金波湧明月。侯家小兒能觱篥,對此清光天性發。長江凝練樹無風,瀏慄一聲霄漢中。涵胡畫角怨邊草,蕭瑟清蟬吟野叢。冲融頓挫心使指,雄吼如風轉如水。思婦多情珠淚垂,仙禽欲舞雙翅起。郡人寂聽衣滿霜,江城月斜樓影長。纔驚指下繁韵息,已見樹杪明星光。謝公高齋吟激楚,戀闕心同在羈旅。一奏荆人白雪歌,如聞雒客扶風鄔。吳門水驛接山陰,文字殷勤寄意深。欲識陽陶能絕處,少年榮貴道傷心。"《年譜》、《編年箋注》與《年譜新編》忽略了元稹本詩"近酬新樂録,仍寄續離騷(近蒙大夫寄《觱篥歌》,酬和才畢,此篇續至)"的話語,并没有在本年的"佚詩"欄内注明元稹本年所作的佚詩《奉和浙西李大夫霜夜對月聽小童吹觱篥歌》(擬題),應該是一個小小的失誤。

⑭ 阿閣:四面都有檐霤的樓閣。《尸子》卷下:"泰山之中有神房阿閣帝王録。"楊炯《少室山少姨廟碑》:"豈直鳳巢阿閣,入軒後之圖書;魚躍中舟,稱武王之事業。" 鳳:傳説中的神鳥,雄的叫鳳,雌的叫凰,通稱爲鳳或鳳凰。《禮記·禮運》:"麟、鳳、龜、龍,謂之四靈。"韓愈《送何堅序》:"吾聞鳥有鳳者,恒出於有道之國。"古代常常比喻有聖德的人。《論語·微子》:"鳳兮鳳兮,何德之衰也!"邢昺疏:"知孔子有聖德,故比孔子於鳳。"《楚辭·九辯》:"鳧雁皆唼夫梁藻兮,鳳愈飄翔而高舉。"王逸注:"賢者遯世,竄山谷也。"這裏指李德裕。方壺:傳説中神山名,一名方丈。《列子·湯問》:"渤海之東不知幾億萬里,有大壑焉……其中有五山焉:一曰岱輿,二曰員嶠,三曰方壺,

四曰瀛洲,五曰蓬萊。"殷敬順釋文:"一曰方丈。"班固《西都賦》:"濫
瀛洲與方壺,蓬萊起乎中央。"辛棄疾《滿江紅·題冷泉亭》:"是當年、
玉斧削方壺,無人識。"　鼇:傳說中海中能負山的大鱉或大龜。《楚
辭·天問》:"鼇戴山抃,何以安之?"王逸注:"《列仙傳》曰:有巨靈之
鼇,背負蓬萊之山而抃舞。"洪興祖補注:"《玄中記》云:即巨龜也,一
云海中大鱉。"李白《猛虎行》:"巨鼇未斬海水動,魚龍奔走安得寧?"
古代以"鼇圖"特指翰林院,爲古代中央重要機構。

　　⑮ 借騎銀杏葉:本詩原注:"學士初入,例借飛龍馬。"借騎應該
是臨時性質的,也是皇帝對臣下的一種恩賜。而"銀杏葉"大概是對
當時"飛龍馬"的一種戲稱,或者是某一匹"飛龍馬"的名字,具體未
詳,待解。元稹《翰林承旨學士記》中有一段記載,可供參考:"(承旨
學士)位在諸學士上,居在東第一閣。乘輿奉郊廟,輒得乘厩馬,自浴
殿由內朝以從。揚雞竿,布大澤,則丹鳳之西南隅。外賓客進見於麟
德,則止直禁中以俟。"　橫賜錦垂萄:本詩原注:"解已具本篇。"所謂
"本篇",是指李德裕的原唱,有關的詩文及注文上已引錄,此不重複。
橫賜:帝王對臣民廣施賞賜。《史記·孝文本紀》:"朕初即位,其赦天
下……酺五日。"裴駰集解引文穎曰:"漢律三人已上無故群飲,罰金
四兩。今詔橫賜得令會聚飲食五日。"《新唐書·懿安郭太后》:"帝再
拜,索諫章閱之,往往道遊獵事,自是畋希幸,小兒武抃等不復橫賜
矣!"　萄:即"葡萄",亦作"蒲陶"、"蒲萄"、"蒲桃",落葉藤本植物,葉
掌狀分裂,花序呈圓錐形,開黃綠色小花,漿果多爲圓形和橢圓形,色
澤隨品種而異,是常見的水果,亦可釀酒,亦指此植物的果實。李時
珍《本草綱目·葡萄》:"葡萄……可以造酒……《漢書》言張騫使西域
還,始得此種,而《神農本草》已有葡萄,則漢前隴西舊有,但未入關
耳!"《漢書·大宛國》:"漢使采蒲陶、目宿種歸。"李頎《古從軍行》:
"年年戰骨埋荒外,空見蒲桃入漢家。"

　　⑯ 冰井:藏冰的地窖。酈道元《水經注·河水》:"朝廷又置冰室

於斯阜,室內有冰井。《春秋左傳》曰:'日在北陸而藏冰。'"貫休《苦熱寄赤松道者》:"天雲如燒人如炙,天地鑪中更何適? 蟬喘雷乾冰井融,些子清風有何益!" 珍果:珍貴的果品。《後漢書·東平憲王蒼傳》:"帝以蒼冒涉寒露,遣謁者賜貂裘,及大官食物珍果。"李白《答從弟幼成過西園見贈》:"山童薦珍果,野老開芳樽。" 金瓶:泛稱精美的瓶狀容器,常常用來酒器。沈約《三月三日率爾成篇》:"象筵鳴寶瑟,金瓶泛羽卮。"施肩吾《贈仙子》:"欲令雪貌帶紅芳,更取金瓶瀉玉漿。鳳管鶴聲來未足,懶眠秋月憶蕭郎。" 醪:酒的總稱。《後漢書·樊儵傳》:"又野王歲獻甘醪、膏餳。"《新唐書·鄭從讜傳》:"從讜以餼醪犒軍。"

⑰ "獨辭珠有戒"兩句:廉潔之典,事見《後漢書·鍾離意傳》:"顯宗即位,徵爲尚書。時交阯太守張恢坐臧千金,徵還伏法,以資物簿入大司農,詔班賜群臣。意得珠璣,悉以委地而不拜賜,帝怪而問其故,對曰:'臣聞孔子忍渴於盜泉之水,曾參回車於勝母之閭,惡其名也。此臧穢之寶,誠不敢拜!'帝嗟嘆曰:'清乎! 尚書之言!'乃更以庫錢三十萬賜意,轉爲尚書僕射。" 戒:戒除,指應該戒除的事。《論語·季氏》:"孔子曰:'君子有三戒:少之時,血氣未定,戒之在色;及其壯也,血氣方剛,戒之在鬥;及其老也,血氣既衰,戒之在得。'"梵語的意譯,指防非止惡的規範。玄應《一切經音義》卷一四:"戒,亦律之別義也。梵言'三婆羅',此譯雲'禁戒'者,亦禁義也。" 叨:同"饕",貪。《莊子·漁父》:"好經大事,變更易常,以挂功名,謂之叨。"《後漢書·盧植傳》:"豈橫叨天功以爲己力乎!"

⑱ 麥紙:亦稱"麥紋紙",紙名,唐時翰林院書詔書用麥紙。《唐詩紀事·李德裕》:"德裕述夢詩記爲夢中賦詩耳,元微之和云……若學士初入賜飛龍馬,故有'借騎銀杏葉'之句,青詔用麥紋紙,故有'麥紙侵紅點'之句,麻制例別通宵勘寫,故有'蘭燈熠碧高'之句。" 蘭燈:精緻的燈具。《南齊書·劉祥傳》:"故墜葉垂蔭,明月爲之隔輝;堂宇留光,蘭

燈有時不照。"韋應物《郡齋臥病絶句》:"香爐宿火滅,蘭燈宵影微。"
麻制:唐宋委任宰執大臣的詔命,因寫在白麻紙上,故稱。康駢《劇談
錄·劉相國宅》:"是時昇道鄭相國在内庭,夜草麻制。"趙彥衛《雲麓漫
抄》卷五:"至唐置翰林學士,以文章侍從,而本朝因之。翰林學士司麻
制、批答等,爲内制。中書舍人六員,分房行詞,爲外制。"

⑲ "代予言不易"兩句:原詩注:"積與大夫相代爲翰林承旨。"據
史籍記載,長慶元年十月十九日元稹從翰林承旨學士任上解職爲工
部侍郎,李德裕同日代爲翰林承旨學士。　不易:不改變,不更換。
《易·乾》:"不易乎世,不成乎名。"王弼注:"不爲世俗所移易。"《漢
書·哀帝紀》:"制節謹度以防奢淫,爲政所先,百王不易之道也。"顔
師古注:"言爲常法,不可改易。"這裏指李德裕因與元稹政見相同,並
没有改變元稹在任時的原有設想。　偏勞:指負擔特别重。岑參《陝
州月城樓送辛判官入奏》:"謁帝向金殿,隨身唯寶刀。相思灞陵月,
祇有夢偏勞。"杜甫《題張氏隱居二首》二:"杜酒偏勞勸,張梨不外求。
前村山路險,歸醉每無愁?"據元稹《翰林承旨學士記》所述,翰林承旨
學士要承擔更多的職責,享受更多的權利:"大凡大誥令、大廢置、丞
相之密畫、内外之密奏、上之所甚注意者,莫不專對,他人無得而參,
非自異也,法不當言。"

⑳ "繞月同栖鵲"兩句:兩句是倒裝句,亦即即將歸巢的喜鵲繞
月而飛,兇猛的大獒奔跑起來猶如狂風。　驚風:指猛烈、强勁的風。
司馬相如《上林賦》:"然後揚節而上浮,凌驚風,歷駭猋。"孟郊《感懷
八首》一:"秋氣悲萬物,驚風振長道。"　獒:高大兇猛的狗。《書·旅
獒》:"西旅獻獒。"孔傳:"西戎遠國貢大犬。"舒元輿《坊州按獄》:"攫
搏如猛虎,吞噬若狂獒。"

㉑ 吏傳開鎖契:本詩原注:"學士院密通銀臺,每旦常聞門使勘
契開鎖,聲甚煩多。"　契:符節、憑證、字據等信物,這裏指開啓宮門
的憑證。古代契分爲左右兩半,雙方各執其一,用時將兩半合對以作

徵信，後泛指契約。《老子》："是以聖人執左契而不責於人，故有德司契，無德司徹。"張彥遠《法書要錄·古文》："凡文書相約束皆曰契……亦謂刻木剖而分之，君執其左，臣執其右，即昔之銅竹虎使、今之銅魚，立契之遺象也。"　銀臺：即銀臺門，宮門名，唐時翰林院、學士院都在銀臺門附近，後因以銀臺門指代翰林院。李白《贈從弟南平太守之遙二首》一："承恩初入銀臺門，著書獨在金鑾殿。"陳師道《次韻答少章》："出入銀臺門，爲米不爲醴。"　神撼引鈴條：本詩原注："院有懸鈴，以備夜直。警急文書出入，皆引之以代傳呼。每用兵，鈴輒有聲如人引，聲耗緩急具如之，曾莫之差。"　條：絲繩，絲帶，亦指用於衣服飾物等的繩、帶。顧況《李供奉彈箜篌歌》："國府樂手彈箜篌，赤黃條索金錯頭。"歐陽修《玉樓春》："春葱指甲輕攏撚，五彩垂條雙袖卷。"　懸鈴：懸掛起來的銅鈴，拉動牽掛的引繩，即可發聲。《升庵集·鈴索》："李德裕云：翰林院有懸鈴，以備警急文字，引之以代傳呼也。唐制禁署嚴密，非本院人，雖有公事，不敢遽入於內，夫人宣事先亦引鈴。每有文書，即內臣立於門外，鈴聲達本院，小判官出受訖，授院使，院使授學士。鄭綮詩：'條鈴無響閬珠宮。'韓偓詩：'坐久忽聞鈴索動，玉堂西畔響丁東。'"

㉒渥澤：指恩惠。《後漢書·鄧騭傳》："託日月之末光，被雲雨之渥澤，並統列位，光昭當世。"李白《鄂州刺史韋公德政碑》："雲滂洋，雨汪濊，澡渥澤，除瑕纇。"　危心：謂心存戒懼，語本《孟子·盡心》："獨孤臣孽子，其操心也危。"《後漢書·明帝紀贊》："顯宗丕承，業業兢兢。危心恭德，政察姦勝。"李賢注："危心，言常危懼。"

㉓犯顏：舊謂敢於冒犯君王或尊長的威嚴。《韓非子·外儲說》："犯顏極諫，臣不如東郭牙，請立以爲諫臣。"《舊唐書·魏徵傳》："徵狀貌不逾中人，而素有膽智，每犯顏進諫，雖逢王赫斯怒，神色不移。"　懇懇：誠摯殷切貌。揚雄《劇秦美新》："夫不勤勤，則前人不當；不懇懇，則覺德不愷。"《新唐書·趙憬傳》："憬精治道，常以國本

在選賢、節用、薄賦斂、寬刑罰,懇懇爲天子言之。"急切貌。《後漢書・王暢傳》:"愚以爲懇懇用刑,不如行恩;孳孳求奸,未若禮賢。"騰口:張口放言。白居易《代書詩一百韵寄微之》:"騰口因成痏,吹毛遂得疵。"王安石《和平甫寄陳正叔》:"此道廢興吾命在,世間騰口任云云。"　忉忉:囉嗦,嘮叨。白居易《寄獻北都留守裴令公》:"動人名赫赫,憂國意忉忉。"歐陽修《與王懿敏公書》:"客多,偷隙作此簡,鄙懷欲述者多,不覺忉忉。"

㉔"佩寵雖綃綬"兩句:意謂雖然佩帶的是顯示恩寵無比的紫青色綬帶,但身上穿的仍然是普普通通的葛袍。　綃:紫青色的綬。《史記・滑稽列傳》:"佩青綃出宮門。"裴駰集解引徐廣曰:"音瓜……青綬。"柳宗元《同劉二十八院長述舊言懷感時書事奉寄澧州張員外使君五十二韵之作因其韵增至八十通贈二君子(劉禹錫張署)》:"共思捐珮處,千騎擁青綃。"　綬:絲帶,古代用以繫佩玉、官印、帷幕等,綬帶的顏色常用以標誌不同的身份與等級。《禮記・玉藻》:"天子佩白玉而玄組綬,公侯佩山玄玉而朱組綬。"鄭玄注:"綬者,所以貫佩玉相承受者也。"韓愈《同李二十八夜次襄城》:"印綬歸台室,旌旗列將壇。"　安貧:自甘於貧窮。《後漢書・蔡邕傳》:"安貧樂賤,與世無營。"許渾《送王總下第歸丹陽》:"青蕪定没安貧處,黃葉應催獻賦詩。"　葛:多年生草本植物,莖蔓生,莖皮可製葛布,這裏指以葛爲原料製成的布、衣、帶等。《公羊傳・桓公八年》:"冬不裘,夏不葛。"何休注:"裘葛者,禦寒暑之美服。"韓愈《送石處士序》:"先生居嵩、邙、瀍、穀之間,冬一裘,夏一葛,食朝夕,飯一盂,蔬一盤。"

㉕賓親:賓客與親族。韓愈《示兒》:"前榮饌賓親,冠婚之所於。"黃庭堅《明叔知縣和示過家上塚二篇復次韵》:"且當置是事,椎牛會賓親。"　謝絶:婉言拒絶或推辭。《史記・儒林列傳》:"申公恥之,歸魯,退居家教,終身不出門,復謝絶賓客,獨王(魯恭王)命召之乃往。"權德輿《祭子婿獨孤少監文》:"謝絶人寰,屏居鄠田。"　延薦:

引薦。徐陵《與顧記室書》："殿下前時妄澤，匪復偏私，遂吳良延薦之恩，無王丹所舉之謬。"方干《鏡湖西島言事寄陶校書》："未必聖明代，長將雲水親。知音不延薦，何路出泥塵？" 英豪：英雄豪傑。韋應物《送崔押衙相州》："禮樂儒家子，英豪燕趙風。"司空圖《力疾山下吳村看杏花十九首》一二："不如分減閑心力，更助英豪濟活人。"

㉖ 杯盤：亦作"杯柈"，杯與盤，亦借指酒肴。劉禹錫《和樂天洛下雪中宴集寄汴州李尚書》："洛城無事足杯盤，風雪相和歲欲闌。"吳可《藏海詩話》："草草杯柈供笑語，昏昏燈火話平生。" 寺觀：佛寺和道觀，僧人所居曰寺，道士所居曰觀。楊衒之《洛陽伽藍記序》："城郭崩毀，宮室傾覆，寺觀灰燼，廟塔丘墟。"韓愈《論佛骨表》："〔陛下〕即位之初，即不許度人爲僧尼、道士，又不許創立寺觀。" 過從：互相往來，交往。令狐楚《南宮夜直宿見李給事封題其所下制敕知奏直在東省因以詩寄》："玉樹春枝動，金樽臘釀醲。在朝君最舊，休澣許過從。"李公佐《南柯太守傳》："時生酒徒周弁、田子華並居六合縣，不與生過從旬日矣！" 聚會：聚集，會合。《漢書·五行志》："其夏，京師郡國民聚會里巷阡陌，設張博具，歌舞祠西王母。"白行簡《三夢記》："又說夢中聚會言語，與逌叔所見並同。" 閑行：漫步。張籍《與賈島閑遊》："城中車馬應無數，能解閑行有幾人？"白居易《魏王堤》："花寒懶發鳥慵啼，信馬閑行到日西。"

㉗ 祇園："祇樹給孤獨園"的簡稱，梵文的意譯，印度佛教聖地之一。相傳釋迦牟尼成道後，憍薩羅國的給孤獨長者用大量黃金購置舍衛城南祇陀太子園地，建築精舍，請釋迦說法，祇陀太子也奉獻了園內的樹木，故以二人名字命名。玄奘去印度時，祇園已毀。後用爲佛寺的代稱，這裏指慈恩寺，是當時士人、官員的遊覽之地。王勃《益州德陽縣善寂寺碑》："祇園興板蕩之悲，沙界積淪胥之痛。"白居易《題東武丘寺六韵》："香刹看非遠，祇園入始深。" 仙洞：借稱道觀。李頎《送劉主簿歸金壇》："茅山有仙洞，羨爾再經過。"白居易《春題華

陽觀》：“帝子吹簫逐鳳凰，空留仙洞號華陽。”原注：“觀即華陽公主故
宅。”本詩是指長安的玄都觀，那裏桃樹甚多，劉禹錫元和十年奉詔回
京，有《元和十一年自朗州召至京戲贈看花諸君子》：“紫陌紅塵拂面
來，無人不道看花回。玄都觀裏桃千樹，盡是劉郎去後栽。”其中詩題
的“元和十一年”，應爲“元和十年”之誤，《舊唐書·劉禹錫傳》：“元和
十年自武陵召還，宰相復欲置之郎署。時禹錫作《游玄都觀詠看花君
子》詩，語涉譏刺，執政不悅，復出爲播州刺史。詔下，御史中丞裴度
奏曰：‘劉禹錫有母年八十餘，今播州西南極遠，猿狖所居，人迹罕至。
禹錫誠合得罪，然其老母必去不得，則與此子爲死別，臣恐傷陛下孝
理之風。伏請屈法，稍移近處。’憲宗曰：‘夫爲人子，每事尤須謹慎，
常恐貽親之憂。今禹錫所坐更合重於他人，卿豈可以此論之？’度無
以對，良久帝改容而言曰：‘朕所言是責人子之事，然終不欲傷其所親
之心。’乃改授連州刺史。”《舊唐書·憲宗紀》：(元和十年)“三月壬申
朔……乙酉，以……朗州司馬劉禹錫爲播州刺史……御史中丞裴度
以禹錫母老，請移近處，乃改授連州刺史。”十四年後，劉禹錫又有《再
遊玄都觀》詩：“余貞元二十一年爲屯田員外郎時，此觀未有花。是歲出
牧連州，尋貶朗州司馬，居十年，召至京師，人人皆言有道士手植仙桃，
滿觀如紅霞，遂有前篇以志一時之事。旋又出牧，今十有四年，復爲主
客郎中，重遊玄都觀，蕩然無復一樹，唯兔葵燕麥動摇於春風耳！因再
題二十八字，以俟後遊。時大和二年三月。”詩云：“百畝庭中半是苔，桃
花净盡菜花開。種桃道士歸何處？前度劉郎今又來。”而本詩云：“仙洞
萬株桃(玄都)。”與劉禹錫後面詩篇所云不合，其實不然，元稹本詩回憶
的是長慶一二年間的事情，距離劉禹錫所言“蕩然無復一樹”的“大和二
年”還有六七年的時間，此後元稹與李德裕都出貶外任，至“寶曆二年”
賦詠本詩時，詩人對玄都觀的桃樹已經不甚了了。玄都觀的桃樹應該
毀於長慶後期至大和前期，具體時間有待智者破解。

　　㉘ 瀚海：瀚，伸入陸地的海灣，古代亦特指勃瀚，即今渤海。《史

記·司馬相如列傳》："浮勃澥，遊孟諸。"司馬貞索隱引徐幹《齊都賦》："海傍曰勃，斷水曰澥。"章潢《圖書編·渤海辨》："海岱惟青州，所謂東北跨海，西南距岱，跨小海也，本名渤海，亦謂之渤澥海，別枝名也。" 滄波：碧波。《文心雕龍·知音》："閱喬岳以形培塿，酌滄波以喻畎澮。"李白《古風》一二："昭昭嚴子陵，垂釣滄波間。" 劫火：佛教語，謂壞劫之末所起的大火。《仁王經》："劫火洞然，大千俱壞。"張喬《興善寺貝多樹》："永共終南在，應隨劫火燒。"

㉙"未陪登鶴駕"兩句：這是對唐穆宗的回顧與哀悼。意謂唐穆宗李恒爲太子之日，我被貶外地，未獲追隨。回京受到皇上恩遇與重用，但好景不長，不久皇上就已經匆匆歸天，我被他人陷害出貶在浙東，又不在京城皇上的身邊，祇落得哀哭烏號的結果。 鶴駕：據劉向《列仙傳·王子喬》載：王子喬即周靈王的太子晉，嘗乘白鶴駐緱氏山頭，後因稱太子的車駕爲鶴駕。杜甫《洗兵行》："鶴駕通宵鳳輦備，雞鳴問寢龍樓曉。"仇兆鰲注："鶴駕，東宮所乘。"也作死的諱稱。盧照鄰《鄭太子碑銘》："霓旌揚漢，猶尋朽骨之靈；鶴駕停空，尚謁先人之墓。"蘇頲《章懷太子良娣張氏神道碑》："嗚呼！山疑鶴駕，地即烏號。"本詩兩者兼而有之，均可說通。 烏號：表示對死者哀悼。酈道元《水經注·廬江水》："〔匡俗〕屢逃徵聘，廬於此山，時人敬之。俗後仙化，空廬猶存。弟子覩室悲哀。哭之旦暮，事同'烏號'。"葉適《何參政挽歌三首》二："佳哉鳳凰壠，悲甚付烏號。"

㉚"痛泪過江浪"兩句：這是詩人對唐穆宗謝世的哀悼，痛哭之泪賽過江中之浪，冤屈之聲高過海濤。 痛泪：痛哭的眼泪。戴復古《求先人墨迹呈表兄黃季文》："篇章久零落，人間眇餘響。搜求二十年，痛泪濕黃壤。"陳著《答剡教趙實父文炳》："翔父仰之，又相繼云亡，言及痛泪滂下。" 江浪：江中之浪。司空曙《迎神》："鸞旌圓蓋望欲来，山雨霏霏江浪起。神既降兮我獨知，目成再拜爲陳詞。"孫光憲《上行杯》："金船滿捧。綺羅愁，絲管咽。回別。帆影滅。江浪如

雪。" 冤聲：哀冤之聲。雍陶《別雟州一時慟哭雲日爲之變色》："越雟城南無漢地，傷心從此便爲蠻。冤聲一慟悲風起，雲暗青天日下山。"羅鄴《長城》："珠璣旋見陪陵寢，社稷何曾保子孫？降虜至今猶自説，冤聲夜夜傍城根。" 海濤：海浪。盧綸《慈恩寺石磬歌》："靈山石磬生海西，海濤平處與山齊。"杜牧《長安雜題長句六首》二："雨晴九陌鋪江練，嵐嫩千峰疊海濤。"

㉛"尚看恩詔濕"兩句：這兩句仍然是詩人對唐穆宗的回顧，即所謂的"感先恩"。 恩詔：帝王降恩的詔書。《南史·王藻傳》："若恩詔難降，披請不申，便當刊膚剪髮，投山竄海。"岑參《奉送李賓客荆南迎親》："迎親辭舊苑，恩詔下儲闈。" 濕：潮濕，與"乾"相對，猶言恩詔的墨迹未乾。賈誼《鵩鳥賦序》："長沙卑濕，誼自傷悼，以爲壽不得長，乃爲賦以自廣。"許渾《神女祠》："龍氣石床濕，鳥聲山廟空。" 壽宮：墓祠，又常指皇帝生前預築的陵墓。竇叔向《貞懿皇后挽歌三首》二："壽宮星月異，仙路往來賒。縱有迎仙術，終悲隔絳紗。"白居易《昭德皇后挽歌詞》："仙去逍遙境，詩留窈窕章。春歸金屋少，夜入壽宮長。" 牢：使牢固，加固。《後漢書·張奐傳》："但地底冥冥，長無曉期，而復纏以纊緜，牢以釘密，爲不喜耳！"《新唐書·楊元卿傳》："元卿墾發屯田五千頃，屯築高垣，牢鍵閉，寇至，耕者保垣以守。"

㉜"再造承天寶"兩句：是詩人對唐敬宗的期待，意謂唐敬宗登位，大臣們齊心協力，一定能够重新創造李唐的新天地新未來，即所謂的"捧荷新澤"。但遺憾的是元稹失望了，李德裕也失望了，唐敬宗初登帝位，就作出了許多有悖元稹、李德裕等大批朝臣期望的事情，重用據説是擁立自己爲帝的朝廷大臣李逢吉與牛僧孺，兩人都封公進爵，他們派別中的成員都得到了重用，而元稹的好友李紳却被貶爲端州司馬，同貶者還有元稹與李紳在朝時共同引進的龐嚴與蔣防等人，《舊唐書·龐嚴傳》文云："昭湣即位，李紳爲宰相李逢吉所排，貶端州司馬。嚴坐累，出爲江州刺史。給事中于敖素與嚴善，制既下，

敫封還,時人凜然相顧曰:'于給事犯宰相怒而爲知己,不亦危乎!'及覆制出,乃知敫駁制書貶嚴太輕,中外無不嗤誚以爲口實。初李紳讁官,朝官皆賀逢吉,唯右拾遺吳思不賀。逢吉怒,改爲殿中侍御史充入蕃告哀使。"于敫與吳思,是人情冷暖的兩面鏡子,歷朝歷代,不乏其人。　再造:重新創建。《宋書·武帝紀》:"天未絕晉,誕育英輔,振厥弛維,再造區宇,興亡繼絕,俾昏作明。"《新唐書·郭子儀傳》:"入朝,帝遣具軍容迎灞上,勞之曰:'國家再造,卿力也。'"　承天:承奉天道。《易·坤》:"至哉坤元,萬物資生,乃順承天。"《後漢書·郎顗傳》:"夫求賢者上以承天,下以爲人。"

㉝憐:哀憐,憐憫。《史記·項羽本紀》:"籍與江東子弟八千人渡江而西,今無一人還,縱江東父兄憐而王我,我何面目見之?"韓愈《寄三學士》:"上憐民無食,征賦半已休。"喜愛,疼愛。白居易《翫半開花贈皇甫郎中》:"人憐全盛日,我愛半開時。"曾鞏《趵突泉》:"已覺路傍行似鑑,最憐沙際湧如輪。"　簪履:亦作"簪屨",簪笄和鞋子,常以喻卑微舊臣。《魏書·於忠傳》:"皇太后聖善臨朝,衽席不遺,簪屨弗棄。"《舊唐書·高士廉傳》:"臣亡舅士廉知將不救,顧謂臣曰:'至尊覆載恩隆,不遺簪履,亡歿之後,或致親臨。'"　委:委任,委派。《左傳·文公六年》:"教之防利,委之常秩。"杜預注:"委,任也。"《晉書·褚裒傳》:"裒又以政道在於得才,宜委賢任能,升敬舊齒。"　旌旄:軍中用以指揮的旗子。劉向《説苑·權謀》:"有狂兕從南方來,正觸王左驂,王舉旌旄而使善射者射之。"李頻《陝府上姚中丞》:"關東領藩鎮,闕下授旌旄。"

㉞"北望心彌苦"兩句:意謂詩人北望長安,難以歸去覲見皇上,心情更加痛苦;向西眺望潤州,元稹又難以與李德裕聚首,祇能無奈搔首等待。　北望:向北而望,這裏指從越州北望長安,思念回李唐朝廷復職。劉長卿《和樊使君登潤州城樓》:"山城迢遞敞高樓,露冕吹鐃居上頭。春草連天隨北望,夕陽浮水共東流。"劉禹錫《採菱行》:

"屈平祠下沉江水,月照寒波白烟起。一曲南音此地聞,長安北望三千里。"　彌:益,更加。《論語・子罕》:"仰之彌高,鑽之彌堅。"蘇洵《權書・六國》:"奉之彌繁,侵之愈急。"　搔首:以手搔頭,焦急或有所思貌。《詩・邶風・静女》:"愛而不見,搔首踟蹰。"高適《九日酬顔少府》:"縱使登高只斷腸,不如獨坐空搔首。"

㉟　九霄:喻皇帝居處。杜甫《臘日》:"口脂面藥隨恩澤,翠管銀罌下九霄。"黄滔《敷水盧校書》:"九霄無詔下,何事近清塵?"　就日:比喻對天子的崇仰或思慕,語出《史記・五帝本紀》:"帝堯者……其仁如天,其知如神,就之如日,望之如雲。"司馬貞索隱:"如日之照臨,人咸依就之,若葵藿傾心以向日也。"駱賓王《夏日游德州贈高四詩序》:"固仰長安而就日,赴帝鄉以望雲。"　兩浙:浙東和浙西的合稱,唐肅宗時析江南東道爲浙江東路和浙江西路,錢塘江以南簡稱浙東,府治越州會稽,元稹時爲浙東觀察使,錢塘江以北簡稱浙西,府治潤州,李德裕時爲浙西觀察使。權德輿《省中春晚忽憶江南舊居戲書所懷因寄兩浙親故雜言》:"前年冠獬豸,戎府隨賓介。去年簪進賢,贊導法宫前。"白居易《想東遊五十韵序》:"大和三年春,予病免官後,憶遊浙右數郡,兼思到越一訪微之。故兩浙之間,一物以上,想皆在目,吟且成篇,不能自休,盈五百字,亦猶孫興公想天台山而賦之也。"　舠:小船。《文心雕龍・誇飾》:"是以言峻則嵩高極天,論狹則河不容舠。"陸游《思歸引》:"錦城小憩不淹遲,即是輕舠下峽時。"

㊱　暮竹:歲暮的竹子。吳則禮《過智海呈陳無己》:"木魚夢覺響晴景,鐵鳳雨餘翔落霞。漠漠清香縈暮竹,蕭蕭晏几近幽花。"陳著《代唐司直震謝留參政啓》:"咄咄世事,悠悠宦情,餬口粗支,何必良田之二頃!蓋頭便了,猶存破屋之數間。暮竹聊以倚寒,夜瓜未嘗乞巧。"　寒窗:寒冷的窗口。元稹《聞樂天授江州司馬》:"垂死病中驚起坐,暗風吹雨入寒窗。"戎昱《桂州歲暮》:"歲暮天涯客,寒窗欲曉時。君恩空自感,鄉思夢先知。"　衰楊:衰敗的楊柳。元稹《哭女樊

四十韻》:"敗槿蕭疏館,衰楊破壞城。此中臨老淚,仍自哭孩嬰。"白
居易《小橋柳》:"細水涓涓似淚流,日西惆悵小橋頭。衰楊葉盡空枝
在,猶被霜風吹不休。"　濠:護城河。江淹《雜體詩‧效劉琨〈傷
亂〉》:"飲馬出城濠,北望沙漠路。"劉禹錫《浙西李大夫述夢四十韻並
浙東元相公酬和斐然繼聲》:"山是千重障,江爲四面濠。"

　　㊲ 魚鰕:亦作"魚蝦",魚和蝦,泛指魚類水産。韓愈《南山》:"魚
蝦可俯掇,神物安敢寇!"蘇軾《魚蠻子》:"魚鰕以爲糧,不耕自有餘。"
亭皋:水邊的平地。《漢書‧司馬相如傳》:"亭皋千里,靡不被築。"王
先謙補注:"亭當訓平……亭皋千里,猶言平皋千里。皋,水旁地。"張
說《奉和春日出苑應制》:"雨洗亭皋千畝綠,風吹梅李一園香。"　城
郭:城墙,城指内城的墙,郭指外城的墙。《禮記‧禮運》:"大人世及
以爲禮,城郭溝池以爲固。"孔穎達疏:"城,内城;郭,外城也。"杜甫
《越王樓歌》:"孤城西北起高樓,碧瓦朱甍照城郭。"

　　㊳ 朽刃:刀刃已經腐朽,這是元稹對自己的評價,當然是詩人的
自謙之詞。　朽:腐烂,腐朽。《書‧五子之歌》:"予臨兆民,懍乎若
朽索之馭六馬。"孔傳:"朽,腐也。"曹冏《六代論》:"夫泉竭則流涸,根
朽則葉枯。"　刃:刀鋒,刀口。《書‧費誓》:"礪乃鋒刃。"孔傳:"磨礪
鋒刃。"《北史‧叔孫俊傳》:"俊覺悦舉動有異,乃於悦懷中得兩刃匕
首,遂執悦殺之。"　衝斗:晉司空張華望見斗牛之間常有紫氣,問之
道術家雷焕。焕謂寶劍之精,上徹於天,其地當在豫章豐城間。因補
焕爲豐城令,掘地果得龍泉、太阿兩寶劍。後因以"衝斗"比喻人的志
氣超邁或才華英發。駱賓王《幽繫書情通簡知己》:"有氣還衝斗,無
時會鑿壞。"劉禹錫《望賦》:"諒衝斗兮誰見? 伊戴盆兮何望!"　良
弓:好弓,强弓,這是元稹對李德裕的評價。《墨子‧親士》:"良弓難
張,然可以及高入深。"陳琳《爲袁紹檄豫州》:"奮中黄育獲之士,騁良
弓勁弩之勢。"　弢:弓袋。《管子‧小匡》:"弢無弓,服無矢。"韋莊
《和鄭拾遺秋日感事一百韵》:"弢弓揮勁鏃,匣劍淬神鋩。"

㊲ 摧:挫敗,挫損。《韓非子·存韓》:"今伐韓未可一年而滅,拔一城而退,則權輕於天下,天下摧我兵矣!"《史記·樂毅列傳》:"當是時,齊湣王强,南敗楚相唐眜於重丘,西摧三晉於觀津。" 虎兕:虎與犀牛,比喻兇惡殘暴的人。王逸《九思·逢尤》:"虎兕争兮於廷中。"周密《齊東野語·景定彗星》:"董宋臣,巨奸宄也,乃優縱之,以出虎兕之柙,人心怨怒,致此彗妖。"這裏應該指李逢吉、牛僧孺等奸宄者。 墾:開墾,翻耕。《管子·治國》:"民事農,則田墾;田墾,則粟多;粟多,則國富。"《韓非子·顯學》:"今商官技藝之士亦不墾而食。" 蓬蒿:蓬草和蒿草,亦泛指草叢草莽。《禮記·月令》:"〔孟春之月〕藜莠蓬蒿並興。"《莊子·逍遙遊》:"〔斥鴳〕翱翔蓬蒿之間。"這裏仍然是在譏諷李逢吉們的倒行逆施,希望早日出現清明的政治局面。

㊵ "漁艇宜孤棹"兩句:前句是詩人自寓,後句是讚揚李德裕。漁艇:小型輕快的漁船。杜甫《雨二首》二:"漁艇息悠悠,夷歌負樵客。"陸龜蒙《和吳中言情見寄韻》:"莫問江邊漁艇子,玉皇看賜羽衣裳。" 孤棹:亦作"孤櫂",獨槳,借指孤舟。長孫佐輔《杭州秋日別故友》:"獨隨孤櫂去,何處更同衾?"徐鉉《送黃秀才姑熟辟命》:"水雲孤棹去,風雨暮春寒。" 樓船:有樓的大船,古代多用作戰船。《史記·平準書》:"是時越欲與漢用船戰逐,乃大修昆明池,列觀環之。治樓船,高十餘丈,旗幟加其上,甚壯。"劉禹錫《西塞山懷古》:"西晉樓船下益州,金陵王氣黯然收。" 艘:量詞,用於船隻計數。曹丕《浮淮賦》:"浮飛舟之萬艘兮,建干將之銛戈。"《資治通鑑·晉孝武帝太元十七年》:"辛亥,垂徙營就西津,去黎陽西四十里,爲牛皮船百餘艘,僞列兵仗,泝流而上。"

㊶ 量材:亦作"量才",衡量才能。《後漢書·劉愷傳》:"協和陰陽,調訓五品,考功量才,以序庶僚。"張悛《爲吳令謝詢求爲諸孫置守塚人表》:"是以孫氏雖家失吳祚,而族蒙晉榮,子弟量才,比肩進取,

懷金侯服，佩青千里。” 用處：謂處世待人的態度。陳善《捫虱新話·淵明不肯束帶見小兒歐陽必著帽見俗人》：“陶淵明爲彭澤令，郡遣督郵至，吏白：‘應束帶見之。’淵明曰：‘安能爲五斗米折腰見鄉里小兒！’即日解印綬去。近歐陽公方與客披襟酣飲次，忽外白：‘有客。’公遽著帽見之，坐客曰：‘何不呼使人來？’公曰：‘此俗人也，不可以吾輩之禮待之。’世多怪二公之賢而用處相反如此。”王建《鑷白》：“總道老來無用處，何須白髮在前生！如今不用偷年少，拔却三莖又五莖。” 滔滔：和暖，和樂。《楚辭·九章·懷沙》：“滔滔孟夏兮，草木莽莽。”王逸注：“滔滔，盛陽貌也。”謝靈運《善哉行》：“鄙哉愚人，戚戚懷瘼；善哉達士，滔滔處樂。”

[編年]

《年譜》編年本詩於寶曆二年，引録岑仲勉之説作爲理由：“按德裕以長慶二年九月除浙西，大和三年七月去。稹以長慶三年八月除浙東，大和三年九月去。唯據賈餗《贊皇公德政碑》，大和元年就加禮部尚書，而元、劉和章仍稱大夫。又禹錫之和，似在和州刺史任上，其除和州爲長慶四年八月，合此推之，本詩當作于寶曆間也。”《編年箋注》編年：“元稹和篇作于寶曆二年（八二六），時在浙東觀察使任。見卞《譜》。”《年譜新編》亦編年寶曆二年，理由是：“李德裕原唱《述夢詩四十韵》，次韵酬和。”

我們以爲，岑仲勉舉證材料之後得出“本詩當作於寶曆間也”，與《年譜》、《編年箋注》、《年譜新編》的“寶曆二年”並不完全相同，“寶曆二年”云云比較籠統。而且岑仲勉所引賈餗《贊皇公李德裕德政碑》“大和元年就加禮部尚書”云云也比較籠統，且脱“檢校”兩字，據《舊唐書·文宗紀》：（大和元年）“九月庚申朔……丁丑，浙西觀察使李德裕、浙東觀察使元稹就加檢校禮部尚書。”據干支推算，具體時間應該在九月十八日，所以應該説岑仲勉先生的推論並不嚴密，至少大和元年還有八個多月的時間没有排除在外。

傅璇琮先生《李德裕年譜》經過詳細嚴密的考證，認定李德裕的《述夢詩四十韵》應該作於寶曆元年的"歲杪"，可以也應該采信；而李德裕《述夢詩四十韵序》："去年七月……忽夢賦詩，懷禁掖舊遊，凡四十餘韵……今屬歲杪無事，羈懷多感，因綴其所遺爲《述夢詩》以寄一二僚友。"其實李德裕已經清清楚楚交代了《述夢詩》賦作的時間是"歲杪"。岑仲勉先生舉證材料之後得出"本詩當作於寶曆間也"的結論可以採信，傅璇琮先生認定李德裕《述夢詩四十韵》應該作於寶曆元年的"歲杪"的論證應該成立，其"歲杪"應該是寶曆元年之"歲杪"。而根據浙東與浙西間的距離，元稹與李德裕的親密關係，更主要是詩篇涉及的内容，相信元稹會立即酬和，也就是説，元稹的酬篇應該作於寶曆二年的初春。而本詩涉及的紀實性内容："瀚海滄波减，昆明劫火熬。未陪登鶴駕，已計墮烏號。痛泪過江浪，冤聲出海濤。尚看恩詔濕，已夢壽宫牢。再造承天寶，新持濟巨篙。猶憐弊簪履，重委舊旌旄。"祇涉及唐穆宗的謝世以及唐敬宗的登位，并没有涉及唐敬宗的被害以及唐文宗的登位，故此"初春"不應該是大和元年的初春，而應該是寶曆二年的初春。自然，"寶曆二年的初春"要比"寶曆二年"更爲具體，幸請讀者注意。

■ 酬夢得和浙西李大夫述夢四十韵并浙東元微之酬和見寄(一)①

據劉禹錫《浙西李大夫述夢四十韵并浙東元相公酬和斐然繼聲》

[校記]

（一）酬夢得和浙西李大夫述夢四十韵并浙東元微之酬和見寄：

元稹本佚失詩所據劉禹錫《浙西李大夫述夢四十韵并浙東元相公酬和斐然繼聲》，見《劉賓客文集》、《古詩鏡·唐詩鏡》、《全詩》，有關文字未見異文。

[箋注]

① 酬夢得和浙西李大夫述夢四十韵并浙東元微之酬和見寄：劉禹錫《浙西李大夫述夢四十韵并浙東元相公酬和斐然繼聲》："……臥龍曾得雨（浙東），孤鶴尚鳴皋（浙西）。劍用雄開匣（二公），弓閑蟄受弰（自謂）。鳳姿嘗在竹（二公），鶂羽不離蒿（自謂）。吳越分雙鎮，東西接萬艘。今朝比潘陸，江海更滔滔。"今存元稹詩文集未見酬篇，據補。　浙西：即浙江西道節度使，今江蘇省蘇南地區以及浙江北部地區。《舊唐書·地理志》："浙江西道節度使：治潤州，管潤、蘇、常、杭、湖等州，或爲觀察使。"劉禹錫《奉送浙西李僕射相公赴鎮》："建節東行是舊遊，歡聲喜氣滿吳州。郡人重得黃丞相，童子爭迎郭細侯。"元稹《酬李浙西先因從事見寄之作》："浙郡懸旌遠，長安諭日遥。因君蕊珠贈，還一夢烟霄。"　浙東：即浙江東道節度使，今浙江省南部地區。《舊唐書·地理志》："浙江東道節度使：治越州，管越、衢、婺、温、台、明等州，或爲觀察使。"張籍《酬杭州白使君兼寄浙東元大夫》："相印暫離臨遠鎮，掖垣出守復同時。一行已作三年別，兩處空傳七字詩。"元稹《初除浙東妻有阻色因以四韵曉之》："嫁時五月歸巴地，今日雙旌上越州。興慶首行千命婦，會稽旁帶六諸侯。"

[編年]

未見《元稹集》採録，也未見《年譜》、《編年箋注》、《年譜新編》採録與編年。

李德裕先有《述夢四十韵》，賦成於寶曆元年的"歲杪"，然後元稹酬和《奉和浙西大夫述夢四十韻大夫本題言贈于夢中賦詩以寄一二僚友故今所和者亦止述翰苑舊遊而已次本韻》，賦成於寶曆二年初春。接著是劉禹錫酬和李德裕，同時酬和元稹奉和李德裕的《述夢四十韻》，時間應該在寶曆二年初春稍後。再接著，是元稹看到劉禹錫的和篇，詩篇的最後兼及自己，故再次賦詩酬和劉禹錫的酬和，元稹酬和劉禹錫之篇雖然已經佚失，但時間也應該在寶曆二年初春稍後，地點在越州，元稹時任浙東觀察使、越州刺史。

■ 酬樂天重題小舫兼寄微之^{(一)①}

據白居易《重題小舫贈周從事兼戲微之》

[校記]

（一）酬樂天重題小舫兼寄微之：元稹本佚失詩所據白居易《重題小舫贈周從事兼戲微之》，分別見《白氏長慶集》、《會稽掇英總集》、《淵鑑類函》、《白香山詩集》、《全詩》，未見異文。

[箋注]

① 酬樂天重題小舫兼寄微之：白居易《重題小舫贈周從事兼戲微之》：“細蓬青簟織魚鱗，小眼紅窗襯麴塵。闊狹纔容從事座，高低恰稱使君身。舞筵須揀腰輕女，仙棹難勝骨重人。不似鏡湖廉使出，高檣大艑鬧驚春。”今存元稹詩文集未見酬篇，據補。　題：書寫，題署。劉義慶《世說新語·方正》：“太極殿始成，王子敬時爲謝公長史，謝送版，使王題之。王有不平色，語信云：‘可擲箸門外。’”杜甫《弊廬遣興奉寄嚴公》：“把酒宜深酌，題詩好細論。”　舫：泛指船。白居易《琵琶行》：“東船西舫悄無言，唯見江心秋月白。”姜夔《淒涼

犯》:“追念西湖上,小舫携歌,晚花行樂。” 兼寄:意謂一首詩同時寄給兩個以上的人。李頎《奉送五叔入京兼寄綦毋三》:“雲陰帶殘日,恨別此何時?欲望黃山道,無由見所思。”劉長卿《送荀八過山陰舊縣兼寄剡中諸官》:“訪舊山陰縣,扁舟到海涯。故林嗟滿歲,春草憶佳期。”

[編年]

未見《元稹集》採録,也未見《年譜》、《編年箋注》、《年譜新編》採録與編年。

朱金城先生《白居易集箋校》編年白居易《重題小舫贈周從事兼戲微之》於寶曆二年。白居易詩有“高檣大艑鬧驚春”之句,當作於寶曆二年春天之時,故本佚失詩亦應該賦成於寶曆二年春天,地點在越州,元稹時任浙東觀察使、越州刺史。

■ 酬樂天郡中閑獨見寄^{(一)①}

據白居易《郡中閑獨寄微之及崔湖州》

[校記]

(一)酬樂天郡中閑獨見寄:元稹本佚失詩所據白居易《郡中閑獨寄微之及崔湖州》,分別見《白氏長慶集》、《會稽掇英總集》、《白香山詩集》、《全詩》,未見異文。

[箋注]

① 酬樂天郡中閑獨見寄:白居易《郡中閑獨寄微之及崔湖州》:“少年賓旅非吾輩,晚歲簪纓束我身。酒散更無同宿客,詩成長作獨

吟人。蘋洲會面知何日？鏡水離心又一春。兩處也應相憶在，官高
年長少情親。"今存元稹詩文集未見酬篇，據補。　　郡：古代地方行政
區劃名，周制縣大郡小，戰國時逐漸變爲郡大於縣。秦滅六國，正式
建立郡縣制，以郡統縣。漢代因之，隋唐兩代及其後，州郡互稱，至明
而郡廢。《左傳‧哀公二年》："克敵者，上大夫受縣，下大夫受郡。"杜
預注："《周書‧作雒篇》：千里百縣，縣有四郡。"陸德明釋文："千里百
縣，縣方百里；縣有四郡，郡方五十里。"劉商《送元使君自楚移越》：
"露冕行春向若耶，野人懷惠欲移家。東風二月淮陰郡，唯見棠梨一
樹花。"　閑獨：清閑獨處。《北史‧邢卲傳》："性好談賞，又不能閑
獨，公事歸休，恒須賓客自伴。"張説《餞唐州高使君》："常時好閑獨，
朋舊少相過。及爾宣風去，方嗟別日多。"　見：用在動詞前面，表示
謙抑、客套。岑參《酬暢當嵩山尋麻道士見寄》："聞逐樵夫閑看棋，忽
逢人世是秦時。開雲種玉嫌山淺，渡海傳書怪鶴遲。"包佶《酬于侍郎
湖南見寄十四韻》："桂嶺千崖斷，湘流一派通。長沙今賈傅，東海舊
于公。"　寄：托人遞送。沈如筠《寄張徵古》："寂歷遠山意，微冥半空
碧。綠蘿無冬春，彩雲竟朝夕。"張子容《永嘉即事寄贛縣袁少府瓘》：
"山繞樓臺出，谿通里閈斜。曾爲謝客郡，多有逐臣家。"

[編年]

　　未見《元稹集》採錄，也未見《年譜》、《編年箋注》、《年譜新編》採
錄與編年。

　　朱金城先生《白居易集箋校》編年白居易《郡中閑獨寄微之及崔
湖州》於寶曆二年。白居易詩有"鏡水離心又一春"之句，當作於寶曆
二年春天之時，故本佚失詩亦應該賦成於寶曆二年春天，地點在越
州，元稹時任浙東觀察使、越州刺史。

■ 四月一日作^{(一)①}

據白居易《和微之四月一日作》

[校記]

（一）四月一日作：元稹本佚失之詩所據白居易《和微之四月一日作》，見《白氏長慶集》、《白香山詩集》、《唐宋詩醇》、《歲時雜詠》、《全詩》，未見異文。

[箋注]

① 四月一日作：白居易《和微之四月一日作》：“四月一日天，花稀葉陰薄。泥新燕影忙，蜜熟蜂聲樂。麥風低冉冉，稻水平漠漠。芳節或蹉跎，遊心稍牢落。春華信爲美，夏景亦未惡。颮浪嫩青荷，熏欄晚紅藥。吳宮好風月，越郡多樓閣。兩地誠可憐，其奈久離索！”今存元稹詩文集未見元稹原唱，據補。　四月一日：夏季的第一天。張説《四月一日過江赴荆州》：“春色沅湘盡，三年客始回。夏雲隨北帆，同日過江來。”李德裕《題劍門》：“奇峰百仞懸，清眺出嵐烟。迴若戈回日，高疑劍倚天。”後面注云：“頃歲入蜀，偶題此詩。馬上所成，數字未穩。今憑連帥尚書盧公，再換舊石。會昌三年四月一日，守司空、兼門下侍郎平章事李德裕。”這裏指寶曆二年四月一日。　作：撰述，撰寫。《後漢書·曹世叔妻》：“扶風曹世叔妻者……號曰大家，每有貢獻異物，輒詔大家作賦頌。”韓愈《送陸歙州詩序》：“於是昌黎韓愈道願留者之心而泄其思，作詩曰……”

[編年]

《元稹集》、《編年箋注》未收録，《年譜》、《年譜新編》收録，詩題均作“四月一日作”，編年寶曆二年四月一日。

從白居易詩内容看，應該是白居易與元稹的蘇越唱和之詩。白居易《蘇州刺史謝上表》：“臣居易言：伏奉三月四日恩制，授臣使持節蘇州諸軍事守蘇州刺史。臣以某月二十九日發東都，今月五日到州，當日上訖。”據朱金城先生考定，白居易寶曆元年五月五日才履任蘇州刺史；白居易《河亭晴望（九月八日）》：“風轉雲頭斂，烟銷水面開。晴虹橋影出，秋雁櫓聲來。郡静官初罷，鄉遥信未迴。明朝是重九，誰勸菊花杯？”知白居易寶曆二年九月八日因病罷職蘇州。據此，白居易《和微之四月一日作》必作於寶曆二年無疑，而元稹《四月一日作》則必作於寶曆二年四月一日之時。《年譜》、《年譜新編》亦編年寶曆二年四月一日，編年意見可取。

■ 問疾寄樂天書^{(一)①}

據白居易《仲夏齋居偶題八韵寄微之及崔湖州》

[校記]

（一）問疾寄樂天書：元稹本佚失之書所據白居易《仲夏齋居偶題八韵寄微之及崔湖州》，見《白氏長慶集》、《白香山詩集》、《會稽掇英總集》、《歲時雜詠》、《全詩》，未見異文。

[箋注]

① 問疾寄樂天書：白居易《仲夏齋居偶題八韵寄微之及崔湖州》：“腥血與葷蔬，停來一月餘。肌膚雖瘦損，方寸任清虚。體適通

宵坐,頭慵隔日梳。眼前無俗物,身外即僧居。水榭風來遠,松廊雨過初。褰簾放巢燕,投食施池魚。久別閑遊伴,頻勞問疾書。不知湖與越,吏隱興何如?"今存元稹詩文集未見元稹之書,據補。 **問疾**:探问疾病。盧綸《酬李端公野寺病居見寄》:"齋沐暫思同静室,清羸已覺助禪心。寂寞日長誰問疾?料君惟取古方尋。"韋應物《登蒲塘驛沿路見泉谷邨墅忽想京師舊居追懷昔年》:"均徭視屬城,問疾躬里閭。烟水依泉谷,川陸散樵漁。"

[編年]

《元稹集》未收録,《編年箋注》未收録與編年,《年譜》、《年譜新編》收録,文題均作"越州寄樂天書",編年寶曆二年。

白居易詩,朱金城先生《白居易集箋校》編年寶曆二年。我們據"褰簾放巢燕"之句,燕子剛剛從南方前來,營建新巢,因此我們認爲白居易詩應該作於寶曆二年的春夏間,元稹之問疾書應該在白居易詩之前,亦即寶曆二年之初。《年譜》、《年譜新編》參照《白居易集箋校》編年寶曆二年,顯得籠統。

■ 酬樂天仲夏齋居偶題八韵見寄^{(一)①}

據白居易《仲夏齋居偶題八韵寄微之及崔湖州》

[校記]

(一)**酬樂天仲夏齋居偶題八韵見寄**:元稹本佚失詩所據白居易《仲夏齋居偶題八韵寄微之及崔湖州》,見《白氏長慶集》、《白香山詩集》、《會稽掇英總集》、《歲時雜詠》、《全詩》,未見異文。

［箋注］

①　酬樂天仲夏齋居偶題八韵見寄：白居易《仲夏齋居偶題八韵寄微之及崔湖州》：“腥血與葷蔬，停來一月餘。肌膚雖瘦損，方寸任清虛。體適通宵坐，頭慵隔日梳。眼前無俗物，身外即僧居。水榭風來遠，松廊雨過初。褰簾放巢燕，投食施池魚。久別閑遊伴，頻勞問疾書。不知湖與越，吏隱興何如？”今存元稹詩文集未見酬篇，據補。仲夏：夏季的第二個月，即農曆五月。因處夏季之中，故稱。柳宗元《再至界圍巖水簾遂宿巖下（是年出刺柳州，五月復經此）》：“發春念長違，中夏欣再覿。是時植物秀，杳若臨懸圃。”白居易《仲夏齋戒月》：“仲夏齋戒月，三旬斷腥膻。自覺心骨爽，行起身翩翩。”　齋居：齋戒別居。白居易《齋月靜居》：“忽忽眼塵猶愛睡，些些口業尚誇詩。葷腥每斷齋居月，香火常親宴坐時。”白居易《齋居偶作》：“童子裝爐火，行添一炷香。老翁持麈尾，坐拂半張床。”

［編年］

未見《元稹集》採録，也未見《年譜》、《編年箋注》、《年譜新編》採録與編年。

朱金城先生《白居易集箋校》編年白居易詩於寶曆二年。白居易詩有“褰簾放巢燕”之句，而詩題稱“仲夏”，故白居易詩應該賦成於寶曆二年仲夏之時，在蘇州刺史任。白居易二月以落馬傷足，繼以眼病在蘇州養病。元稹本佚失詩賦成在白居易詩之後，也應該在寶曆二年仲夏之時，地點在越州，元稹時任浙東觀察使、越州刺史。

■ 開拆新樓初畢相報樂天^{(一)①}

據白居易《酬微之開拆新樓初畢相報未聯見戲之作》

［校記］

（一）開拆新樓初畢相報樂天：元稹本佚失之詩所據白居易《酬微之開拆新樓初畢相報未聯見戲之作》，見《白氏長慶集》、《白香山詩集》、《全詩》，未見異文。

［箋注］

① 開拆新樓初畢相報樂天：白居易《酬微之開拆新樓初畢相報未聯見戲之作》："海山鬱鬱石稜稜，新豁高居正好登。南臨贍部三千界，東對蓬宮十二層。報我樓成秋望月，把君詩讀夜回燈。無妨却有他心眼，妝點亭臺即不能。"據此，元稹"開拆新樓初畢"之後，有詩篇"相報"白居易，後來成了佚失詩，故補。　開：開始。嵇康《太師箴》："欲以物開，患以事成。"王昌齡《九江口作》："潺潺江勢闊，雨開潯陽秋。"　拆：拆毀，拆除。杜甫《自京赴奉先縣詠懷五百字》："河梁幸未拆，枝撐聲窸窣。"陸游《夏日》一："村村隴麥登場後，戶戶吳鹽拆簇時。"　初：方才，剛剛。劉向《説苑·談叢》："初沐者必拭冠，新浴者必振冠。"韓愈《送侯參謀赴河中幕》："憶昔初及第，各以少年稱。"畢：完成，完結。《孟子·滕文公》："公事畢，然後敢治私事。"《漢書·王莽傳》："願諸章下議者皆寢勿上，使臣莽得盡力畢制禮作樂事。"新樓：新建的樓，新修的樓。劉禹錫《和浙西尚書聞常州楊給事製新樓因寄之作》："文昌星象盡東來，油幕朱門次第開。且上新樓看風月，會乘雲雨一時回。"張籍《新城甲仗樓》："謝氏起新樓，西臨城角頭。圖功百尺麗，藏器五兵修。"　相報：告知，報告。韓愈《華山女》："遂來陞座演真訣，觀門不許人開扃。不知誰人暗相報？倏然振動如雷霆。"韓翃《送南少府歸壽春》："淮風生竹簟，楚雨移茶竈。若在八公山，題詩一相報。"

［編年］

《元稹集》未收録，《編年箋注》未收録與編年，《年譜》、《年譜新編》收録，詩題均作“開拆新樓初畢報樂天”，《年譜》編年寶曆二年，《年譜新編》編年寶曆元年。

朱金城先生《白居易集箋校》編年白居易之詩於寶曆二年，可從。我們以爲，又據白居易“報我樓成秋望月”之句，白居易詩篇應該賦成於寶曆二年秋天蘇州刺史任。本年，白居易以落馬傷足，繼以眼病在蘇州養病。據此，元稹詩也應該賦成於寶曆二年秋天，《編年箋注》疏漏不應該，《白居易集箋校》、《年譜》編年過於籠統，《年譜新編》編年有誤。

■ 酬樂天留別微之⁽一⁾①

據白居易《留別微之》

［校記］

（一）酬樂天留別微之：元稹本佚失詩所據白居易《留別微之》，分別見《白氏長慶集》、《英華》、《瀛奎律髓》、《白香山詩集》、《全詩》，未見異文。唯《瀛奎律髓》後面有批語：“白詩自然，五六何其易之至也。此蘇州病告滿去時詩。”另外，《留別微之》又見於《張司業集》卷五，顯然是將白居易誤爲張籍之詩，不取。《元稹集·附錄》沿誤，也採録本詩，歸入張籍名下，注明採自中華書局《張籍詩集》卷四，但《元稹集·附錄》又在“白居易”名下録入本詩，自相矛盾。

［箋注］

① 酬樂天留別微之：白居易《留別微之》：“干時久與本心違，悟道深知前事非。猶厭勞形辭郡印，那將趁伴著朝衣。五千言裏教知

足，三百篇中勸式微。少室雲邊伊水畔，比君校老合先歸。”今存元稹詩文集未見酬篇，據補。　留別：多指以詩文作紀念贈給分別的人。李益《赴邠寧留別》：“身承漢飛將，束髮即言兵。俠少何相問？從來事不平。”杜牧《贈張祜》：“詩韻一逢君，平生稱所聞……數篇留別我，羞殺李將軍。”

[編年]

未見《元稹集》採錄，也未見《年譜》、《編年箋注》、《年譜新編》採錄與編年。

朱金城先生《白居易集箋校》編年白居易《留別微之》於寶曆二年。白居易因病辭去蘇州刺史之職在寶曆二年九月八日，白居易《河亭晴望(九月八日)》：“風轉雲頭斂，烟銷水面開。晴虹橋影出，秋雁櫓聲來。郡靜官初罷，鄉遥信未迴。明朝是重九，誰勸菊花杯？”故白居易《留別微之》應該賦成於九月八日。據蘇州與越州之間的距離，元稹九月九日或稍後一二日就能收到白居易的詩，元稹的佚失詩即應該賦作於其時，地點在越州，元稹時任浙東觀察使、越州刺史。

● 拜禹廟(一)①

恢能咨岳日，悲暮羽山秋②。父陷功仍繼，君名禮不讎③。洪水襄陵後，元圭菲食由④。已甘魚父子，翻荷粒咽喉⑤。古廟蒼烟冷，寒庭翠柏稠⑥。馬泥真骨動，龍畫活晴留⑦。祀典稽千聖，孫謀絶一丘⑧。道雖污世載，恩豈酌沈浮⑨！洞穴探常近，圖書即可求⑩。德崇人不惰，風在俗斯柔⑪。茭色湖光上，泉聲雨脚收⑫。歌詩呈志義，簫鼓瀆清猷⑬。史亦明勛最，時方怒校茜⑭。還希四載術，將以拯虔劉⑮。

録自《會稽掇英總集》卷八

［校記］

（一）拜禹廟：本詩未見其他可以參校的版本，但《編年箋注》却在本詩之後注所據版本云："《全唐詩》卷四二三、《會稽掇英總集》卷八。"查遍《全詩》卷四二三以及《全詩》其餘各卷，都未見本詩，不知《編年箋注》所據《全詩》版本從何而來？

［箋注］

① 拜禹廟：今存《元氏長慶集》各本未見本詩，而《會稽掇英總集》卷八採録，故據此補入，編排在此。　拜：表示恭敬的一種禮節，行禮時下跪，低頭與腰平，兩手至地。後用爲行禮的通稱。《書·顧命》："授宗人同，拜，王答拜。"《荀子·大略》："平衡曰拜。"楊倞注："謂磬折頭與腰如衡之平。"潘岳《寡婦賦》："退幽於堂隅兮，進獨拜於床垂。"這裏指一種敬神的儀式。　禹廟：即大禹廟，在越州會稽縣，是越州百姓爲紀念大禹治水的功績而建立的廟宇，當地百姓常常舉行祭祀活動。《太平寰宇記·會稽縣》："大禹廟：在縣南二十里。"宋之問《謁禹廟》："夏王乘四載，茲地發金符。峻命終不易，報功疇敢渝。"大禹是對夏禹的美稱。《書·大禹謨》："曰若稽古大禹。"孔傳："禹稱大，大其功。"李白《公無渡河》："大禹理百川，兒啼不窺家。"宋子問也有《謁禹廟》，文，可與元稹本文並讀："夏王乘四載，茲地發金符。峻命終不易，報功疇敢渝。先驅總昌會，後至伏靈誅。玉帛空天下，衣冠耀海隅。旋聞厭黃屋，更道出蒼梧。林表祠轉茂，山阿井詎枯。舟遷龍噴壑，田變鳥耘蕪。舊物森如在，天威肅未除。玄夷屆瑶席，玉女侍清都。奕奕閭閶邃，軒軒仗衛趨。氣青連曙海，雲白洗春

湖。猨嘯有時答,禽言長自呼。靈欹異蒸糈,至樂匪笙竽。茅殿今文襲,梅梁古制無。運遙日崇麗,業盛答昭蘇。伊昔力云盡,而今功尚敷。揆材非美箭,精享愧生芻。郡職昧爲理,邦空寧自誣。下車霰已積,攝事露行濡。人隱冀多祐,曷唯霑薄軀。”

② 恢能:義近“恢弘”發揚,擴大。《書序》:“所以恢弘至道,示人主以軌範也。”《三國志·諸葛亮傳》:“誠宜開張聖聽,以光先帝遺德,恢弘志士之氣。”博大,寬宏。《晉書·卞壺傳》:“諸君以道德恢弘,風流相尚,執鄙吝者,非壺而誰?” 咨岳:帝堯徵求能夠治水的能人,大禹的父親鯀被推舉,事見《史記·夏本紀》:“當帝堯之時,鴻水滔天,浩浩懷山襄陵,下民其憂。堯求能治水者,群臣四嶽皆曰鯀可,堯曰:‘鯀爲人負命毀族,不可。’四嶽曰:‘等之未有賢於鯀者,願帝試之!’於是堯聽四嶽,用鯀治水。九年而水不息,功用不成,於是帝堯乃求人,更得舜。舜登用,攝行天子之政,巡狩,行視鯀之治水無狀,乃殛鯀於羽山以死。天下皆以舜之誅爲是,於是舜舉鯀子禹,而使續鯀之業。” 羽山:山名,舜殺鯀之處。《書·舜典》:“殛鯀於羽山。”王嘉《拾遺記·夏禹》:“海民於羽山之中,修立鯀廟,四時以致祭祀,常見玄魚與蛟龍跳躍而出,觀者驚而畏矣!”

③ 陷:墜入,陷入。《國語·魯語》:“若以邪臨民,陷而不振,用善不肯專,則不能使。”韋昭注:“陷,墜也。”《孟子·梁惠王》:“苟無恒心,放辟邪侈,無不爲已。及陷於罪,然後從而刑之,是罔民也。”過失,缺陷。《國語·魯語》:“齊 閭丘來盟,子服景伯戒宰人曰:‘陷而入於恭。’”韋昭注:“陷,猶過失也。” 功:事情,事業,本詩指治水的事業。《詩·豳風·七月》:“嗟我農夫,我稼既同,上入執宮功。”朱熹集傳:“功,葺治之事。”《新唐書·褚無量傳》:“復詔無量,就麗正纂緒前功。” 君名禮不愆:意謂帝舜與大禹之間帝位的交接合乎禮,順乎民。《史記·夏本紀》:“夏禹,名曰文命。禹之父,曰鯀……帝舜薦禹於天,爲嗣。十七年而帝舜崩,三年喪畢,禹辭避舜之子商均於陽城,

天下諸侯皆去商均而朝禹，禹於是遂即天子位，南面朝天下，國號曰夏后，姓姒氏。”

　　④洪水：大水，多指因大雨或融雪等引起暴漲的水流，常能造成災害。李白《公無渡河》：“波滔天，堯咨嗟。大禹理百川，兒啼不窺家。殺湍湮洪水，九州始蠶麻。”劉餗《隋唐嘉話》卷上：“隋文帝夢洪水沒城，意惡之，乃移都大興。術者云：洪水，即唐高祖之名也。”　襄陵：謂大水漫上丘陵。《書·堯典》：“湯湯洪水方割，蕩蕩懷山襄陵。”孔傳：“襄，上也。”范仲淹《農》：“國俗儉且淳，人足而家給。九載襄陵禍，比戶猶安輯。”　元圭：亦作“玄圭”，一種黑色的玉器，上尖下方，古代用以賞賜建立特殊功績的人。《書·禹貢》：“禹錫玄圭，告厥成功。”孔傳：“玄，天色，禹功盡加于四海，故堯賜玄圭以彰顯之，言天功成。”蔡沈集傳：“水色黑，故圭以玄云。”《漢書·王莽傳》：“伯禹錫玄圭，周公受郊祀，蓋以達天之使，不敢擅天之功也。”　菲食：粗劣的飲食。陸機《辨亡論》：“卑宮菲食，豐功臣之賞。”嵇康《答難養生論》：“三徙成都者，或菲食勤躬，經營四方，心勞形困，趣步失節。”據《史記·夏本紀》，大禹當國之後，一心農事，自己則過著非常節儉的生活。

　　⑤“已甘魚父子”兩句：大禹因其父被殺，努力農事，吃盡千辛萬苦，過著艱苦的生活，最後終於獲得成功。《史記·夏本紀》：“禹乃遂與益、后稷奉帝命，命諸侯百姓興人徒以傅土，行山表木，定高山大川。禹傷先人父鯀功之不成受誅，乃勞身焦思，居外十三年，過家門不敢入。薄衣食，致孝于鬼神。卑宮室，致費於溝淢。陸行乘車，水行乘船，泥行乘橇，山行乘檋。左準繩，右規矩，載四時，以開九州，通九道，陂九澤，度九山。令益予眾庶稻，可種卑濕。命后稷予眾庶難得之食，食少，調有餘相給，以均諸侯。禹乃行相地宜所有以貢，及山川之便利。”　魚：水生脊椎动物，終身生活在水中。《漢書·食貨志》：“故御史屬徐宮家在東萊，言往年加海租，魚不出。”杜甫《漫成》：“沙頭宿鷺聯拳静，船尾跳魚撥剌鳴。”這裏以魚爲喻，意謂大禹父子長年累月如魚一般與水打

交道,吃盡千辛萬苦。　咽喉:咽與喉的並稱。《後漢書‧霍諝傳》:"譬猶療飢於附子,止渴於酖毒,未入腸胃,已絕咽喉,豈可爲哉!"姚合《寄陝府内兄郭冏端公》:"永晝吟不休,咽喉乾無聲。"這裏是"命后稷予衆庶難得之食,食少,調有餘相給,以均諸侯"之意。

⑥　古廟:年代久遠的廟宇,這裏指祭祀大禹的廟,即禹廟。李白《魯郡堯祠送吳五之瑯琊》:"堯没三千歲,青松古廟存。送行奠桂酒,拜舞清心魂。"常雅《題伍相廟》:"蒼蒼古廟映林巒,漠漠烟霞覆古壇。精魄不知何處在?威風猶入浙江寒。"　蒼烟:蒼茫的雲霧。陳子昂《峴山懷古》:"野樹蒼烟斷,津樓晚氣孤。誰知萬里客,懷古正躊蹰?"儲光羲《山居貽裴十二廸》:"落葉滿山砌,蒼烟理竹扉。遠懷青冥士,書劍常相依。"　寒庭:很少有人光顧的庭院。張説《岳州守歲》:"除夜清樽滿,寒庭燎火多。舞衣連臂拂,醉坐合聲歌。"張籍《寒食夜寄姚侍郎》:"五湖歸去遠,百事病來疏。況憶同懷者,寒庭月上初。"　翠柏:翠綠的柏樹。先汪《題安樂山》:"碧峰横倚白雲端,隋氏真人化迹殘。翠柏不凋龍骨瘦,石泉猶在鏡光寒。"唐代無名氏《驪山感懷》:"武帝尋仙駕海遊,禁門高閉水空流。深宮帶日年年色,翠柏凝烟夜夜愁。"

⑦　馬泥:即"泥馬",泥塑造的神馬。覺範《次韵雪中過武岡》"馳裘否丞郭泥馬,壯士甲趨花灑鐵。空齋夜對故人榻,妙語霏霏如鋸屑。"陸文圭《迴途入玉晨觀圖經雲周時太史郭真人宅周安得有真人哉有丹井養龍池白馬老君瑞像在焉壁間刻林靈素塵字韵詩戲次二首》二:"太虚自是隔凡塵,惟恨神霄事不真。泥馬空遺玄聖像,池魚恐是小龍身。"　真骨:指不同凡俗的風骨。鍾嶸《詩品》卷上:"其源出於古詩,仗氣愛奇,動多振絶,真骨凌霜,高風跨俗。"猶駿骨。杜甫《楊監又出畫鷹十二扇》:"干戈少暇日,真骨老崖嶂。"　睛:眼珠;眼球。王充《論衡‧書虚》:"而顔淵用睛,暫望倉卒,安能致此?"楊衒之《洛陽伽藍記‧景樂寺》:"士女觀者,目亂睛迷。"

⑧　祀典:記載祭祀儀禮的典籍。《國語‧魯語》:"凡禘、郊、祖、

宗、報，此五者國之典祀也……非是，不在祀典。"蘇軾《奏乞封太白山神狀》："伏見當府郿縣太白山，雄鎮一方，載在祀典。"祭祀的儀禮。顏延之《皇太子釋奠會作詩》："敬躬祀典，告奠聖靈。"陳羽《明水賦》："神靈是享，祀典攸傳。"　稽：考核，查考。《易·繫辭》："於稽其類。"孔穎達疏："稽，考也。"《漢書·司馬遷傳》："網羅天下放失舊聞，考之行事，稽其成敗興衰之理。"　聖：聖人，指儒家所稱道德智能極高超的理想人物。《論語·雍也》："子曰：'何事於仁，必也聖乎！'"《孟子·滕文公》："我亦欲正人心，息邪說，距詖行，放淫辭，以承三聖者，豈好辯哉？予不得已也。"古之王天下者，亦爲對於帝王或太后的極稱。李商隱《韓碑》："元和天子神武姿，彼何人哉軒與羲？誓將上雪列聖耻，坐法宮中朝四夷。"蘇軾《和張昌言喜雨》："二聖憂勤忘寢食，百神奔走會風雲。"王十朋注引趙次公曰："二聖，蓋當日哲宗與太后也。"　孫謀：順應天下人心的謀略，孫，通"遜"。語出《詩·大雅·文王有聲》："詒厥孫謀，以燕翼子。"鄭玄箋"孫，順也……傳其所以順天下之謀，以安其敬事之子孫。"一說，"孫謀"是爲子孫籌畫的意思，朱熹集傳："謀及其孫，則子可以無事矣！"王維《裴僕射濟州遺愛碑》："爲其身計，保乎忠貞，將爲孫謀，貽以清白。"黃庭堅《神宗皇帝挽詞三首》一："孫謀開二聖，末命對三靈。今代誰班馬，能書汗簡青？"　一丘：一座小山。《漢書·叙傳》："栖遲於一丘，則天下不易其樂。"李白《金門答蘇秀才》："未果三山期，遙欣一丘樂。"一座墳墓。范成大《次韵樂先生吳中見寄八首》七："幾多螻蟻與王侯，往古今來共一丘。"

⑨ 道：道德，道義。《左傳·桓公六年》："所謂道，忠於民而信於神也。"《孟子·公孫丑》："得道者多助，失道者寡助。"　污：洗去污垢。《詩·周南·葛覃》："薄污我私，薄澣我衣。"朱熹集傳："污，煩撋之以去其污。"　世載：謂某種事迹世代見於記載。陸機《漢高祖功臣頌》："吳芮之王，祚由梅鋗；功微勢弱，世載忠賢。"徐陵《徐州刺史侯安都德政碑》："世載雄豪，卓富擬於公侯。"《周書·李遠傳》："諸人並

世載忠貞,沐浴教義。"指世代有德。《文選‧任昉〈爲褚諮議蓁讓代兄襲封表〉》:"臣寶世載承家,允膺長德。"李善注:"《國語》曰:'祭公謀父曰:奕世載德。'韋昭曰:載,成也。"世人稱傳。庾信《周柱國大將軍紇干弘神道碑》:"公始青衿,風神世載,猛獸不驚,家禽能對。"世代。王嘉《拾遺記‧殷湯》:"世載遼絶,而或出或隱。在軒轅之世,爲司樂之官。及殷時,總修三皇五帝之樂。" 恩:德澤,恩惠。《孟子‧梁惠王》:"今恩足以及禽獸,而功不至於百姓者,獨何與?"曹植《求通親親表》:"誠可謂恕己治人,推惠施恩者矣!" 酌:衡量,估量。王定保《唐摭言‧慈恩寺題名遊賞賦詠雜紀》:"宣慈寺門子,不記姓氏,酌其人,義俠之徒也。"蘇洵《史論》:"經不得史,無以證其褒貶;史不得經,無以酌其輕重。" 沈浮:升降起伏,引申爲盛衰、消長。《淮南子‧原道訓》:"是故聖人將養其神,和弱其氣,平夷其形,而與道沈浮俛仰。"高誘注:"沈浮,猶盛衰。"李遠《閑居》:"塵事久相棄,沉浮皆不知。"

⑩ 洞穴:地洞或山洞。揚雄《羽獵賦》:"入洞穴,出蒼梧。"張喬《華山》:"每來尋洞穴,不擬返江湖。"這裏指禹穴。 探:訪問,看望。《漢書‧司馬遷傳》:"二十而南游江淮,上會稽,探禹穴,闚九疑。"曾鞏《故翰林侍讀學士錢公墓誌銘》:"公之爲判官也,府嘗有獄。或探大臣意,謂欲有所附致,公不爲動。" 圖書:指河圖洛書。《漢書‧五行志》:"河洛出圖書。"司馬光《三月三十日偶成詩獻留守開府太尉兼呈真率諸公》:"河洛今爲盛,圖書昔所潛。家家花啓户,處處酒飄簾。""河圖洛書"或稱"河圖雒書",是古代儒家關於《周易》卦形來源及《尚書‧洪範》"九疇"創作過程的傳説。《易‧繫辭》:"河出圖,洛出書,聖人則之。"河,黃河;洛,洛水。據漢儒孔安國、劉歆等解説:伏羲時有龍馬出於黃河,馬背有旋毛如星點,稱作龍圖,伏羲取法以畫八卦生蓍法。夏禹治水時有神龜出於洛水,背上有裂紋,紋如文字,禹取法而作《尚書‧洪範》"九疇"。古代認爲出現"河圖洛書"是帝王聖者受命之祥瑞。《漢書‧翟義傳》:"河圖雒書遠自昆侖,出於重

壓……此乃皇天上帝所以安我帝室,俾我成就洪烈也。"《三國志·魏文帝紀》:"君其祇順大禮,饗兹萬國,以肅承天命。"裴松之注引《獻帝傳》:"河圖洛書,天命瑞應。"《編年箋注》認爲:"圖書"指大禹所作《山海經》,但《四庫全書·〈山海經〉提要》已經給予辨正,擬不可採用。 求:探索,探求。《論語·述而》:"我非生而知之者,好古敏以求之者也。"《舊唐書·禮儀志》:"求之本原,深所未諭。"

　　⑪ 德:道德,品德。《周禮·地官·師氏》:"以三德教國子。"鄭玄注:"德行,内外之稱,在心爲德,施之爲行。"《論語·述而》:"德之不修,學之不講,聞義不能徙,不善不能改,是吾憂也。" 崇:尊崇,推重。《詩·周頌·烈文》:"無封靡於爾邦,維王其崇之。"朱熹集傳:"崇,尊尚也。"韓愈《石鼓歌》:"方今太平日無事,柄任儒術崇丘軻。" 風:風操,節操。《孟子·萬章》:"故聞伯夷之風者,頑夫廉,懦夫有立志。"沈亞之《上壽李大夫書》:"昔者燕昭以千金市駿骨而百代稱之……今亞之仰閣下之風而進於前,聞閣下又不以朽鈍而顧之,寧鄙人之宜顧也。"猶風範,風度。《後漢書·龐參傳》:"〔龐參〕勇謀不測,卓爾奇偉,高才武略,有魏尚之風。"蘇軾《送水丘秀才叙》:"頭骨礚然,有古丈夫風。" 柔:浸漬,潤澤。《國語·鄭語》:"祝融亦能昭顯天地之光明,以生柔嘉材者也。"韋昭注:"柔,潤也。"元稹《酬鄭從事宴望海亭》:"欲將滑甘柔藏府,已被鬱噎衝喉嚨。"

　　⑫ 茭:通"筊",用竹篾、葦片編成的纜索。《史記·河渠書》:"搴長茭兮沈美玉,河伯許兮薪不屬。"裴駰集解引臣瓚曰:"竹葦絙謂之茭。"《後漢書·禮儀志》:"夏后氏金行,作葦茭,言氣交也。" 湖光:亮麗的湖色,本詩的"湖"是指鏡湖。張子容《自樂城赴永嘉枉路泛白湖寄松陽李少府》:"西行礙淺石,北轉入溪橋。樹色烟輕重,湖光風動搖。"劉長卿《東湖送朱逸人歸》:"山色湖光併在東,扁舟歸去有樵風。莫道野人無外事,開田鑿井白雲中。" 泉聲:山泉的流水聲。王勃《麻平晚行》:"百年懷土望,千里倦遊情。高低尋戍道,遠近聽泉

聲。"張翬《遊栖霞寺》:"躋險入幽林,翠微含竹殿。泉聲無休歇,山色時隱見。" 雨脚:密集落地的雨點。杜甫《茅屋爲秋風所破歌》:"床頭屋漏無乾處,雨脚如麻未斷絶。"陳三聘《南柯子·七夕》:"月傍雲頭吐,風將雨脚吹。"

⑬ 歌詩:詠唱詩篇。《左傳·襄公十六年》:"晉侯與諸侯宴于溫,使諸大夫舞,曰:'歌詩必類。'"杜預注:"歌古詩,當使各從義類。"《墨子·公孟》:"君與父母、妻、後子死,三年喪服……歌詩三百,舞詩三百。"孫詒讓間詁:"《周禮·小師》注云:歌,依詠詩也。"泛指詩歌。崔豹《古今注·音樂》:"明帝爲太子,樂人作歌詩四章,以贊太子之德。"范仲淹《即席呈太傅相公》:"白傅歌詩傳海外,晉公桃李滿人間。" 志義:猶志節。《禮記·樂記》:"君子聽琴瑟之聲,則思志義之臣。"元積《叙詩寄樂天書》:"使此兒五十不死,其志義何如哉!" 簫:一種竹製的管樂器,古代的簫用許多竹管編成,有底;後代的簫祇用一根竹管做成,不封底,直吹。也叫洞簫。韓愈《梁國惠康公主挽歌二首》二:"秦地吹簫女,湘波鼓瑟妃。"《舊唐書·音樂志》:"漢世有洞簫,又有管,長尺圍寸而併漆之。" 鼓:打擊樂器,多爲圓桶形或扁圓形,中間空,一面或兩面蒙著皮革。《漢書·律歷志》:"八音:土曰塤,匏曰笙,皮曰鼓,竹曰管,絲曰絃,石曰磬,金曰鐘,木曰柷。"顏師古注:"鼓音郭也,言郭張皮而爲之。"韓愈《游城南·晚雨》:"投竿跨馬蹋歸路,纔到城門打鼓聲。"泛指器樂,古代鼓用以節制其他樂器,古人以爲群音之長,故稱。《詩·商頌·那》:"奏鼓簡簡,衎我烈祖。"鄭玄箋:"奏鼓,奏堂下之樂也。"《吕氏春秋·音初》:"有娀氏有二佚女,爲之九成之臺,飲食必以鼓。"高誘注:"鼓,樂。" 清猷:清明的謀劃。《周書·獨孤信傳》:"睿哲居宗,清猷映世。"韓愈、孟郊《遠遊聯句》:"振衣造雲闕,跪坐陳清猷。"

⑭ 勛最:最高的功勛。魏裔介《直省馬總督壽序》:"龍興之盟,府公之鞭弭,勛最諸傑焉!" 勛:功勛,功勞。《書·大禹謨》:"爾尚

一乃心力,其克有勛。"韓愈《祭馬僕射文》:"東征淮蔡,相臣是使。公
兼邦憲,以副經紀。殲彼大魁,厥勛孰似。"指勛官的等級。韓愈《故
金紫光禄大夫董公行狀》:"階累升爲金紫光禄大夫,勛累升爲上柱
國。"　最:古代考核政績或軍功時劃分的等級,以上等爲最,跟"殿"
相對。《漢書·宣帝紀》:"丞相御史,課殿最以聞。"陸機《文賦》:"考
殿最於錙銖,定去留於毫芒。"　酋:古稱部落的首領。左思《吳都
賦》:"儋耳、黑齒之酋,金鄰、象郡之渠。"《新唐書·傅良弼傳》:"異時
蕃帳亡命來者,必償馬乃與,良弼至,皆執付其部,酋種歡懷。"

⑮ 四載:指古代的四種交通工具。《書·益稷》:"予乘四載,隨
山刊木。"孔傳:"所載者四,水乘舟,陸乘車,泥乘輴,山乘樏。"趙曄
《吳越春秋·越王無餘外傳》:"〔禹〕案金簡玉字,得通水之理,復返歸
岳,乘四載以行川,始於霍山,徊集五嶽。"　拯:援救,救助。《孟子·
梁惠王》:"民以爲將拯己於水火之中也。"崔寔《政論》:"且濟時拯世
之術,豈必體堯蹈舜然後乃治哉?"　虔劉:劫掠,殺戮。《左傳·成公
十三年》:"芟夷我農功,虔劉我邊陲。"徐陵《司空章昭達墓誌銘》:"黑
山巨盜,憑陵上國;白水强胡,虔劉中夏。"

[編年]

《年譜》編年本詩於寶曆二年"佚詩"欄內,其後全文引録本詩,然
後又引録《嘉泰會稽志·碑刻》:"《禹穴碑》陰:元稹并僚屬十一人官
位名氏,并《拜禹廟詩》一首,後有章草一行。"《編年箋注》編年:"元稹
此詩作于任浙東觀察使期間。見下《譜》。"《年譜新編》亦編年本詩於
寶曆二年,後面没有説明理由。

我們以爲,《年譜》所引録本詩全篇以及《嘉泰會稽志·碑刻》的
資料,與本詩編年没有直接關係,不能作爲本詩編年的唯一理由。
《編年箋注》將本詩編年於"任浙東觀察使期間"更不靠譜,明顯有誤。
根據《會稽志·翰墨》"禹穴碑,鄭昉撰,元稹銘,韓杅材行書,陸洿篆

額,寶曆景午秋九月作,後有太和元年八月三日中山劉蔚續記二行,在龍瑞官"揭示的材料,元稹"寶曆景午秋九月",亦即寶曆二年的九月有探訪"禹穴碑"之行,據《元豐九域志》:"大都督府越州會稽郡鎮東軍節度⋯⋯會稽山有禹井⋯⋯禹廟,夏后少康立,在禹陵上⋯⋯禹陵在會稽山上,禹井、漢靈文園(薄太后父塋也,文帝爲置園邑)、文種冢、朱進冢、郤隱冢、徐浩冢、賀知章墓、嚴子陵墓、劉綱墓、禹穴碑、越王碑、江淹碑、曹娥碑(即蔡邕題者也)、虞世南碑。"知"禹廟"與"禹穴碑"同在會稽山,故本詩賦詠應該在寶曆二年的九月元稹探訪"禹穴碑"之時,地點在越州。

● 禹穴銘(一)①

禹穴宜載,夏與秦胡爲而不載(二)?古而不載,遷與鄭胡爲而載②?予以謂天德統萬,止言其蓋;地德統萬,止言其載;堯德統萬,止言其大③。千川萬山,皆禹之會。一符一穴(三),不足爲最。故夏與秦俱不之載,而人以之昧④。

雖山之堅,雖洞之滅,有時而堙,有時而兌。歲其萬千,風雨濤汰。亡其嵌呀,叢是蘙薈。惟鄭與遷,斯碑斯載,斯時之賴⑤。

本文《元氏長慶集》不載,録自《唐文粹》卷五四

[校記]

(一)禹穴銘:本文又見《會稽掇英總集》、《歷代名賢確論》、《文章辨體彙選》、《浙江通志》,均曰"鄭鲂《禹穴碑》",元稹"銘",《全唐文補編》作"禹穴碑銘",僅録以備考。今據衆本而補改今題。本文與元稹的《拜禹廟》詩,應該是同期之作。

7890

（二）夏與秦胡爲而不載：原本誤作"夏與秦明爲而不載"，據《會稽掇英總集》、《歷代名賢確論》、《文章辨體彙選》、《浙江通志》改。

（三）一符一穴：《歷代名賢確論》、《文章辨體彙選》、《浙江通志》同，《會稽掇英總集》作"符一穴"，脫漏"一"字，不從不改。

[箋注]

① 禹穴銘：本文諸多《元氏長慶集》不載，但《會稽掇英總集》、《歷代名賢確論》、《文章辨體彙選》、《浙江通志》、《全唐文補編》採録，故據此編排在此。《唐文粹》在本文之前載鄭鈁《禹穴碑銘并序》，叙述事情的始末："惟帝聖世，時必有符命。在昔黃帝，始受《河圖》而定王錄，宓羲德神著而重皇策，堯配璇璣玉衡以齊七政，舜繼成六德，文王獲赤雀丹書而演道定謨。予亦以謂禹探其穴，得開世之符而成乎水功。夫神人合謀而行變化，天地定位，陰陽潛交。五行迭王，斗建司節，岳尊山而瀆長川。乃至日星雷風，禎祥秘奧，三綱五紀，萬樂百禮，人人物物，各由身生，無非玄功冥持，至數吻合以及之者。王者奉天而行，故聖神焉！帝皇焉！彼聖如仲尼，有德而無應，故位止於旅人，福弗及生靈，乃嘆曰：'鳳鳥不至，河不出《圖》，吾已矣夫！'然後知元命者軒，後命者羲，受命者曰唐與虞，成命者禹，備命者文。仲尼不受命，乃假人事而言，故有宗予之説。後代無作焉！立言者一仁義以束世教，瞽瞶蚩蚩，使絶其非望，使業之外，存而不論。子讀《夏書》無是説，司馬子長《自叙》始云：'登會稽，探禹穴。'不然，萬祀何傳焉？惑矣！蒼山之潚呀如淵，如陵徙谷遷，此中不騫。雨洗烟空，歘然莫窮。噫！實禹迹之所始終。唐興二百八祀，寶曆丙午秋九月，予從事于是邦，感上聖遺軌而學者無述，作《禹穴碑》，廉察使舊相河南公見而銘之曰……"僅供參考。　禹穴：相傳爲夏禹的葬地，在今浙江省紹興之會稽山。《史記·太史公自序》："二十而南游江、淮，上會稽，探禹穴。"裴駰集解引張晏曰："禹巡狩至會稽而崩，因葬焉！上有孔

穴,民間云禹入此穴。"李白《越中秋懷》:"何必探禹穴？逝將歸蓬丘。"也指會稽宛委山,相傳禹於此得黃帝之書而復藏之。李白《送二季之江東》:"禹穴藏書地,匡山種杏田。"王琦注:"賀知章《纂山記》曰:黃帝號宛委穴爲赤帝陽明之府,於此藏書。大禹始於此穴得書,復於此穴藏之,人因謂之禹穴。"陸游《秋雨初霽徙倚門外有作》:"前身已預蘭亭會,老眼曾窺禹穴書。" 銘:亦即"銘文",刻寫在金石等物上的文辭,具有稱頌、警戒等性質,多用韻語。封演《封氏聞見記·石志》:"若有德業,則爲銘文。按儉此説,石誌宋齊以來有之矣!"羅大經《鶴林玉露》卷一一:"若《湯盤銘》、《太公丹書》所載諸銘,亦因所用器物著辭以自警,未嘗爲徒文也。後世特立石以紀事述言,而謂之碑銘,與古異矣!"本文鄭魴爲《禹穴碑》,而元稹爲《禹穴銘》。

②載:記録,登載。《書·洛誥》:"汝受命篤弼,丕視功載。"孔傳:"當輔大天命,視群臣有功者記載之。"《文心雕龍·辨騷》:"崐崘懸圃,非經義所載。"《唐文粹》姚鉉編注:"《禹貢》無説,秦始皇遊會稽,李斯刻石亦不言。" 夏:朝代名,即夏后氏,是我國歷史上第一個朝代,相傳爲禹子啓所創立的奴隸制國家,建都安邑(今山西省夏縣北)。李義府《承華箴》:"肇興夏啓,降及姬文。咸資繼德,永樹高芬。百代沿襲,千齡奉聖。"穆質《對賢良方正能直言極諫策》:"道冠古今,功格上下。夏啓周發,曾何足云!" 秦:朝代名,我國歷史上第一個專制主義中央集權的封建王朝。公元前二二一年秦王政統一中原,自稱始皇帝,建都咸陽。公元前二〇六年爲漢所滅。傳二世,共十五年。《文獻通考·帝號曆年》:"秦始皇,伯翳之後,莊襄王之子,母吕不韋姬,姓嬴氏,名政。以周亡後九年甲寅嗣立爲秦王,立二十七年庚辰,盡滅六國,稱始皇帝,後十二年辛卯崩。二世皇帝名胡亥,始皇帝少子,以壬辰嗣立,三年甲午,爲趙高所弑。立二世兄子嬰,乙未,漢高祖入秦,子嬰降,秦亡。右秦二世共十五年,首庚辰,盡甲午。"劉長卿《送蔣侍御入秦》:"朝見及芳菲,恩榮出紫微。晚光臨仗奏,春色

共西歸。"陳陶《蒲門戍觀海作》:"徐市惑秦朝,何人在巖廊?惜哉千童子,葬骨於眇茫。"　遷:即司馬遷,有《史記》傳世。司馬貞《史記索隱序》:"《史記》者,漢太史司馬遷父子之所述也。遷自以承五百之運,繼《春秋》而纂是史。其褒貶覈實,頗亞於丘明之書。"牟融《司馬遷墓》:"落落長才負不羈,中原回首益堪悲。英雄此日誰能薦?聲價當時眾所推。"　鄭:本文指撰作《禹穴碑》的鄭鲂。元稹浙東觀察使時的僚屬,施宿《會稽志》:"《禹穴碑》:鄭鲂撰,元稹銘,韓杼材行書,陸浰篆額,寶曆景午秋九月作。後有'太和元年八月三日中山劉蔚續記'二行,在龍瑞宮。《禹穴碑》陰:元稹並僚屬十一人官位名氏,並《拜禹廟詩》一首,後有章草一行。"《唐文粹》姚鉉編注:"始司馬遷自敘探禹穴,而後千百年無説,至鄭乃製斯碑。"

③ 天德:天的德性。董仲舒《春秋繁露·人副天數》:"天德施,地德化,人德義。"張説《開元正曆握乾符頌》:"王者執天命,在於俟天符,致天符在於順天德,布天德在於保天位。"　止言其蓋:《唐文粹》姚鉉編注:"言其蓋萬物以生,非談天氏所謂蓋天者也。"　止:僅,祇。《莊子·天運》:"仁義,先王之蘧廬也,止可以一宿而不可久處。"大愚《乞荆浩畫》:"不求千澗水,止要兩株松。"　地德:大地的本性,大地的德化恩澤。《管子·問》:"理國之道,地德爲首。君臣之禮,父子之親,覆育萬人,官府之藏,强兵保國,城郭之險,外應四極,具取之地。"尹知章注:"法地以爲政,故曰地德爲首。"《國語·魯語》:"是故天子大采朝日,與三公、九卿祖識地德。"韋昭注引虞翻曰:"地德所以廣生。"　止言其載:《唐文粹》姚鉉編注:"言其載萬物以生也。"　堯德:義近"君德",人主的德行或恩德。《易·乾》:"見龍在田,利見大人,君德也。"《左傳·襄公二十八年》:"無乃非盟載之言,以闕君德。"止言其大:《唐文粹》姚鉉編注:"《傳》云:堯能則天之大。"

④ 千川萬山:萬水千山。韋處厚《興福寺内道場供奉大德大義禪師碑銘》:"花房百億,一土一佛。澄波千川,一水一月。"岑參《原頭

送范侍御得山字》：“百尺原頭酒色殷，路傍驄馬汗斑斑。別君祇有相思夢，遮莫千山與萬山。” 會：《唐文粹》姚鉉編注：“讀爲會稽之會。”一符一穴：《唐文粹》姚鉉編注：“禹穴藏五符，統而言之，故曰一。”昧：蒙蔽，掩蓋。《荀子·大略》：“蔽公者謂之昧，隱良者謂之妒。”杜甫《回棹》：“吾家碑不昧，王氏井依然。”

　　⑤ 堅：堅峻，堅固而高峻。玄奘《大唐西域記·達摩悉鐵帝國》：“觀其堂宇，石壁堅峻。”《資治通鑑·宋文帝元嘉四年》：“統萬堅峻，未易攻拔。” 瀞：深廣。張載《濛汜池賦》：“挹洪流之汪瀞，包素瀨之寒泉。”何遜《七召·治化》：“道含洪而廣被，澤汪穢而傍闡。” 堙：填，堵塞。司馬相如《難蜀父老》：“夏后氏戚之，乃堙洪塞源，決江疏河，灑沈澹灾，東歸於海，而天下永寧。”埋没，泯滅。潘岳《西征賦》：“窺秦墟於渭城，冀闕緬其堙盡。”王安石《東方朔》：“金玉本光瑩，浮沙豈能堙？” 兌：通達。《詩·大雅·緜》：“柞棫拔矣！行道兌矣！”毛傳：“兌，成蹊也。”朱熹集傳：“兌，通也，始通道於柞棫之間也。”萬千：形容事物變化多樣。范仲淹《岳陽樓記》：“朝暉夕陰，氣象萬千。”曹組《艮嶽賦應制有序》：“東北之隅，地勢縣連，岡嶺秀深，氣象萬千，不知何所而乃如此焉？” 濤：大波浪。王充《論衡·書虛》：“濤之起也，隨月盛衰，小大滿損不齊同。”郭璞《江賦》：“激逸勢以前驅，乃鼓怒而作濤。” 汰：洗濯，清洗。《新唐書·馬總傳》：“總爲設教令，明賞罰，磨治洗汰，其俗一變。”吳淑《江淮異人録·錢處士》：“錢曰：‘正是此爾！可急取所棄食之。’乃取之，將以水汰去其穢。” 嵌呀：凹凸不平貌。 嵌：孔，洞穴。劉禹錫《夢絲瀑》：“飛流透嵌隙，噴灑如絲棼。”元稹《有鳥二十章》一一：“有鳥有鳥名燕子，口中未省無泥滓。春風吹送廊廡間，秋社驅將嵌孔裏。” 呀：張口，張開。皮日休《霍山賦》：“或仰而呀，有如吮空。”文天祥《有感》：“心在六虛外，不知呀網羅。” 翳薈：草木叢密。《孫子·行軍》：“軍行有險阻、潢井、葭葦、山林翳薈者，必謹覆索之，此伏奸之所在也。”曹操注：“翳薈者，可遮罩之處也。”潘岳

《射雉賦》：“稊菽蔈稂，藜藋莽茸。”指叢密的雜草。白居易《養竹記》：“乃芟蘙薈，除糞壤。疏其間，封其下，不終日而畢。” 賴：依靠，憑藉。陶潛《贈羊長史》：“得知千載外，正賴古人書。”元稹《有唐贈太子少保崔公墓誌銘》：“薪炭粟芻之類，京師藉賴焉！”

［編年］

《年譜》、《年譜新編》將本文編入寶曆二年，根據是鄭魴《禹穴碑銘并序》中提及的“寶曆丙午秋九月”。《編年箋注》編年理由與《年譜》同，結論是：“此《銘》撰於寶曆二年（八二八）九月。”

我們以爲，一、元稹長慶三年秋冬至大和三年九月在浙東觀察使、越州刺史任，這是元稹撰寫本文的大前提。二、據鄭魴《禹穴碑銘并序》中提及的：“唐興二百八祀，寶曆丙午秋九月，予從事于是邦，感上聖遺軌而學者無述，作《禹穴碑》，廉察使舊相河南公見而銘之。”與本文所述，一一相合。據此，本文應該撰成於“寶曆丙午秋九月”，亦即寶曆二年秋九月，地點在越州，元稹時任浙東觀察使、越州刺史之職。

● 還珠留書記[(一)①]

梁、陳以上，號婺州義烏縣爲東陽烏傷縣。縣民傅翁，字玄風，娶留妙光爲妻，生二子。年二十四，猶爲漁[②]。

因異僧嵩謂曰：“爾彌勒化身，何爲漁？”遂令自鑑於水，乃見圓光異狀，夫西人所謂佛者[③]。始自異，一旦入松山，坐兩大樹下，自號爲“雙林樹下當來解脫善慧大士”。久之，賣妻、子以充僧施，遠近多歸之[④]。

梁大通中，移書武帝。召至都下，聞其多詭異，因敕諸城吏，翁至輒扃閉其門戶[⑤]。翁先是持大椎以往，人不之測。至是，撾一門而諸門盡啓，帝異之⑥。他日，坐法榻上，帝至，不起。翁不知書，而言語辯論皆可奇。帝嘗賜大珠，能出水火於日月⑦。

陳太建初，卒於雙林寺。寺在翁所坐兩大樹之山下，故名焉⑧！凡翁有神異變現，若佛書之所云"不可思議者"。前進士露穎爲之實錄，凡七卷，而侍中徐陵亦爲文於碑⑨。翁卒後，弟子菩提等多請王公大臣爲護法檀越。陳後主爲王時，亦嘗益其請⑩。而司空侯安都以至有唐盧熙，凡一百七十五人，皆手字名姓，殷勤愿言⑪。

寶曆中，余莅越。婺，余所刺郡。因出教義烏，索其事實⑫。雙林僧挐梁、陳以來書詔洎碑錄十三軸，與水火珠、扣門椎、織成佛、大水突偕至焉⑬！余因返其珠、椎、佛、突，取其蕭、陳二主書，洎侯安都等名氏，治背裝剪，異日將廣之於好古者，亦所以大翁遺事於天下也⑭。與夫委棄殘爛於空山，蓋不侔矣！固無讓於義取焉！而又償以束帛，且爲書其事於寺石，以取當之，取其復還之最重者爲名，故曰《還珠留書記》⑮。

二年十月二十日，浙江東道都團練觀察處置等使、正議大夫、使持節都督越州諸軍事、守越州刺史兼御史大夫、上柱國、賜紫金魚袋元稹述⑯。

據陳尚君《全唐文補編》轉錄《善慧大士錄》卷三補

［校記］

（一）還珠留書記：本文所據文字爲僅見本，無他本可以參校。《全唐文補編》在"浙江東道都團練觀察處置等使、正議大夫、使持節都督越州諸軍事、守越州刺史兼御史大夫、上柱國、賜紫金魚袋元稹述”之後，有“末附記”三字，然後是：“開成三年十二月，內供奉大德慧元、清涉、令弘、深禪師及永慶送歸”二十六字，應該是後人所記，但表明元稹所取之“書”，後來也應該是原物奉還。《寶刻叢編》卷一三《婺州》作“唐還珠記”，表明：“唐浙東觀察使元稹撰(《諸道石刻錄》)。”《輿地碑記目・婺州碑記》：“《還珠記碑》(唐元稹文)。”其中《寶刻叢編》之“元稹”，根據文獻及史書記載未見“元稹”履職浙東觀察使，應該是“元稹”之誤刊；而《輿地碑記目》的記載則是可取的。

[箋注]

①　還珠留書記：《寶刻叢編・婺州》：“唐《還珠記》，唐浙東觀察使元稹撰(《諸道石刻錄》)。”《輿地碑記目・婺州碑記》：“《還珠記碑》：唐元稹文。”今存諸多《元氏長慶集》未見本文，今據補，根據文末落款日期採錄，編排於此。　　還珠：《後漢書・孟嘗傳》：“先時宰守並多貪穢，詭人採求，不知紀極，珠遂漸徙於交阯郡界。於是行旅不至，人物無資，貧者餓死於道。嘗到官，革易前敝，求民病利。曾未踰歲，去珠復還，百姓皆反其業，商貨流通，稱爲神明。”後以“還珠”形容爲官清廉，政績卓著。《魏書・良吏傳序》：“其於移風革俗之美，浮虎還珠之政，九州百郡，無所聞焉！”錢起《送李四擢第歸覲省》：“子孝覺親榮，獨攬還珠美。”元稹以“還珠”爲題，寓意也許正在於此。　　留：保存，遺留。《墨子・非儒》：“厚其禮，留其封，敬見而不問其道。”杜甫《三絕句》一：“群盜相隨劇虎狼，食人更肯留妻子？”　　書：字，文字。《史記・項羽本紀》：“項籍少時學書，不成，去；學劍，又不成。項梁怒之，籍曰：‘書足以記姓名而已，劍一人敵，不足學，學萬人敵。’”杜甫《客從》：“珠中有隱字，欲辨不成書。”　　記：文體名，以叙事爲主，兼及議論抒情和山川景觀的描寫。陶潛《桃花源記》：“晉太元中，武陵人捕魚爲業，緣溪行，忘路之遠近……”柳宗元《永州龍興寺東丘記》：

"今所謂東丘者,奧之宜者也……"

②梁、陳:都是朝代名,均建都建康(今南京)。梁起公元五〇二年,終公元五五七年,歷武帝、簡文帝等四帝。陳公元五五七年代梁,公元五八九年為隋所滅,共歷五帝。崔顥《江畔老人愁》:"自言家代仕梁陳,垂朱拖紫三十人。兩朝出將復入相,五世疊鼓乘朱輪。"李白《金陵歌送別范宣》:"扣劍悲吟空咄嗟,梁陳白骨亂如麻。天子龍沈景陽井,誰歌玉樹後庭花?"　婺州:州郡名,州治地當今浙江金華。據《元和郡縣志·越州》"越州(會稽都督府):今為浙東觀察使理所,管越州、婺州、衢州、處州、溫州、台州、明州"的記載,婺州正是時為浙東觀察使元稹的管轄範圍。《元和郡縣志·婺州》:"《禹貢》:揚州之域,春秋時為越之西界,秦屬會稽郡,今之州界,分得會稽郡之烏傷、太末二縣之地,本會稽西部,嘗置都尉。孫皓始分會稽置東陽郡,陳武帝置縉州,隋開皇九年平陳置婺州,蓋取其地於天文為婺女之分野。隋氏喪亂,陷於寇境,武德四年討平李子通,置婺州。六年輔公祐叛,州又陷沒,七年平定公祐,仍置婺州……管縣七:金華、義烏、永康、東陽、蘭溪、武義。"張循之《婺州留別鄧使君》:"西掖馳名久,東陽出守時。江山婺女分,風月隱侯詩。"劉長卿《餘干夜宴奉餞前蘇州韋使君新除婺州作》:"復拜東陽郡,遙馳北闕心……山過康郎近,星看婺女臨。"　義烏縣:縣名,屬婺州,即今浙江義烏縣。《元和郡縣志·婺州》:"義烏縣,本秦烏傷縣也。孝子顏烏將葬,群烏銜土助之,烏口皆傷,時以為純孝所感,乃於其處立縣曰烏傷。武德四年於縣置綢州,縣屬焉!又改烏傷為義烏。"獨孤及《送義烏韋明府》:"妙年能致身,陳力復安親。不憚關山遠,寧辭簿領勤。"白居易《唐揚州倉曹參軍王府君墓誌銘(代裴頠舍人作)》:"公即伊闕第三子,好學善屬文。天寶中應明經舉及第,選授婺州義烏縣尉,以清幹稱。"　漁:捕魚。《易·繫辭》:"作結繩而為罔罟,以佃以漁。"孟浩然《宿武陽即事》:"就枕滅明燭,扣舷聞夜漁。"

③ 異:指奇異、非凡之人或事物。《論語·先進》:"吾以子爲異之問。"何晏集解引孔安國曰:"謂子問異事耳!"劉寶楠正義:"異者謂異人也,若顏淵、仲弓之類。"謝靈運《登江中孤嶼》:"懷新道轉迥,尋異景不延。"　彌勒:梵語 Maitreya 音譯,意譯"慈氏",著名的未來佛。窺基《觀彌勒上生兜率天經贊》:"又念彌陀、彌勒,功德無有差別。"黃庭堅《病起荊江亭即事十首》九:"形模彌勒一布袋,文字江河萬古流。"　化身:佛三身之一,指佛、菩薩爲化度衆生,在世上現身説法時變化的種種形象。慧遠《大乘義章》卷一九:"佛隨衆生現種種形,或人或天或龍或鬼,如是一切,同世色像,不爲佛形,名爲化身。"蘇軾《東坡志林·讀壇經》:"近讀六祖《壇經》,指説法、報、化三身,使人心開目明。然尚少一喻,試以喻眼:見是法身,能見是報身,所見是化身。"　鑑:照,映照。《左傳·襄公二十八年》:"獻車於季武子,美澤可以鑑。"杜預注:"光鑑形也。"阮籍《詠懷八十二首》一:"薄帷鑒明月,清風吹我襟。"　圓光:佛教謂菩薩頭頂上的圓輪金光。法琳《辨正論·喻篇》:"如來身長丈六,方正不傾,圓光七尺,照諸幽冥。"李世民《謁并州大興國寺詩》:"圓光低月殿,碎影亂風筠。對此留餘想,超然離俗塵。"　異狀:奇異的形狀。《山海經·大荒東經》:"帝俊生黑齒。"郭璞注:"故其後世所降育,多有殊類異狀之人。"杜甫《石研詩》:"巨璞禹鑿餘,異狀君獨見。"　西人:李唐時稱西域人。柳宗元《故襄陽丞趙君墓誌》:"南有貴臣,家土是守。乙巳於野,宜遇西人。深目而髯,其得實因。七日發之,乃覯其神。"舒元輿《唐鄂州永興縣重巖寺碑銘》:"國朝沿近古而有加焉!亦容雜夷而來者,有摩尼焉!大秦焉!襖神焉!合天下三夷寺,不足當吾釋寺一小邑之數也。其所以知西人之教,能蹴踏中土,而内視諸夷也。"　佛:佛陀的簡稱,本義爲"覺",佛教徒用爲對其創始人釋迦牟尼的尊稱。袁宏《後漢紀·明帝紀》:"浮屠者,佛也。西域天竺有佛道焉!佛者,漢言覺,將悟群生也。"《魏書·釋老志》:"所謂佛者,本號釋迦文者,譯言能仁。"

④ 自異：自己認爲與別人不同。元稹《韋氏館與周隱客杜歸和泛舟》：“衆處豈自異？曠懷誰我儔？風車籠野馬，八荒安足遊！”白居易《贈王山人》：“彭殤徒自異，生死終無別。不如學無生，無生即無滅。” 號：名位，稱謂。《國語·楚語》：“能知山川之號。”韋昭注：“號，名位也。”《史記·秦始皇本紀》：“朕聞太古有號毋謚，中古有號死而以行爲謚。”張守節《史記正義·論史例》：“採六家雜説以成一史，備論君臣父子夫妻長幼之序，天地山川國邑名號殊俗物類之品也。”別號，名、字以外的稱謂。陶潛《五柳先生傳》：“宅邊有五柳樹，因以爲號焉！” 雙林：指釋迦牟尼涅槃處。楊衒之《洛陽伽藍記·法雲寺》：“神光壯麗，若金剛之在雙林。”周祖謨校釋：“佛在拘尸那城阿夷羅跋提河邊娑羅(sala)雙樹前入般涅槃，在今印度北方 Kasia。”蕭繹《荆州長沙寺阿育王像碑》：“然俱冥四德，脱屣雙林；示表金棺，現焚檀槨。”王勃《釋迦佛賦》：“雙林告滅，演摩訶般若之教，示阿耨多羅之訣。” 當來：將來。《魏書·崔亮傳》：“但令當來君子，知吾意焉！”李華《杭州餘姚縣龍泉寺故大律師碑》：“《法華經》大事因緣，授聲聞記，口誦心奉，誓盡當來。” 解脱：佛教語，指擺脱煩惱業障的繫縛而復歸自在，亦指斷絶“生死”原因，與“涅槃”、“圓寂”的含義相通。楊衒之《洛陽伽藍記·正始寺》：“求解脱於服佩，預參次於山垂。”《舊唐書·王友貞傳》：“乃抗志塵外，栖情物表。深歸解脱之門，誓守薰修之誠。” 大士：佛教對菩薩的通稱。周顒《重答張長史》：“夫大士應世，其體無方。或爲儒林之宗，或爲國師道士，斯經教之成説也。”湛然《法華文句記》卷二：“大士者，《大論》稱菩薩爲大士，亦曰開士。”妻子：妻和子。《後漢書·吳祐傳》：“祐問長有妻子乎？對曰：‘有妻未有子也。’”《百喻經·水火喻》：“入佛法中出家求道，既得出家，還復念其妻子眷屬？” 施：給予，施捨。《廣雅·釋詁》：“施，予也。”拾得《詩》一八：“輟己惠於人，方可名爲施。” 歸：趨向，歸附。《孟子·梁惠王》：“誠如是也，民歸之，由水之就下，沛然誰能禦之？”《南史·

檀道濟傳》："於是中原感悅,歸者甚衆。"

⑤　大通:南朝梁代梁武帝蕭衍在位時的年號,起公元五二七年,
終公元五二九年。《梁書‧武帝紀》："大通元年春正月乙丑,以尚書
左僕射徐勉爲尚書僕射、中衛將軍。"《梁書‧江蒨傳》："大通元年卒,
時年五十三,詔贈本官,諡肅。"　移書:致書。《漢書‧劉歆傳》:"歆
因移書太常博士,責讓之。"蘇軾《范景仁墓誌銘》:"公復移書執政。"
武帝:即梁武帝蕭衍(464—549),南朝梁的建立者,字叔達,南蘭陵
人,公元五○二年至公元五四九年在位。在位期間大興佛教,廣修佛
寺。侯景叛亂中,被活活餓死。皮日休《雜體詩序》:"梁武帝云:'後
牖有朽柳。'沈約云:'偏眠船舷邊。'由是疊韵興焉!"周曇《六朝門‧
梁武帝》:"梁武年高厭六龍,繁華聲色盡歸空。不求賢德追堯舜,翻
作憂囚一病翁。"　都下:京都。《三國志‧呂據傳》:"又遣從兄憲以
都下兵逆據於江都。"《南史‧顧越傳》:"弱冠遊學都下,通儒碩學,必
造門質疑,討論無倦。"　詭異:怪異,奇特。《文子‧符言》:"老子曰:
'聖人無屈奇之服詭異之行。'"陳亮《書作論法後》:"故大手之文不爲
詭異之體而自然宏富,不爲險怪之辭而自然典麗。"　扃閉:關閉。魚
玄機《閨怨》:"春來秋去相思在,秋去春來信息稀。扃閉朱門人不到,
砧聲何事透羅幃?"孫光憲《北夢瑣言》卷七:"乃扃閉此廳,終身不
處。"　門户:門扇。《管子‧八觀》:"宮牆毀壞,門户不閉,外内交
通。"劉攽《新晴》:"惟有南風舊相識,偷開門户又翻書。"

⑥　椎:捶擊的工具,後亦爲兵器。《墨子‧備城門》:"門者皆無
得挾斧、斤、鑿、鋸、椎。"《史記‧留侯世家》:"良嘗學禮淮陽,東見倉
海君,得力士,爲鐵椎重百二十斤。"　不測:難以意料,不可知。徐陵
《與章司空昭達書》:"存亡不測,懸懷飲泪。"韓愈《殿中少監馬君墓
誌》:"猶高山深林鉅谷,龍虎變化不測。"　撾:擊,敲打。《後漢書‧
溫序傳》:"序素有氣力,大怒,叱宇等曰:'虜何敢迫脅漢將!'因以節
撾殺數人。"貫休《送張拾遺赴施州司户》:"社稷安危在直言,須歷堯

階撾諫鼓。” 異：驚異，詫異。《孟子·梁惠王》：“王無異於百姓之以王爲愛也。”陶潛《桃花源記》：“漁人甚異之。”

⑦ 法榻：猶“僧榻”，僧床，禪床。鄭谷《寄左省張起居》：“居僻貧無慮，名高退更堅。漁舟思靜泛，僧榻寄閑眠。”蘇軾《雪後到乾明寺遂宿》：“未許牛羊傷至潔，且看鴉鵲弄新晴。更須攜被留僧榻，待聽摧簷瀉竹聲。” 言語：言辭，話。《禮記·少儀》：“毋身質言語。”孔穎達疏：“凡言語有疑則稱疑，無得以身質成言語之疑者；其言既疑，若必成之，或有所誤也。”陸游《老學庵筆記》卷五：“安撫莫信，此是通判罵安撫飽食暖衣，逸居而無教，則近於禽獸。是甚言語！” 辯論：辯難論説。《史記·平津侯主父列傳》：“於是天子察其行敦厚，辯論有餘，習文法吏事，而又緣飾以儒術，上大説之。”《新唐書·徐岱傳》：“於學無所不通，辯論明鋭，座人常屈。” 珠：珍珠，蛤蚌殼内由分泌物結成的有光小圓球，常作貴重飾物。《國語·楚語》：“珠，足以御火災，則寶之。”韋昭注：“珠，水精。”李白《白胡桃》：“疑是老僧休念誦，腕前推下水精珠。” 水火：水與火。《東觀漢記·鄭衆傳》：“單于大怒，圍守閉之不與水火，欲脅服衆。”薛用弱《集異記·王積薪》：“寓宿於山中孤姥之家，但有婦姑，止給水火。” 日月：太陽和月亮。《易·離》：“日月麗乎天，百穀草木麗乎土。”韓愈《秋懷詩十一首》一：“羲和驅日月，疾急不可恃。”

⑧ 太建：南朝陳宣帝陳頊在位時的年號，起公元五六九年，終公元五八二年。《陳書·宣帝紀》：“太建元年春正月甲午，即皇帝位于太極前殿。”《陳書·宣帝紀》：“可改光大三年爲太建元年，大赦天下。在位文武賜位一階，孝悌力田及爲父後者賜爵一級。” 雙林寺：《浙江通志·義烏縣》：“寶林禪寺 嘉靖《浙江通志》：在雲黃山下，古殿傑閣，甲於東州。《名勝志》：蕭梁時邑有傅大士，少以漁爲業，嵩頭陀語之曰：‘爾彌勒化身也！’因令鑑於水，乃悟前因。問以修道地方，頭陀指松山雙檮木曰：‘此可矣！’遂於此行法。忽有黃雲如蓋，盤旋其

上,後人因名松山曰雲黃山。事聞於朝,大通三年,敕建寺於雙檮間,即今雙林寺也。"《淳化閣帖釋文·隋文帝書》:"皇帝敬問:婺州雙林寺慧則法師,朕尊崇聖教,重興三寶,欲使一切生靈咸蒙福力,法師捨離塵俗,投志法門,專心講誦,宣揚妙典,精誠如此,深副朕懷……"《會稽志·藥石部》:"紫石英,《本草》但云生太山山谷……雙林寺輒謂之飯石,以神其說。"

⑨ 神異:神奇,神靈奇異。《後漢書·薊子訓傳》:"有神異之道,嘗抱鄰家嬰兒,故失手墮地而死,其父母……遂埋藏之。後月餘,子訓乃抱兒歸焉!"玄奘《大唐西域記·呾密國》:"〔呾密國〕諸窣堵波及佛尊像,多神異,有靈鑒。"　變現:亦作"變見",改變其原來的樣子而出現。元稹《大雲寺二十韻》:"聽經神變見,說偈鳥紛紜。"《新唐書·陳夷行李紳等傳贊》:"然其言荒茫漫靡,夷幻變現,善推不驗無實之事。"　佛書:佛典。嚴維《贈別至弘上人》:"年老從僧律,生知解佛書。"陸游《老學庵筆記》卷一:"'無相無作'雖出佛書,然荊公《字說》嘗引之,恐亦可用。"　不可思議:佛家語,指思維和言語所不能達到的微妙境界。《維摩詰經·不思議品》:"諸佛菩薩有解脫名不可思議。"慧遠義記:"不思據心,不議就口,解脫真德,妙在情妄心言不及,是故名爲不可思議。"《晉書·鳩摩羅什傳》:"方等深教,不可思議,傳之東土,惟爾之力。"　前進士:唐代稱及第而尚未授官的進士。梁章鉅《稱謂錄·學政》:"唐代有舉人、進士之名,特爲不第者之通稱……及第者稱前進士。程大昌《雍錄》引唐人詩云'曾題名處添前字',此爲及第者稱前進士之確據。"李肇《唐國史補》卷下:"投刺謂之鄉貢,得第謂之前進士。"胡仔《苕溪漁隱叢話後集·王禹玉》引蔡寬夫《詩話》:"自聞喜宴後,始試制兩節於吏部,其名始隸曹,謂之關試,猶今之參選,關試後始稱前進士。"　露穎:人名,時爲前進士,其餘無考。實錄:如實記載,真實地記錄。《漢書·司馬遷傳贊》:"其文直,其事核,不虛美,不隱惡,故謂之實錄。"韓愈《答劉秀才論史書》:"愚以爲

凡史氏褒貶大法，《春秋》已備之矣！後之作者，在據事迹實録，則善惡自見。” 侍中：古代職官名，秦始置，兩漢沿置，爲正規官職外的加官之一。因侍從皇帝左右，出入宫廷，與聞朝政，逐漸變爲親信貴重之職。晉以後，曾相當於宰相。隋因避諱改稱納言，又稱侍内。唐復稱，爲門下省長官，乃宰相之職。《漢書·百官公卿表》：“侍中、左右曹諸史、散騎、中常侍，皆加官……侍中、中常侍得入禁中。”《新唐書·百官志》：“唐因隋制，以三省之長中書令、侍中、尚書令共議國政，此宰相職也。” 徐陵：《陳書·徐陵傳》：“徐陵字孝穆，東海剡人也……大通二年，王立爲皇太子，東宫置學士，陵充其選，稍遷尚書度支郎，出爲上虞令、御史中丞……其年加侍中，餘並如故。七年領國子祭酒、南徐州大中正，以公事免侍中、僕射，尋加侍中……”皎然《唐湖州大雲寺故禪師瑀公碑銘》：“（高祖某）十七州舉孝廉，陳侍中徐陵特相器重。名位不達，終於邱園。”

⑩ 弟子：稱道教、佛教的徒衆，亦爲徒衆、信徒自稱。《後漢書·皇甫嵩傳》：“鉅鹿張角自稱‘大賢良師’，奉事黄老道，畜養弟子，跪拜首過，符水呪説以療病。”白居易《與濟法師書》：“弟子太原白居易白濟上人侍右：昨者頂謁時，不以愚蒙，言及佛法，或未了者，許重討論。” 菩提：佛教名詞，梵文 Bodhi 的音譯，意譯“覺”、“智”、“道”等，佛教用以指豁然徹悟的境界，又指覺悟的智慧和覺悟的途徑。《百喻經·駝甕俱失喻》：“凡夫愚人，亦復如是，希心菩提，志求三乘。”玄奘《大唐西域記·婆羅痆斯國》：“太子六年苦行，未證菩提。”本文是借用作爲弟子的名字。 王公：被封爲王爵和公爵者，亦泛指達官貴人。《國語·周語》：“王公立飫，則有房烝。”韋昭注：“王，王子；公，諸侯也。”韓愈《荆潭唱和詩序》：“至若王公貴人，氣滿志得，非性能而好之，則不暇以爲。” 大臣：官職尊貴之臣。《左傳·昭公元年》：“和聞之，國之大臣，榮其寵禄，任其大節。”《史記·吕太后本紀》：“如意立爲趙王後，幾代太子者數矣！賴大臣爭之，及留侯策，太子得毋廢。”

護法：護持佛法。《宋書·天竺迦毗黎國傳》：“苦節以要屬精之譽，護法以展陵競之情。”賈島《送僧》：“王侯皆護法，何寺講鐘鳴。”　　檀越：梵語音譯，施主。陶潛《搜神後記》卷二：“晉大司馬桓溫，字元子，末年忽有一比邱尼，失其名，來自遠方，投溫爲檀越。”沈約《齊禪林寺尼淨秀行狀》：“及至就講，乃得七十檀越，設供果，食皆精。”　　陳後主：即南朝陳之後主陳叔寶，字元秀，公元五八二年至五八九年在位，兵敗被俘，病死洛陽。李商隱《隋宮》：“於今腐草無螢火，終古垂楊有暮鴉。地下若逢陳後主，豈宜重問後庭花！”溫庭筠《和道溪君別業》：“風飄弱柳平橋晚，雪點寒梅小苑春。屏上樓臺陳後主，鏡中金翠李夫人。”　　益：副詞，更加。《左傳·昭公七年》：“國人益懼。”《史記·伯夷列傳》：“伯夷、叔齊雖賢，得夫子而名益彰。”

⑪　司空：官名，相傳少昊時所置，周爲六卿之一，即冬官大司空，掌管工程。漢改御史大夫爲大司空，與大司馬、大司徒並列爲三公，後去大字爲司空，歷代因之。《陳書·高祖紀》：“改大寶三年爲承聖元年，湘州平，高祖旋鎮京口。三年三月，進高祖位司空，餘如故。”《陳書·褚玠傳》：“玠剛毅有膽決，兼善騎射。嘗從司空侯安都於徐州出獵，遇有猛虎，玠引弓射之，再發皆中口入腹，俄而虎斃。”　　侯安都：南朝陳之名將，史迹見《陳書·侯安都傳》：“侯安都，字成師，始興曲江人也……安都工隸書，能鼓琴，涉獵書傳，爲五言詩，亦頗清靡。兼善騎射，爲邑里雄豪。梁始興，內史蕭子範辟爲主簿。侯景之亂，招集兵甲至三千人。高祖入援京邑，安都引兵從高祖……克平侯景，竝力戰有功，元帝授猛烈將軍、通直散騎常侍、富川縣子、邑三百户，隨高祖鎮京口，除蘭陵太守。高祖謀襲王僧辯，諸將莫有知者，唯與安都定計，仍使安都率水軍自京口趨石頭，高祖自率馬步從江乘羅落會之。安都至石頭北，棄舟登岸，僧辯弗之覺也。石頭城北接岡阜，雉堞不甚危峻，安都被甲帶長刀，軍人捧之投於女垣內，衆隨而入，進逼僧辯臥室。高祖大軍亦至，與僧辯戰于聽事前，安都自內閣出，腹

背擊之，遂擒僧辯。紹泰元年，以功授使持節散騎常侍、都督南徐州
諸軍事、仁威將軍、南徐州刺史……景歷錄其狀，具奏之，希旨稱安都
謀反。世祖慮其不受制，明年春，乃除安都爲都督江吳二州諸軍事、
征南大將軍、江州刺史。自京口還都，部伍入于石頭，世祖引安都醼
於嘉德殿，又集其部下將帥會于尚書朝堂，於坐收安都，囚于嘉德西
省，又收其將帥，盡奪馬仗而釋之，因出舍人蔡景歷表以示於朝，乃詔
曰：‘……可詳案舊典，速正刑書，止在同謀，餘無所問。’明日於西省
賜死，時年四十四。尋有詔宥其妻子家口，葬以土禮，喪事所須，務加
資給……太建三年，高宗追封安都爲陳集縣侯，邑五百户。”徐陵《司
空徐州刺史侯安都德政碑》：“祖天資秀傑，世載雄豪，卓富擬於公侯，
班佃必於旌鼓。父光禄大夫，邑里開通德之門，州鄉無抗禮之客。”晁
説之《讀陳書》：“侯安都於中流壞船，以溺昌蒦，庶幾乎不失《春秋》之
旨也！” 盧熙：唐人，佛教信徒，其餘不詳。 手字：親手所簽的字。
何篇《唐雲居寺故寺主律大德神道碑銘》：“元和中，廉察使、相國、彭
城劉公慕其高節，亟請臨壇，手字疊飛，使車交織。”蔡絛《鐵圍山叢
談》：“韓文公粹彦，吾妻父也。嘗得手字曰：‘憑取一真語，天官自相
尋。’” 殷勤：情意深厚。《孝經援神契》：“母之於子也，鞠養殷勤，推
燥居濕，絶少分甘。”《南史·任昉傳》：“〔任昉〕爲《家誡》，殷勤甚有條
貫。” 願：願望，心願。陶潛《歸去來兮辭》：“富貴非吾願，帝鄉不可
期。”韓愈《論孔戣致仕狀》：“戣獨何人，得遂其願！”

　　⑫ 寶曆：唐敬宗在位時的年號，起公元八二五年，終八二六年。
白居易《故京兆元少尹文集序》：“時寶曆元年冬十二月乙酉夕，在吳
郡西園北齋東牖下作序。”李涉《南溪元巖銘》：“寶曆初，自給事中出
藩於桂，一之年治鄉野之病，二之載搜邞郭之遺，得隱山元巖，冥契素
尚。” 莅：亦作“涖”，臨視，治理。《漢書·刑法志》：“臨之以敬，涖之
以强。”《北齊書·蕭祇傳》：“于時江左承平，政寬人慢，祇獨涖以嚴
切，梁武悦之。” 越：即越州，州治今浙江紹興。《元和郡縣志·越

州》：“今爲浙東觀察使理所。《禹貢》：揚州之域，春秋時爲越……秦
以其地並吳，立爲會稽郡。後漢順帝時，陽羨令周喜上書，以吳、越二
國周旋一萬一千里，以浙江山川險絕，求得分置。遂分浙江以西爲吳
郡，東爲會稽郡。自晉至陳，又於此置東揚州。隋平陳，改東揚州爲
吳州，大業元年改爲越州。武德四年討平李子通，置越州總管，六年
陷輔公祏，七年平定公祏，改總管爲都督……管縣七：會稽、山陰、諸
暨、餘姚、蕭山、上虞、剡。”沈佺期《夜泊越州逢北使》：“天地降雷雨，
放逐還國都。重以風潮事，年月戒回艫。”孫逖《送越州裴參軍充使入
京》：“日落川徑寒，離心苦未安。客愁西向盡，鄉夢北歸難。”　“婺”
兩句：《舊唐書·地理志》：“浙江東道節度使：治越州，管越、衢、婺、
溫、台、明等州，或爲觀察使。”元稹時任浙東觀察使兼越州刺史，故
言。崔峒《送王侍御佐婺州》：“聞君作尉向江潭，吳越風烟到自諳。
客路尋常經竹徑，人家大底傍山嵐。”權德輿《送盧評事婺州省覲》：
“漠漠水烟晚，蕭蕭楓葉飛。雙溪泊船處，候吏拜胡威。”　出教：發佈
教令。《漢書·朱博傳》：“〔朱博〕乃召見諸曹史書佐及縣大吏，選視
其可用者，出教置之。”莊季裕《雞肋編自序》：“昔曹孟德既平漢中，欲
因討蜀而不得進，守之又難爲功，操出教唯曰‘雞肋’而已。”　事實：
事迹，實際情況。《史記·老子韓非列傳》：“《畏累虛》、《亢桑子》之
屬，皆空語，無事實。”張守節正義：“言《莊子》雜篇《庚桑楚》以下，皆
空設言語，無有實事也。”封演《封氏聞見記·月桂子》：“宋之問台州
作詩云：‘桂子月中下，天香雲外飄。’文士尚奇，非事實也。”

⑬ 挈：携帶，率領。《公羊傳·襄公二十七年》：“公子鱄挈其妻
子而去之。”韓愈《與李翱書》：“家累僅三十口，携此將安所歸託乎？
捨之入京不可也，挈之而行不可也，足下將安以爲我謀乎？”　書詔：
詔書。常袞《謝敕書手詔狀》：“今月十一日，中使劉元玉至，奉宣慰
命，賜臣前件書詔。”權德輿《唐贈兵部尚書宣公陸贄翰苑集序》：“及
還京師，李抱貞來朝，奏曰：‘陛下在山南時，山東士卒聞書詔之辭，無

不感泣,思奮臣節,時臣知賊不足平也。'" 碑録:碑石拓本或碑石抄録本。王禹偁《東觀集序》:"其間有東皋子楚義帝碑録、希夷子言書、野叟壁數篇,極乎天人之際者也,味其文,知其志矣!"王柏《墨林類考序》:"其他如復齋碑録、東觀餘論及夾漈金石之類,紀述不一,謂之博古可也。" 水火珠、扣門椎、織成佛、大水突:皆當時雙林寺中文物,除水火珠爲梁武帝所賜、扣門椎是傅翁所用外,其他暫時無考。

⑭ 治背裝剪:亦即裱裝成軸或成册。 背:裝裱。周密《齐东野语·绍兴御府书画式》:"〔古畫〕花木穠艷,每不許裁剪過多,既失古意,又恐將來不可再背。"陆游《老学庵笔记》卷三:"其子燨,十九年間無一日不鍛酒器,無一日不背書畫碑刻之類。" 異日:猶來日,以後。《史記·張儀列傳》:"軫曰:'吾爲事來,公不見軫,軫將行,不得待異日。'"韓愈《順宗實錄》:"因爲上言:'某可爲將,某可爲相,幸異日用之。'" 好古:謂喜愛古代的事物。《論語·述而》:"我非生而知之者,好古,敏以求之者也。"顏延之《陶徵士誄》:"畏榮好古,薄身厚志。" 大:擴大,光大。《孟子·梁惠王》:"此匹夫之勇,敵一人者也!王請大之!"柳宗元《故溫縣主簿韓君墓誌》:"嗣以文行,大其家業。" 遺事:前代或前人留下來的事迹。《漢書·藝文志》:"兵家者,蓋出古司馬之職,王官之武備也……《司馬法》是其遺事也。"張喬《送朴充侍御歸海東》:"來往尋遺事,秦皇有斷橋。"

⑮ 委棄:棄置,捨棄。《漢書·谷永傳》:"書陳於前,陛下委棄不納。"白居易《折劍頭》:"缺落泥土中,委棄無人收。" 殘爛:猶"殘破",摧殘破壞。《韓非子·說疑》:"五王之所誅者,皆父兄子弟之親也,而所殺亡其身、殘破其家者何也? 以其害國傷民敗法類也。"《新五代史·賀德倫傳》:"朝廷以我軍府強盛,設法殘破之。況我六州舊爲藩府,未嘗遠出河門,一旦離親戚,去鄉里,生不如死。" 空山:幽深少人的山林。孫逖《葛山潭》:"凉哉草木腓,白露沾人衣。猶醉空山裏,時聞笙鶴飛。"韋應物《寄全椒山中道士》:"欲持一瓢酒,遠慰風

雨夕。落葉滿空山，何處尋行迹?”　不侔：不相等，不等同。《後漢書・荀彧傳》：“海內未喻其狀，所受不侔其功。”白居易《晉諡恭世子議》：“雖申生之孝，不侔於舜；而獻公之頑，亦不逮於瞽。盍以蒸蒸之義，俾不格於奸乎?”　讓：責備，責問。《左傳・桓公八年》：“夏，楚子合諸侯于沈鹿，黃隨不會，使蓮章讓黃。”《南史・劉劭傳》：“多有過失，屢爲上所讓，憂懼，乃與劭共爲巫蠱。”　義取：有特定意義的取用或保存。房玄齡《封禪議》：“封禪者，本以功成，告於上帝。天道崇質，義取醇素。故藉用槀秸，樽以瓦甒。”楊炯《公卿以下冕服議》：“若夫義取隨時，則出稱警，入稱蹕，乃漢國之舊儀，猶可以行於代矣!”束帛：捆爲一束的五匹帛，古代用爲聘問、饋贈的禮物。《周禮・春官・大宗伯》：“孤執皮帛。”鄭玄注：“皮帛者，束帛而表以皮爲之。”賈公彥疏：“束者十端，每端丈八尺，皆兩端合卷，總爲五匹，故云束帛也。”元稹《陽城驛》：“何以持爲聘?束帛藉琳球。”　當：當做，算是。《孟子・離婁》：“養生者，不足以當大事；惟送死，可以當大事。”《三國志・韋曜傳》：“初見禮異時，常爲裁減，或密賜茶荈以當酒。”　復還：回返。元稹《授劉悟昭義軍節度使制》：“復還龍節，再息棠陰，勉受新恩，無移舊貫。”崔珏《岳陽樓晚望》：“乾坤千里水雲間，釣艇如萍去復還。樓上北風斜捲席，湖中西日倒銜山。”

　⑯二年十月二十日：根據本文“寶曆中”的揭示，應該是寶曆二年，亦即公元八二六年。下面的“十月二十日”，應該是元稹“出教義烏”的具體日期，也是本文的撰寫日期。　使持節：官名，魏晉以後有使持節、持節、假節、假使節等，其權大小有別，皆爲刺史總軍戎者。唐初，諸州刺史加號持節，也常常用在對已故者的追贈之中。白居易《傅良弼可鄭州刺史制》：“金紫光祿大夫、使持節沂州諸軍事、行沂州刺史兼御史中丞、騎都尉傅良弼……可使持節鄭州諸軍事、行鄭州刺史兼御史大夫，散官、勛如故。”元稹《贈楚繼吾等刺史制》：“繼吾可贈使持節都督容州諸軍事、容州刺史，弘本可贈使持節都督邕州諸軍

事、邕州刺史。" 都督：總領，統領。《三國志·魯肅傳》："後備詣京見權，求都督荆州，惟肅勸權借之，共拒曹公。"《南史·齊豫章文獻王嶷傳》："會魏軍動，詔以嶷爲南蠻校尉、荆湘二州刺史，都督八州。"

[編年]

《年譜》疏漏本文，没有提及，也未對本文編年。《編年箋注》編年："據此《記》中'寶曆中，余莅越。婺，余所刺郡。因出教義烏，索其事實'等語，推知文末'二年十月二十日'應是寶曆二年（八二六）十月二十日。"《年譜新編》將本文作爲"佚文"處理，題目也稍有不同："《輿地碑記目·婺州碑記》：'《還珠記碑》，元稹文，在義烏縣，長慶中立。'疑長慶四年作。"

我們以爲，《年譜》的疏漏不該，《年譜新編》的編年有誤，而《編年箋注》的編年意見可取。本文撰成於寶曆二年十月二十日，撰文的地點在婺州，元稹時任浙東觀察使、越州刺史。

■ 今上登極賀表(一)①

據張籍《送浙東周阮範判官》

[校記]

（一）今上登極賀表：元稹本佚失文所據張籍《送浙東周阮範判官》，見《英華》，又見《張司業集》、《全詩》，唯《張司業集》詩題作"送浙西周判官"，《全詩》詩題作"送浙西周判官"，題下又注："一作送浙東周阮範判官"，但《張司業集》、《全詩》詩中均有"吳越主人偏愛重，多應不肯放君閑"之句，吳越是指春秋吳越故地，唐人詩篇常常提及，主要是指浙東一帶。李白《夢游天姥吟留别》："我欲因之夢吳越，一夜

飛度鏡湖月。湖月照我影，送我至剡溪。"李遠《吳越懷古》："吳越千
年奈怨何？兩宮清吹作樵歌。姑蘇一敗雲無色，范蠡長遊水自波。
霞拂故城疑轉斾，月依荒樹想嚬蛾。行人欲問西施館，江鳥寒飛碧草
多。"又如與張籍同時的劉禹錫《松江送處州奚使君》："吳越古今路，
滄波朝夕流。從來別離地，能使管弦愁。"又白居易《寄明州于駙馬使
君三絕句》二："平陽音樂隨都尉，留滯三年在浙東。吳越聲邪無法
用，莫教偷入管弦中。"張籍本人更是如此，如《送李評事遊越》："未習
風塵事，初爲吳越遊。露沾湖草晚，日照海山秋。梅市門何在？蘭亭
水尚流。西陵待潮處，知汝不勝愁。"張籍本詩中的"吳越"，"吳"應該
指蘇州一帶，而"越"則是越州地區，張籍《送友人盧處士遊吳越》："羨
君東去見殘梅，惟有王孫獨未回。吳苑夕陽明古埭，越宮春草上高
臺。波生野水雁初下，風滿驛樓潮欲來。試問漁舟看雪浪，幾多江燕
荇花開？""吳苑"、"越宮"所指非常明確。這也與周元範先爲白居易
杭州與蘇州從事，後來是元稹越州從事的經歷與身份相合，張籍《送
浙東周阮範判官》"吳越主人皆愛重，多應不肯放君閑"兩句中的"吳
越主人"，就是分別指白居易與元稹，因此，《張司業集》、《全詩》中的
"送浙西周判官"應該是"送浙東周判官"，這位"周判官"就是周元範，
《英華》詩題《送浙東周阮範判官》應該就是《送浙東周元範判官》。

［箋注］

① 今上登極賀表：元稹本佚失文所據張籍《送浙東周阮範判
官》："由來身是烟霞客，早已聞名詩酒間。天闕因將賀表到，家鄉新
著賜衣還。常吟卷裏新酬句，自話湖邊舊住山。吳越主人皆愛重，多
應不肯放君閑。"《舊唐書·文宗紀》："寶曆二年十二月八日，敬宗遇
害，賊蘇佐明等矯制立絳王勾當軍國事，樞密使王守澄、中尉梁守
謙率禁軍討賊，誅絳王，迎上于江邸。癸卯，見宰臣於閤內，下教處
分軍國事……甲辰……宰臣百寮三上表勸進。乙巳，即位於宣政

殿。丙午,上赴西宮成服。丁未,宰臣百寮上表請聽政。三表,許之。"據干支,"丁未"應該是十二月十四日。無論是"勸進"之"百寮",還是"請聽政"之"百寮",都應該包括地方的方面大臣在内。元稹作爲浙東地區的主官,無論是"勸進"或"請聽政"的賀表,都是臣僚必須履行的官樣程式。周元範大約於唐文宗登位之時,受到元稹的委派,前往京師進呈浙東的賀表,元稹的賀表今天已經無法看到,但張籍的《送浙東周阮範判官》的詩篇還在,可以爲我們提供佐證。這首詩可以證明周元範代表浙東觀察使元稹到京城呈送賀表,"天闕因將賀表到"就是明證。今據此採録,又據唐文宗登位時日,編排於此。　今上:稱當代的皇帝,本文指唐文宗。《史記·魏其武安侯列傳》:"今上初即位。"韓愈《歐陽生哀辭》:"今上初,故宰相常袞爲福建諸州觀察使,治其地。"　登極:帝王即位。《舊唐書·王遠知傳》:"太宗登極,將加重位,固請歸山。"文天祥《集杜詩·〈景炎擁立〉序》:"益王登極,改元景炎。"　賀表:歷代帝王有慶典武功等事,臣下所上的祝頌文表。《南史·垣崇祖傳》:"高帝即位,方鎮皆有賀表。"趙昇《朝野類要·文書》:"帥守監司遇有典禮及祥瑞,皆上四六句賀表。"

[編年]

　　未見《元稹集》採録,也未見《年譜》、《編年箋注》、《年譜新編》採録與編年。

　　根據《舊唐書·文宗紀》,唐文宗正式登位在寶曆二年十二月十四日,計及長安與越州之間的距離,消息傳到越州最快也應該在十二月中下旬,元稹已經佚失的賀表應該賦作於寶曆二年十二月中下旬,地點在越州,元稹時任浙東觀察使、越州刺史。

■ 酬樂天寫新詩寄微之偶題卷後^{(一)①}

據白居易《寫新詩寄微之偶題卷後》

[校記]

（一）酬樂天寫新詩寄微之偶題卷後：元稹本佚失詩所據白居易《寫新詩寄微之偶題卷後》，分別見《白氏長慶集》、《萬首唐人絕句》、《白香山詩集》、《全詩》、《全唐詩錄》，未見異文。

[箋注]

① 酬樂天寫新詩寄微之偶題卷後：白居易《寫新詩寄微之偶題卷後》："寫了吟看滿卷愁，淺紅箋紙小銀鈎。未容寄與微之去，已被人傳到越州。"現存元稹詩文集未見酬篇，據補。　新詩：新的詩作。張華《答何劭詩二首》一："良朋貽新詩，示我以遊娛。穆如灑清風，奐若春華敷。"杜甫《解悶十二首》七："陶冶性靈存底物？新詩改罷自長吟。熟知二謝將能事，頗學陰何苦用心。"　偶題：偶然而題。柳宗元《柳州二月榕葉落盡偶題》："宦情羈思共悽悽，春半如秋意轉迷。山城過雨百花盡，榕葉滿庭鶯亂啼。"劉禹錫《酬樂天偶題酒甕見寄》："從君勇斷拋名後，世路榮枯見幾回？門外紅塵人自走，甕頭清酒我初開。"

[編年]

未見《元稹集》採錄，也未見《年譜》、《編年箋注》、《年譜新編》採錄與編年。

朱金城先生《白居易集箋校》編年白居易《留別微之》於寶曆二年。白居易因病辭去蘇州刺史之職在寶曆二年九月八日，十月初離開蘇州,白居易詩應該賦成於寶曆二年十月初之前。元稹的佚失詩也應該賦作於寶曆二年十月初之前,地點在越州,元稹時任浙東觀察使、越州刺史。

■ 再遊雲門寺^{(一)①}

據徐凝《酬相公再遊雲門寺》

[校記]

(一)再遊雲門寺:元稹本佚失之詩所據徐凝《酬相公再遊雲門寺》,見《萬首唐人絕句》、《全詩》,《浙江通志》作"酬元相公再遊雲門寺",錄以備考。

[箋注]

① 再遊雲門寺:徐凝《酬相公再遊雲門寺》:"遠羨五雲路,逶迤千騎回。遺簪唯一去,貴賞不重來。"不見元稹的原作,據此補。趙嘏《浙東陪元相公游雲門寺》:"松下山前一徑通,燭迎千騎滿山紅。溪雲乍斂幽巖雨。曉氣初高大斾風。小檻宴花容客醉,上方看竹與僧同。歸來吹盡嚴城角,路轉橫塘亂水東。"兩者一是五言,一是七言,所指應該並非同一回事情,可見元稹遊雲門寺絕不是一次。 雲門寺:浙東地區有名的寺院。陸游《雲門壽聖院記》:"雲門寺,自晉唐以來名天下,父老言昔盛時,繚山並谿,樓塔重複,依巖跨壑,金碧飛踊。居之者忘老,寓之者忘歸,遊觀者累日乃遍,往往迷不得出。雖寺中人,或旬月不相覿也。入寺稍西石壁峰,爲看經院,又西爲藥師院,又西繚而北爲上方。已而少衰,於是看經別爲寺,曰顯聖。藥師別爲寺,曰雍熙。最後上方亦別曰壽聖,而古雲門寺更曰淳化。一山凡四

寺,壽聖最小,不得與三寺班,然山尤勝絕。遊山者自淳化歷顯聖、雍熙,酌煉丹泉,闚筆倉,追想葛稚川、王子敬之遺風。"宋之問《宿雲門寺》:"雲門若邪裏,泛鷁路縈通。黏緣綠篠岸,遂得青蓮宫。"孫逖《奉和崔司馬遊雲門寺》:"繫馬清溪樹,禪門春氣濃。香臺花下出,講坐竹間逢。"

[編年]

《元稹集》未收録,《編年箋注》未收録與編年,《年譜》、《年譜新編》收録,詩題均作"再遊雲門寺",編年於"癸卯至己酉在越州所作其他詩"欄内。

元稹有《遊雲門》:"遥泉滴滴度更遲,秋夜霜天入竹扉。明月自隨山影去,清風長送白雲歸。"本佚失詩據徐凝《酬相公再遊雲門寺》,這是元稹再次遊雲門寺,故曰"再遊"。徐凝在越州,與元稹交往密切,詩題中的"相公",即元稹,因爲元稹此前曾任職宰相,故以"相公"稱之。"相公"是舊時對宰相的敬稱。《文選·王粲〈從軍詩〉》:"相公征關右,赫怒震天威。"李善注:"曹操爲丞相,故曰相公也。"韓愈《皇帝即位賀宰相啟》:"相公翼亮聖明,大慶資始。"吳曾《能改齋漫録·事始》:"丞相稱相公,自魏已然矣!"詩題據徐凝《酬相公再遊雲門寺》代擬,特此説明。元稹《遊雲門》作於長慶四年秋天,本佚失詩應該賦成於其後,亦即長慶四年至大和三年間,其中以前期,亦即寶曆年間最爲可能,那時李逢吉把持朝政,元稹的政治理想難以實現,故常常以遊山玩水打發時日。

大和元年丁未（827） 四十九歲

● 正月十五夜呈幕中諸公^{(一)①}

宵游二萬七千人，獨坐重城圈一身^②。步月游山俱不得，可憐辜負白頭春^③。

録自《萬首唐人絶句》卷三九

[校記]

（一）正月十五夜呈幕中諸公：本詩《萬首唐人絶句》卷三九署名"徐凝"，本詩又見《全詩》卷四七四，也署名"徐凝"。兩詩文字除"遊"與"游"不同外，其他悉同，而"遊"與"游"諸多義項相通。

[箋注]

① 正月十五夜呈幕中諸公：本詩《萬首唐人絶句》與《全詩》均署名"徐凝"。徐凝是睦州（今浙江建德）人，雖然他生卒年不詳，但與白居易、元稹有交往，也有唱和，應該是同一時代之人。元和十四年，徐凝有《寄白司馬》，詩云："三條九陌花時節，萬户千車看牡丹。争遣江州白司馬，五年風景憶長安。"長慶三年徐凝至杭州看望白居易，徐凝有《廬山瀑布》，詩云："虚空落泉千仞直，雷奔入江不暫息。今古長如白練飛，一條界破青山色。"受到白居易賞識，首薦應舉，後罷歸。元稹在浙東觀察使任，徐凝與元稹有唱和，如《春陪相公看花宴會二首》，其一："丞相邀歡事事同，玉簫金管咽東風。百分春酒莫辭醉，明日的無今日紅。"其二："木蘭花謝可憐條，遠道音書轉寂寥。春去一

年春又盡，幾回空上望江橋。"又《酬相公再遊雲門寺》："遠羨五雲路，
逶迤千騎回。遺簪唯一去，貴賞不重來。"大和四年，徐凝先後看望元
稹、白居易，有《自鄂渚至河南將歸江外留辭侍郎》之詩："一生所遇唯
元白，天下無人重布衣。欲別朱門淚先盡，白頭遊子白身歸。"隨後歸
隱睦州，以布衣終身。潘若冲《郡閣雅談》謂徐凝官終侍郎，《全唐
詩·徐凝傳》從誤。徐凝既然是"白頭遊子白身歸"，與本詩"獨坐重
城圈一身"的氣勢不符，也與"呈幕中諸公"的口氣不合。而"步月游
山俱不得，可憐辜負白頭春"云云，與元稹浙東觀察使任位高權重、年
長頭白的情況相符。而徐凝長慶年間尚在爲及第而奔波，説明至長
慶大和間，年齡不應該"白頭"。徐凝另有《奉酬元相公上元》："出擁
樓船千萬人，入爲台輔九霄身。如何更羨看燈夜，曾見宮花拂面春。"
與本詩同詠"上元"，亦即"正月十五夜"，又互爲次韻，應該是徐凝與
元稹的唱和之作。本詩的著作權，應該歸屬元稹。徐凝的《奉酬元相
公上元》，應該是酬和元稹本詩之作。雖然本詩不見於《元氏長慶
集》，又歸名徐凝，但經我們考證，本詩應該是元稹所作，今據此補錄
於元稹名下，編排於此。正月十五夜：即上元節，亦稱元宵節。蘇味
道《正月十五夜》："火樹銀花合，星橋鐵鎖開。暗塵隨馬去，明月逐人
來。遊伎皆穠李，行歌盡落梅。金吾不禁夜，玉漏莫相催！"張祜《正
月十五夜燈》："千門開鎖萬燈明，正月中旬動帝京。三百內人連袖
舞，一時天上著詞聲。"　呈：呈送，本意是下對上，但詩人唱和間常用
作謙稱，不計上下尊卑。顧況《奉和韓晉公晦日呈諸判官》："江南無
處不聞歌，晦日中軍樂更多。不是風光催柳色，却緣威令動陽和。"耿
湋《晚投江澤浦即事呈柳兵曹泥》："落日過重霞，輕烟上遠沙。移舟
衝荇蔓，轉浦入蘆花。"　幕："幕府"的簡稱，古代將帥的府署。武元
衡《津梁寺採新茶與幕中諸公遍賞芳香尤異因題四韻兼呈陸郎中》：
"靈州碧巖下，茇英初散芳。塗塗猶宿露，采采不盈筐。"白居易《寄王
质夫》："我守巴南城，君佐征西幕。"　諸公：泛稱各位人士。王維《晚

春嚴少尹與諸公見過》："松菊荒三逕,圖書共五車。烹葵邀上客,看竹到貧家。"杜甫《醉时歌》："諸公衮衮登臺省,廣文先生官獨冷。甲第紛紛厭粱肉,廣文生生飯不足。"

②宵游:夜晚遊玩。李德裕《懷崧樓記》："延清輝於月觀,留愛景於寒榮。晨憩宵遊,皆有殊致。周視原野,永懷崧峰。"宋庠《過留臺吳侍郎新葺菜市小園》："溪石行堪釣,沙鷗已罷猜。宵遊應更好,長負月徘徊。"游,同"遊",遨遊,遊覽。《詩·大雅·卷阿》："豈弟君子,來游來歌,以矢其音。"《莊子·秋水》："莊子與惠子游於濠梁之上。" 獨坐:一個人坐著。蔣維翰《古歌二首》二:"美人閉紅燭,獨坐裁新錦。頻放剪刀聲,夜寒知未寢。"王維《輞川集·竹里館》:"獨坐幽篁裏,彈琴復長嘯。深林人不知,明月來相照。" 重城:宮城、都城。李白《鼓吹入朝曲》:"搥鐘速嚴妝,伐鼓啓重城。"王禹偁《李氏園亭記》:"重城之中,雙闕之下,尺地寸土,與金同價,其來舊矣!" 圈:義近"圈閉",有自我禁閉之意。《晉書·劉頌傳》:"魏氏承之,圈閉親戚,幽囚子弟,是以神器速傾,天命移在陛下。"蘇洵《兵制》:"秦漢以來,諸侯之患不減於三代,而御卒伍者,乃知蓄虎豹,圈檻一缺,咆勃四出,其故何也?" 一身:獨自一人。《戰國策·趙策》:"世以鮑焦無從容而死者,皆非也。令衆人不知,則爲一身。"王維《老將行》:"一身轉戰三千里,一劍曾當百萬師。"

③步月:謂月下散步。《南史·王藻傳》:"至於夜步月而弄琴,晝拱袂而披卷,一生之内,與此長乖。"杜甫《恨別》:"思家步月清宵立,憶弟看雲白日眠。" 游山:在山嶺間遊玩。司空曙《送嚴使君遊山》:"家楚依三户,辭州選一錢。酒杯同寄世,客櫂任銷年。"白居易《酬王十八李大見招遊山》:"自憐幽會心期阻,復愧嘉招書信頻。王事牽身去不得,滿山松雪屬他人。" 不得:不能得到,得不到。《詩·周南·關雎》:"求之不得,寤寐思服。"晁錯《論貴粟疏》:"夫腹飢不得食,膚寒不得衣,雖慈母不能保其子,君安能以有其民哉!" 可憐:值

得憐憫。《莊子·庚桑楚》:"汝欲返性情而無由入,可憐哉!"成玄英疏:"深可哀湣也。"白居易《賣炭翁》:"可憐身上衣正單,心憂炭賤願天寒。"　**辜負**:虧負,對不住。岑參《初授官題高冠草堂》:"澗水吞樵路,山花醉藥欄。秖緣五斗米,辜負一漁竿。"顧況《梅灣》:"白石盤盤磴,清香樹樹梅。山深不吟賞,辜負委蒼苔。"　**白頭**:猶白髮,形容年老。崔曙《送薛據之宋州》:"一從文章事,兩京春復秋。君去問相識,幾人今白頭?"岑參《客舍悲秋有懷兩省舊遊呈幕中諸公》:"三度爲郎便白頭,一從出守五經秋。莫言聖主長不用,其那蒼生應未休!"　**春**:春季,春天,我國習慣指農曆正月至三月,爲一年四季中第一個季節。張説《奉和三日被禊渭濱應制》:"青郊上巳豔陽年,紫禁皇遊袚渭川。幸得歡娛承湛露,心同草樹樂春天。"杜甫《送段功曹歸廣州》:"南海春天外,功曹幾月程? 峽雲籠樹小,湖日落船明。"

[編年]

　　未見《年譜》、《編年箋注》採録與編年。《年譜新編》辨證本詩著作權應該是元稹,而不是徐凝,可取;但編年本詩於"癸卯至己酉在越州所作其他詩"欄内,稍欠籠統。

　　我們以爲,本詩確實是元稹之詩,也確實應該賦成於元稹浙東任内。但本詩題已經明言"正月十五夜",本詩祇應該賦成於元稹越州任内的"正月十五夜",其他時間都可以排除;而且,元稹是長慶三年十月半到達越州的,因此"癸卯"亦即長慶三年也應該排除在外。《舊唐書·文宗紀》:"(大和元年)九月庚申朔……丁丑,浙西觀察使李德裕、浙東觀察使元稹就加檢校禮部尚書。"而徐凝《奉酬元相公上元》仍然稱元稹爲"元相公",此與徐凝《春陪相公看花宴會二首》相一致,因此大和二年與大和三年的"正月十五夜"也應該排除。據此,本詩應該賦成於長慶四年至大和元年間的"正月十五夜",今暫時編列於大和元年正月十五日之夜,地點在越州,元稹時任浙東觀察使、越州刺史。

■ 上　元^{(一)①}

據徐凝《奉酬元相公上元》

［校記］

（一）上元：本佚失之詩所據之徐凝《奉酬元相公上元》，見《萬首唐人絶句》、《全詩》，未見異文。

［箋注］

①　上元：徐凝《奉酬元相公上元》："出擁樓船千萬人，入爲台輔九霄身。如何更羨看燈夜？曾見宫花拂面春。"現存元稹詩文未見元稹原作，據此知元稹肯定有一首題名爲《上元》的詩篇，今據補。奉酬就是酬答。孫翊《奉酬張洪州九齡江上見贈》："悵别秋陰盡，懷歸客思長。江皋枉離贈，持此慰他鄉。"裴鉶《传奇·崔炜》："僧感之甚，謂煒曰：'貧道無以奉酬，但轉經以資郎君之福祐耳！'"

［編年］

《元稹集》未收録，《編年箋注》、《年譜新編》未收録與編年，《年譜》收録，詩題作"上元"，編年於長慶四年，没有説明理由。

我們以爲，詩文提及"曾見宫花拂面春"，這是元稹《酬李甫見贈十首各酬本意次用舊韵》之四中提及的詩句："曾經緯立侍丹墀，綻蕊宫花拂面枝。雉尾扇開朝日出，柘黄衫對碧霄垂。"徐凝詩題中的"元相公"，詩文中的"台輔九霄身"，與元稹的身份一一相符，應該賦作於元稹以宰相之尊出貶外任之時。而徐凝主要活動在浙東地區，而元稹也在浙東任職七年。據此，元稹佚失之詩應該撰作於浙東觀察使期間，但長慶三年元稹十月半之後才到達越州，因此長慶三年"上元"
應該排除在外。《舊唐書·文宗紀》："(大和元年)九月庚申朔……丁
丑，浙西觀察使李德裕、浙東觀察使元稹就加檢校禮部尚書。"而徐凝
《奉酬元相公上元》仍然稱元稹爲"元相公"，此與徐凝《春陪相公看花
宴會二首》相一致，因此大和二年至大和三年的"上元"也應該排除。
據此，本詩應該賦成於長慶四年至大和元年的"上元"，今暫時編列於
大和元年正月十五日之夜，地點在越州，元稹時任浙東觀察使、越州
刺史。元稹佚失之詩《上元》應該賦成於長慶四年至大和元年這四年
中的正月十五日之時，今暫時編排在大和元年"上元"亦即正月十五
日元宵節之時。《年譜》編年元稹《上元》於長慶四年整個一年，不僅
有點武斷，而且也存在著錯誤。

◎ 寄浙西李大夫四首^{(一)①}

柳眼梅心漸欲春，白頭西望憶何人②？金陵太守曾相
伴，共蹋銀臺一路塵③。

蕊珠深處少人知，網索西臨太液池④。浴殿曉聞天語
後，步廊騎馬笑相隨(網索在太液池上，學士候對歇于此)(二)⑤。

禁林同直話交情，無夜無曾不到明⑥。最憶西樓人靜
後(三)，玉晨鐘磬兩三聲(玉晨觀在紫宸殿後面也)⑦。

由來鵬化便圖南，浙右雖雄我未甘⑧。早渡西江好歸
去，莫抛舟楫滯春潭⑨。

録自《元氏長慶集》卷二二

［校記］

（一）寄浙西李大夫四首：楊本、叢刊本、《萬首唐人絶句》、《全

詩》同,《全唐詩録》作"寄浙西李大夫",選本組詩一、二、三首,體例不同,不從不改;《唐詩紀事》作"寄湖西李大夫四首","湖"爲"浙"之刊刻之誤,不從不改。

(二)網索在太液池上,學士候對歇于此:原本無此注,《萬首唐人絶句》同,《全唐詩録》作"網索在太液池上,學士候對歇于此",楊本、《唐詩紀事》、《全詩》作"網索在太液上,學士候對歇于此",據改。叢刊本作"網索在太液上,學上候對歇於此。""學上"應該是"學士",刊刻之誤,不從不改。

(三)最憶西樓人静後:楊本、叢刊本、《唐詩紀事》、《萬首唐人絶句》、《全唐詩録》同,《全詩》作"最憶西樓人静夜",語義相類,不改。

[箋注]

① 寄:托人遞送。杜甫《述懷》:"自寄一封書,今已十月後。"陸游《南窗睡起》:"閑情賦罷憑誰寄? 悵望壺天白玉京。" 浙西:即浙西觀察使府,府治潤州。《元和郡縣志》:"潤州:開元户九萬一千六百三十五,鄉一百。元和户五萬五千四百,鄉八十……今爲浙西觀察使理所,管潤州、常州、蘇州、杭州、湖州、睦州,管縣三十七,管户三十一萬三千七百七十二……本春秋吴之朱方邑,始皇改爲丹徒,漢初爲荆國,劉賈所封。後漢獻帝建安十四年,孫權自吴理丹徒,號曰京城,今州是也。十六年遷都建業,以此爲京口鎮。"劉禹錫《和浙西李大夫霜夜對月聽小童吹觱篥歌依本韵》:"海門雙青暮烟歇,萬頃金波湧明月。侯家小兒能觱篥,對此清光天性發。"張籍《送浙西周判官》:"由來自是烟霞客,早已聞名詩酒間。天闕因將賀表到,家鄉新著賜衣還。" 李大夫:即李德裕,元稹的政治盟友,兩人在政治上的進退往往同步。而第二第三兩首詩篇,就是詩人對自己與李德裕友誼的回憶。本詩賦詠之時,李德裕任浙西觀察使,與浙東觀察使元稹遙遙相望。《舊唐書·穆宗紀》:(長慶二年)"九月戊子朔……癸卯……御史

中丞李德裕爲潤州刺史，兼御史大夫、浙江西道都團練觀察處置等使。"幾乎與元稹長慶三年八月轉任浙東觀察使的時間前後同時。《舊唐書·穆宗紀》：（長慶三年）"十一月……停浙東貢甜菜海蚶。十二月，浙西觀察使李德裕奏去管內淫祠一千一十五所。"兩人的政治舉措幾乎相似相近。《舊唐書·文宗紀》：（大和元年）"九月庚申朔……丁丑，浙西觀察使李德裕、浙東觀察使元稹就加檢校禮部尚書。"兩人同時受到皇上的褒獎。《舊唐書·文宗紀》：（大和三年）"秋七月己卯朔……乙巳……以前浙西觀察使、檢校禮部尚書李德裕爲兵部侍郎……戊戌以前睦州刺史陸亘爲越州刺史、浙東觀察使，代元稹，以稹爲尚書左丞。"兩人調離浙江西道、浙江東道回京也幾乎同時。《舊唐書·文宗紀》：（大和三年）"九月戊寅朔……壬辰，以兵部侍郎李德裕檢校戶部尚書，兼滑州刺史、義成軍節度使。"《舊唐書·元稹傳》："（大和）四年正月，檢校戶部尚書兼鄂州刺史、御史大夫、武昌軍節度使。"兩人的離開京城也幾乎同時。劉禹錫《和浙西李大夫晚下北固山喜徑松成陰悵然懷古偶題臨江亭并浙東元相公所和依本韻》："一辭溫室樹，幾見武昌柳？荀謝年何少？韋平望已久。"劉禹錫《和浙西李大夫伊川卜居》："早入八元數，嘗承三接恩。飛鳴天上路，鎮壓海西門。"

　　② 柳眼：早春初生的柳葉如人睡眼初展，因以爲稱。元稹《遣春三首》二："柳眼開渾盡，梅心動已闌。風光好時少，杯酒病中難。"李商隱《二月二日》："二月二日江上行，東風日暖聞吹笙。花鬚柳眼各無賴，紫蝶黃蜂俱有情。"　梅心：梅花的苞蕾。李世民《冬日臨昆明池》："柳影冰無葉，梅心凍有花。寒野凝朝霧，霜天散夕霞。"李清照《孤雁兒》："笛聲三弄，梅心驚破，多少春情意！"　白頭：猶白髮，形容年老。權德《題沈黎城》："久戍曷辭苦？數戰期封侯。不學豎儒輩，談經空白頭。"魚玄機《和新及第悼亡詩二首》一："朝露綴花如臉恨，晚風敧柳似眉愁。彩雲一去無消息，潘岳多情怨白頭。"　西望：向西而望，潤州在越州的西面，故言。劉庭琦《銅雀臺》："銅臺宮觀委灰

塵,魏主園林漳水濱。即今西望猶堪思,況復當時歌舞人!"李白《巴陵贈賈舍人》:"賈生西望憶京華,湘浦南遷莫怨嗟! 聖主恩深漢文帝,憐君不遣到長沙。" 何人:什麼人。王維《故人張諲工詩善易卜兼能丹青草隸頃以詩見贈聊獲酬之》:"故園高枕度三春,永日垂帷絶四鄰。自想蔡邕今已老,更將書籍與何人?"劉長卿《贈秦系》:"向風長嘯戴紗巾,野鶴由來不可親。明日東歸變名姓,五湖烟水覓何人?"

③ 金陵:古邑名,即今南京市的别稱。戰國楚威王七年(公元前三三三年)楚國滅越後在今南京市清凉山(石頭山)設金陵邑。謝朓《鼓吹曲・入朝曲》:"江南佳麗地,金陵帝王州。"李白《金陵歌送别范宣》:"金陵昔時何壯哉! 席捲英豪天下來。"中晚唐人常以指潤州(今江蘇省鎮江市)。李紳《宿瓜州》:"烟昏水郭津亭晚,迴望金陵若動摇。"杜牧《杜秋娘詩序》:"杜秋,金陵女也。"馮集梧注:"……唐人謂京口亦曰金陵。"王楙《野客叢書・北固甘羅》:"趙璘《因話録》言李勉至金陵,屢讚招隱寺標致,蓋時人稱京口亦曰金陵。"這裏是指李德裕任職的浙西觀察使賦所在的潤州,"金陵太守"云云,亦即李德裕兼任的潤州刺史。今天的南京,當時僅僅是一個縣級建制上元縣。《元和郡縣誌・潤州》:"上元縣(緊,東北至州一百八十里):本金陵地,秦始皇時望氣者云:‘五百年後金陵有都邑之氣。’故始皇東遊以厭之,改其地曰秣陵,塹北山以絶其勢。及孫權之稱號,自謂當之孫盛,以爲始皇逮於孫氏四百三十七載,考其曆數,猶爲未及。晉之渡江,乃五百二十六年,遂定都焉! 隋開皇九年,平陳於石頭城,置蔣州,以江寧縣屬焉! 武德三年,杜伏威歸化,改江寧爲歸化縣。九年改爲白下縣,屬潤州。貞觀九年,又改白下爲江寧。至德二年,於縣置江寧郡。乾元元年,改爲昇州,兼置浙西節度使。上元二年,廢昇州,仍改江寧爲上元縣。" 太守:官名,秦置郡守,漢景帝時改名太守,爲一郡最高的行政長官,隋初以州刺史爲郡長官,唐時兩者互稱,宋以後改郡爲府或州,太守已非正式官名,祇用作知府、知州的别稱,明清時專指知

府。崔國輔《七夕》：“太守仙潢族，含情七夕多。扇風生玉漏，置水瀉銀河。”王維《奉寄韋太守陟》：“荒城自蕭索，萬裏山河空。天高秋日迥，嘹唳聞歸鴻。”而浙西觀察使駐節潤州，觀察使順理成章應該兼任潤州刺史，故稱李德裕爲金陵太守。　相伴：陪伴，伴隨。薛令之《靈巖寺》：“草堂栖在靈山谷，勤苦詩書向燈燭。柴門半掩寂無人，惟有白雲相伴宿。”錢愐《錢氏私志》：“上出簾觀看，令梁守道相伴，賜酒果。”　銀臺：即銀臺門，宮門名，唐時翰林院、學士院都在銀臺門附近，後因以銀臺門指代翰林院。李白《朝下過盧郎中叙舊遊》：“君登金華省，我入銀臺門。幸遇聖明主，俱承雲雨恩。”令狐楚《宮中樂五首》四：“月上宮花静，烟含苑樹深。銀臺門已閉，仙漏夜沉沉。”亦省作“銀臺”。陸游《後園閑步》：“人生要是便疏豁，金馬銀臺莫問津。”錢仲聯校注引李肇《翰林志》：“翰林院在銀臺門北。”元稹與李德裕，在唐穆宗時期曾經共事于翰林院，擔任翰林學士之職，故言。

　④ 蕊珠：即蕊珠宮，亦省稱“蕊宮”，道教經典中所説的仙宮。顧雲《華清詞》：“相公清齋朝蕊宮，太上符籙龍蛇蹤。”邵雍《二色桃》：“疑是蕊宮雙姊妹，一時俱肯嫁春風。”　深處：某一處所的最裏面。張旭《山行留客》：“山光物態弄春輝，莫爲輕陰便擬歸。縱使晴明無雨色，入雲深處亦沾衣。”劉長卿《尋張逸人山居》：“危石纔通鳥道，空山更有人家。桃源定在深處，澗水浮來落花。”　網索西臨太液池：程大昌《雍録・罘罳》：“元微之爲承旨時詩曰：‘蕊珠深處少人知，網索西臨太液池。浴殿曉聞天語後，步廊騎馬笑相隨。’自注云：‘網索在太液池上，學士候對，歇於此。’予按：網索乃是無壁，及有窗處以索挂網，遮護飛雀，故云網索，猶挂鈴之索爲鈴索也。宋元獻喜子京召還爲學士詩曰：‘網索軒窗邃，鑾坡羽衛重。’用微之語也。”筆者按：“蕊珠深處少人知”四句，是元稹《寄浙西李大夫四首》之二，作於大和二年，非程大昌認可的元稹翰林承旨學士時詩，但回憶的情景確實是元稹李德裕在翰林學士時事。《宋詩紀事》卷七亦有同樣的記載：“《和

宋子京召還學士院》:網索軒窗邃,鑾坡羽衛重。鶂舟還下瀨,星駟出飛龍。賦待三英集,詩須五吏供。會看邊燧息,橫覩紫泥封(《復齋漫錄》)。" 太液池:古池名,唐代太液池在大明宮中含涼殿後面,中有太液亭。杜審言《望春亭侍遊應詔》:"帝出明光殿,天臨太液池。堯樽隨步輦,舜樂繞行麾。"楊巨源《元日觀朝》:"閶闔迥臨黃道正,衣裳高對碧山垂。微臣願獻堯人祝,壽酒年年太液池。"

⑤ 浴殿:即"浴堂",澡堂,洗澡的地方。寺院和皇宮中有浴堂,宮中浴堂又稱浴殿,唐代皇帝常在這裏召見文人學士。《舊唐書·柳公權傳》:"充翰林書詔學士,每浴堂召對,繼燭見跋,語猶未盡,不欲取燭,宮人以蠟淚揉紙繼之。"楊衒之《洛陽伽藍記·寶光寺》:"〔趙逸〕指園中一處曰:'此是浴堂,前五步,應有一井。'"元稹《酬樂天待漏入閣見贈》:"未勘銀臺契,先排浴殿關。" 天語:謂天子詔諭,皇帝所語。劉禹錫《送源中丞充新羅冊立使》:"身帶霜威辭鳳闕,口傳天語到鷄林。"蘇軾《用王鞏韵贈其侄震》:"朝廷貴二陸,屢聞天語溫。"步廊:走廊。酈道元《水經注·穀水》:"〔宣武觀〕左右夾列步廊,參差翼跂。"元稹《暮秋》:"看著墻西日又沉,步廊迴合戟門深。" 騎馬:乘馬。李白《襄陽曲四首》三:"山公醉酒時,酩酊高陽下。頭上白接籬,倒著還騎馬。"韓愈《歸彭城》:"乘間輒騎馬,茫茫詣空陂。"在皇上經常居留的浴殿附近,允許騎馬是一種特殊的恩寵,非普通大臣可以享受。 相隨:伴隨,跟隨。《史記·蘇秦列傳》:"是何慶吊相隨之速也?"《文心雕龍·論説》:"夫説貴撫會,弛張相隨。"

⑥ 禁林:翰林院的別稱。《舊唐書·鄭畋傳》:"禁林素號清嚴,承旨尤稱峻重。"宋敏求《春明退朝錄》卷上:"太常寺,國初以來皆禁林之長主判。" 同直:指朝臣一同當值。《南齊書·劉悛傳》:"〔悛〕轉桂陽王征北中兵參軍,與世祖同直殿內。"白居易《夢裴相公》:"夢中如往日,同直金鑾宮。" 交情:人們在相互交往中建立起來的感情。《史記·汲鄭列傳》:"一死一生,乃知交情。一貧一富,乃知交

態。一貴一賤,交情乃見。"皎然《春夜與諸同宴呈陸郎中》:"南國宴佳賓,交情老倍親。"　無夜無曾不到明:意謂在值班的時候,我們相互談心,沒有一夜不到天亮,天亮了才不得不結束我們的談話,開始早朝。張子容《貶樂城尉日作》:"竄謫邊窮海,川原近惡溪。有時聞虎嘯,無夜不猿啼。"張謂《寄崔澧州》:"五馬來何晚?雙魚贈已遲。江頭望鄉月,無夜不相思!"

⑦ 人靜:聽不見人聲的深夜時分。錢起《過鳴皋隱者》:"飛泉出林下,一徑過崖巔。雞犬逐人靜,雲霞宜地偏。"元稹《雜憶五首》二:"花籠微月竹籠烟,百尺絲繩拂地懸。憶得雙文人靜後,潛教桃葉送鞦韆。"玉晨:即玉晨觀,詩人自注:"玉晨觀在紫宸殿後面也。"鄭畋《金鑾坡上南望》:"玉晨鐘韵上清虛,畫戟祥烟拱帝居。極眼向南無限地,綠烟深處認中書。"溫庭筠《郭處士擊甌歌》:"吾聞六宮花離離,軟風吹雪星斗稀。玉晨冷磬破昏夢,天露未乾香著衣。"　鐘磬:鐘和磬,古代禮樂器。《禮記·檀弓》:"是故竹不成用,瓦不成味……有鐘磬而無簨虡,其曰明器,神明之也。"《史記·樂書》:"然後鐘磬竽瑟以和之,干戚旄狄以舞之。"鐘和磬,佛教法器。岑參《上嘉州青衣山中峰題惠净上人幽居寄兵部楊郎中》:"猿鳥樂鐘磬,松蘿泛天香。"　紫宸:宮殿名,天子所居。唐時爲接見群臣及外國使者朝見慶賀的内朝正殿,在大明宮内。李憕《同望幸新亭賜錢公宴》:"感夢通玄化,覃恩降紫宸。賜錢開漢府,分帛醉堯人。"杜甫《冬至》:"杖藜雪後臨丹壑,鳴玉朝來散紫宸。"

⑧ "由來鵬化便圖南"兩句:意謂人們從來認爲胸懷大志的大鵬前往南冥實現自己的理想,但我仍然認爲洗雪自己的冤屈衹有在回到長安,浙東雖然是重鎮雄藩,地位也十分重要,但我冤屈未平並不甘心。　由來:自始以來,歷來。《易·坤》:"臣弑其君,子弑其父,非一朝一夕之故,其由來者漸矣!"杜甫《上韋左相二十韵》:"豈是池中物,由來席上珍。"　圖南:《莊子·逍遙遊》載:北冥有魚,其名爲鯤。化而爲鳥,其名爲鵬。鵬之徙于南冥也,水擊三千里,摶扶搖而上者

九萬里,背負青天而莫之夭閼者,"而後乃今將圖南"。後以"圖南"比喻人的志向遠大。杜甫《泊岳陽城下》:"圖南未可料,變化有鵾鵬。"權德輿《李十韶州寄途中絕句使者取報修書之際口號酬贈》:"莫言向北千行雁,別有圖南六月鵬。" 浙右:即浙東。浙西在西面,浙東在東面,面北背南則以東爲右,以西爲左。《儀禮·士相見禮》:"主人揖入門右。"賈公彥疏:"入門則以東爲右,以西爲左,依賓西主東之位也。"白居易《早春西湖閑遊悵然興懷憶與微之同賞因思在越官重事殷鏡湖之遊或恐未暇偶成十八韻寄微之》:"浙右稱雄鎮,山陰委重臣。貴垂長紫綬,榮駕大朱輪。"

⑨ 西江:唐人多稱長江中下游爲西江。李白《夜泊牛渚懷古》:"牛渚西江夜,青天無片雲。"元稹《相憶淚》:"西江流水到江州,聞道分成九道流。"元稹如果要北歸長安,首先必須渡過西江亦即長江。 歸去:回去。陶潛《歸去來兮辭》:"歸去來兮! 田園將蕪,胡不歸?"李白《題金陵王處士水亭》:"醉罷欲歸去,花枝宿鳥喧。" 舟楫:亦作"舟檝",《詩·衛風·竹竿》:"檜楫松舟。"毛傳:"楫所以櫂舟,舟楫相配,得水而行。"後以"舟楫"泛指船隻。《戰國策·趙策》:"今吾國東有河、薄洛之水,與齊、中山同之,而無舟檝之用。"孟浩然《臨洞庭湖贈張丞相》:"欲濟無舟楫,端居恥聖明。"船槳。《楚辭·九章·惜往日》:"乘氾泭以下流兮,無舟楫而自備。" 滯:逗留,耽擱。曹丕《雜詩二首》二:"吳會非我鄉,安能久留滯。"韋莊《送李秀才歸荊溪》:"楚王宮去陽臺近,莫倚風流滯少年。" 春潭:潭是深水池。《楚辭·九章·抽思》:"長瀨湍流,泝江潭兮。"姜亮夫校注:"潭,深淵也,楚人名淵曰潭。"高適《漁父歌》:"曲岸深潭一山叟,駐眼看鉤不移手。"這裏喻指鏡湖。

[編年]

《年譜》長慶四年"詩編年"條下編入本組詩,理由是:"第四首云:'浙右雖雄我未甘。''浙右'指浙東(參閱白居易《早春西湖閑遊悵然興懷憶與微之同賞因思在越官重事殷鏡湖之遊或恐未暇偶成十八韵寄微之》云：‘浙右稱雄鎮。’）。”“第一首云：‘柳眼梅心漸欲春，白頭西望憶何人？’潤州在越州之西，‘白頭西望’指元稹‘望’李德裕。”結論是：“此詩當作于長慶四年初春。”又“糾謬”云：“胡三省《通鑑釋文辯誤》卷一一云：‘元微之爲承旨時，詩曰：“蕊珠深處少人知，網索西臨太液池。浴殿曉聞天語後，步廊騎馬笑相隨。”此詩是元稹《寄浙西李大夫四首》的第二首，非翰林承旨學士時作。’”仍然堅持《寄浙西李大夫四首》作於長慶四年的錯誤觀點。《編年箋注》編年：“此詩作于長慶四年（八二四）初春。見卞《譜》。《年譜新編》編年：“其一云：‘柳眼梅心漸欲春。’疑長慶四年春作。”

　　我們以爲《年譜》雖引述了長篇的材料，但並沒有涉及編年長慶四年的任何證據。據《舊唐書》，李德裕曾經三次出鎮浙西，即長慶二年九月至大和三年七月、大和八年十一月至九年四月、開成元年十一月至二年五月。結合元稹的生平，元稹病故於大和五年七月，這裏祇能是李德裕第一次出鎮浙西之時，而元稹出鎮浙東在長慶三年八月至大和三年九月。《舊唐書·文宗紀》：“（大和元年）九月庚申朔……丁丑（十八日），浙西觀察使李德裕、浙東觀察使元稹就加檢校禮部尚書。”而元稹詩題仍稱李德裕爲“李大夫”，不稱“尚書”，應該在大和元年九月之前。又詩中有“柳眼梅心漸欲春”、“莫拋舟楫滯春潭”之句，兩相排比，這首詩應作於長慶四年至大和元年這四年中的某一年初春，斷然編年長慶四年初春尚缺乏有力的證據。

　　根據當時的歷史史實，我們以爲：長慶四年、寶曆元年、寶曆二年，元稹的政敵李逢吉作爲穆宗的侍讀，又是扶立敬宗的所謂“功臣”，在穆宗朝與敬宗朝，是李逢吉把持朝政，翻手爲雲覆手爲雨，元稹被誣陷被外貶，李德裕也被排斥外任，元稹也好，李德裕也罷，都不會愚蠢到把回京的希望寄託在李逢吉的身上，因此在李逢吉把持朝政的長慶四年、寶曆元年、寶曆二年，元稹根本不可能賦詠這樣的詩篇,企盼自己在李逢吉的"恩准"下歸朝復職。

　　而從"由來鵬化便圖南,浙右雖雄我未甘。早渡西江好歸去,莫拋舟楫滯春潭"的詩句裏,我們明顯感到詩人不甘長期滯留在浙東的焦急心態。而詩人產生這樣的心態,是跟當時的政局變化有著直接的聯繫。據《舊唐書·敬宗紀》記載,寶曆二年"十二月甲午朔,辛丑,帝夜獵還官,與中官劉克明、田務成、許文端打球,軍將蘇佐明、王嘉憲、石定寬等二十八人飲酒。帝方酣,入室更衣,殿上燭忽滅,劉克明等同謀害帝,即時俎于室內,時年十八。"又據《舊唐書·文宗紀》:"寶曆二年十二月八日敬宗遇害,賊蘇佐明等矯制立絳王勾當軍國事,樞密使王守澄、中尉梁守謙率禁軍討賊,誅絳王,迎上于江邸。癸卯見宰臣於閣內,下教處分軍國事。甲辰……宰臣百寮三上表勸進。乙巳即位于宣政殿,丙午上赴西宮成服,丁未宰臣百寮上表請聽政,三表許之……庚戌以正議大夫、尚書兵部侍郎、知制誥、充翰林學士、柱國、賜紫金魚袋韋處厚爲中書侍郎、同中書門下平章事。以翰林學士路隨承旨,侍講學士宋申錫充書詔學士,丙辰以山南東道節度使柳公綽爲刑部尚書。"一月之內,敬宗被害,文宗即位,元稹與李德裕的政治盟友、一向正直的韋處厚出任宰相,元稹看到了自己與李德裕回京復職的希望,故情緒激昂地賦詩,寄給李德裕,表達自己興奮的心情。此詩即作於大和元年的初春時節。

■ 酬章孝標見贈^{(一)①}

據章孝標《上浙東元相》

[校記]

　　(一)酬章孝標見贈:元稹本佚失詩所據章孝標《上浙東元相》,

僅見《全詩》，未見異文。

[箋注]

① 酬章孝標見贈：章孝標《上浙東元相》：“婺女星邊喜氣頻，越王臺上坐詩人。雪晴山水勾留客，風暖旌旗計會春。黎庶已同狥頓富，烟花却爲相公貧。何言禹迹無人繼？萬頃湖田又斬新。”未見元稹酬篇，據補。　　章孝標：字道正，睦州桐廬人，元稹、白居易的朋友。登元和十四年進士第，除秘書省正字，太和中試大理評事。楊巨源《送章孝標校書歸杭州因寄白舍人》：“曾過靈隱江邊寺，獨宿東樓看海門。潮色銀河鋪碧落，日光金柱出紅盆。”據此可知，章孝標結識白居易與元稹，是由於楊巨源從中紹介。雍陶《寄襄陽章孝標》：“青油幕下白雲邊，日日空山夜夜泉。聞説小齋多野意，枳花陰裏麝香眠。”見贈：贈送給我。儲光羲《酬綦母校書夢耶溪見贈之作》：“校文在仙掖，每有滄洲心。況以北窗下，夢遊清溪陰。”劉長卿《酬滁州李十六使君見贈》：“滿鏡悲華髮，空山寄此身。白雲家自有，黃卷業長貧。”

[編年]

未見《元稹集》採録，也未見《年譜》、《編年箋注》、《年譜新編》採録與編年。

章孝標詩有“越王臺上坐詩人”、“何言禹迹無人繼”之句，應該是元稹浙東觀察使任内之詩，而“雪晴山水勾留客，風暖旌旗計會春”之句，又表明應該是冬末春初之詩。元稹長慶三年十月半來到越州任職浙東觀察使、越州刺史，大和元年九月“檢校禮部尚書”，章孝標詩稱“相公”而不稱“尚書”，應該是大和元年初春之前的詩，今暫時編列元稹已經佚失的本酬和之篇於大和元年初春之時，地點在越州，元稹時任浙東觀察使、越州刺史。

■ 與劉郎中書^{(一)①}

據劉禹錫《浙東元相公書嘆梅雨鬱蒸之候因寄七言》

［校記］

（一）與劉郎中書：本佚失書所依據的劉禹錫《浙東元相公書嘆梅雨鬱蒸之候因寄七言》，見《劉賓客文集》《全詩》，未見異文。

［箋注］

① 與劉郎中書：劉禹錫《浙東元相公書嘆梅雨鬱蒸之候因寄七言》：“嵇山自與岐山別，何事連年鸑鷟飛？百辟商量舊相入，九天祗候老臣歸。平湖晚泛窺清鏡，高閣晨開掃翠微。今日看書最惆悵，爲聞梅雨損朝衣。”劉禹錫詩中所看到之“書”，應該是元稹寄給劉禹錫“嘆梅雨鬱蒸之候”之書，今存元稹文集不見，應該是屬於佚失的詩文之一，據補。　與：給予，贈予。王建《贈崔禮駙馬》：“鳳皇樓閣連宮樹，天子崔郎自愛貧。金埒減添栽藥地，玉鞭平與賣書人。”劉禹錫《送僧仲剬東遊兼寄呈靈澈上人》：“一旦揚眉望沃州，自言王謝許同遊。憑將雜擬三十首，寄與江南湯慧休。”　劉郎中：即劉禹錫，時任主客郎中。張籍《同白侍郎杏園贈劉郎中》：“一去瀟湘頭欲白，今朝始見杏花春。從來遷客應無數，重到花前有幾人？”白居易《酬集賢劉郎中對月見寄兼懷元浙東》：“思遠鏡亭上，光深書殿裏。眇然三處心，相去各千里。”　郎中：官名，尚書省六部皆設郎中，分掌各司事務，爲尚書、侍郎之下的高級官員。白居易《答元郎中楊員外喜烏見寄》：“疑烏報消息，望我歸鄉里。我歸應待烏頭白，慚愧元郎誤歡喜。”姚合《和元八郎中秋居》：“聖代無爲化，郎中似散仙。晚眠隨客

醉,夜坐學僧禪。"　書:書信。劉長卿《罪所留繫寄張十四》:"直道天
何在? 愁容鏡亦憐。因書欲自訴,無泪可潸然。"元稹《寄隱客》:"陶
君喜不遇,顧我復何疑? 潛書周隱士,白雲今有期。"

[編年]

　　《元稹集》未收録,《編年箋注》未收録與編年,《年譜》、《年譜新
編》收録,文題均作"與劉郎中書"。

　　劉禹錫大和二年春天從洛陽返回長安,任職主客郎中、集賢殿學
士,故元稹寄劉禹錫之書,應該作於大和二年。而詩中有"今日看書
最惆悵,爲聞梅雨損朝衣"之句,梅雨是指初夏產生在江淮流域持續
較長的陰雨天氣,因時值梅子黃熟,故亦稱黃梅天。此季節空氣長期
潮濕,器物易黴,故又稱黴雨。《太平御覽》引應劭《風俗通》:"五月有
落梅風,江淮以爲信風。又有霜霾,號爲梅雨,沾衣服皆敗黦。"晏幾
道《鷓鴣天》:"梅雨細,曉風微。倚樓人聽欲沾衣。"元稹之書應該賦
成於南方梅雨季節之後,亦即大和二年五月稍後。《年譜》、《年譜新
編》編年元稹原唱在大和二年,稍顯籠統。

■ 酬夢得因梅雨鬱蒸之候見寄七言 (一)①

據劉禹錫《浙東元相公書歎梅雨鬱蒸之候因寄七言》

[校記]

　　(一)酬夢得因梅雨鬱蒸之候見寄七言:元稹本佚失詩所據劉禹
錫《浙東元相公書歎梅雨鬱蒸之候因寄七言》,見《劉賓客文集》、《全
詩》,未見異文。

[箋注]

① 酬夢得因梅雨鬱蒸之候見寄七言：劉禹錫《浙東元相公書歎梅雨鬱蒸之候因寄七言》：“稽山自與岐山別，何事連年鷙鶿飛？百辟商量舊相入，九天祇候老臣歸。平湖晚泛窺清鏡，高閣晨開掃翠微。今日看書最惆悵，爲聞梅雨損朝衣。”元稹接到劉禹錫情真意切的詩篇，自然是回酬。但今天不見這篇詩歌，想來已經佚失，據補。　梅雨：指初夏產生在江淮流域持續較長的陰雨天氣。杜甫《梅雨》：“南京西浦道，四月熟黃梅。湛湛長江去，冥冥細雨來。”竇鞏《忝職武昌初至夏口書事獻府主相公》：“白髮放纍鞿，梁王愛舊全。竹籬江畔宅，梅雨病中天。”戴叔倫《答崔法曹》：“後會知不遠，今歡亦願留。江天梅雨散，況在月中楼。”　鬱蒸：悶熱。李白《送蕭三十一之魯中兼問稚子伯禽》：“六月南風吹白沙，吳牛喘月氣成霞。水國鬱蒸不可處，時炎道遠無行車。”杜甫《夏日歎》：“夏日出東北，陵天經中街。朱光徹厚地，鬱蒸何由開？”

[編年]

未見《元稹集》採錄，也未見《年譜》、《編年箋注》、《年譜新編》採錄與編年。

劉禹錫詩中有“今日看書最惆悵，爲聞梅雨損朝衣”之句，劉禹錫大和二年春天從洛陽返回長安，任職主客郎中、集賢殿學士，故元稹寄劉禹錫之書，應該作於大和二年五月梅雨季節之時，劉禹錫詩也應該賦成於南方梅雨季節之時，亦即大和二年五月稍後。元稹已經佚失的酬和劉禹錫之詩篇，大約也應該撰成於大和二年五月稍後，地點在越州，元稹時任浙東觀察使、越州刺史。

■ 遥寄劉郎中^{(一)①}

據劉禹錫《遥和韓睦州元相公二君子》

[校記]

（一）遥寄劉郎中：元稹本佚失詩所據劉禹錫《遥和韓睦州元相公二君子》，見《劉賓客文集》、《全詩》，未見異文。

[箋注]

① 遥寄劉郎中：劉禹錫《遥和韓睦州元相公二君子》：“玉人紫綬相輝映，却要霜髯一兩莖。其奈無成空老去，每臨明鏡若爲情？”現存元稹詩文集未見酬篇，據補。　遥：指距離遠。《禮記·王制》：“自江至於衡山，千里而遥。”杜光庭《虯髯客傳》：“妓遥呼靖曰：‘李郎，且來拜三兄！’”　寄：托人遞送。盧綸《早春遊樊川野居却寄李端校書兼呈崔峒補闕司空曙主簿耿湋拾遺》：“白水遍溝塍，青山對杜陵。晴明人望鶴，曠野鹿隨僧。”章八元《寄都官劉員外》：“舊宅平津邸，槐陰接漢宫。鳴騶馳道上，寒日直廬中。”　劉郎中：即劉禹錫，時任主客郎中，分司東都。令狐楚《寄禮部劉郎中》：“一别三年在上京，仙垣終日選群英。除書每下皆先看，唯有劉郎無姓名。”張籍《贈主客劉郎中》：“憶昔君登南省日，老夫猶是褐衣身。誰知二十餘年後，來作客曹相替人。”　郎中：官名，始於戰國，秦漢沿置，掌管門户、車騎等事，内充侍衛，外從作戰。另尚書台設郎中司詔策文書，晉武帝置尚書諸曹郎中，郎中爲尚書曹司之長。隋唐迄清，各部皆設郎中，分掌各司事務，爲尚書、侍郎之下的高級官員。《史記·儒林列傳》：“一歲皆輒試，能通一藝以上，補文學掌故缺；其高弟可以爲郎中者，太常籍奏。”李密

《陳情事表》:"詔書特下,拜臣郎中。"

[編年]

《元稹集》未收錄,《編年箋注》未收錄也未編年,《年譜》、《年譜新編》收錄,詩題均作"寄夢得",編年元稹詩於寶曆二年。

據史書,劉禹錫大和元年六月爲主客郎中,分司東都,韓睦州韓泰大和元年七月移刺湖州,元稹大和元年九月十八日"就加檢校禮部尚書"。劉禹錫詩稱"元相公"而不稱"元尚書",應該賦成於大和元年九月十八日之前。而元稹酬和之詩,應該賦成於大和元年六月劉禹錫爲主客郎中之後不久,地點在越州,元稹時任浙東觀察使、越州刺史。劉禹錫詩稱元稹爲"元相公",按照慣例,元稹也應該稱劉禹錫爲"元郎中"。

■ 酬趙嘏九日陪燕龜山寺^{(一)①}

據趙嘏《九日陪越州元相燕龜山寺》

[校記]

(一)酬趙嘏九日陪燕龜山寺:元稹本佚失詩所據趙嘏《九日陪越州元相燕龜山寺》,見《唐詩品彙》、《浙江通志》、《全詩》,未見異文。

[箋注]

① 酬趙嘏九日陪燕龜山寺:趙嘏《九日陪越州元相燕龜山寺》:"佳晨何處泛花遊?丞相筵開水上頭。雙影旆搖山雨霽,一聲歌動寺雲秋。林光靜帶高城晚,湖色寒分半檻流。共賀萬家逢此節,可憐風物似荊州。"元稹應該有詩篇想和,今未見,據補。　趙嘏:字承祐,楚州山陽(今江蘇淮陰)人。大和時,遊浙東元稹之幕。後寓居長安,陪

接卿相。會昌二年登進士第，大中間仕至渭南尉，卒。嘏爲詩贍美多
興味，杜牧嘗愛其"長笛一聲人倚樓"之句，吟歎不已，人因目爲"趙倚
樓"。杜牧《雪晴訪趙嘏街西所居三韵》："命代風騷將，誰登李杜壇？
少陵鯨海動，翰苑鶴天寒。"温庭筠《和趙嘏題岳寺》："疏鐘細響亂鳴
泉，客省高臨似水天。嵐翠暗來空覺潤，澗茶餘爽不成眠。"　九日：
指農曆九月九日重陽節。王維《九日作》："莫將邊地比京都，八月嚴
霜草已枯。今日登高樽酒裏，不知能有菊花無？"王昌齡《九日登高》：
"青山遠近帶皇州，霽景重陽上北樓。雨歇亭臯仙菊潤，霜飛天苑御
梨秋。"　陪：伴隨，陪伴。《漢書·司馬遷傳》："鄉者，僕亦嘗厠下大
夫之列，陪外廷末議。"韓愈《歸彭城》："昨者到京城，屢陪高車馳。周
行多俊異，議論無瑕疵。"　燕：通"宴"，宴飲，宴請。《詩·小雅·南
有嘉魚》："君子有酒，嘉賓式燕以樂。"鄭玄箋："用酒與賢者燕飲而樂
也。"高亨注："燕，通'宴'。"《漢書·五行志》："昭公十五年，晉籍談如
周葬穆後，既除喪而燕。"顏師古注："燕與宴同。"　龜山寺：《唐語
林·李相紳》："先是元相廉察江東之日，修龜山寺魚池以爲放生之
所，戒其僧曰：'勸汝諸僧好自持，不須垂釣引青絲。雲山莫厭看經
坐，便是浮生得道時。'李公到鎮，遊于野寺，觀元公詩，笑曰：'僧有漁
罟之事，必投于鏡湖，後有犯者遂不怒。復爲二絶以示之云：'剃髮多
緣是代耕，好聞人死惡人生。祇園説法無高下，爾輩何勞尚世情。'
'汲水添池活白蓮，十千鬐鬣盡生天。凡庸不識慈悲意，自葬江魚入
九泉。'忽有老僧謁，願以因果喻之。丞相問：'阿師從何處來？答曰：
'貧道從來處來？'遂決二十，曰：'任從去處去！'至如浮薄賓客莫敢候
問，三教所來，俱有區別，海內服其才俊。"張蠙《龜山寺晚望》："四面
湖光絶路岐，鷗鷀飛起暮鐘時。漁舟不用懸帆席，歸去乘風插柳枝。"

[編年]

　　未見《元稹集》採録，也未見《年譜》、《編年箋注》、《年譜新編》採

録與編年。

詩題"越州",賦作時間毫無疑問應該是元稹浙東任内。據《舊唐書・文宗紀》,元稹大和元年九月十八日"檢校禮部尚書",詩題稱"元相"而不稱"尚書",趙嘏詩應該賦作於大和元年九月十八日之前。又據趙嘏大和時遊浙東元稹之幕的事實,趙嘏詩應該賦成於大和元年九月九日。元稹面對趙嘏的奉贈,自然應該當即酬和,地點在越州的龜山寺,元稹時任浙東觀察使、越州刺史。

■ 酬趙嘏奉陪遊雲門寺(一)①

據趙嘏《浙東陪元相公遊雲門寺》

[校記]

(一)酬趙嘏奉陪遊雲門寺:元稹本佚失詩所據趙嘏《浙東陪元相公遊雲門寺》,分別見分別見《英華》、《全詩》、《全唐詩録》,未見異文。

[箋注]

① 酬趙嘏奉陪遊雲門寺:趙嘏《浙東陪元相公遊雲門寺》:"松下山前一徑通,燭迎千騎滿山紅。溪雲乍斂幽巖雨,曉氣初高大旆風。小檻宴花容客醉,上方看竹與僧同。歸來吹盡嚴城角,路轉横塘亂水東。"元稹有《遊雲門》:"遥泉滴滴度更遲,秋夜霜天入竹扉。明月自隨山影去,清風長送白雲歸。"兩者詩題有別,句數不一,韵脚不同,元稹《遊雲門》作於長慶四年秋天,不應該是趙嘏《浙東陪元相公遊雲門寺》的原唱。據此,元稹應該另有一首酬和之篇應酬趙嘏,據補。趙嘏:字承祐,楚州山陽(今江蘇淮陰)人。大和時,遊浙東元稹之幕。杜牧《同趙二十二訪張明府郊居聯句》:"陶潛官罷酒瓶空,門掩楊花

一夜風(牧)。古調詩吟山色裏,無弦琴在月明中(嘏)。"溫庭筠《和趙嘏題岳寺》:"越僧寒立孤燈外,岳月秋當萬木前。張邴宦情何太薄!遠公窗外有池蓮。"　奉陪:敬詞,陪伴。岑參《奉陪封大夫宴得征字時封公兼鴻臚卿》:"西邊虜盡平,何處更專征?幕下人無事,軍中政已成。"錢起《奉陪使君十四叔晚憩大雲門寺》:"野寺千家外,閑行晚暫過。炎氛臨水盡,夕照傍林多。"　雲門寺:寺院名,在紹興府之南。《方輿勝覽·紹興府》:"在會稽南三十一里,今名雍熙,爲州之偉觀。昔王子敬居此,有五色祥雲,詔建寺,號雲門。"張籍《寄靈一上人初歸雲門寺》:"方同沃州去,不作武陵迷。髣髴遥看處,秋風是會稽。"劉得仁《雲門寺》:"上方僧又起,清磬出林初。吟苦曉燈暗,露零秋草疏。"

[編年]

未見《元稹集》採録,也未見《年譜》、《編年箋注》、《年譜新編》採録與編年。

元稹《遊雲門》作於長慶四年秋天,元稹酬和趙嘏的本佚失詩應該賦成於與《酬趙嘏九日陪燕龜山寺》同時,亦即大和元年九月九日前後,地點在越州,元稹時任浙東觀察使、越州刺史。

■ 酬樂天九月九日寄微之^{(一)①}

據白居易《九日寄微之》

[校記]

(一)酬樂天九月九日寄微之:元稹本佚失詩所據白居易《九日寄微之》,分別見分別見《白氏長慶集》、《會稽掇英總集》、《白香山詩集》、《全詩》,未見異文。

［箋注］

① 酬樂天九月九日寄微之：白居易《九日寄微之》："眼暗頭風事事妨，遠籬新菊爲誰黃？閑遊日久心慵倦，痛飲年深肺損傷。吳郡兩回逢九月，越州四度見重陽。怕飛杯酒多分數，厭聽笙歌舊曲章。蟋蟀聲寒初過雨，茱萸色淺未經霜。去秋共數登高會，又被今年減一場。"未見元稹酬篇，據補。　九日：指農曆九月九日重陽節。王維《九月九日憶山東兄弟》："獨在異鄉爲異客，每逢佳節倍思親。遙知兄弟登高處，遍插茱萸少一人。"獨孤及《九月九日李蘇州東樓宴》："是菊花開日，當君乘興秋。風前孟嘉帽，月下庾公樓。"姚合《九日憶峴山舊居》："帝里閑人少，誰同把酒杯？峴山籬下菊，今日幾枝開？"

［編年］

未見《元稹集》採錄，也未見《年譜》、《編年箋注》、《年譜新編》採錄與編年。

朱金城先生《白居易集箋校》編年白居易《九日寄微之》於寶曆二年。白居易詩有"吳郡兩回逢九月"之句，白居易寶曆元年五月五日履任蘇州刺史，經歷了寶曆元年、寶曆二年兩個"九月"，但這是回憶，前面有限制詞語"吳郡"。元稹長慶三年十月下旬才到達越州履任，故白居易詩"越州四度見重陽"，從長慶四年"重陽"算起，應該指大和元年九月九日"重陽"，與下面"去秋共數登高會，又被今年減一場"相接。故白居易《九日寄微之》詩，應該賦作於大和元年，而不是寶曆二年。白居易詩又有"遠籬新菊爲誰黃"、"去秋共數登高會"之句，當作於大和元年九月九日之時，當時白居易在職任秘書監，居長安新昌里第。故元稹本佚失詩亦應該賦成於大和元年九月九日之後十數日，地點在越州，元稹時任浙東觀察使、越州刺史，十數日之後，亦即九月十八日，元稹"就加檢校禮部尚書"之榮銜。

■ 謝恩賜檢校禮部尚書表^{(一)①}

據《舊唐書·文宗紀》、賈島《送周判官元
範赴越》、朱慶餘《送浙東周判官》

[校記]

（一）謝恩賜檢校禮部尚書表：元稹本佚失之表所據《舊唐書·文宗紀》，僅見於《舊唐書·文宗紀》，賈島《送周判官元範赴越》見於《長江集》、《英華》、《會稽掇英總集》、《石倉歷代詩選》、《全詩》，朱慶餘《送浙東周判官》見《唐詩拾遺》、《英華》、《石倉歷代詩選》、《全詩》，未見異文。

[笺注]

① 謝恩賜檢校禮部尚書表：元稹上年十二月對唐文宗登極的賀表，雖然祇是封建社會中臣子向皇上表示忠心的慣見方式，但還是很快引起了唐文宗的重視，得到了應有的回報：元稹與李德裕一起受到"就加檢校禮部尚書"的榮銜。當然更主要是政治原因，唐文宗準備一反前朝弊政重用被前朝打擊被排擠的官員，《舊唐書·文宗紀》："（大和元年）九月庚申朔……丁丑，浙西觀察使李德裕、浙東觀察使元稹就加檢校禮部尚書。"這樣的榮譽，唐德宗登位時"挺笏而擊元兇朱泚"的段秀實曾經獲得過，順宗登位時擒外族可汗救駕德宗的高固也曾獲得過。在憲宗朝和穆宗朝也僅僅趙宗儒、李夷簡、崔俊等人獲得過，可見唐文宗對李德裕與元稹的重視。按照當時不成文的慣例，元稹理應撰表文並派出自己的使者向唐文宗表示自己的感激之意，而今存《元氏長慶集》中未見謝表，這在當時是根本不可能的，故據補，編排於此。而這次進京謝恩的榮任，又落到年初進過京城的周元

範身上，賈島《送周判官元範赴越》："原下相逢便別離，蟬鳴關路使回時。過淮漸有懸帆興，到越應將墜葉期。城上秋山生菊早，驛西寒渡落潮遲。已曾幾遍隨旌斾，去謁荒涼大禹祠。"朱慶餘也有《送浙東周判官》詩篇送行："久聞從事滄江外，誰謂無官已白頭！來備戎裝嘶數騎，去持丹詔入孤舟。蟬鳴遠驛殘陽樹，鷺起湖田夕雨秋。到日重陪丞相宴，鏡湖新月在城樓。"這兩首詩篇無論從季候還是氣氛以及"去持丹詔入孤舟"的詩句，都比較切合周元範謝恩回越的情景。本年年初周元範奉元稹之命進京呈送賀表，這年秋天周元範又奉命第二次進京，再爲元稹晉呈謝表，看來周元範是元稹信得著的幕僚。　　恩賜：朝廷的賞賜。《後漢書·安成孝侯賜傳》："〔帝〕時幸其第，恩賜特異。"王安石《次韵沖卿除日立春》："恩賜隨嘉節，無功祇自塵。"　檢校：非職事官，僅爲榮譽性質的加官。顧況《檢校尚書左僕射同中書門下平章事上柱國晉國公贈太傅韓公行狀》："徐方既定，轉檢校吏部尚書，加紫金光禄大夫，封昌黎公，改封南陽……上深嘉歎，特加檢校尚書右僕射。"陸贄《誅李希烈後原淮西將士并授陳仙奇節度詔》："懸賞之科，是宜必信。其以仙奇爲檢校工部尚書兼蔡州刺史、御史大夫，充淮西節度，仍賜實封五百户。"　禮部尚書：《舊唐書·職官志》："禮部尚書一員，侍郎一員。尚書、侍郎之職，掌天下禮儀、祭享、貢舉之政令。"但這裏元稹與李德裕都不是職事官，祇是榮譽性質的加官而已。張説《贈太尉裴公神道碑》："遷禮部尚書，加上柱國，又特恩降命兼右衛大將軍。"高適《信安王幕府詩序》："開元二十年，國家有事林胡，詔禮部尚書、信安王總戎。"　謝表：舊時臣下感謝君主的奏章。《東觀漢記·和熹鄧皇后傳》："後遜位，手書謝表，深陳德薄不足以奉宗廟，充小君之位。"趙昇《朝野類要·文書》："帥、守、監司初到任，並陞除，或有宣賜，皆上四六句謝表。"

[編年]

　　未見《元稹集》採録,也未見《年譜》、《編年箋注》、《年譜新編》採録與編年。

　　根據《舊唐書·文宗紀》的記載,大和元年九月十八日,元稹與李德裕同時就加禮部尚書的榮銜,計及長安與越州間的距離,以及消息傳遞到越州的時間,元稹撰就的"謝表"應該在九月下旬,地點在越州,元稹職任浙東觀察使、越州刺史之職,剛剛就加"檢校禮部尚書"的榮銜。

■ 追和白樂天《白氏長慶集》
 中未對答詩五十七首^{(一)①}

據白居易《因繼集重序》

[校記]

　　(一)追和白樂天《白氏長慶集》中未對答詩五十七首:元稹五十七首佚失詩所據白居易《因繼集重序》,見《白氏長慶集》、《英華》、《全文》,未見異文。

[箋注]

　　①追和白樂天《白氏長慶集》中未對答詩五十七首:白居易《因繼集重序》:"去年微之取予《長慶集》中詩未對答者五十七首追和之,合一百一十四首寄來,題爲《因繼集》卷之一('因繼'之解,具微之前序中)……(大和)二年十月十五日樂天重序。"事在大和二年十月十五日之時,亦即元稹長慶四年十二月編集《元氏長慶集》"一百卷"之後,但今存元稹詩文集未見,據補。　　追和:後人酬和前人的詩。徐夤《追和常建嘆王昭君》:"紅顏如朔雪,日爍忽成空。泪盡黃雲雨,塵

消白草風。"蘇軾《和陶〈歸去來兮辭〉詩序》:"子瞻謫居昌化,追和淵明《歸去來辭》。"也指當時未能酬和,事後酬和。柳宗元《奉和楊尚書(於陵)郴州追和故李(吉甫)中書夏日登北樓十韵之作依本詩韵次用》:"郡樓有遺唱,新和敵南金。境以道情得,人期幽夢尋。"呂溫《奉和武中丞秋日臺中寄懷簡諸僚友時西蕃使迴奉命追和》:"聖朝思紀律,憲府得忠賢。指顧風行地,儀刑月麗天。" 對答:應對,回答。嵇康《幽憤詩》:"對答鄙訊,縶此幽阻。"《後漢書·孔融傳》:"會董卓廢立,融每對答,輒有匡正之言。"

[編年]

《年譜》據白居易《因繼集重序》採録元稹五十七首詩篇作爲佚詩。《年譜新編》未採録,但有譜文説明。未見《元稹集》採録,也不見《編年箋注》採録與編年。《年譜》編年本組詩於大和元年,《年譜新編》同。

我們以爲,據白居易《因繼集重序》"去年……(大和)二年十月十五日樂天重序"之語,元稹追和白居易《白氏長慶集》中未對答詩五十七首,應該在大和元年,元稹在浙東觀察使、越州刺史任。長慶二年之六月,元稹出貶同州;長慶元年七月,白居易自求出任杭州刺史。長慶四年五月,白居易奉詔回京,白居易將自己的文稿交由元稹,拜託其編集文集。元稹因郡務繁忙,直到長慶四年的十二月十日,才忙裏偷閑完成了好朋友白居易的囑託,編詩文成集,名曰《白氏長慶集》。所謂"去年微之取予《長慶集》中詩未對答者五十七首追和之,合一百一十四首寄來"者,即《白氏長慶集》中元稹没有酬和的詩篇,而且應該以元稹白居易長慶二年出京任職之後至長慶四年五月白居易離開杭州間元稹没有酬和的白居易詩篇爲主。根據白居易追和元稹的《和微之詩二十三首》的格式,這些詩篇不一定是與元稹唱和的詩篇,而是白居易自行歌詠的詩篇。《白香山詩集》:"《新唐書·藝文志》:《白氏長慶集》七十五卷,按公前集爲《長慶集》,元稹勘定，訖長慶二年冬，合五十卷，以成於長慶四年，明年改元寶曆，故得名。"既然稱"《長慶集》中詩未對答者"，應該是白居易長慶二年之前的詩篇，如《宿藍溪對月》、《鄧州路上作》、《桐樹館重題》、《馬上作》、《秋牒》、《登商山最高頂》、《山路偶興》……就有可能成爲元稹"追和"的目標。但元稹五十七首佚詩之具體篇名，今已不可考，祇能有待將來之智者。

■ 因繼集前序^{(一)①}

據白居易《因繼集重序》

［校記］

（一）因繼集前序：元稹本佚失之文所據白居易《因繼集重序》，見《白氏長慶集》、《英華》、《全文》，未見異文。

［箋注］

① 因繼集前序：白居易《因繼集重序》："去年微之取予《長慶集》中詩未對答者五十七首追和之，合一百一十四首寄來，題爲《因繼集》卷之一（'因繼'之解，具微之前序中）……（大和）二年十月十五日樂天重序。"被白居易文稱爲元稹的"前序"，今不見存，想來也是元稹諸多佚失詩文之一，據補。　因：沿襲，承襲。《論語·爲政》："殷因于夏禮，所損益可知也。"蘇軾《永興軍秋試舉人策問》："昔漢受天下於秦，因秦之制，而不害爲漢。"　繼：前後相續，接連不斷。《孟子·萬章》："其後廩人繼粟，庖人繼肉，不以君命將之。"趙岐注："其後倉廩之吏繼其粟，將盡復送，厨宰之人，日送其肉。"韓愈《論捕賊行賞表》："況自陛下即位已來，繼有丕績。"

[編年]

《元稹集》未收録，《編年箋注》未收録也未編年，未見《年譜》收録，但有譜文"元稹追和《白氏長慶集》中詩未對答之詩五十七首（追和之），合一百一十四首，題爲《因繼集》卷一"説明。《年譜新編》收録，文題作"因繼集序"。未見《年譜》編年意見，《年譜新編》編年大和元年，編年意見可取。

大和二年白居易之《因繼集重序》稱元稹之"前序"賦成於"去年"，白居易《因繼集重序》文末有"（大和）二年十月十五日樂天重序"之句，所謂的"去年"，應該是大和元年。

■ 問龜兒(一)①

據白居易《和微之詩二十三首·和晨興因報問龜兒》

[校記]

（一）問龜兒：元稹本佚失之詩所據白居易《和微之詩二十三首·和晨興因報問龜兒》，見《白氏長慶集》、《白香山詩集》、《全詩》，未見異文。

[箋注]

① 問龜兒：白居易《和微之詩二十三首·和晨興因報問龜兒》："前時君寄詩，憂念問阿龜。喉燥聲氣窒，經年無報辭。"據此，元稹應該有一首詩寄白居易，詢問龜兒的情況，今不見存，據補。　問：詢問，詰問。《書·呂刑》："皇帝清問下民。"蔡沈集傳："清問，虛心而問也。"韓愈《奉和虢州劉給事使君三堂新題二十一詠·方橋》："君欲問方橋，方橋如此作。"　龜兒：白居易的侄子，因病早夭。白居易《官舍

閑題》:“職散優閑地,身慵老大時……飽餐晨晏起,餘暇弄龜兒(龜兒,即小侄名)。”白居易《見小侄龜兒詠燈詩並臘娘製衣因寄行簡》:“已知臘子能裁服,復報龜兒解詠燈。巧婦才人常薄命,莫教男女苦多能!”

[編年]

《元稹集》未收録,《編年箋注》未收録與編年,《年譜》、《年譜新編》收録,詩題均作“問龜兒”,編年大和元年。

白居易《和微之詩二十三首·和晨興因報問龜兒》作於大和二年,據“經年無報辭”之“經年”,元稹佚失之詩應該賦成於大和元年。《年譜》、《年譜新編》的編年意見可取。

■ 知　非(一)①

據白居易《和微之詩二十三首·和知非》

[校記]

(一)知非:元稹本佚失詩所依據的白居易《和微之詩二十三首·和知非》,見《白氏長慶集》、《白香山詩集》、《全詩》,未見異文。

[箋注]

① 知非:白居易《和微之詩二十三首·和知非》:“因君知非問,詮較天下事。第一莫若禪,第二無如醉。禪能泯人我,醉可忘榮悴。與君次第言,爲我少留意! 儒教重禮法,道家養神氣。重禮足滋彰,養神多避忌。不如學神定,中有甚深味。曠廓了如空,澄凝勝於睡。屏除默默念,銷盡悠悠思。春無傷春心,秋無感秋泪。坐成真諦樂,如受空王賜。既得脱塵勞,兼應離慚愧。除禪其次醉,此説非無謂。

一酌機即忘,三杯性咸遂。逐臣去室婦,降虜敗軍帥。思苦膏火煎,憂深局鑷秘。須憑百杯沃,莫惜千金費。便似罩中魚,脱飛生兩翅。勸君雖老大,逢酒莫迴避。不然即學禪,兩途同一致。"今存《元氏長慶集》不見,據補。　　知非:五十歲的代稱。《淮南子·原道訓》:"故蘧伯玉年五十,而有四十九年非。"謂年五十而知前四十九年之過失,後因以"知非"稱五十歲。白居易《自詠》:"誠知此事非,又過知非年。"李清照《金石録後序》:"余自少陸機作賦之二年,至過蘧瑗知非之兩歲,三十四年之間,憂患得失,何其多也?"這裏指即將五十歲之前的四十九歲之歲暮。

[編年]

《元稹集》未收録,《編年箋注》未收録與編年,《年譜》、《年譜新編》收録,詩題均作"知非"。《年譜》、《年譜新編》編年元稹佚失詩於大和二年。朱金城先生《白居易集箋校》編年白居易本詩《知非》爲大和三年作。

我們以爲元稹本佚失詩應該作於"知非"即將來臨的四十九歲歲暮之時,隨後與其他四十二首詩篇一起寄出。

■ 除夜作^{(一)①}

據白居易《和微之詩二十三首·和除夜作》

[校記]

(一)除夜作:元稹本佚失詩所依據的白居易《和微之詩二十三首·和除夜作》,見《白氏長慶集》、《白香山詩集》、《全詩》,未見異文。

[箋注]

①　除夜作：白居易《和微之詩二十三首·和除夜作》：“君賦此詩夜，窮陰歲之餘。我和此詩日，微和春之初。老知顏狀改，病覺肢體虛。頭上毛髮短，口中牙齒疏。一落老病界，難逃生死墟。況此促促世，與君多索居。君在浙江東，榮駕方伯輿。我在魏闕下，謬乘大夫車。妻孥常各飽，奴婢亦盈廬。唯是利人事，比君全不如。我統十郎官，君領百吏胥。我掌四曹局，君管十鄉閭。君爲父母君，大惠在資儲。我爲刀筆吏，小惡乃誅鋤。君提七郡籍，我按三尺書。俱已佩金印，嘗同趨玉除。外寵信非薄，中懷何不攄！恩光未報答，日月空居諸。磊落嘗許君，跼促應笑予。所以自知分，欲先歌歸歟？”未見元稹原唱，據補。　　除夜：即除夕，大年三十。元稹《除夜》：“憶昔歲除夜，見君花燭前。今宵祝文上，重疊叙新年。”白居易《除夜宿洺州》：“家寄關西住，身爲河北遊。蕭條歲除夜，旅泊在洺州。”　　作：撰述，撰寫。《易·繫辭》：“作《易》者，其有憂患乎？”韓愈《送陸歙州詩序》：“於是昌黎韓愈道願留者之心而泄其思，作詩曰……”

[編年]

《元稹集》未收録，《編年箋注》、《年譜新編》未收録與編年，《年譜》收録，詩題均作“除夜作”。《年譜》編年元稹佚失詩《除夜作》於大和元年除夕，其編年意見録以備考。

據白居易“君賦此詩夜，窮陰歲之餘。我和此詩日，微和春之初”四句，元稹原唱作於大和元年除夕，亦即大和元年的十二月三十日，而白居易回酬應該是大和二年的年初。

大和二年戊申（828） 五十歲

■ 晨 霞⁽一⁾①

據白居易《和微之詩二十三首・和晨霞》

［校記］

（一）晨霞：元稹本佚失詩所依據的白居易《和微之詩二十三首・和晨霞》，見《白氏長慶集》、《白香山詩集》、《全詩》，未見異文。

［箋注］

① 晨霞：白居易《和微之詩二十三首・和晨霞（此後在上都作）》："君歌仙氏真，我歌慈氏真。慈氏發真念，念此閻浮人。左命大迦葉，右召桓提因。千萬化菩薩，百億諸鬼神。上自非相頂，下及風水輪。胎卵濕化類，蠢蠢難具陳。弘願在救拔，大悲忘辛勤。無論善不善，豈間冤與親？抉開生盲眼，擺去煩惱塵。燭以智慧日，洒之甘露津。千界一時度，萬法無與鄰。借問晨霞子，何如朝玉宸？"我們過錄白居易和作，意在幫助瞭解已經佚失的元稹原唱詩作的大致面貌。今存《元氏長慶集》不見《晨霞》之篇，故據補。 晨霞：朝霞。江淹《學梁王〈兔園賦〉》："朝日晨霞兮艶紅壁，仰望沆寥兮數千尺。"韋應物《長安道》："漢家宮殿含雲烟，兩宮十里相連延。晨霞出没弄丹闕，春雨依微自甘泉。"

[編年]

　　《元稹集》未收録，《編年箋注》未收録與編年，《年譜》、《年譜新編》收録，詩題均作"晨霞"。《年譜》、《年譜新編》編年元稹原唱在大和二年，録備一説。

　　白居易《和微之詩二十三首序》："微之又以近作四十三首寄來，命僕繼和，其間瘀絮四百字、車斜二十篇者流，皆韵劇辭艱，瓌奇怪譎。又題云：'奉煩只此一度，乞不見辭。'若欲定霸取威，置僕於窮地耳！大凡依次用韵，韵同而意殊；約體爲文，文成而理勝。此足下素所長者，僕何有焉！今足下果用所長，過蒙見窘。然敵則氣作，急則計生，四十二章麾掃並畢，不知大敵以爲如何？夫劚石破山，先觀鑱迹；發矢中的，兼聽弦聲。以足下來章，惟求相困，故老僕報語，不覺大誇。況曩者唱酬，近來因繼，已十六卷，凡千餘首矣！其爲敵也，當今不見；其爲多也，從古未聞。所謂天下英雄，唯使君與操耳！戲及此者，亦欲三千里外，一破愁顔。勿示他人，以取笑誚。樂天白。"白居易此序，朱金城先生《白居易集箋校》考定賦成於大和二年，故元稹《晨霞》應該賦成於大和二年或稍前。

■ 送劉道士遊天台^{(一)①}

據白居易《和微之詩二十三首·和送劉道士遊天台》

[校記]

　　（一）送劉道士遊天台：元稹本佚失詩所依據的白居易《和微之詩二十三首·和送劉道士遊天台》，見《白氏長慶集》、《白香山詩集》、《全詩》，未見異文。

[箋注]

① 送劉道士遊天台：白居易《和微之詩二十三首·和送劉道士遊天台》：「聞君夢遊仙，輕舉超世。雺握持尊皇節，統衛吏兵軍。靈旗星月象，天衣龍鳳紋。佩服交帶籙，諷吟蕊珠文。閬宮縹緲間，鈞樂依稀聞。齋心謁西母，瞑拜朝東君。烟霏子晉裾，霞爛麻姑裙。倏忽別真侶，悵望隨歸雲。人生同大夢，夢與覺誰分？況此夢中夢，悠哉何足云！假如金闕頂，設使銀河濱。既未出三界，猶應在五蘊。飲嚥日月精，茹嚼沆瀣芬。尚是色香味，六塵之所熏。仙中有大仙，首出夢幻群。慈光一照燭，奧法相綱緼。不知萬齡暮，不見三光曛。一性自了了，萬緣徒紛紛。苦海不能漂，劫火不能焚。此是竺乾教，先生垂典墳。」元稹詩文集不見，據補。　送：送行，送別。《詩·邶風·燕燕》：「之子於歸，遠送於野。」孫光憲《上行杯》：「離棹逡巡欲動。臨別浦，故人相送。」　劉道士：一名遊方道士，具體不詳。　道士：道教徒。《梁書·沈約傳》：「〔沈約〕乃呼道士奏赤章於天，稱禪代之事，不由己出。」《資治通鑑·梁敬帝紹泰元年》：「齊主還鄴，以佛、道二教不同，欲去其一。集二家論難於前，遂敕道士皆剃髮爲沙門。」胡三省注：「道家雖曰宗老子，而西漢以前未嘗以道士自名，至東漢始有道士張道陵、于吉等，其實與佛教皆起於東漢之時。」　遊：遊覽，雲遊。《論語·里仁》：「子曰：父母在，不遠遊，遊必有方。」劉寶楠正義引《詩·大雅·板》毛傳：「遊，行也。」王維《觀別者》：「愛子遊燕趙，高堂有老親。」　天台：即天台山，在浙江天台縣北。陶弘景《真誥》：「〔山〕當斗牛之分，上應台宿，故名天台。」山勢從東北向西南延伸，由赤城、瀑布、佛隴、香爐、華頂、桐柏諸山組成，主峰華頂海拔一一三三米，多懸崖、峭壁、飛瀑等名勝，爲甬江、曹娥江和靈江的分水嶺。道教曾以天台爲南嶽衡山之佐理，佛教天台宗亦發源於此。又相傳漢劉晨、阮肇入此山采藥遇仙。李白《夢遊天姥吟留別》：「天台四萬八千丈，對此欲倒東南傾。」劉禹錫《衢州徐員外使君遺以縞紵兼竹書箱因成一

篇用答佳貺》:"水朝滄海何時去? 蘭在幽林亦自芳。聞説天台有遺愛,人將琪樹比甘棠。"

[編年]

《元稹集》未收録,《編年箋注》未收録,也未編年,《年譜》《年譜新編》收録,詩題均作"送劉道士遊天台"。《年譜》《年譜新編》編年元稹原唱在大和二年,録備一説。

白居易《和微之詩二十三首序》,《白居易集箋校》考定賦成於大和二年,故元稹《送劉道士遊天台》應該賦成於大和二年或稍前。

■ 櫛沐寄道友(一)①

據白居易《和微之詩二十三首·和櫛沐寄道友》

[校記]

(一) 櫛沐寄道友:元稹本佚失詩所依據的白居易《和微之詩二十三首·櫛沐寄道友》,見《白氏長慶集》《白香山詩集》《全詩》,未見異文。

[箋注]

① 櫛沐寄道友:白居易《和微之詩二十三首·和櫛沐寄道友》:"櫛沐事朝謁,中門初動關。盛服去尚早,假寐須臾間。鐘聲發東寺,夜色藏南山。停驂待五漏,人馬同時閑。高星粲金粟,落月沈玉環。出門向關路,坦坦無阻艱。始出里北閈,稍轉市西闤。晨燭照朝服,紫爛復朱殷。由來朝廷士,一入多不還。因循擲白日,積漸凋朱顏。青雲已難致,碧落安能攀? 但且知止足,尚可銷憂患。"據白居易詩題

補。 櫛沐:梳洗。《周書·荊可傳》:"〔荊可〕葬母之後,遂廬於墓側,晝夜悲哭,負土成墳,蓬髮不櫛沐,菜食飲水而已。"司馬光《張行婆傳》:"女僕之幼者,則爲之櫛沐紉縫,視之如己女。" 道友:一起修道的朋友。洪邁《夷堅支丁志·趙三翁》:"密縣墮門山道友席洞雲,因往獨紇嶺瀑水潭側登玩,慕其清峭高爽,即築室以居。"志同道合者。陳子昂《贈別冀侍御崔司議詩序》:"一世之逸人,寄千里之道友。"蘇軾《三月二十日開園三首》三:"鬱鬱蒼髯真道友,絲絲紅蓴是鄉人。何時翠竹江村路,送我柴門月色新?"自注:"蒼髯,松也;紅蓴,海棠。"

[編年]

《元稹集》未收錄,《編年箋注》未收錄,也未編年,《年譜》、《年譜新編》收錄,詩題均作"櫛沐寄道友"。《年譜》、《年譜新編》編年元稹原唱在大和二年,錄備一說。

白居易《和微之詩二十三首序》,《白居易集箋校》考定賦成於大和二年,故元稹《櫛沐寄道友》應該賦成於大和二年或稍前。

■ 祝蒼華 (一)①

據白居易《和微之詩二十三首·和祝蒼華》

[校記]

(一)祝蒼華:元稹本佚失詩所依據的白居易《和微之詩二十三首·和祝蒼華》,見《白氏長慶集》、《白香山詩集》、《全詩》,未見異文。

[箋注]

①　祝蒼華：白居易《和微之詩二十三首·和祝蒼華(蒼華,髮神名)》："日居復月諸,環迴照下土。使我玄雲髮,化爲素絲縷。禀質本羸劣,養生仍莽鹵。痛飲困連宵,悲吟飢過午。遂令頭上髮,種種無尺五。根稀比黍苗,梢細同釵股。豈是乏膏沐?非關櫛風雨。最爲悲傷多,心焦衰落苦。餘者能有幾?落者不可數。禿似鵲塡河,墮如烏解羽。蒼華何用祝?苦辭亦休吐!正如剃頭僧,豈要巾冠主?"從中可見,元稹原唱的感情基調也是哀嘆年老髮衰。今存《元氏長慶集》不見,故據補。　祝：祝禱。《公羊傳·襄公二十九年》："諸爲君者皆輕死爲勇,飲食必祝曰:'天苟有吳國,尚速有悔於予身。'"何休注："祝,因祭祝也。"段成式《酉陽雜俎續集·支動》："有書生住鄧州,嘗遊郡南,數月不返。其家詣卜者占之,卜者視卦,曰:'甚異,吾未能了,可重祝。'祝畢,拂龜改灼。"　蒼華：髮神名。《雲笈七籤》卷四四："道家以人體爲小宇宙,人體各部分,皆賦予神名。髮神稱蒼華。"徐鉉《和蕭郎中小雪日作》："寂寥小雪閑中過,斑駁輕霜鬢上加。算得流年無奈處,莫將詩句祝蒼華。"徐鉉《柳枝詞十首》七："醉折垂楊唱柳枝,金城三月走金羈。年年爲愛新條好,不覺蒼華也似絲。"

[編年]

《元稹集》未收録,《編年箋注》未收録,也未編年,《年譜》、《年譜新編》收録,詩題均作"祝蒼華"。《年譜》、《年譜新編》編年元稹原唱在大和二年,録備一説。

白居易《和微之詩二十三首序》,《白居易集箋校》考定賦成於大和二年,故元稹《祝蒼華》應該賦成於大和二年或稍前。

■ 我年三首^{(一)①}

据白居易《和微之詩二十三首·和我年三首》

[校記]

（一）我年三首：元稹本佚失詩所依據的白居易《和微之詩二十三首·和我年三首》，見《白氏長慶集》、《白香山詩集》、《全詩》，未見異文。

[箋注]

① 我年三首：白居易《和微之詩二十三首·和我年三首》，其一："我年五十七，榮名得幾許？甲乙三道科，蘇杭兩州主。才能本淺薄，心力虛勞苦。可能隨衆人，終老於塵土。"其二："我年五十七，歸去誠已遲。歷官十五政，數若珠纍纍。野萍始賓薦，場苗初縶維。因讀管蕭書，竊慕大有爲。及遭榮遇來，乃覺才力羸。黃紙詔頻草，朱輪車載脂。妻孥及僕使，皆免寒與飢。省躬私自愧，知我者微之。永懷山陰守，未遂嵩陽期。如何坐留滯，頭白江之湄？"其三："我年五十七，榮名得非少。報國竟何如？謀身猶未了。昔嘗速官謗，恩大而懲小。一黜鶴辭軒，七年魚在沼。將枯鱗再躍，經鍛翮重矯。白日上昭昭，青雲高渺渺。平生頗同病，老大宜相曉。紫綬足可榮，白頭不爲夭。夙懷慕箕潁，晚節期松篠。何當闕下來，同拜陳情表？"從白居易酬篇，推知元稹原唱，也是在回憶昔日中感嘆。今存《元氏長慶集》不見，故據補。　年：年紀，歲數。《左傳·襄公九年》："公送晉侯，晉侯以公宴於河上，問公年，季武子對曰：'會于沙隨之歲，寡君以生。'"嵇康《與山巨源絶交書》："女年十三，男年八歲，未及成人。"

[編年]

　　《元稹集》未收録,《編年箋注》未收録,也未編年,《年譜》、《年譜新編》收録,詩題均作"我年三首"。《年譜》、《年譜新編》編年元稹原唱在大和二年,録備一説。

　　白居易本詩:"我年五十七。"白居易"五十七"歲之年,正是大和二年。而白居易《和微之詩二十三首序》,《白居易集箋校》考定賦成於大和二年,故元稹《和我年三首》應該賦成於大和二年或稍前。

● 春分投簡陽明洞天作⁽一⁾①

　　中分春一半,今日半春徂②。老惜光陰甚,慵牽興緒孤③。偶成投秘簡,聊得泛平湖⁽二⁾④。郡邑移仙界,山川展畫圖⑤。旌旗遮嶼浦,士女滿闉闍⑥。似木吳兒勁,如花越女姝⁽三⁾⑦。牛儂驚力直,蠶妾笑睢盱⑧。怪我携章甫,嘲人託鷓鴣⑨。閭閻隨地勝,風俗與華殊⑩。跣足沿流婦,丫頭避役奴⑪。雕題雖少有,雞卜尚多巫⑫。鄉味尤珍蛤,家神愛事烏⑬。舟船通海嶠,田種遠城隅⑭。櫛比千艘合,袈裟萬頃鋪⑮。亥茶閒小市⁽四⁾,漁火隔深蘆⁽五⁾⑯。日腳斜穿浪,雲根遠曳蒲⑰。凝風花氣度⁽六⁾,新雨草芽蘇⑱。粉壞梅辭萼,紅含杏綴珠⑲。耨餘秧漸長⁽七⁾,燒後菿猶枯⑳。綠緌高懸柳,青錢密辧榆⁽八⁾㉑。馴鷗眠淺瀨,驚雉入平蕪㉒。水淨王餘見,山空謝豹呼㉓。燕狂捎蛺蝶⁽九⁾,螟挂集蒲蘆㉔。淺碧鶴新卵⁽一〇⁾,深黃鵝嫩鶵⁽一一⁾㉕。邨扉門白板⁽一二⁾,寺壁耀頹糊㉖。禹廟纔離郭,陳莊恰半途㉗。石帆何峭巇!龍瑞本縈紆㉘。穴爲探符坼,潭因失箭剡^㉙。堤形彎熨斗^(一三),峰勢擁香爐^{(一四)㉚}。幢蓋迎三洞,烟霞貯一壺^㉛。桃枝蟠復直,桑樹亞還扶^㉜。鱉解稱從事,松堪作大夫^㉝。榮光飄殿閣,虛籟合笙竽^㉞。庭狎仙翁鹿,池游縣令鳧^㉟。君心除健羨^(一五),扣席入虛無^{(一六)㊱}。岡蹋翻星紀,章飛動帝樞^㊲。東皇提白日,北斗下玄都^㊳。騎吏裙皆紫,科車憶盡朱^㊴。地侯鞭社伯,海若跨天吳^㊵。霧噴雷公怒,烟揚竈鬼趨^㊶。投壺憐玉女,噀飯笑麻姑^㊷。果實經千歲,衣裳重六銖^㊸。瓊杯傳素液,金匕進雕胡^㊹。掌裏承來露^(一七),枰中釣得鱸^㊺。菌生悲局促^(一八),柯爛覺須臾^㊻。稊米休言聖,醯雞益伏愚^㊼。鼓鼙催暝色^(一九),簪組縛微軀^㊽。遂別真徒侶,還來世路衢^{(二〇)㊾}。題詩嘆城郭,揮手謝妻孥^㊿。幸有桃源近,全家肯去無⁽⁵¹⁾?

錄自《歲時雜詠》卷一〇

[校記]

(一)春分投簡陽明洞天作:馬本《元氏長慶集》不存,改由《歲時雜詠》作原本,《歲時雜詠》作"春分投簡明洞天作",楊本同,據《全詩》、《會稽掇英總集》以及白居易和篇《和微之春日投簡陽明洞天五十韻》中的多種版本,如《白氏長慶集》、《白香山詩集》、《石倉歷代詩選》、《全詩》、《全唐詩錄》、《浙江通志》以及多種石刻典籍改。

(二)聊得泛平湖:《全詩》、《會稽掇英總集》同,楊本作"聊得平泛湖",平湖是越州湖名,不改。

(三)如花越女姝:《全詩》同,《會稽掇英總集》作"如花越妓姝",語義不同,不改。

(四)亥茶闐小市:《全詩》同,《會稽掇英總集》作"茭茶闐小市",語義不同,不改。

（五）漁火隔深蘆：《全詩》同，《會稽掇英總集》作“漁火隔溪蘆”，語義不同，不改。

（六）凝風花氣度：原本作“款風花氣度”，《會稽掇英總集》同，據《全詩》改。

（七）耨餘秧漸長：《全詩》、《會稽掇英總集》作“薅餘秧漸長”，語義相類，不改。

（八）青錢密辦榆：《全詩》、《會稽掇英總集》同，楊本作“青錢密辨榆”，語義不同，不改。

（九）燕狂捎蛺蝶：原本作“燕狂梢蛺蝶”，據《全詩》、《會稽掇英總集》改，與下句“蜒挂集蒲盧”相應。

（一〇）淺碧鶴新卵：《全詩》同，《會稽掇英總集》作“滅碧鶴新卵”，語義不通，不改。

（一一）深黃鵝嫩鵒：原本作“深黃鵝懶鵒”，楊本同，據《會稽掇英總集》、《全詩》改。

（一二）邨扉門白板：《全詩》作“邨扉以白板”，《會稽掇英總集》作“村扉開白版”，語義不同，不改。

（一三）堤形彎熨斗：《全詩》、《會稽掇英總集》同，楊本作“堤刑彎熨斗”，語義不佳，不改。

（一四）峰勢擁香爐：《全詩》、《會稽掇英總集》作“峰勢踴香爐”，語義不同，不改。

（一五）君心除健羨：《全詩》同，《會稽掇英總集》作“冥心除健羨”，語義難通，不改。

（一六）扣席入虛無：《全詩》、《會稽掇英總集》作“扣寂入虛無”，語義不同，不改。

（一七）掌裏承來露：原本作“掌裏乘來露”，據楊本、《全詩》、《會稽掇英總集》改。

（一八）菌生悲局促：《全詩》同，《會稽掇英總集》作“茵生悲局促”，語義難通，刊刻之誤，不改。

（一九）鼓鼙催暝色：《全詩》、《會稽掇英總集》作“鼓鼙催暝色”，“暝”通“暝”，不改。

（二〇）還來世路衢：《全詩》同，《會稽掇英總集》作“還來出路衢”，語義不佳，不改。

[箋注]

① 春分投簡明洞天作：白居易有和篇《和微之春日投簡陽明洞天五十韻》：“青陽行已半，白日坐將徂。越國強仍大，稽城高且孤。利饒鹽煮海，名勝水澄湖。牛斗天垂象，台明地展圖（天台、四明二山）。瓌奇填市井，佳麗溢閭閻。句踐遺風霸，西施舊俗姝。船頭龍夭矯，橋脚獸睢盱。鄉味珍蠔蚏，時鮮貴鱸鵤。語言諸夏異，衣服一方殊。搗練蛾眉婢，鳴榔蛙角奴。江清敵伊洛，山翠勝荆巫。華表雙栖鶴，聯墻幾點烏？烟波分渡口，雲樹接城隅。潤遠松如畫，洲平水似鋪。綠科秧早稻，紫笋折新蘆。暖蹋泥中藕，香尋石上蒲。雨來萌盡達，雷後蟄全蘇。柳眼黃絲纇，花房絳蠟珠。林風新竹折，野燒老桑枯。帶彈（垂下貌）長枝蕙，錢穿短貫榆。暄和生野菜，卑濕長街蕪。女浣紗相伴，兒烹鯉一呼。山魈啼稚子，林狖挂山都。產業論鼃蟻，孳生計鴨雛。泉巖雪飄灑，苔壁錦漫糊。堰限舟航路，堤通車馬途。耶溪岸回合，禹廟徑盤紆。洞穴何因鑿？星槎誰與刳？石凹仙藥臼，峰峭佛香爐。去爲投金簡，來因挈玉壺。貴仍招客宿，健未要人扶。聞望賢丞相，儀形美丈夫。前驅駐旌旆，偏坐列笙竽。刺史旗翻隼，尚書履曳鳧。學禪超後有，觀妙造虛無。髻裏傳僧寶，環中得道樞。登樓詩八詠，置硯賦三都。捧擁羅將綺，趨蹌紫與朱。廟謨藏稷嵩，兵略貯孫吳。令下三軍整，風高四海趨。千家得慈母，六郡事嚴姑。重士過三哺，輕財抵一銖。送觴歌宛轉，嘲妓笑盧胡。佐飲時炮鱉，蠲醒數鱠鱸。醉鄉雖咫尺，樂事亦須臾。若不中賢聖，何由外

智愚？伊予一生志，我爾百年軀。江上三千里，城中十二衢。出多無伴侶，歸只是妻孥。白首青山約，抽身去得無？”未見元稹原唱，故補。現存《元氏長慶集》未見元稹原唱，但《會稽掇英總集》、《歲時雜詠》、《全詩》採錄，故據補，排錄在此。　　春分：二十四節氣之一，每年在陽曆三月二十日或二十一日。此日，太陽直射赤道，南北半球晝夜長短平分，故稱。《逸周書·周月》：“春三月中氣：驚蟄，春分，清明。”董仲舒《春秋繁露·陰陽出入》：“至於仲春之月，陽在正東，陰在正西，謂之春分。春分者，陰陽相半也，故晝夜均而寒暑平。”　　投：投贈。《詩·衛風·木瓜》：“投我以木瓜，報之以瓊琚。”劉長卿《雜詠八首上禮部李侍郎·幽琴》：“向君投此曲，所貴知音難。”呈交，寄。王讜《唐語林·補遺》：“有舉子投卷，誤與德裕。”　　簡：古代用以寫字的竹片，亦指功用與簡相同的書寫用品，這裏指金簡。《左傳·襄公二十五年》：“南史氏聞大史盡死，執簡以往，聞既書矣！乃還。”韓愈《送侯參謀赴河中幕》：“寄書惟在頻，無悋簡與繒。”　　金簡：金質的簡冊，常指道教仙簡或帝王詔書。趙曄《吳越春秋·越王無余外傳》：“聖人所記曰：在於九山東南，天柱號曰宛委……其巖之巔，承以文玉，覆以磐石。其書金簡，青玉爲字，編以白銀，皆琢其文。”劉禹錫《爲杜佑謝手詔表》：“拜捧紫泥，跪伸金簡。”　　陽明洞天：地名，古代大禹治水勝迹之一，在越州。《會稽志·會稽縣》：“陽明洞天：在宛委山龍瑞宮。舊經云：三十六洞天之十一洞也，一名極玄太女之天。唐觀察使元稹以春分日投金簡於此，詩云：‘……’白樂天和云：‘……’傳云禹藏書處，一云禹得玉匱金書於此。《史記》：‘司馬遷探禹穴。’注云：‘禹巡狩至會稽，因葬焉！’上有孔穴，民間云：‘禹入此穴。’《水經》云：山東有硎，深不見底，東遊者多探其穴，今無考。”陳允平《遊陽明洞天》：“萬木陰沉鎖石門，烟霞深處近昆崙。洞簫聲接玉臺磬，寶盖影搖金殿旛。湘浦有龍雲氣濕，越山無鶴露華昏。靈芝採盡歸何處？溪上白蘋花正繁。”

② 中分春一半:我國一年有二十四個節氣,其中春天依次是立春、雨水、驚蟄、春分、清明、穀雨,所謂正好中分春天的節氣就是春分。　中分:從中間分開。李白《登金陵鳳凰臺》:"三山半落青天外,二水中分白鷺洲。"白居易《同夢得酬牛相公初到洛中小飲見贈》:"宮城烟月饒全占,關塞風光請中分。"　今日半春徂:意謂今日是春分,半個春天亦即一個半月九十天已經成爲過去。　徂:消逝。司馬相如《長門賦》:"懸明月以自照兮,徂清夜於洞房。"《文心雕龍·徵聖》:"百齡影徂,千載心在。"

③ 光陰:時間,歲月。《顏氏家訓·勉學》:"光陰可惜,譬諸流水。"韓偓《青春》:"光陰負我難相偶,情緒牽人不自由。"　興緒:猶興致。王勃《上巳浮江宴》:"上巳年光促,中川興緒遙。綠齊山葉滿,紅泄片花銷。"杜甫《奉和嚴中丞西城晚眺十韻》:"辭第輸高義,觀圖憶古人。征南多興緒,事業闇相親。"

④ 偶成:偶然成功。白居易《分司洛中多暇數與諸客宴遊醉後狂吟偶成十韻因招夢得賓客兼呈思黯奇章公》:"性與時相遠,身將世兩忘。寄名朝士籍,寓興少年場。"元稹《郡務稍簡因得整比舊詩並連綴焚削封章繁委篋笥僅逾百軸偶成自嘆因寄樂天》:"近來章奏小年詩,一種成空盡可悲。書得眼昏朱似碧,用來心破髮如絲。"　秘簡:猶"秘文",指言符籙瑞應之緯書。王充《論衡·實知》:"讖書秘文,遠見未然,空虛暗昧,豫睹未有。"范仲淹《知府孫學士見示和終南監宮太保道懷五首因以綴篇》四:"三元秘簡侵星奏,五嶺靈芽待雪嘗。金闕九重留不住,高風何處是嚴光?"　平湖:越州湖名。張士遜《和憶越州》二:"平湖八百里多奇,君曾縱賞無餘遺。不知風月誰爲主?夷猶未必如當時。"錢公輔《遊小隱山叙》:"越城之西南有所謂王氏山園者,衆以爲一境勝絕。太守楊公曰:'彼可遊焉!'一日携賓佐,浮輕舟,走平湖,四五里而至。"

⑤ 郡邑:府縣。王維《渡河到清河作》:"泛舟大河裏,積水窮天

涯。天波忽開拆,郡邑千萬家。"元稹《茅舍》:"牧民未及久,郡邑紛如
化。"　仙界:仙人生活的地方,仙境,借指景物幽雅絶塵之地。孟郊
《爛柯石》:"仙界一日内,人間千載窮。"劉滄《宿題天壇觀》:"華表鶴
聲天外迥,蓬萊仙界海門通。"　山川:山岳,江河。《易·坎》:"天險,
不可升也,地險,山川丘陵也,王公設險以守其國。"沈佺期《興慶池侍
宴應制》:"漢家城闕疑天上,秦地山川似鏡中。"借指景色。杜甫《陪
鄭廣文游何將軍山林十首》六:"祇疑淳樸處,自有一山川。"　畫圖:
比喻美麗的自然景色。李白《上皇西巡南京歌十首》一:"九天開出一
成都,萬户千門入畫圖。草樹雲山如錦繡,秦川得及此間無?"杜甫
《返照》:"荻岸如秋水,松門似畫圖。牛羊識僮僕,既夕應傳呼。"

　　⑥ 旌旗:旗幟的總稱。《周禮·春官·司常》:"凡軍事,建旌
旗。"曹植《懷親賦》:"步壁壘之常制,識旌旗之所停。"　嶼浦:即"浦
嶼",水中小島。元稹《酬樂天早春閑遊西湖頗多野趣恨不得與微之
同賞因思在越官重事殷鏡湖之遊或恐未暇因成十八韵見寄樂天前篇
到時適會予亦宴鏡湖南亭因述目前所睹以成酬答末章亦示暇誠則勢
使之然亦欲粗爲恬養之贈耳》:"浦嶼崎嶇到,林園次第巡。"白居易
《舟行阻風寄李十一舍人》:"扁舟厭迫烟波上,杖策閑尋浦嶼間。"
士女:泛指人民、百姓。《三國志·崔琰傳》:"今邦國殄瘁,惠康未洽,
士女企踵,所思者德。"許堯佐《柳氏傳》:"天寶末,盜覆二京,士女奔
駭。"　闉闍:古代城門外甕城的重門。《詩·鄭風·出其東門》:"出
其闉闍,有女如荼。"毛傳:"闉,曲城也。闍,城臺也。"馬瑞辰通釋:
"闍爲臺門之制,上有臺則下必有門,有重門則必有曲城,二者相因。
'出其闉闍',謂出此曲城重門。"後泛指城門或城樓。王讜《唐語林·
補遺》:"玄宗親御闉闍,臨視誅討。"《詩·鄭風·出其東門》:"出其闉
闍。"鄭玄箋:"闍讀當如彼都人士之都,謂國外曲城之中市里也。"後
人據此以"闉闍"指城市街里。張九齡《南陽道中作》:"驅馬歷闉闍,
荆榛翳阡陌。"葉適《齊雲樓》:"虚景混空蒼,囂聲收遠肆。闉闍雖散

閼,欄檻皆堪記。"

⑦ 吳兒:吳地的男子。賀知章《答朝士》:"鈒鏤銀盤盛蛤蜊,鏡湖莼菜亂如絲。鄉曲近來佳此味,遮渠不道是吳兒!"李叔卿《江南曲》:"湖上女,江南花,無雙越女春浣紗。風似箭,月如弦,少年吳兒曉進船。" 越女:古代越國多出美女,西施其尤著者,後因以泛指越地美女。《文選·枚乘〈七發〉》:"越女侍前,齊姬奉後。"劉良注:"齊越二國,美人所出。"宋之問《浣紗篇贈陸上人》:"越女顏如花,越王聞浣紗。國微不自寵,獻作吳宮娃。" 姝:美好。《詩·邶風·靜女》:"靜女其姝,俟我於城隅。"毛傳:"姝,美色也。"《玉臺新詠·古詩〈上山采蘼蕪〉》:"新人雖言好,未若故人姝。"

⑧ 儂:人,泛指一般人。韓愈《瀧吏》:"比聞此州囚,亦有生還儂。"韋莊《漢州》:"北儂初到漢州城,郭邑樓臺觸目驚。" 蠶妾:古代育蠶女奴,後亦泛指育蠶婦女。鮑照《紹古辭七首》二:"昔與君別時,蠶妾初獻絲。"白居易《春村》:"農夫春舊穀,蠶妾禱新衣。" 盱盱:喜悅貌。《易·豫》"盱豫悔"孔穎達疏:"盱,謂睢盱。睢盱者,喜說之貌。"蘇軾《浣溪沙·徐州石潭謝雨》:"照日深紅暖見魚,連村綠暗晚藏烏,黃童白叟聚睢盱。"

⑨ 章甫:商代的一種冠。《禮記·儒行》:"丘少居魯,衣逢掖之衣;長居宋,冠章甫之冠。"孫希旦集解:"章甫,殷玄冠之名,宋人冠之。"《莊子·逍遙遊》:"宋人資章甫而適諸越,越人斷髮文身,無所用之。"稱儒者之冠。梅堯臣《楊畋赴官荊州》:"吳鈎皆尚壯,章甫幾爲儒?"指仕宦。楊衒之《洛陽伽藍記·正始寺》:"輒以山水爲富,不以章甫爲貴,任性浮沉,若淡兮無味。" 鷓鴣:鳥名,形似雌雉,頭如鶉,胸前有白圓點,如珍珠,背毛有紫赤浪紋,足黃褐色,以穀粒、豆類和其他植物種子爲主食,兼食昆蟲,爲中國南方留鳥。古人諧其鳴聲爲"行不得也哥哥",詩文中常常用以表示思念故鄉之情。《文選·左思〈吳都賦〉》:"鷓鴣南翥而中留,孔雀綷羽以翺翔。"劉逵注:"鷓鴣,如

雞，黑色，其鳴自呼。或言此鳥常南飛不止，豫章已南諸郡處處
有之。”

⑩ 閭閻：里巷內外的門，後多借指里巷。《史記・平準書》：“守
閭閻者食粱肉，爲吏者長子孫，居官者以爲姓號。”白居易《湖亭望
水》：“岸没閭閻少，灘平船舫多。” 隨地：順應地勢。趙曄《吳越春
秋・吳太伯傳》：“堯聘棄，使教民山居，隨地造區，研營種之術。”杜甫
《漫成二首》一：“渚蒲隨地有，村徑逐門成。” 風俗：相沿積久而成的
風氣、習俗。《詩序》：“先王以是經夫婦，成孝敬，厚人倫，美教化，移
風俗。”司馬光《效趙學士體成口號十章獻開府太師》四：“洛陽風俗重
繁華，荷擔樵夫亦戴花。” 華：我國古稱華夏，省稱“華”。《左傳・定
公十年》：“裔不謀夏，夷不亂華。”孔穎達疏：“中國有禮義之大，故稱
夏；有服章之美，謂之華。華、夏一也。”在北方華人的眼裏，越州已經
不是中華的範圍，而是蠻夷之地，故言。

⑪ 跣足：赤腳，光著腳。杜甫《憶昔二首》一：“犬戎直來坐御床，
百官跣足隨天王。”谷神子《博異志・陰隱客》：“首冠金冠而跣足。”
沿流：謂順流而下。《南史・何尚之傳》：“能見殺者，君也，能拒詔者，
僕也。君不能見殺，政有沿流之計耳！”陳子昂《宿襄河驛浦》：“沿流
辭北渚，結纜宿南洲。合岸昏初夕，迴塘暗不流。” 丫頭：舊時女孩
常梳丫形髮髻，因用以代稱女孩。元稹《酬樂天東南行詩一百韵》：
“芒屬泅牛婦，丫頭蕩槳夫。”劉禹錫《寄贈小樊》：“花面丫頭十三四，
春來綽約向人時。” 避役：謂逃避徭役。《三國志・劉馥傳》：“自黃
初以來，崇立太學二十餘年，而寡有成者，蓋由博士選輕，諸生避役，
高門子弟，恥非其倫，故無學者。”洪邁《夷堅志丁・趙三翁》：“〔趙三
翁〕本黃河掃兵，避役亡命，遇孫思邈於棗林，授以道要。”

⑫ 雕題：在額上刺花紋，古代南方少數民族的一種習俗。《禮
記・王制》：“南方曰蠻，雕題交趾，有不火食者矣！”鄭玄注：“雕文，謂
刻其肌以丹青涅之。”孔穎達疏：“雕謂刻也，題謂額也，謂以丹青雕刻

其額。"司馬光《交趾獻奇獸賦》:"與夫雕題卉服之士,南金象齒之珍,
款紫闥而坌入,充彤庭而並陳。"梁紹壬《兩般秋雨盦隨筆·黎女》:
"〔黎女〕臨嫁先一夕乃綉面……使之不得再嫁,古所謂雕題是也。"
雞卜:古代占卜法之一,以雞骨或雞卵占吉凶禍福。《史記·孝武本
紀》:"乃令越巫立越祝祠,安臺無壇,亦祠天神上帝百鬼,而以雞卜。
上信之,越祠雞卜始用焉!"張守節正義:"雞卜法,用雞一,狗一,生,
祝願訖,即殺雞狗煮熟,又祭,獨取雞兩眼,骨上自有孔裂,似人物形
則吉,不足則凶。今嶺南猶此法也。"張說《宋公遺愛碑頌》:"爆牛牲
兮菌雞卜,神降福兮公壽考。"周去非《嶺外代答·雞卜》:"南人以雞
卜,其法以小雄雞未孳尾者,執其兩足,焚香禱所占而撲殺之,取腿骨
洗净,以麻綫束兩骨之中,以竹梃插所束之處,俾兩腿骨相背於竹梃
之端,執梃再禱。左骨爲儂,儂者,我也。右骨爲人,人者,所占之事
也。乃視兩骨之側所有細竅,以細竹梃長寸餘者遍插之,或斜或直或
正或偏,各隨其斜直正偏而定吉凶。其法有一十八變,大抵直而正或
附骨者多吉,曲而斜或遠骨者多凶。亦有用雞卵卜者:焚香禱祝,書
墨於卵,記其四維而煮之。熟乃橫截,視當墨之處,辨其白之厚薄,而
定儂人吉凶焉!"

⑬鄉味:指家鄉特有的食品。賈島《巴興作》:"蘇卿持節終還
漢,葛相行師自渡瀘。鄉味朔山林果別,北歸期挂海帆孤。"陳造《對
客再次韵》:"客來一笑同鄉味,便粉秋菰刷藕泥。" 蛤:一種有介殼
的軟體動物,生活在淺海底,肉可食。《左傳·昭公三年》:"山木如
市,弗加於山;魚鹽蜃蛤,弗加於海。"《資治通鑑·唐憲宗元和十二
年》:"孔戣爲華州刺史,明州歲貢蚶、蛤、淡菜,水陸遞夫勞費,戣奏疏
罷之。"胡三省注:"《月令》云:'雀入大水化爲蛤。'《說文》云:'百歲燕
所化。'又云:'老服翼所化。'皆非也。蚶、蛤皆生於海瀕潮汐往來鳥
鹵之地。"元稹赴任浙東伊始,就有《浙東論罷進海味狀》:"浙江東道
都團練觀察處置等使當管明州,每年進淡菜一石五斗,海蚶一石五

斗。"經過元稹的申奏,中書門下牒浙東停進,免除了沿途百姓的負擔。《浙江通志·物產》:"蛤:《會稽三賦》注:'蛤有文,故謂之文蛤。'元微之詩:'鄉味尤稱蛤。'""鄉味尤稱蛤"、"鄉味尤珍蛤"兩說均通。家神:供奉在家中的神。《五禮通考》卷一七:"太祖幸幽州大悲閣,遷白衣觀音像,建廟木葉山,尊爲家神。"毛奇齡《四書賸言補·論語》:"若五祀雖是室神,俗所稱家神者,然家不行祭焉! 得祭于其所。"烏:義同"巫",古代從事祈禱、卜筮、星占,並兼用藥物爲人求福、却災、治病的人。商代巫的地位較高,周時分男巫、女巫,司職各異,同屬司巫。春秋以後醫道漸從巫術中分出,但民間專行巫術、裝神弄鬼爲人祈禱治病者,仍世世不絕。《周禮·春官·司巫》:"司巫掌群巫之政令。若國大旱,則帥巫而舞雩;國有大烖,則帥巫而造巫恒。"《公羊傳·隱公四年》:"於鍾巫之祭焉! 弑隱公也。"何休注:"巫者事鬼神禱解,以治病請福者也。"

⑭ 舟船:船隻。王昌齡《重別李評事》:"莫道秋江離別難,舟船明日是長安。吳姬緩舞留君醉,隨意青楓白露寒。"劉商《高郵送弟遇北遊》:"門臨楚國舟船路,易見行人易別離。今日送君心最恨,孤帆水下又風吹。"　海嶠:海邊山嶺。張九齡《送使廣州》:"家在湘源住,君今海嶠行。"文天祥《戰場》:"三年海嶠擁貔貅,一日蹉跎白盡頭。"田種:耕種。《後漢書·東沃沮傳》:"土肥美,背山向海,宜五穀,善田種。"梅堯臣《送施司封福建提刑》:"銅苗休問發,田種去教親。"田地。嵇康《養生論》:"夫田種者,一畝十斛,謂之良田。"《晉書·劉弘傳》:"於時流人在荆州十餘萬户……弘乃給其田種糧食,擢其賢才,隨資敍用。"指莊稼。韓愈《御史臺上論天旱人饑狀》:"田種所收,十不存一。"　城隅:城牆角上作爲屏障的女牆。《周禮·匠人》:"王宫門阿之制五雉,宫隅之制七雉,城隅之制九雉。"鄭玄注:"城隅謂角浮思也。"孫詒讓正義:"角浮思者,城之四角爲屏以障城,高於城二丈,蓋城角隱僻,恐奸宄踰越,故加高耳!"城角,多指城根偏僻空曠處。

《詩·邶風·靜女》：“靜女其姝，俟我於城隅。”柳宗元《柳州城西北隅種甘樹》：“手種黃甘二百株，春來新葉遍城隅。”

⑮ 櫛比：像梳篦齒那樣密密地排列，語出《詩·周頌·良耜》：“其崇如墉，其比如櫛。”王褒《四子講德論》：“甘露滋液，嘉禾櫛比。”元稹《連昌宮詞》：“荊榛櫛比塞池塘，狐兔驕痴緣樹木。” 艘：船的總稱。葛洪《抱朴子·勗學》：“欲凌洪波而迅濟，必因艘楫之器。”王安石《收鹽》：“爾來盜賊往往有，劫殺賈客沉其艘。” 袈裟：梵文的音譯，原意爲“不正色”，佛教僧尼的法衣。佛制，僧人必須避免用青、黃、赤、白、黑五種正色，而用似黑之色，故稱。慧皎《高僧傳·答楊茗華書》：“且披袈裟，振錫杖，飲清流，詠波若，雖王公之服，八珍之膳，鏗鏘之聲，曄曄之色，不與易也。”玄奘《大唐西域記·婆羅疱斯國》：“浣衣池側大方石上，有如來袈裟之迹；其文明徹，煥如雕鏤。”這裏狀田野的多種顏色猶如袈裟。 頃：土地面積單位之一，有兩種不同的説法：一、百畝爲頃。《漢書·楊惲傳》：“田彼南山，蕪穢不治，種一頃豆，落而爲萁。”顏師古注引張晏曰：“一頃百畝，以喻百官。”杜甫《杜鵑》：“有竹一頃餘，喬木上參天。”二、十二畝半爲頃。《公羊傳·宣公十五年》：“什一者，天下之中正也。”何休注：“凡爲田，一頃十二畝半，八家而九頃，共爲一井，故曰井田。”

⑯ 亥：亥市，隔日交易一次的集市。方以智《通雅·天文》：“亥音皆，言如痎瘧，間日一發也。諱痎，故曰亥市。”一説，以寅、申、巳、亥日集市，俗稱“亥市”。西崖《談征·名部》：“荊吳俗取寅、申、巳、亥日爲市，故爲亥市，猶今之市有逢雙日、單日也。”白居易《江州赴忠州舟中示舍弟五十韻》：“亥市魚鹽聚，神林鼓笛鳴。”吳處厚《青箱雜記》卷三：“蜀有痎市，而間日一集。” 小市：形體較小的商品的交易，即今日的小商品市場。《周禮·地官·質人》：“大市以質，小市以劑。”鄭玄注：“大市，人民（奴婢）馬牛之屬，用長券；小市，兵器珍異之物，用短券。”賈公彥疏：“鄭以意分之爲大小。就大者而言，若人民則未

成亂已下,牛馬未著齒已前,亦得爲小者也。"小集市。王褒《僮約》:
"販於小市,歸都擔枲。"蘇軾《新年》:"小市人歸盡,孤舟鶴踏翻。"
漁火:漁船上的燈火。錢起《送元評事歸山居》:"水宿隨漁火,山行到
竹扉。"汪元量《滿江紅》:"但滿目、銀光萬頃,淒其風露。漁火已歸鴻
雁汊,櫂歌更在鴛鴦浦。"　深蘆:深密的蘆葦叢。如曉《雪中送悟虛
師》:"滿船風雪一溪水,漁入深蘆釣不能。兩岸青山供冷笑,夜寒落
魄獨歸僧。"章望之《衆樂亭》:"鴛鴦宜綉幙,翡翠失深蘆。九夏荷開
簞,三秋茭洗盂。"

⑰ 日脚:太陽穿過雲隙射下來的光綫。岑參《送李司諫歸京》:
"雨過風頭黑,雲開日脚黃。"范成大《眼兒媚·萍鄉道中乍晴卧輿中
困甚小憩柳塘》:"酣酣日脚紫烟浮,妍暖試輕裘。"　雲根:深山雲起
之處。張協《雜詩十首》一〇:"雲根臨八極,雨足灑四溟。"杜甫《題忠
州龍興寺所居院壁》:"忠州三峽内,井邑聚雲根。"仇兆鰲注:"張協詩
'雲根臨八極'注:五岳之雲觸石出者,雲之根也。"　曳:逾越,超過。
《文選·王褒〈洞簫賦〉》:"狀若捷武,超騰踰曳,迅漂巧兮。"李善注:
"曳亦踰也。"　蒲:植物名,香蒲。《詩·大雅·韓奕》:"其蔌維何?
維筍及蒲。"楊衒之《洛陽伽藍記·景明寺》:"寺有三池,蕉蒲菱藕,水
物生焉!"指蒲席。《左傳·文公二年》:"下展禽,廢六關,妾織蒲。"楊
伯峻注:"妾織蒲席販賣,言其與民争利。"蒲柳,即水楊。《詩·王
風·揚之水》:"揚之水,不流束蒲。"鄭玄箋:"蒲,蒲柳。"

⑱ 花氣:花的香氣。賈至《對酒曲二首》一:"曲水浮花氣,流風
散舞衣。"王安石《見遠亭》:"圃畦花氣合,田徑燒痕斑。"　新雨:剛下
過雨,亦指剛下的雨。江總《侍宴玄武觀》:"詰曉三春暮,新雨百花
朝。"韓愈《山石》:"昇堂坐階新雨足,芭蕉葉大支子肥。"　草芽:剛剛
萌發的草的嫩芽。李端《早春夜望》:"舊雪逐泥沙,新雷發草芽。曉
霜應傍鬢,夜雨莫催花。"韓愈《春雪》:"新年都未有芳華,二月初驚見
草芽。白雪却嫌春色晚,故穿庭樹作飛花。"

⑲ 梅萼:梅花的蓓蕾。杜甫《江梅》:"梅蕊臘前破,梅花年後多。絕知春意早,最奈客愁何!"歐陽修《玉樓春‧題上林後亭》:"池塘隱隱驚雷曉,柳眼未開梅萼小。" 紅杏:紅色的杏花。楊巨源《將歸東都寄令狐舍人》:"綠楊紅杏滿城春,一騎悠悠萬井塵。岐路未關今日事,風光欲醉長年人。"白居易《偶作》:"紅杏初生葉,青梅已綴枝。闌珊花落後,寂寞酒醒時。"

⑳ 耨:用耨除草。《左傳‧僖公三十三年》:"初,臼季過冀,見冀缺耨,其妻饁之。"杜預注:"耨,鋤也。"《史記‧龜策列傳》:"耕之穮之,鉏之耨之。"裴駰集解引徐廣曰:"耨,除草也。" 蒻:菰根,即茭白根。《晉書‧毛璩傳》:"海陵縣界地名青蒲,四面湖澤,皆是菰蒻。"何超音義:"《珠叢》云:菰草叢生,其根盤結,名曰蒻。"《宋史‧河渠志》:"湖水多蒻,自唐及錢氏後廢而不理。至是,蒻積二十五萬餘丈,而水無幾。"

㉑ 緑:用草染成的一種黑黃而近綠的顏色。庾肩吾《謝東宮賚內人春衣啓》:"階邊細草,猶推緑葉之光;戶前桃樹,翻訝藍花之色。"元稹《臺中鞫獄憶開元觀舊事四十韻》:"坐臥摩綿褥,捧擁緑絲鬢。"青錢:喻色綠而形圓之物,如榆葉、萍葉、苔點等。歐陽炯《春光好》:"風颭九衢榆葉動,簇青錢。"張先《木蘭花‧邠州作》:"青錢貼水萍無數,臨曉西湖春漲雨。" 榆:榆樹,落葉喬木,葉卵形,花有短梗,翅果倒卵形,稱榆莢、榆錢。李時珍《本草綱目‧榆》:"邢昺《爾雅疏》云:'榆有數十種,今人不能盡別,唯知莢榆、白榆、刺榆、榔榆數者而已。'莢榆、白榆皆大榆也,有赤白二種,白者名枌。"《漢書‧韓安國傳》:"累石爲城,樹榆爲塞,匈奴不敢飲馬於河。"韓愈《獨釣四首》一:"羽沉知食駛,緡細覺牽難。聊取誇兒女,榆條繫從鞍。"

㉒ 鷗:水鳥名,頭大,嘴扁平,趾間有蹼,翼長而尖,羽毛多,灰白色。李時珍《本草綱目‧鷗》:"鷗者浮水上,輕漾如漚也⋯⋯在海者名海鷗,在江者名江鷗。"《後漢書‧馬融傳》:"水禽鴻鵠,鴛鴦、鷗、

鷖,鶄鶄。"李賢注:"鷗,白鷗也。"　瀨:沙石上流過的水。《楚辭·九歌·湘君》:"石瀨兮淺淺,飛龍兮翩翩。"王充《論衡·書虛》:"溪谷之深,流者安洋;淺多沙石,激揚爲瀨。"　雉:鳥名,通稱野雞。李時珍《本草綱目·雉》:"雉,南北皆有之,形大如雞,而斑色繡異。雄者文采而尾長,雌者文暗而尾短。"《易·旅》:"六五:射雉一矢亡。"韓愈《送區弘南歸》:"蜃沈海底氣昇霏,彩雉野伏朝扇翬。"　平蕪:草木叢生的平曠原野。江淹《去故鄉賦》:"窮陰匝海,平蕪帶天。"李山甫《劉員外寄移菊》:"秋來緣樹復緣墻,怕共平蕪一例荒。"

㉓ 王餘:魚名。《文選·左思〈吳都賦〉》:"雙則比目,片則王餘。"劉逵注:"王餘魚,其身半也。俗云:越王鱠魚未盡,因以殘半棄水中,爲魚,遂無其一面,故曰王餘也。"劉禹錫《送裴處士應制舉詩》:"垂鉤釣得王餘魚,躡芳共登蘇小墓。"吳融《玉女廟》:"愁黛不開山淺淺,離心長在草萋萋。檐橫綠派王餘擲,窗裏紅枝杜宇啼。"　謝豹:鳥名,即子規,亦名杜宇、杜鵑。《禽經》:"巂周,子規也,啼必北向。江介曰子規,蜀右曰杜宇。"張華注:"啼苦則倒懸於樹,自呼曰謝豹。"陸游《老學庵筆記》卷三:"唐顧況《送張衛尉》詩曰:'綠樹村中謝豹啼。'若非吳人,殆不知謝豹爲何物也。"雍陶《聞杜鵑二首》一:"碧竿微露月玲瓏,謝豹傷心獨叫風。高處已應聞滴血,山榴一夜幾枝紅?"張泌《晚次湘源縣》:"烟郭遙聞向晚雞,水平舟靜浪聲齊。高林帶雨楊梅熟,曲岸籠雲謝豹啼。"

㉔ 蛺蝶:亦作"蛺蝶",蝴蝶。葛洪《抱朴子·官理》:"鬙孺背千金而逐蛺蝶,越人棄八珍而甘黿鼊,即患不賞好,又病不識惡矣!"何遜《石頭答庾郎丹》:"黃鸝隱葉飛,蛺蝶縈空戲。"　螟:螟蛾的幼蟲,一種蛀食稻心的害蟲。《春秋·隱公五年》:"(九月)螟。"杜預注:"蟲食苗心者爲災,故書。"韓愈《鄆州溪堂詩》:"孰爲邦孟,節根之螟。"蒲盧:即果蠃,一種細腰的蜂。《禮記·中庸》:"夫政也者,蒲盧也。"鄭玄注:"蒲盧,蜾蠃,謂土蜂也。《詩》曰:'螟蛉有子,蜾蠃負之。'螟

蛉,桑蟲也,蒲盧取桑蟲之子去而變化之,以成爲己子,政之於百姓,若蒲盧之於桑蟲然。"後因以"蒲盧"比喻對百姓的教化。貫休《上杜使君》:"政術似蒲盧,詩情出冲漠。"

㉕ 淺碧:淺緑色。孟郊《濟源春》:"新畫彩色濕,上界光影來。深紅縷草木,淺碧珩沶洄。"元稹《鶯鶯詩》:"殷紅淺碧舊衣裳,取次梳頭闇澹妝。夜合帶烟籠曉日,牡丹經雨泣殘陽。" 新卵:剛剛下的蛋。郝經《山陽橙歌贈緱子玉》:"瘴雨蠻烟遶茅屋,黃龍飛去失新卵。" 新:初次出現的,与"舊"相對。《诗·豳风·東山》:"其新孔嘉,其舊如之何?"和凝《小重山》:"新榜上,名姓徹丹墀。" 卵:蛋。木華《海賦》:"毛翼産㲉,剖卵成禽。"韓愈《遊青龍寺贈崔大補闕》:"然雲燒樹大實駢,金烏下啄頳虯卵。" 深黃:深深的黃色。姚合《楊柳枝詞五首》五:"江亭楊柳折還垂,月照深黃幾樹絲? 見説隋堤枯已盡,年年行客怪春遲。"黃庭堅《王文恭公挽詞二首》二:"宥密深黃閣,光輝極上臺。藏舟移夜壑,華屋落泉臺。" 嫩鷇:剛剛孵化出來的仔鵝。 嫩:指物初生時的柔弱狀態。杜甫《奉酬李都督表丈早春作》:"紅入桃花嫩,青歸柳葉新。"蘇軾《和子由除日見寄》:"寒梅與凍杏,嫩蕚初似麥。" 鷇:幼禽。《楚辭·劉向〈九嘆·怨思〉》:"閔空宇之孤子兮,哀枯楊之冤鷇。"洪興祖補注:"〔鷇〕:鳥子生而能自啄者。"義近"雛",傅玄《放歌行》:"孤雛攀樹鳴,離鳥何繽紛!"《晉書·張駿傳》:"姑臧謡曰:'鴻從南來雀不驚,誰謂孤鷇尾翅生?'"

㉖ 村扉:農家的門扇。趙抃《早離温江夜泊白沙步》:"漁父遙連市,村扉半掩柴。夜來溪上宿,夢已在高齋。"李光《三月三日陪郡守宴嚴亭》二:"尋花問柳到村扉,葉暗檳榔晝影移。從此山翁頻倒載,嚴池今勝習家池。" 白板:不施油漆的木板。王維《田家》:"雀乳青苔井,雞鳴白板扉。"王珪《劉損齋主簿見示遊廣教和劉朔齋詩次韻》:"紅葉村邊白板扉,林間剥啄愧新知。離居自信難同俗,載酒何時許問奇?" 寺壁:寺廟壁畫。謝赫《古畫品録·第四品》:"〔蘧道湣、章

繼伯⃞並善寺壁,兼長畫扇。"姚最《續畫品·解蒨》:"全法章蘧,筆力不逮,通變巧捷,寺壁最長。"　頳:紅。江淹《雜三言·悦曲池》:"北山兮黛柏,南江兮頳石。"指顏色變紅。陸游《養疾》:"菊穎寒猶小,楓林曉漸頳。"　糊:塗附,黏合。鮑照《蕪城賦》:"製磁石以禦衝,糊頳壤以飛文。"白居易《竹窗》:"開窗不糊紙,種竹不依行。"

㉗ "禹廟纔離郭"兩句:意謂大禹的廟宇就在越州外城邊上,而陳莊恰恰就在半途。　禹廟:紀念大禹的廟宇。禹是我國古代部落聯盟的領袖,姒姓,名文命,鯀之子,又稱大禹、夏禹、戎禹,原爲夏后氏部落領袖,奉舜命治理洪水,領導百姓疏通江河,興修溝渠,發展農業。據傳治水十三年中,三過家門不入。後被選爲舜的繼承人,舜死後即位,建立夏代,後世視爲聖王。在越州,有不少關於大禹的勝迹,禹廟就是其中之一。徐浩《謁禹廟》:"畎澮敷四海,川源滌九州。既膺九命錫,乃建洪範疇。"元稹《送王十一郎遊剡中》:"百里油盆鏡湖水,千峰鈿朵會稽山。軍城樓閣隨高下,禹廟烟霞自往還。"　陳莊:一個越州的小地名,難以考實。半途:半路之中。强至《上提刑祠部書》:"噫! 不欲爲良吏則已;如欲爲之,必曰終身焉! 惡在一歲再歲而易也。猶千里之遠,不求及則已,如欲及之,必極於千里而後止,惡在五十步百步或半途而畫哉!"蘇軾《和飲酒二十首》——:"籃輿兀醉守,路轉古城隅。酒力如過雨,清風消半途。"

㉘ 石帆:山名,在越州。《太平寰宇記·越州》:"石帆山在縣東南十五里,夏侯曾先記云:石帆壁立臨川,通石魚山,遙望之有似張帆也。"宋之問《遊禹穴回出若邪》:"鶴往籠猶挂,龍飛劍已空。石帆摇海上,天鏡落湖中。"元稹《寄樂天》:"莫嗟虛老海壖西,天下風光數會稽。靈汜橋前百里鏡,石帆山崦五雲溪。"　峭:陡直,高峻。《楚辭·九章·悲回風》:"上高巖之峭岸兮,處雌蜺之標顛。"謝靈運《過始寧墅》:"巖峭嶺稠疊,洲縈渚連綿。"　嶢:危高貌。柳宗元《招海賈文》:"舟航軒昂兮,下上飄鼓;騰趠嶢嶊兮,萬里一觀。"集注引童宗説曰:

"嶢嶬,危高也。" 龍瑞:道觀名,在陽明洞天附近。《會稽志·宮觀寺院》:"龍瑞宮:在縣東南二十五里,有禹穴及陽明洞天。道家以爲黃帝時嘗建候神館於此,至唐神龍元年置懷仙館,開元二年因龍見,改今額。"《方輿勝覽·紹興府》:"道觀龍瑞宮:在會稽東南二十里,道家謂黃帝時嘗建候神館於此,有龍現壇。憲汪綱以旱來祈,有物蜿蜒於壇上,人皆知爲神龍變化也。繼而雨如傾注。"方干《題龍瑞觀兼呈徐尊師》:"或雨或雲常不定,地靈雲雨自無時。世人莫識神方字,仙鳥偏栖藥樹枝。"秦觀《遊龍瑞宮次程公韵》:"靈祠真館閌山隈,形勢相高對越臺。莓徑翠依屏上轉,藕花紅繞鑑中開。"《編年箋注》注云:"龍瑞:疑爲水名。"誤。 縈紆:盤旋環繞。班固《西都賦》:"步甬道以縈紆,又杳窱而不見陽。"白居易《長恨歌》:"黃埃散漫風蕭索,雲棧縈紆登劍閣。"

㉙ 穴爲探符坼:典見《吳越春秋·越王無余外傳》:"赤帝在闕,其巖之巔,承以文玉,覆以盤石,其書金簡,青玉爲字,編以白銀,皆琢其文。禹乃東巡,登衡嶽,血白馬以祭,不幸所求。禹乃登山仰天而嘯,因夢見赤繡衣男子,自稱玄夷蒼水使者,聞帝使丈命于斯,故来候之,非厥歲月,將告以期,無爲戲吟,故倚歌覆釜之山東,顧謂禹曰:'欲得我山神書者,齋於黃帝巖嶽之下,三月庚子,登山發石,金簡之書存矣!'禹退齋,三月庚子,登宛委山,發金簡之書,案金簡玉字,得通水之理。" 潭因失箭刲:疑鏡湖因尋找失去的箭而挖掘,具體不詳。 潭:深水池。《楚辭·九章·抽思》:"長瀨湍流,泝江潭兮!"姜亮夫校注:"潭,深淵也,楚人名淵曰潭。"高適《漁父歌》:"曲岸深潭一山叟,駐眼看鈎不移手。" 刲:挖,挖空。《文選·鮑照〈蕪城賦〉》:"才力雄富,士馬精妍,故能奓秦法,佚周令,劃崇墉,刲濬洫,圖修世以休命。"李善注:"刲,謂除消其土也。"李賀《公莫舞歌》:"漢王今日須秦印,絕臍刲腸臣不論。"

㉚ 堤形:水堤的形狀。邵雍《天津橋晚步》:"橋勢橫雌霓,堤形

偃初月。"《日下舊聞考·京畿》:"臣等謹按:馬貉堤相傳宋楊延朗所築,堤形尚存,棘針墳今不可考。"　熨斗:燙平衣物的金屬器具。舊時構造形似斗,中燒木炭。《晉書·韓伯傳》:"伯年數歲,至大寒,母方爲作襦,令伯捉熨斗。"蕭綱《和徐録事見内人作臥具》:"熨斗金塗色,簪管白牙纏。"這裏指鏡湖之堤彎彎曲曲,猶如熨斗之形。　峰勢擁香爐:《會稽志·會稽縣》:"茅峴在縣東南一十五里,茅君隱於此。一名玉笥,出美玉,其形如笥。山陽一峰狀如香爐,又謂之香爐峰(茅峴與會稽山接,舊經:會稽山一名苗山,亦名茅山,疑只此山,然舊經茅峴有香爐峰,蓋會稽山之別峰也,今因之)。"　峰勢:山峰的形態。宋之問《送田道士使蜀投龍》:"風馭忽泠然,雲臺路幾千? 蜀門峰勢斷,巴字水形連。"岑參《青山峽口泊舟懷狄侍御》:"峽口秋水壯,沙邊且停橈。奔濤振石壁,峰勢如動搖。"　香爐:焚香的器具,用陶瓷或金屬作成種種形式,其用途亦有多種,或熏衣、或陳設、或敬神供佛。趙希鵠《洞天清録·古鐘鼎彝器辨》:"古以蕭艾遠神明而不焚香,故無香爐。今所謂香爐,皆以古人宗廟祭器爲之。爵爐則古之爵,狻猊爐則古之踽足豆,香毬則古之鬵,其等不一,或有新鑄而象古爲之者。惟博山爐乃漢太子宮所用,香爐之制始於此。"衛宏《漢舊儀》:"給尚書郎伯二人,女侍史二人,皆選端正者從直。伯送至止車門還,女侍史執香爐燒熏,以入臺護衣。"《南史·梁元帝紀》:"初,武帝夢眇目僧執香鑪,稱託生王宮。"

㉛　幢蓋:赤幢和曲蓋,古爲將軍刺史的儀仗,因亦用以稱刺史、郡守。語出《晉書·馬隆傳》:"詔曰:隆以偏師寡衆,奮不顧難,冒險能濟,其假節、宣威將軍,加赤幢、曲蓋、鼓吹。"《文選·潘岳〈馬汧督誄〉》:"進以顯秩,殊以幢蓋之制。"李善注:"幢蓋,將軍刺史之儀也。"劉長卿《酬滁州李十六使君見贈》:"幢蓋方臨郡,柴荆忝作鄰。"供神佛的幢幡傘蓋。康駢《劇談録·真身》:"坊市以繒綵結爲龍鳳象馬之形,紙竹作僧佛鬼神之狀、幡花幢蓋之屬。"齊己《升天行》:"驅青鸞,

駕白鳳,幢蓋飄飄入冷空,天風瑟瑟星河動。」　三洞:道教經典分洞真、洞玄、洞神三部,合稱「三洞」,言通玄達妙,其統有三,故云「三洞」。蕭綱《吳郡石像銘》:「又有受持黃老,好尚神仙,職在三洞,身帶八景,更竭丹款,復共奉迎。」借指道家的名山洞府。顧況《步虛詞》:「迴步遊三洞,清心禮七真。」王禹偁《太一宮祭迴寄韓德純道士》:「自慚懷祿仕,蠹此力稼民。又拋三洞趣,來入九衢塵。」　烟霞:烟霧,雲霞。謝朓《擬宋玉〈風賦〉》:「烟霞潤色,荃蕙結芳。」玄奘《大唐西域記·伊爛拏鉢伐多國》:「含吐烟霞,蔽虧日月。古今仙聖,繼踵栖神。」泛指山水、山林。蕭統《錦帶書十二月啓·夾鍾二月》:「敬想足下,優游泉石,放曠烟霞。」楊炯《原州百泉縣令李君神道碑》:「不掃一室,自懷包括之心;獨守大玄,且忘名利之境。于時魏特進、房僕射、杜相州等,並以江海相期,烟霞相許。」　一壺:道家傳說壺中別有天地,因常以「一壺」喻宇宙或仙境。王維《贈焦道士》:「坐知千里外,跳向一壺中。」劉禹錫《尋汪道士不遇》:「笙歌五雲裏,天地一壺中。」

㉜ 桃枝:桃樹枝條,舊時謂可以驅鬼魅。劉安《淮南萬畢術·埋石四隅家無鬼》:「取蒼石四枚,及桃枝七枚,以桃弧射之⋯⋯故無鬼殃。」趙令時《侯鯖錄》卷一:「今人以桃枝灑地辟鬼。」　蟠:盤曲,盤結。揚雄《法言·問神》:「龍蟠於泥,蚖其肆矣!」蘇軾《謫居三適·午窗坐睡》:「蒲團蟠兩膝,竹几閣雙肘。」　桑樹:木名,落葉喬木,葉可飼蠶,果可食用和釀酒,木材可制器具,樹皮可造紙,葉、果、枝、根、皮皆可入藥。《詩·鄭風·將仲子》:「無踰我墻,無折我樹桑。」韓愈《賽神》:「麥苗含穟桑生椹,共向田頭樂社神。」　亞:垂,低垂。韋莊《對雪獻薛常侍》:「松裝粉穗臨窗亞,水結冰錐簇溜懸。」俯,偃俯。杜甫《戲題王宰畫山水圖歌》二:「舟人漁子入浦漵,山木盡亞洪濤風。」元稹《望雲騅馬歌》:「亞身受取白玉羈,開口銜將紫金勒。」

㉝ 鱉:甲魚,俗稱團魚,爬行綱動物,形態與龜略同,體扁圓,背部隆起,背甲有軟皮,外沿有肉質軟邊,生活在淡水河川湖泊中,肉鮮

美,營養豐富,血及甲可入藥。焦贛《易林・賁之頤》:"鴻鵠高飛,鳴求其雌。雌來在户,雄哺嘻嘻。甚獨勞苦,㿗鼈膾鯉。"葛洪《抱朴子・博喻》:"鼈無耳而善聞,蚓無口而揚聲。"　從事:官名,漢以後三公及州郡長官皆自辟僚屬,多以從事爲稱。張説《和尹從事懋泛洞庭》:"平湖一望上連天,林景千尋下洞泉。忽驚水上光華滿,疑是乘舟到日邊。"武元衡《幕中諸公有觀獵之作因繼之》:"銜蘆遠雁愁縈繳,繞樹啼猿怯避弓。爲報府中諸從事,燕然未勒莫論功!"　松:木名,松科植物的總稱,常綠或落葉喬木,少數爲灌木,樹皮多爲鱗片狀,葉子針形,毬果,材用很廣,種子可食用、榨油,松脂可提取松香、松節油。陶潛《歸去來兮辭》:"三徑就荒,松菊猶存。"元稹《松樹》:"華山高幢幢,上有高高松。株株遙各各,葉葉相重重。"　大夫:古職官名,周代在國君之下有卿、大夫、士三等;各等中又分上、中、下三級。後因以大夫爲任官職者之稱,秦漢以後,中央要職有御史大夫,備顧問者有諫大夫、中大夫、光禄大夫等,唐宋尚存御史大夫及諫議大夫。《史記・秦始皇本紀》:"下,風雨暴至,休於樹下,因封其樹爲五大夫。"孫逖《送趙大夫護邊》:"外域分都護,中臺命職方。欲傳清廟略,先取劇曹郎。"

㉞ 榮光:五色雲氣,古時迷信以爲吉祥之兆。《初學記》卷六引《尚書中候》:"榮光出河,休氣四塞。"《南齊書・陸澄傳》:"永明中,天忽黄色照地,衆莫能解。(王)摛云是榮光,世祖大悦,用爲永陽郡。"殿閣:殿堂樓閣。《漢書・王莽傳》:"夏,蝗從東方來,蜚蔽天,至長安,入未央宫,緣殿閣。"張繼《城西虎跑寺》:"石勢虎蹲伏,山形龍屈盤。寺開梁殿閣,墳掩晉衣冠。"　虚籟:指風。杜甫《遊龍門奉先寺》:"陰壑生虚籟,月林散清影。"楊倫箋注:"虚籟,謂風也。"唐彦謙《詠竹》:"醉卧涼陰沁骨清,石床冰簟夢難成。月明午夜生虚籟,誤聽風聲是雨聲。"　笙竽:笙和竽,因形制相類,故常聯用,竽亦笙屬樂器,有三十六簧。左思《吳都賦》:"蓋象琴築並奏,笙竽俱唱。"杜甫

《玉華宮》："萬籟真笙竽，秋色正蕭灑。"

㉟ 狎：接近，親近。《書·太甲》："予弗狎於弗順，營于桐宮，密邇先王其訓，無俾世迷。"孔傳："狎，近也。"《左傳·襄公六年》："宋華弱與樂轡少相狎。"杜預注："狎，親習也。"戲謔，狎玩。韓愈《司徒兼侍中中書令贈太尉許國公神道碑銘》："公與人有畛域，不爲戲狎，人得一笑語，重於金帛之賜。"陳鴻《東城老父傳》："三尺童子，入鷄群，如狎群小。" 仙翁：稱男性神仙，仙人，也對道官的敬稱。崔曙《九日登望仙臺呈劉明府容》："關門令尹誰能識？河上仙翁去不回。"何薳《春渚紀聞·鄭魁銘研詩》："仙翁種玉芝，耕得紫玻璃。" 池遊縣令鳧：典見《後漢書·王喬傳》："王喬者，河東人也，顯宗世爲葉令。喬有神術，每月朔望，常自縣詣臺朝，帝怪其來數而不見車騎，密令太史伺望之。言其臨至，輒有雙鳧從東南飛來。於是候鳧至，舉羅張之，但得一隻舄焉！乃詔上方詠視，則四年中所賜尚書官屬履也。每當朝時，葉門下鼓不擊自鳴，聞於京師。後，天下玉棺於堂前，吏人推排，終不搖動。喬曰：'天帝獨召我邪？'乃沐浴服飾，寢其中，蓋便立覆。宿昔葬於城東，土自成墳。其夕，縣中牛皆流汗喘乏，而人無知者。百姓乃爲立廟，號'葉君祠'。牧守每班録，皆先謁拜之。吏人祈禱，無不如應。若有違犯，亦立能爲祟。帝乃迎取其鼓，置都亭下，略無復聲焉！或雲此即古仙人王子喬也。" 鳧：野鴨，狀如家鴨而略小，肉味甚美。李時珍《本草綱目·鳧》："鳧，東南江海湖泊中皆有之。數百爲群，晨夜蔽天，而飛聲如風雨，所至稻粱一空。"《詩·鄭風·女曰雞鳴》："將翱將翔，弋鳧與雁。"朱熹集傳："鳧，水鳥，如鴨，青色，背上有文。"杜甫《西閣三度期大昌嚴明府同宿不到》："早鳧江檻底，雙影謾飄飆。"

㊱ 健羨：非常仰慕，非常羨慕。封演《封氏聞見記·壁記》："朝廷百事諸廳，皆有壁記……原其作意，蓋欲著前政履歷，而發將來健羨焉！"范資《玉堂閑話·選仙場》："觀者靡不涕泗健羨，望洞門而作

禮。” 　虛無：道家用以指“道”的本體，謂道體虛無，故能包容萬物；性合於道，故有而若無，實而若虛。《莊子・刻意》：“夫恬惔寂寞，虛無無爲，此天地之平而道德之質也。”《文子・十守》：“故靜漠者神明之宅，虛無者道之所居。”

㊲ 星紀：星次名，十二次之一，與十二辰之丑相對應，二十八宿中之斗、牛二宿屬之。《左傳・襄公二十八年》：“歲在星紀，而淫於玄枵。”杜預注：“星紀在丑，斗牛之次。”王勃《廣州寶莊嚴寺舍利塔碑》：“上當星紀，下裂坤維。”泛指歲月。陶潛《五月旦作和戴主簿》：“發歲始俯仰，星紀奄將中。”張繼《送竇十九判官使江南》：“遊客淹星紀，栽詩鍊土風。” 　樞：指國家政權或天子之位。《文選・王融〈策秀才文〉》：“朕秉籙御天，握樞臨極。”陳子昂《勸封禪表》：“伏惟陛下應天受命，握紀登樞。”

㊳ 東皇：指天神東皇太一。謝朓《賽敬亭山廟喜雨》：“秉玉朝群帝，樽桂迎東皇。”劉禹錫《武陵書懷五十韻》：“俗尚東皇祀，謠傳義帝冤。”也指司春之神。戴叔倫《暮春感懷》：“東皇去後韶華在，老圃寒香別有秋。”姜夔《卜算子・梅花八詠》：“長信昨來看，憶共東皇醉。此樹婆娑一憫然，苔蘚生春意。” 　白日：太陽，陽光。《楚辭・九辯》：“白日晼晚其將入兮，明月銷鑠而減毀。”韓愈《洞庭湖阻風贈張十一署》：“雲外有白日，寒光自悠悠。” 　北斗：指北斗星。《春秋・文公十四年》：“秋七月，有星孛入於北斗。”沈約《夜夜曲》：“河漢縱且橫，北斗橫復直。”指北斗之神。劉向《九嘆・遠逝》：“北斗爲我折中兮，太一爲余聽之。” 　玄都：傳說中神仙居處。《海內十洲記・玄洲》：“上有大玄都，仙伯真公所治。”葛洪《枕中書》：“《真記》曰：玄都玉京七寶山，週迴九萬里，在大羅之上，城上七寶宮，宮內七寶臺，有上中下三宮……上宮是盤古真人元始天尊太元聖母所治。”杜甫《冬日洛城北謁玄元皇帝廟》：“配極玄都閟，憑高禁籞長。”

㊴ 騎吏：出行時隨侍左右的騎馬的吏員。《漢書・韓延壽傳》：

"延壽嘗出,臨上車,騎吏一人後至,敕功曹議罰白。"劉禹錫《有感》:"騎吏塵未息,銘旌風已翻。" 裙:古指下裳,男女均服。《周書·長孫儉傳》:"日晚,儉乃著裙襦紗帽,引客宴於別齋。"劉禹錫《秋螢引》:"曝衣樓上拂香裙,承露臺前轉仙掌。" 科車:裸露無蓋飾的車。《宋書·禮志》:"又車無蓋者曰科車。"《北史·崔浩傳》:"蠕蠕大檀先被疾,不知所爲,乃焚穹廬,科車自載,將百人入山南走。" 幰:車帷。潘岳《藉田賦》:"微風生於輕幰兮,纖埃起於朱輪。"楊巨源《春晚東歸留贈李功曹》:"芳田岐路斜,脈脈惜年華。雲路青絲騎,香含翠幰車。"

⑩ 地侯:填星的別名,即土星。《史記·天官書》:"其一名地侯,主歲。"《太平御覽》卷五引《春秋元命苞》:"蟾蜍陰精流,生織女,立地侯。"宋均注:"地侯,鎮星別名也。"鎮星即填星。 社伯:指地方的城隍神。梅堯臣《次韻和長文社日祺祀出城》:"曉出春風已擺條,應逢社伯馬蹄驕。壇邊宿雨微霑麥,水上殘冰壅過橋。" 天吳:水神名。《山海經·海外東經》:"朝陽之谷,神曰天吳,是爲水伯。"《山海經·大荒東經》:"有神人,八首人面,虎身十尾,名曰天吳。"

⑪ 雷公:神話中管打雷的神。《楚辭·遠遊》:"左雨師使徑侍兮,右雷公以爲衛。"韓愈《陸渾山火一首和皇甫湜用其韵》:"雷公擘山海水翻,齒牙嚼齧舌齶反。" 竈鬼:即灶神。《史記·孝武本紀》:"上有所幸王夫人,夫人卒,少翁以方術蓋夜致王夫人及竈鬼之貌云,天子自帷中望見焉!"陸龜蒙《祀灶解》:"竈鬼以時録人功過,上白於天。"又作"竈神",舊俗供於灶上的神,傳説灶神於農曆臘月二十三日至除夕上天陳報人家善惡。《莊子·達生》:"竈有髻。"成玄英疏:"竈神,其狀如美女,著赤衣,名髻也。"段成式《酉陽雜俎·諾皋記上》:"竈神名隗,狀如美女。又姓張名單,字子郭,夫人字卿忌……一曰名壤子也。"

⑫ 投壺:古代宴會禮制,亦爲娛樂活動,賓主依次用矢投向盛酒

的壺口,以投中多少決勝負,負者飲酒。《後漢書‧祭遵傳》:“遵爲將軍,取士皆用儒術,對酒設樂,必雅歌投壺。”韓愈《鄭公神道碑文》:“公與賓客朋遊,飲酒必極醉,投壺博弈,窮日夜,若樂而不厭者。”玉女:仙女。《神異經‧東荒經》:“〔東王公〕恒與一玉女投壺。”李商隱《寄遠》:“桓娥擣藥無時已,玉女投壺未肯休。”　噀:含在口中而噴出,指後漢欒巴噀酒爲雨事。葛洪《神仙傳‧欒巴》:“正旦大會,巴後到,有酒容,賜百官酒,又不飲,而西南向噀之。有司奏不敬,詔問巴,巴曰:‘臣適見成都市上火,臣故漱酒,爲爾救之。’乃發驛書問成都,已奏言:‘正旦食後失火,須臾有大雨三陣,從東北來,火乃止,雨著人皆作酒氣。’”　麻姑:神話中仙女名,傳說東漢桓帝時曾應仙人王遠(字方平)召,降於蔡經家,爲一美麗女子,年可十八九歲,手纖長似鳥爪。蔡經見之,心中念曰:“背大癢時,得此爪以爬背,當佳。”方平知經心中所念,使人鞭之,且曰:“麻姑,神人也,汝何思謂爪可以爬背耶?”麻姑自云:“接侍以來,已見東海三爲桑田。”又能擲米成珠,爲種種變化之術。李白《短歌行》:“蒼穹浩茫茫,萬劫太極長。麻姑垂兩鬢,一半已成霜。”司馬光《昌言有詠石發詩三章強爲三詩以繼其後》二:“金闕銀城仙客居,欲傳消息問麻姑。”

㊸　果實:果樹所結之實。《禮記‧王制》:“五穀不時,果實未熟,不粥於市。”《呂氏春秋‧貴信》:“華不盛,則果實不生。”　千歲:一千年,極言時間之長,非確數。楊炯《送楊處士反初卜居曲江》:“綠琪千歲樹,黃槿四時花。別怨應無限,門前桂水斜。”趙彥昭《奉和元日賜群臣柏葉應制》:“器乏雕梁器,材非構廈材。但將千歲葉,常奉萬年杯。”　衣裳:古時衣指上衣,裳指下裙,後亦泛指衣服。劉希夷《擣衣篇》:“秋天瑟瑟夜漫漫,夜白風清玉露漙。燕山遊子衣裳薄,秦地佳人閨閣寒。”崔國輔《怨詞二首》一:“妾有羅衣裳,秦王在時作。爲舞春風多,秋來不堪著。”　銖:古代衡制中的重量單位,爲一兩的二十四分之一。《孫子‧形》:“故勝兵若以鎰稱銖,敗兵若以銖稱鎰。”郭

化若注:"古代二十四兩爲一'鎰',二十四分之一兩爲一'鉄'。"《北齊書·文宣帝紀》:"己丑,改鑄新錢,文曰'常平五鉄'。"

㉔ 瓊杯:玉製的酒杯,亦用以美稱酒杯。李白《憶舊遊寄譙郡元參軍》:"瓊杯綺食青玉案,使我醉倒無心歸。"辛棄疾《滿江紅·中秋寄遠》:"雲液滿,瓊杯滑。長袖舞,清歌咽。" 素液:潔白的液體。彭汝礪《白馬寺》:"白露泛素液,黃金折嘉蓮。樂哉襄陽人,歲歲無凶年。"范純仁《和徐郎中柏枝甘露》:"素液濃甘勝醴飴,偏零翠柏瑞明時。何如溥作豐年澤,萬物涵濡被福厘。" 匕:古代取食的用具,曲柄淺斗,有飯匕、牲匕、疏匕、挑匕之分,狀類後代的羹匙。《儀禮·公食大夫禮》:"雍人以俎入陳于鼎南,旅人南面加匕於鼎,退。"劉禹錫《爲杜相公謝就宅賜食狀》:"舉其匕箸,若負丘山。" 雕胡:茭白子實,即苽米,煮熟爲雕胡飯。《史記·司馬相如列傳》:"其卑濕則生藏莨蒹葭,東薔雕胡。"司馬貞索隱:"雕胡,案謂菰米。"陸游《村飲示鄰曲》:"雕胡幸可炊,亦有社酒渾。"

㉕ 掌裏承來露:疑用"金銅仙人辭漢歌"之典。金銅仙人是金銅鑄造的仙人像,指漢武帝時所作以手掌舉盤承露的仙人。李賀《金銅仙人辭漢歌序》:"魏明帝青龍元年八月,詔宫官牽車西取漢孝武捧露盤仙人,欲立置前殿。宫官既拆盤,仙人臨載,乃潸然淚下。唐諸王孫李長吉遂作《金銅仙人辭漢歌》。"詩云:"茂陵劉郎秋風客,夜聞馬嘶曉無迹。畫欄桂樹懸秋香,三十六宫土花碧。" 柈:盤子,後多作"槃"、"盤"。杜甫《十月一日》:"蒸裏如千室,焦糖幸一柈。"范成大《吳船録》卷上:"荔子已過,郡中猶餘一株,皆如渥丹,盡擷以見餉,偶有兩柈留館中,經宿取視,綠葉紅實粲然。" 鱸:松江鱸魚,杜父魚科,鰓膜上各有兩條橙黃色的斜紋,古人誤爲四鰓,故又稱"四鰓鱸"。鱗退化,體呈黃褐色。生活在近岸淺海,夏秋進入淡水河川後,肉更肥美,尤以松江所產最爲名貴。李時珍《本草綱目·鱸魚》:"鱸出吳中,淞江尤盛。四五月方出,長僅數寸,狀微似鱖而色白,有黑點,巨

口細鱗，有四鰓。"《後漢書·左慈傳》："（曹）操從容顧衆賓曰：'今日高會，珍羞略備，所少吴松江鱸魚耳！'"蘇軾《後赤壁賦》："今者薄暮，舉網得魚，巨口細鱗，狀似松江之鱸。"

㊻ 菌：蕈，菌子。賈思勰《齊民要術·素食》："菌，一名地鷄。口未開，内外全白者佳；其口開裹黑者，臭不堪食。"黄庭堅《次韵子瞻春菜》："驚雷菌子出萬釘，白鵝截掌鼈解甲。" 局促：匆促，短促。劉楨《詩》："天地無期竟，民生甚局促。"《北史·夏侯夬傳》："人生局促，何殊朝露！坐上相看，先後間耳！"因菌類生長週期非常短暫，故言"悲局促"。 柯爛：斧柄朽爛，用晉代王質伐木入石室山之典，喻時間久遠。任昉《述異記》卷上："信安郡石室山，晉時王質伐木至，見童子數人棋而歌，質因聽之。童子以一物與質，如棗核，質含之，不覺飢。俄頃，童子謂曰：'何不去？'質起，視斧柯爛盡。既歸，無復時人。"錢起《過瑞龍觀道士》："石寶采雲母，霞堂陪列仙。主人善止客，柯爛忘歸年。"謝勮《遊爛柯山》三："仙奕示樵夫，能言忘歸路。因看斧柯爛，孫子髮已素。" 須臾：片刻，短時間。《荀子·勸學》："吾嘗終日而思矣，不如須臾之所學也。"儲光羲《閑居》："悠然念故鄉，乃在天一隅。安得如浮雲，來往方須臾？"

㊼ 稊米：小米，比喻其小。《莊子·秋水》："計中國之在海内，不似稊米之在太倉乎！"辛棄疾《哨遍·秋水觀》："喻此理，何言泰山毫末，從來天地一稊米。" 醯雞：即蠛蠓，古人以爲是酒醋上的白黴變成。《列子·天瑞》："醯雞生乎酒。"李白《留別西河劉少府》："君亦不得意，高歌羨鴻冥。世人若醯雞，安可識梅生？"

㊽ 鼓鼙：亦作"鼓鞞"，古代軍中常用的樂器，指大鼓和小鼓。《禮記·樂記》："君子聽鼓鼙之聲，則思將帥之臣。"《舊唐書·郭子儀傳》："子儀遣六軍兵馬使張知節、烏崇福、羽林軍使長孫全緒等將兵萬人爲前鋒，營於韓公堆，盛張旗幟，鼓鞞震山谷。" 瞑色：暮色，亦指昏暗的天色。李白《菩薩蠻》二："瞑色入高樓，有人樓上愁。"劉禹

錫《答表臣贈別二首》二："嘶馬立未還,行舟路將轉。江頭瞑色深,揮袖依稀見。" 簪組:冠簪和冠帶。王維《留別丘為》:"親勞簪組送,欲趁鶯花還。"蘇軾《寄劉孝叔》:"高蹤已自雜漁釣,大隱何曾棄簪組!"微軀:微賤的身軀,常用作謙詞。曹植《叙愁賦》:"委微軀於帝室,充末列於椒房。"牟融《遊報本寺》:"自笑微軀長碌碌,幾時來此學無還?"

⑭ 徒侶:朋輩,同伴。劉琨《扶風歌》:"攬轡命徒侶,吟嘯絕巖中。"谷神子《博異志·白幽求》:"夜遭風,與徒侶數十人為風所飄,南馳兩日兩夜,不知幾千萬里。" 世路:指宦途。《後漢書·崔駰傳》:"子苟欲勉我以世路,不知其跌而失吾之度也。"杜甫《春歸》:"世路雖多梗,吾生亦有涯。"

⑮ 題詩:就一事一物或一書一畫等,抒發感受,題寫詩句,多寫於柱壁、書畫、器皿之上。李頎《宴陳十六樓(樓枕金谷)》:"西樓對金谷,此地古人心……石上題詩處,千年留至今。"高適《人日寄杜二拾遺》:"人日題詩寄草堂,遙憐故人思故鄉。" 城郭:泛指城市。《史記·萬石張叔列傳》:"城郭倉庫空虛,民多流亡。"蘇軾《雷州八首》六:"殺牛撾鼓祭,城郭為傾動。" 揮手:揮動手臂,表示告別。劉琨《扶風歌》:"揮手長相謝,哽咽不能言。"張耒《離黃州》:"扁舟發孤城,揮手謝送者。" 妻孥:亦作"妻帑",妻子和兒女。《詩·小雅·常棣》:"宜爾家室,樂爾妻孥。"毛傳:"帑,子也。"杜甫《羌村三首》一:"柴門鳥雀噪,歸客千里至。妻孥怪我在,驚定還拭淚。"

⑯ 桃源:指桃源洞,在今浙江省天台縣北,相傳東漢時劉晨、阮肇到天台山采藥迷路,誤入桃源洞,遇見兩個仙女,被邀至家中半年後回家,子孫已過七代。李涉《贈長安小主人》:"仙路迷人應有術,桃源不必在深山。"韓偓《六言三首》三:"憶淚因成別淚,夢遊常續心遊。桃源洞口來否? 絳節霓旌久留。" 全家:整個家庭,全家人。劉長卿《送李二十四移家之江州》:"九江春草綠,千里暮潮歸。別後難相訪,

全家隱釣磯。"皇甫冉《送鄭員外入茅山居》:"但見全家去,寧知幾日還? 白雲迎谷口,流水出人間。" 無:副詞,用於句末,表示疑問,相當於"否"。白居易《問劉十九》:"晚來天欲雪,能飲一杯無?"楊巨源《寄江州白司馬》:"江州司馬平安否? 惠遠東林住得無?"

[編年]

《年譜》編年本詩於大和三年,理由是:"居易和詩爲:《和微之春日投簡陽明洞天五十韵》。《會稽志·碑刻》云:'元威明《春分投簡陽明洞天詩》:王璹分書,劉蔚篆額,大和三年正月十五日立石,龍瑞宮。'白居易《繼春分投簡陽明洞天詩》:王璹分書,大和三年八月十五日。'同書卷十一《井·會稽縣》云:'陽明洞天,在宛委山龍瑞宮……唐觀察使元稹以春分日投金簡於此。'"《編年箋注》編年:"此詩作於文宗大和三年(八二九),元稹時在浙東觀察使任。見下《譜》。"《年譜新編》編年本詩於"大和三年",理由是:"白居易酬和爲《和微之春日投簡陽明洞天五十韵》,次韵酬和。"另外有譜文"二月,投簡陽明洞天"説明,懷疑"大和三年正月十五日"是"大和三年三月十五日"之誤。但"正月十五日"與"三月十五日"都不是"春分",與詩題不符。

我們以爲,如果《年譜》所引述的材料没有差錯的話,《年譜》、《編年箋注》對本詩編年有誤。春分,二十四節氣之一,《月令七十二候集解》云:"二月中,分者,半也。此當九十日之半,故謂之分。秋同義。"一般在每年二月十五日。故元稹本詩云:"中分春一半,今日半春徂。"而《會稽志·碑刻》云元稹的《春分投簡陽明洞天詩》碑刻作於"大和三年正月十五日",作詩與立石有時不會在同一時期,那麼元稹的詩歌定然是大和三年之前元稹浙東任的某一個春分日所作,但以白居易在京城爲限,以大和二年春分日最爲可能。因白居易和詩云:"江上三千里,城中十二衢。"前句指元稹所在的會稽,後句指白居易所在的京城,當時白居易在刑部侍郎任上。當然,"大和三年正月十

五日”也有可能是“大和三年三月十五日”之誤，二〇〇一年我們在
《寧夏大學學報》發表拙文《元稹詩文編年新説》以及二〇〇八年三月
在河南人民出版社出版拙稿《元稹考論》的時候，我們也考慮到了“正
月”是“三月”之誤的可能，但我們當時没有看到、現在仍然没有看到
版本方面的有力證據，因此我們仍然不能隨便相信没有證據的懷疑，
不能採納《年譜新編》編年本詩於大和三年的結論。

我們認爲，結合本詩應該寫成於元稹在浙東觀察使任，時間在大
和二年的二月十五日，本詩題曰“春分”以及詩篇所云“中分春一半，
今日半春徂”已經清清楚楚揭示了這一點。

● 酬樂天杏園花^{(一)①}

劉郎不用閑惆悵，且作花間共醉人^②。筭得貞元舊朝
士^(二)，幾員同見太和春^{(三)③}？

録自《古今事文類聚》後集卷三一

[校記]

（一）**酬樂天杏園花**：本詩不見於馬本、楊本的《元氏長慶集》，宋
代洪邁之兄洪适鎮越時補刻，題作“酬白樂天杏花園”，《全芳備祖集》
題作“七言絶句”，下面引入包括白居易、劉禹錫、薛能、高駢、王安石、
朱淑真等唐宋詩人在内的“七言絶句”多篇，《英華》、《全詩》題作“酬
白樂天杏花園”，按照元稹唱和白居易詩篇的一般慣例，很少稱呼“白
樂天”，今採用《古今事文類聚》版本，改今題，同時也與白居易原唱
《杏園花下贈劉郎中》、劉禹錫酬和白居易之作《酬樂天杏園花》之“杏
園花”相符。

（二）**筭得貞元舊朝士**：《英華》、《全詩》同，《全詩》注作“屈指貞

元舊朝士",語義相類,不改,《全芳備祖集》作"等是貞元舊朝士",語義不通,刊刻之誤,不從不改。

（三）幾員同見太和春:《英華》、《全芳備祖集》、《全詩》注同,《全詩》作"幾人同見太和春",語義相類,不改。"太和",以上各本同,實際應該是"大和",文獻記載中常常錯舛。

[箋注]

① 酬樂天杏園花:白居易原唱是《杏園花下贈劉郎中》:"怪君把酒偏惆悵,曾是貞元花下人。自別花來多少事? 東風二十四回春。"劉禹錫和作爲《杏園花下酬樂天見贈》:"二十餘年作逐臣,歸來還見曲江春。遊人莫笑白頭醉,老醉花間有幾人?"張籍和作爲《同白侍郎杏園贈劉郎中》:"一去瀟湘頭欲白,今朝始見杏花春。從來遷客應無數,重到花前有幾人?"本詩雖然不見於《元氏長慶集》,但我們仍然認爲是元稹的作品,理由有三:一是元稹的詩作散佚散失不少,現存元稹作品祇是元稹原來作品的二分之一不到。二是本詩產生在白居易原唱、劉禹錫和作之後,又有張籍和唱作爲旁證,根據元稹與白居易、劉禹錫、張籍的親密關係,元稹和唱應該是順理成章的事情。三是,本詩白居易、劉禹錫、張籍之詩作於大和二年,當時元稹在浙東觀察使任,與白居易等三人一直保持著頻繁的唱酬。關於白居易原唱、劉禹錫和篇以及元稹、張籍的酬和,都涉及到劉禹錫二十多年前、十多年前的兩篇詩篇,今介紹如下:劉禹錫《元和十年自朗州召至京戲贈看花諸君子》:"紫陌紅塵拂面來,無人不道看花回。玄都觀裏桃千樹,盡是劉郎去後栽。"也許是因爲這首詩,劉禹錫再度出貶,劉禹錫有《再遊玄都觀絕句并序》紀實:"余貞元二十一年爲屯田員外郎時,此觀猶未有花。是歲出牧連州,貶朗州司馬,居十年,召至京師,人人皆言有道士手植仙桃,滿觀如紅霞,遂有前篇,以志一時之事。旋又出牧,今十有四年,復爲主客郎中。重遊玄都,蕩然無復一樹,唯兔葵

燕麥動搖春風耳！因再題二十八字，以俟後遊，時太和二年三月。"詩云："百畝庭中半是苔，桃花净盡菜花開。種桃道士歸何處？前度劉郎今又來？"以上六首詩歌有内在的緊密聯繫，建議讀者聯繫起來讀。另外，關於"紫陌紅塵拂面來"一首，《劉賓客文集》、《古詩鏡·唐詩鏡》、《全詩》、《全唐詩録》作"元和十一年自朗州承召至京戲贈看花諸君子"，《古今事文類聚》作"元和十四年自郎州召至京戲贈看花諸君子"，《全芳備祖》作"元和十四年自潮州召至京師贈諸君子看花"，根據當事人劉禹錫的詩序以及歷史史實，"元和十年"是，"十一年"與"十四年"非；"郎州"是，"潮州"誤，幸請讀者注意。現存諸多《元氏長慶集》不見本詩，但《古今事文類聚》、《英華》、《全芳備祖集》、《全詩》採録，故今據此補録，編排於此。　杏園：園名，故址在今陝西省西安市郊大雁塔南，唐代新科進士賜宴之地。賈島《下第》："下第隻空囊，如何住帝鄉？杏園啼百舌，誰醉在花傍？"王定保《唐摭言·慈恩寺題名遊賞賦詠雜記》："神龍已來，杏園宴後，皆於慈恩寺塔下題名，同年中推一善書者紀之。"

② 劉郎：即劉禹錫，起源即來自劉禹錫本詩"玄都觀裏桃千樹，盡是劉郎去後栽。"后因以"劉郎"指劉禹錫。白居易《醉中重留夢得》："劉郎劉郎莫先起，蘇臺蘇臺隔雲水。"白居易《早春同劉郎中寄宣武令狐相公》："梁園不到一年强，遥想清吟對緑觴……誰引相公開口笑，不逢白監與劉郎？"　惆悵：因失意或失望而傷感、懊惱。陶潜《歸去來兮辭》："既自以心爲形役，奚惆悵而獨悲？"韋瓘《周秦行紀》："共道人間惆悵事，不知今夕是何年？"　花間：處身繁花似錦之中。何扶《寄舊同年》："金榜題名墨尚新，今年依舊去年春。花間每被紅妝問，何事重來只一人？"李群玉《題櫻桃》："春初携酒此花間，幾度臨風倒玉山。今日葉深黄滿樹，再來惆悵不能攀。"

③ 籌得：算來算去。孟貫《山中夏日》："心源澄道静，衣葛蘸泉凉。算得紅塵裏，誰知此興長？"同谷子《五子之歌》三："唯彼陶唐有

冀方,少年都不解思量。如今籌得當時事,首爲盤遊亂紀綱。"料想。
徐鉉《和蕭郎中小雪日作》:"寂寥小雪閑中過,斑駁輕霜鬢上加。籌
得流年無奈處,莫將詩句祝蒼華。"柳永《塞孤》:"算得佳人凝恨切,應
念念,歸時節。"　貞元舊朝士:指參加永貞革新的成員和竭力反對永
貞革新的保守派成員,本詩應該指後者,當時人數衆多,但時至大和
年間,大多已經作古,故詩人加以譏諷。　貞元:唐德宗在位時的年
號,起公元七八五年,終於公元八〇五年,前後計二十一年。丘丹《經
湛長史草堂序》:"貞元六年,歲在庚午,檢校尚書戶部員外郎兼侍御
史丘丹誌。"呂渭《貞元十一年知貢舉撓閣不能定去留寄詩前主司》:
"獨坐貢闈裏,愁多芳草生。仙翁昨日事,應見此時情。"　朝士:朝廷
之士,泛稱中央官員。劉義慶《世說新語·言語》:"陶公疾篤,都無獻
替之言,朝士以爲恨。"張九齡《劾牛仙客疏》:"昔韓信淮陰一壯夫,羞
與絳灌爲伍。陛下必用仙客,朝士所鄙,臣實恥之。"　太和:應該是
"大和",唐文宗在位時年號,起公元八二七年,終公元八三五年,前後
九年。白居易《太和戊申歲大有年詔賜百寮出城觀稼謹書盛事以俟
采詩》:"清晨承詔命,豐歲閱田間。膏雨抽苗足,涼風吐穗初。"李紳
《宿越州天王寺》:"太和八年,自浙東觀察使又除太子賓客分司東都,
始發州郭,越人父老男女數萬携壺觴至江津相送。"　春:年,歲。曹
植《雜詩六首》三:"自期三年歸,今已歷九春。"錢起《送畢侍御謫居》:
"桃花洞裏舉家去,此別相思復幾春?"

[編年]

　《年譜》編年本詩於大和二年,理由是:"《舊唐書·文宗紀》上云:
'(大和二年二月乙巳),秘書監白居易爲刑部侍郎。'白、劉、張、元四
詩皆大和二年作。"《編年箋注》編年:"元稹此詩作於大和二年(八二
八),時在浙東觀察使任。見下《譜》。"《年譜新編》亦編年大和二年:
"白居易原唱爲《杏園花下贈劉郎中》,次韻酬和。白詩云:'怪君把酒

偏惆悵，曾是貞元花下人。自别花來多少事？東風二十四回春。’劉
禹錫永貞元年被貶至大和二年爲二十四年。大和二年春，劉禹錫至
長安，除主客郎中。”

　　據朱金城先生《白居易年譜》考證，大和元年“六月，劉禹錫爲主
客郎中分司東都”，大和二年“春，劉禹錫至長安，除主客郎中、集賢殿
學士”，與白居易原唱《杏園花下贈劉郎中》詩題中的“劉郎中”相吻
合。而又有白居易詩句“自别花來多少事？東風二十四回春”爲證，
從貞元元年下推二十四年，本詩確實應該編年大和二年。但我們以
爲四人的詩篇還應該進一步具體到大和二年的春天，因爲他們的詩
篇均涉及“春天”：白詩“花下人”，劉詩“曲江春”，張詩“杏花春”，本詩
“太和春”。不僅如此，在“春天”的範圍裏，我們還可以進一步具體：
《舊唐書·文宗紀》：“（大和）二年……二月丁亥朔……乙巳，以刑部
侍郎盧元輔爲兵部侍郎，秘書監白居易爲刑部侍郎。”而張籍詩題稱
“白侍郎”、“劉郎中”，詩云“杏花春”，應該作於大和二年二月十九日
白居易拜刑部侍郎之後。而杏花一般二月開花，初夏其果實成熟，也
正好與白居易除刑部侍郎的時間切合。所以我們認爲本詩應該作於
大和二年二月十九日之後的春天時段之内，而不是籠統的“大和二
年”。白居易、劉禹錫與張籍詩作於長安，而元稹此詩賦詠於越州浙
東觀察使任上，時間應該後於白居易、劉禹錫、張籍。

■ 寄綾素與張司業^{(一)①}

據張籍《酬浙東元尚書見寄綾素》

［校記］

　　（一）寄綾素與張司業：本佚失詩所依據的張籍《酬浙東元尚書

見寄綾素》,見《張司業集》、《會稽掇英總集》、《全詩》,未見異文。

[箋注]

① 寄綾素與張司業:張籍《酬浙東元尚書見寄綾素》:“越地繒紗紋樣新,遠封來寄學曹人。便令裁製爲時服,頓覺光榮上病身。應念此官爲棄置,獨能相賀更殷勤。三千里外無由見,海上東風又一春。”現存元稹詩文未見原唱,據補。　綾:一種薄而細,紋如冰淩,光如鏡面的絲織品。江淹《雜體詩·效張華〈離情〉》:“延佇整綾綺,萬里贈所思。”白居易《賣炭翁》:“半匹紅紗一丈綾,繫向牛頭充炭直。”　素:白色生絹。《禮記·雜記》:“純以素,紃以五采。”孔穎達疏:“素,謂生帛。”《玉臺新詠·古詩〈爲焦仲卿妻作〉》:“十三能織素,十四學裁衣。”　與:給予,贈予。《周禮·春官·大卜》:“以邦事作龜之八命:一曰征,二曰象,三曰與,四曰謀,五曰果,六曰至,七曰雨,八曰瘳。”鄭玄注引鄭司農云:“與謂予人物也。”《左傳·僖公二十三年》:“〔重耳〕乞食於野人,野人與之塊。”　張司業:即張籍,大和二年任國子司業之職。白居易《雨中招張司業宿》:“過夏衣香潤,迎秋簟色鮮。斜支花石枕,臥詠蕊珠篇。”賈島《宿姚合宅寄張司業籍》:“松枝影搖動,石磬響寒清。誰伴南齋宿? 月高霜滿城。”　司業:學官名,隋以後國子監置司業,爲監內的副長官,協助祭酒,掌儒學訓導之政。劉禹錫《酬楊司業巨源見寄》:“辟雍流水近靈臺,中有詩篇絶世才。渤海歸人將集去,黎園弟子請詞來。”元稹《酬楊司業十二兄早秋述情見寄》:“知心豈忘鮑? 詠懷難和阮。壯志日蕭條,那能競朝幰?”

[編年]

《元稹集》未收録,《編年箋注》未收録與編年,《年譜》、《年譜新編》收録,詩題均作“寄綾素與張司業”,均編年元稹原唱在大和二年,可録備一説，但有點籠統。

《舊唐書·文宗紀》："（大和元年）九月庚申朔……丁丑，浙西觀察使李德裕、浙東觀察使元稹就加檢校禮部尚書。"張籍詩中稱元稹爲尚書，張詩應該賦作於大和元年九月十八日之後。據傅璇琮先生、吳汝煜先生《唐才子傳·張籍》、朱金城先生《白居易集箋校》考定，張籍任職國子司業在大和二年春天，據張詩"海上東風又一春"之句，元稹原唱應該作於大和二年春天張籍剛剛任職司業之時，元稹時在浙東觀察使任，上年剛剛"加檢""校禮部尚書"的榮銜。

■ 予檢校尚書居易續除刑部呈詩奉賀兼酬樂天遙祝^{(一)①}

據白居易《微之就拜尚書居易續除刑部因書賀意兼詠離懷》

［校記］

（一）予檢校尚書居易續除刑部呈詩奉賀兼酬樂天遙祝：本詩所依據的白居易《微之就拜尚書居易續除刑部因書賀意兼詠離懷》，分別見《白氏長慶集》、《白香山詩集》、《全詩》，未見異文。

［箋注］

① 予檢校尚書居易續除刑部呈詩奉賀兼酬樂天遙祝：白居易《微之就拜尚書居易續除刑部因書賀意兼詠離懷》："我爲憲部入南宮，君作尚書鎮浙東。老去一時成白首，別來七度換春風。簪纓假合虛名在，筋力銷磨實事空。遠地官高親故少，些些談笑與誰同？"未見元稹有詩篇酬和，據補。 檢校：正職之外的附職或並無職事的榮銜。《舊唐書·文宗紀》："（大和元年）九月庚申朔……丁丑，浙西

觀察使李德裕、浙東觀察使元稹就加檢校禮部尚書。"劉禹錫《爲杜司徒讓度支鹽鐵等使表》:"伏奉制書,授臣檢校司徒、同中書門下平章事,充度支及諸道鹽鐵轉運等使者。"李紳《初秋忽奉詔除浙東觀察使檢校右貂》:"印封龜紐知頒爵,冠飾蟬綏更珥貂。飛詔寵榮歡里舍,豈徒斑白與垂鬆!"　　尚書:官名,始置於戰國。從隋唐開始,中央首要機關分爲三省,尚書省即其中之一,職權益重。王建《留別田尚書》:"擬報平生未殺身,難離門館起居頻。不看匣裏釵頭古,猶戀機中錦樣新。"皇甫澈《賦四相詩·禮部尚書門下侍郎平章事李峴》:"時來遇明聖,道濟寧邦國。猗歟瑚璉器,竭我股肱力。"　　除:拜官,授職。《漢書·景帝紀》:"列侯薨及諸侯太傅初除之官,大行奏諡、誄、策。"顏師古注引如淳曰:"凡言除者,除故官就新官也。"韓愈《舉張正甫自代狀》:"右臣蒙恩,除尚書兵部侍郎。"　　刑部:我國封建社會掌管刑法、獄訟事務的官署,屬六部之一。《隋書·刑法志》:"三年,因覽刑部奏,斷獄數猶至萬條。"韓愈《送鄭尚書序》:"長慶三年四月,以工部尚書鄭公爲刑部尚書,兼御史大夫,往踐其任。"本詩指刑部的主官刑部尚書。《舊唐書·文宗紀》:"(大和二年)二月丁亥朔……乙巳……秘書監白居易爲刑部侍郎。"呈:送上,呈報。《晉書·石季龍載記》:"邃以事爲可呈呈之,季龍恚曰:'此小事,何足呈也。'時有所不聞,復怒曰:'何以不呈?'"《周書·宗懍傳》:"使制《龍川廟碑》,一夜便就,詰朝呈上。"　　奉賀:祝賀。《後漢書·桓榮傳》:"永平十五年,入授皇太子經,遷越騎校尉,詔敕太子、諸王各奉賀致禮。"元稹《故中書令贈太尉沂國公墓誌銘》:"魏之人,老者聞見平時多出涕,少者不知所以然,百辟、四方皆奉賀。"酬:詩文贈答。韓翃《酬程延秋夜即事見贈》:"長簟迎風早,空城澹月華。星河秋一雁,砧杵夜千家。"獨孤及《暮春於山谷寺上方遇恩命加官賜服酬皇甫侍御見賀之作》:"天書到法堂,朽質被榮光。自笑無功德,殊恩謬激揚。"　　遙祝:遠方的祝賀。羅鄴《謁寗祠》:"九江賈客應

遙祝,五夜神兵數此來。盡室唯求多降福,新年歸去便風催。"周翰
《禁林讌會之什》:"墨池併獲三奇寶,翠琰俱生五色光。陪讌禁林知
有幸,叩頭遙祝萬年觴。"

[編年]

　　未見《元積集》採錄,也未見《年譜》、《編年箋注》、《年譜新編》採
錄與編年。

　　根據《舊唐書·文宗紀》,元積拜授檢校禮部尚書在大和元年九
月十八日,白居易除授刑部侍郎在大和二年二月十九日,計及長安與
越州之間詩篇來回所需要的時間,元積已經散失之詩應該賦成於大
和二年三月間,地點在越州,元積時任浙東觀察使、越州刺史,上年剛
剛被加上"檢校禮部尚書"的榮銜。

■ 春深二十首(一)①

　　　　據白居易《和微之詩二十三首序》、《和春深二十首》
　　　　和劉禹錫《同樂天和微之深春二十首》、王得臣《塵
　　　　史·詩話》、趙與時《賓退録》

[校記]

　　(一)春深二十首:元積本佚失詩所依據的白居易《和微之詩二
十三首序》,見《白氏長慶集》、《白香山詩集》、《唐宋詩醇》、《全詩》,未
見異文。所據白居易《和春深二十首》,見《白氏長慶集》、《白香山詩
集》、《唐宋詩醇》、《全詩》、《全唐詩録》,未見異文。所據劉禹錫《同樂
天和微之深春二十首》,見《劉賓客文集》、《全詩》、《全唐詩録》,未見
異文。而王得臣《塵史·詩話》、趙與時《賓退録》僅據"四庫"本。

[箋注]

①　春深二十首：其根據主要有五：一、白居易《和微之詩二十三首序》："微之又以近作四十三首寄來，命僕繼和，其間瘀絮四百字、車斜二十篇者流，皆韵劇辭殫，瓌奇怪譎。"二、白居易《和春深二十首》，其一："何處春深好？春深富貴家。馬爲中路鳥，妓作後庭花。羅綺驅論隊，金銀用短車。眼前何所苦？唯苦日西斜。"其二："何處春深好？春深貧賤家。荒凉三徑草。冷落四鄰花。奴困歸傭力，妻愁出賃車。途窮平路險，舉足劇褒斜。"其三："何處春深好？春深執政家。鳳池添硯水，雞樹落衣花。詔借當衢宅，恩容上殿車。延英開對久，門與日西斜。"其四："何處春深好？春深方鎮家。通犀排帶胯，瑞鶴勘袍花。飛絮衝毬馬，垂楊拂妓車。戎裝拜春設，左握寶刀斜。"其五："何處春深好？春深刺史家。陰繁棠布葉，岐秀麥分花。五正鳴珂馬，雙輪畫軾車。和風引行樂，葉葉隼旗斜。"其六："何處春深好？春深學士家。鳳書裁五色，馬鬣剪三花。蠟炬開明火，銀臺賜物車。相逢不敢揖，彼此帽低斜。"其七："何處春深好？春深女學家。慣看溫室樹，飽識浴堂花。御印提隨仗，香箋把下車。宋家宮樣髻，一片綠雲斜。"其八："何處春深好？春深御史家。絮縈驄馬尾，蝶繞繡衣花。破柱行持斧，埋輪立駐車。入班遙認得，魚貫一行斜。"其九："何處春深好？春深遷客家。一杯寒食酒，萬里故園花。炎瘴蒸如火，光陰走似車。爲憂鵩鳥至，只恐日光斜。"其一〇："何處春深好？春深經業家。唯求太常第，不管曲江花。折桂名慚却，收螢志慕車。官場泥鋪處，最怕寸陰斜。"其一一："何處春深好？春深隱士家。野衣裁薜葉，山飯晒松花。蘭索紉幽珮，蒲輪駐軟車。林間箕踞坐，白眼向人斜。"其一二："何處春深好？春深漁父家。松灣隨棹月，桃浦落船花。投餌移輕楫，牽輪轉小車。蕭蕭蘆葉裏，風起釣絲斜。"其一三："何處春深好？春深潮戶家。濤翻三月雪，浪噴四時花。曳練馳千馬，驚雷走萬車。餘波落何處？江轉富陽斜。"其一四："何處春深好？

春深痛飲家。十分杯裏物，五色眼前花。餔歠眠糟瓮，流涎見麴車。中山一沉醉，千度日西斜。”其一五：“何處春深好？春深上巳家。蘭亭席上酒，曲洛岸邊花。弄水遊童棹，湔裾小婦車。齊橈爭渡處，一匹錦標斜。”其一六：“何處春深好？春深寒食家。玲瓏鏤雞子，宛轉綵毬花。碧草追遊騎，紅塵拜掃車。鞦韆細腰女，搖曳逐風斜。”其一七：“何處春深好？春深博奕家。一先爭破眼，六聚鬥成花。鼓應投壺馬，兵衝象戲車。彈棋局上事，最妙是長斜。”其一八：“何處春深好？春深嫁女家。紫排襦上雉，黃貼鬢邊花。轉燭初移障，鳴環欲上車。青衣傳氈褥，錦繡一條斜。”其一九：“何處春深好？春深娶婦家，兩行籠裏燭，一樹扇間花。賓拜登華席，親迎障幰車。催粧詩未了，星斗漸傾斜。”其二〇：“何處春深好？春深妓女家。眉欺楊柳葉，裙妬石榴花。蘭麝熏行被，金銅釘坐車。杭州蘇小小，人道最夭斜。”所用韻腳，均有“車”、“斜”兩字，與白居易《和微之詩二十三首序》中“車斜二十篇者流”一一相符。三、劉禹錫《同樂天和微之深春二十首（同用家花車斜四韻）》：“何處深春好？春深萬乘家。宮門皆映柳，輦路盡穿花。池色連天漢，城形象帝車。旌旗暖風裏，獵獵向西斜。”其二：“何處深春好？春深阿母家。瑤池長不夜，珠樹正開花。橋峻通星渚，樓暄近日車。層城十二闕，相對日西斜。”其三：“何處深春好？春深執政家。恩光貪捧日，貴重不看花。玉饌堂交印，沙堤柱礙車。多門一已閉，直道更無斜。”其四：“何處深春好？春深大鎮家。前旌光照日，後騎蹙成花。節院收衙隊，毬場簇看車。廣筵歌舞散，書號夕陽斜。”其五：“何處深春好？春深貴戚家。櫪嘶無價馬，庭發有名花。欲進宮人食，先薰命婦車。晚歸長帶酒，冠蓋甚傾斜。”其六：“何處深春好？春深恩澤家。爐添龍腦炷，綬結虎頭花。賓客珠成履，嬰孩錦縛車。畫堂簾幕外，來去燕飛斜。”其七：“何處深春好？春深京兆家。人眉新柳葉，馬色醉桃花。盜息無鳴鼓，朝迴自走車。能令帝城外，不敢逕由斜。”其八：“何處深春好？春深刺史家。夜闌猶命樂，雨甚亦尋花。傲客多憑酒，新姬苦上車。公門吏散後，風擺戟衣斜。"
其九："何處深春好？春深羽客家。芝田繞舍色，杏樹滿山花。雲是
淮王宅，風爲列子車。古壇操簡處，一逕入林斜。"其一〇："何處深春
好？春深小隱家。芟庭留野菜，撼樹去狂花。醉酒一千日，貯書三十
車。推衾從露體，不敢有餘斜。"其一一："何處深春好？春深富室家。
唯多貯金帛，不擬負鶯花。國樂呼聯轡，行厨載滿車。歸來看理曲，
燈下寶釵斜。"其一二："何處深春好？春深豪士家。多沽味濃酒，貴
買色深花。已臂鷹隨馬，連催妓上車。城南踏青處，村落逐原斜。"其
一三："何處深春好？春深貴胄家。迎呼偏熟客，揀選最多花。飲饌
開華幄，笙歌出鈿車。興酣罇易罄，連瀉酒瓶斜。"其一四："何處深春
好？春深唱第家。名傳一紙榜，興管九衢花。薦聽諸侯樂，來隨計吏
車。杏園拋曲處，揮袖向風斜。"其一五："何處深春好？春深少婦家。
能偷新禁曲，自剪入時花。追逐同遊伴，平章貴價車。從來不墮馬，
故遣髻鬟斜。"其一六："何處深春好？春深幼女家。雙鬟梳頂髻，兩
面繡裙花。粧壞頻臨鏡，身輕不占車。鞦韆爭次第，牽拽綵繩斜。"其
一七："何處深春好？春深蘭若家。當香收百葉，養蜜近梨花。野逕
宜行藥，遊人盡駐車。菜園籬落短，遙見桔槔斜。"其一八："何處深春
好？春深老宿家。小欄圍蕙草，高架引藤花。四字香書印，三乘壁畫
車。遲迴聽句偈，雙樹晚陰斜。"其一九："何處深春好？春深種蒔家。
分畦十字水，接樹兩般花。櫛比裁籬槿，吚啞轉井車。可憐高處望，
棋布不曾斜。"其二〇："何處深春好？春深稚子家。爭騎一竿竹，偷
折四鄰花。笑擊羊皮鼓，行牽犢額車。中庭貪夜戲，不覺玉繩斜。"劉
禹錫所用韻腳，均有"家"、"花""車"、"斜"四字，與白居易《和春深二
十首》韻腳一一相符。四、宋人王得臣《麈史·詩話》："唐元微之'何
處春深好'二十篇，用家、花、車、斜韻。夢得亦和焉！予亦和之，寄黃
雲叟以書。古人用韻未盡知，白樂天'春深貧賤家'，'荒涼三徑草，冷
落四鄰花'，又如'妻愁出賃車'之語，烏足稱哉！"五、宋人趙與時《賓

退録》：“楊文公《談苑》謂元稹作《春深題二十篇》，並用家、花、車、斜四字爲韵，白居易、劉禹錫和之，亦同此韵，次韵起於此。”據以上文獻，元稹無疑應該有《春深二十首》，今已佚失，據補。　春深：春意濃郁。儲光羲《釣魚灣》：“垂釣緑灣春，春深杏花亂。潭清疑水淺，荷動知魚散。”秦觀《次韵裴仲謨和何先輩》：“支枕星河橫醉後，入簾飛絮報春深。”

[編年]

《元稹集》未收録，《編年箋注》未收録與編年，《年譜》、《年譜新編》收録，詩題均作“春深二十首”，編年元稹原唱在大和二年，録備一説。

白居易《和微之詩二十三首序》：“微之又以近作四十三首寄來，命僕繼和，其間瘀絮四百字、車斜二十篇者流，皆韵劇辭殫，瓌奇怪譎。”白居易此序，朱金城先生《白居易集箋校》考定賦成於大和二年，故元稹“車斜二十篇”，亦即《春深二十首》應該賦成於大和二年。

■ 三月三十日四十韵^{(一)①}

據白居易《和微之詩二十三首·和三月三十日四十韵》

[校記]

（一）三月三十日四十韵：元稹本佚失詩所依據的白居易《和微之詩二十三首·和三月三十日四十韵》，見《白氏長慶集》、《白香山詩集》、《全詩》，未見異文。

［箋注］

　　① 三月三十日四十韵：白居易《和微之詩二十三首・和三月三十日四十韵》："送春君何在？君在山陰署。憶我蘇杭時，春遊亦多處。爲君歌往事，豈敢辭勞慮？莫怪言語狂，須知酬答遽。江南臘月半，水凍凝如瘀。寒景尚蒼茫，和風已吹噓。女墻城似竇，雁齒橋如鋸。魚尾上斎淪，草芽生沮洳。律遲太簇管，日緩羲和馭。布澤木龍催，迎春土牛助。雨師習習灑，雲將飄飄轝。四野萬里晴，千山一時曙。杭土麗且康，蘇民富而庶。善惡有懲勸，剛柔無吐茹。兩衙少辭牒，四境稀書疏。俗以勞倈安，政因閑暇著。仙亭日登眺，虎丘時游預（望仙亭在杭，虎丘寺在蘇）。尋幽駐旌軒，選勝迴賓御。舟移溪鳥避，樂作林猿覰。池古莫耶沈，石奇羅刹踞（劍池在蘇州，羅刹石在杭州）。水苗泥易耨，畬粟灰難鋤。紫蕨抽出畦，白蓮埋在淤。菱花紅帶黯，榅葉黃含菸（《楚辭》云：'葉菸邑而就黄。'）。鏡動波颭菱，雪迴風旋絮。手經攀桂馥，齒爲嘗梅楚。坐併船腳欹，行多馬蹄跙。聖賢清濁醉，水陸鮮肥飫。魚鱠芥醬調，水葵鹽豉絮。雖微五袴詠，幸免兆人詛。但令樂不荒，何必遊無倨？吳苑僕尋罷，越城公尚據。舊遊幾客存？新宴誰人與？莫空文舉酒，強下何曾箸！江上易優游，城中多毀譽。分應當自盡，事勿求人恕。我既無子孫，君仍畢婚娶。久爲雲雨別，終擬江湖去。范蠡有扁舟，陶潛有籃轝。兩心苦相憶，兩口遥相語。最恨七年春，春來各一處。"今存元稹詩文未見原唱，據補。三月三十日：春季的最後一天。元稹《三月三十日程氏館餞杜十四歸京》："江春今日盡，程館祖筵開。我正南冠繋，君尋北路回。"白居易《三月三十日題慈恩寺》："慈恩春色今朝盡，盡日裴回倚寺門。惆悵春歸留不得，紫藤花下漸黃昏。"

［編年］

《元稹集》未收録,《編年箋注》未收録,也未編年,《年譜》、《年譜新編》收録,詩題均作"三月三十日四十韵",編年元稹原唱在大和二年,顯得籠統。

白居易本詩透露元稹與白居易的諸多信息,值得注意。元稹長慶二年六月出貶同州,白居易同年七月出任杭州,至大和二年,祇歷經六個"春天",所謂"七年春"云云,應該理解爲"七年時間"。春在這裏是"年"、"歲"的意思。曹植《雜詩六首》三:"自期三年歸,今已歷九春。"錢起《送畢侍御謫居》:"桃花洞裏舉家去,此別相思復幾春?"而白居易《和微之詩二十三首序》,朱金城先生《白居易集箋校》考定賦成於大和二年。又據詩題"三月三十日四十韵",元稹本詩應該賦成於大和二年的三月三十。

■ 新樓北園偶集從孫公度周巡官韓秀才盧秀才范處士小飲鄭侍御判官周劉二從事皆先歸^{(一)①}

據白居易《和微之詩二十三首・和新樓北園偶集從孫公度周巡官韓秀才盧秀才范處士小飲鄭侍御判官周劉二從事皆先歸》

［校記］

(一) 新樓北園偶集從孫公度周巡官韓秀才盧秀才范處士小飲鄭侍御判官周劉二從事皆先歸:元稹本佚失詩所依據的白居易《和微之詩二十三首・和新樓北園偶集從孫公度周巡官韓秀才盧秀才范處士小飲鄭侍御判官周劉二從事皆先歸》,見《白氏長慶集》、《白香山詩集》、《全詩》,未見異文。

［箋注］

①　新樓北園偶集從孫公度周巡官韓秀才盧秀才范處士小飲鄭侍御判官周劉二從事皆先歸：白居易《和微之詩二十三首·和新樓北園偶集從孫公度周巡官韓秀才盧秀才范處士小飲鄭侍御判官周劉二從事皆先歸》：“聞君新樓宴，下對北園花。主人既賢豪，賓客皆才華。初筵日未高，中飲景已斜。天地爲幕席，富貴如泥沙。嵇劉陶阮徒，不足置齒牙。卧瓮鄙畢卓，落帽嗤孟嘉。芳草供枕藉，亂鶯助諠譁。醉鄉得道路，狂海無津涯。一歲春又盡，百年期不賒。同醉君勿辭，獨醒古所嗟。銷愁若沃雪，破悶如割瓜。稱觴起爲壽，此樂無以加。歌聲凝貫珠，舞袖飄亂麻。相公謂四座，今日非自誇。有奴善吹笙，有婢彈琵琶。十指纖若笋，雙鬟黳如鴉。履舄起交雜，杯盤散紛拏。歸去勿擁遏，倒載逃難遮。明日宴東武，後日遊若耶。豈獨相公樂，謳歌千萬家。”未見元稹原作，據補。　　新樓：剛剛建成或修建的樓房。李紳《新樓詩二十首》：“到越州日初，引家累登新樓，望鏡湖，見元相微之題壁詩云：‘我是玉京天上客，謫居猶得小蓬萊。四面尋常對屏障，一家終日在樓臺。’微之與樂天此時只隔江津，日有酬和相答，時余移官九江，各乖音問。頃在越之日，荏苒多故，未能書壁，今追思爲《新樓詩二十首》。”李紳所題的“新樓”，即元稹當日修築的“新樓”，亦即白居易和詩中的“新樓”。白居易《題崔使君新樓》：“憂人何處可鎖憂？碧瓮紅欄溢水頭。從此潯陽風月夜，崔公樓替庾公樓。”張祜《題彭澤盧明府新樓》：“碧落新樓迥，清池古樹間。先賢盡爲宰，空看縣南山。”　　北園：在北面的園林或園圃。司馬相如《上林賦》：“羅乎後宮，列乎北園。”陸機《園葵》：“種葵北園中，葵生鬱萋萋。”這裏指元稹剛剛修築成的新樓之北園。　　偶：偶然，偶爾。《列子·楊朱》：“鄭國之治，偶耳，非子之功也。”范攄《雲溪友議》卷四：“偶臨御溝，見一紅葉。”　　集：宴集，宴會。《晉書·杜預傳》：“預初在荆州，因宴集，醉卧齋中。”劉義慶《世說新語·言語》：“謝太傅寒雪日内集，與

兒女講論文義。” 從孫:兄弟的孫子。《國語·周語》:“共之從孫,四嶽佐之。”韋昭注:“共,共工。從孫,昆季之孫也。”李白《贈從孫義興宰銘》:“天子思茂宰,天枝得英才。朗然清秋月,獨出映吳臺。” 公度:《白居易集箋校·和新樓北園偶集從孫公度周巡官韓秀才盧秀才范處士小飲鄭侍御判官周劉二從事皆先歸》:“孫公度:《元集》卷二一有《送公度之福建》詩,題下注‘此後並同州刺史時作。’疑即《元集》卷一八《送孫勝》詩中之孫勝。”誤,不可信。公度即元公度,元稹從侄元義方的兒子或侄子,從輩分看,正應該是元稹的從孫。元稹《唐故建州蒲城縣尉元君墓誌銘》:“君諱某,字莫之,有魏昭成皇帝十七世而生某官,某君即某官之次子也。”其中的“某官”即元稹的親叔叔元宵,曾拜職侍御史,貞元二年病故。“某君”即“唐故建州蒲城縣尉元君”,是元稹親叔叔的兒子,名字失考,與元稹是兄弟輩。而元義方是元稹堂叔或堂伯元持的孫子,從輩分看,是元稹的從侄。元稹《唐故建州蒲城縣尉元君墓誌銘》:“無何,宗侄義方觀察福建,子幼道遠,自孤其行,拜言勤求,請君俱去。太夫人曰:‘吾有爾兄養足矣!爾其遂行!’旋授建州浦城尉。宗侄之心腹耳目之重,以至閫門之令,盡寄於君,上下無怨誠且盡也。”元義方有兒子公慶,公度應該是公慶的親兄弟或從兄弟,也正應該是元稹的從孫。元公度在長慶元年出任華陰縣令,有白居易《元公度授華陰令制》,作於長慶元年白居易爲主客郎中知制誥之時,可惜《白居易集箋校》沒有弄清“元公度”究竟是誰,留下了遺憾,種下了錯誤的成因。在元稹長慶二年與三年任職同州刺史期間,估計元公度即卸任華陰縣令先往同州拜見元稹,然後前往福建。元稹長慶三年至大和三年任職浙東觀察使期間,元公度又前往浙東拜見元稹,本佚失詩之詩題提及的“公度”即是元公度,白居易唱和元稹的《和新樓北園偶集從孫公度周巡官韓秀才盧秀才范處士小飲鄭侍御判官周劉二從事皆先歸》詩題中的“從孫公度”,也就是“元公度”。 周巡官:元稹浙東任幕僚。其餘不詳,存疑。 韓秀才:不詳,存疑。　　盧秀才:朱金城先生《白居易集箋校·和新樓北園偶集從孫公度周巡官韓秀才盧秀才范處士小飲鄭侍御判官周劉二從事皆先歸》:"盧秀才:疑爲《外集》卷上《贈盧績》詩中之盧績。"白居易《贈盧績》:"餘杭縣裏盧明府,虛白亭中白舍人。今日相逢頭似雪,一杯相勸送殘春。"難定是非,存疑。　　范處士:不詳,存疑。　　小飲:猶小酌,場面簡單而隨便的飲酒。薛用弱《集異記·王渙之》:"三詩人共詣旗亭,貰酒小飲。"柳永《婆羅門令》:"小飲歸來初更過,醺醺醉。"鄭侍御判官:元稹浙東任幕僚,亦即白居易本組詩《和酬鄭侍御東陽春悶放懷追越遊見寄》中的"鄭侍御",元稹《酬鄭從事四年九月宴望海亭次用舊韵》詩中的"鄭從事",都是鄭魴。鄭魴在浙東元稹幕下,作有《禹穴碑銘序》。　　周從事:即周元範,元稹浙東任幕僚,元稹《餘杭周從事以十章見寄詞調清婉難於遍酬聊和詩首篇以答來貺》及元稹《酬周從事望海亭見寄》詩中的"周從事",都是周元範。白居易《三月二十八日贈周判官》、《九日宴集醉題郡樓兼呈周殷二判官》、《歲假内命酒贈周判官蕭協律》、《代諸妓贈送周判官》諸詩中的"周判官",亦是周元範。　　劉從事:元稹浙東任幕僚,其餘不詳,存疑。　　歸:返回。《書·舜典》:"十有一月朔巡守……歸,格于藝祖,用特。"韓愈《送李六協律歸荆南》:"早日羈遊所,春風送客歸。"

[編年]

　　《元稹集》未收錄,《編年箋注》未收錄與編年,《年譜》、《年譜新編》收錄,詩題均作"新樓北園偶集從孫公度周巡官韓秀才盧秀才范處士小飲鄭侍御判官周劉二從事皆先歸"。《年譜》、《年譜新編》編年元稹原唱在大和二年,顯得籠統。

　　白居易詩有"一歲春又盡"之句酬和元稹,白居易和作賦作於大和二年,元稹原唱詩篇應該賦作於大和二年三月三十日春盡之時。

● 和嚴給事聞唐昌觀玉蕊花下有遊仙^(一)(一作《玉蕊院真人降》,見《唐人絶句》)^①

弄玉潛過玉樹時^(二),不教青鳥出花枝^②。的應未有諸人覺,只是嚴郎卜得知^{(三)③}。

録自《全詩》卷四二三

[校記]

(一)和嚴給事聞唐昌觀玉蕊花下有遊仙:《佩文齋廣群芳譜》、《全唐詩録》同,《萬首唐人絶句》、《佩文齋詠物詩選》作"玉蕊院真人降",《劇談録》作"聞玉蕊院真人降",各備一説,不改。

(二)弄玉潛過玉樹時:《萬首唐人絶句》、《佩文齋詠物詩選》、《唐詩紀事》、《佩文齋廣群芳譜》、《全唐詩録》、《全芳備祖》、《太平廣記》、《劇談録》同,《文忠集》作"□□潛過玉樹時",刊刻之誤,不改。

(三)只是嚴郎卜得知:原本作"只是嚴郎不得知",《萬首唐人絶句》、《佩文齋詠物詩選》同,《唐詩紀事》、《文忠集》、《佩文齋廣群芳譜》、《劇談録》、《全唐詩録》作"只是嚴郎卜得知",據改。《全芳備祖》作"只是嚴郎可得知",《太平廣記》作"只是嚴郎自得知",各備一説,不改。

[箋注]

① 和嚴給事聞唐昌觀玉蕊花下有遊仙:關於唐昌觀玉蕊花,唐時記載各異,詩人詠唱也甚多,如康駢《劇談録》:"長安安業坊唐昌觀有玉蕊花,每發若瓊林瑶樹。元和(大和)中,春物芳妍,車馬尋翫者相繼。忽一日,有女子年可十七八,衣繡綠衣,乘馬,峨髻雙鬟,無簪珥之飾,容色婉婉,迴出于衆,從以二女冠、三小僕,僕悉皆卝頭黄衫,

端麗無比。既下馬,以白角扇障面,直造花所,異香芬馥,聞于數十步之外。觀者以爲出自宮掖,莫敢逼視。竚立良久,令小僕取花數枝而出,將乘馬,回顧黃冠者曰:'曩有玉峰之約,自此可以行矣!'時觀者如堵,咸覺烟霏鶴唳,景物輝煥,舉轡百餘步,有輕風擁塵,隨之而去。須臾塵滅望之,已在半天矣!方悟神仙之遊,餘香不散者經月。時嚴給事休復、元相國、劉賓客、白醉吟等俱有玉蕊院真人降詩。"《唐詩紀事》有類如記載,可參閱:"元和中,見一女子,從以二女冠、三小僕,直造花所。佇立良久,命小童折花數枝,謂黃冠者曰:'曩有玉峰之期,自此可以行矣!'行百許步,遂不復見。休復有詩,元微之和云:'……''……'"又如嚴休復《唐昌觀玉蕊花折有仙人遊悵然成二絕》,其一:"終日齋心禱玉宸,魂銷目斷未逢真。不如滿樹瓊瑤蕊,笑對藏花洞裏人。"其二:"羽車潛下玉龜山,塵世何由覩蕣顏?唯有多情枝上雪,好風吹綴綠雲鬟。"張籍《同嚴給事聞唐昌觀玉蕊近有仙過因成絕句二首》,其一:"千枝花裏玉塵飛,阿母宮中見亦稀。應共諸仙鬪百草,獨來偷得一枝歸。"其二:"九色雲中紫鳳車,尋仙來到洞仙家。飛輪迴處無踪迹,唯有斑斑滿地花。"再如劉禹錫《和嚴給事聞唐昌觀玉蕊花下有遊仙二首》,其一:"玉女來看玉樹花,異香先引七香車。攀枝弄雪時回首,驚怪人間日易斜。"其二:"雪蕊瓊絲滿院春,羽衣輕步不生塵。君平簾下徒相問,長記吹簫別有人。"白居易《酬嚴給事(聞玉蕊花下有遊仙絕句)》:"嬴女偷乘鳳去時,洞中潛歇弄瓊枝。不緣啼鳥春饒舌,青瑣仙郎可得知?"武元衡《唐昌玉蕊花》:"琪樹年年玉蕊新,洞宮長閉綵霞春。日暮落英鋪地雪,獻花無復九天人。"張籍又有《唐昌觀玉蕊花》:"一樹籠葱玉刻成,飄廊點地色輕輕。女冠夜覓香來處,唯見階前碎月明。"今存《元氏長慶集》未見元稹《和嚴給事聞唐昌觀玉蕊花下有遊仙》詩篇,但《萬首唐人絕句》、《佩文齋詠物詩選》、《唐詩紀事》、《佩文齋廣群芳譜》、《全詩》、《全唐詩錄》、《全芳備祖》、《太平廣記》、《劇談錄》等均採錄,應該是佚失,故據採錄,編排於此。　嚴給事：即嚴休復。據《舊唐書·裴垍傳》，裴垍爲相的元和初，嚴休復爲拾遺，據元稹《永福寺石壁法華經記》，嚴休復元和十二年的身份是杭州刺史、吏部郎中。據《舊唐書·楊虞卿傳》，大和二年嚴休復爲給事中，據《舊唐書·文宗紀》，大和四年前後嚴休復爲華州刺史、右散騎常侍，其後嚴休復爲河南尹、檢校禮部尚書，充平盧軍節度、淄青登萊棣觀察等使。岑參《宿岐州北郭嚴給事別業》：“郭外山色暝，主人林館秋。疏鐘入卧內，片月到床頭。”劉禹錫《酬嚴給事賀加五品兼簡同制水部李郎中》：“九天雨露傳青詔，八舍郎官換綠衣。初佩銀魚隨仗入，宜乘白馬退朝歸。”　唐昌觀：唐道觀名，在長安安業坊南，以玄宗女唐昌公主而得名，觀中有玉蕊花，傳爲公主手植，唐宋詩人多有吟詠。楊凝《唐昌觀玉蕊花》：“瑶華瓊蕊種何年？蕭史秦嬴向紫烟。時控綵鸞過舊邸，摘花持獻玉皇前。”楊巨源《唐昌觀玉蕊花》：“晴空素艷照霞新，香灑天風不到塵。持贈昔聞將白雪，蕊珠宮上玉花春。”　玉蕊花：《全芳備祖·玉蕊》：“枝條仿佛葡萄葉，類柘葉之尖圓、梅葉之厚薄，花類梅而萼瓣縮小，心微黄，類小净瓶。暮春初夏盛開，葉獨後凋，其花白玉色，其香殊異，其高丈餘，是名玉蕊。”周必大《玉蕊辨證》：“條蔓如荼蘼，冬凋春茂，柘葉紫莖，玉蕊花苞，初甚微，經月漸大，暮春方八出鬚，如冰絲，上綴金粟花心，復有碧筩狀，類膽瓶。其中別抽一英出衆鬚上，散爲十餘蕊，猶刻玉然。”楊凝《唐昌觀玉蕊花》：“瑶華瓊蕊種何年？蕭史秦嬴向紫烟。時控綵鸞過舊邸，摘花持獻玉皇前。”何兆《玉蕊花》：“羽車潛下玉龜山，塵世何緣覯舜顔！惟有多情天上雪，好風吹上綠雲鬟。”　遊仙：古人謂游心仙境，脱離塵俗。何遜《七召·神仙》：“洗精服食，慕道遊仙。”廣宣《安國寺隨駕幸興唐觀應制》：“萬乘遊仙宗有道，三車引路本無塵。”

②　弄玉：人名，相傳爲春秋秦穆公女，嫁善吹簫之蕭史，日就蕭史學簫作鳳鳴，穆公爲作鳳臺以居之，後夫妻乘鳳飛天仙去。庾信《蕩子賦》：“羅敷總髮，弄玉初笄。”李白《鳳臺曲》：“曲在身不返，空餘

弄玉名。” 玉樹：神話傳說中的仙樹。陳叔達《春首》：“雪花聯玉樹，冰彩散瑤池。翔禽遙出没，積翠遠參差。”李白《懷仙歌》：“仙人浩歌望我來，應攀玉樹長相待。” 青鳥：神話傳說中爲西王母取食傳信的神鳥。《山海經·西山經》：“又西二百二十里曰三危之山，三青鳥居之。”郭璞注：“三青鳥主爲西王母取食者，别自栖息於此山也。”《藝文類聚》卷九一引舊題班固《漢武故事》：“七月七日，上(漢武帝)於承華殿齋，正中，忽有一青鳥從西方來，集殿前。上問東方朔，朔曰：‘此西王母欲來也。’有頃，王母至，有兩青鳥如烏，俠侍王母旁。”後遂以“青鳥”爲信使的代稱。伏知道《爲王寬與婦義安主書》：“玉山青鳥，仙使難通。”李商隱《無題》：“蓬山此去無多路，青鳥殷勤爲探看。” 花枝：開有花的枝條。虞世南《應詔嘲司花女》：“學畫鴉黄半未成，垂肩嚲袖太憨生。緣憨却得君王惜，長把花枝傍輦行。”王維《晚春歸思》：“春蟲飛網户，暮雀隱花枝。”

③ 的應：定當。白居易《送鶴上裴相公》：“夜栖少共鷄爭樹，曉浴先饒鳳占池。穩上青雲莫迴顧，的應勝在白家時。”王安石《西垣當直》：“賦擬相如真復似，詩看子建的應親。” 諸人：衆人。《韓非子·解老》：“人希見生象也，而得死象之骨，案其圖以想其生也，故諸人之所以意想者皆謂之象也。”《梁書·劉顯傳》：“任昉嘗得一篇缺簡書，文字零落，歷示諸人，莫能識者。”别人。谷神子《博異志·崔玄微》：“諸人即奉求，餘不奉求。” 只是：僅僅是，不過是。韓愈《鏡潭》：“魚鰕不用避，只是照蛟龍。”蘇軾《乞罷登萊榷鹽狀》：“〔登州〕計入海中三百里，地瘠民貧，商賈不至，所在鹽貨，只是居民喫用。” 卜：古人用火灼龜甲，根據裂紋來預測吉凶，叫卜，後泛稱用各種形式(如用銅錢、牙牌等)預測吉凶。《史記·龜策列傳》：“蠻夷氐羌，雖無君臣之序，亦有決疑之卜。或以金石，或以草木，國不同俗。”張矩《應天長·曲院荷風》：“悄無語，獨撚花鬚，心事曾卜。”

［編年］

《年譜》編年本詩：“元詩當作於大和二年末或三年初。”又云：
“《和嚴給事聞唐昌觀玉蕊花下有遊仙》……以上詩，西京作。”理由則
是引述嚴休復、劉禹錫、白居易、張籍的詩題以及康駢《劇談録》的内
容。《年譜》的編年，實在讓人看不明白：“大和二年末或三年初”，元
稹究竟在浙東，還是在“西京”？難道元稹大和三年九月從浙東啓程、
“歲杪”到西京之前，曾經在“大和二年末或三年初”私自跑回西京賦
詠本詩之後又偷偷返回浙東不成？《編年箋注》編年：“大和二年（八
二八）春，長安安業坊唐昌觀玉蕊花盛開，傳有仙女來賞，休復爲賦二
絶句，元白、劉禹錫等皆有和詩，一時成爲風流韵事。”但在《編年箋
注》的“目録”上，本詩却爲大和三年詩，列《過東都别樂天二首》之後，
又列《感逝（浙東）》之前，不明白本詩究竟作於大和二年，還是大和三
年？不明白本詩究竟作於浙東，還是作於東都，仰或西京？《年譜新
編》編年：“嚴休復原唱爲《唐昌觀玉蕊花折有仙人遊悵然成二絶》，一
般酬和。康駢《劇談録》卷下《唐昌觀玉蕊院真人降》云：‘上都安業坊
唐昌觀舊有玉蕊花……元和中……時嚴給事休復、元相國、劉賓客、
白醉吟俱有玉蕊院真人降詩’云云。大和二年，嚴休復爲給事中，‘元
和’當是‘大和’之訛。此事如非完全虚構，元詩當作於大和二年末或
三年初。”没有説明賦詩的地點究竟是浙東，還是西京。

我們以爲，嚴休復原唱當作於大和二年春天玉蕊花盛開之際，嚴
休復的詩篇馬上引起當時在西京的主客郎中劉禹錫以及國子司業張
籍等人的注意與酬和，劉禹錫的《和嚴給事聞唐昌觀玉蕊花下有遊仙
二首》、張籍的《同嚴給事聞唐昌觀玉蕊近有仙過因成絶句二首》就是
例證，成爲當時文壇的佳話。白居易大和二年二月十九日由秘書監
除刑部侍郎，封晉陽縣男，當時也在長安爲秘書監。對於這樣的佳
話，白居易不會置身事外，定然參與酬和，其《酬嚴給事（聞玉蕊花下
有遊仙絶句）》就是這時的作品。而這段時間，白居易與元稹聯繫密

切,唱和甚多,如《和微之詩二十三首》即作於本年。因此這段玉蕊花的文壇佳話,完全有可能由白居易轉告浙東的元稹,從而引起元稹的濃厚興趣而賦詠本詩,時間應該在大和二年的春末夏初,地點在浙東的越州,而不是《年譜》所説的"西京"。這種情況,與元稹的《酬樂天杏園花》似乎有點相似。

■ 寄樂天^{(一)①}

據白居易《和微之詩二十三首·和寄樂天》

[校記]

(一)寄樂天:元稹本佚失詩所依據的白居易《和微之詩二十三首·和寄樂天》,見《白氏長慶集》、《白香山詩集》、《全詩》,未見異文。

[箋注]

① 寄樂天:白居易《和微之詩二十三首·和寄樂天》:"賢愚類相交,人情之大率。然自古今來,幾人號膠漆? 近聞屈指數,元某與白乙。旁愛及弟兄,中歡避家室。松筠與金石,未足喻堅密。在車如輪轅,在身如肘腋。又如風雲會,天使相召匹。不似勢利交,有名而無實。頃我在杭歲,值君之越日。望愁來儀遲,宴惜流景疾。坐耀黄金帶,酌酡顏玉質。酣歌口不停,狂舞衣相拂。平生賞心事,施展十未一。會笑始啞啞,離嗟乃唧唧。餞筵纔收拾,征棹遽排比。後恨苦縣縣,前歡何卒卒! 居人色慘淡,行子心紆鬱。風袂去時揮,雲帆望中失。宿酲和別思,目眩心忽忽。病魂黯然銷,老泪淒其出。別君只如昨,芳歲換六七。俱是官家身,後期難自必(《籍田賦》云'難望歲而自必')。"今存元稹詩文未見元稹原唱,據補。　　寄:托人遞送,詩歌酬

唱的習慣用語。王建《酬于汝錫曉雪見寄》:"欲明天色白漫漫,打葉穿簾雪未乾。薄落階前人踏盡,差池樹裏鳥銜殘。"劉禹錫《早春對雪奉寄澧州元郎中》:"新賜魚書墨未乾,賢人暫出遠人安。朝驅旌斾行時令,夜見星辰憶舊官。"

[編年]

《元稹集》未收録,《編年箋注》未收録,也未編年,《年譜》、《年譜新編》收録,詩題均作"寄樂天"。《年譜》、《年譜新編》編年元稹原唱在大和二年,録備一説。

白居易本詩云:"別君只如昨,芳歲換六七。"元稹白居易前一次分別在長慶三年十月中旬,至大和二年賦詠本詩之時,應該是六年,而"六七"是約數,並非確指。白居易《和微之詩二十三首序》,朱金城先生《白居易集箋校》考定賦成於大和二年,故元稹《寄樂天》應該賦成於大和二年或稍前。

■ 寄問劉白^{(一)①}

據白居易《和微之詩二十三首・和寄問劉白》

[校記]

(一) 寄問劉白:元稹本佚失詩所依據的白居易《和微之詩二十三首・和寄問劉白》,見《白氏長慶集》、《白香山詩集》、《全詩》,未見異文。

[箋注]

① 寄問劉白:白居易《和微之詩二十三首・和寄問劉白(時夢

得與樂天方舟西上)》:"正與劉夢得,醉笑大開口。適值此詩來,歡喜君知否?遂令高卷幕,兼遣重添酒。起望會稽雲,東南一回首。愛君金玉句,舉世誰人有?功用隨日新,資材本天授。吟哦不能散,自午將及酉。遂留夢得眠,匡床宿東牖。"今存元稹詩文未見元稹原唱,據補。 問:問候,慰問。《論語·雍也》:"伯牛有疾,子問之。"韓愈《崔評事墓銘》:"自始有疾,吳郡率幕府寮屬日一至其廬問焉!" 劉白:劉禹錫與白居易,在中唐,兩人常常被人並稱。令狐楚《皇城中花園譏劉白賞春不及》:"五鳳樓西花一園,低枝小樹盡芳繁。洛陽才子何曾愛?下馬貪趨廣運門。"白居易《贈夢得》:"尋花借馬煩川守,弄水偷船惱令公。聞道洛城人盡怪,呼爲劉白二狂翁。"

[編年]

　　《元稹集》未收錄,《編年箋注》未收錄與編年,《年譜》、《年譜新編》收錄,詩題均作"寄問劉白"。

　　白居易《和微之詩二十三首序》,朱金城先生《白居易集箋校》考定賦成於大和二年,故元稹《寄問劉白》應該賦成於大和二年或稍前。白居易大和元年"歲暮奉使洛陽",大和二年春天"自洛陽使還,歸長安"。劉禹錫同年六月以主客郎中身份分司東都,年底西歸長安,任職主客郎中。因劉禹錫、白居易結伴"西上"長安,故有"時夢得與樂天方舟西上"之言。《年譜》、《年譜新編》認爲是"寶曆二年冬"、"寶曆二年",劉禹錫、白居易在揚州相遇,結伴北上西歸,有誤。元稹原唱作於大和二年春天劉禹錫、白居易"方舟西上"稍前。

■ 曉 望 (一)①

據白居易《和微之詩二十三首·和曉望》

[校記]

（一）曉望：元稹本佚失詩所依據的白居易《和微之詩二十三首·和曉望》，見《白氏長慶集》、《白香山詩集》、《全詩》，未見異文。

[箋注]

① 曉望：白居易《和微之詩二十三首·和曉望》："休吟稽山晚，聽詠秦城旦。鳴雞初有聲，宿鳥猶未散。丁丁漏向盡，鼕鼕鼓過半。南山青沈沈，東方白漫漫。街心若流水，城角如斷岸。星河稍隅落，宮闕方輪煥。朝車雷四合，騎火星一貫。赫奕冠蓋盛，熒煌朱紫爛。沙堤亘蝦蟇池（子城東北低下處，舊號蝦蟇池），市路遶龍斷。白日忽照耀，紅塵紛散亂。貴教過客避，榮任行人看。祥烟滿虛空，春色無邊畔。鵷行候晷刻，龍尾登霄漢。臺殿暖宜攀，風光晴可玩。草鋪地茵褥，雲卷天幃幔。鶯雜佩鏘鏘，花遶衣粲粲。何言終日樂！獨起臨風嘆。嘆我同心人，一別春七換。相望山隔礙，欲去官羈絆。何日到江東，超然似張翰。"白居易另有《想東遊五十韻序》："太和三年春，予病免官後，憶遊浙右數郡，兼思到越一訪微之。故兩浙之間，一物以上，想皆在目，吟且成篇，不能自休，盈五百字，亦猶孫興公想天台山而賦之也。"與白居易本詩"何日到江東，超然似張翰"何其相似！但今存《元氏長慶集》未見元稹原唱，故據補。　曉：明亮，特指天亮。《説文·日部》："曉，明也。從日，堯聲。"段玉裁注："俗云天曉是也。"《莊子·天地》："冥冥之中，獨見曉焉！"劉義慶《世説新語·文學》："真長延之上坐，清言彌日，因留宿至曉。"

望:遠視,遙望。《詩·衛風·河廣》:"誰謂宋遠? 跂予望之。"鄭玄箋:"跂
足則可以望見之。"宋玉《高唐賦》:"登巇巖而下望兮,臨大阺之稽水。"

[編年]

　　《元稹集》未收録,《編年箋注》未收録與編年,《年譜》、《年譜新
編》收録,詩題均誤作"望曉"。《年譜》、《年譜新編》編年元稹原唱在
大和二年,録備一説。

　　白居易《和微之詩二十三首序》,朱金城先生《白居易集箋校》考
定賦成於大和二年,故元稹原唱佚失詩《曉望》應該賦成於大和二年
或稍前。

■ 李勢女 (一)①

據白居易《和微之詩二十三首·和李勢女》

[校記]

　　(一)李勢女:元稹本佚失詩所依據的白居易《和微之詩二十三
首·和李勢女》,見《白氏長慶集》、《白香山詩集》、《古詩鏡·唐詩
鏡》、《全詩》,未見異文。

[箋注]

　　① 李勢女:白居易《和微之詩二十三首·和李勢女》:"減一分太
短,增一分太長。不朱面若花,不粉肌如霜。色爲天下豔,心乃女中
郎。自言重不幸,家破身未亡。人各有一死,此死職所當。忍將先人
體,與主爲疣瘡。妾死主意快,從此兩無妨。願信赤心語,速即白刃
光。南郡忽感激,却立捨鋒鋋。撫背稱阿姊,歸我如歸鄉。竟以恩信

待,豈止猜妬忘! 由來几上肉,不足揮干將。南郡死已久,骨枯墓蒼蒼。願於墓上頭,立石鐫此章。勸誡天下婦,不令陰勝陽。"現存元稹詩文集未見元稹原作,據補。　李勢女:元稹白居易歌頌的李勢之女,見《世説新語》:"桓宣武平蜀,以李勢妹爲妾,甚有寵,常著齋。後主始不知,既聞,與數十婢拔白刃襲之。正值李梳頭,髮委藉地,膚色玉曜,不爲動容,徐曰:'國破家亡,無心至此。今日若能見殺,乃是本懷。'主慚而退(《妒記》曰:溫平蜀,以李勢女爲妾。郡主兇妒,不即知之。後知,乃拔刃往李所,因欲斫之。見李在窗梳頭,姿貌端麗,徐徐結髮,斂手向主,神色閑正,辭甚悽惋。主於是擲刀,前抱之曰:'阿子! 我見汝亦憐,何況老奴!'遂善之)。"

[編年]

《元稹集》未收録,《編年箋注》未收録與編年,《年譜》、《年譜新編》收録,詩題均作"李勢女"。《年譜》、《年譜新編》編年元稹原唱在大和二年,録備一説。

白居易《和微之詩二十三首序》,朱金城先生《白居易集箋校》考定賦成於大和二年,故元稹原唱佚失詩《李勢女》應該賦成於大和二年或稍前。

■ 酬鄭侍御東陽春悶放懷追越遊見寄^{(一)①}

據白居易《和微之詩二十三首·和酬鄭侍御東陽春悶放懷追越遊見寄》

[校記]

(一)酬鄭侍御東陽春悶放懷追越遊見寄:元稹本佚失詩所依據

的白居易《和微之詩二十三首·和酬鄭侍御東陽春悶放懷追越遊見寄》,見《白氏長慶集》《白香山詩集》《唐宋詩醇》《全詩》,未見異文。

[箋注]

①　酬鄭侍御東陽春悶放懷追越遊見寄:白居易《和微之詩二十三首·和酬鄭侍御東陽春悶放懷追越遊見寄》:"君得嘉魚置賓席,樂如南有嘉魚時。勁氣森爽竹竿竦,妍文煥爛芙蓉披。載筆在幕名已重,補袞於朝官尚卑。一緘疏入掩谷永,三都賦成排左思。自言拜辭主人後,離心蕩颺風前旗。東南門館別經歲,春眼悵望秋心悲(已上叙嘉魚)。昨日嘉魚來訪我,方駕同出何所之?樂遊原頭春尚早,百舌新語聲祂祂。日趁花忙向南拆,風催柳急從東吹。流年儵怳未饒我,美景鮮妍來爲誰?紅塵三條界阡陌,碧草千里鋪郊畿。餘霞斷時綺幅裂,斜雲展處羅文紕。暮鐘遠近聲互動,暝鳥高下飛追隨。酒酣將歸未能去,悵然迴望天四垂。生何足養秸著論,途何足泣楊漣洏。胡不花下伴春醉,滿酌綠酒聽黃鸝?嘉魚點頭時一嘆,聽我此言不知疲。語終興盡各分散,東西軒騎分逶迤。此詩勿遣閑人見,見恐與他爲笑資。白首舊寮知我者,憑君一詠向周師(周判官師範,蘇杭舊判官,去範字吁韻)。"未見元稹原作,據補。　鄭侍御:即鄭魴,字嘉魚,長慶、寶曆年間爲元稹浙東觀察使任幕僚。白居易《酬鄭侍御多雨春空過詩三十韻次用本韻》:"南雨來多滯,東風動即狂。月行離畢急,龍走召雲忙。"元稹《酬鄭從事四年九月宴望海亭次用舊韻》中的"鄭從事"亦是鄭魴:"海亭樹木何籠葱!寒光透坼秋玲瓏。湖山四面爭氣色,曠望不與人間同。"　東陽:地名,在浙東。張循之《婺州留別鄧使君》:"西掖馳名久,東陽出守時。江山婺女分,風月隱侯詩。"崔顥《舟行入剡》:"鳴棹下東陽,回舟入剡鄉。青山行不盡,綠水去何長!"　春悶:春天的煩悶。韓偓《春悶偶成十二韻》:"阡陌懸雲壤,闌畦隔艾芝。路遙行雨懶,河闊過橋遲。"陳起《鳳鶴鵲三題與江社同賦》三:"月樹爭枝影共寒,楂楂飛

過屋頭山。五陵年少多春閟，一彈千金落等閑。" 放懷：縱意，放縱情懷。《文心雕龍・雜文》："宋玉含才，頗亦負俗，始造《對問》，以申其志，放懷寥廓，氣實使之。"李復言《續玄怪錄・薛偉》："樂浩汗之域，放懷清江；厭巇崿之情，投簪幻世。"開懷，放寬心懷。溫庭筠《春日偶作》："自欲放懷猶未得，不知經世竟如何？" 追：回溯，追念。《三國志・諸葛亮傳》："蓋追先帝之殊遇，欲報之於陛下也。"蘇軾《東坡志林・隱公不幸》："隱公追先君之志而授國焉！可不謂仁人乎？"越遊：在越地遊覽的情景。劉長卿《送人遊越》："未習風波事，初爲吳越遊。露霑湖色曉，月照海門秋。"毛滂《送徐天隱判官》："齊王未知瑟，吳犬終怪雪。越游售章甫，念子當折閱。" 見：用在動詞前面表示被動，相當於被，受到。劉長卿《酬張夏別後道中見寄》："離群方歲晏，謫宦在天涯。暮雪同行少，寒潮欲上遲。"韋應物《酬秦徵君徐少府春日見寄》："終日愧無政，與君聊散襟。城根山半腹，亭影水中心。" 寄：托人遞送。王建《寄舊山僧》："因依老宿發心初，半學修心半讀書。雪後每常同席臥，花時未省兩山居。"元稹《寄隱客》："我年三十二，鬢有八九絲。非無官次第，其如身早衰！"

［編年］

《元稹集》未收錄，《編年箋注》未收錄與編年，《年譜》、《年譜新編》收錄，詩題均作"酬鄭侍御東陽春悶放懷追越遊見寄"。《年譜》、《年譜新編》編年元稹原唱在大和二年，錄備一說。

白居易《和微之詩二十三首序》，朱金城先生《白居易集箋校》考定賦成於大和二年，故元稹原唱佚失詩《酬鄭侍御東陽春悶放懷追越遊見寄》應該賦成於大和二年或稍前。

■ 自勸二首^{(一)①}

據白居易《和微之詩二十三首·和自勸二首》

[校記]

（一）自勸二首：元稹本佚失詩所依據的白居易《和微之詩二十三首·和自勸二首》，見《白氏長慶集》《白香山詩集》《全詩》，未見異文。

[箋注]

① 自勸二首：白居易《和微之詩二十三首·和自勸二首》，其一："稀稀疏疏遶籬竹，窄窄狹狹向陽屋。屋中有一曝背翁，委置形骸如土木。日暮半爐欸炭火，夜深一盞紗籠燭。不知有益及民無？二十年來食官祿。就暖移盤檐下食，防寒擁被帷中宿。秋官月俸八九萬，豈徒遣爾身溫足？勤操丹筆念黃沙，莫使飢寒囚滯獄。"其二："急景凋年急於水，念此攬衣中夜起。門無宿客共誰言？暖酒挑燈對妻子。自飲數杯妻一盞，餘酌分張與兒女。微酣靜坐未能眠，風霰蕭蕭打窗紙。自問有何才與術，入爲丞郎出刺史？爭如壽命短復長，豈得營營心不止？請看韋孔與錢崔，半月之間四人死（韋中書、孔京兆、錢尚書、崔華州，十五日間相次而逝）。"未見元稹原作，據補。　自勸：自我勸勉。《北史·樊遜傳》："遜感母言，遂專心典籍，恒書壁作'見賢思齊'四字以自勸。"韓愈《秋懷詩十一首》三："學堂日無事，驅馬適所願。茫茫出門路，欲去聊自勸。"猶自酌，勸，謂勸酒。陸游《閑詠園中草木》："領略年光屬閑客，一樽自勸不須推。"

[編年]

《元稹集》未收録,《編年箋注》未收録與編年,《年譜》、《年譜新編》收録,詩題均作"自勸二首"。《年譜》、《年譜新編》編年元稹原唱在大和二年,録備一説。

白居易《和微之詩二十三首序》,朱金城先生《白居易集箋校》考定賦成於大和二年,故元稹原唱佚失詩《自勸二首》應該賦成於大和二年或稍前。

■ 雨中花^{(一)①}

據白居易《和微之詩二十三首·和雨中花》

[校記]

(一)雨中花:元稹本佚失詩所依據的白居易《和微之詩二十三首·和雨中花》,見《白氏長慶集》、《白香山詩集》、《古詩鏡·唐詩鏡》、《全詩》,未見異文。

[箋注]

① 雨中花:白居易《和微之詩二十三首·和雨中花》:"真宰倒持生殺柄,閑物命長人短命。松枝上鶴著下龜,千年不死仍無病。人生不得似龜鶴,少去老來同旦暝。何異花開旦暝間,未落仍遭風雨横。草得經年菜連月,唯花不與多時節。一年三百六十日,花能幾日供攀折!桃李無言難自訴,黄鶯解語憑君説。鶯雖爲説不分明,葉底枝頭謾饒舌。"未見元稹原作,據補。　雨中花:遭到大雨摧殘的花朵。李綱《獻花鋪唐相李德裕謫海南道此有山女獻花因以名之次壁間韵》:"我亦乘桴向海涯,無人復獻雨中花。却愁春夢歸吳越,茗飲濃斟薄

荷芽。”成廷珪《和李克約東皋雜興四首》一：“一春開遍雨中花，幾向東園管物華。老去始知身是客，愁來空擬醉爲家。”

［編年］

《元稹集》未收録，《編年箋注》未收録與編年，《年譜》、《年譜新編》收録，詩題均作“雨中花”。《年譜》、《年譜新編》編年元稹原唱在大和二年，録備一説。

白居易《和微之詩二十三首序》，朱金城先生《白居易集箋校》考定賦成於大和二年，故元稹原唱佚失詩《雨中花》應該賦成於大和二年或稍前。

■　晨　興 (一)①

據白居易《和微之詩二十三首·和晨興因報問龜兒》

［校記］

（一）晨興：元稹本佚失詩所依據的白居易《和微之詩二十三首·和晨興因報問龜兒》，見《白氏長慶集》、《白香山詩集》、《全詩》，未見異文。

［箋注］

① 晨興：白居易《和微之詩二十三首·和晨興因報問龜兒》：“冬旦寒慘澹，雲日無晶輝。當此歲暮感，見君晨興詩。君詩亦多苦，苦在兄遠離。我苦不在遠，纏綿肝與脾。西院病孀婦，後床孤侄兒。黄昏一慟後，夜半十起時。病眠兩行泪，悲鬢萬莖絲。咽絶五臟脉，瘦消百骸脂。雙目失一目，四肢斷兩肢。不如溘然逝，安用半活爲？誰謂荼蘗苦？荼

蘖甘如飴。誰謂湯火熱？湯火冷如澌。前時君寄詩，憂念問阿龜。喉
燥聲氣窒，經年無報辭。及覿晨興句，未吟先涕垂。因茲漣洳際，一吐
心中悲。茫茫四海間，此苦唯君知。我去四千里，使我告訴誰？仰頭向
青天，但見雁南飛。憑雁寄一語：爲我達微之。弦絕有續膠，樹斬可接
枝。唯我中腸斷，應無連得期。"白居易本詩有"當此歲暮感，見君晨興
詩……前時君寄詩，憂念問阿龜"之句，可見白居易所和元稹之詩，題曰
"晨興"，而"問龜兒"的內容，應該是元稹另一首詩篇的內容，白居易這
裏一併涉及。今存《元氏長慶集》未見元稹《晨興》原詩，應該是佚失，據
補。　晨興：早起。劉向《説苑·辨物》："黃帝即位……未見鳳凰，維
思影像，夙夜晨興。"陶潛《歸園田居六首》三："種豆南山下，草盛豆苗
稀。晨興理荒穢，帶月荷鋤歸。"

[編年]

　　《元稹集》未收錄，《編年箋注》、《年譜新編》未收錄與編年，《年
譜》收錄，詩題作"晨興"，編年元稹原唱在大和二年，錄備一説。

　　白居易《和微之詩二十三首序》，朱金城先生《白居易集箋校》考
定賦成於大和二年，故元稹原唱佚失詩《晨興》應該賦成於大和二年
或稍前。

■ 與王鍊師遊(一)①

據白居易《和微之詩二十三首·和朝回與王鍊師遊南山下》

[校記]

　　(一)與王鍊師遊：元稹本佚失詩所依據的白居易《和微之詩二
十三首·和朝回與王鍊師遊南山下》，見《白氏長慶集》、《白香山詩

集》、《全詩》，未見異文。

[箋注]

①　與王鍊師遊：白居易《和微之詩二十三首·和朝回與王鍊師遊南山下》：“藹藹春景餘，峨峨夏雲初。蹩躞退朝騎，飄颻隨風裾。晨從四丞相，入拜白玉除。暮與一道士，出尋青谿居。吏隱本齊致，朝野孰云殊？道在有中適，機忘無外虞。但愧烟霄上，鸞鳳爲吾徒。又慚雲林間，鷗鶴不我疏。坐傾數杯酒，臥枕一卷書。興酣頭兀兀，睡覺心于于。以此送日月，問師爲何如？”白居易本詩涉及詩人退朝之後與王鍊師在長安遊終南山之事，故詩題曰“和朝回與王鍊師遊南山下”。元稹當時在越州，詩題肯定不應該有“朝回”、“遊南山下”字樣，故代擬題。今存《元氏長慶集》未見元稹事關王煉師的原詩，應該是佚失，據補。　　王鍊師：元稹、白居易的朋友之一，其餘不詳，待考。鍊師：原指德高思精的道士，後作一般道士的敬稱。武元衡《早春送歐陽鍊師歸山》：“雙鶴五雲車，初辭漢帝家。人寰新甲子，天路舊烟霞。”權德輿《臥病喜惠上人李鍊師茅處士見訪因以贈》：“沉痾結繁慮，臥見書窗曙。方外三賢人，惠然來相親。”　　遊：遊覽，雲遊。《詩·唐風·有杕之杜》：“彼君子兮，噬肯來遊。”毛傳：“遊，觀也。”鮑照《擬古》：“朝遊雁門上，暮還樓煩宿。”

[編年]

《元稹集》未收録，《編年箋注》未收録與編年，《年譜》、《年譜新編》收録，詩題均作“朝回與王鍊師遊南山下”，誤。《年譜》、《年譜新編》編年元稹原唱在大和二年，録備一說。

白居易《和微之詩二十三首序》，朱金城先生《白居易集箋校》考定賦成於大和二年，故元稹原唱佚失詩《與王鍊師遊》應該賦成於大和二年或稍前。

■ 嘗新酒^{(一)①}

據白居易《和微之詩二十三首·和嘗新酒》

[校記]

（一）嘗新酒：元稹本佚失詩所依據的白居易《和微之詩二十三首·和嘗新酒》，見《白氏長慶集》、《白香山詩集》、《全詩》，未見異文。

[箋注]

① 嘗新酒：白居易《和微之詩二十三首·和嘗新酒》："空腹嘗新酒，偶成卯時醉。醉來擁褐裘，直至齋時睡。睡酣不語笑，真寢無夢寐。殆欲忘形骸，詎知屬天地！醒餘和未散，起坐澹無事。舉臂一欠伸，引琴彈秋思。"未見元稹原作，據補。 嘗：辨別滋味，吃一點兒試試。《詩·小雅·甫田》："田畯至喜，攘其左右，嘗其旨否。"王建《新嫁娘三首》三："三日入廚下，洗手作羹湯。未諳姑食性，先遣小姑嘗。" 新酒：剛剛釀成的酒。儲光羲《新豐主人》："新豐主人新酒熟，舊客還歸舊堂宿。滿酌香含北砌花，盈尊色泛南軒竹。"元稹《飲新酒》："聞君新酒熟，況值菊花秋。莫怪平生志，圖銷盡日愁。"

[編年]

《元稹集》未收錄，《編年箋注》未收錄與編年，《年譜》、《年譜新編》收錄，詩題均作"嘗新酒"。《年譜》、《年譜新編》編年元稹原唱在大和二年，錄備一說。

白居易《和微之詩二十三首序》，朱金城先生《白居易集箋校》考定賦成於大和二年,故元稹原唱佚失詩《嘗新酒》應該賦成於大和二年或稍前。

■ 順之琴者^{(一)①}

據白居易《和微之詩二十三首·和順之琴者》

[校記]

（一）順之琴者:元稹本佚失詩所依據的白居易《和微之詩二十三首·和順之琴者》,見《白氏長慶集》、《白香山詩集》、《唐宋詩醇》、《淵鑑類函》、《全詩》,未見異文。

[箋注]

① 順之琴者:白居易《和微之詩二十三首·和順之琴者》:"陰陰花院月,耿耿蘭房燭。中有弄琴人,聲貌俱如玉。清泠石泉引,雅澹風松曲。遂使君子心,不愛凡絲竹。"今存《元氏長慶集》未見元稹《順之琴者》原詩,應該是佚失,據補。白居易《和微之詩二十三首序》云"二十三首",但今存白居易詩文集僅僅祇有二十二首。《和微之詩二十三首序》又云:"然敵則氣作,急則計生,四十二章麾掃並畢,不知大敵以爲如何?"所謂"四十二章",應該是《春深二十首》,加上《和微之詩二十三首》,其中還包括《問龜兒》一首,正好是"二十三首"。　順之:即庾敬休,排行三十二,元稹的遠房親戚,元稹白居易的朋友。元稹《永貞二年正月二日上御丹鳳樓赦天下予與李公垂庾順之閑行曲江不及盛觀》:"春來饒夢慵朝起,不看千官擁御樓。却着閑行是忙事,數人同傍曲江頭。"白居易《寄庾侍郎》:"幽致竟誰別? 閑靜聊自適。懷哉庾順之! 好是今宵客。"除此而外,元稹還有《寄庾敬休》:

"小來同在曲江頭,不省春時不共游。今日江風好暄煖,可憐春盡古湘州。" 琴:樂器名,指古琴,傳爲神農創制,琴身爲狹長形,木質音箱,面板外側有十三徽。底板穿"龍池"、"鳳沼"二孔,供出音之用。上古作五弦,至周增爲七弦。《詩·小雅·鹿鳴》:"我有嘉賓,鼓瑟鼓琴。"王維《竹里館》:"獨坐幽篁裹,彈琴復長嘯。" 者:助詞,用於名詞之後。《禮記·中庸》:"仁者,天下之表也;義者,天下之制也。"柳宗元《捕蛇者説》:"有蔣氏者,專其利三世矣!"

[編年]

　　《元稹集》未收録,《編年箋注》未收録與編年,《年譜》、《年譜新編》收録,詩題均作"順之琴者"。《年譜》、《年譜新編》編年元稹原唱在大和二年,録備一説。

　　白居易《和微之詩二十三首序》,朱金城先生《白居易集箋校》考定賦成於大和二年,故元稹原唱佚失詩《順之琴者》應該賦成於大和二年或稍前。

■ 追和白樂天《白氏長慶集》中未對答詩五十首(一)①

據白居易《因繼集重序》

[校記]

　　(一) 追和白樂天《白氏長慶集》中未對答詩五十首:五十首詩篇依據的白居易《因繼集重序》之文,見《白氏長慶集》、《英華》,未見異文。

[箋注]

① 追和白樂天《白氏長慶集》中未對答詩五十首：白居易《因繼集重序》："今年予復以近詩五十首寄去，微之不逾月依韵盡和，合一百首又寄來，題爲《因繼集》卷之二……二年十月十五日樂天重序。"但元稹追和白樂天《白氏長慶集》中未對答詩五十首，今存《元氏長慶集》中未見，應該是佚失，故據補，編排於此。　追和：當時未能酬和，事後酬和。徐夤《追和白舍人詠白牡丹》："蓓蕾抽開素練囊，瓃葩薰出白龍香。裁分楚女朝雲片，翦破姮娥夜月光。"陸游《跋呂成未和東坡尖叉韵雪詩》："古詩有倡有和，有雜擬、追和之類。"　對答：應對，回答。柳宗元《復杜温夫書》："二十五日，宗元白：兩月來，三辱生書，書皆逾千言，意若相望僕以不對答引譽者。"黃滔《龜洋靈感禪院東塔和尚碑》："和尚蓋行高而言寡，是日對答如流。"

[編年]

《年譜》據白居易《因繼集重序》採録元稹五十首詩篇作爲佚詩。《年譜新編》未採録，但有譜文説明。未見《元稹集》採録，也未見《編年箋注》採録，更不見其編年意見。《年譜》編年本組詩於大和二年"十月"，《年譜新編》編年本組詩於大和二年"冬"。

我們據白居易《因繼集重序》，元稹追和白居易《白氏長慶集》中未對答詩五十首，這是元稹第二次追和白居易的五十首詩篇，白居易在長安刑部侍郎任，計其越州與長安之間距離及往返時間，應該在大和二年"十月十五日"之前一月，亦即大和二年秋天之時，元稹時在浙東觀察使、越州刺史任。又據《舊唐書·文宗紀》，元稹與李德裕一起於大和元年九月"就加檢校禮部尚書"，元稹酬和白居易的詩篇，或在大和元年九月之前，或在大和元年九月之後，加職稍有不同。

所謂"今年予復以近詩五十首寄去，微之不逾月依韵盡和，合一百首又寄來,題爲《因繼集》卷之二"者,即《白氏長慶集》中元稹没有酬和的詩篇,亦即長慶二年白居易所作詩篇。根據白居易追和元稹的《和微之詩二十三首》的格式,這些詩篇不一定是白居易與元稹唱和的詩篇,而是白居易自行歌詠的詩篇,如《清調吟》、《狂歌詞》、《郡亭》、《詠懷》、《庭松》、《晚歸有感》、《逍遥詠》、《偶題閣下廳》……就有可能成爲元稹"追和"的目標。但元稹五十首佚詩之具體篇名,今已不可考,祇能有待將來之智者。

■ 更揀好者寄來^{(一)①}

據白居易《因繼集重序》

[校記]

(一)更揀好者寄來:元稹本散佚之句,據白居易《因繼集重序》,又見《英華》、《全文》,基本未見異文。

[箋注]

① 更揀好者寄來:白居易《白氏長慶集·因繼集重序》:"今年予復以近詩五十首寄去,微之不踰月依韵盡和,合一百首又寄來,題爲'因繼集卷之二',卷末批云:'更揀好者寄來!'蓋示餘勇摩礪以須我耳……(大和)二年十月十五日樂天重序。"元稹批語雖然祇是隻言片語,但今存《元氏長慶集》未見,應該是佚失,故據補。

[編年]

未見《元稹集》採録,也未見《年譜》、《編年箋注》、《年譜新編》採録與編年。

我們以爲,據白居易《因繼集重序》"不踰月"以及"(大和)二年十月十五日"之言,元稹此散佚之句,應該撰作於大和二年九月,地點在越州,元稹時任浙東觀察使、越州刺史之職。

◎ 感逝(浙東)①

頭白夫妻分無子,誰令蘭夢感衰翁②?三聲啼婦臥床上,一寸斷腸埋土中③。蜩甲暗枯秋葉墜,燕雛新去舊巢空(一)④。情知此恨人皆有,應與暮年心不同⑤。

録自《元氏長慶集》卷九

[校記]

(一)燕雛新去舊巢空:原本作"燕雛新去夜巢空",楊本、叢刊本、《全詩》同,宋蜀本作"燕雛新去舊巢空",語義更佳,據改。

[箋注]

① 感逝:感念往昔,悼念逝者。高允《徵士頌序》:"昔歲同徵,零落將盡,感逝懷人,作《徵士頌》。"白居易《憶微之傷仲遠》:"感逝因看水,傷離爲見花。李三埋地底,元九謫天涯。"這裏是哀悼元稹與裴淑兩人所生的夭折的不知名的兒子。

② 頭白:頭髮斑白或全白,暮年的特徵之一。岑參《衙郡守還》:"世事何反覆?一身難可料。頭白翻折腰,還家私自笑。"杜甫《兵車行》:"或從十五北防河,便至四十西營田。去時里正與裹頭,歸來頭白還戍邊。"　夫妻:丈夫和妻子。《易·小畜》:"輿説輻,夫妻反目。"《漢書·灌夫傳》:"於是夫見,曰:'將軍昨日幸許過魏其,魏其夫妻治具,至今未敢嘗食。'"　分:緣分,福分。劉禹錫《寄樂天》:"倖免如斯

8027

分非淺,祝君長詠夢熊詩。”蘇軾《次韵周邠寄雁蕩山圖二首》一:“此生的有尋山分,已覺温台落手中。” 子:這裏專指兒子。劉向《列女傳·齊東郭姜》:“崔子前妻子二人,大子城,少子強。”陳玄祐《離魂記》:“天授三年,清河張鎰因官家於衡州,性簡靜,寡知友,無子,有女二人。” 蘭夢:《左傳·宣公三年》:“初,鄭文公有賤妾曰燕姞,夢天使與己蘭,曰:‘余爲伯儵,余,而祖也;以是爲而子。’……生穆公,名之曰蘭。”後因以“蘭夢”爲得子的徵兆。陸游《沁園春·三榮橫溪閣小宴》二:“消魂處,是魚箋不到,蘭夢無憑。”晁公遡《雲安縣尉廨蘭菊軒記》:“某得書……抑皭皭嶢嶢召讒而取忌耶? 夫蘭夢燕姞,而胡文恭侯以菊壽。” 衰翁:老翁。歐陽修《朝中措》:“行樂直須年少,樽前看取衰翁。”陸游《曉出東城馬上作》:“曉出東城數幟紅,蒙茸狐貉擁衰翁。”

③ 啼婦:哀啼的婦女。陸深《猛虎行》:“太山啼婦那忍聞? 血肉縱橫疊枯骨。” 啼:悲哀的哭泣。《禮記·喪大記》:“始卒,主人啼,兄弟哭。”《醫宗金鑒·聽聲》:“聽聲:啼而不哭知腹痛,哭而不啼將作驚。”注:“有聲有泪聲長曰哭,有聲無泪聲短曰啼。” 婦:已婚女子。《詩·衛風·氓》:“三歲爲婦,靡室勞矣!”鄭玄箋:“有舅姑曰婦。”韓愈《曹成王碑》:“大小之戰三十有二,取五州十九縣。民老幼婦女不驚,市買不變。” 斷腸:割開或切斷腸子。《三國志·華佗傳》:“病若在腸中,便斷腸湔洗。”這裏比喻已經夭折的埋入土中的嬰孩,猶如産婦的一寸斷腸。形容极度思念或悲痛。曹丕《燕歌行》:“念君客遊思斷腸,慊慊思歸戀故鄉。”李白《清平調詞三首》二:“一枝紅艷露凝香,雲雨巫山枉斷腸。”

④ 蜩甲:蟬脱落的外殼。《莊子·寓言》:“予蜩甲也,蛇蜕也。”成玄英疏:“蜩甲,蟬殼也。”黄滔《謝試官啓》:“滔蜩甲薄姿,蟻封微狀;學雖勤於刻汁,藝則愧於鏤冰。” 秋葉:秋季的樹葉,亦指落葉。庾信《賀平鄴都表》:“威風所振,烈火之遇鴻毛;旗鼓所臨,衝風之卷

秋葉。"宋之問《太平公主山池賦》:"秋葉飛兮散江樹,春苔生兮覆綠
泉。"　燕雛:幼小的燕子。劉禹錫《武陵觀火詩》:"晉庫走龍劍,吳宮
傷燕雛。"杜牧《江樓晚望》:"初語燕雛知社日,習飛鷹隼識秋風。"
舊巢:原來的巢穴。李白《贈閭丘宿松》:"飛鳥還舊巢,遷人返躬耕。"
劉禹錫《重送浙西李相公頃廉問江南已經七載後歷滑臺劍南兩鎮遂
入相今復領舊地新加旌旄》:"鳳從池上遊滄海,鶴到遼東識舊巢。"這
裏比喻夭折嬰兒睡過的小床。

　　⑤ 情知:深知,明知。駱賓王《艷情代郭氏答盧照鄰》:"情知唾
井終無理,情知覆水也難收。不復下山能借問,更向盧家字莫愁。"辛
棄疾《鷓鴣天》:"情知已被山遮斷,頻倚欄干不自由。"　暮年:晚年,
老年。曹操《步出夏門行四解》四:"烈士暮年,壯心不已。"杜甫《詠懷
古迹五首》一:"庾信生平最蕭瑟,暮年詩賦動江關。"

[編年]

　　《年譜》編年本詩於"癸卯至己酉在越州所作其他詩"欄内,理由
是:"題下注:'浙東。'"《編年箋注》編年:"此詩作于長慶三年(八二
三)至大和三年(八二九)期間,元稹時在浙東觀察使任。"沒有說明理
由。《年譜新編》編年於"癸卯至己酉在越州所作其他詩"欄内,理由
是:"題下注:'浙東。'詩爲哭夭折之子而作。元稹大和三年得子道
護,則此夭折之子至遲生於大和二年。"

　　我們以爲題下注"浙東",本詩自然應該作於元稹浙東觀察使任
内,但我們仍然不能同意《年譜》、《編年箋注》、《年譜新編》的編年意
見。元稹在世的"己酉",袛能爲大和三年,白居易《唐故武昌軍節度
處置等使正議大夫檢校户部尚書鄂州刺史兼御史大夫賜紫金魚袋尚
書右僕射河南元公墓誌銘并序》:"今夫人河東裴氏……生三女,曰小
迎,未笄。道衛、道扶,翻齓。一子,曰道護,三歲。"據元稹兒子元道
護"三歲"的年齡,他應該生於大和三年,具體時間在年底,地點在洛

陽不在浙東。白居易《予與微之老而無子發於言嘆著在詩篇今年冬各有一子戲作二什一以相賀一以自嘲》就是最有力的證明。雖然民間偶爾也有年頭生育哥姐、年末又生育弟妹的情況,但那是極爲罕見的特例,《年譜》、《編年箋注》、《年譜新編》要有證據舉證才行。不過《年譜新編》已經說明"元稹大和三年得子道護,則此夭折之子至遲生於大和二年",但其仍然將本詩編年於"癸卯至己酉在越州所作其他詩"欄內,包括大和三年己酉在內,顯得粗疏。

　　《年譜》、《編年箋注》、《年譜新編》的編年問題還遠遠不至於此。上引白居易《唐故武昌軍節度處置等使正議大夫檢校户部尚書鄂州刺史兼御史大夫賜紫金魚袋尚書右僕射河南元公墓誌銘并序》已經指明:元稹謝世之時,他的兩個女兒道衛、道扶,年屆"齠齔",所謂"齠齔",即是垂髫換齒之時,指童年。齠,通"髫"。《東觀漢記·伏湛傳》:"齠齔勵志,白首不衰。""齠齔"的具體年齡究竟應該多少? 我們就以《唐故武昌軍節度處置等使正議大夫檢校户部尚書鄂州刺史兼御史大夫賜紫金魚袋尚書右僕射河南元公墓誌銘并序》的作者白居易的詩文爲例:白居易《觀兒戲》:"齠齔七八歲,綺紈三四兒。弄塵復鬥草,盡日樂嬉嬉。"明確"齠齔"應該"七八歲"。也許有人覺得詩歌有可能是約略而言,那末再舉白居易《唐河南元府君夫人滎陽鄭氏墓誌銘》爲例:"夫人爲母時,府君既没,積與稹方齠齔。"元稹父親元寬謝世之年,元稹八歲。現在,我們從大和五年(831)"齠齔"前推,道衛、道扶應該生於長慶三年癸卯、長慶四年甲辰(823—824)間,亦即元稹浙東觀察使任內。元稹在浙東觀察使任前後七年,其中有三年與這個不知名嬰兒的夭折無關,餘下四年之一才是嬰兒夭折的年頭,根據元稹《聽妻彈別鶴操》"商瞿五十知無子"之言,應該編排元稹五十歲時的大和二年。本詩又云:"蜩甲暗枯秋葉墜,燕雛新去舊巢空。"雖然這很大成份上是借景抒情,但秋季的景物仍然透露了本詩應該作於暮秋之時的信息。

◎ 妻滿月日相唁^{(一)①}

十月辛勤一月悲,今朝相見淚淋漓^②。狂花落盡莫惆悵,猶勝因花壓折枝^③。

錄自《元氏長慶集》卷九

[校記]

(一)妻滿月日相唁:本詩存世各本,包括楊本、叢刊本、《萬首唐人絕句》、《全詩》在內,未見異文。

[箋注]

① 妻:舊指男子的嫡配。班固《白虎通·嫁娶》:"妻者,齊也,與夫齊體。"杜甫《無家別》:"四鄰何所有?一二老寡妻。"這裏指裴淑,但裴淑不是元稹的嫡配,而是繼配。貞元十九年,元稹與韋夏卿的"季女"韋叢結婚,生下五個子女,韓愈《監察御史元君妻京兆韋氏夫人墓誌銘》:"實生五子,一女之存。"四個子女夭折,留下的僅僅祇有女兒保子。元和六年,元稹娶小妾安仙嬪,生育兒子元荊,四歲時安仙嬪病故。元和十年,元稹在治病之地與元娶繼配裴淑,結婚之後,先後生下元樊、降真,也都先後夭折。長慶元年,元稹與小妾安仙嬪所生十歲的元荊也因病而亡。元稹有《哭女樊》、《哭女樊四十韵》、《哭小女降真》、《哭子十首》紀實,故元稹《哭子十首(翰林學士時作)》有"烏生八子今無七"之哀嘆。在浙東,元稹與裴淑的兒子又一次夭折,詩人的個人生活,也與他政治生涯一樣,充滿了變數與辛酸。滿月:嬰兒出世滿一個月。《北齊書·韓鳳傳》:"男寶仁尚公主,在晉陽賜第一區。其公主生男昌滿月,駕幸鳳宅,宴會盡日。"杜審言《歲

夜安樂公主滿月侍宴應制》：“戚裏生昌胤，天杯宴重臣。畫樓初滿月，香殿早迎春。” 唁：對遭遇非常變故者進行慰問。《資治通鑑·隋文帝開皇九年》：“上遣使以陳亡告許善心，善心衰服號哭於西階之下，藉草東向坐三日，敕書唁焉！”胡三省注：“吊生曰唁。”特指對喪者家屬進行慰問。《新唐書·李甘傳》：“〔孝童楊牢〕單繰冬月，往來太行間，凍膚皸瘃，銜哀雨血……牢爲兒踐操如此，未聞執事門唁而書顯之，豈樹風扶教意耶？”

　　② 十月：十個月，這裏指十月懷胎。《莊子·天運》：“舜之治天下，使民心競，民孕婦十月生子，子生五月而能言。”《淮南子·精神訓》：“九月而躁，十月而坐，形體以成，五藏乃形。” 辛勤：辛苦勤勞。葛洪《抱朴子·君道》：“躬監門之勞役，懷損命之辛勤，然後可以惠流蒼生，道洽海外哉。”劉長卿《客舍喜鄭三見寄》：“十年未稱平生意，好得辛勤謾讀書。” 一月：一個月。《漢書·律曆志》：“法，一月之日二十九日八十一分日之四十三。”葛洪《抱朴子·論仙》：“及見武皇帝試閉左慈等，令斷穀近一月，而顏色不減，氣力自若。”這裏指裴淑產期剛剛一個月。 今朝：今日。張九齡《上陽水窗旬宴得移字韻》：“春賞時將換，皇恩歲不移。今朝遊宴所，莫比天泉池。”白居易《井底引銀瓶》：“瓶沉簪折知奈何，似妾今朝與君別。” 相見：彼此會面。岑參《赴嘉州過城固縣尋永安超禪師房》：“滿寺枇杷冬著花，老僧相見具袈裟。漢王城北雪初霽，韓信臺西日欲斜。”皇甫曾《酬寶拾遺秋日見呈》：“孤城永巷時相見，衰柳閑門日半斜。欲送近臣朝魏闕，猶憐殘菊在陶家。” 淋漓：沾濕或流滴貌。范縝《擬招隱士》：“岌峉兮傾欹，飛泉兮激沫，散漫兮淋灕。”韓愈《醉後》：“淋漓身上衣，顛倒筆下字。”

　　③ “狂花落盡莫惆悵”兩句：這是元稹安慰妻子裴淑的話語，意謂猶如花木的狂花一般，這個孩子本來不是我老元家的子孫，你就不要再爲此感傷不已了，這總比因爲要保留孩子而丢了你的性命要好。狂花：俗言謊花兒，不會結實的花。賈思勰《齊民要術·種棗》：“候大

蠹入簇，以杖擊其枝間，振落狂花。"岑參《使院中新栽柏樹子呈李十五栖筠》："脆葉欺門柳，狂花笑院梅。"　惆悵：因失意或失望而傷感、懊惱。李白《送魏十少府》："我有延陵劍，君無陸賈金。艱難此爲別，惆悵一何深！"韋應物《澧上寄幼遐》："寂寞到城闕，惆悵返柴荆。端居無所爲，念子遠徂征。"　折枝：壓斷花枝，借喻因子女過多而使母親操勞過度而得病而謝世，或借喻女子因種種原因而病故。劉禹錫《藥州寶員外使君見示悼妓詩顧余嘗試之因命同作》："空廊月照常行地，後院花開舊折枝。寂寞魚山青草裏，何人更立智瓊祠？"歐陽修《減字木蘭花》："風和月好，辦得黃金須買笑。愛惜芳時，莫待無花空折枝。"

［編年］

　　《年譜》編年本詩於"癸卯至己酉在越州所作其他詩"欄內，理由是："《感逝》云：'三聲啼婦卧床上，一寸斷腸埋土中。'《妻滿月日相唁》云：'十月辛勤一月悲。'兩詩均哭幼兒，一時所作。"《編年箋注》沒有編年意見，也沒有編年理由，僅僅編排本詩於"大和三年"，列在《感逝》之後。《年譜新編》編年於"癸卯至己酉在越州所作其他詩"欄內，理由是："當與前詩同時作。"

　　我們也認爲本詩與《感逝》爲"一時所作"，根據元稹《聽妻彈別鶴操》"商瞿五十知無子"之言，應該編排元稹五十歲時的大和二年。具體時間應該在暮秋。但我們的"一時所作"，與《年譜》、《編年箋注》、《年譜新編》的編年意見並不相同，有很大的區別，幸請讀者識別。

■ 追和白樂天《白氏長慶集》中未對答詩又五十首^{(一)①}

據白居易《因繼集重序》

[校記]

（一）追和白樂天《白氏長慶集》中未對答詩又五十首：元稹五十首佚失詩所依據的白居易《因繼集重序》之文，見《白氏長慶集》、《英華》，未見異文。

[箋注]

① 追和白樂天《白氏長慶集》中未對答詩又五十首：白居易《因繼集重序》又云："卷末批云：'更揀好者寄來！'蓋示餘勇摩礪以須我耳！予不敢退舍，即日又收拾新作格律共五十首寄去。雖不得好，且以供命。夫文猶戰也，一鼓作氣，再而衰，三而竭。微之轉戰迨兹，三矣！即不知百勝之術，多多益辦耶？抑又不知鼓衰氣竭，自此爲遷延之役耶？進退惟命。微之，微之！走與足下和答之多，從古未有。足下雖少我六七年，然俱已白頭矣！竟不能捨章句，拋筆硯，何癖習如此之甚歟！而又未忘少年時心，每因唱酬，或相侮謔，忽忽自哂，況他人乎！《因繼集》卷且止於三可也。忽恐足下懶發，不能成就至三，前言戲之者，姑爲巾幗之挑耳！然此一戰後，師亦老矣！宜囊弓匣刃，彼此與心休息乎？《和晨興》一章，録在別紙，語盡於此，亦不修書。二年十月十五日樂天重序。"據此，元稹應該還有追和白居易詩篇五十首，但今存《元氏長慶集》或其他元稹詩文未見，今據白居易《因繼集重序》補録，編排於此。　追和：當時未能酬和，事後酬和。李賀

《追和柳惲》：“汀州白蘋草，柳惲乘馬歸。江頭櫨樹香，岸上蝴蝶飛。”
陸龜蒙《追和幽獨君詩韵》：“靈氣獨不死，尚能成綺文。如何孤定裏，
猶自讀三墳？”　對答：應對，回答。宋庠《崇政殿與樞密院同答手
詔》：“臣等今月十七日伏蒙聖慈召赴崇政殿，面賜手詔各一封，仍令
中書樞密院一處商量對答聞奏者。”朱熹《答張元德》：“先教自家心裏
分明歷落，如與古人對面説話，彼此對答，無一言一字不相肯可，此外
都無閑雜説話，方是得箇入處。”

[編年]

　　《年譜》據白居易《因繼集重序》採録元稹五十首詩篇作爲佚詩。
《年譜新編》未採録，但有譜文説明。未見《元稹集》採録，也不見《編
年箋注》採録，更不見其編年意見。《年譜》編年本組詩於大和二年
“十月”，《年譜新編》編年本組詩於大和二年“冬”。

　　我們據白居易《因繼集重序》，元稹追和白居易《白氏長慶集》中
未對答詩五十首，應該在大和二年“十月十五日”之前，元稹時在浙東
觀察使、越州刺史任。又據《舊唐書·文宗紀》，元稹與李德裕一起於
大和元年九月“就加檢校禮部尚書”，元稹酬和白居易的詩篇，或在大
和元年九月之前，或在大和元年九月之後，加職稍有不同。所謂“予
不敢退舍，即日又收拾新作格律共五十首寄去”者，即《白氏長慶集》
中元稹没有酬和的詩篇，亦即長慶二年之前白居易所作的詩篇，根據
白居易追和元稹的《和微之詩二十三首》的格式，這些詩篇不一定是
白居易與元稹唱和的詩篇，而是白居易自行歌詠的詩篇，如《春夜宿
直》、《夏夜宿直》、《江亭玩春》、《商山路有感》、《重感》、《重題》、《夜泊
旅望》、《舟中晚起》、《秋寒》、《對酒自勉》……就有可能成爲元稹“追
和”的目標。但元稹五十首佚詩之具體篇名，今已不可考，祇能有待
將來之智者。

◎ 聽妻彈別鶴操^{(一)①}

別鶴聲聲怨夜絃，聞君此奏欲淒然^②。商瞿五十知無子，便付琴書與仲宣^③。

录自《元氏長慶集》卷二一

[校記]

（一）聽妻彈別鶴操：本詩存世各本，包括楊本、叢刊本、《萬首唐人絶句》、《古詩鏡·唐詩鏡》、《全詩》諸本，未見異文。

[箋注]

① 聽妻彈別鶴操：關於"聽妻彈別鶴操"，白居易有詩酬和。白居易《和微之聽妻彈別鶴操因爲解釋其義依韵加四句》："義重莫若妻，生離不如死。誓將死同穴，其奈生無子！商陵追禮教，婦出不能止。舅姑明旦辭，夫妻中夜起。起聞雙鶴別，若與人相似。聽其悲唳聲，亦如不得已。青田八九月，遼城一萬里。徘徊去住雲，嗚咽東西水。寫之在琴曲，聽者酸心髓。況當秋月彈，先入憂人耳。怨抑掩朱絃，沈吟停玉指。一聞無兒嘆，相念兩如此。無兒雖薄命，有妻偕老矣！幸免生別離，猶勝商陵氏。"據朱金城先生考證，白居易詩作於寶曆元年，而元稹本詩明言"商瞿五十知無子"，以此暗喻自己年至五十尚没有兒子，應該作于元稹五十歲之時，亦即大和二年，白居易詩在前，元稹詩在後，不合"和微之"之説。元稹本詩僅兩韵，白居易詩十四韵，與詩題"依韵加四句"不符。而且，兩詩並不同韵，"依韵"又從何談起？因此可以認定，元稹可能另有一首"聽妻彈別鶴操"的十二韵的詩，白居易加以四句酬和。元稹本詩，白居易有無酬和已經不得

而知,但白居易在《和微之聽妻彈別鶴操因爲解釋其義依韵加四句》中對"別鶴"的解釋,還是有助于我們對本詩的理解,故特地引録在這裹供大家參考。　妻:元稹的第三個妻子裴淑,元和十年年底在興元結婚,元稹病故時在世。元稹《初除浙東妻有阻色因以四韵曉之》:"嫁時五月歸巴地,今日雙旌上越州。興慶首行千命婦,會稽旁帶六諸侯。"元稹《妻滿月日相唁》:"十月辛勤一月悲,今朝相見泪淋漓。狂花落盡莫惆悵! 猶勝因花壓折枝。" 別鶴操:樂府琴曲名。崔豹《古今注》卷中:"《別鶴操》,商陵牧子所作也。娶妻五年而無子,父兄將爲之改娶。妻聞之,中夜起,倚户而悲嘯。牧子聞之,愴然而悲,乃歌曰:'將乖比翼隔天端,山川悠遠路漫漫,攬衣不寢食忘餐!'後人因爲樂章焉!"後用以指夫妻分離,抒發別情。常建《送楚十少府》:"因送別鶴操,贈之雙鯉魚。鯉魚在金盤,別鶴哀有餘。"元稹《黃草峽聽柔之琴二首》二:"別鶴淒清覺露寒,離聲漸咽命雛難。憐君伴我涪州宿,猶有心情徹夜彈。"

　②聲聲:一聲又一聲,一聲跟著另一聲。常建《聽琴秋夜贈寇尊師》"琴當秋夜聽,况是洞中人。一指指應法,一聲聲爽神。"劉長卿《月下聽砧》:"夜静掩寒城,清砧發何處? 聲聲搗秋月,腸斷蘆龍戍。"潸然:流泪貌,亦謂流泪。《漢書·中山靖王劉勝傳》:"紛驚逢羅,潸然出涕。"杜甫《送梓州李使君之任》:"君行射洪縣,爲我一潸然。"

　③商瞿五十知無子:晚年得子的典故。王肅《家語》卷九:"梁鱣,齊人,字叔魚,少孔子三十九歲。年三十未有子,欲出其妻,商瞿謂曰:'子未也! 昔吾年三十八無子,吾母爲吾更取室。夫子使吾之齊,母欲請留吾,夫子曰:無憂也! 瞿過四十當有五丈夫。今果然。吾恐子自晚生耳! 未必妻之過。'從之,二年而有子。" 琴書:琴和书籍,多为文人雅士清高生涯常伴之物。劉歆《遂初賦》:"玩琴書以條暢兮,考性命之變態。"陶潜《歸去來辭》:"悦親戚之情話,樂琴書以消憂。" 仲宣:漢末文學家王粲的字,爲"建安七子"之一,博學多識,文

思敏捷,善詩賦,尤以《登樓賦》著稱。曹植《與楊德祖書》:"仲宣獨步於漢南,孔璋鷹揚於河朔。"高適《信安王幕府詩》:"作賦同元淑,能詩匪仲宣。"

[編年]

《年譜》編年本詩於大和二年,理由是:"詩云:'商瞿五十知無子,便付琴書與仲宣。'大和二年元稹五十歲。"《編年箋注》編年:"此詩作于文宗大和二年(八二八),元稹時在浙東觀察使任。"理由是"見卜《譜》"。《年譜新編》編年意見與理由也同《年譜》所示。

本詩的編年比較容易,即元稹五十歲之時;本詩的編年也比較不易,就是難以確定作於大和二年的何時。但從"商瞿五十知無子,便付琴書與仲宣"的詩意來看,似乎作於大和二年年末比較合理:自己剛剛出生的兒子已經在本年暮秋時節夭折,而屬於自己的五十歲歲月也即將過去,並且一去不返,詩人的情感特別哀傷,聽到妻子的別鶴之琴操,情難自已,故有此作。

大和三年己酉（829） 五十一歳

■ 聽妻彈別鶴操十二韻^{(一)①}

據白居易《和微之聽妻彈別鶴操因爲解釋其義依韻加四句》

[校記]

（一）聽妻彈別鶴操十二韻：本佚失書所依據的白居易《和微之聽妻彈別鶴操因爲解釋其義依韻加四句》，見《白氏長慶集》、《白香山詩集》、《全詩》，未見異文。

[箋注]

① 聽妻彈別鶴操十二韻：白居易《和微之聽妻彈別鶴操因爲解釋其義依韻加四句》："義重莫若妻，生離不如死。誓將死同穴，其奈生無子。商陵追禮教，婦出不能止。舅姑明旦辭，夫妻中夜起。起聞雙鶴別，若與人相似。聽其悲唳聲，亦如不得已。青田八九月，遼城一萬里。徘徊去住雲，嗚咽東西水。寫之在琴曲，聽者酸心髓。況當秋月彈，先入憂人耳。怨抑掩朱弦，沈吟停玉指。一聞無兒嘆，相念兩如此。無兒雖薄命，有妻偕老矣！幸免生別離，猶勝商陵氏。"元稹有《聽妻彈別鶴操》之詩："別鶴聲聲怨夜絃，聞君此奏欲潸然。商瞿五十知無子，便付琴書與仲宣。"但元稹之詩祇有兩韻四句，白居易詩有十四韻，並非白居易詩題所云元稹"商瞿五十知無子"那首詩篇"依韻加四句"之後的詩篇，朱金城先生認爲：元稹存世那首《聽妻彈別鶴操》"與白氏此詩五言十四韻不同，當另有一首五言十二韻詩"。所言

可從。我們還認爲："依韵"謂按照他人詩歌的韵部作詩，韵脚用字衹要求與原詩同韵而不必同字。劉攽《貢父詩話》："唐詩賡和，有次韵（先後無易），有依韵（同在一韵），有用韵（用彼韵，不必次）。"而元稹那首《聽妻彈別鶴操》，不僅韵數不等，而且也不是"依韵"之作，故元稹應該有一首十二韵的《聽妻彈別鶴操》問世，可惜已經散失，據此補。　聽：以耳受聲。《文心雕龍·誄碑》："觀風似面，聽辭如泣。"皮日休《霍山賦》："静然而聽，凝然而視，其體當中，如君之毅。"　妻：舊指男子的嫡配。班固《白虎通·嫁娶》："妻者，齊也，與夫齊體。"杜甫《無家別》："四鄰何所有？一二老寡妻。"這裏指元稹的第三任妻子裴淑，元和十年在興元與元稹結婚，生育女兒多人，但至此尚無男孩存世，故元稹夫婦時時關心著，等待著。　彈：用手指撥弄琴弦。《禮記·檀弓》："和之而不和，彈之而不成聲。"劉義慶《世說新語·雅量》："嵇中散臨刑東市，神氣不變，索琴彈之。"　別鶴操：樂府琴曲名。崔豹《古今注》卷中："《別鶴操》，商陵牧子所作也。娶妻五年而無子，父兄將爲之改娶。妻聞之，中夜起，倚户而悲嘯。牧子聞之，愴然而悲，乃歌曰：'將乖比翼隔天端，山川悠遠路漫漫，攬衣不寝食忘餐！'後人因爲樂章焉！"後用以指夫妻分離，抒發別情。常建《送楚十少府》："因送別鶴操，贈之雙鯉魚。鯉魚在金盤，別鶴哀有餘。"白居易《雨中聽琴者彈別鶴操》："雙鶴分離一何苦，連陰雨夜不堪聞。莫教遷客嫠妻聽，嗟嘆悲啼泥殺君。"

［編年］

《元稹集》未收録，《編年箋注》未收録與編年，《年譜》、《年譜新編》收録，詩題均作"聽妻彈別鶴操"。《年譜》、《年譜新編》編年元稹原唱在大和二年，顯然有誤。

朱金城先生《白居易集箋校》認爲《和微之聽妻彈別鶴操因爲解釋其義依韵加四句》是"寶曆元年"白居易五十四歲時所作，却未

必可信。白居易十四韻詩雖然不是元稹《聽妻彈別鶴操》絕句的原
唱,但元稹五十歲時喪子卻是事實,因此我們以爲元稹那首《聽妻
彈別鶴操十二韻》也應該賦作於元稹五十歲之時,亦即大和三年,
元稹當時在越州。根據元稹絕句"商瞿五十知無子,便付琴書與仲
宣"所言,喪子可能在大和三年之初,故詩人仍然期盼五十歲之年
自己有弄璋之喜。果然,大和三年年底,元稹的夫人裴淑在洛陽生
下自己的兒子道護。而白居易的勸慰,應該在裴淑有喜之前的大
和三年年初之時。

■ 酬崔十八見寄^{(一)①}

據白居易《同崔十八寄元浙東王陝州》

[校記]

(一)酬崔十八見寄:本佚失詩所據白居易《同崔十八寄元浙東
王陝州》,見《白氏長慶集》、《白香山詩集》、《全詩》,未見異文。

[箋注]

① 酬崔十八見寄:白居易《同崔十八寄元浙東王陝州》:"未能同
隱雲林下,且復相招禄仕間。隨月有錢勝賣藥,終年無事抵歸山。鏡
湖水遠何由泛?棠樹枝高不易攀。惆悵八科殘四在,兩人榮鬧兩人
閑。"崔玄亮寄出詩篇問候自己的朋友,元稹理應酬和,今不見,應該
是佚失,據補。 崔十八:即元稹、白居易吏部乙科及第的同年崔玄
亮,排行十八,時詔曹州刺史,"辭曹不拜",大概賦閑在家。白居易時
以太子賓客分司東都,故有"兩人榮鬧兩人閑"之句。元稹《酬哥舒大
少府寄同年科第》:"前年科第偏年少,未解知羞最愛狂。九陌爭馳好

鞍馬，八人同着綵衣裳(同年科第：宏詞吕二炅、王十一起、拔萃白二十二居易、平判李十一復禮、吕四頻、哥舒大煩、崔十八玄亮，逮不肖，八人皆奉榮養)。自言行樂朝朝是，豈料浮生漸漸忙。賴得官閑且疏散，到君花下憶諸郎。"白居易賦詩之時，吕二炅、李十一復禮、吕四頻、哥舒大煩均已謝世，而王起在陝虢觀察使任，元稹在浙東觀察使職，崔玄亮賦閑，白居易分司，故有"惆悵八科殘四在，兩人榮鬧兩人閑"之感嘆。白居易《聞崔十八宿予新昌弊宅時予亦宿崔家依仁新亭一宵偶同兩興暗合因而成詠聊以寫懷》："陋巷掩弊廬，高居敞華屋。新昌七株松，依仁萬莖竹。"白居易《得湖州崔十八使君書喜與杭越鄰郡因成長句代賀兼寄微之》："三郡何因此結緣？貞元科第忝同年。故情歡喜開書後，舊事思量在眼前。"

［編年］

　　未見《元稹集》採録，也未見《年譜》、《編年箋注》、《年譜新編》採録與編年。

　　朱金城先生《白居易集箋校》編年白居易《同崔十八寄元浙東王陝州》詩於大和三年。元稹本佚失詩也應該賦成於大和三年，地點在越州，元稹時任浙東觀察使、越州刺史之職。

● 贈劉採春[①]

　　新妝巧樣畫雙蛾，漫裹常州透額羅[②]。正面偷勻光滑笏[(一)]，緩行輕踏破紋波[(二)③]。言辭雅措風流足，舉止低迴秀媚多[④]。更有惱人腸斷處，選詞能唱望夫歌(即《羅嗊之曲》也)[⑤]。

　　本詩不見於馬本《元氏長慶集》，今據《全詩》卷四二二過録

[校記]

　　（一）正面偷勻光滑笏：《唐詩紀事》同，《全唐詩録》作“正面偷輪光滑笏”，語義不順，不改。

　　（二）緩行輕踏破紋波：《唐詩紀事》、《全唐詩録》作“緩行輕踏皺紋波”，語義不同，不改。

[箋注]

　　① 贈劉採春：本詩諸多《元氏長慶集》不見採録，但《唐詩紀事》、《全詩》、《全唐詩録》採録，歸名元稹，據補，編排在此。　　劉採春：周季崇妻，來自淮甸，以樂舞諧戲爲業的藝人，有《囉嗊曲》七首傳世，其一：“不喜秦淮水，生憎江上船。載兒夫婿去，經歲又經年。”其二：“借問東園柳，枯來得幾年？ 自無枝葉分，莫怨太陽偏。”其三：“莫作商人婦，金釵當卜錢。朝朝江口望，錯認幾人船？”其四：“那年離別日，只道在桐廬。桐廬人不見，今得廣州書。”其五：“昨日勝今日，今年老去年。黃河清有日，白髮黑無緣。”其六：“悶向江頭採白蘋，嘗隨女伴祭江神。衆中羞不分明語，暗擲金釵卜遠人。”其七：“昨夜北風寒，牽船浦裏安。潮來打纜斷，搖櫓始知難。”《編年箋注》：“劉采春：俳優周季南妻。”據《雲溪友議·艷陽詞》，劉采春應該是周季崇之妻：“（元稹）乃廉問浙東……乃有俳優周季南、季崇及妻劉采春自淮甸而來，善弄陸參軍，歌聲徹雲……元公……而贈采春詩曰：‘……’”《丹鉛摘録·柳枝詞》：“《麗情集》載湖州妓周德華者，劉采春女也。唱劉禹錫《柳枝詞》云：‘春江一曲柳千條，二十年前舊板橋。曾與美人橋上別，恨無消息到今朝。’此詩甚佳，而劉集不載。”

　　② 新妝：謂女子新穎新潮的修飾。王訓《應令詠舞》：“新妝本絶世，妙舞亦如仙。”李白《清平調詞》二：“借問漢宮誰得似？ 可憐飛燕倚新粧。”　巧樣：別致靚麗的打扮。韓維《黃葵花》：“池上朝來玉露，

零檀心先向日邊。傾側金巧樣新成盞,蒸栗溫姿始號瓊。"裘萬頃《雪中再示德齡二弟三首》三:"青青窗外幾修篁,也學宮梅巧樣粧。說與惠連須著句,雪邊春色到池塘。" 雙蛾:指美女的兩眉,蛾,蛾眉。沈約《昭君辭》:"朝發披香殿,夕濟汾陰河。於茲懷九逝,自此斂雙蛾。"楊無咎《生查子》:"愁來愁更深,黛拂雙蛾淺。" 常州:《編年箋注》引《元和郡縣志·常州》,作爲地名來破解,我們以爲不確,它大概是流行於或起源於常州地區的一種女子髮式,但也沒有直接的證據,有待智者的破解。 羅:《藝林彙考·服飾篇》:"《留青日札》:元稹《贈劉采春》詩:'漫裹常州透額羅。'即今之亮羅也,蓋羅者,言其文羅疏也,故曰方目羅以細勻爲貴,故曰輕羅其厚重者曰結羅,古稱織女秋雲羅,《太上黃庭經》:'金簡鳳文羅。'越地名越羅。"《說略·服飾》:"蘇子詩'舞衫初試越羅新',今吳地出水緯羅。《子虛賦》云:雜纖羅,垂霧縠是也。"

③ 正面:面向別人的一面,即臉面。徐凝《八月九月望夕雨》:"八月繁雲連九月,兩回三五晦漫漫。一年悵望秋將盡,不得常娥正面看。"齊己《賀孫支使郎中遷居》:"地連東閣橫頭買,門對西園正面開。" 勻:謂均勻地塗搽、揩拭。元稹《生春二十首》一六:"手寒勻面粉,鬢動倚簾風。"蘇軾《席上代人贈別三首》一:"泪眼無窮似梅雨,一番勻了一番多。" 光滑:平滑,不粗糙。李綽《尚書故實》:"得片石如斷磬,其一端有雕刻狻猊之首,亦如磬,有孔,穿條處尚光滑。"徐夤《釣車》:"軸磨駮角冰光滑,輪卷春絲水面平。把向嚴灘尋轍迹,漁臺基在輾難傾。" 笏:古代臣朝見君時所執的狹長板子,用玉、象牙、竹木製成,也叫手板,後世惟品官執之。《禮記·玉藻》:"凡有指畫於君前,用笏;造受命於君前,則書於笏。"韓愈《釋言》:"束帶執笏立士大夫之行,不見斥以不肖,幸矣! 其何敢放於言乎?"疑此處是藝人表演時用的道具。 緩行:徐步,慢走。杜甫《江頭四詠·花鴨》:"花鴨無泥滓,階前每緩行。"裴度《涼風亭睡覺》:"飽食緩行新睡覺,一甌新茗

侍兒煎。脱巾斜倚繩床坐，風送水聲來耳邊。”　輕踏：放輕脚步。李
石《王真畫桃花玉頰兒扇》：“飛上桃花玉頰兒，小紅輕踏碧荽蕤。莫
教啄破枝頭雨，怕見臙脂淚點垂。”曾豐《應童子科歐陽文成覓詩漫以
塞責》：“明年試罷春晝長，低頭拾官回未忙。馬蹄輕踏百草香，鶯花
助喜酒助狂。”　紋波：即“波紋”亦作“波文”，細微的波浪形成的水
紋。白居易《府西池》：“柳無氣力枝先動，池有波文冰盡開。”王沂
《嘉陵驛》二：“江流迎客縠紋波，啼鳥窺人隱緑蘿。撲鼻生香來不斷，東
風一路野花多。”

　　④言辭：説話或寫文章時所用的詞句。《文心雕龍·通變》：“桓
君山云：‘予見新進麗文，美而無采；及見劉揚言辭，常輒有得。’”劉知
幾《史通·疑古》：“又孔門之著録也，《論語》專述言辭，《家語》兼陳事
業。”　雅措：典雅得當。　雅：高雅不俗，優美。《楚辭·大招》：“容
則秀雅，穉朱顏只。”王逸注：“言美女儀容閑雅，動有法則，秀異於
人。”殷璠《河嶽英靈集·王維》：“維詩詞秀調雅，意新理愜。”　措：治
理，安排。《墨子·尚賢》：“故雖昔者三代暴王桀、紂、幽、厲之所以失
措其國家，傾覆其社稷者，已此故也。”周密《齊東野語·奇對》：“善待
問者如撞鐘，小應小，大應大。措天下者猶置器，安則安，危則危。”
風流：灑脱放逸，風雅瀟灑。《後漢書·方術傳論》：“漢世之所謂名士
者，其風流可知矣！”牟融《送友人》：“衣冠重文物，詩酒足風流。”　舉
止：行動，舉動。陶潛《閑情賦》：“神儀嫵媚，舉止詳妍。”孟郊《酒德》：
“醉見異舉止，醉聞異聲音。”　低迴：徘徊，流連。鮑照《松柏篇》：“扶
輿出殯宫，低迴戀庭室。”韓愈《祭郴州李使君文》：“逮天書之下降，猶
低迴以宿留。”　秀媚：秀麗嫵媚。《世説新語·品藻》：“謝公問王子
敬。”劉孝標注引王愔《文字志》：“獻之善隸書，變右軍法爲今體，字畫
秀媚妙絶時倫，與父俱得名。”李咸用《和殷衙推春霖即事》：“山川藏
秀媚，草木逞調柔。”

　　⑤惱人：撩撥人。歐陽炯《菩薩蠻》一：“曉來中酒和春睡，四肢

無力雲鬟墜。斜卧臉波春,玉郎休惱人。"王安石《夜直》:"春色惱人
眠不得,月移花影上闌干。" 腸斷:形容極度悲痛或興奮。宋之問
《途中寒食題黃梅臨江驛寄崔融》:"北極懷明主,南溟作逐臣。故園
腸斷處,日夜柳條新。"李白《對雪獻從兄虞城宰》:"昨夜梁園裏,弟寒
兄不知。庭前看玉樹,腸斷憶連枝。" 選詞:選用詞語。元稹《樂府
序》:"後之審樂者,往往採取其詞,度爲歌曲,蓋選詞以配樂,非由樂
以定詞也。"陸深《經筵詞序》:"每於供職之次,聊述短篇,皆因事而選
詞,積成數首,雖不足以鼓吹休明,用存一代故實雲爾。" 望夫歌:詞
牌名,又名《羅嗊曲》,皆爲五、六、七言絕句,唯起句可用韵可不用韵。
《歷代詩餘·詞話》:"劉采春《羅嗊曲》云:'……'按曲有三解,一名望
夫歌,取其一以存調。"

[編年]

　　《年譜》編年本詩於"癸卯至己酉在越州所作其他詩"欄内,題下
沒有説明理由,但有譜文涉及:"《雲溪友議·艷陽詞》云:'元公……
乃廉問浙東,別濤已逾十載,方擬馳使往蜀取濤,乃有俳優周季南、季
崇及妻劉采春自淮甸而來,善弄陸參軍,歌聲徹雲。篇韵雖不及濤,
容華莫之比也,元公似忘薛濤,而贈采春詩曰:'新粧巧樣畫雙蛾……
選詞能唱望夫歌。'……且以藁砧尚在,不可奪焉!元公在浙河七年,
因醉題東武亭,詩曰:'……因循未歸得,不是戀鱸魚。'盧侍御簡求戲
曰:'丞相雖不戀鱸魚,乃戀誰耶?'"《年譜》又引《增修詩話總龜》云:
"盧簡夫(求)侍御曰:'丞相不戀鱸魚,爲好鑒湖春色。''春色'謂劉采
春。"《編年箋注》編年:"元稹此詩作于大和三年(八二九),時在浙東
觀察使任。"沒有説明理由。《年譜新編》編年本詩於"癸卯至己酉在
越州所作其他詩"欄内,沒有説明理由,但有節錄《年譜》所引譜文,又
加説明:"范氏……關於劉采春事,或有可信在。"

　　我們以爲,據《雲溪友議·艷陽詞》的記載:元稹在浙東"七年"之

時,其僚屬盧簡求尚以劉採春之事打趣,雖然《雲溪友議》有荒誕不經之處,但此處涉及的時間尚可參考。估計大和三年劉採春尚在浙東會稽,因此本詩應該作於元稹浙東任的後期,以大和年間較爲可能,今暫時編年本詩於大和三年,地點在浙東之越州。

■ 和樂天想東遊五十韵^{(一)①}

据白居易《想東遊五十韵》

[校記]

（一）和樂天想東遊五十韵:元稹本佚失詩所據白居易《想東遊五十韵》,見《白氏長慶集》、《白香山詩集》、《石倉歷代詩選》、《唐宋詩醇》、《全詩》、《全唐詩錄》,基本未見異文。

[箋注]

① 和樂天想東遊五十韵:白居易《想東遊五十韵序》:"太和三年春,予病免官後,憶遊浙右數郡,兼思到越一訪微之。故兩浙之間一物以上,想皆在目,吟且成篇,不能自休,盈五百字,亦猶孫興公想天台山而賦之也。"詩云:"海内時無事,江南歲有秋。生民皆樂業,地主盡賢侯。郊静銷戎馬,城高逼斗牛。平河七百里,沃壤二三州(自常及杭凡三百里)。坐有湖山趣,行無風浪憂。食寧妨解纜,寢不廢乘流。泉石諳天竺,烟霞識虎丘(天竺、虎丘寺,領郡時舊遊最熟處)。餘芳認蘭澤,遺詠思蘋洲(古詩云:'蘭澤多芳草。'又柳惲詩云:'洲汀採白蘋。')。菡萏紅塗粉,菰蒲綠潑油。鱗差漁户舍,綺錯稻田溝。紫洞藏仙窟,玄泉貯怪湫。精神昂老鶴,姿彩媚潛虬(大謝詩云:'潛虬媚幽姿。')。静閲天工妙,閑窺物狀幽。投竿出比目,擲果下獼猴。

8047

味苦蓮心小，漿甜蔗節稠。橘苞從自結，藕孔是誰鎪？逐日移潮信，隨風變棹謳。遞夫交烈火，候吏次鳴騶。梵塔形疑踊（重玄閣），閶門勢欲浮（吳閶門）。客迎攜酒榼，僧待置茶甌。小宴閑談笑，初筵雅獻酬。稍催朱蠟炬，徐動碧牙籌。圓盞飛蓮子，長裾曳石榴。柘枝隨畫鼓，調笑從香毬。幕颭雲飄檻，簾褰月露鈎。舞繁紅袖去，歌切翠眉愁。弦管寧容歇，杯盤未許收。良晨宜酩酊，卒歲好優游。鰕縷鮮仍細，莼絲滑且柔。飽飧為日計，穩睡是身謀。名愧空虛得，官知止足休。自嫌猶屑屑，衆笑太悠悠。物表疏形役，人寰足悔尤。蛾須遠燈燭，兔勿近置罘。幻世春來夢，浮生水上漚。百憂中莫入，一醉外何求？未死痴王湛，無兒老鄧攸。蜀琴安膝上，周易在床頭。去去無程客，行行不繫舟。勞君頻問訊，勸我少淹留（自此後並屬微之）。雲雨多分散，關山苦阻修。一吟江月別，七見日星周（昔在杭州別微之，微之留詩云：‘明朝又向江頭別，月落潮平是去時。’）。珠玉傳新什，鴒鸞念故儔。懸旌心宛轉，束楚意綢繆。驛舫粧青雀，官槽秣紫騮。鏡湖期遠泛，禹穴約冥搜。預掃題詩壁，先開望海樓。飲思親履舄，宿憶並衾裯。志氣吾衰也，風情子在不？應須相見後，別作一家遊（‘吾衰’、‘子在’，並出《家語》）。”對於白居易的“東遊”計劃，元稹不會視而不見，不會置之不理，應該有詩篇回酬，或表歡迎，或提建議，或作勸告，今存元稹詩文未見酬篇，應該是隨著歲月推移而佚失，故今據補，編排在此。　想：希望，想要，並非一定能夠實現之事，更非已經實現之事。劉琨《勸進表》：“四海想中興之美，群生懷來蘇之望。”王昌齡《裴六書堂》：“窗下長嘯客，區中無遺想。經緯精微言，兼濟當獨往。”　東遊：遊覽東方，這裏指浙東之遊。劉長卿《送皇甫曾赴上都》：“東遊久與故人違，西去荒涼舊路微。秋草不生三徑處，行人獨向五陵歸。”李白《與謝良輔遊涇川陵巖寺》：“乘君素舸泛涇西，宛似雲門對若溪。且從康樂尋山水，何必東遊入會稽！”

［編年］

　　未見《元稹集》採録，也未見《年譜》、《年譜新編》、《年譜新編》採録與編年。

　　朱金城先生《白居易集箋校》編年白居易詩於大和三年。白居易《想東遊五十韵序》：“太和三年春，予病免官後，憶遊浙右數郡，兼思到越一訪微之。”又詩有“一吟江月別，七見日星周（昔在杭州別微之，微之留詩云：‘明朝又向江頭別，月落潮平是去時。’）”之詩句及詩注，元稹在杭州告別白居易，在長慶三年，“七見日星周”之後，正是大和三年。據此，白居易詩應該賦成於大和三年春天。元稹已經佚失的酬詩也應該在大和三年春天或稍後撰成，地點在越州，元稹時任浙東觀察使、越州刺史。

▲ 題李端^{(一)①}

　　新筍短松低曉露，晚花寒沼漾殘暉^②。

　　　　　　　見《千載佳句·文藻》，據花房英樹《元稹研究》轉録

［校記］

　　（一）題李端：《元稹集》、《全唐詩續補》、《編年箋注》均無異文。

［箋注］

　　① 題李端：今存諸多《元氏長慶集》不見兩句，故據補入，編排在此。　題：額頭。《楚辭·招魂》：“雕題黑齒，得人肉以祀，以其骨爲醢些。”王逸注：“題，額也。”温庭筠《观舞妓》：“凝腰倚風軟，花題照錦春。”　李端：字正己，唐代著名詩人，大曆五年進士，“大曆十才子”之一。嘗客駙馬郭曖第，賦詩冠其坐客。初授校書郎，後移疾江南，官

杭州司馬,卒。有集三卷,《全詩》編詩三卷。《舊唐書·盧簡辭傳》:"初,大曆中,詩人李端、錢起、韓翃輩能爲五言詩,而辭情捷麗,綸作尤工。至貞元末,錢、李諸公凋落。綸嘗爲《懷舊詩五十韻》叙其事曰:'吾與吉侍郎中孚、司空郎中曙、苗員外發、崔補闕峒、耿拾遺湋、李校書端,風塵追遊,向三十載。數公皆負當時盛稱,榮耀未幾,俱沉下泉。傷悼之際,暢當博士追感前事,賦詩五十韻見寄。輒有所酬,以申悲舊,兼寄夏侯審侍御。'其歷言諸子云:'侍郎文章宗,傑出淮楚靈。掌賦若吹籟,司言如建瓴。郎中善慶餘,雅韵與琴清。鬱鬱松帶雪,蕭蕭鴻入冥。員外真貴儒,弱冠被華纓。月香飄桂實,乳溜瀝瓊英。補闕思冲融,巾拂藝亦精。彩蝶戲芳圃,瑞雲滋翠屏。拾遺興難侔,逸調曠無程。九醞貯彌潔,三花寒轉馨。校書才智雄,舉世一娉婷。賭墅鬼神變,屬辭鸞鳳驚。差肩曳長裾,摠轡奉和鈴。共賦瑤臺雪,同觀金谷笙。倚天方比劍,沉水忽如瓶。君持玉盤珠,寫我懷袖盈。讀罷涕交頤,願言躋百齡。'"《舊唐書·錢徽傳》:"大曆中與韓翃、李端輩十人俱以能詩出入貴遊之門,時號'十才子'。"耿湋《送李端》:"世上許劉楨,洋洋風雅聲。客來空改歲,歸去未成名。"盧綸《早春遊樊川野居却寄李端校書兼呈崔峒補闕司空曙主簿耿湋拾遺》:"白水遍溝塍,青山對杜陵。晴明人望鶴,曠野鹿隨僧。" 題李端:本詩之詩題,疑有闕文,似乎應該是"題李端舊居"或"題李端故居"較爲貼切,存疑以待來者。

②新:初次出現的,與"舊"相對。《詩·豳風·東山》:"其新孔嘉,其舊如之何?"和凝《小重山》:"新榜上,名姓徹丹墀。" 短:謂兩端距離小,與"長"相對。《晏子春秋·雜》:"晏子使楚,以晏子短,楚人爲小門於大門之側而延晏子。"韓愈《青青水中蒲三首》三:"青青水中蒲,葉短不出水。" 曉露:早晨的露水。韋應物《曉至園中憶諸弟崔都水》:"秋塘遍衰草,曉露洗紅蓮。不見心所愛,茲賞豈爲妍?"顧況《黃菊灣》:"時菊凝曉露,露華滴秋灣。仙人釀酒熟,醉裏飛空山。"

晚花:夕陽下的花朵。元稹《酬樂天東南行詩一百韵》:"祖竹蒙新筍,
孫枝壓舊梧。晚花狂蛺蝶,殘蒂宿茱萸。"白居易《獨行》:"暗誦黄庭
經在口,閑攜青竹杖隨身。晚花新筍堪爲伴,獨入林行不要人。"
沼:水池。《詩・小雅・正月》:"魚在於沼,亦匪克樂。"司馬相如《上
林賦》:"日出東沼,入乎西陂。"韋莊《訴衷情》二:"碧沼紅芳烟雨静,
倚蘭橈。"池水。酈道元《水經注・穀水》:"御坐前建蓬萊山,曲池接
筵,飛沼拂席。"　漾:水動盪貌。謝靈運《山居賦》:"引修堤之逶迤,
吐泉流之浩漾。"權德輿《奉送韋起居老舅百日假滿歸嵩陽舊居》:"舊
壑窮杳窱,新潭漾淪漣。"飄動,晃動。蘇軾《好事近・獻君猷》:"明年
春水漾桃花,柳岸隘舟楫。"　殘暉:猶殘照。狄焕《送人游邵州》:"漁
家侵疊浪,島樹挂殘暉。"譚用之《渭城春晚》:"折柳且堪吟晚檻,弄花
何處醉殘暉?"

[編年]

　　未見《年譜》、《年譜新編》編年,《編年箋注》歸入"未編年詩"
欄内。

　　《全唐詩・李端傳》:"李端,字正己,趙郡人。大曆五年進士,與盧
綸、吉中孚、韓翃、錢起、司空曙、苗發、崔峒、耿湋、夏侯審唱和,號'大曆
十才子'。嘗客駙馬郭曖第,賦詩冠其坐客。初授校書郎,後移疾江南,
官杭州司馬,卒。"據此,李端最後應該定居杭州,并病卒在那兒。兩句
所在的本詩,題詠的應該是李端的故居。而李端的故居可能有二:一在
其家鄉趙郡,一在杭州附近。元稹一生並未履足趙郡,故兩句所在的本
詩應該賦成於元稹經由杭州之後,賦成於浙東境内。詩有"新筍短松"、
"晚花寒沼"之句,具體節令應該是春夏間,時間應該是長慶四年至大和
三年間的春夏季節,元稹當時任職浙東節度使、越州刺史。

● 醉題東武⁽⁻⁾①

役役行人事⁽⁻⁾，紛紛碎簿書②。功夫兩衙盡⁽⁻⁾，留滯七年餘③。病痛梅天發，親情海岸疏④。因循未歸得，不是戀鱸魚⁽四⁾⑤。

馬本《元氏長慶集》未見，今錄自《全詩》卷四二三

[校記]

（一）醉題東武：《唐詩紀事》同，《會稽掇英總集》、《全唐詩錄》作"醉題東武亭"，文意相類，不改。

（二）役役行人事：《唐詩紀事》、《全唐詩錄》同，《詩話總龜》、《會稽掇英總集》作"役役閑人事"，語義不同，各備一説，不改。

（三）功夫兩衙盡：《唐詩紀事》、《全唐詩錄》同，《會稽掇英總集》作"工夫兩衙盡"，語義相類，各備一説，不改。《詩話總龜》作"工夫兩衙"，明顯漏刻一字，不從不改。

（四）不是戀鱸魚：原本作"不是憶鱸魚"，《唐詩紀事》同，《詩話總龜》、《會稽掇英總集》、《全詩》注、《全唐詩錄》作"不是戀鱸魚"，"鱸魚"就出産在江蘇南部與浙江一帶，"戀"通而"憶"不通，據改。

[箋注]

① 醉題東武：本詩不見於諸多《元氏長慶集》，但《唐詩紀事》、《會稽掇英總集》、《詩話總龜》、《全詩》、《全唐詩錄》刊載，今據補，編排在此。　醉題：醉後所題的詩或字。李白《醉題王漢陽廳》："我似鷓鴣鳥，南遷懶北飛。時尋漢陽令，取醉月中歸。"韋應物《灃上醉題寄滌武》："芳園知夕燕，西郊已獨還。誰言不同賞？俱是醉花間。"

東武:山名,在越州。《會稽志·山》:"龜山在府東南二里二百七十二步,隸山陰,一名飛來,一名寶林,一名怪山。《舊經》云:山遠望似龜形,故名。《越絕》云:龜山,句踐所起,遊臺也……《吳越春秋》云:城既成,琅琊東武海中山一夕自來,故名怪山。《寰宇記》又云:龜山下有東武里,即琅琊東武山,一夕移於此,東武人因徙此,故里不動。山巔有巨人迹、錫杖痕、靈鰻井、多寶塔。遊臺一名觀臺,唐徐季海詩云:'茲山昔飛來,遠自琅琊臺。孤岫龜形在,深泉鰻井開。'李公垂詩云:'一峰凝黛當明鏡,千仞喬松倚翠屏。'元微之詩云:'一峰墺伏東武小,兩峰鬥立秦望雄。'自郡齋南望,屹然相對,其浮圖侵雲。漢張伯玉有《清思堂雪霽望飛來山》詩云:'隱几高堂上,坐對飛來峰。梵塔倚天半,樓臺出雲中。'又《題寺壁》云:'一峰來海上,高塔起天心。'"《浙江通志·紹興府》:"東武亭:李紳《東武亭》詩注:'在鏡湖,即元相所建,春秋爲競渡之所。'《嘉泰會稽志》:'世傳龜山自東武飛來,因名。'"

② 役役:勞苦不息貌。《莊子·齊物論》:"終身役役,而不見其成功。"梅堯臣《依韵奉和永叔感興五首》四:"秋蟲至微物,役役網自織。"　人事:人之所爲,人力所能及的事。《孟子·告子》:"雖有不同,則地有肥磽、雨露之養,人事之不齊也。"《南史·虞寄傳》:"匪獨天時,亦由人事。"指人世間事。《樂府詩集·焦仲卿妻》:"自君別我後,人事不可量。"《南史·鄭鮮之傳》:"今如滕羨情事者,或終身隱處,不關人事。"　紛紛:煩忙,忙亂。《孟子·滕文公》:"何爲紛紛然與百工交易?"元稹《餘杭周從事以十章見寄詞調清婉難於遍酬聊和詩首篇以答來貺》:"擾擾紛紛旦暮間,經營閑事不曾閑。"　簿書:官署中的文書簿册。《漢書·賈誼傳》:"而大臣特以簿書不報,期會之間,以爲大故。"李紳《宿越州天王寺》:"休按簿書懲黠吏,未齊風俗昧良臣。"

③ 功夫:謂作事所費的精力和時間。元稹《琵琶歌》:"逢人便請

送杯盞,著盡功夫人不知。"秦韜玉《燕子》:"曾與佳人並頭語,幾回拋却繡功夫。"時間。元稹《琵琶》:"使君自恨常多事,不得功夫夜夜聽。"呂巖《七言》六:"藥返便爲真道士,丹還本是聖胎仙。出神入定虛華語,徒費功夫萬萬年。" 兩衙:兩個衙門。元稹當時既是浙東觀察使,又兼職越州刺史,或言元稹當時既管民又管軍,故言"兩衙"。王建《昭應官舍書事》:"臘月近湯泉不凍,夏天臨渭屋多涼。兩衙早被官拘束,登閣巡溪亦屬忙。"白居易《吳中好風景二首》一:"兩衙漸多暇,亭午初無熱。騎吏語使君,正是遊時節。" 留滯:停留,羈留。《史記·太史公自序》:"是歲天子始建漢家之封,而太史公留滯周南,不得與從事,故發憤且卒。"王建《荆門行》:"壯年留滯尚思家,況復白頭在天涯。"身處困境。《楚辭·東方朔〈七諫·怨世〉》:"年既已過太半兮,然坱軻而留滯。"王逸注:"言年已過五十,而輆軻沈滯,卒無所逢遇也。"司馬光《送薛水部十丈通判并州》:"知君留滯久,從此欲騰驤。" 七年:元稹自長慶三年(823)十月來到越州,至大和三年(829),正是七年。白居易《唐故武昌軍節度處置等使正議大夫檢校户部尚書鄂州刺史兼御史大夫賜紫金魚袋尚書右僕射河南元公墓誌銘并序》:"在越八載,政成課高。上知之,就加禮部尚書。"據史實,元稹長慶三年八月離開同州,同年"十月半"到達杭州,十月底到達越州,大和三年九月離開越州,元稹在浙東,連頭帶尾祇有七個年頭,實際時間祇有六整年還少一個月。即使把赴任越州路上的時間也計算在内,也祇有六整年多一個月而已。故白居易《唐故武昌軍節度處置等使正議大夫檢校户部尚書鄂州刺史兼御史大夫賜紫金魚袋尚書右僕射河南元公墓誌銘并序》所説"八載"應該是"七載",是白居易他老人家晚年誤算所致;或者是白居易誤會了元稹本詩"留滯七年餘"與《劉採春》"廉訪句留七載餘"所致;或者元稹之所以説"留滯七年餘"、"廉訪句留七載餘",很大的可能是元稹爲押韻而添加之"餘"字;如果一定要説"餘",我們以爲應該是"六年餘"更符合史實;元稹自己之所以出現這樣的低級錯誤,或者是元稹自己酒後誤算醉題所致,酒後之"醉題",即使是涉及本人的生平,也往往是作不得真的。元稹《贈呂三校書(與呂校書同年科第,後爲別七年,元和巳丑歲八月,偶於陶化坊會宿)》:"七年浮世皆經眼,八月閑宵忽並床。語到欲明歡又泣,傍人相笑兩相傷。"白居易《寓意詩五首》一:"豫樟生深山,七年而後知。挺高二百尺,本末皆十圍。"　餘:長久。《老子》:"修之身,其德乃真;修之家,其德乃餘;修之鄉,其德乃長。"謝瞻《九日從宋公戲馬臺集送孔令詩》:"扶光迫西汜,歡餘宴有窮。"

　　④ 病痛:疾病。白居易《朝歸書寄元八》:"幸無急病痛,不至苦饑寒。"毛病,缺點。《朱子語類》卷七五:"唐時人説得雖有病痛,大體理會得是。"　梅天:黃梅天氣。竇常《北固晚眺》:"水國芒種後,梅天風雨凉。"楊萬里《風雨》:"梅天筆墨都生醭,棐幾文書懶拂塵。"　親情:親戚,亦指親戚情誼。酈道元《水經注・漸江水》:"質去家已數十年,親情凋落,無復向時比矣!"范仲淹《與李宗易向約堪任清要狀》:"堪任清要任使者,各同罪保舉貳名,並須歷任無公私過犯及不是見任兩府,並自己親情,方得奏舉。"　海岸:緊接海洋邊緣的陸地。《三國志・倭人傳》:"從郡至倭,循海岸水行。"姚合《贈王尊師》:"海岸夜中常見日,仙宮深處却無山。"

　　⑤ 因循:道家謂順應自然。《文子・自然》:"王道者處無爲之事,行不言之教,清静而不動,一度而不摇,因循任下,責成而不勞。"《史記・太史公自序》:"道家無爲,又曰無不爲,其實易行,其辭難知。其術以虛無爲本,以因循爲用。"張守節正義:"任自然也。"　歸:返回。《書・舜典》:"十有一月朔巡守……歸,格于藝祖,用特。"韓愈《送李六協律歸荆南》:"早日羈遊所,春風送客歸。"　不是戀鱸魚:此處用"鱸魚膾"的典故,劉義慶《世説新語・識鑒》:"張季鷹辟齊王東曹掾,在洛,見秋風起,因思吳中菰菜羹、鱸魚膾,曰:'人生貴得適意爾!何能羈宦數千里以要名爵?'遂命駕便歸。俄而齊王敗,時人皆

謂爲見機。"後因以"鱸魚膾"爲思鄉賦歸之典。王維《送從弟蕃游淮南》:"歸來見天子,拜爵賜黃金。忽思鱸魚膾,復有滄洲心。"李白《秋下荆門》:"此行不爲鱸魚鱠,自愛名山入剡中。" 戀:留戀,依依不捨。《後漢書·姜肱傳》:"及各娶妻,兄弟相戀,不能別寢。"白居易《酬李少府曹長官舍見贈》:"戀月夜同宿,愛山晴共看。" 鱸:即松江鱸魚。李時珍《本草綱目·鱸魚》:"鱸出吳中,淞江尤盛。四五月方出,長僅數寸,狀微似鱖而色白,有黑點,巨口細鱗,有四鰓。"孫逖《淮陰夜宿二首》二:"宿莽非中土,鱸魚豈我鄉? 孤舟行已倦,南越尚茫茫。"崔顥《維揚送友還蘇州》:"長安南下幾程途? 得到邗溝弔綠蕪。渚畔鱸魚舟上釣,羨君歸老向東吳。"

[編年]

《年譜》編年本詩於大和三年"越州作",理由是:"詩云:'留滯七年餘。'"《編年箋注》編年:"此詩作于大和三年(八二九),元稹時在浙東觀察使任。"沒有説明理由。《年譜新編》編年本詩於大和三年"越州作",理由是:"詩云:'留滯七年餘。'"

我們以爲,本詩有"留滯七年餘"之句,從元稹長慶三年八月移任浙東觀察使至大和三年九月奉詔進京,剛剛是"七年",本詩毫無疑問應該作於大和三年。《雲溪友議·艷陽詞》亦云:"元公求在浙江七年,因醉題東武亭,詩曰……",可作本詩編年旁證。但必須説明,元稹大和三年九月就奉詔回京,《舊唐書·文宗紀》:(大和三年)"九月戊寅朔……戊戌……以稹爲尚書左丞,代韋弘景。"因此所謂的"大和三年",其實祇有八個月又二十天。本詩又有"不是戀鱸魚"的表述,而最肥美的鱸魚應該出現在每年的夏秋之時,那時的鱸魚就成爲人們餐桌上常見的佳餚,詩人就眼前之景述情抒意,本詩正賦詠于夏秋之時,而且應該以鱸魚剛剛上市的夏天最爲可能,地點在越州的東武。

● 劉採春①

　浙東風味果何如？廉訪句留七載餘（一）②。領略鏡湖春色好，因循原不爲鱸魚③。

《元稹集》轉録自清人黃金石《秀華續詠》

［校記］

　（一）廉訪句留七載餘：原本作"廉訪句留十載餘"，因本詩僅見於清人黃金石《秀華續詠》，并無其他版本可以參校。但"廉訪句留十載餘"與元稹出任浙東觀察使僅有七年的經歷不符，而"十"與"七"極其容易形成刊刻之誤，故據史實徑改。

［箋注］

　① 劉採春：本詩不見於諸多《元氏長慶集》，但清人黃金石《秀華續詠》引録，據補，編排於此。以樂舞諧戲爲業的女藝人，周季崇妻，大和年間，與周季南、周季崇兄弟曾到浙東獻藝，元稹另有《贈劉採春》詩涉及此事。《容齋三筆·樂府詩引喻》："自齊梁以來，詩人作樂府子夜四時歌之類，每以前句比興引喻，而後句實言以證之。至唐張祜、李商隱、溫庭筠、陸龜蒙亦多此體，或四句皆然，今略書十數聯于策……劉采春所唱云：'不是厨中串，争知炙裏心。井邊銀釧落，展轉恨還深。斡蠟爲紅燭，情知不自由。細絲斜結網，争奈眼相鈎。'尤爲明白。"

　② 風味：風度，風采。《宋書·自序傳》："〔伯玉〕温雅有風味，和而能辨，與人共事，皆爲深交。"韓愈《答渝州李使君書》："乖隔年多，不獲數附書，慕仰風味，未嘗敢忘。"　何如：如何，怎麽樣，用於詢問。

《左傳·襄公二十七年》:"子木問於趙孟曰:'范武子之德何如?'"《新唐書·哥舒翰傳》:"禄山見翰責曰:'汝常易我,今何如?'" 廉訪:察訪。《宋史·李大性傳》:"會從官送北客,朝命因俾廉訪,具以實聞,遂罷戎帥。"廉,通"覝",察視。《説文·見部》:"覝,察視也。"段玉裁注:"按史所謂廉察皆當作覝,廉行而覝廢矣!"《漢書·高帝紀》:"且廉問。"顏師古注:"廉,察也。廉字本作覝,其音同耳!"宋元之時據此而有廉訪使者、肅政廉訪使以及後世按察使的官職。《宣和遺事》前集:"守臣趙霆遁去,廉訪趙約戰死。"薩都剌有《同楊廉訪遊山寺》詩。句留:亦作"勾留",逗留,停留。白居易《春江》:"閉閣只聽朝暮鼓,上樓空望往來船。鶯聲誘引來花下,草色勾留坐水邊。"章孝標《上浙東元相》:"傲女星邊喜氣頻,越王臺上坐詩人。雪晴山水勾留客,風暖旌旗計會春。" 七載餘:元稹自長慶三年(823)八月履任浙東,至大和三年(829)九月離開越州,實際時間祇有六年多,"七載餘"是誤算。劉禹錫《重送浙西李相公頃廉問江南已經七載後歷滑臺劍南兩鎮遂入相今復領舊地新加旌旄》:"江北萬人看玉節,江南千騎引金鐃。鳳從池上遊滄海,鶴到遼東識舊巢。"周曇《三代門·武王》:"文王寢膳武王隨,内豎言安色始怡。七載豈堪囚羑里,一夫爲報亦何疑!"

③ 領略:領會,理解。江淹《雜體詩·效張綽〈雜述〉》:"領略歸一致,南山有綺皓。"王讜《唐語林·補遺》:"耳目之所聞見,心靈之所領略,莫不一覽懸解,終身不忘。" 鏡湖:古代長江以南的大型農田水利工程之一,在今浙江紹興會稽山北麓,東漢永和五年(140)在會稽太守馬臻主持下修建,以水準如鏡,故名。元稹《送王十一郎遊剡中》:"越州都在浙河灣,塵土消沉景象閑。百里油盆鏡湖水,千峰細朵會稽山。"白居易《酬微之誇鏡湖》:"我嗟身老歲方徂,君更官高興轉孤。軍門郡閣曾閑否?禹穴耶溪得到無?" 春色:春天的景色。謝朓《和徐都曹》:"宛洛佳遨遊,春色滿皇州。"葉紹翁《遊園不值》:"春色滿園關不住,一枝紅杏出牆來。" 因循:流連,徘徊不去。姚合

《武功縣中作三十首》二二:"門外青山路,因循自不歸。"韋莊《出關》:
"馬嘶烟岸柳陰斜,東去關山路轉賒。到處因循緣嗜酒,一生惆悵爲
判花。"　鱸魚:鱸魚夏秋進入淡水河川後,肉更肥美,尤以松江所產
最爲名貴。元稹《酬友封話舊叙懷十二韵》:"蒓菜銀絲嫩,鱸魚雪片
肥。憐君詩似湧,贈我筆如飛。"白居易《端居詠懷》:"賈生俟罪心相
似,張翰思歸事不如。斜日早知驚鵬鳥,秋風悔不憶鱸魚。"

[編年]

　　未見《年譜》、《編年箋注》、《年譜新編》提及本詩,更不見三書對
本詩的編年。

　　我們以爲,本詩雖然目前不見於《元氏長慶集》以及《全詩》等其
他文獻,僅僅見於清人黄金石《秀華續詠》,但本詩與元稹的生平事迹
一一相符,我們目前尚無足夠的證據肯定本詩不是元稹所作,故仍然
保留在元稹名下,收入本稿。而根據本詩"廉訪句留七載餘"之句,結
合《醉題東武》"功夫兩衙盡,留滯七年餘……因循未歸得,不是憶鱸
魚"的表述,本詩應該與《醉題東武》以及《贈劉採春》作於同時,亦即
大和三年夏秋之際鱸魚鮮美之時,尤以鱸魚剛剛上市的夏天最爲可
能,地點應該在越州。

■ 嘆槿花(一)①

據白居易《和微之嘆槿花》

[校記]

　　(一)嘆槿花:本佚失詩所依據的白居易《和微之嘆槿花》,見《白
氏長慶集》、《白香山詩集》、《佩文齋廣群芳譜》、《全詩》,未見異文。

[箋注]

①嘆槿花:白居易《和微之嘆槿花》:"朝榮殊可惜,暮落實堪嗟。若向花中比,猶應勝眼花。"今存元稹詩文未見,據補,編排於此。嘆:嘆息,嘆氣。《詩·王風·中谷有蓷》:"有女仳離,嘅其嘆矣!"讚嘆,讚美。孔融《論盛孝章書》:"孝章要爲有天下大名,九牧之人,所共稱嘆。"王安石《寄郎侍郎》:"兩朝人物嘆賢豪,凜凜清風晚見襃。"槿:木名,即木槿,落葉灌木或小喬木。葉卵形,互生;夏秋開花,花鐘形,單生,有白、紅、紫等色,朝開暮落。栽培供觀賞兼作綠籬,樹皮和花可入藥,莖的纖維可造紙。謝靈運《田南樹園激流植援》:"激澗代汲井,插槿當列墉。"竇鞏《早春松江野望》:"帶花移樹小,插槿作籬新。"

[編年]

《元稹集》未收錄,《編年箋注》未收錄與編年,《年譜》、《年譜新編》收錄,詩題均作"嘆槿花"。《年譜》、《年譜新編》籠統編年元稹佚失詩《嘆槿花》於大和三年,也不妥。

朱金城先生《白居易集箋校》編年白居易詩爲大和四年。元稹白居易大和三年冬天曾經在洛陽相聚數月,唱和頗多,白居易之《和微之嘆槿花》應該撰作於其時,説大和四年作,疑有誤。《年譜》、《年譜新編》編年白居易《和微之嘆槿花》作於大和三年,而元稹的原唱,根據槿花夏秋開花的自然規律,應該撰作於大和三年夏秋之浙東任,時元稹還在浙東觀察使任上。

● 看　花 (一)①

　　努力少年求好官，好花須是少年看②。君看老大逢花樹，未折一枝心已闌③。

　　　　　　　馬本《元氏長慶集》未見，今錄自《才調集》卷五

［校記］

　　（一）看花：本詩存世各本，包括《全詩》在內，未見異文。

［箋注］

　　① 看花：本詩今存諸多《元氏長慶集》未見，今據《才調集》、《全詩》補錄，編排於此。唐時舉進士及第者有在長安城中看花的風俗。王建《宮詞一百首》二〇：“五更三點索金車，盡放宮人出看花。仗下一時催立馬，殿頭先報內園家。”錢易《南部新書》甲：“施肩吾與趙嘏同年不睦，嘏舊失一目，以假珠代其精，故施嘲之曰：‘二十九人同及第，五十七隻眼看花。’”這裏偏重以自然界的花朵借喻靚麗的年輕女子。李白《洛陽陌》：“白玉誰家郎？回車渡天津。看花東陌上，驚動洛陽人。”戴叔倫《閨怨》：“看花無語泪如傾，多少春風怨別情！不識玉門關外路，夢中昨夜到邊城。”

　　② 努力：勉力，盡力。《漢書·翟方進傳》：“蔡父大奇其形貌，謂曰：‘小史有封侯骨，當以經術進，努力爲諸生學問。’”古樂府《長歌行》：“少壯不努力，老大乃傷悲。”　少年：古稱青年男子，與老年相對。曹植《送應氏詩二首》一：“不見舊耆老，但覩新少年。”高適《邯鄲少年行》：“且與少年飲美酒，往來射獵西山頭。”　好官：較好的官職（如品位、俸禄、地域等），亦指美差、肥缺。王讜《唐語林·補遺》：

"〔宣宗〕問宰臣:'孰爲丹後?'周墀曰:'臣近任江西見丹行事,遺愛餘風,至今在人。其子宙,見任河陽觀察判官。'上曰:'速與好官!'"《宋史·曹彬傳》:"人生何必使相? 好官亦不過多得錢爾!" 好花:色彩艷麗姿態動人的花朵,暗喻年輕靚麗的女子。丘爲《送閻校書之越》:"南入剡中路,草雲應轉微。湖邊好花照,山口細泉飛。"顧況《梁廣畫花歌》:"紫書分付與青鳥,却向人間求好花。上元夫人最小女,頭面端正能言語。"

③ 老大:年紀大。賀知章《回鄉偶書二首》一:"少小離鄉老大回,鄉音難改鬢毛衰。兒童相見不相識,笑問客從何處來?"白居易《琵琶行》:"門前冷落鞍馬稀,老大嫁作商人婦。" 花樹:開滿鮮花的樹。盧綸《同耿湋司空曙二拾遺題韋員外東齋花樹》:"綠砌紅花樹,狂風獨未吹。光中疑有燄,密處似無枝。"元稹《琵琶歌》:"自茲聽後六七年,管兒在洛我朝天。遊想慈恩杏園裏,夢寐仁風花樹前。"本詩借喻少女聚集的場所。王勃《春遊》:"客念紛無極,春泪倍成行。今朝花樹下,不覺戀年光。" 闌:衰退,消沉。謝靈運《長歌行》:"曡曡衰期迫,靡靡壯志闌。"元稹《箭鏃》:"發硎去雖遠,礪鏃心不闌。"

[編年]

《年譜》編年本詩於元和五年,詩題下沒有説明編年理由。《編年箋注》編年:"……《看花》諸詩,俱作于元和五年(八一○),元稹時在江陵士曹任。見下《譜》。"《年譜新編》列入"無法編年作品"欄內。

我們以爲,本詩是元稹爲自己行爲的辯解之詞,意在回答他人的善意揶揄。詩人自稱年紀"老大"而無意於艷遇,這樣的情況有二:其一是詩人經由蘇州之時,與楊瓊相遇,後來李諒與白居易打趣他,而元稹以《再酬復言和前篇》回答:"經過二郡逢賢牧,聚集諸郎宴老身。清夜漫勞紅燭會,白頭非是翠娥鄰。曾携酒伴無端宿,自入朝行便別春。潦倒微之從不占,未知公議道何人?"白居易不依不饒,有《問楊瓊》繼續調侃:"古人唱歌兼唱情,今人唱歌唯唱聲。欲説向君君不會,試將此語問楊瓊。"其二是在賦詠《贈劉採春》詩時,幕僚也有類似的善意調笑。而前一次元稹面對的主要是老朋友白居易與李諒而不是座中的"諸郎",並且也已經作了嚴肅而認真的回應。而後面一次,是元稹獨自面對年輕的幕僚,自然也不會以沉默相對,估計本詩即是對身邊幕僚戲謔的回應。據此,本詩應該與《贈劉採春》作於同時,亦即元稹浙東任的後期,以大和年間最爲可能,今暫時編年本詩于大和三年九月之前,地點自然在浙東之越州。

● 重修桐柏觀記⁽一⁾①

　　歲太和己酉修桐柏觀訖事,道士徐靈府以其狀乞文於余,曰②:"有葛氏子,昔仙於吳。乃觀桐柏,以神其居。葛氏既去,復荒於墟。墟有犯者,神猶禍諸③。實唐睿祖,悼民之愚。乃詔郡縣,屬其封隅。環四十里,無得樵蘇。復觀桐柏,用承厥初④。俾司馬氏,宅時靈都。馬亦勤止,率合其徒。共執鋸鉏⁽二⁾,獨持斧鈇。手締上清,實勞我軀⑤。稜稜巨幢,粲粲流珠。萬五千言,體三其書。置之妙臺,以永厥圖。不及百年,忽焉而蕪⑥。蕪久將壞,壞其反乎?"

　　神啓密命,命友余徐⁽三⁾。徐實何力,敢告倖餘?侯用俞止,俾來不虛⑦。曾未詭歲,奐乎于于。乃殿乃閣,以廩以厨。始自礎棟,周於壈圬。事有終始,侯其識歟⑧!余觀舊志,極其邱區。我識全圮,孰煩錙銖?克合徐志⁽四⁾,馮陳協夫⑨。

　　馬本《元氏長慶集》未見,今録自《全文》卷六五四

[校記]

（一）重修桐柏觀記：《通志》作"修桐柏觀記"，《輿地碑記目·台州碑記》作"修桐柏宮碑"，《墨池編·碑刻》作"唐修桐柏觀碑"。

（二）共執鋸鉏：原本作"兵執鋸鋁"，《嘉定赤城誌》作"共執鋸鋁"，據下句"獨持斧鈇"，似是，據改。鋁，此處語義不順，疑是"鉏"之誤，"鉏"，即"鋤"的異體字。

（三）命友余徐：《嘉定赤城誌》作"命支于徐"，各備一說，不改。

（四）克合徐志：《嘉定赤城誌》作"免合徐志"，各備一說，不改。

[箋注]

① 重修桐柏觀記：桐柏觀，在桐柏山，亦即天台山上。宋代陳耆卿《赤城志·天台》："天台山在縣北三里（自神迹石起），按陶弘景《真誥》：高一萬八千丈，周回八百里，山有八重，四面如一。"據傳說，最早有葛仙公居住此地，李唐之初，又有司馬承禎在此修煉。至李唐景雲（710—711）中，在原來已經荒廢的桐柏觀舊址上修復新的桐柏觀，據《元豐九域志·兩浙路》記載："桐柏觀碑，唐天寶元年爲司馬鍊師所立，玄宗御書額其碑，崔尚文，韓擇木八分書。"崔尚時爲大中大夫，行尚書祠部郎中、上柱國，有《唐天台山新桐柏觀之頌（并序）》紀實，讀者可以並讀，一以了解桐柏觀的過去，二以與本文進行比較，文云："天台也，桐柏也，代謂之天台，真謂之桐柏，此兩者同體而異名。同契乎元，道無不在。夫如是，亦奚必是桐柏邪？非桐柏邪？因斯而談，則無是是，無非非矣！而稽古者言之：桐柏山高萬八千丈，周旋八百里，其山八重，四面如一。中有洞天，號金庭宮，即中右弼王子晉之所處也，是之謂不死之福鄉、養真之靈境。故立觀有初，强名桐柏焉耳！古觀荒廢，則已久矣！故老相傳云：昔葛仙公始居此地，而後有道之士往往因之。壇址五六，厥迹猶在。泊乎我唐有司馬鍊師居焉！

景雲中，天子布命於下，新作桐柏觀。蓋以光昭我元元之丕烈，保綏
我國家之永祉者也。夫其高居八重之一，俯臨千仞之餘，背陰嚮陽，
審曲面勢，東西數百步，南北亦如之。連山峩峩，四野皆碧；茂樹鬱
鬱，四時恒青。大巖之前，橫嶺之上，雙峰如闕，中天豁開。長澗南
瀉，諸泉合漱。一道瀑布，百丈懸流。望之雪飛，聽之風起。石梁翠
屏可倚也，琪樹珠條可攀也。仙花靈草，春秋互發；幽鳥清猿，晨暮合
響：信足賞也。始豐南走，雲嶂間起；剡川北通，烟岑相接。東則亞入
滄海，不遠蓬萊；西則浩然長山，無復人境。總括奧秘，鬱爲秀絕。包
元氣以混成，鎮厚地而安静。非夫神與仙宅，仙得神營，其孰能致斯
哉？故初構天尊之堂，晝日有雲五色浮靄其上，三井投龍之所，時有
異雲氣，入堂復出者三，書之者記祥也。然后爲虛室以鑿户，起層臺
而累土。經之殖殖，成之翼翼。綴日月以爲光，籠雲霞以爲色。花散
金地，香通元極。真侶好道，是遊斯息。微我練師。孰能興之？練師
名承禎，一名子微，號曰天台白雲，河内温人，晉宣帝弟太常馗之後。
祖晟，仕隋爲親侍大都督。父仁最，唐興爲朝散大夫、襄州長史。名
賢之家，弈代清德。慶靈之地，生此仙才。以爲服冕乘軒者，寵患吾
身也。擊鐘陳鼎者，味爽人口也。遂乃捐公侯之業，學神仙之事。科
籙教戒，博綜無所遺；窈冥夷希，微妙詎可識？無思無爲，不飲不食，
仰之彌峻，巍乎其若山；挹之彌深，湛乎其若海。夫其通才練識，贍學
多聞，翰墨之工，文章之美，皆忘其所能也。練師蘊廣成之德，睿宗繼
黄軒之明，齋心虛求，將倚國政，侃侃然不可得而動也。我皇孝思維
則，以道理國，協帝堯之用心，寵許由之高志，故得放曠而處，逍遥而
遊。聞練師之名者，足以激厲風俗；睹練師之容者，足以脱落氛埃。
以慈爲寶，以善救物。神以知來，智以藏往。允所謂名登仙格，迹在
人寰，奧不可測已！夫道生乎無名，行乎有情，分而作三才，播而作萬
物，故爲天下母。修之者昌，背之者亡，故爲天下貴。況絕學無憂，長
生久視也哉！道之行也，必有階也。行道之階，非山莫可。故有爲

焉？有象焉？瞻於斯，仰於斯，若舍是居，教將奚依？損之又損之，以至於無爲。元門既崇，不名厥功。朝請大夫、使持節台州諸軍事、守台州刺史、上柱國賈公，名長源，有道化人，有德養物，嘗謂別駕蔡欽宗等曰：‘且道以含德，德以致美。美而不頌，後代何觀？’乃相與立石紀頌，以奮至道之光，其辭曰：邈彼天台，嵯峨崔嵬。下臨滄海，遙望蓬萊。漫若天合，呀如地開。烟雲路通，真仙時來。顧我練師，于彼瓊臺。練師練師，道入元微。噏日安坐，凌霄欲飛。興廢靈觀，練師攸贊。道無不爲，美哉輪奐！窈窈茫茫，通天降祥。保我皇唐，如山是常。’”一百多年之後，桐柏觀再次荒廢，頻臨坍塌，在元稹的支持下重行修復，元稹本文即作於其時。《六藝之一錄·唐碑》引用歐陽修《集古錄》：“修桐柏觀碑：浙東團練觀察使、越州刺史元稹撰并書，台州刺史顏顯篆額。桐柏宮以景雲中建，道士徐靈府等重修，碑以大和四年四月立。”本文今存《元氏長慶集》不見，今據《嘉定赤城誌》、《全文》等補錄，編排於此。《年譜》認爲：歐陽修“誤將景雲中司馬承禎建觀，與大和中徐靈府重葺兩事，混爲一談”。其實《年譜》誤讀了歐陽修《集古錄》，“景雲中”司馬承禎是“建”，“大和”中“徐靈府”是“重修”，兩者并沒有“混爲一談”。本文“不及百年，忽焉而蕪”，所指是景雲（710—711）至貞元（784—805）而言，由“建”而“蕪”，前後“不及百年”，可見桐柏觀荒廢已久，時間已經越過了唐順宗、唐憲宗、唐穆宗三代皇帝，蕪久必壞，故下文有“蕪久將壞，壞其反乎”之語。而《編年箋注》：“從景雲以訖大和，‘不及百年，忽焉而蕪’，於是有重修桐柏觀之役。”《編年箋注》理解有誤，以大和三年（829）計，景雲至此，已經接近一百二十年，如何還能說“不及百年”？“建”、“蕪”、“壞”是有區別的，不應該混淆。桐柏觀，風景秀麗之地，歷代詩人諷詠甚多，這裏無法一一細述，僅舉唐代詩人一二之作以明之：孟浩然《宿天台桐柏觀》：“海行信風帆，夕宿逗雲島。緬尋滄洲趣，近愛赤城好。”周朴《桐柏觀》：“東南一境清心目，有此千峰插翠微。人在下方衝月上,鶴從高處破烟飛。"

②歲太和己酉修桐柏觀訖事:結合下句"曾未訖歲,免乎于于"
之語,知桐柏觀開始修復在大和二年戊申,亦即公元八二八年,時元
稹正在浙東觀察使任内。己酉正是大和三年,亦即公元八二九年。
大和道士:道教徒。《梁書·沈約傳》:"〔沈約〕乃呼道士奏赤章於天,
稱禪代之事不由己出。"《資治通鑑·梁敬帝紹泰元年》:"齊主還鄴,
以佛、道二教不同,欲去其一,集二家論難於前,遂敕道士皆剃髮爲沙
門。"胡三省注:"道家雖曰宗老子,而西漢以前未嘗以道士自名,至東
漢始有道士張道陵、于吉等,其實與佛教皆起於東漢之時。"　徐靈
府:道人,時居於天台山,亦即桐柏山。《浙江通志》:"徐靈府山居記
在天台桐柏觀之小嶺……徐靈府宅:《天台山方外志》:縣西北方瀛
山,唐長慶中徐靈府居此。"　乞:求討,祈求,請求。《左傳·定公二
年》:"邾莊公與夷射姑飲酒,私出。閽乞肉焉!奪之杖以敲之。"王讜
《唐語林·德行》:"〔孫毅〕因春時遊宴歡,忽念温清,進狀乞省觀。"亦
即下文"命友余徐"、"徐實何力"之"徐"。

③葛氏子:即葛洪的祖師葛仙公。《晉書·葛洪傳》:"葛洪,字
稚川,丹陽句容人也……從祖玄,吳時學道得仙,號曰葛仙公。以其
煉丹秘術授弟子鄭隱,洪就隱學,悉得其法焉……所著……名曰《内
篇》,其餘駁難通釋,名曰《外篇》,大凡内外一百一十六篇,雖不足藏
諸名山,且欲緘之金匱以示識者,自號'抱朴子',因以名書……後忽
與嶽疏云:'當遠行尋師,剋期便發。'嶽得疏,狼狽往到。而洪坐至日
中,兀然若睡。而卒嶽至,遂不及見。時年八十一,視其顏色如生,體
亦柔軟,舉尸入棺,甚輕,如空衣,世以爲尸解得仙云。"崔尚《唐天台
山新桐柏觀之頌》:"故老相傳云:昔葛仙公始居此地,而後有道之士
往往因之。"據此,則"葛仙公"并非葛洪本人,實爲葛洪的祖師,"學道
得仙"於三國吳時,與本文所云"昔仙於吳"相合。而《編年箋注》:
"'有葛氏'二句:葛洪,字稚川,自號抱朴子,丹陽句容(今屬江蘇)人,

好神仙之術,傳説成仙而去。"《編年箋注》顯然張冠李戴,不可信從。
墟:故城,廢址。《史記·魏公子列傳》:"吾過大梁之墟,求問其所謂
夷門。"韓愈《圬者王承福傳》:"吾操鏝以入貴富之家有年矣!有一至
者焉!又往過之,則爲墟矣!" 禍:加禍。《後漢書·劉盆子傳》:"劉
恭見赤眉衆亂,知其必敗。自恐兄弟俱禍,密教盆子歸璽綬,習爲辭
讓之言。"周煇《清波雜誌》卷一:"舍人,觀察亦保終吉,但資政氣貌甚
惡,禍只在旦夕。" 諸:代詞,相當於"之",用作賓語。《左傳·文公
元年》:"能事諸乎?"杜預注:"問能事職不?"楊伯峻注:"'諸'作'之'
字用。"蔡絛《鐵圍山叢談》卷六:"吾在萬里外,獨嘗聞諸,然又不得一
識也。"

　　④ 睿祖:神聖的祖先。《南齊書·樂志》:"道閟期運,義開藏用。
皇矣睿祖,至哉攸縱。"李顯《大赦雒州制》:"我國家睿祖神宗,重光累
葉,道軼羲農之上,功侔造化之初。" 悼:傷感,哀傷。《詩·衛風·
氓》:"静言思之,躬自悼矣!"《史記·萬石張叔列傳》:"其執喪,哀戚
甚悼。" 愚:愚昧,愚笨。賈誼《新書·道術》:"深知禍福謂之知,反
知爲愚。"韓愈《調張籍》:"李杜文章在,光芒萬丈長。不知群兒愚,那
用故毁傷?" 郡縣:郡和縣的並稱,郡縣之名,初見於周,秦始皇統一
中國,分國内爲三十六郡,爲郡縣政治之始,漢初封建制與郡縣制並
行,其後郡縣遂成常制。徐安貞《送丹陽採訪》:"郡縣分南國,皇華出
聖朝。爲憐鄉樞近,不道使車遥。"元結《舂陵行》:"軍國多所需,切責
在有司。有司臨郡縣,刑法競欲施。" 屬:"勵"的古字,勸勉。《左
傳·哀公十一年》:"宗子陽與閭丘明相屬也。"杜預注:"相勸屬。"《漢
書·儒林傳序》:"太常議,予博士弟子,崇鄉里之化,以屬賢材焉!"
封隅:疆域。李商隱《爲滎陽公桂州舉人自代狀》:"臣所部俗分蠻徼,
地控越城,藉威略以靖封隅,資簡惠而安疲瘵。"杜光庭《請駕不巡幸
軍前第二表》:"憬兹汧隴,密邇封隅,久負歡盟,深幸恩信。" 樵蘇:
砍柴刈草。《史記·淮陰侯列傳》:"臣聞千里餽糧,士有飢色,樵蘇後

爨,師不宿飽。"裴駰集解引《漢書音義》:"樵,取薪也。蘇,取草也。"
《梁書·武帝紀》:"越界分斷水陸採捕及以樵蘇,遂致細民措手無
所。"　厥:助詞,無義。《書·多士》:"誕淫厥泆。"韓愈《贈張童子
序》:"能在是選者,厥惟艱哉!"　初:本,本來。劉義慶《世說新語·
言語》:"桓玄詣殷荊州,殷在妾房晝眠,左右辭,不之通。桓後言及此
事,殷雲初不眠,縱有此,豈不以'賢賢易色'也。"蘇軾《與吳秀水書》:
"夫南方雖號爲瘴癘地,然死生有命,初不由南北也。"

　　⑤ "俾司馬氏"兩句:司馬氏即即道士司馬承禎,唐代道教重要
人物,影響頗大,事迹見《舊唐書·司馬承禎傳》:"道士司馬承禎,字
子微,河内溫人……少好學,薄於爲吏,遂爲道士。事潘師正,傳其符
籙及辟穀導引服餌之術。師正特賞異之,謂曰:'我自陶隱居傳正一
之法,至汝四葉矣!'承禎嘗遍遊名山,乃止於天台山。則天聞其名,
召至都,降手敕以讚美之。及將還,敕麟臺監李嶠餞之於洛橋之東。
景雲二年,睿宗令其兄承褘就天台山追之至京,引入宮中,問以陰陽
術數之事……開元九年,玄宗又遣使迎入京,親受法籙,前後賞賜甚
厚。十年,駕還西都,承禎又請還天台山,玄宗賦詩以遣之。十五年,
又召至都,玄宗令承禎於王屋山自選形勝,置壇室以居焉……是歲,
卒於王屋山,時年八十九。其弟子表稱:'死之日,有雙鶴遶壇,及白
雲從壇中涌出,上連于天,而師容色如生。'玄宗深嘆之,乃下制曰:
'……可銀青光禄大夫,號真一先生。'仍爲親製碑文。"　靈都:神靈
者所居之處,一般指道教聖地。元稹《韋氏館與周隱客杜歸和泛舟》:
"開顏陸渾杜,握手靈都周。持君寶珠贈,頂戴頭上頭。"白居易《早冬
遊王屋自靈都抵陽臺上方望天壇偶吟成章寄溫谷周尊師中書李相
公》:"霜降山水清,王屋十月時……朝爲靈都遊,暮有陽臺期。"本文
指天台山之桐柏觀。　勤:盡力多做,不斷地做。《書·周官》:"爾卿
士,功崇惟志,業廣惟勤。"韓愈《進學解》:"業精于勤荒於嬉,行成于
思毀於隨。"　止:語氣助詞,用於句末,表確定語氣。《詩·召南·草

蟲》：“亦既見止，亦既覯止，我心則降。”毛傳：“止，辭也。”陶潛《命子》：“於皇仁考，淡焉虛止。” 率：率領，帶領。《書·顧命》：“成王將崩，命召公、畢公率諸侯相康王。”孔穎達疏：“使率領天下諸侯輔相康王。”韓愈《與祠部陸員外書》：“（侯）喜率兄弟操耒耜而耕於野。”合：會集，聚合。《易·噬嗑》：“剛柔分，動而明，雷電合而章。”《國語·楚語》：“於是乎合其州鄉朋友婚姻，比爾兄弟親戚。”韋昭注：“合，會也。”酈道元《水經注·江水》：“大江又東，左合子夏口。” 斧：斧子，砍物的工具，有柄，古代專指鑿為橢圓形者。《説文·斤部》：“斧，所以斫也。”段玉裁注：“‘所以’二字，今補。斧之為用廣矣！斤則不見於他用也。”《詩·齊風·南山》：“析薪如之何？匪斧不克。”鈇：通“斧”，類似斧的工具。《墨子·備穴》：“難近穴，為鐵鈇，金與扶林長四尺，財自足。”《列子·説符》：“人有亡鈇者，意其鄰之子。”手：親手。《韓非子·難》：“有間，遣吏執而問之，則手絞其夫者也。”《顏氏家訓·歸心》：“齊有一奉朝請，家甚豪侈，非手殺牛，噉之不美。” 締：亦即“締構”，猶締造，謂經營開創。左思《魏都賦》：“有魏開國之日，締構之初，萬邑譬焉！亦獨犨麋之與子都，培塿之與方壺也。”《宋書·徐羨之傳》：“近思皇室締構之艱，時攬萬機，躬親朝政。”上清：道家所稱的三清境之一。《雲笈七籤》卷三：“其三清境者，玉清、上清、太清是也。亦名三天，其三天者，清微天、禹餘天、大赤天是也……靈寶君治在上清境，即禹餘天也。”

⑥ 稜稜：形容高聳突起。韓偓《南亭》：“松瘦石稜稜，山光溪灝灝。”李建勳《贈送致仕郎中》：“鶴立瘦稜稜，髭長白似銀。” 橦：用同“幢”，竿柱，枝幹。葛洪《抱朴子·辨問》：“使之跳丸弄劍，踰鋒投狹，履絙登橦，摘盤緣案。”韓愈《楸樹》：“青橦紫蓋立童童，細雨浮烟作綵籠。” 粲粲：鮮明貌。《詩·小雅·大東》：“西人之子，粲粲衣服。”朱熹集傳：“粲粲，鮮盛貌。”陸機《日出東南隅行》：“暮春春服成，粲粲綺與紈。” 流珠：煉出丹丸。葛洪《神仙傳·劉安》：“一人能煎泥成金，

凝鉛爲銀，水鍊入石，飛騰流珠。”庾信《謝趙王賚米啓》：“非丹竈而流珠，異荆臺而炊玉。”　“萬五千言”兩句：事見《舊唐書・司馬承禎傳》：“承禎頗善篆隸書，玄宗令以三體寫《老子經》，因刊正文句，定著五千三百八十言，爲真本，以奏上之。”司馬承禎所繕寫的《老子經》，因有“三體”，故總數爲“萬五千言”。　妙臺：亦即“妙楷臺”，隋煬帝聚藏古書家墨迹之臺，建在東都觀文殿後面。《隋書・經籍志》：“又聚魏已來古迹名畫，於殿後起二臺，東曰妙楷臺，藏古迹；西曰寶迹臺，藏古畫。”也省稱“妙楷”、“妙臺”。郭若虛《圖畫見聞志・叙國朝求訪》：“近侍暨館閣諸公張筵縱觀，圖典之盛，無替天禄石渠妙楷寶迹矣！”唐無名氏《龍興寺百法院禮佛舍石幢記》：“上諸樓閣，百寶所成。慈尊修道，從境而生。妙臺始就，即使分静。知世間法，無常必生。”　永圖：長久之計，長久打算。《書・太甲》：“慎乃儉德，惟懷永圖。”孔傳：“言當以儉爲德，思長世之謀。”王融《永明九年策秀才文》：“朕夤奉天命，恭惟永圖。”　忽焉：快速貌。《左傳・莊公十一年》：“禹湯罪己，其興也悖焉！桀紂罪人，其亡也忽焉！”孔融《論盛孝章書》：“歲月不居，時節如流。五十之年，忽焉已至。”　蕪：田地荒廢，野草叢生。陶潛《歸去來辭》：“歸去來兮，田園將蕪，胡不歸！”元稹《苦雨》：“江瘴氣候惡，庭空田地蕪。”

　　⑦　壞：傾圮，倒塌。《韓非子・説難》：“宋有富人，天雨墻壞。”鮑溶《隋宮》：“煬帝春遊古城在，壞宮芳草滿人家。”　神：神靈，神仙，宗教及神話中所指的超自然體。劉向《説苑・修文》：“神者，天地之本，而爲萬物之始。”《文選・曹植〈洛神賦〉》：“體迅飛鳧，飄忽若神。”李善注：“夫神，萬靈之總稱。”　密命：秘密的敕命。韓愈《除崔群户部侍郎制》：“具官崔群……比參密命，弘益既多；及貳儀曹，升擢惟允。”李上交《近事會元》卷二：“例置學士六人，内擇年深德重者一人爲承旨，所以獨承密命故也。”　侯：古時對士大夫的尊稱。杜甫《與李十二白同尋范十隱居》：“李侯有佳句，往往似陰鏗。”孫光憲《北夢瑣言》

卷五：“唐大中初，綿州魏城縣人王助舉進士，有奇文。蜀自李白、陳子昂後，繼之者乃此侯也。”這裏是筆者的自稱。 俞：表示應答和首肯。《漢書·揚雄傳》：“揚子曰：‘俞。若夫閎言崇議，幽微之塗，蓋難與覽者同也。’”顏師古注：“俞，然也。”韓愈《魏博節度觀察使沂國公先廟碑銘》：“帝曰：‘俞哉！維汝忠孝。’” 虛：虛假，不真實。《史記·孟嘗君列傳論》：“世之傳孟嘗君好客自喜，名不虛矣！”韓愈《黃家賊事宜狀》：“前後所奏，殺獲計不下一二萬人，儻皆非虛，賊已尋盡。”

⑧ 訖歲：滿一年。《雲笈七籤·武昌人醮水驗》：“自冬始功，訖歲而畢。”曹勛《淨慈創塑五百羅漢記》：“鳩工于癸酉之夏，落成于戊寅之春，訖歲五周，始即厥緒。四方觀者莫不贊嘆規制雄偉，像與法稱，大江而南得未曾有，宜爲行都道場之冠。” 奐：衆多，盛大。《禮記·檀弓》：“美哉輪焉！美哉奐焉！”鄭玄注：“奐，言衆多。”《漢書·韋玄成傳》：“既耇致政，惟懿惟奐。”顏師古注：“奐，盛也。”光彩鮮明。玄奘《大唐西域記·戰主國》：“殑伽河北，有那羅延天祠，重閣層臺，奐其麗飾。” 于于：相連屬貌。張階《無聲樂賦》：“其用秩秩，其風于于。發自靈府，達於道樞。”陸復禮《鈞天樂賦》“却萬物而有喜，聞九奏而可娛。其靜也寂寂，其動也于于。” 殿閣：殿堂樓閣。《漢書·王莽傳》：“夏，蝗從東方來，蜚蔽天，至長安，入未央宮，緣殿閣。”元稹《春分投簡陽明洞天作》：“榮光飄殿閣，虛籟合笙竽。” 廩：糧倉。《孟子·萬章》：“父母使舜完廩。”《舊五代史·葛從周傳》：“今燕帥來赴，不可外戰。當縱其入壁，聚食困廩，力屈糧盡，必可取也。” 厨：厨房。《孟子·梁惠王》：“是以君子遠庖厨也。”王建《新嫁娘》：“三日入厨下，洗手作羹湯。” 礎：柱下石礅。《淮南子·説林訓》：“山雲蒸，柱礎潤。”高誘注：“礎，柱下石礩也。”謝莊《喜雨詩》：“燕起知風舞，礎潤識雲流。” 棟：屋的正梁。《易·繫辭》：“上古穴居而野處，後世聖人易之以宮室，上棟下宇，以待風雨。”《儀禮·鄉射禮》：“序則物當棟。”鄭玄注：“是制五架之屋也，正中曰棟，次曰楣，前曰庪。”

墁：墙壁上的塗飾。《孟子·滕文公》：“有人於此，毀瓦畫墁。”朱熹集注：“墁，墙壁之飾也。”蘇軾《四民·梁工説》：“圬墙畫墁，天下之賤工，而莫不有師。”　圬：塗飾墙壁，粉刷。《史記·仲尼弟子列傳》：“朽木不可雕也，糞土之墙不可圬也。”裴駰集解引王肅曰“圬，墁也。”韓愈《圬者王承福傳》：“圬之爲技，賤且勞者也。”　終始：從開頭到結局，事物發生演變的全過程。《禮記·大學》：“物有本末，事有終始，知所先後，則近道矣！”陳善《捫虱新話·免役之法》：“荆公嘗曰：‘吾行新法，終始以爲不可者，司馬光也；終始以爲可行者，曾布也；其餘，皆出入之徒也。’”　識：認識，識別。《史記·刺客列傳》：“〔豫讓〕行乞於市，其妻不識也。”李白《與韓荆州書》：“生不用封萬户侯，但願一識韓荆州。”　歟：語氣詞，表示反問。劉知幾《史通·惑經》：“而孟子云：‘孔子成《春秋》，亂臣賊子懼。’無乃烏有之談歟？”柳宗元《封建論》：“得非諸侯之盛强，末大不掉之咎歟？”

⑨ 舊志：舊有的史誌。韋辭《修浯溪記》：“余嘉其損約貧寓，而能以章復舊志爲急，思有以白之，故不得用質俚辭命。”李商隱《賽古攬神文》：“瓜美邵平，且傳舊志；李標朱仲，亦茂前經。”這裏指以前關於桐柏觀的史誌。　邱區：指劃定的範圍，界限。義近“丘宇”、“區宇”，土宇，疆域。陸機《元康四年從皇太子祖會東堂》：“八風應律，日月重暉。普歷丘宇，時罔不綏。”劉長卿《至德三年春正月時謬蒙差攝海鹽令聞王師收二京因書事寄上浙西節度李侍郎中丞行營五十韻》：“區宇神功立，謳歌帝業成。天回萬象慶，龍見五雲迎。”　圮：毀壞，坍塌。蘇轍《襄陽古樂府·野鷹來》：“崟峨呼鷹臺，人去臺已圮。”《宋史·五行志》：“嘉泰二年七月丙午，上杭縣水，圮田廬，壞稼，民多溺死。”　錙銖：錙和銖，比喻微小的數量。《淮南子·兵略訓》：“能分人之兵，疑人之心，則錙銖有餘。不能分人之兵，疑人之心，則數倍不足。”柳宗元《披沙揀金賦》：“觀其振拔污塗，積以錙銖。碎清光而競出，耀直質而特殊。”　志：意志，感情。《書·舜典》：“詩言志，歌永

言。"志向,志願。《論語‧公冶長》:"盍各言爾志?" 馮陳:古代建築技藝精湛之人。彭殷賢《大廈賦》:"既而馮陳就閑,是遊是縱,笑語卒獲,聲色攸重。" 協:和睦,合作。《書‧湯誓》:"有衆率怠弗協。"《新唐書‧李適之傳》:"嘗與李林甫爭權不協。" 夫:助詞,用於句末,表感嘆或疑問。《論語‧子罕》:"子在川上曰:'逝者如斯夫! 不舍晝夜。'"《孟子‧告子》:"率天下之人而禍仁義者,必子之言夫!"

[編年]

《年譜》、《年譜新編》編年於大和三年,没有具體時日,理由是:"《記》云:'歲太和己酉,修桐柏觀訖事,道士徐靈府以其狀乞文於余曰'云云。"《編年箋注》根據同樣的理由,編年:"太和己酉之歲亦即大和三年(八二九)。"

我們以爲,《年譜》、《編年箋注》、《年譜新編》所引資料雖然大致可取,但籠統編年大和三年仍然是不合適的,本文編年應該也可以進一步明確:一、《舊唐書‧文宗紀》:"(大和三年)九月戊寅朔……戊戌,以前睦州刺史陸亘爲越州刺史、浙東觀察使,代元稹,以稹爲尚書左丞,代韋弘景,以弘景爲禮部尚書。"推算其干支,"戊戌"應該是大和三年九月二十一日,故元稹本文應該撰成於己酉,亦即大和三年九月二十一日之前,無緣無故將九月二十一日之後的歲月包含在内是不合適的。需要特别説明,此後元稹赴任京城,不會有撰寫本文的機會。二、又根據歐陽修《集古録》記載"碑以大和四年四月立",亦即第二年四月才"立"的事實,我們估計桐柏觀的竣工應該大和三年的秋天,元稹撰文也應該在其後。當時元稹赴京履任在即,匆匆忙忙之際,已經來不及顧及自己的《重修桐柏觀記》樹立在桐柏山桐柏觀之前的問題。如果桐柏觀竣工於春天或夏天,元稹正在浙東觀察使任,其屬下肯定會催促桐柏觀方面及早樹立《重修桐柏觀記》的,不會隨隨便便將此事拖到第二年夏初時節。據此,今暫時安排本文撰成於大和三年的秋天,地點在浙東,元稹時任越州刺史、浙東觀察使之職。

▲ 題王右軍遺迹①

坐臥竹堂虛室白⁽一⁾,逍遙松徑遠山看②。

見《千載佳句・幽居》,據花房英樹《元稹研究》轉錄

[校記]

(一)坐臥竹堂虛室白:原作"生臥竹堂虛室白",《元稹集》、《全唐詩續補》、《編年箋注》同,語義不佳,《千載佳句》松平文庫本作"坐臥竹堂虛室白",據改。

[箋注]

① 題王右軍遺迹:兩句不見於諸多《元氏長慶集》,今據《千載佳句》轉錄,編排在此。　題:額頭。韋應物《酬豆盧倉曹題庫壁見示》:"據局勞才子,新詩動洛川。運籌知決勝,聚米似論邊。"岑參《題永樂韋少府廳壁》:"大河南郭外,終日氣昏昏。白鳥下公府,青山當縣門。"　王右軍:即著名書法家王羲之,晉代王羲之曾任右軍將軍,故後人稱羲之爲"王右軍"。《晉書・王羲之傳》:"王羲之字逸,少司徒導之從子也……羲之雅好服食養性,不樂在京師。初渡浙江,便有終焉之志。會稽有佳山水,名士多居之。謝安未仕時,亦居焉!孫綽、李充、許詢、支遁等皆以文義冠世,並築室東土,與羲之同好。嘗與同志宴集於會稽山陰之蘭亭,羲之自爲之序以申其志,曰……性愛鵝,會稽有孤居姥養一鵝,善鳴,求市未得,遂携親友命駕就觀。姥聞羲之將至,烹以待之,羲之歎惜彌日。又山陰

8075

有一道士，養好鵝，羲之往觀焉！意甚悅，固求市之，道士云：‘爲寫《道德經》，當舉群相贈耳！’羲之欣然寫畢，籠鵝而歸，甚以爲樂，其任率如此。嘗詣門生家，見棐几滑淨，因書之，真、草相半。後爲其父誤刮去之，門生驚懊者累日。又嘗在蕺山，見一老姥持六角竹扇賣之，羲之書其扇，各爲五字，姥初有慍色，因謂姥曰：‘但言是王右軍書，以求百錢邪！’姥如其言，人競買之。他日姥又持扇來，羲之笑而不答。其書爲世所重，皆此類也。”李白《王右軍》：“掃素寫道經，筆精妙入神。書罷籠鵝去，何曾別主人！”杜甫《丹青引贈曹將軍霸》：“學書初學衛夫人，但恨無過王右軍。丹青不知老將至，富貴於我如浮雲。”又稱“右軍”，張彥遠《法書要録》卷一引王僧虔《論書》：“庾征西翼書，少時與右軍齊名。”高適《途中寄徐録事》：“空多篋中贈，長見右軍書。” 遺迹：指古代的人和事物遺留下來的痕迹。蘇軾《渚宮》：“誰能爲我訪遺迹，草中應有湘東碑。”蘇轍《中秋見月寄子瞻》：“黃樓未成河已退，空有遺迹令人看。”

　　② 坐卧：坐和卧，坐或卧，常指日常起居。《漢書·杜周傳》：“延年居父官府，不敢當舊位，坐卧皆易其處。”李頎《題璿公山池》：“指揮如意天花落，坐卧閑房春草深。” 竹堂：用竹建造的廳堂，亦指竹林中的廳堂。虞世南《春夜》：“春苑月裴回，竹堂侵夜開。”李中《訪澄上人》：“一餉逢秋雨，相留坐竹堂。” 虛室白：即“虛室生白”，謂人能清虛無欲，則道心自生。《莊子·人間世》：“瞻彼闋者，虛室生白，吉祥止止。”司馬彪注：“室比喻心，心能空虛，則純白獨生也。”《淮南子·俶真訓》：“由此觀之，用也必假之於弗用也。是故虛室生白，吉祥止也。”高誘注：“虛，心也；室，身也；白，道也。能虛其心以生於道，道性無欲，吉祥來止舍也。” 逍遙：徜徉，緩步行走貌。《文選·司馬相如〈長門賦〉》：“夫何一佳人兮，步逍遙以自虞。”劉良注：“逍遙，行貌。”《南史·袁粲傳》：“家居負郭，每杖策逍遙，當其意得，悠然忘反。”松徑：松間小路。劉孝先《和亡名法師秋夜草堂寺禪房月下》：“洞户

臨松徑,虛窗隱竹叢。"元結《登白雲亭》:"出門見南山,喜逐松徑行。"
遠山看:即"看遠山"之倒裝。　遠山:遠處的山峰。謝靈運《登臨海
嶠與從弟惠連》:"杪秋尋遠山,山遠行不近。"白居易《晚望》:"獨在高
亭上,西南望遠山。"

[編年]

　　未見《年譜》編年,《編年箋注》歸入"未編年詩"欄内,《年譜新編》
編入"癸卯至己酉在越州所作其他詩"欄内。

　　據《晉書·王羲之傳》,王羲之長期活動在浙東,而兩句之詩題既
稱"題""遺迹",我們以爲,應該是元稹在浙東觀察使任内所爲。故兩
句所在的詩篇可以編年於長慶三年十月半之後,大和三年九月二十
一日之前,今暫時編列在大和三年九月二十一日之前,地點在會稽,
元稹時任浙東觀察使、越州刺史。

▲ 雨後感懷^{(一)①}

　　雲際日光分萬井,烟消山色露千峰^②。
　　　　　　　　　見《千載佳句·晴霽》,據花房英樹《元稹研究》轉録

[校記]

　　(一)雨後感懷:兩句各本,包括《千載佳句》、《元稹集》、《全唐詩
續拾》、《編年箋注》均同,不見《年譜新編》録入兩句,録以備考。

[箋注]

　　① 雨後感懷:兩句不見於諸多《元氏長慶集》,今據《千載佳句》
轉録,編排在此。　雨後:天雨之後。張説《岳陽早霽南樓》:"山水佳

新霽,南樓玩初旭。夜來枝半紅,雨後洲全綠。"王昌齡《酬鴻臚裴主簿雨後北樓見贈》:"暮霞照新晴,歸雲猶相逐。有懷晨昏暇,想見登眺目。"　感懷:有感於懷,有所感觸。《東觀漢記·馮衍傳》:"殃咎之毒,痛入骨髓,匹夫僮婦,感懷怨怒。"蘇舜欽《城南感懷呈永叔》:"覽物雖暫適,感懷翻然移。"

②　雲際:雲中,言其高遠。《文選·曹植〈七啓〉》:"游心無方,抗志雲際。"李周翰注:"雲際,言高也。"陳子昂《白帝城懷古》:"古木生雲際,歸帆出霧中。"　日光:太陽發出的光。陸賈《新語·道基》:"潤之以風雨,曝之以日光。"柳宗元《至小丘西小石潭記》:"潭中魚可百許頭……日光下澈,影布石上,怡然不動。"　萬井:古代以地方一里爲一井,萬井即一萬平方里。《漢書·刑法志》:"地方一里爲井……一同百里,提封萬井。"千家萬戶。陳子昂《謝賜冬衣表》:"三軍葉慶,萬井相歡。"張孝祥《水調歌頭·桂林中秋》:"千里江山如畫,萬井笙歌不夜。"　山色:山的景色。岑參《宿岐州北郭嚴給事別業》:"郭外山色溟,主人林館秋。"歐陽修《朝中措·平山堂》:"平山欄檻倚晴空,山色有無中。"　千峰:極言山峰之多。劉長卿《移使鄂州次峴陽館懷舊居》:"多慚恩未報,敢問路何長? 萬里通秋雁,千峰共夕陽。"張謂《同諸公遊雲公禪寺》:"檐下千峰轉,窗前萬木低。看花尋徑遠,聽鳥入林迷。"

[編年]

未見《年譜》編年,《編年箋注》歸入"未編年詩"欄内,《年譜新編》編年:"疑越州作"。

我們以爲,兩句描寫的是南方風景,應該賦成於元稹江陵任、浙東任或武昌任。詩中有"雲際日光分萬井,烟消山色露千峰"之句,與浙東越州的景色十分相合,今暫時編列在元稹浙東觀察使任内之大和三年九月二十一之前。

■ 酬集賢劉郎中對月見懷(一)①

據劉禹錫《月夜憶樂天兼寄微之》

［校記］

（一）酬集賢劉郎中對月見懷：元稹本佚失詩所據劉禹錫《月夜憶樂天兼寄微之》，見《劉賓客外集》、《全詩》、《全唐詩錄》，未見異文。

［箋注］

① 酬集賢劉郎中對月見懷：劉禹錫《月夜憶樂天兼寄微之》：“今宵帝城月，一望雪相似。遙想洛陽城，清光正如此。知君當此夕，亦望鏡湖水。展轉相憶心，月明千萬里。”未見元稹酬篇，據補。　集賢：集賢殿書院的省稱。韓愈《順宗實錄》：“城字亢宗……好學，貧不能得書，乃求入集賢爲書寫吏，竊官書讀之。”李白《翰林讀書言懷呈集賢諸學士》：“晨趨紫禁中，夕待金門詔。觀書散遺帙，探古窮至妙。”韋應物《答史館張學士段柳庶子學士集賢院看花見寄兼呈柳學士》：“班揚秉文史，對院自爲鄰。餘香掩閣去，遲日看花頻。”　劉郎中：即劉禹錫，時任禮部郎中，兼集賢殿學士。令狐楚《寄禮部劉郎中》：“一別三年在上京，仙垣終日選群英。除書每下皆先看，唯有劉郎無姓名。”張籍《同白侍郎杏園贈劉郎中》：“一去瀟湘頭欲白，今朝始見杏花春。從來遷客應無數，重到花前有幾人？”　郎中：李唐六部皆設郎中，分掌各司事務，爲尚書、侍郎之下的高級官員。劉禹錫《送工部蕭郎中刑部李郎中並以本官兼中丞分命充京西京北覆糧使》：“霜簡映金章，相輝同舍郎。天威巡虎落，星使出駕行。”孟郊《贈蘇州韋郎中使君》：“謝客吟一聲，霜落群聽清。文舍元氣柔，鼓動萬物

輕。” 對月：向著月亮。張正見《有所思》：“看花憶塞草，對月想邊秋。”李白《將進酒》：“人生得意須盡歡，莫使金樽空對月。” 見懷：被懷念。白居易《酬夢得霜夜對月見懷》：“凄清冬夜景，搖落長年情。月帶新霜色，砧和遠雁聲。”沈傳師《和李德裕觀玉蕊花見懷之作》：“素蕚年年密，衰容日日侵。勞君想華髮，近欲不勝簪。”

[編年]

未見《元稹集》採録，也未見《年譜》、《年譜新編》、《年譜新編》採録與編年。

卞孝萱《劉禹錫年譜》編年劉禹錫詩於大和三年九月之前。劉禹錫詩有“亦望鏡湖水”之句，應該作於元稹在浙東任之時。《舊唐書·文宗紀》：“（大和三年）九月戊寅朔……戊戌，以前睦州刺史陸亘爲越州刺史、浙東觀察使，代元稹，以稹爲尚書左丞，代韋弘景，以弘景爲禮部尚書。”推其干支，“戊戌”是九月二十一日，故劉禹錫之詩應該撰成於大和三年九月二十一日之前，元稹本佚失詩也應該撰成於大和三年九月二十一日之前，地點在浙東，元稹時任浙東觀察使、越州刺史。

■ 酬白樂天對月見寄集賢劉郎中兼懷元微之(一)①

據白居易《酬集賢劉郎中對月見寄兼懷元浙東》

[校記]

（一）酬白樂天對月見寄集賢劉郎中兼懷元微之：所據白居易《酬集賢劉郎中對月見寄兼懷元浙東》，見《白氏長慶集》、《會稽掇英總集》、《白香山詩集》、《全詩》,未見異文。

[箋注]

① 酬白樂天對月見寄集賢劉郎中兼懷元微之:白居易《酬集賢劉郎中對月見寄兼懷元浙東》:“月在洛陽天,天高净如水。下有白頭人,攬衣中夜起。思遠鏡亭上,光深書殿裏。眇然三處心,相去各千里。”元稹本佚失詩應該是對白居易“兼懷元浙東”的酬篇,但今天不見元稹酬篇,應該是佚失,據補,編排於此。　　對月:向著月亮。劉長卿《江中對月》:“空洲夕烟斂,望月秋江裏。歷歷沙上人,月中孤渡水。”韋應物《灃上對月寄孔諫議》:“思懷在雲闕,泊素守中林。出處雖殊迹,明月兩知心。”　兼懷:同時懷念。崔備《使院憶山中道侣兼懷李約》:“阮巷慚交絶,商岩愧迹疏。與君非宦侣,何日共樵漁?”皎然《與王録事會張徵君姊妹鍊師院翫雪兼懷清會上人》:“瑤草三花發,瓊林七葉連。飄飄過柳寺,應滿譯經前。”

[編年]

未見《元稹集》採録,也未見《年譜》、《年譜新編》、《年譜新編》採録與編年。

朱金城《白居易集箋校》編年白居易詩於大和三年,而白居易詩有“思遠鏡亭上”之句,詩題又稱“元浙東”,應該作於元稹在浙東任之時。據《舊唐書·文宗紀》,元稹離開浙東在大和三年九月二十一日,故白居易之詩應該撰成於大和三年九月二十一日之前,元稹本佚失詩也應該撰成於大和三年九月二十一日之前,地點在浙東,元稹時任浙東觀察使、越州刺史。

▲ 罷弊務思歸故國寄知友^{(一)①}

如今欲種韓康藥，未卜雲山第幾峰^②？

見《千載佳句·思隱》，據花房英樹《元稹研究》轉錄

[校記]

（一）罷弊務思歸故國寄知友：《元稹集》、《全唐詩續補》、《編年箋注》同，《千載佳句》松平文庫本作"罷弊務思歸故圃寄知友"，"故圃"，語義不通，録以備考，不改。

[箋注]

① 罷弊務思歸故國寄知友：兩句不見於諸多《元氏長慶集》，今據《千載佳句》轉録，編排在此。 罷：停止。《論語·子罕》："夫子循循善誘人，博我以文，約我以禮，欲罷不能。"李夢符《答常學士》："罷修儒業罷修真，養拙藏愚春復春。" 弊：決斷，裁決。《周禮·天官·大宰》："以八法治官府……八曰官計，以弊邦治。"鄭玄注："弊，斷也。"定罪。《管子·戒》："於是管仲與桓公盟誓爲令曰：'老弱勿刑，參宥而後弊。'"《北史·劉子翊傳》："律以弊刑，禮以設教。" 務：操勞。《管子·君臣》："順大臣以功，順中民以行，順小民以務，則國豐矣。"元稹《使東川·郵亭月詩序》："人生晝務夜安，步月閑行，吾不與也。" 思歸：想望回故鄉。張衡《思玄賦》："悲離居之勞心兮！情悁悁而思歸。"石崇《思歸引序》："困於人間煩黷，常思歸而永嘆。" 故國：故鄉，家鄉。曹松《送鄭谷歸宜春》："無成歸故國，上馬亦高歌。"葉適《故知樞密院事資政殿大學士施公墓誌銘》："祈歸故國，草木華潤；世躉其退，有考其進。" 知友：知心朋友。《韓非子·五蠹》："今

兄弟被侵,必攻者,廉也;知友被辱,隨仇者,貞也。"《史記・越王勾踐世家》:"〔范蠡〕乃歸相印,盡散其財,以分與知友鄉黨。"

　②如今:説話之時。《史記・項羽本紀》:"樊噲曰:'大行不顧細謹,大禮不辭小讓。如今人方爲刀俎,我爲魚肉,何辭爲?'"杜甫《泛江》:"故國流清渭,如今花正多。"　韓康藥:事見《後漢書・韓康傳》:"韓康,字伯休,一名恬休,京兆霸陵人。家世著姓,常采藥名山,賣於長安市,口不二價三十餘年。時有女子從康買藥,康守價不移。女子怒曰:'公是韓伯休那? 乃不二價乎?'康嘆曰:'我本欲避名,今小女子皆知有我焉! 何用藥爲?'乃遁入霸陵山中。博士公車連徵不至,桓帝乃備玄纁之禮,以安車聘之。使者奉詔造康,康不得已,乃許諾。辭安車,自乘柴車,冒晨先使者發,至亭,亭長以韓徵君當過,方發人牛修道橋,及見康柴車幅巾,以爲田叟也,使奪其牛,康即釋駕與之。有頃,使者至,奪牛翁乃徵君也。使者欲奏殺亭長,康曰:'此自老子與之,亭長何罪?'乃止。康因道逃遁,以壽終。"王維《遊李山人所居因題屋壁》:"藥倩韓康賣,門容尚子過。翻嫌枕席上,無那白雲何?"白居易《酬夢得貧居詠懷見贈》:"病添莊舄吟聲苦,貧欠韓康藥債多。日望揮金賀新命,俸錢依舊又如何?"　未卜:不知,難料。喬知之《定情篇》:"共君結新婚,歲寒心未卜。相與遊春園,各隨情所逐。"李商隱《馬嵬二首》二:"海外徒聞更九州,他生未卜此生休。空聞虎旅傳宵柝,無復雞人報曉籌。"　雲山:遠離塵世的地方,隱者或出家人的居處。江淹《蕭被侍中敦勸表》:"臣不能遵烟洲而謝歧伯,迎雲山而揖許由。"胡之驥注:"阮嗣宗《勸晉王箋》曰:'臨滄洲而謝支伯,登箕山而揖許由。'"元稹《修龜山魚池示衆僧》:"雲山莫厭看經坐,便是浮生得道時。"　峰:山頂。《説文・山部》:"峰,山耑也。"李白《蜀道難》:"連峰去天不盈尺,枯松倒挂倚絕壁。"指高而陡的山。蘇軾《題西林壁》:"橫看成嶺側成峰,遠近高低各不同。"

[編年]

未見《年譜》編年,《編年箋注》歸入"未編年詩"欄內,《年譜新編》編入"疑作於浙東"。

元稹有《郡務稍簡因得整比舊詩并連綴焚削封章繁委篋笥僅逾百軸偶成自歎因寄樂天》之詩,作於浙東觀察使任,其中的"郡務"與"弊務"提法相近。既稱"罷弊務",亦即離開浙東觀察使之任。《舊唐書·文宗紀》:"(大和三年)九月戊寅朔……戊戌,以前睦州刺史陸亘爲越州刺史、浙東觀察使,代元稹;以稹爲尚書左丞,代韋弘景;以弘景爲禮部尚書。"以干支推算,"戊戌"是大和三年九月二十一日,元稹離開浙東觀察使任即在其時,兩句所在的詩篇應該撰成於其時,地點應該在越州。

■ 吴越唱和中佚失之詩篇四首^{(一)①}

據胡仔《漁隱叢話》

[校記]

(一)吴越唱和中佚失之詩篇四首:元稹本佚失詩組據胡仔《漁隱叢話》,未見其他文獻記載。

[箋注]

① 吴越唱和中佚失之詩篇四首:元稹本佚失詩組,據《漁隱叢話》:"《蔡寬夫詩話》云……文饒鎮京口,時樂天正在蘇州,元微之在越州,劉禹錫在和州。元、劉與文饒唱和往來甚多,謂之《吴越唱和集》;樂天惟首載和文饒《薛童霄栗歌一篇》,後遂不復有,亦可見情也。"《舊唐書·穆宗紀》:"(長慶二年)九月戊子朔……癸卯……御史

中丞李德裕爲潤州刺史,兼御史大夫、浙江西道都團練觀察處置等使。"《會稽志·太守》:"元稹:長慶三年八月自同州防禦使授,大和三年九月拜尚書左丞。"《舊唐書·文宗紀》:"(大和三年)秋七月己夘朔……乙巳……以前浙西觀察使、檢校禮部尚書李德裕爲兵部侍郎……九月戊寅朔……壬辰……以(元)積爲尚書左丞。"元稹與李德裕之"吳越唱和",應該始自長慶三年八月元稹履任浙東觀察使,結束於李德裕大和三年七月離開浙西觀察使時。而據拙稿《新編元稹集》之"編年目錄",這一時期元稹與李德裕的唱和僅有九首,遠遠不符"元、劉與文饒唱和往來甚多,謂之《吳越唱和集》"之記載。我們以爲,既然稱爲"集",至少應該有一卷以上,而一卷起碼應該有四十篇上下。以《白氏長慶集》爲例,一般詩卷在七八十首左右。以《元氏長慶集》爲例,一般也在四十篇上下。今以白居易祇酬和一篇計,元稹、李德裕、劉禹錫至少應該各自有十三篇左右。據此,今在元稹佚失詩篇中補入四篇。　　吳:古國名,這裏借指李德裕任職的浙西節度使管轄範圍,地當今江蘇鎮江、南京地區。孟浩然《早春潤州送從弟還鄉》:"兄弟遊吳國,庭闈戀楚關。已多新歲感,更餞白眉還。"齊己《送東林寺睦公往吳國》:"八月江行好,風帆日夜飄。烟霞經北固,禾黍過南朝。"　　越:古國名,建都會稽(今浙江紹興),春秋時興起,戰國時滅於楚。《左傳·宣公八年》:"盟吳越而還。"杜預注:"越國,今會稽山陰縣也。"孔穎達疏:"越,姒姓,其先夏後少康之庶子也,封於會稽,自號於越。於者,夷言發聲也。"代稱浙江或浙東地區,也專指紹興一帶。柳宗元《別舍弟宗一》:"零落殘魂倍黯然,雙垂別淚越江邊。"這裏指代元稹任職的浙東觀察使管轄地區。

[編年]

　　未見《元稹集》採録,也未見《年譜》、《年譜新編》、《年譜新編》採録與編年。

據《舊唐書·元稹傳》、《新唐書·元稹傳》、《會稽志·太守》所述,元稹履任浙東觀察使在長慶三年八月,李德裕離開浙西觀察使在大和三年七月月,元稹佚失之三首詩篇,即應該賦成於這一時期,地點在浙東,元稹時任浙東觀察使、越州刺史。

■ 蘭亭絕唱中佚失之詩篇三十首^{(一)①}

據《舊唐書·元稹傳》等

[校記]

(一)蘭亭絕唱中佚失之詩篇三十首:元稹本組關於蘭亭絕唱之佚失詩篇,據《舊唐書·元稹傳》,又見《新唐書·元稹傳》、《會稽志·太守》、《浙江通志》、《會稽三賦·蓬萊閣賦》、《蘭亭考》、《宣和書譜》、《六藝之一録》、《白孔六帖》、《册府元龜》、《職官分紀》、《子史精華》、《盤洲文集·跋元微之集》等,文字基本相同。

[箋注]

① 蘭亭絕唱中佚失之詩篇三十首:《舊唐書·元稹傳》:"(元稹)改授越州刺史,兼御史大夫、浙東觀察使。會稽山水奇秀,稹所辟幕職,皆當時文士,而鏡湖、秦望之遊,月三四焉!而諷詠詩什,動盈卷帙。副使竇鞏,海内詩名,與稹酬唱最多,至今稱'蘭亭絕唱'。"《新唐書·元稹傳》:"在越時,辟竇鞏,鞏天下工爲詩,與之酬和,故鏡湖、秦望之奇益傳,時號'蘭亭絕唱'。"《會稽志·太守》:"元稹長慶三年八月自同州防禦使授,大和三年九月拜尚書左丞……'舊經'云:所辟幕職,皆當時名士,鏡湖、秦望之遊,月三四焉!而諷詠詩什動盈卷秩,副使竇鞏,海内詩名,與稹酬唱最多,至今稱'蘭亭絕唱'。"根據拙稿

《新編元稹集》之“編年目錄”，元稹越州任內竟然沒有一首詩篇與竇鞏唱和，與文獻之“蘭亭絕唱”的描述不符；而從“月三四焉”、“動盈卷帙”、“與稹酬唱最多”來看，從最保守的估計計，兩人酬唱的詩篇起碼在一卷以上，亦即兩人酬唱詩篇應該在六十篇上下，今以元稹酬唱詩篇三十首計，列入元稹佚失詩篇之內。　　蘭亭：亭名，在浙江省紹興市西南之兰渚山上，東晉永和九年(353)王羲之與謝安等同游于此，羲之作《兰亭集序》。劉長卿《送人遊越》：“梅市門何在？ 蘭亭水尚流。西陵待潮處，落日滿扁舟。”孟浩然《江上寄山陰崔少府國輔》：“山陰定遠近，江上日相思。不及蘭亭會，空吟被禊詩。”　絕唱：亦作“絕倡”，指詩文創作上的最高造詣。《宋書·謝靈運傳論》：“若夫平子艷發，文以情變，絕唱高蹤，久無嗣響。”王十朋《蓬萊閣賦序》：“昔元微之作《州宅》詩，世稱絕倡。”

[編年]

　　未見《元稹集》採錄，也未見《年譜》、《年譜新編》、《年譜新編》採錄與編年。

　　據《舊唐書·元稹傳》、《新唐書·元稹傳》、《會稽志·太守》所述，元稹履任浙東觀察使，副使就是竇鞏，並且竇鞏一直追隨元稹左右，故元稹與竇鞏之“蘭亭絕唱”活動，貫穿於元稹浙東任的始終，亦即起長慶三年年底之後，終大和三年九月，地點在浙東，元稹時任浙東觀察使、越州刺史。

■ 虎丘題字（代擬題）⁽一⁾①

據劉禹錫《虎丘寺見元相公二年前題名愴然有詠》

［校記］

（一）虎丘題字：本題字所據劉禹錫《虎丘寺見元相公二年前題名愴然有詠（前年滻橋送之武昌）》，見《劉賓客文集》、《唐詩鏡·古詩鏡》、《詩話總龜·傷悼門》、《全詩》，未見異文。

［箋注］

① 虎丘題字：劉禹錫《虎丘寺見元相公二年前題名愴然有詠（前年滻橋送之武昌）》：“滻水送君君不還，見君題字虎丘山。因知早貴兼才子，不得多時在世間。”這是劉禹錫大和六年出任蘇州刺史之時，見到元稹“二年前”，亦即大和三年的題字而賦有的詩篇。據此，元稹應該有題字留在虎丘山，故補，編排於此。　虎丘：山名，在江蘇省蘇州市西北，亦名海湧山。唐時因避諱曾改稱武丘或獸丘，後復舊稱。相傳吳王闔閭葬此。袁康《越絕書·外傳記吳地傳》：“闔廬塚在閶門外，名虎丘……築三日而白虎居上，故號爲虎丘。”其上有虎丘塔、雲岩寺、劍池、千人石等名勝古迹。劉長卿《題虎丘寺》：“青林虎丘寺，林際翠微路。仰見山僧來，遙從飛鳥處。”韋應物《送秦系赴潤州》：“近作新婚鑷白髯，長懷舊卷映藍衫。更欲携君虎丘寺，不知方伯望征帆。”　題字：對一事一物或一書一畫，爲留紀念而寫上字。盧照鄰《悲昔遊》：“題字於扶風之柱，繫馬於驪山之松。”指爲留紀念所題寫的字。李邕《大唐泗州臨淮縣普光王寺碑》：“嘉寺之旁，立名寵聖札之題字。”梅堯臣《得曾鞏附永叔書》：“袖銜藤紙書，題字遠已認。”

[編年]

《元稹集》未收録,《編年箋注》、《年譜》、《年譜新編》均未收録與編年。

元稹大和四年春天前往武昌軍節度使任,劉禹錫等人前往漵橋送別,"前年漵橋送之武昌"云云,表明劉禹錫詩作於大和六年蘇州刺史任上。而元稹的"虎丘題字",亦應該題於大和三年九月奉詔回京途經蘇州之時,時元稹已經卸任浙東觀察使、越州刺史,暫無官職在身,地點自然在蘇州虎丘。

● 逢白公^{(一)①}

　　遠路事無限,相逢唯一言②。月色照榮辱,長安千萬門③。

　　　　　　　　本詩馬本《元氏長慶集》未見,録自《唐文粹》卷一八

[校記]

　　(一)逢白公:本詩存世各本,包括《唐詩紀事》、《全詩》在內,未見異文。

[箋注]

　　① 逢白公:本詩諸多《元氏長慶集》未見,今據《唐文粹》、《唐詩紀事》、《全詩》補録,編排於此。　逢:遇到,遇見。《詩·王風·兔爰》:"我生之初,尚無爲。我生之後,逢此百罹。"揚雄《羽獵賦》:"逢之則碎,近之則破。"　白公:指白居易,公在這裏是對平輩的敬稱。《史記·平原君虞卿列傳》:"〔毛遂〕曰:'……公等録録,所謂因人成事者也。'"應劭《風俗通·葉令祠》:"公忠於社稷,惠恤萬民,方城之

外,莫不欣戴。"元稹稱呼白居易爲"公",這在兩人的交往中唯此一次。但時人常常以此敬稱對方,徐凝《別白公》:"青山舊路在,白首醉還鄉。"徐凝《答白公》:"高景爭来草木頭,一生心事酒前休。山公自是仙人侶,攜手醉登城上樓。"就是其中的兩個例子。

②遠路:遙遠的道路。《韓非子‧大體》:"心無結怨,口無煩言,故車馬不疲弊於遠路,旌旗不亂於大澤。"蘇武《古詩四首》四:"征夫懷遠路,遊子戀故鄉。" 無限:猶無數,謂數量極多。《史記‧河渠書》:"漢中之穀可致,山東從沔無限,便於砥柱之漕。"張守節正義:"無限,言多也。"白居易《詔授同州刺史病不赴任因詠所懷》:"白髮来無限,青山去有期。" 相逢:彼此遇見,會見。張衡《西京賦》:"跳丸劍之揮霍,走索上而相逢。"韓愈《答張徹》:"及去事戎轡,相逢宴軍伶。" 一言:一個字。《論語‧衛靈公》:"子貢問曰:'有一言而可以終身行之者乎?'子曰:'其恕乎!'"班固《白虎通‧謚篇》:"謚或一言或兩言,何? 文者以一言爲謚,質者以兩言爲謚。"一句話,一番話。《左傳‧僖公二十八年》:"楚一言而定三國,我一言而亡之。"魏徵《述懷》:"季布無二諾,侯嬴重一言。"

③月色:月光。李華《吊古戰場文》:"日光寒兮草短,月色苦兮霜白。"陳師道《寒夜有懷晁無斁》:"燈花頻作喜,月色正可步。"指月亮。王昌齡《和振上人秋夜懷士會》:"郭外秋聲急,城邊月色殘。"榮辱:光榮與耻辱,指地位的高低、名譽的好壞。元稹《寄樂天二首》一:"榮辱升沉影與身,世情誰是舊雷陳?"劉炎《邇言》:"或問蘇文忠公之志,曰:志在名節,故進退榮辱不足以二其心。" 千萬:形容數目極多。王粲《從軍詩五首》四:"連舫踰萬艘,帶甲千萬人。"韓愈《秋懷詩十一首》三:"歸還閱書史,文字浩千萬。"比喻極其紛繁。曹丕《折楊柳行》:"追念往古事,憒憒千萬端。"謂差別極大。《韓非子‧説疑》:"往世之主,有得人而身安國存者,有得人而身危國亡者,得人之名一也,而利害相千萬也。" 門:西周、春秋、戰國卿大夫的家,後指

普通的家庭，家族。《史記·孟嘗君列傳》：“文聞將門必有將，相門必有相。”韓愈《興元少尹房君墓誌》：“自太尉琯以德行爲相，相玄宗、肅宗，名聲益彰徹大行，世號其門爲太尉家，宗族子弟皆法象其賢。”

［編年］

　　未見《年譜》提及本詩，《編年箋注》、《年譜新編》分別列入“未編年詩”、“無法編年作品”欄内。

　　我們以爲，根據元稹與白居易的生平，他們相逢次數有限，僅有七次，這是第七次也是最後一次，亦即大和三年九月元稹自浙東返回京城在洛陽與白居易的相逢。故本詩賦詠的時間，應該是大和三年九月元稹離開越州之後到達洛陽見到白居易之後，具體時間應該在大和三年九月底十月初，地點在洛陽。

● 酬白太傅(一)①

　　太空秋色凉，獨鳥下微陽②。三徑池塘静，六街車馬忙③。漸能高酒户，始是入詩狂④。官冷且無事，追陪慎莫忘⑤！

　　　　　　　本詩馬本《元氏長慶集》未見，録自《英華》卷二四五

［校記］

　　（一）酬白太傅：本詩存世各本，包括《全詩》在内，未見異文。

［箋注］

　　① 酬白太傅：本詩諸多《元氏長慶集》未見，但《英華》、《全詩》採録，今據補，編排於此。　　白太傅：即白居易，時以太子賓客分司東

都,白居易終身未歷太傅之職,但唐人常常以"白太傅"稱之。皮日休《白太傅居易》:"吾愛白樂天,逸才生自然。誰謂辭翰器,乃是經綸賢?"齊己《登大林寺觀白太傅題版》:"九疊蒼崖裏,禅家鑿翠開。清時誰夢到?白傅獨尋来。怪石和僧定,閑雲共鶴迴。任兹休去者,心是不然灰。"可以作爲本詩著作權屬於元稹的明證,不必以稱呼作爲理由而否定。

②太空:亦作"大空",天空。《關尹子·二柱》:"一運之象,周乎太空。"曾慥《類説·夢中賦詩》:"張寘熙寧中,夢行大空中。"天地之間,宇宙。韋應物《詠聲》:"萬籟自生聽,太空長寂寥。"元稹《永福寺石壁法華經記》:"火與風相射,名與成相滅,則四海九州皆大空中一微塵耳!" 秋色:秋日的景色、氣象。庾信《周驃騎大將軍開府儀同三司冠軍伯夫人李氏墓誌銘》:"秋色悽愴,松聲斷絶。百年幾何?歸於此别。"李賀《雁門太守行》:"角聲滿天秋色裏,塞上燕支凝夜紫。"微陽:微弱的陽光。潘尼《上巳日帝會天淵池詩》:"谷風散凝,微陽戒始。"李頻《陝州題河上亭》:"秋色和遠雨,暮色帶微陽。"

③三徑:趙岐《三輔決録·逃名》:"蔣詡歸鄉里,荆棘塞門,舍中有三徑,不出,唯求仲、羊仲從之遊。"後因以"三徑"指歸隱者的家園。陶潛《歸去來辭》:"三徑就荒,松竹猶存。"蔣防《題杜賓客新豐里幽居》:"退迹依三徑,辭榮繼二疏。" 池塘:蓄水的坑,一般不太大,也不太深。李白《送舍弟》:"吾家白額駒,遠别臨東道。他日相思一夢君,應得池塘生春草。"錢起《歸故山路逢鄰居隱者》:"心死池塘草,聲悲石徑松。無因芳杜月,琴酒更相逢。" 六街:唐京都長安的六條中心大街。《資治通鑑·唐睿宗景雲元年》:"中書舍人韋元徼巡六街。"胡三省注:"長安城中左、右六街,金吾街使主之;左、右金吾將軍掌晝夜巡警之法,以執禦非違。"司空圖《省試》:"閑繫長安千匹馬,今朝似減六街塵。"泛指京都的大街和鬧市。韋莊《秋霽晚景》:"秋霽禁城晚,六街烟雨殘。"這裏借西京長安而喻東都洛陽。 車馬:謂馳騁遊

樂。《漢書·郊祀志》：“願明主時忘車馬之好，斥遠方之士虛語，遊心帝王之術，太平庶幾可興也。”王融《三月三日曲水詩序》：“耆年闕市井之遊，稚齒豐車馬之好。”

④　酒户：酒量，古稱酒量大者爲大户或上户，不能多飲的稱小户或下户。元稹《和樂天仇家酒》：“病嗟酒户年年減，老覺塵機漸漸深。飲罷醒餘更惆悵，不如閑事不驚心。”方干《贈會稽張少府》：“高節何曾似任官，藥苗香潔備常餐。一分酒户添猶得，五字詩名隱即難。”詩狂：狂放不羈的詩人。楊巨源《上劉侍中》：“消憂期酒聖，乘興任詩狂。”元稹《放言五首》一：“近來逢酒便高歌，醉舞詩狂漸欲魔。五斗解酲猶恨少，十分飛盞未嫌多。”

⑤　官冷：義近“冷官”，地位不重要、事務不繁忙的官職。張籍《早春閑遊》：“年長身多病，獨宜作冷官。”陸游《登塔》：“冷官無一事，日日得閑遊。”　無事：無所事事。《孟子·滕文公》：“士無事而食，不可也。”《史記·張儀列傳》：“陳軫曰：‘公何好飲？’犀首曰：‘無事也。’”　追陪：追隨，伴隨。方干《許員外新陽別業》：“苦因螢火終殘卷，便把漁歌送幾杯。多謝郡中賢太守，常時談笑許追陪。”吳融《酬僧》：“雙林不見金蘭久，丹楚空翻組繡來。聞說近郊寒尚緑，登臨應待一追陪。”這是元稹調笑無所事事的白居易。　慎：千萬，無論如何，與“無”、“毋”、“勿”等連用，表示警戒。《史記·高祖本紀》：“若漢挑戰，慎勿與戰，無令得東而已。”杜甫《麗人行》：“炙手可熱氣絶倫，慎莫近前丞相嗔。”

[編年]

　　《年譜》認爲本詩是僞詩，引見的材料除岑仲勉《論白氏長慶集源流并評東洋本白集·檢討元劉酬和白詩後所見》之外，又引録元稹《白氏長慶集序》，認爲“可見元、白生前已有贗品”。《編年箋注》將本詩列入“未編年詩”欄內，并按語：“岑仲勉云：按《舊書·白傳》，開成元年除同州不拜，尋授太子少傅，此作太傅，誤一；元卒大和五年，更不見白加少傅，誤二；此必他人詩，非稹詩也。究竟作者是誰，不得而知。錄備研討。”《編年箋注》的這段話，錄自岑仲勉《論白氏長慶集源流并評東洋本白集·檢討元劉酬和白詩後所見》，但“《舊書·白傳》”顯然是“《舊書·白傳》”之誤。《年譜新編》亦將本詩列入“無法編年作品”欄內，除引述岑仲勉的考證之外，特地還在本詩詩題之後加上“(僞)”作爲自己的見解，但不知“無法編年作品”與“僞作”之間如何統一？

我們以爲，岑仲勉先生僅僅據詩題“白太傅”三字就斷定本詩不是“稹詩”是不合適的。白居易一生，無論是在元稹生前或者是在其生後，都沒有拜職“太傅”，據此邏輯推理，本詩不僅不是元稹所作，而且也不應該屬於賦詠白居易的詩篇。但本詩錄自《英華》，而《英華》出自宋人之手，如果是造假，可謂由來已久。而且歷代稱白居易爲“太傅”的文獻比比皆是，如：唐人皮日休《七愛詩序》：“皮子之志，常以真純自許……負逸氣者，必有真放，以李翰林爲真放焉！爲名臣者，必有真才，以白太傅爲真才焉……”唐人齊己《登大林寺觀白太傅題版》：“九疊蒼崖裏，禪家鑿翠開。清時誰夢到？白傅獨尋來。”宋人王讜《唐語林·豪爽》：“元和後不以名可稱者：李太尉、韋中令、裴晉公、白太傅、賈僕射、路侍中、杜紫微……”張垍《唐張司業詩集序》：“自李杜之後，風雅道喪，繼其美者，唯公一人，故白太傅讀公集曰：‘張公何爲者？業文三十春。尤工樂府詞，舉代少其倫。”清人陳廷敬《憶午涯烟舫題南來小舟四絕句》三：“南船應載五湖遊，散盡行人萬頃愁。得似多情白太傅，歸來舊舫憶蘇州。”

如何解釋這種按照岑仲勉先生的邏輯看來是十分奇怪的現象？查閱《漢語大詞典》，太傅是官名，有兩種含義：其一，三公之一，周代始置，輔弼天子治理天下。《書·周官》：“立太師、太傅、太保，茲惟三公，論道經邦，燮理陰陽。”秦廢，漢復置，次於太師。歷代沿置，多以他官兼領。其二，輔導太子的官，西漢時稱爲太子太傅。《前漢書·

宣帝紀》:(甘露三年)"三月己丑……詔諸儒講五經同異,太子太傅蕭望之等平奏其議。"《前漢書·食貨志》:"元封元年,卜式貶爲太子太傅,而桑弘羊爲治粟都尉。"根據白居易的生平,他長慶四年五月自杭州刺史歸京,除太子左庶子分司東都,第二年亦即寶曆元年三月,拜蘇州刺史;大和三年三月底,白居易再次以太子賓客分司東都,大和四年十二月二十八日,改任河南尹;大和七年四月二十五日,因病再次授職太子賓客分司東都,大和九年十月,改授太子少傅分司東都,會昌元年春天停少傅官,第二年以刑部侍郎致仕,直到會昌六年八月病故。據此,稱分司東都的太子賓客白居易爲"太傅",高稱他人官職應該是當時比較流行的做法,皮日休、齊己"白太傅"的書證就是最好的證據,因此不足爲奇,更不能以此爲據,斷定本詩不是"稹詩"。何況,以元稹與白居易之間的親密關係,難保不含有戲謔的成份在內。

　　根據以上情況,我們以爲本詩應該賦詠於大和三年九月十月間元稹自浙東歸京途經洛陽之時,地點自然在洛陽履道坊白居易的私第。當時白居易正以"太子賓客"亦即以"太傅"的身份分司東都,不僅"官冷且無事"符合白居易當時"太子賓客"且又"分司東都"的境遇,而且"太空秋色凉"與元稹到達洛陽的九月節令相符,"三徑池塘靜,六街車馬忙"也切合白居易的荒凉居所與洛陽的繁忙街景,不僅"漸能高酒戶,始是入詩狂"符合白居易晚年嗜酒喜詩的生活,而且"追陪慎莫忘"更如實反映了元稹白居易之間親密無間的真摯友情。

■ 酬樂天嘗黃醅新酎憶微之 ^{(一)①}

據白居易《嘗黃醅新酎憶微之》

[校記]

（一）酬樂天嘗黃醅新酎憶微之：元稹本佚失詩所據白居易《嘗黃醅新酎憶微之》，見《白氏長慶集》、《白香山詩集》、《全詩》，未見異文。

[箋注]

① 酬樂天嘗黃醅新酎憶微之：白居易《嘗黃醅新酎憶微之》："世間好物黃醅酒，天下閑人白侍郎。愛向卯時謀沿樂，亦曾酉日放粗狂。醉來枕麴貧如富（詩云：‘一醉日富。’），身後堆金有若亡。元九計程殊未到，瓮頭一盞共誰嘗？"未見元稹酬篇，據補。　嘗：辨別滋味，吃一點兒試試。《詩·小雅·甫田》："田畯至喜，攘其左右，嘗其旨否。"王建《新嫁娘詞三首》三："三日入厨下，洗手作羹湯。未諳姑食性，先遣小姑嘗。"　黃醅：黃酒。白居易《戲招諸客》："黃醅綠醅迎冬熟，絳帳紅爐逐夜開。誰道洛中多逸客，不將書喚不曾來？"陸游《山園雜賦》二："長辭帝所夢，不愧草堂靈。賴有黃醅法，終年任醉醒。"　酎：反復多次釀成的醇酒。《禮記·月令》："〔孟夏之月〕天子飲酎。"鄭玄注："酎之言醇也，謂重釀之酒也。"程大昌《演繁露·酎》："漢八月飲酎，説者曰：酎，正月釀，八月成。許叔重曰：‘八月黍成，可爲酎酒……酎，三重醇酒也。’二説不同。然酒固有久醇者，恐八易月乃成，期太迂遠，當以黍成可釀爲是。黍既登熟，三重釀之，八月一月可辦也。"　憶：思念，想念。王維《冬晚對雪憶胡居

士家》:"寒更傳曉箭,清鏡覽衰顏。隔牖風驚竹,開門雪滿山。"李白《之廣陵宿常二南郭幽居》:"還惜詩酒別,深爲江海言。明朝廣陵道,獨憶此傾樽。"

[編年]

未見《元稹集》採録,也未見《年譜》、《編年箋注》、《年譜新編》採録與編年。

朱金城先生《白居易集箋校》編年白居易詩《嘗黄醅新酎憶微之》於大和三年。白居易詩有"元九計程殊未到,瓮頭一盞共誰嘗"之句,《舊唐書·文宗紀》:"九月戊寅朔……戊戌,以前睦州刺史陸亘爲越州刺史、浙東觀察使,代元稹。以稹爲尚書左丞,代韋弘景,以弘景爲禮部尚書。"元稹離開越州應該在大和三年九月二十一日之後。而白居易詩"元九計程殊未到"表明,白居易賦詩之時,元稹已經在前來洛陽途中,將到而未到之時,計其路程及時間,應該在九月底十月初,而元稹已經佚失的酬和之篇,估計是元稹抵達洛陽之後酬和,元稹已經卸任浙東觀察使、越州刺史,當時並未有一官半職在身。

■ 酬夢得抒懷見憶(一)①

據劉禹錫《樂天寄洛下新詩兼喜微之欲到因以抒懷也》

[校記]

(一)酬夢得抒懷見憶:元稹本佚失詩所據劉禹錫《樂天寄洛下新詩兼喜微之欲到因以抒懷也》,見《劉賓客文集》、《全詩》,未見異文。

[箋注]

① 酬夢得抒懷見憶：劉禹錫《樂天寄洛下新詩兼喜微之欲到因以抒懷也》："松間風未起，萬葉不自吟。池上月未來，清暉同夕陰。宮徵不獨運，塤箎自相尋。一從別樂天，詩思日已沉。吟君洛中作，精絕百鍊金。乃知孤鶴情，月露爲知音。微之從東來，威鳳鳴歸林。羨君先相見，一豁平生心。"元稹理應酬和，但未見酬篇，據補。 夢得：即劉禹錫，字夢得，時任禮部郎中，兼集賢殿學士。馮宿《酬白樂天劉夢得》："共稱洛邑難其選，何幸天書用不才！遥約和風新草木，且令新雪静塵埃。"令狐楚《節度宣武酬樂天夢得》："蓬萊仙監（樂天）客曹郎（劉爲主客），曾枉高車客大梁。見擁旌旄治軍旅，知親筆硯事文章。" 抒懷：抒發胸臆。趙嘏《抒懷上歙州盧中丞宣州杜侍郎》："東來珠履與旌旗，前者登朝亦一時。竹馬迎呼逢稚子，柏臺長告見男兒。"孟棨《本事詩序》："抒懷佳作，諷刺雅言……其間觸事興詠，尤所鍾情。" 見：用在動詞前面表示被動，相當於被，受到。《孟子·梁惠王》："百姓之不見保，爲不用恩焉！"韓愈《駑驥贈歐陽詹》："有能必見用，有德必見收。" 憶：思念，想念。元稹《酬樂天雨後見憶》："雨滑危梁性命愁，差池一步一生休。黄泉便是通州郡，漸入深泥漸到州。"白居易《答楊使君登樓見憶》："忠萬樓中南北望，南州烟水北州雲。兩州何事偏相憶？各是籠禽作使君。"

[編年]

未見《元稹集》採録，也未見《年譜》、《年譜新編》、《年譜新編》採録與編年。

劉禹錫詩題有"兼喜微之欲到"之詞，詩有"微之從東來，威鳳鳴歸林"之句，所指即是大和三年九月二十一日從浙東觀察使改任尚書左丞之事。劉禹錫的詩篇應該賦成於大和三年九月二十一日之後元積即將抵達洛陽之時，元稹在路途之中，不太可能看到劉禹錫寄給白居易的詩篇，衹有等到元稹到達洛陽與白居易會面之後才能看到，相信元稹一定會馬上賦詩酬謝劉禹錫的這番美意。元稹已經佚失的酬和之篇應該賦成於大和三年十月到達洛陽之後，寄給還在長安任職禮部郎中，兼集賢殿學士的劉禹錫。

■ 任校書郎日過三鄉^{(一)①}

據白居易《和微之任校書郎日過三鄉》

[校記]

（一）任校書郎日過三鄉：本佚失詩所據白居易《和微之任校書郎日過三鄉》，見《白氏長慶集》、《白香山詩集》、《全詩》，未見異文。

[箋注]

① 任校書郎日過三鄉：白居易《和微之任校書郎日過三鄉》："三鄉過日君年幾？今日君年五十餘。不獨年催身亦變，校書郎變作尚書。"據白居易詩，元稹應該有一篇題爲《任校書郎日過三鄉》的詩，今不見，據補。　任：擔任。袁宏《後漢紀·明帝紀》："上善其言，以爲可任將帥。"《新唐書·裴寬傳》："寬兄弟八人，皆擢明經，任臺、省、州刺史。"　校書郎：東漢時，徵召學士至蘭臺或東觀宮中藏書處校勘典籍，其職爲郎中者，稱校書郎中；其職爲郎者，則稱校書郎。三國魏始置校書郎官職，司校勘宮中所藏典籍諸事，唐以後歷代因之，明以後不置。《後漢書·梁慬傳》："校書郎馬融上書訟慬與護羌校尉龐參。"王先謙集解："蓋中郎、侍郎、郎中，通謂之三署郎，校書郎中本可省稱校書郎，猶尚書僕射之省稱尚書耳！"元稹《贈三吕校書》："同年同拜

校書郎，觸處潛行爛熳狂。” 過：經過。《論語·憲問》：“子擊磬於衛，有荷蕢而過孔氏門者。”杜甫《送蔡希魯都尉》：“身輕一鳥過，槍急萬人呼。” 三鄉：即三鄉驛，在洛陽附近。羊士諤《過三鄉望女几山早歲有卜築之志》：“女几山頭春雪消，路旁仙杏發柔條。心期欲去知何日？惆悵同車上野橋。”劉禹錫《三鄉驛樓伏覩玄宗望女几山詩小臣斐然有感》：“開元天子萬事足，唯惜當時光景促。三鄉陌上望仙山，歸作霓裳羽衣曲。”元稹與白居易吏部乙科及第授職校書郎，曾經結伴東行，經由三鄉驛，元稹在長慶四年所作《酬樂天重寄別》可以間接證明：“却報君侯聽苦辭，老頭抛我欲何之？武牢關外雖分手，不似如今衰白時。”

[編年]

　　《元稹集》未收録，《編年箋注》、《年譜新編》均未收録與編年，《年譜》收録，詩題作“任校書郎日過三鄉”。《年譜》編年元稹佚失之詩於大和三年，比較籠統。

　　據白居易《和微之任校書郎日過三鄉》“今日君年五十餘”、“校書郎變作尚書”兩句，元稹當時已經五十有餘，身份也從校書郎變爲“尚書”。據《舊唐書·文宗紀》，元稹與李德裕“就加檢校禮部尚書”在大和元年。大和三年九月，元稹奉詔回京任職，秋冬之際路經洛陽，因妻子裴淑即將分娩，在洛陽停留較長的時間，與當時正在洛陽以太子賓客身份分司東都的白居易相聚，詩歌唱和頗多，元稹《任校書郎日過三鄉》與白居易《和微之任校書郎日過三鄉》即是其中之一，作於大和三年冬天之際，地點在洛陽。時元稹已經五十一歲，又有“禮部尚書”的榮銜，時、地、官銜一一切合。

■ 道保生三日^{(一)①}

據白居易《和微之道保生三日》

［校記］

（一）道保生三日：本佚失詩所據白居易《和微之道保生三日》，
見《白氏長慶集》、《白香山詩集》、《全詩》，未見異文。

［箋注］

① 道保生三日：白居易《和微之道保生三日》：“相看鬢似絲，始
作弄璋詩。且有承家望，誰論得力時？莫興三日嘆，猶勝七年遲（予
老微之七歲）。我未能忘喜，君應不合悲。嘉名稱道保，乞姓號崔兒。
但恐持相並，兼葭瓊樹枝。”未見元稹原唱，據補。　　道保：人名，疑即
後來白居易《唐故武昌軍節度處置等使正議大夫檢校戶部尚書鄂州
刺史兼御史大夫賜紫金魚袋尚書右僕射河南元公墓誌銘并序》中提
及的“道護”。　　三日：這裏指嬰兒降生之第三日，民間常常有慶祝活
動，各地風俗不同，慶祝方式各異。如在吳地，有發紅蛋以示慶祝。
元稹是詩人，自然以詩歌向老朋友報喜，白居易自然也應該以詩篇
回酬。白居易《崔侍御以孩子三日示其所生詩見示因以二絕句和
之》，其一：“洞房門上挂桑弧，香水盆中浴鳳雛。還似初生三日魄，
嫦娥滿月即成珠。”其二：“愛惜肯將同寶玉，喜歡應勝得王侯。弄
璋詩句多才思，愁殺無兒老鄧攸。”白居易《談氏外孫生三日喜是男
偶吟成篇兼戲呈夢得》：“玉芽珠顆小男兒，羅薦蘭湯浴罷時。苣
春來盈女手，梧桐老去長孫枝。慶傳媒氏燕先賀，喜報談家烏預
知。明日貧翁具雞黍，應須酬賽引雛詩（前年談氏外孫女初生，夢

得有賀詩云：'從此引鴛雛。'今幸是男，前言似有徵，故云）。"

[編年]

《元稹集》未收録，《編年箋注》均未收録與編年，《年譜》、《年譜新編》收録，詩題作"道保生三日"。《年譜》、《年譜新編》編年元稹佚失之詩於大和三年，編年意見可以認同。

朱金城先生《白居易集箋校》編年白居易此詩爲大和四年。據白居易《唐故武昌軍節度處置等使正議大夫檢校户部尚書鄂州刺史兼御史大夫賜紫金魚袋尚書右僕射河南元公墓誌銘并序》："今夫人河東裴氏，賢明知禮，有輔佐君子之勞，封河東郡君。生三女，曰小迎，未笄；道衛、道扶，齠齔；一子，曰道護，三歲。"據此推斷，元稹之子應該生於大和三年，出生在洛陽，元稹《道保生三日》應該賦成於大和三年冬季，元稹夫婦在洛陽之時。以常理計，白居易的和詩也應該賦成於大和三年，説大和四年作，疑有誤。

■ 予與樂天今年冬各有一子相賀相嘲酬樂天見寄二首[(一)][①]

　　據白居易《予與微之老而無子發於言嘆著在詩篇今年冬各有一子戲作二什一以相賀一以自嘲》

[校記]

（一）予與樂天今年冬各有一子相賀相嘲酬樂天見寄二首：元稹兩佚失詩所據白居易《予與微之老而無子發於言嘆著在詩篇今年冬各有一子戲作二什一以相賀一以自嘲》，見《白氏長慶集》、《白香山詩集》、《瀛奎律髓》、《全詩》，不見異文。唯《瀛奎律髓》詩後有批語："樂天生於大曆七年壬子,此年太和三年己酉,年五十八歲。微之小樂天七歲,是年五十一。"

[箋注]

①　予與樂天今年冬各有一子相賀相嘲酬樂天見寄二首:白居易《予與微之老而無子發於言嘆著在詩篇今年冬各有一子戲作二什一以相賀一以自嘲》,其一:"常憂到老都無子,何況新生又是兒。陰德自然宜有慶(于公陰德,其後蕃昌),皇天可得道無知(皇天無知,伯道無兒)? 一園水竹今爲主(微之履信新居,多水竹也),百卷文章更付誰(微之文集,凡一百卷)? 莫慮鵷雛無浴處,即應重入鳳凰池。"其二:"五十八翁方有後,静思堪喜亦堪嗟。一珠甚少還慚蚌,八子雖多不羨鴉。秋月晚生丹桂實,春風新長紫蘭芽。持杯祝願無他語,慎勿愚頑似汝爺。"元稹理應有酬篇謝賀,今不見,故補。　　賀:祝賀,以禮相慶。《詩·大雅·下武》:"受天之祐,四方來賀。"孔穎達疏:"武王既受得天之祐福,故四方諸侯之國皆貢獻慶之。"韓愈《雉帶箭》:"將軍仰笑軍吏賀,五色離披馬前墮。"　　嘲:這裏是自嘲,自我嘲笑,自我解嘲。白居易《喜老自嘲》:"面黑頭雪白,自嫌還自憐。毛龜著下老,蝙蝠鼠中仙。"陸游《自嘲解嘲》:"世變真難料,吾痴只自嘲。移山謀畚土,黏日欲煎膠。"

[編年]

未見《元稹集》採録,也不見《年譜》、《編年箋注》、《年譜新編》採録與編年。

根據白居易生平,崔兒出生在大和三年,朱金城先生《白居易集箋校》編年大和三年。據白居易詩題"今年冬各有一子"云云,元稹兩首佚失詩也應該賦成於大和三年之冬季,時在白居易賦成原唱之後,地點在洛陽，元稹時從浙東返京滯留在洛陽與白居易相聚之時，元稹已經卸任浙東觀察使、越州刺史，但尚未拜授新職。

● 過東都別樂天二首^{(一)①}（樂天在洛，太和中，稹拜左丞，自越過洛，以二詩別樂天。未幾，死於鄂。樂天哭之曰："始以詩交，終以詩訣，茲筆相絕，其今日乎！"見《紀事》）

君應怪我留連久，我欲與君辭別難^②。白頭徒侶漸稀少，明日恐君無此歡^③。

自識君來三度別，這回白盡老髭鬚^④。戀君不去君須會，知得後迴相見無^⑤？

馬本《元氏長慶集》不見本詩，錄自《全詩》卷四二三

[校記]

（一）過東都別樂天二首：《唐詩紀事》引用本組詩，無題。白居易《祭微之文》亦引用本組詩，亦無題。詩文無異文，唯序文略有出入，但大同而小異，不害文意，拜請參閱。

[箋注]

① 過東都別樂天二首：兩首不見於諸多《元氏長慶集》，今據白居易《祭微之文》所引以及《唐詩紀事》、《全詩》採錄，編排於此。白居易《祭微之文》引錄本組詩："唯近者公拜左丞，自越過洛，醉別愁淚，投我二詩云：'⋯⋯'又曰：'⋯⋯'吟罷涕零，執手而去。私揣其故，中心惕然。及公捐館於鄂，悲訃忽至，一慟之後，萬感交懷。覆視前篇，

詞意若此。得非魄兆先知之乎？無以繼寄悲情，作哀詞二首，今載於是，以附奠文。其一云：'八月凉風吹白幕，寢門廊下哭微之。妻孥親友來相吊，唯道皇天無所知。'其二云：'文章卓犖生無敵，風骨精靈殁有神。哭送咸陽北原上，可能隨例作埃塵！'嗚呼微之！始以詩交，終以詩訣，絃筆而絕，其今日乎？嗚呼微之！三界之間，誰不生死？四海之内，誰無交朋？然以我爾之身，爲終天之別！既往者已矣！未死者如何？嗚呼微之！六十衰翁，灰心血泪，引酒再奠，撫棺一呼。佛經云：凡有業結，無非因集。與公緣會豈是偶然？多生以來，幾離幾合？既有今別，寧無後期？公雖不歸，我應繼往。安有形去而影在，皮亡而毛存者乎？嗚呼微之！言盡於此。尚饗！"臨別，白居易有《酬別微之(臨都驛醉後作)》送行："醉收杯杓停燈語，寒展衾裯對枕眠。猶被分司官繫絆，送君不得過甘泉。"

　　② 留連：耽擱，拖延。《後漢書·劉陶傳》："事付主者，留連至今，莫肯求問。"《魏書·宗欽傳》："既承雅贈，即應有答，但唱高則難和，理深則難訓，所以留連日月，以至於今。"留戀不捨。曹丕《燕歌行二首》二："飛鳥晨鳴聲可憐，留連顧懷不自存。"李白《友人會宿》："滌蕩千古愁，留連百壺飲。" 辭別：分別，告別。《後漢書·東平憲王蒼傳》："辭別之後，獨坐不樂，因就車歸，伏軾而吟，瞻望永懷，實勞我心。"韓愈《送惠師》："離合自古然，辭別安足珍！"

　　③ 白頭：猶白髮，形容年老。劉長卿《正朝覽鏡作》："憔悴逢新歲，茅扉見舊春。朝來明鏡裏，不忍白頭人。"岑參《客舍悲秋有懷兩省舊遊呈幕中諸公》："三度爲郎便白頭，一從出守五經秋。莫言聖主長不用，其那蒼生應未休！" 徒侶：朋輩，同伴。劉琨《扶風歌》："攬轡命徒侶，吟嘯絕巖中。"谷神子《博異志·白幽求》："夜遭風，與徒侶數十人爲風所飄，南馳兩日兩夜，不知幾千萬里。" 稀少：很少，不多。《後漢書·王景傳》："今居家稀少，田地饒廣。"杜甫《寄韓諫議》："星宮之君醉瓊漿，羽人稀少不在旁。" 明日：不遠的將來。李百藥

《送別》:"雁行遙上月,蟲聲迴映秋。明日河梁上,誰與論仙舟?"王維《留別丘爲》:"歸鞍白雲外,繚繞出前山。今日又明日,自知心不閑。"歡:快樂,喜悦。潘岳《笙賦》:"樂聲發而盡室歡,悲音奏而列坐泣。"情誼,歡心。嵇康《與山巨源絶交書》:"吾新失母兄之歡,意常悽切。"交好,融洽。范仲淹《唐狄梁公碑》:"時長史司馬方睚眦不協,感公之義,歡如平生。"

④ 自識君來三度別:按照我們的理解,元稹與白居易的第一次分別應是元和五年元稹出貶江陵時在長安街頭與白居易的痛苦分別,第二次應是元和十年元稹出貶通州司馬時在灃西與白居易的不忍分別,而第三次則應是元稹從通州赴任虢州任時,兩人在長江裏偶然相遇後的難分難舍。當然如果我們細細追究起來,還有元稹白居易剛剛結識之後的貞元十九年兩人在武牢關外的分手,還有元稹赴任浙東觀察使時與白居易杭州相會最後在錢塘江邊的分別。元稹提及的"三度別"究竟是哪三次分別,我們已經不得而知;而白居易却沒有提及兩人在武牢關外的分手,也沒有提及他們在長安街頭的分別,祇强調"灃頭"、"峽口"、"錢塘岸"的分別,而將時間限定在"二十年"之内。想來,元稹與白居易在理解上似乎有所不同。白居易把時間限定在最近的"二十年内",又從眼前回首"二十年",除去即將分手那次,説"三別都經二十年",可以説得通的。而元稹"自識君來三度別",是從兩人相識開始,應該説記憶上應該存在偏差。但不管怎樣,人生苦短而時光如飛,從元和十年(815)到大和三年(829),將近二十年的時間過去了,兩人經歷了過多的生活坎坷,承載了過重的歷史擔子,白居易自然感慨萬千,有詩《酬別微之》:"灃頭峽口錢塘岸,三別都經二十年。且喜盤骸俱健在,勿嫌鬢須各播然。君歸北闕朝天帝,我住東京作地仙。博望自來非棄置,承明重入莫拘牽。醉收杯杓停燈語,寒展衾裯對枕眠。猶被分司官繫絆,送君不得過甘泉。"元稹白居易賦詩言情,吟罷涕零,執手而去。這次分別竟成了唐代來往最長

酬唱最多的兩位詩人的永訣,這是元稹白居易當時所始料不及的,也是當時的人們所始料不及的。　　**髭鬚**:胡子,脣上曰髭,脣下爲須。《樂府詩集·陌上桑》:"行者見羅敷,下擔捋髭鬚。"劉禹錫《與歌者米嘉榮》:"唱得涼州意外聲,舊人唯數米嘉榮。近來時世輕先輩。好染髭鬚事後生。"

⑤ **戀**:留戀,依依不捨。《後漢書·姜肱傳》:"及各娶妻,兄弟相戀,不能別寢。"白居易《酬李少府曹長官舍見贈》:"戀月夜同宿,愛山晴共看。"　**會**:領悟,理解。于濆《擬古諷》:"余心甘至愚,不會皇天意。"歐陽修《蝶戀花》:"草色山光殘照裏,無人會得憑欄意。"　**相見**:彼此會面。《禮記·曲禮》:"諸侯未及期相見曰遇。"蘇軾《和子由除夜元日省宿致齋三首》一:"等是新年未相見,此身應坐不歸田。"**無**:副詞,用於句末,表示疑問,相當於"否"。白居易《問劉十九》:"晚來天欲雪,能飲一杯無?"楊巨源《寄江州白司馬》:"江州司馬平安否?惠遠東林住得無?"

[編年]

《年譜》編年本詩於大和三年"東都作",詩題下沒有説明理由,但有譜文"九月,爲尚書左丞,代韋弘景"、"經蘇州,遊虎丘,題名"、"經東都,與白居易相會"説明。《編年箋注》編年:"大和三年(八二九)九月:元稹辭越州刺史、浙東觀察使任,入爲尚書左丞。歸朝途中,經洛陽,與白居易相會,作此詩。白居易《祭微之文》云:'唯近者公拜左丞,自越過洛,醉別愁泪,投我二詩云,吟罷涕零,執手而去。私揣其故,中心惕然。'見下《譜》。"《年譜新編》編年本詩大和三年"自越赴京途中作",理由是:"白居易酬和爲《酬別微之》,一般酬和。"

我們以爲,《年譜》編年本詩於"九月"之後"經東都,與白居易相會"之時的時間是不合適的:元稹本組詩作於元稹告別白居易之時,而不是元稹白居易"相會"之時,因爲元稹這次在洛陽停留時間有數月之久,反而長於元稹在西京"時未逾月"的情況。具體時間應該在大和三年的年底之時,而不是"九月"之後。元稹《贈柔之》"窮冬到鄉國,正歲別京華"表明,元稹回到長安已經是"窮冬"之時,亦符合《雲溪友議·艷陽詞》所云"裴氏曰:'歲杪到家鄉,先春又赴任,親情半未相見,所以如此'"的情況,本詩即應該作於大和三年"窮冬"、"歲杪"之時,地點在洛陽之西的臨都驛。《編年箋注》的編年內容在實質上與《年譜》沒有區別,不過"元稹辭越州刺史、浙東觀察使任"的表述是不確切的,元稹離開浙東,不是"辭職"而是"奉詔移職他任"。另外,對白居易《祭微之文》的引述不够嚴肅,中間的省略應該向讀者交待清楚,不應該含糊,《編年箋注》類如的情況不少,此僅不過其中一例而已。《年譜新編》認爲白居易酬和爲《酬別微之》的説法應該商榷,元稹本組詩是兩首八句,而白居易《酬別微之》是一首十二句,兩者雖爲先後之作,但不能算是酬和之篇。

■ 酬別樂天(一)①

據白居易《酬別微之(臨都驛醉後作)》

[校記]

(一)酬別樂天:元稹本佚失詩所據白居易《酬別微之(臨都驛醉後作)》,見《白氏長慶集》、《白香山詩集》、《全詩》,未見異文。

[箋注]

①酬別樂天:白居易《酬別微之(臨都驛醉後作)》:"灃頭峽口錢塘岸,三別都經二十年。且喜筋骸俱健在,勿嫌鬚鬢各皤然。君歸北闕朝天帝,我住東京作地仙。博望自來非棄置,承明重入莫拘牽! 醉

收杯杓停燈語，寒展衾裯對枕眠。猶被分司官繫絆，送君不得過甘
泉。"白居易有如此動情的詩篇，元稹不可能一言不發，以沉默相對。
《年譜新編》認爲白居易《酬別微之》是酬和元稹《過東都別樂天二
首》，但白居易《酬別微之》、元稹《過東都別樂天二首》首數不等，句數
有別，韵脚也不同，並非是對等唱和之作，元稹應該另有酬篇，我們暫
時擬題爲《酬別樂天》，補録編排於此。

［編年］

　　未見《元稹集》採録，也不見《年譜》、《編年箋注》、《年譜新編》採
録與編年。

　　朱金城先生《白居易集箋校》編年白居易此詩爲大和三年賦作。
元稹《贈柔之》："窮冬到鄉國，正歲別京華。"故元稹夫婦離開洛陽應
該在大和三年年底，白居易詩作於大和三年年底，元稹已經佚失的酬
和之篇，自然也賦作於同時，亦即大和三年年底，地點在洛陽的臨都
驛，元稹當時已經卸任浙東觀察使、越州刺史，並無一官半職在身。

大和四年庚戌(830)　五十二歲

● 贈柔之①

窮冬到鄉國，正歲別京華②。自恨風塵眼，常看遠地花⁽一⁾③。碧幢還照曜，紅粉莫咨嗟④。嫁得浮雲婿，相隨即是家⑤。

　　　　　馬本《元氏長慶集》不見本詩，錄自《全詩》卷四二三

[校記]

（一）常看遠地花：《雲溪友議》、《唐詩紀事》、《全唐詩錄》同，《詩話總龜》作"看他遠地花"，語義不同，不改。

[箋注]

① 贈柔之：《雲溪友議·艷陽詞》："（元稹）復自會稽拜尚書右丞，到京未逾月，出鎮武昌。是時，中門外構緹幕候天使送節次，忽聞宅內慟哭，侍者曰：'夫人也！'乃傳問旌鉞將至，何長慟焉？'裴氏曰：'歲杪到家鄉，先春又赴任，親情半未相見，所以如此！'立贈柔之詩曰：'……'裴柔之答曰：'侯門初擁節，御苑柳絲新。不是悲殊命，唯愁別是親。黃鶯遷古木，珠履徙清塵。想到千山外，滄江正暮春。'元公與柔之琴瑟相和，亦房帷之美也，余故編錄之。"本詩不見於諸多《元氏長慶集》，今據《雲溪友議》、《唐詩紀事》、《詩話總龜》、《全唐詩錄》、《全詩》編錄編年在此。　　柔之：元稹繼配裴淑的字，她與元稹元和十年年底在興元結婚，十六年間先後生下元樊、降真、小迎、道

衛、道扶、失名夭折兒子以及道護七個孩子,病故在元積之後。元積《黃草峽聽柔之琴二首》二:"別鶴淒清覺露寒,離聲漸咽命雛難。憐君伴我涪州宿,猶有心情徹夜彈。"元積《琵琶》的酬贈對象也是柔之:"學語胡兒撼玉玲,甘州破裏最星星。使君自恨常多事,不得功夫夜夜聽"

② 窮冬:隆冬,深冬。韓愈《重雲李觀疾贈之》:"窮冬百草死,幽桂乃芬芳。"白居易《聞雷》:"窮冬不見雪,正月已聞雷。" 鄉國:家鄉。《顏氏家訓·勉學》:"父兄不可常依,鄉國不可常保。"杜儼《客中作》:"容顏歲歲愁邊改,鄉國時時夢裏還。"元積一直把長安看作是自己的家鄉,故言。 正歲:指古曆亦即夏曆正月,亦泛指農曆正月。《周禮·天官·小宰》:"正歲,帥治官之屬而觀治象之法。"鄭玄注:"正歲,謂夏之正月,得四時之正。"孫詒讓正義:"全經凡言正歲者,並爲夏正建寅之月,別於凡言正月者爲周正建子之月也。《爾雅·釋天》云:'夏曰歲,商曰祀,周曰年'……王引之云:《爾雅》曰:'正,長也。'建寅之月爲一歲十二月之長,故謂之正歲。"沈約《上建闕表》:"使觀風而至,復聞正歲之典。"魏了翁《道州寧遠縣先生祠記》:"正歲孟月之吉,黨裏社營之會,無一事一時不相警策焉!" 京華:京城之美稱,因京城是文物、人才彙集之地,故稱。祖詠《送劉高郵悅使入都》:"常聞積歸思,昨夜又兼秋。鄉路京華遠,王程江水流。"張九齡《岳州作》:"夜夢雲闕間,從容簪履列。朝遊洞庭上,緬望京華絕。"

③ 自恨:自己厭恨自己。張謂《辰陽即事》:"自恨不如湘浦雁,春來即是北歸時。"司空曙《九日送人》:"水風淒落日,岸葉颯衰蕪。自恨塵中使,何因在路隅?" 風塵:宦途,官場。葛洪《抱朴子·交際》:"馳騁風塵者,不戀建德業,務本求己。"沈邁《五言送劉泌歸建州》:"東都宦遊客,風塵厭已久。" 遠地:遙遠的地方。《北史·尒朱榮傳》:"羽健曰:'家世奉國,給侍左右,北秀容既在剗內,差近京師,

豈以沃堉,更遷遠地。'"劉禹錫《送唐舍人出鎮閩中》:"山川遠地由來好,富貴當年別有情。"

④ 碧幢:隋唐以來,高級官員舟車上張挂的以青油塗飾的帷幔。白居易《奉和汴州令狐令公》:"碧幢油葉葉,紅斾火襜襜。"王禹偁《寄獻潤州趙舍人》:"直廬久負題紅藥,出鎮何妨擁碧幢。" 照曜:"照耀",強烈的光綫映射。李白《夢遊天姥吟留别》:"青冥浩蕩不見底,日月照耀金銀臺。"劉子翬《渡淮》:"皎皎初日光,照耀草木新。" 紅粉:原指婦女化妝用的胭脂和鉛粉。《古詩十九首·青青河畔草》:"娥娥紅粉妝,纖纖出素手。"這裏借指美女。計有功《唐詩紀事·杜牧》:"忽發狂言驚滿座,兩行紅粉一時迴。" 咨嗟:嘆息。焦贛《易林·離之升》:"車傷牛罷,日暮咨嗟。"吳兢《樂府古題要解·雁門太守行》:"〔王涣〕病卒,老少咨嗟,莫酬以千數。"

⑤ 浮雲:飄動的雲。《楚辭·九辯》:"塊獨守此無澤兮,仰浮雲而永嘆。"《周書·蕭大圜傳》:"嗟乎! 人生若浮雲朝露。"這裏以飄動不已的浮雲比喻詩人飄忽不定的生涯。 相隨:謂互相依存。《老子》:"高下相傾,音聲相和,前後之相隨。"伴隨,跟隨。《史記·蘇秦列傳》:"是何慶吊相隨之速也?"

[編年]

《年譜》編年本詩於大和四年"在西京作",理由是:"裴淑和詩爲《答微之》。"《編年箋注》編年本詩:"元稹此詩作于大和四年(八三〇),時在長安。"理由是:"見下《譜》。"《年譜新編》編年大和四年"在長安作",理由是:"裴淑和詩爲《答微之》,一般酬和。"

我們以爲,《年譜》、《編年箋注》、《年譜新編》所述的"理由"與本詩編年其實都没有必然的聯繫。根據《雲溪友議·艷陽詞》、《唐詩紀事》、《詩話總龜》以及本詩"窮冬到鄉國,正歲别京華"提供的信息,本詩確實應該作於大和四年,地點在長安。但我們認爲還可以進一步細化時間,《舊唐書·文宗紀》:"太和四年春正月丙子朔……辛丑,以尚書左丞元稹檢校户部尚書,充武昌軍節度、鄂岳蘄黄安申等州觀察使。"根據干支推算,"辛丑"應該是二十六日,本詩即應該作於大和四年正月二十六日稍後的出發之日,亦即在二十六日之後一二日内,地點自然是長安。這個時間,符合本詩"窮冬到鄉國,正歲别京華"的叙述,也正與裴淑的和篇《答微之》"侯門初擁節,御苑柳絲新……想到千山外,滄江正暮春"相合,前後相扣,更切合《雲溪友議·艷陽詞》、《詩話總龜》所言"到京未逾月"的實情。

■ 藍橋懷舊(一)①

據劉禹錫《微之鎮武昌中路見寄藍橋懷舊之作悽然繼和兼寄安平》

[校記]

(一)藍橋懷舊:本佚失詩所據劉禹錫《微之鎮武昌中路見寄藍橋懷舊之作悽然繼和兼寄安平》,見《劉賓客文集》、《全詩》,未見異文。

[箋注]

① 藍橋懷舊:劉禹錫《微之鎮武昌中路見寄藍橋懷舊之作悽然繼和兼寄安平》:"今日油幢引,他年黄紙追。同爲三楚客,獨有九霄期。宿草恨長在,傷禽飛尚遲。武昌應已到,新柳映紅旗。"未見元稹"見寄"之作,據補。

[編年]

《元稹集》未收録,《編年箋注》未收録與編年,《年譜》、《年譜新編》收錄,詩題作"藍橋懷舊"。《年譜》、《年譜新編》編年元稹佚失之詩於大和三年,編年意見過於籠統。

　　元稹出鎮武昌,劉禹錫時在京城,任職禮部郎中、集賢殿學士,曾經到滻橋送別。劉禹錫詩大和四年初春作,而元稹《藍橋懷舊》應該作於大和四年正月出鎮武昌經由藍橋驛之時,地點在藍橋。元和十年春天,元稹有《題藍橋驛留呈夢得子厚致用》,詩云:"泉溜才通疑夜磬,燒烟餘暖有春泥。千層玉帳鋪松蓋,五出銀區印虎蹄。暗落金烏山漸黑,深埋粉堠路渾迷。心知魏闕無多地,十二瓊樓百里西。"而元和十四年十一月八日,柳宗元病故於任所柳州;長慶二年春夏,李景儉病故於京師,元稹有《祭亡友文》哀悼。這裏所懷的舊友,就是李景儉與柳宗元。元稹《題藍橋驛留呈夢得子厚致用》詩題中的劉夢得禹錫、柳子厚宗元、李致用景儉都是永貞革新的重要成員,而詩題中的"安平"即是永貞革新另一個成員韓泰之字。近三十年的歲月過去了,元稹在自己的詩歌中多次念念不忘追憶衆多永貞革新成員的坎坷經歷,決不是偶然的,難怪劉禹錫要"淒然繼和"了。劉禹錫在詩中回憶了自己與元稹等人元和十年同謫楚地的遭遇,讚揚元稹先因自己的才能而入相,又因李逢吉與李宗閔的誣陷排擠而出鎮外任,成爲"傷禽"。詩人熱切地盼望、真誠地祝願元稹他年能申雪冤情,重返京城。但是劉禹錫和元稹都沒有預料到,這次元稹出鎮武昌竟是元稹與劉禹錫,元稹與其他朋輩,元稹與長安的訣別。元稹已來不及爲自己洗雪冤情,祇好聽任後來的"史官"們和研究者們不負責任的撰寫傳文和發表評論了。

▲ 旅舍感懷^{(一)①}

因依客路烟波上，迢遞鄉心夜夢中^②。

見《千載佳句·水行》，據花房英樹《元稹研究》轉錄

[校記]

（一）旅舍感懷：《元稹集》、《全唐詩續補》、《編年箋注》採録，不見異文。

[箋注]

① 旅舍：猶旅館。《後漢書·侯覽傳》："京兆尹袁逢於旅舍閲參車三百餘兩，皆金銀錦帛珍玩，不可勝數。"溫庭筠《上首座相公啓》："行當杪歲，通津加嘆，旅舍傷懷。"兩句不見於諸多《元氏長慶集》，僅據《千載佳句》轉録，編排於此。　感懷：有感於懷，有所感觸。《東觀漢記·馮衍傳》："殃咎之毒，痛入骨髓，匹夫僮婦，感懷怨怒。"蘇舜欽《城南感懷呈永叔》："覽物雖暫適，感懷翻然移。"

② 因依：倚傍，依託。阮籍《詠懷八十二首》八："迴風吹四壁，寒鳥相因依。"辛棄疾《新荷葉·和趙德莊韵》："南雲雁少，錦書無箇因依。"　客路：指旅途。戴叔倫《江干》："予生何濩落？客路轉辛勤。楊柳牽愁思，和春上翠裙。"蘇軾《次韻孫巨源寄漣水李盛二著作并以見寄五絶》三："應知客路愁無奈，故遣吟詩調李陵。"　烟波：指烟霧蒼茫的水面。江總《秋日侍宴婁苑湖應詔》："霧開樓閣近，日迴烟波長。"王定保《唐摭言·怨怒》："淇水烟波，半含春色。"　迢遞：遙遠貌。嵇康《琴賦》："指蒼梧之迢遞，臨迴江之威夷。"歐陽詹《蜀中將回留辭韋相公》："明晨首鄉路，迢遞孤飛翼。"　鄉心：思念家鄉的心情。

8115

劉長卿《新年作》:"鄉心新歲切,天畔獨潸然。老至居人下,春歸在客先。"白居易《自河南經亂關内阻饑兄弟離散各在一處因望月有感聊書所懷寄上浮梁大兄於潛七兄烏江十五兄兼示符離及下邽弟妹》:"吊影分爲千里雁,辭根散作九秋蓬。共看明月應垂淚,一夜鄉心五處同。" 夢中:睡夢之中。《列子·周穆王》:"西極之南隅有國焉!不知境界之所接,名古莽之國,陰陽之氣所不交,故寒暑亡辨;日月之光所不照,故晝夜亡辨。其民不食不衣而多眠,五旬一覺,以夢中所爲者實,覺之所見者妄。"沈約《別范安成》:"勿言一樽酒,明日難重持。夢中不識路,何以慰相思?"

[編年]

未見《年譜》編年,《編年箋注》歸入"未編年詩"欄内,《年譜新編》編入"無法編年作品"欄内。

根據兩句所涉,詩人應該離開鄉國行進在赴任的途中。長慶三年秋冬間,元稹偕同夫人裴淑,自同州赴任浙東觀察使任,經漢水南行,與《千載佳句·水行》之題相符。行前,裴淑頗有情緒,元稹有《初除浙東妻有阻色因以四韻曉之》"嫁時五月歸巴地,今日雙旌上越州。興慶首行千命婦,會稽旁帶六諸侯。海樓翡翠閑相逐,鏡水鴛鴦暖共游。我有主恩羞未報,君於此外更何求"相勸。大和三年年底、四年年初,元稹再次被排擠出京,任職武昌軍節度使、鄂州刺史,同樣經漢水南行,亦即"水行"。對這次出任外地,裴淑再度失望,元稹有《贈柔之》"窮冬到鄉國,正歲別京華。自恨風塵眼,常看遠地花。碧幢還照曜,紅粉莫咨嗟!嫁得浮雲婿,相隨即是家"安慰。但詩人強顏歡笑,其内心不無苦痛,"因依客路烟波上,迢遞鄉心夜夢中"正是元稹内心的真實流露。兩句或作於長慶三年秋天赴任越州途中,或賦成於大和四年初赴任鄂州途中,今暫時編列在大和四年年初赴任武昌之途中。

◎ 鄂州寓館嚴澗宅(時澗不在)⁽⁻⁾①

　　鳳有高梧鶴有松，偶來江外寄行踪②。花枝滿院空啼鳥，塵榻無人憶臥龍③。心想夜間惟有夢⁽⁻⁾，眼看春盡不相逢④。何時最是思君處？月入斜窗曉寺鐘⑤。

録自《元氏長慶集》卷一九

［校記］

　　(一)鄂州寓館嚴澗宅(時澗不在)：《全詩》同，楊本、叢刊本、《古詩鏡·唐詩鏡》作"鄂州寓館嚴澗宅(澗不在)"，《三體唐詩》、《石倉歷代詩選》詩題下無注。

　　(二)心想夜間惟有夢：《古詩鏡·唐詩鏡》、《石倉歷代詩選》、《全詩》同，《三體唐詩》作"心想夜間惟足夢"，兩者均通，不改。叢刊本作"心想夜閑唯足夢"，語義也通，録備一説。

［箋注］

　　① 鄂州：州郡名。《舊唐書·地理志》："鄂州：隋江夏郡，武德四年平蕭銑，改爲鄂州，天寶元年改爲江夏郡，乾元元年復爲鄂州，永泰後置鄂岳觀察使，領鄂、岳、蘄、黄四州，恒以鄂州爲使理所。舊領縣四，户三千七百五十四，口一萬四千六百一十五。天寶領縣五，户一萬九千一百九十，口八萬四千五百六十三，後併沔州入鄂州，以漢陽漢川來屬。在京師東南二千三百四十六里，至東都一千五百三十里。"劉長卿《移使鄂州次峴陽館懷舊居》："多慚恩未報，敢問路何長？萬里通秋雁，千峰共夕陽。"韓翃《送客知鄂州》："江口千家帶楚雲，江花亂點雪紛紛。春風落日誰相見？青翰舟中有鄂君。"　寓：寄居。

8117

《孟子·離婁》:"無寓人於我室,毀傷其薪木。"趙岐注:"寓,寄也。"元稹《鶯鶯傳》:"蒲之東十餘里,有僧舍曰普救寺,張生寓焉!" 館:華麗的住宅,宫館。司馬相如《上林賦》:"離宫別館,彌山跨谷。"《文選·潘岳〈懷舊賦〉》:"今九載而來歸,空館闃其無人。"呂延濟注:"館,宅也。" 嚴澗:元稹在江陵時期結識的朋友,並且一直留在元稹美好的記憶裏,但當時嚴澗不在鄂州。元稹初到鄂州,暫時借居嚴澗在鄂州的館舍。元稹《和樂天示楊瓊》:"楊瓊爲我歌送酒,爾憶江陵縣中否……盧戡及第嚴澗在,其餘死者十八九。"

②"鳳有高梧鶴有松"兩句:詩人意謂,鳳凰應該居住在高大的梧桐之上,白鶴應該停留在松林之中,我祇是因偶然的因素,暫時來到江南寄留自己的足迹,我想我不會在此停留很長時間吧! 鳳:傳説中的神鳥,雄的叫鳳,雌的叫凰,通稱爲鳳或鳳凰。李白《登金陵鳳凰臺》:"鳳凰臺上鳳凰遊,鳳去臺空江自流。吴宫花草埋幽徑,晉代衣冠成古丘。"韓愈《與崔群書》:"鳳皇、芝草,賢愚皆以爲美瑞;青天、白日,奴隸亦知其清明。"古代也比喻有聖德的人。《論語·微子》:"鳳兮鳳兮,何德之衰也。"邢昺疏:"知孔子有聖德,故比孔子於鳳。"《楚辭·九辯》:"鳬雁皆唼夫粱藻兮,鳳愈飄翔而高舉。"王逸注:"賢者遯世,竄山谷也。" 梧:木名,梧桐。《禮記·雜記》:"暢,曰以椈,杵以梧。"韓愈《殿中少監馬君墓誌》:"翠竹碧梧,鸑鷟停峙,能守其業者也。" 鶴:鳥綱鶴科各種類的統稱,我國常見的有丹頂鶴、白鶴、灰鶴、黑頸鶴、赤頸鶴、白頭鶴、白枕鶴、蓑羽鶴等。王昌齡《送萬大歸長沙》:"桂陽秋水長沙縣,楚竹離聲爲君變。青山隱隱孤舟微,白鶴雙飛忽相見。"孟郊《湖州取解述情》:"雪水徒清深,照影不照心。白鶴未輕舉,衆鳥争浮沉。" 松:木名,松科植物的總稱,常緑或落葉喬木,少數爲灌木。樹皮多爲鱗片狀,葉子針形,毬果。《書·禹貢》:"厥貢鹽絺,海物惟錯,岱畎絲,枲、鉛、松、怪石。"陶潛《歸去來兮辭》:"三徑就荒,松菊猶存。" 江外:江南。元稹出生長安,從中原人看

來,江南地在長江之外,故稱。《三國志·王基傳》:"率合蠻夷以攻其內,精卒勁兵以討其外,則夏口以上必拔,而江外之郡不守。"《南史·陳後主紀》:"〔隋文帝〕乃送璽書,暴後主二十惡。又散寫詔書,書三十萬紙,遍喻江外。" 行蹤:行動的蹤迹。曹唐《漢武帝將候西王母下降》:"樹影悠悠花悄悄,若聞簫管是行蹤。"梅堯臣《送曇穎往廬山》:"蒼翠入衆目,巖壑少行蹤。"

③ 花枝:開有花的枝條。王勃《山居晚眺贈王道士》:"金壇疏俗宇,玉洞侶仙群。花枝栖晚露,峰葉度晴雲。"王維《晚春歸思》:"春蟲飛網户,暮雀隱花枝。" 啼鳥:鳴叫不已的鳥或鳥群。杜審言《賦得妾薄命》:"啼鳥驚殘夢,飛花攪獨愁。自憐春色罷,團扇復迎秋。"王維《雜詩三首》三:"已見寒梅發,復聞啼鳥聲。心心視春草,畏向階前生。" 塵榻:《後漢書·徐穉傳》載,陳蕃爲太守,在郡不接賓客,唯穉來特設一榻,去則懸之,穉不至則灰塵積於榻,後因以"塵榻"爲優禮賓客、賢士之典。沈約《酬謝宣城朓臥疾》:"賓至下塵榻,憂來命綠尊。"曾鞏《送豐稷》:"雖知璞玉難强獻,欲挂塵榻空含情。" 臥龍:喻隱居或尚未嶄露頭角的傑出人材。《三國志·諸葛亮傳》:"〔徐庶〕謂先主曰:'諸葛孔明者,臥龍也,將軍豈願見之乎?'"溫庭筠《秘書劉尚書挽歌詞二首》一:"粉署見飛鵬,玉山猜臥龍。"這裏指嚴澗,據《唐尚書省郎官石柱題名考》,嚴澗曾經拜職祠部員外郎、金部郎中、主客郎中等職,不應該屬於"隱居或尚未嶄露頭角"的行列,但在元稹看來,自己的朋友胸懷大志,才能超群,應該有更大的作爲,故言。

④ 心想:思想,感情。沈佺期《夜泊越州逢北使》:"容顏荒外老,心想域中愚。"洪邁《容齋五筆·張蘊古大寶箴》:"一彼此於胸臆,捐好惡於心想。" 眼看:眼見著,目睹著。王績《過酒家五首》二:"眼看人盡醉,何忍獨爲醒?"劉商《送濬上人》:"木落前山霜露多,手持寒錫送頭陀。眼看庭樹梅花發,不見詩人獨詠歌。" 春盡:春去,

春天即將結束。王昌齡《靜法師東齋》："築室在人境，遂得真隱情。春盡草木變，雨來池館清。"柳宗元《別舍弟宗一》："桂嶺瘴來雲似墨，洞庭春盡水如天。" 相逢：彼此遇見，會見。張衡《西京賦》："跳丸劍之揮霍，走索上而相逢。"韓愈《答張徹》："及去事戎彎，相逢宴軍伶。"

⑤ 何時：什麼時候。《楚辭·九辯》："皇天淫溢而秋霖兮，后土何時而得乾？"韓愈《贈別元十八協律六首》六："寄書龍城守，君驥何時秣？" 君：對對方的尊稱，猶言您，亦用在人姓名後表示尊敬。李商隱《夜雨寄北》："君問歸期未有期，巴山夜雨漲秋池。"羅隱《酬章處士見寄》："中原甲馬未曾安，今日逢君事萬端。"這裏指嚴潤。 曉寺鐘：拂曉寺廟的鐘聲。李嘉祐《遠寺鐘》："疏鐘何處來？度竹兼拂水。漸逐微風聲，依依猶在耳。"元稹《春曉》："半欲天明半未明，醉聞花氣睡聞鶯。娟兒撼起鐘聲動，二十年前曉寺情。"從"何時最是思君處？月入斜窗曉寺鐘"兩句，我們不禁要聯想到元稹的名篇《春曉》，懷疑兩者有某種聯繫也不一定。

[編年]

《年譜》編年本詩於大和四年暮春，理由是："題下注：'時潤不在。'詩云：'眼看春盡不相逢。'大和四年暮春作。"《編年箋注》編年："此詩作于大和四年（八三〇）暮春，元稹時在鄂州刺史任。見卜《譜》。"《年譜新編》編年本詩於元和九年"元稹潭州之行期間作"："題下注云：'時潤不在。'元稹《和樂天示楊瓊》云：'楊瓊為我歌送酒，爾憶江陵縣中否？江陵王令骨為灰，車來嫁作尚書婦。盧戡及第嚴潤在，其餘死者十八九。'元和九年春潭州之行時作。"

首先，《編年箋注》所云"元稹時在鄂州刺史任"的說法是有問題的，元稹當時雖然兼任鄂州刺史，但他真正的職務是"武昌軍節度使"，這是李唐的通例，節度使一般都兼任節度使府所在州的刺史。另外，"見卜

《譜》"云云也有問題,因爲《年譜》在"大和四年正月"條下標示元稹的職務是"檢校户部尚書,兼鄂州刺史、御史大夫、武昌軍節度使",《年譜》標示無疑是準確的,但却與《編年箋注》所引有很大出入。

本詩:"眼看春盡不相逢。"元稹在武昌軍節度使任,起大和四年一月,終大和五年七月,他在武昌應該有兩個春天,《年譜》没有經過任何論證,就斷言"大和四年暮春作",不够嚴謹。而《年譜》"題下注:'時澗不在。'"其實與本詩編年也没有什麽關係,屬於論證不够嚴謹的多餘筆墨。我們估計,元稹匆匆來到鄂州,也許前任還没有空出屬於節度使的私人住宅,而元稹也把出任武昌軍節度使作爲一個臨時的過渡性差使,"偶來江外寄行踪"就是這種思想的流露,他一心一意還要回朝復職,所以也就無心留意自己的私人住宅,暫時住進朋友嚴澗空閒的住宅也就毫不奇怪了。如果是大和五年的暮春,元稹履任武昌已經一年有餘,一個在當地"上馬管軍,下馬親民"的節度使,實實在在的"一把手",就不會長期借住在朋友的家裏。因此我們認爲,本詩應該作於大和四年的"暮春"。

《年譜新編》的舉證不能成立,元稹《和樂天示楊瓊》作於長慶四年,不能用來證明《年譜新編》所要證明的元和九年之事:"去年十月過蘇州,瓊來拜問郎不識。"詩中所言"江陵縣",在荆南節度使府管轄範圍之内,《舊唐書·地理志》"荆州江陵府……領江陵、枝江、長林、安興、石首、松滋、公安七縣"可證,元稹在那裏逗留了四年,盧戡、嚴澗、王令是元稹的朋友,楊瓊是經常光顧的藝妓,故元稹《和樂天示楊瓊》偶爾提及,但與元和九年元稹的潭州之行没有必然的聯繫。

◎ 贈崔元儒⁽一⁾①

　　殷勤夏口阮元瑜,二十年前舊飲徒②。最愛輕欺杏園
客,也曾辜負酒家胡③。些些風景閒猶在,事事顛狂老漸
無④。今日頭盤三兩擲,翠娥潛笑白髭鬚⑤。

録自《元氏長慶集》卷一九

［校記］

　　(一) 贈崔元儒:本詩存世各本,包括楊本、叢刊本、《石倉歷代詩
選》、《全詩》在内,未見異文。

［箋注］

　　① 贈:送給。《詩・鄭風・女曰雞鳴》:"知子之來之,雜佩以贈
之。"鄭玄箋:"贈,送也。"韓愈《送張道士序》:"京師士大夫多爲詩以
贈。"　崔元儒:《舊唐書・崔元略傳》:"元略弟元受、元式、元儒……
元儒元和五年登進士第。"《山東通志・唐制科》:"崔元略(博平人,節
度使)、崔元式(博平人)、崔元受(博平人)、崔元儒(博平人)。"元積在
江陵時期結識的朋友,從大和四年(830)或大和五年(831)上推"二十
年",正是元積出貶江陵之時(810—814)。而夏口就是鄂州別名,靠
近江陵,兩人相識相交,合情合理。《年譜》、《編年箋注》、《年譜新編》
均認爲元積與崔元儒相識於"西京",時在"貞元末、元和初",但《年
譜》、《編年箋注》、《年譜新編》并没有出示證據佐證元積與崔元儒"貞
元末"、"元和初"在"西京相識"。我們僅以大和四年或大和五年爲後
點前推"二十年前",所謂的"西京相識"已經遠遠超過"二十年",接近
三十年了,無法與本詩"二十年前舊飲徒"之句聯繫在一起。而前推

"二十年"，爲元和五年，元稹正在江陵士曹參軍任，兩人相識相交，當在江陵之時。

②殷勤：情意深厚。陳子昂《月夜有懷》："美人挾趙瑟，微月在西軒。寂寞夜何久？殷勤玉指繁。"王維《別弟妹二首》一："念昔別時小，未知疏與親。今來始離恨，拭淚方殷勤。"　夏口：地名，即鄂州的舊名。《舊唐書·地理志》："(鄂州)江夏，漢郡名，本漢沙羨縣地，屬江夏郡。晉改沙羨爲沙陽，江、漢二水會於州西，春秋謂之夏汭，晉宋謂之夏口，宋置江夏郡治於此，隋不改，武德四年改爲鄂州。"王維《送楊少府貶郴州》："青草瘴時過夏口，白頭浪裏出溢城。長沙不久留才子，賈誼何須吊屈平！"李頎《送郝判官》："楚城木葉落，夏口青山遍。鴻雁向南時，君乘使者傳。"　阮元瑜：阮瑀，字元瑜，爲曹操掌記室，善軍國書檄，後因以喻指執掌文書的官員。元稹《陪諸公遊故江西韋大夫通德湖舊居有感題四韵兼呈李六侍御即韋大夫舊寮也》："烟波漾日侵隤岸，狐兔奔叢拂坐隅。唯有滿園桃李下，膺門偏拜阮元瑜。"詩中的"阮元瑜"，即借喻詩題中的"李六侍御"亦即李景儉。白居易《醉送李協律赴湖南辟命因寄沈八中丞》："紫微星北承恩去，青草湖南稱意無？不羨君官羨君幕，幕中收得阮元瑜。"本詩是借喻"崔元儒"。　二十年前：從本詩賦詠的大和四年(830)，上推"二十年"，應該是元和五年(810)前後，當時元稹出貶在江陵爲士曹參軍，與崔元儒相交相遊，成爲朋友。楊巨源《寄中書同年舍人》："綵毫應染爐烟細，清珮仍含玉漏重。二十年前同日喜，碧霄何路得相逢？"元稹《贈吳渠州從姨兄士則》："憶昔分襟童子郎，白頭拋擲又他鄉。三千里外巴南恨，二十年前城裏狂。"　舊：往昔，從前。杜甫《燕子來舟中作》："舊入故園常識主，如今社日遠看人。"韓愈《上賈滑州書》："竊整頓舊所著文一十五章，以爲贄。"原來，本來。王讜《唐語林·補遺》："蜀土舊無兔鴿，隋開皇中荀秀鎮益州，命左右賣兔鴿而往。今蜀中鴿尚稀，而兔已衆。"陸游《沈園》一："城上斜陽畫角哀，沈園非復舊池臺。"

飲徒:酒徒,嗜酒者。《舊唐書·李白傳》:"白既嗜酒,日與飲徒醉於酒肆。"韋莊《病中聞相府夜宴戲贈集賢盧學士》:"無那兩三新進士,風流長得飲徒憐。"

③ 最愛:最喜歡,最得意。杜甫《遣悶戲呈路十九曹長》:"晚節漸於詩律細,誰家數去酒杯寬? 惟吾最愛清狂客,百遍相看意未闌。"王建《寄畫松僧》:"天香寺裏古松僧,不畫枯松落石層。最愛臨江兩三樹,水禽栖處解無藤。"　輕欺:蔑視和欺侮。崔顥《江畔老人愁》:"君今少壯我已衰,我昔少年君不睹。人生貴賤各有時,莫見羸老相輕欺!"姚合《寄王度居士》:"顜頷王居士,顛狂不稱時。天公與貧病,時輩復輕欺。"　杏園客:借指進士。王建《寒食憶歸》:"京中曹局無多事,寒食貧兒要在家。遮莫杏園勝別處,亦須歸看傍村花。"韋莊《送范評事入關》:"傷心柳色離亭見,玷耳蟬聲故國聞。爲報明年杏園客,與留絕艷待終軍。"　也曾:曾經。劉禹錫《白舍人見酬拙詩因以寄謝》:"雖陪三品散班中,資歷從來事不同。名姓也曾鑴石柱,詩篇未得上屏風。"元稹《遣悲懷三首》二:"衣裳已施行看盡,針綫猶存未忍開。尚想舊情憐婢僕,也曾因夢送錢財。"　辜負:虧負,對不住。《三國志·張嶷傳》:"衛將軍姜維率嶷等,因簡之資以出隴西。"裴松之注引陳壽《益部耆舊傳》:"臣當值聖明,受恩過量,加以疾病在身,常恐一朝隕没,辜負榮遇。"王禹偁《舍人院竹》:"西垣不宿還堪恨,辜負夜窗風雨聲。"　酒家胡:原指酒家當壚侍酒的胡姬,後亦泛指酒家侍者或賣酒婦女。辛延年《羽林郎》:"昔有霍家奴,姓馮名子都。依倚將軍勢,調笑酒家胡。胡姬年十五,春日獨當壚。"黃庭堅《奉和文潛贈無咎以既見君子雲胡不喜爲韻》:"但見索酒郎,不見酒家胡。"

④ 些些:少許,一點兒。元稹《答友封見贈》:"扶床小女君先識,應爲些些似外翁。"葛長庚《賀新郎·肇慶府送談金華張月窗》:"小立西風楊柳岸,覺衣單、略説些些話。"　風景:景況,情景。張籍《送李司空赴鎮襄陽》:"襄陽由來風景好,重與江山作主人。"蔣捷《女冠

子》："吳箋銀粉研,待把舊家風景寫成閑話。"　猶在:還在。盧照鄰
《送幽州陳參軍赴任寄呈鄉曲父老》："薊北三千里,關西二十年。馮
唐猶在漢,樂毅不歸燕。"席豫《江行紀事二首》一："飄飄任舟楫,迴合
傍江津。後浦情猶在,前山賞更新。"　事事:每事。《書·説命》："惟
事事乃其有備,有備無患。"孔傳:"事事,非一事。"李白《春歸終南山
松龕舊隱》："我來南山陽,事事不異昔。却尋溪中水,還望巖下石。"
顛狂:形容放浪不受約束。杜甫《江畔獨步尋花七絶句》一："江上被
花惱不徹,無處告訴只顛狂。走覓南鄰愛酒伴,經旬出飲獨空床。"劉
過《憶鄂渚》："空餘黃鶴舊題詩,醉筆顛狂驚李白。"　漸無:慢慢没
有。張九齡《園中時蔬盡皆鋤理唯秋蘭數本委而不顧彼雖一物有足
悲者遂賦二章》一："場藿已成歲,園葵亦向陽。蘭時獨不偶,露節漸
無芳。"孫逖《春日留别》："春江夜盡潮聲度,征帆遙從此中去。越國
山川看漸無,可憐愁思江南樹。"

　　⑤今日:目前,現在。《穀梁傳·僖公五年》："今日亡虢,而明日
亡虞矣!"駱賓王《爲徐敬業討武曌檄》："請看今日之域中,竟是誰家
之天下?"　頭盤:骰盤,投擲色子所用之盤,古代行酒令時的用具。
劉禹錫《和牛相公游南莊醉後寓言戲贈樂天兼見示》："白家唯有杯觴
興,欲把頭盤打少年。"李肇《唐國史補》卷下："令至李稍雲而大備,自
上及下,以爲宜然。大抵有律令,有頭盤,有拋打,蓋工於舉場,而盛
於使幕。"　三兩:約數,表示少量。白居易《琵琶行》："轉軸撥弦三兩
聲,未成曲調先有情。"蘇軾《惠崇春江晚景》："竹外桃花三兩枝,春江
水暖鴨先知。"　翠娥:指美女。李白《憶舊遊寄譙郡元參軍》："翠娥
嬋娟初月暉,美人更唱舞羅衣。"梅堯臣《謝永叔答述舊之作和禹玉》:
"金帶繫袍迴禁署,翠娥持燭侍吟窗。"　潛笑:暗笑,偷笑。文彦博
《留守相公寵召同賞花歡飲兼示雅章次韵康國》："酒撥嫩酷傾綠液,
曲調新譜促朱絃。玉堂仙客應潛笑,强作風情學少年。"韓維《黃蓮
花》："只將蕭灑與温醇,敵盡千花百草春。欲賦清詩寫深願,却疑潛

笑白頭人。" 髭鬚：鬍子，唇上曰髭，唇下爲須。《樂府詩集·陌上桑》："行者見羅敷，下擔捋髭鬚。"劉商《寄李佣》："挂却衣冠披薜荔，世人應是笑狂愚。年來漸覺髭鬚黑，欲寄松花君用無？"

[編年]

《年譜》編年本詩於大和四年，理由是："詩云：'殷勤夏口阮元瑜，二十年前舊飲徒。最愛輕欺杏園客，也曾辜負酒家胡。'從詩意看出，貞元末、元和初，元稹仕於西京，崔元儒方應舉，已相識。至大和四年元稹仕於鄂州，又相遇，以崔元儒爲從事。"《編年箋注》編年："據詩意，貞元末、元和初，元稹仕于西京，崔元儒方應舉，二人已相識。至大和四年（八三〇），元稹仕于鄂州，又相遇，以崔元儒爲從事。此詩作于大和四年，元稹時檢校户部尚書、兼鄂州刺史、御史大夫、武昌軍節度使。見下《譜》。"《年譜新編》編年大和四年，理由是："據元詩，元稹與崔元儒早已相識，至大和四年元稹出鎮，復與崔相遇於武昌。"

我們以爲，《年譜》、《編年箋注》所云"貞元末、元和初，元稹仕于西京，崔元儒方應舉，已相識"經不起推敲，是自説自話的"想當然"而已。崔元儒"應舉"在元和五年，那時元稹先在洛陽，後在出貶江陵途中，如果没有非常特殊的原因，兩人不可能相識。《舊唐書·崔元略傳》："元略弟元受、元式、元儒……元儒元和五年登進士第。"而以"二十年前舊飲徒"之句來前推，同樣經不起推敲。大和四年（830）或大和五年（831）前推"二十年"，應該是元和五年（810）或元和六年（811），與"元稹仕於西京"的"貞元末"、"元和初"没有關係。前提既然已經不存在，貿然斷言"大和四年"就難以取信於他人了。《年譜新編》的表述比較含糊，但所要表達的意思與《年譜》、《編年箋注》相同，并無新意，更無新證。

我們以爲，本詩應該編年大和四年正月二十六日至大和五年七月二十二日之間，這段時間元稹任職武昌軍節度使，這有史書、墓誌記載的確鑿證據,不必懷疑。根據本詩"殷勤夏口阮元瑜"之句,元稹在這時聘用"夏口"的崔元儒爲"阮元瑜",正在其時,也有這種可能與這種需要。以情理計,元稹聘用崔元儒應該在元稹剛剛到達鄂州之時,本詩也應該作於大和四年二月或其後三月。

▲ 光陰三翼過^(一)

光陰三翼過^①。

見《唐音癸籤》卷一九

[校記]

(一)光陰三翼過:《唐音癸籤》卷一九:"三翼:元微之詩:'光陰三翼過。'"《容齋四筆・船名三翼》:"《文選・張景陽〈七命〉》曰:'浮三翼,戲中沚。'其事出《越絕書》,李善注頗言其略,蓋戰船也……元微之云:'光陰三翼過。'其它亦鮮用之者。"《韻語陽秋》:"張景陽《七命》有'浮三翼,泛中沚'之句,故詩家多用三翼爲輕舟,如梁元帝'日華三翼舸',元微之'光陰三翼過'是也……所謂三翼者,皆巨戰船也,用爲輕舟,誤矣!"《古詩紀・駁異》同。《元稹集》同,不見異文。本句是散句,不見詩題,按本書體例,原來不知詩題的散句,一律以首句或本句爲題,僅此説明。

[箋注]

① 光陰三翼過:本散句不見於諸多《元氏長慶集》,今據《唐音癸籤》、《容齋四筆》、《韻語陽秋》等補録,編年於此。　光陰:景象。王融《秋胡行》:"光陰非或異,山川屢難越。"蘇軾《二月三日點燈會客》:"蠶市光陰非故國,馬行燈火記當年。"　三翼:古代的戰船,因有大、

中、小之分，故稱三翼。《文選·張協〈七命〉》：“爾乃浮三翼，戲中沚。”李善注：“《越絕書》伍子胥《水戰兵法内經》曰：大翼一艘，長十丈；中翼一艘，長九丈六尺；小翼一艘，長九丈。”後詩文多以指輕舟。謝靈運《撰征賦》：“迅三翼以魚麗，襄兩服以雁逝。”駱賓王《晚泊江鎮》：“四運移陰律，三翼泛陽侯。” 過：經過。《論語·憲問》：“子擊磬於衛，有荷蕢而過孔氏門者。”杜甫《送蔡希魯都尉》：“身輕一鳥過，槍急萬人呼。”

[編年]

　　《元稹集》採録，未見《年譜》、《編年箋注》、《年譜新編》採録與編年。

　　我們以爲，根據“光陰三翼過”的景象描寫，本句應該是大江景象的寫實。結合元稹生平，元稹仕職在大江之旁，能够看到“光陰三翼過”的景象，衹有兩次：一次在江陵士曹參軍任，另一次是在武昌軍節度使任，尤以後一次最爲可能，具體時間應該在大和四年年初至大和五年七月二十二日間，今暫時編列在元稹初到武昌軍的大和四年春夏。

◎ 競　舟①

　　楚俗不愛力，費力爲競舟②。買舟俟一競，競斂貧者賕③。年年四五月，繭實麥小秋④。積水堰堤壞，拔秧蒲稗稠⑤。此時集丁壯，習競南畝頭(一)⑥。朝飲村社酒，暮椎鄰舍牛⑦。祭船如祭祖，習競如習讎⑧。連延數十日(二)，作業不復憂⑨。君侯撰良吉(三)，會客陳膳羞⑩。畫鷁四來合，大競長江流⑪。建標明取捨，勝負死生求⑫。一時歡呼罷，三月農事休⑬。岳陽賢刺史，念此爲俗疣⑭。習俗難盡去，聊用去其尤⑮。百船不留一⁽四⁾，一競不滯留⑯。自爲里中獻⁽五⁾，我亦不寓遊⑰。吾聞管仲教，沐樹懲墮遊⑱。節此淫競俗，得爲良政不⑲？我來歌此事，非獨歌此州⑳。此事數州有，亦欲聞數州㉑。

録自《元氏長慶集》卷三

［校記］

（一）習競南畝頭：楊本、叢刊本、《全詩》同，《古今事文類聚》作"習競舟畝頭"，語義不佳，不改。

（二）連延數十日：楊本、叢刊本、《全詩》同，《古今事文類聚》作"連今數十日"，語義不佳，不改。

（三）君侯撰良吉：原本作"君侯饌良吉"，楊本、叢刊本、《全詩》同，《古今事文類聚》作"君侯撰良吉"，語義通順，據改。

（四）百船不留一：楊本、叢刊本、《全詩》同，《古今事文類聚》作"百船不似一"，語義不佳，不改。

（五）自爲里中獻：楊本同，叢刊本、《全詩》作"自爲里中戲"，《古今事文類聚》作"自爲里中遊"，語義不改佳，不改。

［箋注］

①　競舟：每年端午爲紀念詩人屈原投水而舉行的競渡活動，如《記纂淵海》卷八九：“傳記：端午俗謂是屈原死汨羅日，人傷其死，並以舟楫拯之，至今競渡是其遺俗。”又如劉禹錫《競渡曲》有句：“沅江五月平堤流，邑人相將浮彩舟。靈均何年歌已矣！哀謠振楫從此起。揚枹擊節雷闐闐，亂流齊進聲轟然。蛟龍得雨鬐鬣動，螮蝀飲河形影聯。刺史臨流褰翠幬，揭竿命爵分雄雌。先鳴餘勇爭鼓舞，未至銜枚

顔色沮。百勝本自有前期，一飛由來無定所。風俗如狂重此時，縱觀雲委江之湄。彩旗夾岸照蛟室，羅襪凌波呈水嬉。曲終人散空愁暮，招屈亭前水東注。"但後來活動規模越來越大，不惜財力人力，綿延數十天，影響當時的農業生產，故詩人賦詩以勸人們在從俗的同時更要注重農事。元稹另有同名詩篇《競渡》，也涉及這個問題，兩者的積極用世的態度則是前後一致的："吾觀競舟子，因測大競源。天地昔將競，蓬勃晝夜昏……捨此皆蟻鬥，競舟何足論！"所不同的僅僅是賦詩的時間不同，題旨也有所區別：本詩賦成於元稹晚年，關心的百姓的生活；而"吾觀競舟子"那篇，賦成於元和元年四月末五月初元稹早年，流露的則是詩人意氣風發，勇於爭先，積極用世的精神風貌。

② 愛力：愛惜人力物力。桓寬《鹽鐵論·授時》："爲民愛力，不奪須臾。"《新唐書·魏元忠傳》："古者茅茨採椽，以儉約遺子孫，所以愛力也。" 費力：耗費精力，化費氣力。《鬼谷子·決篇》："不用費力而易成者，則可決之。"劉敛《櫻桃》："前人費力後人賞，曩日春風今日在。"

③ 買舟：雇船。李端叔《次韵三首》一："耳冷徹孤神，境幽拂清香。買舟行有期，此興安能忘？"洪邁《夷堅丁志·劉堯舉》："京師人劉觀爲秀州許市巡檢，其子堯舉買舟趨郡，就流寓試。" 競：爭競，角逐，比賽。《左傳·襄公十年》："鄭其有灾乎！師競已甚。"杜預注："競，爭競也。"《莊子·齊物論》："有左有右，有倫有義，有分有辯，有競有爭，此之謂八德。" 競：副詞，爭著，爭相。《荀子·富國》："如是則近者競親，遠方致願。"元稹《箭鏃》："競將兒女泪，滴瀝助辛酸。"敛：徵收，索取。《荀子·宥坐》："今生也有時，敛也無時，暴也。"楊倞注："言生物有時，而賦敛無時，是陵暴也。"韓愈《送許郢州序》："財已竭而敛不休，人已窮而賦愈急，其不去爲盜也亦幸矣！" 賕：賄賂的財物。《史記·滑稽列傳》："身死家室富，又恐受賕枉法，爲奸觸大罪，身死而家滅。"王安石《感事》："原田敗粟麥，欲訴嗟無賕。"

④ 年年：每年。李頎《古從軍行》："聞道玉門猶被遮，應將性命逐輕車。年年戰骨埋荒外，空見蒲桃入漢家。"劉長卿《寄李侍御》："舊國人未歸，芳洲草還碧。年年湖上亭，悵望江南客。" 繭：完全變成昆蟲蛹期的囊狀保護物，通常由絲腺分泌的絲織成，多爲黃色或白色，如家蠶和柞蠶的繭。賈思勰《齊民要術·雜說》："四月，繭既入簇，趨繰。"洪邁《容齋續筆·蜘蛛結網》："蠶之作繭，蜘蛛之結網，蜂之累房，燕之營巢，蟻之築垤，螟蛉之祝子之類是已。" 實：生長，成熟。《淮南子·時則訓》："十月失政，四月草木不實；十一月失政，五月下霜雹。"高誘注："實，長。" 麥：一年生或二年生草本植物，子實用來磨成麵粉，也可以用來製糖或釀酒，是我國北方重要的糧食作物，有小麥、大麥、黑麥、燕麥等多種。《詩·豳風·七月》："九月築場圃，十月納禾稼，黍稷重穆，禾麻菽麥。"韓愈《御史臺上論天旱人饑狀》："容至來年，蠶麥庶得少有存立。" 小秋：謂春季作物成熟，與穀物成熟於秋天稱"大秋"對言。許渾《送鄭寂上人南行》："錫寒秦嶺月，杯急楚江風。離怨故園思，小秋梨葉紅。"李彌遜《留題曾丞道堂》："陰陰翠竹鎖虛堂，竹外青山半出牆。七尺龍牙消白晝，便應題作小秋霜。"

⑤ 積水：聚水。《荀子·儒效》："積土而爲山，積水而爲海。"指積聚的水。《淮南子·兵略訓》："是故善用兵者，勢如決積水於千仞之堤，若轉員石於萬丈之溪。"《顏氏家訓·歸心》："地既淬濁，法應沉厚，鑿土得泉，乃浮水上，積水之下，復有何物？" 堰：擋水的低壩。庾信《明月山銘》："堤梁似堰，野路疑村。"高適《自淇涉黃河途中作十三首》四："古堰對河壖，長林出淇口。" 堤：沿江河湖海修築的防水建築物，多用土、石築成。《左傳·襄公二十六年》："宋芮司徒生女子，赤而毛，棄諸堤下。"韓愈《暮行河堤上》："暮行河堤上，四顧不見人。" 拔秧：將培育在秧田裏的稻子幼苗拔離苗圃，栽插到大田裏面。趙蕃《田家行二首》一："雨聲颯颯斷復來，間作隱隱兼出雷。田

家作苦樂不哀,拔秧插田政時哉!"楊萬里《插秧歌》:"田夫抛秧田婦接,小兒拔秧大兒插。笠是兜鍪蓑是甲,雨從頭上濕到脚。" 蒲稗:蒲草與稗草。《文選·謝靈運〈石壁精舍還湖中〉》:"芰荷迭映蔚,蒲稗相因依。"劉良注:"芰荷蒲稗皆水草迭遞也。"張九齡《饯濟陰梁明府各探一物得荷葉》:"但恐星霜改,還將蒲稗衰。"

⑥丁:舊時指到了服勞役年齡的人。《隋書·食貨志》:"男女三歲已下爲黃,十歲已下爲小,十七已下爲中,十八已上爲丁。"劉克莊《寄何立可提刑》:"赤手募丁修險隘,白頭擐甲禦風寒。" 壯:男子三十爲"壯",即壯年,後泛指成年。《禮記·曲禮》:"人生十年曰幼學;二十曰弱冠;三十曰壯,有室。"韓愈《虢州司户韓府君墓誌銘》:"少而奇,壯而强,老而通。" 習競:正式競賽之前的演習。劉崇遠《金華子雜編》卷上:"崔涓在杭州,其俗端午習競渡於錢塘湖。每先數日即於湖汧排列舟舸,結絡綵檻,東西延袤,皆高數丈,爲湖亭之軒飾。" 南畝:謂農田,南坡向陽,利於農作物生長,古人田土多向南開闢,故稱。《詩·小雅·大田》:"俶載南畝,播厥百穀。"杜牧《阿房宫賦》:"使負棟之柱,多於南畝之農夫。" 頭:方位詞後綴。劉義慶《世説新語·賞譽》:"蔡司徒在洛,見陸機兄弟住參佐廨中,三間瓦屋,士龍住東頭,士衡住西頭。"寒山《詩三百三首》二三二:"前頭失却柁,後頭又無柂。"

⑦村社:舊時農村祭祀社神的日子或盛會。王建《原上新居十三首》一三:"新識鄰里面,未諳村社情。石田無力及,賤賃與人耕。"《舊唐書·司空圖傳》:"歲時村社雩祭祠禱,鼓舞會集,圖必造之,與野老同席,曾無傲色。" 椎:用椎打擊。《戰國策·齊策》:"秦始皇嘗使使者遺君王后玉連環……君王后引椎椎破之。"《史記·魏公子列傳》:"朱亥袖四十斤鐵椎,椎殺晉鄙。" 鄰舍:鄰居。《後漢書·陳忠傳》:"鄰舍比里,共相壓迮。"杜甫《酬高使君相贈》:"古寺僧牢落,空房客寓居。故人供禄米,鄰舍與園蔬。"

⑧ “祭船如祭祖”兩句：意謂祭祀船神就像祭祀自己的祖宗一樣的虔誠，競賽之前的演習，也像對付仇敵一樣較真。　祭船：舊時船隻出發之前祭祀船神的儀式。段公路《鷄骨卜》：“辛卯年，從茂名歸南海，陸盡東口，行次水程，舟人具牢醴以祭船神，請愚爲祝詞曰……”　祭祖：祭祀祖先。吕祖謙《東萊別集·宗法》：“庶子不祭祖者，明其宗也。”陳淳《北溪大全集·宗説》：“《大傳》既曰：‘庶子不祭，明其宗也。’而《小記》又曰：‘庶子不祭禰，明其宗也。’又曰：‘庶子不祭祖，明其宗也。’三言大同小異，果孰得而孰失耶？”

⑨ 連延：連續，綿延。《文選·枚乘〈七發〉》：“沈沈湲湲，蒲伏連延。”李善注：“連延，相續貌。”贊寧《宋高僧傳·義師》：“其夜市火連延而燎，唯所截檐屋數間存焉！”　作業：勞動。《史記·高祖本紀》：“常有大度，不事家人生産作業。”班固《東觀漢記·魏霸傳》：“爲將作大匠，吏皆懷恩，人自竭節作業。”　憂：憂愁，憂慮。《論語·述而》：“其爲人也，發憤忘食，樂以忘憂，不知老之將至雲爾！”白居易《賣炭翁》：“可憐身上衣正單，心憂炭賤願天寒。”

⑩ 君侯：秦漢時稱列侯而爲丞相者，漢以後用爲對達官貴人的敬稱。元稹《遊三寺回呈上府主嚴司空時因尋寺道出當陽縣奉命覆視縣囚牽於遊行不暇詳究故以詩自誚爾》：“貪緣稽首他方佛，無暇精心滿縣囚。莫責尋常吐茵吏，書囊赤白報君侯。”張蠙《贈信安太守》：“三衢正對福星時，喜得君侯妙撫綏。甲士散教耕隴畝，書生閑許從旌旗。”　撰：同“選”。《周禮·夏官·大司馬》：“群吏撰車徒，讀書契。”賈公彥疏：“擇取其善者。”《文選·班昭〈東征賦〉》：“時孟春之吉日兮，撰良辰而將行。”李善注引鄭玄《禮記》注：“撰，猶擇也。”　良吉：良辰吉日。《樂府詩集·焦仲卿妻》：“良吉三十日，今已二十七。”歐陽修《大慶殿行恭謝之禮御札》：“即廣殿之翼嚴，擇靈辰之良吉。”會客：會宴賓客。干寶《搜神記》卷四：“婦年可十八九，姿容婉媚，便成。三日，經大會客拜閣。”汪紹楹校注：“是婚後三日宴集，爲魏晉間

習俗。"王十朋《元宵貢院張燈會客知宗即席賦詩次韵》:"欲送群英入帝鄉,預燒燈燭趣仙裝。銀花初合萬枝火,金榜已含千佛光。" 陳:陳設,放置。鮑照《代陸平原〈君子有所思行〉》:"陳鐘陪夕讌,笙歌待明發。"黃節補注引劉坦之曰:"陳,設也。"温庭筠《醉歌》:"錦袍公子陳杯觴,撥醅百瓮春酒香。" 膳羞:美味的食品。《周禮·天官·膳夫》:"膳夫掌王之食飲膳羞。"鄭玄注:"膳,牲肉也;羞,有滋味者。"袁康《越絶書·外傳記越地傳》:"冰室者,所以備膳羞也。"

⑪ "畫鷁四來合"兩句:意謂參加競賽的船隻紛紛從四面八方向競賽地點匯聚,擺出在長江水面進行競賽的宏偉氣勢。 畫鷁:《淮南子·本經訓》:"龍舟鷁首,浮吹以娛。"高誘注:"鷁,大鳥也,畫其像著船頭,故曰鷁首。"後以"畫鷁"爲船的別稱。陳正見《泛舟橫大江》:"波中畫鷁湧,帆上錦花飛。"温庭筠《昆明治水戰詞》:"滇池海浦俱喧豗,青翰畫鷁相次來。" 四來:從四面八方而來。元稹《遣興十首》一:"嚴霜九月半,危蒂幾時客?況有高高原,秋風四來迫。"蔡襄《晚上碧峰亭》:"城頭近晚忽開晴,有色皆鮮是物清。地勢四來州午向,山圍一罅水東行。"

⑫ 建標:樹立標識。《文選·孫綽〈游天台山賦〉》:"赤城霞起而建標,瀑布飛流以界道。"李善注:"建標,立物以爲之表識也。"《新唐書·百官志》:"市肆皆建標築土爲候。" 取捨:擇用與棄置,選擇。《吕氏春秋·誣徒》:"不能教者,志氣不和,取舍數變,固無恒心。"《漢書·賈誼傳》:"爲人主計者,莫如先審取舍。"顏師古注:"取謂所擇用也,舍謂所棄置也。" 勝負:勝敗,高下。《孫子·計》:"多算勝,少算不勝,而況於無算乎!吾以此觀之,勝負見矣!"《後漢書·劉盆子傳》:"朕今遣卿歸營勒兵,鳴鼓相攻,決其勝負。"指爭輸贏,比高下。《隋書·韋師傳》:"其族人世康爲吏部尚書,與師素懷勝負。" 死生:死亡和生存。《史記·魯仲連鄒陽列傳》:"今死生榮辱,貴賤尊卑,此時不再至,願公詳計而無與俗同。"蘇軾《題文與可墨竹》:"誰云死生

隔,相見如龔隗。"

⑬ 一時:暫時,一會兒。《荀子·正名》:"其累百年之欲,易一時之嫌,然且爲之,不明其數也。"陶潛《擬古詩》:"明明雲間月,灼灼葉中花。豈無一時好? 不久當如何?" 歡呼:喧嘩呼叫。《墨子·號令》:"無應而妄歡呼者,斷。"《後漢書·劉盆子傳》:"盆子居長樂宮,諸將日會論功,爭言歡呼,拔劍擊柱,不能相一。"李賢注:"歡,嘩也。"歡呼。韓愈《黃家賊事宜狀》:"遣一郎官御史親往宣諭,必望風降伏,歡呼聽命。"蘇軾《次韻陳履常雪中》:"忍寒吟詠君堪笑,得暖歡呼我未貧。" 三月:三個月。楊炯《和輔先入昊天觀星瞻》:"桑海年應積,桃源路不窮。黃軒若有問,三月住崆峒。"陳子昂《喜馬參軍相過醉歌》:"獨幽默以三月兮,深林潛居。時歲忽兮! 孤憤遐吟。"這裏應該指三、四、五月,與本詩開頭"年年四五月"相呼應,正是農事的繁忙季節。 農事:指耕耘、收穫、貯藏等農業生產活動。《禮記·月令》:"〔季秋之月〕乃命塚宰,農事備收。"《左傳·襄公七年》:"郊祀后稷以祈農事也。"本詩應該指夏天的耕耘。 休:猶完蛋。《敦煌曲子詞·定風波》:"更遇盲依(醫)與宣謝(瀉),休也,頭面大汗永分離。"

⑭ 岳陽:在今天的湖南省境内,當時的岳州府治所在地。周賀《送楊嶽歸巴陵》:"何處得鄉信? 告行當雨天。人離京口日。潮送岳陽船。"李商隱《岳陽樓》:"欲爲平生一散愁,洞庭湖上岳陽樓。可憐萬里堪乘興,枉是蛟龍解覆舟。" 岳陽賢刺史:據郁賢皓先生《唐刺史考》考證,大和三年、四年岳州刺史是杜師仁,大和五年是馮芫。《舊唐書·文宗紀》:(大和八年)"九月乙酉朔……己未……隨州刺史杜師仁前刺吉州坐贓計絹三萬匹,賜死于家。"《江西通志》記載其"大和時任撫州刺史",其餘無考。關於馮芫,《太平廣記·韓泉》:"太和五年……時太常丞馮芫除岳州刺史。"別無其他記載。兩者究竟誰是元稹讚揚的"岳陽賢刺史",今天已經不得其詳。但從元稹撰成本詩的時間來考察,應該是杜師仁,杜師仁大和八年貪贓之事,元稹當時

無法預見。貪官往往有較爲突出的政績,這在古今中外的歷史上,並不少見,不足爲奇。　俗:習俗,風俗。《孟子・公孫丑》:"紂之去武丁未久也,其故家遺俗,流風善政,猶有存者。"韓愈《祭薛中丞文》:"公之懿德茂行可以勵俗,清文敏識足以發身。"　疣:皮膚病名,是一種病毒引起的,症狀是皮膚上出現跟正常的皮膚顏色相同的或黃褐色的突起,一個或多個,表面乾燥而粗糙,不疼不癢,好發於面部和手背。《莊子・大宗師》:"彼以生爲附贅懸疣。"韓愈《赴江陵途中寄贈王二十補闕李十一拾遺李二十六員外翰林三學士》:"逾嶺到所任,低顏奉君侯。酸寒何足道!隨事生瘡疣。"

⑮ 習俗:習慣風俗。《史記・秦始皇本紀》:"遂登會稽,宣省習俗,黔首齋莊。"高適《餞宋八充彭中丞判官之嶺外》:"彼邦本倔强,習俗多驕矜。"　尤:最惡劣,亦指最惡劣的人物。《新唐書・李絳傳》:"比諫官多朋黨,論奏不實,皆陷謗訕,欲黜其尤者,若何?"沈俶《諧史》:"一日伯簡與其徒會飲呼蒲,楊忠挺刃而前,執其尤者,捽首頓之地。"

⑯ "百船不留一"兩句:意謂能够留下來參加競賽的船隻,一百條中還不到一條;競賽也衹允許進行一次,不能没完没了,連續進行數十天。這是元稹對舊有的風俗習慣進行的巧妙而合理的改革,即保留了原有的習俗,又不過度過濫舉行,浪費大量的人力物力,這種做法,無疑應該給予充分的肯定。　滯留:停滯,停留。《荀子・王制》:"通流財物粟米,無有滯留,使相歸移也。"陆游《夜宿陽山磯將曉大雨抵雁翅浦》:"此行十日苦滯留,我亦蘆叢厭鳴櫓。"

⑰ "自爲里中獻"兩句:意謂衹是把這樣的競賽活動看作是鄉里自發組織的活動,作爲州郡的長官,既不支持也不參加,没有"君侯撰良吉,會客陳膳羞"的舉動。　里中:指同里的人。《史記・張耳陳餘列傳》:"秦詔書購求兩人,兩人亦反用門者以令里中。"韋應物《社日寄崔都水及諸弟群屬》:"春風動高柳,芳園掩夕扉。遥思里中會,心

緒悵微微。”　遊：遊樂，遊蕩。《宋書‧謝靈運傳》：“是遊是憩，倚石
構草。”韓愈《送溫處士赴河陽軍序》：“士大夫之去位而巷處者，誰與
嬉遊？”

　　⑱　管仲：春秋時期齊國宰相，輔佐齊桓公成就霸業，爲後人留下
許多美好的故事。胡曾《詠史詩‧召陵》：“小白匡周入楚郊，楚王雄
霸亦咆哮。不思管仲爲謀主，爭敢言徵縮酒茅？”周曇《春秋戰國門‧
管仲》：“美酒濃馨客要沽，門深誰敢強提壺？苟非賢主詢賢士，肯信
沽人畏子孤？”　沐樹：芟除樹枝，使之無蔭，謂使民無遊憩之所，各歸
治業。語本《管子‧輕重丁》：“桓公問管子曰：‘民飢而無食，寒而無
衣，應聲之正，無以給上，室屋漏而不居，墻垣壞而不築，爲之奈何？’
管子對曰：‘沐涂樹之枝也。’”　懲：克制，制止。《詩‧小雅‧沔水》：
“民之訛言，寧莫之懲。”毛傳：“懲，止也。”《史記‧屈原賈生列傳》：
“懲違改忿兮，抑心而自强。”王念孫《讀書雜誌‧史記》：“懲，止也；
違，恨也。言止其恨，改其忿，抑其心，而自强勉也。”鑒戒。《詩‧周
頌‧小毖》：“予其懲而毖後患。”鄭玄箋：“懲，艾也。”《韓非子‧難》：
“不誅過，則民不懲而易爲非，此亂之本也。”　墮遊：亦即“惰游”，遊
手好閑。《禮記‧玉藻》：“垂緌五寸，惰遊之士也。”韓愈《送惠師》：
“吾嫉惰遊者，憐子愚且諄。”

　　⑲　淫：過度，無節制，濫。《書‧大禹謨》：“罔遊於逸，罔淫於
樂。”孔傳：“淫，過也。”《國語‧周語》：“言爽，日反其信；聽淫，日離其
名。”韋昭注：“淫，濫也。”《文選‧揚雄〈羽獵賦〉》：“創淫輪夷，丘累陵
聚。”郭璞注引張晏曰：“淫，過也。”白居易《秦中吟‧重賦》：“厥初防其
淫，明敕内外臣：稅外加一物，皆以枉法論。”　良政：即“善政”，妥善的
法則。《左傳‧宣公十二年》：“見可而進，知難而退，軍之善政也。”清明
的政治，良好的政令。《書‧大禹謨》：“德惟善政，政在養民。”《後漢
書‧臧宮傳》：“今國無善政，灾變不息。”良好的政績。《新五代史‧史
圭傳》：“〔史圭〕爲寧晉、樂壽縣令，有善政，縣人立碑以頌之。”

⑳ 非獨：不但，不僅。劉長卿《無錫東郭送友人遊越》：“江湖無限意，非獨爲樵漁。”柳宗元《哭連州淩員外司馬》：“顧余九逝魂，與子各何之？我歌誠自慟，非獨爲君悲。”元積的真正用意，確實不僅僅是表彰“岳陽賢刺史”，更重要的是希望其他五州，自然也包括元積兼任刺史的鄂州在內仿效，爲朝廷盡力也爲百姓造福。

㉑ “此事數州有”兩句：本詩用意與《賽神》同，形式也類似，目的也相同，在古代歷史人物中並不多見，值得重視。 有：表示存在。《诗·小雅·大东》：“東有啓明，西有長庚。”韓愈《竹洞》：“竹洞何年有？公初斫竹開。” 聞：傳佈，傳揚，傳告。《詩·小雅·鶴鳴》：“鶴鳴於九皋，聲聞於天。”《資治通鑑·唐肅宗至德元載》：“巡使郎將雷萬春於城上與潮相聞，賊弩射之，面中六矢而不動。”

[編年]

《年譜》將本詩編入元和九年條下，編年理由是：“詩云：‘楚俗不愛力，費力爲競舟……岳陽賢刺史，念此爲俗疣……百船不留一，一競不滯留……我來歌此事……亦欲聞四鄰。’亦在岳州作。參閱張説《岳州觀競渡》詩（《全唐詩》卷八十八）。”《編年箋注》贊同《年譜》意見：“元和九年（八一四）仲春，元積由江陵赴潭州（今湖南長沙）訪友，歸程經岳州（今湖南岳陽）作此詩。”理由是：“詳卜《譜》。”《年譜新編》亦編年本詩於元和九年“來往潭州時作”，理由是：“楚俗不愛力，費力爲競舟……岳陽賢刺史，念此爲俗疣。”

我們估計大約是元和九年元積曾拜訪過張正甫，故《年譜》貿然將《競舟》詩編入。我們以爲，一、《年譜》雖然不厭其煩地引述了元積的原詩，但却疏忽了本詩中最重要的詩句：“年年四五月……此時集丁壯，習競南畝頭。朝飲村社酒，暮椎鄰舍牛。祭船如祭祖，習競如習讎。”所述競舟活動的時間在四五月間，而與元積元和九年春天的湘州之行不合，可以斷定本詩不是作於元和九年春天，《年譜》、《編年箋注》《年譜新編》的編年均有誤。二、徐凝《佚句》：“乍疑鯨噴浪，忽似鵠凌風。呀呷汀洲動，喧闐里巷空（《競渡》，見《詩式》）。”大和四年，徐凝先後看望元稹、白居易，有《自鄂渚至河南將歸江外留辭侍郎》之詩：“一生所遇唯元白，天下無人重布衣。欲別朱門淚先盡，白頭遊子白身歸。”徐凝《佚句》中描述的景象，正是元稹本詩描述的“競舟”景象，也就是《詩式》稱爲“《競渡》”，兩者的時間、地點一一符合。三、本詩亦云：“我來歌此事，非獨歌此州。此事數州有，亦欲聞數州。”詩中的語氣，不像是一個路經岳州的士曹參軍的口氣，而像是一個地方方面大員的口吻。元稹大和四年正月至五年七月任職武昌軍節度使，分轄鄂、岳、蘄、黃、安、申六州，而岳州正在他的管轄區內。作爲節度使，元稹有可能也應該視察過岳州，對岳州刺史的仁政加以讚揚，並以詩歌的形式要蘄、黃、安、申等州地方長官仿效。而他的任職時間，也完全涵蓋了本詩中關於賽神活動的時間。本詩與《賽神》、《鹿角鎮》《遭風二十韵》一樣，是元稹武昌軍節度使任內的作品，它應該與《賽神》一樣，均作於大和四年，根據詩中所述，具體時間應該在大和四年的“四五月”間。

◎ 酬周從事望海亭見寄(一)①

年老無流輩，行稀足薜蘿②。熱時憐水近，高處見山多③。衣袖長堪舞，喉嚨轉解歌④。不辭狂復醉，人世有風波⑤。

錄自《元氏長慶集》卷一五

[校記]

（一）酬周從事望海亭見寄：本詩存世各本，包括楊本、叢刊本、《全詩》在內，未見異文。

［箋注］

① 周從事：即周元範，元稹在浙東任時的從事。周元範原爲白居易杭州刺史與蘇州刺史任的判官，白居易《和酬鄭侍御東陽春悶放懷追越遊見寄》："此詩勿遣閑人見，見恐與他爲笑資。白首舊寮知我者，憑君一詠向周師（周判官師範，蘇杭舊判官，去'範'字叶韵）。"白居易《代諸妓贈送周判官》："妓筵今夜別姑蘇，客棹明朝向鏡湖。莫泛扁舟尋范蠡，且隨五馬覓羅敷。蘭亭月破能迴否？娃館秋凉却到無？好與使君爲老伴，歸來休染白髭鬚。"白居易《九日思杭州舊遊寄周判官及諸客》："忽憶郡南山頂上，昔時同醉是今辰。笙歌委曲聲延耳，金翠動搖光照身。風景不隨宮相去，歡娱應逐使君新。江山賓客皆如舊，唯是當筵换主人。"周元範在杭州，也曾與元稹唱和，周元範原唱已經佚失，元稹回酬尚存，其《餘杭周從事以十章見寄詞調清婉難於遍酬聊和詩首篇以答來貺》："擾擾紛紛旦暮間，經營閑事不曾閑。多緣老病推辭酒，少有功夫久羨山。清夜笙歌喧四郭，黄昏鐘漏下重關。何由得似周從事，醉入人家醒始還！"白居易離開杭州與蘇州任之後，周元範曾到元稹浙東觀察使幕府任職"從事"，並兩次爲元稹進京辦差。　望海亭：亭名，在越州卧龍山絶頂。《編年箋注》："望海亭，在今浙江鄞縣東阿育王寺。"元稹另有《酬鄭從事四年九月宴望海亭次用舊韵》，《編年箋注》："望海亭，在今浙江紹興市南卧龍山頂。"同一地名，兩種完全不同的解釋，以何者爲是？而所謂的"今浙江鄞縣"，據《辭海》"鄞縣"條解釋："在浙江省寧波市郊，東臨海。甬江上源奉化江流貫。縣人民政府駐寧波市。秦置鄞縣，五代吴越改置鄞縣。以赤堇山得名……名勝古迹有小白嶺、天童寺、阿育王寺等。"今浙江鄞縣，經過區縣調整，已經更名爲"鄞州區"。而望海亭在越州，即今浙江紹興市，不在"今浙江鄞縣"或"今寧波市鄞州區"。《會稽志·會稽縣》："登卧龍山絶頂曰望海亭沈立《越州圖序》云：'刺史之居蓬萊閣，望海亭東齋、西園皆讌樂之最者。''舊經'：飛翼

樓,在州西三里,高一十五丈,范蠡所築,以壓強吳也,今望海亭即其遺址。飛翼,一作龍翼。《輿地志》云:種山有大夫種墓,後潮水穴山,失其尸,今山西缺處是也。故元微之《望海亭》詩云嵌空古墓失文種,突兀怪石疑防風是也。刁約《記》云:祥符末,州將高公紳植五桂於亭前,易其名曰五桂。後四十五年,予假守,訪舊迹,亭與桂俱廢,乃廣故基,縱橫增四丈餘,而亭始葺,以元微之嘗有此亭詩,復名曰望海,時嘉祐辛丑仲冬既望。"宋人祝穆《方輿勝覽》:"望海亭:在臥龍山頂上。李紳題:烏盈兔缺天涯迥,鶴背松梢拂檻低。湖鏡坐隅看匣滿,海濤生處辨雲齊。夕嵐明滅江帆小,烟樹蒼茫客思迷。蕭索感心俱是夢,九天應共草萋萋。"《浙江通志·紹興府·望海亭》:"《輿地紀勝》:在府治臥龍山頂,《名勝志》:即今之越望亭也。《寶慶會稽續志》:望海亭在臥龍之西,元微之、李紳常賦詩,則自唐已有之矣!昔范蠡作飛翼樓以壓強吳,此亭即其址也。祥符末,州將高紳植五桂於亭前,易名曰五桂。嘉祐中,刁約增廣舊址再建,復名望海,自爲記。元微之《酬周從事望海亭見寄》詩:'年老無流輩,行稀足薜蘿。熱時憐水近,高處見山多。衣袖長堪舞,喉嚨轉解歌。不辭狂復醉,人世有風波。'" 見寄:托人遞送。劉長卿《酬張夏別後道中見寄》:"離群方歲晏,謫宦在天涯。暮雪同行少,寒潮欲上遲。"權德輿《酬陸三十二參浙東見寄》:"驄馬別已久,鯉魚來自烹。殷勤故人意,怊悵中林情。"

② 年老:年紀大,暮年。盧象《贈廣川馬先生》:"經書滿腹中,吾識廣川翁。年老甘無位,家貧懶發蒙。"孟浩然《歲暮歸南山》:"不才明主棄,多病故人疏。白髮催年老,青陽逼歲除。" 流輩:同輩,同一流的人。沈約《奏彈王源》:"而託姻結好,唯利是求,玷辱流輩,莫斯爲甚。"崔峒《送賀蘭廣赴選》:"而今用武爾攻文,流輩干時獨臥雲。白髮青袍趨會府,定應衡鏡却慚君。" 行:出遊。謝惠連《擣衣》:"紈素既已成,君子行未歸。"蘇轍《上樞密韓太尉書》:"太史公行天下,周

覽四海名山大川,與燕、趙間豪俊交遊,故其文疏蕩,頗有奇氣。" 薜蘿:薜荔和女蘿,兩者皆野生植物,常攀緣於山野林木或屋壁之上。《楚辭·九歌·山鬼》:"若有人兮山之阿,被薜荔兮帶女蘿。"王逸注:"女蘿,兔絲也,言山鬼仿佛若人,見於山之阿,被薜荔之衣,以兔絲爲帶也。"後藉以指隱者或高士的衣服。《南齊書·宗測傳》:"量腹而進松朮,度形而衣薜蘿。"張喬《送陸處士》:"若向仙巖住,還應著薜蘿。"借指隱者或高士的住所。吳均《與顧章書》:"僕去月謝病,還覓薜蘿。"韓偓《雪中過重湖信筆偶題》:"道方時險擬如何? 謫去甘心隱薜蘿。"

③ 熱時:天氣炎熱之時。元稹《酬樂天寄蘄州簟》:"蘄簟未經春,君先拭翠筠。知爲熱時物,預與瘴中人。"白居易《題新昌所居》:"宅小人煩悶,泥深馬鈍頑。街東閑處住,日午熱時還。" 憐:喜愛,疼愛。喬知之《折楊柳》:"可憐濯濯春楊柳,攀折將來就纖手。姜容與此同盛衰,何必君恩能獨久!"陳子昂《題祁山烽樹贈喬十二侍御》:"漢庭榮巧宦,雲閣薄邊功。可憐驄馬使,白首爲誰雄?" 水近:靠近水邊。劉長卿《感懷》:"秋風落葉正堪悲,黃菊殘花欲待誰? 水近偏逢寒氣早,山深常見日光遲。"張喬《浮汴東歸》:"水近滄浪急,山隨綠野低。羞將舊名姓,還向舊遊題。" 高處:高的處所,高的部位。《後漢書·王常傳》:"賊反走入城,常追迫之,城上射矢雨下,帝從百餘騎自城南高處望。"蘇軾《寄黎眉州》:"膠西高處望西川,應在孤雲落照邊。"

④ 衣袖:上衣之袖。杜甫《九日寄岑參》:"采采黃金花,何由滿衣袖?"張籍《贈箕山僧》:"似鶴難知性,因山強號名。時聞衣袖裏,暗摇念珠聲。" 喉嚨:咽喉。元稹《酬鄭從事四年九月宴望海亭次用舊韵》:"雖無趣尚慕賢聖,幸有心目知西東。欲將滑甘柔藏府,已被鬱噎衝喉嚨。"徐積《贈張敏叔》:"更向孤舟雪裏吟,一生多難頭先白。白毛吟處徹骨清,喉嚨往往生寒冰。"

　　⑤ 不辭：不辭讓，不推辭。《莊子・天下》：“惠施不辭而應，不慮而對，遍爲説萬物，説而不休，多而無已。”成玄英疏：“不辭謝而應機，不思慮而對答。”司馬相如《喻巴蜀檄》：“是以賢人君子肝腦塗中原，膏液潤野草而不辭也。”　狂復醉：即“狂醉”，大醉。韓偓《訪同年虞部李郎中》：“地罏貰酒成狂醉，更覺襟懷得喪齊。”李中《獻喬侍郎》：“静吟窮野景，狂醉養天真。”　人世：人間，人類社會。唐無名氏《鄭德璘》：“〔水府〕儼然第舍，與人世無異。”人生。杜甫《奉送二十三舅錄事之攝郴州》：“衰老悲人世，驅馳厭甲兵。”　風波：比喻糾紛或亂子。元稹《遣行十首》八：“雲水興方遠，風波心已驚。可憐皆老大，不得自由行。”白居易《勸酒寄元九》：“況在名利途，平生有風波。深心藏陷穽，巧言織網羅。”

[編年]

　　《年譜》編年本詩於“癸卯至己酉在越州所作其他詩”欄内，没有説明理由。《編年箋注》編年：“元稹此詩作于浙東時期。見下《譜》。周相録考證此詩作于寶曆二年(八二六)十月以後。”並有譜文“本年冬，周師範入元稹幕”之文字，但仍然未見其編年本詩於何時以及理由之文字。

　　我們不同意《年譜》、《編年箋注》編年本詩於“癸卯至己酉在越州所作”的意見，也不能够理解《年譜新編》的譜文與本詩編年的關係。本詩詩題“酬周從事望海亭見寄”表明，周元範原唱作於越州，具體地點在“望海亭”，而時間在元稹離開越州之後。元稹酬和之篇，亦即本詩應該作於其越州之後的任所，亦即西京或者武昌。“熱時憐水近，高處見山多”兩句，與西京的環境不太切合，而與武昌以及越州的地理環境一一相合：越州既臨大海，又有“卧龍山”這樣的高山，元稹《以州宅夸於樂天》“州城迥遠拂雲堆，鏡水稽山滿眼來。四面常時對屏障，一家終日在樓臺。星河似向檐前落，鼓角驚從地底迴。我是玉皇香案吏，謫居猶得住蓬萊"就清清楚楚表明了這一點。而武昌面臨長江，龜蛇兩山就矗立在武昌附近的長江兩岸，也與本詩兩句一一切合。而本詩"不辭狂復醉，人世有風波"兩句，也真實流露了元稹大和三年年底回京，不滿一月就被李宗閔、牛僧孺排擠，外貶武昌節度使任的内心不滿。據此，我們認爲本詩應該賦成於大和四年或大和五年的"熱時"，亦即大和四年或五年的夏天。而從周元範的角度考慮，元稹剛剛出任武昌軍節度使，武昌的幕府剛剛成立，肯定需要不少元稹自己熟悉的幕僚，曾經是白居易與元稹幕僚的周元範自然有所期待，因此周元範的原唱應該作於大和四年春夏比較合理，而元稹的酬和，照理也不會拖到大和五年的夏天，而應該作於大和四年的夏天，地點在武昌。

● 戲酬副使中丞見示四韻^{(一)①}

莫恨暫囊鞬，交游幾箇全②？眼明相見日，肺病欲秋天③。五馬虛盈櫪，雙蛾浪滿船④。可憐俱老大，無處用閑錢⑤。

本詩不見於馬本《元氏長慶集》，録自《寶氏聯珠集》卷五

[校記]

（一）戲酬副使中丞見示四韻：《瀛奎律髓》、《寶氏聯珠集》、《全唐詩録》同，《全詩》作"戲酬副使中丞（寶鞏）見示四韻"，語義相類，不改。

[箋注]

① 戲酬副使中丞見示四韻：本詩不見於諸多《元氏長慶集》，今據《瀛奎律髓》、《寶氏聯珠集》、《全唐詩録》、《全詩》採録，編年於此。

8144

戲酬:隨意戲作的酬和他人的詩文,所謂"戲酬",是謙虛的話語,並非真的隨意。王建《戲酬盧秘書》:"芸香閣裏人,採摘御園春。取此和仙藥,猶治老病身。"劉禹錫《白舍人自杭州寄新詩有柳色春藏蘇小家之句因而戲酬兼寄浙東元相公》:"錢塘山水有奇聲,暫謫仙官領百城。女妓還聞名小小,使君誰許喚卿卿?"　副使中丞:這裏指竇鞏,竇鞏這時受武昌軍節度使元稹的聘請,以中丞的名義出任武昌軍節度副使,成爲元稹的副手。《竇氏聯珠集》卷五:"故武昌軍節度副使、朝散大夫、撿挍秘書監兼御史中丞、扶風竇府君詩,府君諱鞏,字友封,家世所傳載於首序。府君元和二年舉進士,與今東都留守僕射孫公簡、故吏部侍郎興元節度使王公源中、中書舍人崔公咸制誥、李公正封同年上第。府君世傳五言詩,頗得其妙,故相淮陽公鎮滑臺,辟爲從事,釋褐授秘挍。淮陽移鎮渚宮,遷峴首,改協律郎二府,專掌奏記。淮陽下世,司空薛公平鎮青,辟公爲掌書記,又改節度判官副使,累遷至大理評事、監察御史裏行、殿中侍御史、檢挍祠部員外郎。章服後薛公入爲民曹,府君除侍御史,轉司勛員外郎,遷刑部郎中,文昌故事,文酒之爲,由公復振也。故相左轄,元公出鎮夏口,固請公副戎。"本詩是元稹與竇鞏在武昌的唱和詩篇,是留在文壇的許多佳話之一。竇鞏原有詩篇《忝職武昌初至夏口書事獻府主相公》贈送元稹:"白髮放黌鞬,梁王愛舊全。竹籬江畔宅,梅雨病中天。時奉登樓宴,間修上水船。邑人興謗易,莫遣鶴支錢。"元稹自然不會毫無反應以辜負老朋友的好意,有本詩次韵酬和,元稹不僅酬和,而且還把竇鞏的原詩以及自己的酬和之篇寄給在河南尹任上的白居易,白居易與元稹竇鞏都是多年的老朋友,自然馬上以《戲和微之答竇七行軍之作依本韵》酬和:"旌鉞從黌鞬,賓僚禮數全。夔龍來要地,鵷鷺下遼天。赭汗騎驕馬,青蛾舞醉仙。合成江上作,散到洛中傳。陋巷能無酒?貧池亦有船。春裝秋未寄,謾道有閑錢。"竇鞏也把自己與元稹的唱和之作寄給了在京城任職的裴度與令狐楚,裴度與令狐楚分別

七酬唱之什本韵外勇加兩韵”，僅録以備考。

[箋注]

① 回酬樂天戲和微之答竇七行軍之作：白居易《戲和微之答竇七行軍之作依本韵》：“旌鉞從霓鞬，賓僚禮數全。夔龍來要地，鵷鷺下遼天。赭汗騎驕馬，青蛾舞醉仙。合成江上作，散到洛中傳。陋巷能無酒？貧池亦有船。春裝秋未寄，謾道有閑錢。”白居易之“戲和微之”，却未見元稹回酬，以元稹白居易交情而論，根據元稹白居易數十年唱和而言，這是不可能發生的事情，元稹應該有詩篇回酬白居易，今據此補，編年於此。　回酬：酬答。李頎《同張員外諲酬答之作》：“洛中高士日沈冥，手自灌園方帶經。王湛床頭見周易，長康傳裏好丹青。”李賀《酬答二首》二：“雍州二月梅池春，御水鵁鶄暖白蘋。試問酒旗歌板地，今朝誰是拗花人？”　戲：開玩笑，嘲弄。《論語·陽貨》：“子曰：‘二三子，偃之言是也，前言戲之耳！’”鮑照《見賣玉器者詩序》：“見賣玉器者，或人欲買，疑其是瑉，不肯成市，聊作此詩，以戲買者。”　和：以詩歌酬答，依照別人詩詞的題材和體裁作詩詞。韋應物《和張舍人夜直中書寄吏部劉員外》：“西垣草詔罷，南宮憶上才。月臨蘭殿出，凉自鳳池來。”孫昌胤《和司空曙劉眘虛九日送人》：“京邑嘆離群，江樓喜遇君。開筵當九日，泛菊外浮雲。”行軍：節度使轄下行軍司馬的簡稱，當時竇鞏是御史中丞、節度副使，應該兼理行軍司馬之職。王維《送宇文三赴河西充行軍司馬》：“橫吹雜繇筎，邊風捲塞沙。還聞田司馬，更逐李輕車。”劉長卿《送裴使君赴荆南充行軍司馬》：“盛府南門寄，前程積水中。月明臨夏口，山晚望巴東。”

［編年］

　　未見《元稹集》採録，也不見《年譜》、《編年箋注》、《年譜新編》採録與編年。

　　本詩應該與元稹《戲酬副使中丞見示四韵》、白居易《戲和微之答竇七行軍之作依本韵》爲先後之作，元稹《戲酬副使中丞見示四韵》作於大和四年夏末，白居易《戲和微之答竇七行軍之作依本韵》，朱金城先生《白居易集箋校》編年於大和四年在太子賓客分司東都任。我們以爲詩中有"春裝秋未寄"之句，應該是秋天的詩。據此，元稹回酬白居易的詩篇，應該更在其後，大約是秋末冬初吧！地點在武昌，元稹時任武昌軍節度使、鄂州刺史。

◎ 賽　神①

　　楚俗不事事，巫風事妖神②。事妖結妖社，不問疏與親③。年年十月暮，珠稻欲垂新④。家家不斂穫，賽妖無富貧⑤。殺牛貰官酒，椎鼓集頑民⑥。喧闐里閭隘，兇酗日夜頻⑦。歲暮雪霜至，稻珠隨隴湮⑧。吏來官税迫，求質倍稱緡⑨。貧者日消鑠（一），富亦無倉囷⑩。不謂事神苦，自言誠不真⑪。岳陽賢刺史，念此爲俗屯⑫。未可一朝去，俾之爲等倫⑬。粗許存習俗，不得呼黨人⑭。但許一日澤，不得月與旬⑮。吾聞國僑理，三年名乃振⑯。巫風燎原久，未必憐徙薪⑰。我來歌此事，非獨歌政仁⑱。此事四鄰有，亦欲聞四鄰⑲。

録自《元氏長慶集》卷三

［校記］

（一）貧者日消鑠：楊本、叢刊本、《全詩》同，宋蜀本作“貧者日消削”，語義不同，不改。

［箋注］

① 賽神：設祭酬神，當時普遍存在的風俗活動。李嘉佑《夜聞江南人家賽神因題即事》：“南方淫祀古風俗，楚嫗解唱迎神曲。”李端《江上賽神》：“疏鼓應繁絲，送神歸九疑。蒼龍隨赤鳳，帝子上天時驟。”

② 楚俗：楚地的社會風俗。楚是古國名，芈姓，始祖鬻熊。西周時立國於荆山一帶，都丹陽（今湖北秭歸東南）。周人稱爲荆蠻。後建都於郢（今湖北江陵西北紀王城）。春秋戰國時國勢强盛，疆域由湖北、湖南擴展到今河南、安徽、江蘇、浙江、江西和四川，爲五霸七雄之一。戰國末漸弱，屢敗於秦，遷都陳（今河南淮陽），又遷壽春（今安徽壽縣）。公元前二二三年爲秦所滅。元稹《思歸樂》：“江陵道塗近，楚俗雲水清。遐想玉泉寺，久聞峴山亭。”靈澈《九月和於使君思上京親故》：“清晨有高會，賓從出東方。楚俗風烟古，汀洲草木凉。” 事事：治事，做事。《韓非子·内儲説》：“吾之吏不事事也，求簪三日不得之；吾令人求之，不移日而得之。”《史記·曹相國世家》：“卿大夫以下吏及賓客見參不事事，來者皆欲有爲言。” 巫風：指歌舞作樂的風俗，巫覡降神的風尚，巫覡以歌舞事神，故稱。《書·伊訓》：“敢有恒舞于宫，酣歌於室，時謂巫風。”孔穎達疏：“巫以歌舞事神，故歌舞爲巫覡之風俗也。”楊簡《慈湖遺書·論書詩》：“敢有恒舞于宫，酣歌於室，時謂巫風；敢有殉於貨色，恒於遊敗，時謂淫風；敢有侮聖言，逆忠直，遠耆德，比頑童，時謂亂風。” 妖神：邪神，非正統的神。《左傳·僖公十九年》：“宋公使邾文公用鄫子於次睢之社，欲以屬東夷。”杜預

注:"此水次有妖神,東夷皆社祠之。"《新唐書·太宗紀》:"禁私家妖神淫祀。"

　　③"事妖結妖社"兩句:意謂爲了侍奉、供奉所謂的神仙,人們紛紛成立社會團體,不問平時關係親密與疏遠,一律參加。　事:侍奉,供奉。《孟子·梁惠王》:"是故明君制民之產,必使仰足以事父母,俯足以畜妻子。"《漢書·丁姬傳》:"孝子事亡如事存。"　妖:指動物或植物變成的精怪,有妖術的人。干寶《搜神記》卷一八:"狐曰:'我天生才智,反以爲妖,以犬試我,遮莫千試萬慮,其能爲患乎?'"沈既濟《任氏傳》:"任氏,女妖也。"　社:集體性組織,團體。晉無名氏《蓮社高賢傳·慧遠法師》:"既而謹律息心之士,絕塵清信之賓,不期而至者……結社念佛,世號十八賢。"岳飛《梁興渡河狀》:"飛先來結約太行山忠義保社,密爲内應。"

　　④"年年十月暮"兩句:意謂每年十月,正是稻穗低垂的秋收大忙季節。　年年:每年。《宋書·禮志》:"成帝時,中宮亦年年拜陵,議者以爲非禮。"王昌齡《萬歲樓》:"江上巍巍萬歲樓,不知經歷幾千秋。年年喜見山長在,日日悲看水獨流。"　珠:指有光澤的圓粒。鮑照《芙蓉賦》:"葉折水以爲珠,條集露而成玉。"李賀《龙夜吟》:"寒磧能搗百尺練,粉泪凝珠滴紅綫。"本詩形容稻米。　稻:植物名,一年生草本植物,有水稻、旱稻兩類,通常多指水稻。子實碾製去殼後叫大米,是重要的糧食作物之一。《説文·禾部》:"稻,稌也。"朱駿聲通訓:"今蘇俗,凡粘者不粘者統謂之稻。古則以粘者曰稻,不粘者曰秔。又蘇人凡未離稈去糠曰稻,稻既離稈曰穀,穀既去穅曰米。北人謂之南米、大米,古則穀米亦皆曰稻。"《詩·豳風·七月》:"十月穫稻,爲此春酒,以介眉壽。"《周禮·夏官·職方氏》:"正南曰荆州,其穀宜稻。"　垂新:本詩指稻穀新熟。　垂:挂下,懸挂。《玉臺新詠·〈爲焦仲卿妻作〉》:"紅羅複斗帳,四角垂香囊。"杜甫《旅夜書懷》:"星垂平野闊,月湧大江流。"　新:初次出現的,與"舊"相對。《詩·豳

風·東山》:"其新孔嘉,其舊如之何?"和凝《小重山》:"新榜上,名姓徹丹墀。"

⑤ 家家:每家。《漢書·趙廣漢傳》:"其後强宗大族家家結爲仇讎,奸黨散落,風俗大改。"蘇軾《殘臘獨出二首》一:"處處野梅開,家家臘酒香。" 斂穡:收穫。《新唐書·食貨志》:"配租以斂穡蚤晚、險易、遠近爲差。"蘇轍《次韵子瞻送千乘千能》:"躬耕遇斂穡,不知以爲歡。" 富:財物多,古跟"貧",今跟"窮"相對。《書·洪範》:"五福:一曰壽(百二十年),二曰富(財豐備),三曰康寧(無疾病),四曰攸好德(所好者德福之道),五曰終考命(各成其短長之命以自終,不橫夭)。"孔傳:"富,財豐備。"孔穎達疏:"二曰富,家豐財貨也。"韓愈《赴江陵途中寄贈》:"有司恓經費,未免煩徵求。富者既雲急,貧者固已流。" 貧:缺少財物,貧困,與"富"相對。《書·洪範》:"一曰凶短折(動不遇吉,短未六十折,未三十言辛苦),二曰疾(常抱疾苦),三曰憂(多所憂),四曰貧(困於財),五曰惡(醜陋),六曰弱(尫劣)。"孔傳:"(貧)困於財。"白居易《酬皇甫賓客》:"性慵無病常稱病,心足雖貧不道貧。"

⑥ 貰:賒欠。《史記·高祖本紀》:"常從王媼、武負貰酒。"裴駰集解引韋昭曰:"貰,賒也。"郭象《睽車志》卷一:"嘗從旗亭貰酒,久不歸直。" 官酒:官釀官賣的酒。白居易《府酒五絕·變法》:"唯是改張官酒法,漸從濁水作醍醐。"黃庭堅《自咸平至太康鞍馬間得十小詩此他日醉時與叔原所詠因以爲韵》:"春色挾曙來,惱人似官酒。酬春無好語,懷我文章友。" 椎鼓:擊鼓。《東觀漢記·光武紀》:"傳吏方進食,從者饑,爭奪之。傳吏疑其僞,乃椎鼓數十通。"杜甫《黃河二首》一:"黃河北岸海西軍,椎鼓鳴鐘天下聞。" 頑民:愚妄不化的人。歐陽詹《回鸞賦》:"於時厥有頑民,從愚至逆。"洪邁《容齋四筆·健訟之誤》:"凡謂頑民好訟者,曰'嚚訟',曰'終訟',可也。"

⑦ 喧闐:喧嘩,熱鬧。杜甫《鹽井》:"君子慎止足,小人苦喧闐。"蘇軾《竹枝歌》:"水濱擊鼓何喧闐! 相將扣水求屈原。" 里閭:里巷,

鄉里。《古詩十九首·去者日以疏》："思還故里閭，欲歸道無因。"蕭衍《東飛伯勞歌》："誰家女兒對門居，開顏發艷照里閭？"　兇酗：狂飲爛醉，義同"酗酒"。劉攽《故朝散大夫給事中集賢院學士權判南京留司御史臺劉公行狀》："營卒桑達等數十人酗酒鬥呼，指斥乘輿，有司不之覺，皇城使以旨捕送開封府推鞫。"方回《建德府南山寺旃檀林記》："有卒徒兇酗饗淫，不啻蹠蹻。"　日夜：白天黑夜，日日夜夜。儲光羲《登商丘》："河水日夜流，客心多殷憂。維梢歷宋國，結纜登商丘。"劉長卿《自鄱陽還道中寄褚徵君》："南風日夜起，萬里孤帆漾。元氣連洞庭，夕陽落波上。"

⑧ 歲暮：年末。劉長卿《送梁侍御巡永州》："蕭蕭江雨暮，客散野亭空。憂國天涯去，思鄉歲暮同。"孟浩然《歲暮歸南山》："北闕休上書，南山歸敝廬。不才明主棄，多病故人疏。"　雪霜：雪和霜。《禮記·月令》："〔孟冬之月〕行秋令，則雪霜不時，小兵時起，土地侵削。"李紳《發壽陽分司敕到又遇新正感懷書事》："漸喜雪霜消解盡，得隨風水到天津。"　隴：通"壠"，畦，田塊。《漢書·食貨志》："苗生葉以上，稍耨隴草，因隤其土以附苗根。"杜甫《晚登瀼上堂》："雉堞粉如雲，山田麥無隴。"　湮：埋沒，淹沒。《國語·周語》："絕後無主，湮替隸圉。"韋昭注："湮，沒也。"《文選·陸機〈贈尚書郎顧彥先〉》："沈稼湮梁潁，流民泝荊徐。"李善注引《廣雅》："湮，沒也。"

⑨ 官稅：官府所徵收的租稅。殷堯藩《贈龍陽尉馬戴》："早學全身術，惟令耕近田。自輸官稅後，常臥晚雲邊。"韓愈《論變鹽法事宜狀》："百姓貧虛，或先取粟麥價，及至收穫，悉以還債，又充官稅，顆粒不殘。"　質：這裏指"質人"，古代官名，執掌評估市場物價等事。《周禮·地官·質人》："質人，掌成市之貨賄、人民、牛馬、兵器、珍異。"賈公彥疏："此質人若今市平準，故掌成市之貨賄已下之事……古人會聚買賣，止爲平物而來，質人主爲平定之，則有常估，不得妄爲貴賤也。"　緡：量詞，古代通常以一千文爲一緡。王嘉《拾遺記·晉時

事》："因墀國獻五足獸,狀如師子;玉錢千緡,其形如環。"《新唐書·
張弘靖傳》："詔以錢百萬緡賚將士。"

⑩ 消鑠:消減,減損,指事物由多變少,由大變小,由盛而衰。
《京氏易傳·否》："陰陽升降,陽道消鑠,陰氣凝結。"陳陶《續古二十
九首》二〇:"南園杏花發,北渚梅花落。吳女妒西施,容華日消鑠。"
倉困:貯藏糧食的倉庫。《韓非子·難》:"因發倉困賜貧窮。"白居易
《初除户曹喜而言志》:"廩祿二百石,歲可盈倉困。"

⑪ 不謂:不以爲。《史記·廉頗藺相如列傳》:"〔趙括〕嘗與其父
奢言兵事,奢不能難,然不謂善。"干寶《晉紀總論》:"百姓皆知上德之
生己,而不謂浚己以生也,是以感而應之,悦而歸之。" 事神:祀奉神
仙。李商隱《詠懷寄秘閣舊僚二十六韵》:"事神徒惕慮,佞佛愧虚
辭。" 誠:誠實,真誠,忠誠。《水經注·漸江水》:"文種誠於越,而伏
劍於山陰。越人哀之,葬於重山。"韓愈《爲裴相公讓官表》:"陛下知
其孤立,賞其微誠,獨斷不謀,獎待踰量。"

⑫ 岳陽:地名,即岳州,梁代時的舊名,時屬武昌軍節度使管轄。
張九齡《將至岳陽有懷趙二》:"湘岸多深林,青冥晝結陰。獨無謝客
賞,況復賈生心。"王昌齡《巴陵別劉處士》:"劉生隱岳陽,心遠洞庭
水。偃帆入山郭,一宿楚雲裹。" 刺史:古代官名,原爲朝廷所派督
察地方之官,後沿爲地方官職名稱。漢武帝時,分全國爲十三部
(州),部置刺史。成帝改稱州牧,哀帝時復稱刺史。魏晉于要州置都
督兼領刺史,職權益重。隋煬帝、唐玄宗兩度改州爲郡,改稱刺史爲
太守,後又改郡爲州,稱刺史,此後太守與刺史互名。孫逖《故陳州刺
史贈兵部尚書韋公挽詞》:"奕葉金章貴,連枝鼎位尊。台庭爲鳳穴,
相府是鴒原。"孟浩然《盧明府九日峴山宴袁使君張郎中崔員外》:"地
理荆州分,天涯楚塞寬。百城今刺史,華省舊郎官。" 俗:習俗,風
俗。《孟子·公孫丑》:"紂之去武丁未久也,其故家遺俗,流風善政,
猶有存者。"韓愈《祭薛中丞文》:"公之懿德茂行,可以勵俗,清文敏

識,足以發身。” 屯:聚集,積聚。《莊子·寓言》:“火與日,吾屯也。”成玄英疏:“屯,聚也。”曹植《七啓》:“鳥集獸屯,然後會圍。”

⑬ 未可:不可。《左傳·莊公十年》:“公將鼓之,劌曰:‘未可。’齊人三鼓,劌曰:‘可矣!’”杜甫《劍門》:“一夫怒臨關,百萬未可傍。” 一朝:一時,一旦。《淮南子·道應訓》:“使者謁之,襄子方將食而有憂色,左右曰:‘一朝而兩城下,此人之所喜也;今君有憂色,何也?’”《魏書·劉靈助傳》:“靈助本寒微,一朝至此,自謂方術堪能動衆。” 俾:使。《詩·邶風·綠衣》:“我思古人,俾無訧兮。”毛傳:“俾,使。”《新唐書·裴冕傳》:“陛下宜還冕於朝,復俾輔相,必能致治成化。” 等倫:同輩,同類,亦謂與之同等或同類。《漢書·甘延壽傳》:“少以良家子善騎射爲羽林,投石拔距絕於等倫。”黃滔《祭南海南平王》:“畢雲龍之契會,與龜鶴而等倫。”

⑭ 習俗:習慣風俗。《史記·秦始皇本紀》:“遂登會稽,宣省習俗,黔首齋莊。”高適《餞宋八充彭中丞判官之嶺外》:“彼邦本倔强,習俗多驕矜。” 黨人:同鄉里的人。《莊子·外物》:“演門有親死者,以善毁爵爲官師,其黨人毁而死者半。”郭象注:“黨,鄉黨。”朋黨。《楚辭·離騷》:“惟夫黨人之偷樂兮,路幽昧以險隘。”《後漢書·靈帝紀》:“制詔州郡大舉鉤黨,於是天下豪桀及儒學行義者,一切結爲黨人。”

⑮ “但許一日澤”兩句:意謂在風俗習慣特殊的環境裏,允許當地百姓繼續進行賽神活動,但規模要小,時間要短,祇能以一日爲期,不得連旬帶月,影響農事。 澤:通“懌”,樂。《文選·司馬相如〈封禪文〉》:“昆蟲闓澤。”《漢書·司馬相如傳》作“闓懌”。顏師古注引文穎曰:“闓懌,皆樂也。”

⑯ “吾聞國僑理”兩句:國僑即春秋鄭大夫公孫僑,僑字子產,穆公之孫,父公子發,字子國,以父字爲氏,故又稱國僑。公孫僑鄭簡公十二年爲卿,二十三年起執政,以德治鄭多年,有政績。鄭聲公五年

卒，鄭人悲之如亡親戚。《論語·公冶長》：“子謂子産，有君子之道四焉！其行己也恭，其事上也敬，其養民也惠，其使民也義。”《文心雕龍·才略》：“趙衰以文勝從饗，國僑以修辭扞鄭。”范文瀾注：“子産修辭扞鄭。”周曇《春秋戰國門·子産》：“爲政何門是化源，寬仁高下保安全。如嫌水德人多狎，拯溺宜將猛濟寬。”

⑰ 燎原：火延燒原野，比喻勢態不可阻擋。潘尼《火賦》：“及至焚野燎原，埏光赫戲……遂乃衝風激揚，炎光奔逸。”元稹《有鳥二十章》一二：“主人煩惑罷擒取，許占神林爲物妖。當時幸有燎原火，何不鼓風連夜燒？” 未必：不一定。《文子·符言》：“君子能爲善，不能必得其福；不忍於爲非，而未必免於禍。”白居易《別舍弟後月夜》：“平生共貧苦，未必日成歡。” 徙薪：“徙薪曲突”的省稱，搬開灶旁柴禾，將直的烟囱改成彎的。本謂預防火灾，後亦比喻先採取措施，防患於未然。《漢書·霍光傳》：“人爲徐生上書曰：‘臣聞客有過主人者，見其竈直突，傍有積薪，客謂主人更爲曲突，遠徙其薪，不者且有火患。主人嘿然不應。俄而家果失火，鄰里共救之，幸而得息。於是殺牛置酒，謝其鄰人，灼爛者在於上行，餘各以功次坐，而不録言曲突者……今茂陵徐福數上書言霍氏且有變，宜防絶之。鄉使福説得行，則國亡裂土出爵之費，臣亡逆亂誅滅之敗。往事既已，而福獨不蒙其功，唯陛下察之，貴徙薪曲突之策，使居焦髮灼爛之右。’”葛洪《抱朴子·知止》：“徙薪曲突於方熾之火，纜舟弭檝於衝風之前。”權德輿《讀穀梁傳》：“吾嘉徙薪智，禍亂何由生？”

⑱ 歌：歌頌，讚美。《左傳·成公七年》：“九功之德皆可歌也。”班固《兩都賦序》：“故皋陶歌虞，奚斯頌魯。” 非獨：不但，不僅。《韓非子·六反》：“若夫厚賞者，非獨賞功也，又勸一國。”李商隱《過姚孝子廬偶書》：“聖朝敦爾類，非獨路人哀。” 政仁：即“仁政”，儒家的政治主張，認爲統治者寬厚待民，施以恩惠，有利争取民心。孔子在對“仁”的解釋中，已有關於“仁政”的思想。孟子發揮孔子學説，明確提

出"仁政"的主張。《孟子·梁惠王》："王如施仁政於民,省刑罰,薄税敛,深耕易耨,壯者以暇日,修其孝悌忠信,入以事其父兄,出以事其長上,可使制梃以撻秦楚之堅甲利兵矣!"酈道元《水經注·鮑丘水》："魏人置豹祀之義,乃遐慕仁政,追述成功。"也用作稱頌地方官吏施政的套語。杜牧《寄牛相公》："六年仁政謳歌者,柳遠春堤處處聞。"

⑲　四鄰:本詩指四方與周圍。《漢書·禮樂志》："五神相,包四鄰。"顔師古注："包,含也。四鄰,四方。"裴度《夏日對雨》："吟罷清風起,荷香滿四鄰。"從中可見,詩人的語氣絶非説説而已,而是希望對"四鄰"亦即武昌軍節度使府管轄的其他州郡有所影響。

[編年]

　　《年譜》將本詩編入元和九年條下,編年理由是:"詩云:'楚俗不事事,巫風事妖神……岳陽賢刺史,念此爲俗屯……但許一日澤,不得月與旬……我來歌此事……亦欲聞四鄰。'《隋書》卷三十一《地理志》下《巴陵郡·湘陰縣》云:'梁置岳陽郡及羅州,陳廢州。平陳,廢郡及湘陰縣入岳陽縣,置玉州。尋改岳陽爲湘陰,廢玉山縣入焉!'此詩在岳州作。"《編年箋注》編年:"此詩作于岳州。"雖然没有言明何年何月,但前後詩篇俱編年於元和九年,想來本詩也應該編年元和九年,但没有陳述理由。《年譜新編》亦編年本詩於元和九年"來往潭州時作",理由是:"楚俗不事事,巫風事妖神……岳陽賢刺史,念此爲俗屯。"

　　《年譜》、《編年箋注》、《年譜新編》陳述的編年理由,其實與本詩編年並不靠譜。認爲本詩作於岳州,又爲什麼將它們編入元和九年?《年譜》没有説明,我們以爲留下了很大的問題。我們估計大約是元和九年元稹拜訪過湖南觀察使張正甫,故《年譜》貿然將本詩編入。我們以爲,一、《年譜》雖然不厭其煩地引述了元稹的原詩,但卻疏忽了本詩中最重要的詩句:"年年十月暮……賽妖無富貧。殺牛賣官酒,椎鼓集頑民。喧闐里閭隘,兇酗日夜頻。歲暮雪霜至,稻珠隨隴湮。"所述賽神活動在每年的十月以後;本詩所示的時間與元稹元和九年春天的湘州之行不合,可以斷定本詩不是作於元和九年春天,《年譜》《編年箋注》《年譜新編》編年均有誤。二、本詩曰:"我來歌此事,非獨歌仁政。此事四鄰有,亦欲聞四鄰。"詩中的語氣,不像是一個路經岳州的士曹參軍的口氣,而像是一個地方方面大員的口吻。元稹大和四年正月至五年七月任職武昌軍節度使,分轄鄂、岳、蘄、黃、安、申六州,而岳州正在他的管轄區內。作爲節度使,元稹有可能也應該視察過岳州,對岳州刺史的仁政加以讚揚,並以詩歌的形式要鄂、蘄、黃、安、申等州地方長官仿效。而他的任職時間,也完全涵蓋了本詩中關於競舟活動的時間,本詩即作於大和四年十月。《賽神》與《競舟》、《鹿角鎮》、《遭風二十韵》一樣,應該是元稹武昌軍節度使任內的作品。